Michael Kibler

# Rosengrab

**Ein Darmstadt-Krimi**

Piper
München Zürich

*Mehr über unsere Autoren und Bücher:*
*www.piper.de*

Von Michael Kibler liegt im Piper Verlag vor:
Zarengold

ISBN 978-3-492-05176-7
© Piper Verlag GmbH, München 2008
Textlektorat: Peter Thannisch
Umschlaggestaltung: creativ connect
Karin Huber, München
Umschlagabbildungen: Collage – Löwentor und
Fürstengrab (beides Darmstadt) / creativ connect
Autorenfoto: Helmut Henkensiefken
Gesetzt aus der Aldus
Satz: psb, Berlin
Druck und Bindung: Pustet, Regensburg
Printed in Germany

*Für meinen Bruder Matthias*

## Prolog

Der Tod klingt wie ein Presslufthammer. Dieser Gedanke war ihm regelrecht durch den Kopf geschossen, als er die Salve aus der Maschinenpistole gehört hatte. Ein Geräusch, das sein Leben verändert hatte. Es war noch gar nicht lange her. Erst zwei Wochen. Oder, um genau zu sein, vierzehn verdammte Nächte, in denen er jedes Mal schweißgebadet aufgeschreckt war. Es war saukalt. Er hätte die Mütze mitnehmen sollen. Und Handschuhe. Auch die Jacke war zu dünn. Aber er hatte schließlich behauptet, dass er nur Zigaretten holen ging. Komisch, die kalte Nase zeigte ihm, dass er noch lebte. Dass er das Stakkato der Maschinenpistole überlebt hatte. Doch das Geräusch des Todes und die Schreie des Mannes hatten sich tief in seine Seele gebrannt.

Er hatte noch nicht einmal an den Tod gedacht, als sein Wagen ein paar Wochen zuvor wie ein Projektil über die Fahrbahn geschossen war, um danach als Blechlawine eine Schneise in die Vegetation des Hangs zu schlagen. Der Gurt hatte ihm das Leben gerettet. Und der Helm. Und der Überrollbügel. Er hatte sich gefühlt wie in einer Waschmaschine beim Schleudergang. Aber er hatte keine Sekunde an den Tod gedacht. Drei Rippen waren gebrochen gewesen, und er hatte Blutergüsse am ganzen Körper gehabt. So war er aus dem Wrack gekrochen. Und das Einzige, was er gefühlt hatte, war eine unglaubliche Wut darauf, dass der Wagen Schrott war.

Die Salve aus der MPi hingegen, die hatte ihm bewusst gemacht, dass er so nicht weiter leben wollte. Und konnte. Es war das erste Mal gewesen, dass er an seine Kinder gedacht hatte. Nicht als sabbernde Monster, die ihm den Schlaf raubten. Sondern ... Ach, Bullshit, auf jeden Fall wusste er, dass er eine Verantwortung hatte. Auch wenn ihm das nicht passte.

Er und Barbara, das war nett gewesen. Wie mit den vielen, vielen anderen auch. Aber ... Verdammt, als der Tod ihm ins Ohr gehaucht hatte, als er ihm so nah gewesen war, dass er ihm locker hätte auf die Schulter tippen können, da hatte er an sein Zuhause gedacht. Und nicht an Barbara. Oder an ihre vielen Vorgängerinnen, inzwischen namenlos und oft schon gesichtslos.

Wenn er starb, würde er nur noch durch seine Töchter weiterleben. Auch ein Gedanke, der ihm noch nie gekommen war. Ein Gedanke, der stets vom Röhren der Motoren und vielleicht auch vom Seufzen der Damen erstickt worden war.

Er überquerte die Straße, durchschritt das Tor und ging langsam über den aufgewühlten Boden.

Er fragte sich, wie die Mutter seiner Kinder wohl über ihn denken würde, wenn er tot war. Würde sie froh sein, dass es ihn nicht mehr gab? Würde sie erleichtert sein darüber, dass sie ihn nicht mehr mit anderen Frauen teilen musste? Oder würde sie traurig sein, vielleicht sogar verzweifelt?

Von einem Moment zum anderen überfiel ihn eine Sehnsucht nach ihr, wie er sie noch nie verspürt hatte. Fast zwei Jahre lebten sie schon zusammen. Und es war keine einfache Zeit gewesen, weiß Gott nicht. Schon als ihr Bauch immer dicker geworden war, hätte er am liebsten alles rückgängig gemacht. Und als die Bälger ihn nicht mehr schlafen ließen hätte er sie am liebsten ... Na, zumindest wäre er am liebsten einfach abgehauen. Was er in einigen Nächten ja auch getan hatte.

Aber er würde sich ändern. Vielleicht lag es wirklich an seiner Einstellung. Und vielleicht ... Vielleicht würde sie ihm auch noch einen Sohn schenken.

Finanzielle Sorgen, die hatten sie ja nun nicht mehr. Auch wenn sie davon noch nichts wusste.

Wenn er in einer halben Stunde wieder zu Hause wäre, würde er sie fragen. Er würde sie fragen, ob sie ihn heiraten wollte.

Nägel mit Köpfen.

Keine halben Sachen mehr.

Und einen Sohn.

Der Gedanke gefiel ihm.

Und vielleicht würde der Gedanke an das Leben stärker sein als der Klang des Todes.

»Na endlich, da bist du ja!«, hörte er die Stimme seines Freundes.

Er war angekommen.

## Sonntag

Kommissar Steffen Horndeich, den jeder nur Horndeich nannte, hörte den Knall.

Dann nichts mehr.

»Hallo?«, fragte er in sein Handy.

Doch seine Gesprächpartnerin antwortete nicht.

»Sandra?«

Nicht mal mehr ein Rauschen.

Horndeich betrachtete die Anzeige für die Signalstärke. Wenn das Gespräch zusammengebrochen war, dann nicht von seinem Gerät aus.

Noch einmal hakte er nach, diesmal lauter. »Sandra? Hallo!«

»Hat sie dich abgewürgt?«, fragte Henrik Gärnter, Horndeichs Nachbar und seit geraumer Zeit auch ein wenig ein Freund. Obwohl seine Frage Horndeich das Verhältnis zu ihm noch einmal überdenken ließ.

»Sie antwortet nicht. Da ist was passiert! Sie hatte einen Unfall!« Während er das sagte, dachte ein Teil seines Gehirns: Sandra ist verletzt. Ein anderer dachte: Mein Wagen ist Schrott.

Sie saßen nebeneinander auf einer der Steinbänke gegenüber dem Brunnen. Die Luft war lau, die Atmosphäre in diesem etwas abgelegeneren Teil der Rosenhöhe – Darmstadts schönstem Park – entspannend. Henrik hatte sich gerade eine Zigarette angezündet. Selbst gedreht. Ein Kraut, bei dessen Gestank sich Horndeich jedes Mal fragte, ob es nicht doch ein Fall für die Drogenfahndung war.

»Quatsch«, meinte Henrik ganz entspannt. »Wahrscheinlich hat sie einfach aufgelegt. Ich meine – so wie du sie gerade angemault hast.«

Horndeich war sich keiner Schuld bewusst. Zumindest keiner großen. Schließlich hatten sie vereinbart, dass Sandra Hillreich, Kollegin im Morddezernat Darmstadt, ihm den geliehenen Wagen – spätestens – am Mittag zurückbringen würde. Er hatte eigentlich noch nach Langen an den Badesee fahren wollen. Gut, in den Nachrichten hatten sie um zwölf schon gesagt, dass dort alle Parkplätze belegt waren. Also war er mit Henrik zum See gefahren. Auf dessen Motorrad.

Erst vor zwei Minuten hatte das Telefon geklingelt. Und jetzt war es schon nach 23 Uhr. Sandra hatte sich sogleich entschuldigt, sie sei erst nach dem Kaffee von ihrer Familie losgekommen.

Noch bevor sie weitersprechen konnte, hatte sich Horndeich schon wortreich beschwert. Als er dann zwischenzeitlich hatte Luft holen müssen, hatte Sandra erzählt, was passiert war. Kurz hinter Kassel sei ihr der Reifen um die Ohren geflogen. Der Mann von ADAC, auf den sie eine Stunde gewartet hatte, habe ihr zwar geholfen, das Notrad aufzuziehen und es vor allem mit Luft versorgt, aber einen richtigen Reifen hatte der auch nicht dabei gehabt. Als sie Horndeich hatte anrufen wollen, hatte sie festgestellt, dass der Akku ihres Handys nicht leer, sondern kaputt war. Dann war der Stau gekommen. Siebzehn Kilometer, direkt hinter dem Hattenbacher Dreieck bis Alsfeld. Fünf Stunden. Und als sie in seinem Handschuhfach nach einem Kaugummi geforscht habe, sei sie auf das Handy gestoßen, mit dem sie Horndeich gerade anrief. Inzwischen sei sie schon hinter Langen und würde ihm den Wagen gleich vorbeibringen.

»Ich bin aber nicht zu Hause«, hatte Horndeich ins Handy geblafft.

Die Antwort war der Knall gewesen.

Horndeich wusste, von welchem Handy aus seine Kollegin ihn angerufen hatte. Im Handschuhfach seines Wagens lag ein billiges 08/15-Teil mit Prepaidkarte. Für Notfälle. Er tastete sich durch das Telefonbuch seines Mobilapparats, fand unter N *Notfallhandy* und drückte die Wähltaste. Freizeichen. Keine Mailbox.

»Wahrscheinlich hat sie es nach deinen freundlichen Worten einfach in den Fußraum gepfeffert«, offenbarte Henrik seine Meinung zur weiblichen Psyche.

»Da ist was passiert«, wiederholte Horndeich.

»Quatsch«, sagte Henrik erneut.

Um sie herum saßen vielleicht noch zwanzig Leute, meist Pärchen. Sie hatten dem Konzert von »Melancholical Gardens« gelauscht, Horndeichs Lieblingscombo unter den Darmstädter Bands. Er kannte die Mitglieder der Band sogar persönlich, vor allem Joana. Er hatte ein paar Mal mit ihr gesprochen, sie hatten sogar miteinander telefoniert, hatten über Musik geplaudert, und er hatte sie auch schon mal nach Hause gefahren und einen Kaffee in ihrer Küche mit ihr getrunken. Alles rein platonisch. Er hatte ja seine Anna. Und um den liebestollen Groupie zu spielen, dafür war Horndeich nun doch zu alt. Oder zumindest zu reif.

Etwa fünfzig Besucher hatten das Konzert gehört. Für gewöhnlich lauschten mehr Menschen Joana Werder und ihrer Band. Aber an diesem Abend hatten sie ohne offizielle Ankündigung, ohne Verstärker und auch ohne Genehmigung auf der Rosenhöhe gespielt. Nur für die Freunde der Gruppe.

Das Areal überzog feiner Kies und Rasen, umkränzt von niedrigen Hecken. Früher hatte mal ein kleines Schloss auf diesem Gelände gestanden, das Palais Rosenhöhe. Und an diesem Abend war die Fläche romantische Bühne. Das Konzert war für die Band die Generalprobe für den Auftritt auf dem Schlossgrabenfest am kommenden Sonntag. Das Fest in der Darmstädter Innenstadt hatte sich in den vergangenen Jahren zum größten Musikereignis Hessens gemausert. Für »Melancholical Gardens« war es ein Schritt zu echtem Erfolg.

Vor einer guten Viertelstunde war das letzte Lied verklungen. *Oh Daddy.* Eine Coverversion des alten Fleetwood-Mac-Songs.

»Pass auf, in ein paar Sekunden fährt sie rechts ran, fischt das Handy von der Fußmatte und ruft dich zurück.« Für Henrik war die Welt immer einfach. Wahrscheinlich mochte Horndeich seinen Nachbarn genau deshalb. Nur dass Sandra, schließlich im Polizeidienst wie er selbst, kaum auf den Standstreifen einer Autobahn fahren würde, um nach einem Handy zu suchen. Zumal Horndeich nicht glaubte, dass sie es wirklich dort hingepfeffert hatte.

»Ich ruf bei den Kollegen von der Autobahnpolizei an«, entschied Horndeich. Zum Glück hatte er die Rufnummern der

wichtigen Dienststellen in seinem Handy gespeichert. Er klickte
sich durchs Menü, als sein Handy anschlug.

Henrik grinste breit und inhalierte einen tiefen Zug.

»Ja?«, sagte Horndeich knapp.

»Steffen?«

Keine Sandra. Sondern Anna. Seine Freundin. »Hallo Anna.
Schatz, ich muss dringend telefonieren, kann ich dich in fünf
Minuten zurückrufen?«

»Ich bin nicht zu Hause. Wir fahren gerade zu Onkel Sergej
nach Karamzino. Ich habe sicher gleich kein Netz mehr.«

»Anna?«, fragte Henrik überflüssigerweise von links.

Horndeich nickte. »Anna, kannst du vielleicht ...«

»Steffen, ich komm übermorgen noch nicht zurück. Es
dauert noch zwei Wochen. Es ist noch so viel hier zu erledigen.
Nichts klappt, wie es soll.«

Noch zwei Wochen. Seit sieben Wochen weilte Anna be-
reits in Moskau. Seit ihre Mutter sich das Bein gebrochen hatte.
Sie hatte sie nur besuchen und nach einer Woche wieder zu-
rückkehren wollen. Dann war klar geworden, dass ihre Mutter
für immer auf Hilfe angewiesen sein würde. Anna wollte ein
Pflegeheim finden. Noch eine Woche. Aber das war offenbar in
Moskau noch schwieriger als in Deutschland. Und noch eine
Woche.

»Wie geht es deiner Mutter?«, rang sich Horndeich ab zu
fragen. Dabei wusste er die Antwort schon im Voraus.

»Unverändert.«

Sie schwiegen sich über die Distanz von zweitausend Kilometern an. Stille, die man greifen konnte.

»Ich melde mich, wenn ich in zwei Tagen wieder in Moskau
bin.«

»Ja. Mach das.«

Kein »Ich liebe dich«. Nicht mal ein »Bis dann.«

Horndeich wollte nicht darüber nachdenken.

»Verabschiedet ihr euch immer so herzlich?«, lästerte nun
auch der Kettenraucher von links.

Horndeich entgegnete nichts. Er wählte zuerst die Nummer
der Telefonzentrale seines Reviers, ließ sich dann von dem Kollegen, den er an die Strippe bekam, mit der Autobahnpolizei

14

verbinden. Deren Dienststelle war im Westen Darmstadts angesiedelt, sinnvollerweise unmittelbar am Autobahnzubringer. Während das Freizeichen ertönte, hörte er einen Hubschrauber. Könnte ein privater Helikopter sein. Könnte aber auch ein Notarzt-Heli sein.

»Blanken, Autobahnpolizei Darmstadt, guten Abend«, meldete sich der Kollege.

Horndeich kannte Blanken. »Jörg? Hier Horndeich.«

»Hallo, Horndeich! Ist es was Wichtiges? Hier brennt gerade die Hütte.«

Steffen Horndeichs Magen zog sich zusammen wie ein Wasserball an einer Vakuumpumpe. »Was ist passiert?«

»Auf der A5 hat's geknallt«, antwortete Blanken.

»Wo?«

»Raststätte Gräfenhausen West. Scheint richtig übel zu sein. Wir haben noch keinen genauen Überblick, aber es sieht so aus, als ob da mindestens dreißig Wagen ineinander geschoben worden sind, zusätzlich noch auf der Gegenfahrbahn.«

Horndeich brachte keinen Ton mehr hervor.

»Horndeich? Was willst du denn nun?«

Er antwortete nicht mehr. Er drückte auf die Taste, die die Verbindung unterbrach. »Ich brauch dein Motorrad«, flüsterte er Henrik zu.

»Was ist denn los?«

»Ein Unfall. A5. Hinter Langen. Sandra.«

»Und was willst du da?«

»Ich muss wissen, was los ist.«

»Ich fahr dich.«

Horndeich schüttelte den Kopf. »Nein, ich fahr selbst. Du weißt nicht, wie du da hinkommst.«

»Sag mal, ist noch alles gut im Kopf? Rheinstraße nach Westen, dann auf die Autobahn nach Norden ...«

»Die Autobahn ist dicht. Ich muss durch den Wald. Zur Raststätte.«

Henrik sah seinen Freund an. Horndeich wich dem Blick nicht aus. Er sagte nur: »Bitte.«

Henrik warf die Kippe auf den Boden und zerquetschte sie mit dem Schuhabsatz. Für gewöhnlich hätte Horndeich das

**15**

mindestens mit einem Spruch kommentiert. Aber Henrik spürte, dass seit ein paar Minuten gar nichts mehr gewöhnlich war.

Sie gingen schweigend den Pfad hinab, der zum Eingang der Rosenhöhe am Pförtnerhäuschen führte. Die *Sommer 462* stand unmittelbar neben dem schmucken kleinen Gebäude. Auf den ersten Blick wirkte die Maschine wie ein altes britisches Motorrad. Schwarz, mit bulligem Tank, klassisch lang gezogenem Chromauspuff, dicker Trommelbremse und Speichenrädern. Nur der Motor sah ungewöhnlich aus.

Henrik steckte den Schlüssel ins Schloss. Drückte den Elektrostarter. Ein sattes Nageln drang in Horndeichs Ohren. Jeder Unbedarfte hätte sich in diesem Moment umgedreht und nach einem Lastwagen oder wenigstens einem alten Mercedes Ausschau gehalten. Doch das Dieselgeräusch gehörte tatsächlich zu dem Kraftrad. Wenn man es mit seinen zahmen elf PS so nennen konnte. »Schluckt nur zweieinhalb Liter«, hatte Henrik stoisch geantwortet, als Horndeich ihn gefragt hatte, wieso er ein Dieselmotorrad fuhr.

Horndeich schwang sich auf den Sattel. Er setze den Jet-Helm auf, den Henrik ihm am Morgen geliehen hatte, zog den Riemen unter dem Kinn fest und bockte die Maschine ab. Mit sattem Klacken rastete der erste Gang ein.

»Hoffentlich ist ihr nichts passiert«, meinte Henrik.

»Dank dir«, sagte Horndeich nur und ließ die Kupplung kommen. Das Krad machte einen Satz nach vorn. Sattes Drehmoment quasi schon im Leerlauf – genau das Richtige für einen Ritt durch den Wald.

Das blaue Blitzgewitter der Signallichter zuckte durch den Wald. Als würden sich zwei Armeen Außerirdischer zwischen den Bäumen ein Scharmützel mit Laserwaffen liefern. Schon als er über die Autobahnbrücke zwischen Wixhausen und Gräfenhausen gefahren war, hatte er die Armada von Blaulichtern blinken sehen. Inzwischen flog nicht mehr nur ein Hubschrauber über dem Gelände, es waren mindestens drei.

Horndeich hatte keine zehn Minuten für die elf Kilometer gebraucht. Auch ohne eigenes Blaulicht. Wenn es auch an der

Baustelle auf der Frankfurter Straße, auf der sie derzeit die Straßenbahnschienen erneuerten, etwa eng geworden war. Die Sommer ließ sich souverän über den Feldweg lenken, der nach Norden führte. Horndeich nahm nicht den asphaltierten Weg, der parallel zur Autobahn führte, denn den benutzten weitere Kollegen des Rettungsdienstes, denen er nicht im Weg sein wollte. Sein Weg führte auf dem schmalen Trampelpfad zwischen Steinrodsee und Autobahn direkt auf den Parkplatz der Raststätte Gräfenhausen West. Er schaltete einen Gang runter, dann erreichte er den Parkplatz.

Flutlichter auf Masten erhellten das Grauen. Entlang der Zufahrt auf die Autobahn sah Horndeich mehrere ineinander verkeilte Wagen. Unmöglich zu sagen, was für Autotypen die zusammengeschobenen Wracks gewesen waren.

Er stellte die Sommer neben einer der Picknickbänke am Parkplatz für die Lastzüge ab, hängte den Helm an den Lenker und rannte auf das Chaos zu.

Feuerwehrwagen und Sankas waren neben den Lastwagen abgestellt. Menschen wuselten zwischen den Wracks hin und her wie aufgescheuchte Hühner. Je mehr sich Horndeich der Autobahn näherte, desto mehr Wagen konnte er sehen. Weiter vorn sah er zwei ineinander geschobene Sattelzüge. Das sonntägliche LKW-Fahrverbot auf deutschen Autobahnen galt seit über einer Stunde nicht mehr; der Parkplatz für Lastwagen war kaum noch belegt. Die meisten Brummifahrer waren Punkt 22 Uhr wieder auf die Piste gerollt.

Horndeich erblickte einen Kollegen von der Autobahnpolizei. Jörg Blanken, mit dem er telefoniert hatte. Offenbar hatten sie inzwischen alle Kräfte vor Ort zusammengezogen.

»Jörg!«, rief Horndeich.

Der Angesprochene drehte sich um, trat auf Horndeich zu.

»Na, haben sie euch auch schon gerufen?«

»Nein. Was ist denn hier in Gottes Namen passiert?«

»Es sieht so aus, als wäre jemand über die Autobahn gelaufen.«

Horndeich schüttelte den Kopf. »Über die Autobahn? Gelaufen?«

»Ja. Vielleicht Selbstmord.«

»Und? Hat er es geschafft?«

»Über die Autobahn? Quatsch. Wohl bis zur zweiten Spur. Dann war Ende-Gelände.«

Horndeich war mit einer ausgeprägten Vorstellungsgabe gesegnet. Nun, in diesem Falle eher *gestraft*. Er würde nie begreifen, wie sich ein Mensch vor einen Zug werfen konnte. Oder über eine befahrene Autobahn laufen. Der Effekt war sicher der gleiche.

»Die Bestatter kommen gleich. Die Jungs vom Bestattungshaus Flobert. Die werden sich sicher nicht über den Auftrag freuen. Sie müssen die Teile aufsammeln. Kein schöner Anblick. Zum Glück ist das nicht mein Job.«

Kurz schwiegen sie sich an, jeder in eigene Gedanken vertieft.

»Was machst du denn eigentlich hier?«

Die Frage holte Horndeich aus dem kurzen Wach-Albtraum zurück in die Wirklichkeit. »Mein Wagen … Äh, ich meine, meine Kollegin, sie ist mit meinem Wagen gefahren. Wir haben telefoniert. Dann brach das Gespräch ab. Und es klang, als ob …«

»Was für einen Wagen fährst du?«

»Golf II. GTI. Rot.«

Kurz weiteten sich die Augen des Polizisten. Dann blickte er zu Boden. »Scheiße.«

»Wo ist sie?«, fragte Horndeich.

»Steffen, du solltest da nicht hingehen.«

»Wo ist sie?«, bellte er.

Blanken deutete mit dem Kopf nach vorn, in die Richtung, in der die Auffahrspur endete. Horndeich konnte keinen Golf ausmachen. Dennoch lief er los.

Er sah nur die Sattelzüge. Vielleicht war Sandra auf der Überholspur gewesen, als es gekracht hatte. Im Vorbeirennen las er die Aufschrift des Lastzuges. »Wir schieben die Preise zusammen.« Ein gelber Preis befand sich in einer Presse und drohte gerade zu platzen. Tolles Bild.

Noch bevor er das Führerhaus erreichte, sah er das rote Heck seines Golf. Die Schnauze einer Scania-Zugmaschine hatte sich durch die Scheibe in die linke Seite des Hecks gebohrt. Eine

Chromzierleiste, mit der Annas Cousin den Wagen verschönert hatte, ragte grotesk in die Luft.

Horndeich wollte schreien, doch der Schrei verebbte, bevor er den Mund verlassen konnte.

Die Frontpartie des Wagens sah nicht viel besser aus. Der Wagen stand schräg. Deshalb war die rechte Seite der Frontpartie eingedrückt. Wären da nicht Rad und Motor gewesen, die rechten vorderen Scheinwerfer hätten das Handschuhfach geküsst. Von innen. Der Auflieger vor dem Golf hatte extrem tief liegende Stoßfänger. So war der VW wenigstens nicht unter den Anhänger geschoben worden. Dann wäre das Dach abrasiert gewesen. Und nicht nur das Dach.

Wie ein Schlaglicht nahm Horndeich die Seitenaufschrift des Kastenaufliegers wahr: »Bloemen-Paradijs«.

Horndeich erkannte die leblose Person im Wagen. Ein Kollege von der Autobahnpolizei herrschte ihn an, er solle verschwinden.

Wie in Trance fingerte Horndeich nach seinem Ausweis, hielt ihn dem jungen Mann unter die Nase. »Das … ist … eine … Kollegin …«

In diesem Moment kam ein Feuerwehrwagen die Auffahrspur entlang. Zwei Rettungssanitäter spurteten neben dem Notarzt heran.

Abermals wurde Horndeich angeherrscht, er solle zur Seite gehen.

Der Feuerwehrwagen hielt, drei Feuerwehrmänner stiegen aus. Mit geübten Handgriffen schlossen sie ein Gerät an, das wie eine überdimensionale Kneifzange aussah und über zwei gelbe Schläuche mit dem Einsatzwagen verbunden war. Die Männer eilten um den Wagen herum, setzen die Zange an der Tür des Golf an. Die Zange entpuppte sich als Spreizwerkzeug: Sie drückte das Blech auseinander, als ob es sich um Jogurtbecherplastik handelte. Die Tür sprang auf.

Horndeich sah das Blut, das über Sandras Gesicht lief.

Der Notarzt sprach mit ihr, untersuchte sie, und Horndeich zuckte jedes Mal zusammen, wenn Sandras Wimmern zu einem Schrei anschwoll. Der Doktor legte ihr eine Infusion, woraufhin Sandra ruhiger wurde. Eine Halskrause zum Schutz der Halswirbel zierte gleich darauf ihren Nacken.

Der Arzt sprach kurz mit den Feuerwehrleuten, die daraufhin auch die Beifahrertür aufspreizten. Danach kletterte ein Mann ins Innere des Golf und schlug die Scheiben ein. Seine Kollegen schlossen inzwischen den nächsten Apparat an Schläuche an: eine überdimensionale Schere. Wie bei einem Plastikmodel knipsten die Männer damit die Dachholme durch. Dann nahmen sie das Dach ab, trugen es zur Seite – und Sandra saß unter freiem Himmel.

Der Arzt sprach wieder mit ihr, tastete sie ab, dann warf er den Sanitätern irgendwelche lateinischen Begriffe zu, die diese offenbar verstanden. Horndeich erriet mehr, als dass er es verstand, dass auf jeden Fall Sandras rechter Unterschenkel und ihr rechter Arm schwere Blessuren davongetragen hatten.

Die Jungs in Weiß verschwanden und kehrten gleich darauf mit einer Trage zurück. Der Arzt hob gemeinsam mit den Rettungssanitätern Honrdeichs Kollegin vorsichtig auf die Trage.

»Weiß jemand, wie die Dame heißt?«, fragte der Arzt, über ein Formular gebeugt.

Horndeich trat einen Schritt nach vorn, fühlte sich, als ob er vor den Vorhang einer Theaterbühne träte. »Hillreich. Das ist Sandra Hillreich.«

Der Mediziner nickte, kritzelte etwas auf den Zettel.

»Wo bringen Sie sie hin?«

»Städtische«, antwortete der Mediziner knapp.

Horndeich nickte. »Kommt sie durch?«

»Sie sind kein Angehöriger, oder?«

Horndeich fingerte nach seinem Ausweis. »Ich ermittle in diesem Fall.«

Der Arzt zuckte mit den Schultern. »Sie hat Brüche im rechten Bein und im rechten Arm. Schleudertrauma, Platzwunde, Quetschungen, Prellungen und eine Gehirnerschütterung.«

»So schlimm?«

»*Schlimm?* Gratulieren Sie ihr lieber zum Geburtstag!« Damit wandte sich der Arzt ab.

Sandra wandte ihr Gesicht Horndeich zu. »Steffen ...?«

Er trat an die Trage. »Hallo. Sandra.« Er wollte ihre Hand nehmen, doch die war bereits fixiert.

»Es tut mir … leid, Steffen, ich wollte nicht … Ich konnte nichts dafür, weißt du, er hat gebremst. Und ich habe ihn doch gar nicht berührt, ich meine, ich kam doch noch zum Stehen, Steffen, ich verstehe das gar nicht …«

Während Sandra verzweifelt plapperte, als ob sie einen Richter von ihrer Unschuld überzeugen müsste, versuchte Horndeich sie zu beruhigen. Ein Sanitäter meinte: »Wir fahren jetzt.« Dann rollten er und sein Kollege die Trage über die Einfädelspur davon. Horndeich winkte ihr zaghaft hinterher.

Um ihn herum herrschte organisiertes Chaos. Er blickte nach oben. Wieder landete ein Rettungshubschrauber. Auf dem Parkplatz der Raststätte östlich der Autobahn. Also war die Gegenspur auch in Mitleidenschaft gezogen worden. Klar, Jörg Blanken, der Kollege von der Autobahnpolizei, hatte am Telefon so was in der Richtung gesagt, erinnerte sich Horndeich. Doch die beiden Fahrtrichtungen trennte nicht nur eine Leitplanke. Blendschutzpfosten versperrten den Blick auf die andere Seite.

Horndeich ging wieder in Richtung seines Motorrads. Er konnte kaum etwas tun. Außer den Rettungskräften im Weg herumstehen. Sandra würde leben. Das war das Wichtigste.

Er schlurfte über den Parkplatz, als er wieder Jörg Blanken sah. Er redete auf einen Kollegen ein, der mit hängenden Schultern und leerem Blick auf der Erde saß. Ein Arzt kam zu den beiden gelaufen. Blanken wechselte ein paar Worte mit ihm, dann sah er Horndeich, kam zu ihm.

»Neue Erkenntnisse?«, fragte der.

Blanken nickte. »War eine Frau, die über die Autobahn gerannt ist. Junges Ding.«

»Warum macht jemand so was?«, sprach Horndeich den Gedanken aus, der sie beide beschäftigte. Es war ja nicht nur irgendein Selbstmord gewesen. So viele Wagen waren in Mitleidenschaft gezogen, so viele Menschen verletzt oder sogar getötet worden.

Blanken zuckte mit den Schultern und sprach einfach weiter. »Auf der anderen Seite genau das gleiche Bild. Ist nur noch nicht klar, wieso. Ob vielleicht irgendein Teil über die Leitplanke geflogen ist.«

»Und über die Blendschutzplanken«, erinnerte Horndeich.

Wieder ein Schulterzucken. »Wir haben eine lange Nacht vor uns.« Blanken hielt kurz inne. »Deine Kollegin – ist sie …?«

Horndeich schüttelte den Kopf. »Nein. Sie ist verletzt. Aber sie kommt durch.«

»Das ist die erste gute Nachricht seit einer Stunde.« Er klopfte Horndeich auf die Schulter. »Ich muss weiter.«

Horndeich ging die letzten Meter in Richtung seines Motorrads. Unweit davon stand ein dunkler Audi Q7, den er vorher gar nicht wahrgenommen hatte. Eine Dame, gekleidet in elegantes Schwarz, lehnte an der Fahrertür. Horndeich erkannte sie.

Sie war schlimmer als alle Gaffer zusammen. Helena Bergmann. Elegante Erscheinung – und damit waren die positiven Eigenschaften auch schon aufgezählt, dachte Horndeich. Ihr größter Fehler: Sie war die Vorsitzende der DPL – der Demokratisch Patriotischen Liste. Einer kleinen Partei am rechten Rand des Spektrums, die viel Quatsch verzapfte wie viele anderen Parteien auch. Nur dass ein Lieblingsthema der DPL die Polizei war. Die, durfte man den Reden der Bergmann glauben, hoffnungslos überfordert war und dringend einer Legion privater Hilfssheriffs fürs Grobe brauchte. Eine Meinung, die Horndeich nicht teilte. Wie kaum einer seiner Kollegen.

Die Bergmann schien Horndeich ebenfalls zu erkennen. Schnäuzte sich. Dann nickte sie ihm zu. Horndeich erwiderte den Gruß und wünschte ihr eine fette Erkältung an den Hals. Und fragte sich, weshalb sie so nonchalant gegen den Wagen lehnte. Dann begriff er. Jemand hatte seinen Wagen so hinter dem Audi platziert, dass dieser schlicht zugeparkt war. Da halfen auch die 360 PS nicht weiter.

Horndeich grinste schadenfroh in sich hinein. Bis er die Jungs mit der Kamera und dem Mikro sah, die zielstrebig auf die Bergmann zuhielten.

Sie steckte das Taschentuch weg, setzte eine kokette Mischung zwischen ernster Miene und sanftem Lächeln auf.

»Frau Bergmann, hier hat es eine Massenkarambolage gegeben. Fünfzig Autos, so der letzte Stand, sind ineinander verkeilt. Es scheint, dass eine Lebensmüde vor die fahrenden Wagen gelaufen ist. Sind Deutschlands Autobahnen noch sicher genug für deutsche Fahrer?«

Nein, aber für britische, dachte Horndeich und brachte die letzten Schritte zum Motorrad schnell hinter sich. Er wollte das dumme Gesülze der Bergmann nicht hören. Und weitere Fragen, die den IQ-Wert der Antworten noch unterboten. Es würde wahrscheinlich ohnehin morgen aus allen Kanälen auf ihn eindröhnen.

Margot Hesgart saß auf einem der unbequemen Plastikstühle vor dem Operationssaal. Vor einer Viertelstunde hatten sich die Türen geschlossen. Nun lag die Zukunft ihrer Kollegin in den Händen der Halbgötter in Weiß. Sie würden darüber entscheiden, ob Sandra Hillreich jemals wieder die Finger ihrer rechten Hand würde bewegen können. Und ob ihr rechtes Fußgelenk steif bleiben würde.

Horndeich hatte Margot von der Raststätte aus angerufen. Sie hatte mit Rainer – ihrem Lebensgefährten, Mitbewohner und Vater ihres Sohnes Ben – auf der Couch gesessen, um sich einen »Tatort« anzuschauen, mit den fiktiven Frankfurter Kollegen Andrea Sawatzki und Jörg Schüttauf alias Charlotte Sänger und Fritz Dellwo. Und sich danach noch über die Glaubwürdigkeit von Fernsehkrimis unterhalten.

Als Horndeichs Anruf kam, waren sie gerade von verbaler zu nonverbaler Kommunikation übergegangen. Noch immer jagten die sanften Berührungen seiner Finger kleine Stromschläge durch ihren Körper.

Als kleines Mädchen hatte sie mit ihrer Kindergartenfreundin Susi Mutproben bestanden. Sie hatten sich den Pluspol einer Batterie an die Zungenspitze gehalten und waren unter dem sanften Kribbeln zusammengezuckt. So ähnlich fühlte es sich an, wenn Rainer …

Sie hatte das Handy verflucht, das sich plötzlich gemeldet hatte. Während Horndeich ihr in knappen Worten berichtet hatte, was passiert war, war sie bereits wieder in BH und Bluse geschlüpft.

Sie hatte Rainer nichts sagen müssen. Er hatte sie angesehen, seinerseits den Gürtel wieder geschlossen und nur gefragt: »Soll ich mitkommen?«

Er hatte sie zum Krankenhaus gebracht, war dann aber wieder nach Hause zurückgekehrt. Sie wäre nicht für jeden Kollegen ins Krankenhaus gefahren. Aber Sandra ... Sie mochte die junge Frau, die in ihrem Job eine Koryphäe war, an der Organisation ihres Privatlebens jedoch kläglich scheiterte. Allein im vergangenen Jahr war die blonde Frau dreimal der Liebe ihres Lebens begegnet. Schade, dass die Männer das nicht genauso gesehen hatten.

Sandra war die Herrscherin über die Computer. Es gab kaum etwas, was sie nicht innerhalb einer halben Stunde in irgendwelchen Datenbanken recherchieren konnte. Umso kläglicher scheiterte sie an den Recherchen des täglichen Lebens. Freund Nummer eins des vergangenen Jahres war verheiratet gewesen und hatte drei Kinder. Freund Nummer zwei war dreifach wegen Körperverletzung vorbestraft; Sandra hatte das ermittelt, als ihre rechte Gesichtshälfte eines Morgens blaugrün verfärbt war. Und der letzte? Borgte sich 5000 Euro. Weil seine Mutter eine Operation benötigte. Und tschüss!

Insgeheim hatte Margot schon längst erkannt, dass all diese Typen nur fader Ersatz waren für den Mann, zu dem sich Sandra wirklich hingezogen fühlte: Steffen Horndeich. Sicher, er war ein verlässlicher Kollege, manchmal ein Freund, aber leider liiert. Margot kannte seine Freundin Anna, und sie mochte ihre Warmherzigkeit. Aber sie fragte sich, ob die verschiedenen Mentalitäten wirklich zusammenpassten, ob die beiden kompatibel waren für ein gemeinsames Leben.

Nun ja, ob allerdings ein Scheitern der Beziehung zwischen Anna und ihm Sandra auf ihrem Weg zum Glück mit Horndeich weiterbrachte, war zumindest fraglich.

»Ach, hier sind Sie!«

Margot blickte auf und sah die Schwester, die in die Oase aus Plastiksesseln trat und wissen wollte: »Sie sind doch die Polizistin, nicht wahr?«

»Wie kann ich Ihnen helfen?« Eine Reminiszenz an ihren Job. Sie fragte nicht: *Was kann ich für Sie tun?* Sie ging davon aus, dass sie helfen musste. Und konnte.

»Da ist ein Mann, den wir gerade hereinbekommen haben. Auch von dieser Massenkarambolage.«

»Und?«

»Der ist vollkommen hysterisch. Er sagt, er will mit der Polizei sprechen. Er wäre schuld an dem Unfall.«

»Können Sie ihn nicht beruhigen?«

»Nein. Wir haben ihm schon was gegeben. Wirkt aber leider nicht. Und da er unter Schock steht, wollen wir ihm nicht noch mehr verabreichen, damit sein Kreislauf nicht schlappmacht.«

»Und was meinen Sie, soll ich tun?«

»Sie sind doch von der Polizei. Wenn Sie mal mit Ihrem Ausweis wedeln, ihm zuhören – vielleicht beruhigt er sich dann. Das würde ihm – und uns – sehr helfen.«

Margot überlegt nur kurz. Die OP, so hatte man ihr versichert, würde im besten Falle noch vier Stunden dauern. Es würde nicht schaden, wenn sie für fünf Minuten verschwand. »Okay. Wo ist der Mann? Und wie heißt er?«

Werner Raschke lag im Vorzimmer der Notaufnahme. Aus seinem linken Arm führte ein dünner Schlauch zu einer Infusion, eine Halskrause zierte seinen Hals. Karambolagen-Mode, dachte Margot bitter. Als sie den Raum betrat, grüßte der Mann sie mit den Worten: »Ich will jetzt endlich einen Kommissar sprechen. Ich hab dieses ganze Chaos verursacht. Ich bin schuld!«

Margot taxierte ihn kurz: Mitte fünfzig. Geschäftsmann. Ohne Geldsorgen. Goldener Ring – und wahrscheinlich drei Kinder, vermutete Margot. Vertreter. Außendienst. Keine Versicherungen. Etwas … Seriöseres. Eher Business-to-Business. Industrieanlagen. Und sein Tonfall schien vielmehr nach einem Pfarrer zu verlangen als nach einem Polizisten.

Margot kramte ihren Ausweis aus der Jacke, war froh, dass sie ihn instinktiv eingesteckt hatte. »Hesgart. Kripo Darmstadt.«

»Danke, dass Sie gekommen sind«, sagte Raschke. Margots Anblick schien seine Pulsfrequenz locker zu halbieren. Sie hätte Ärztin werden sollen. Oder Guru.

»Herr Raschke, wie kann ich Ihnen helfen?« Wahrscheinlich fragten das auch alle Ärzte. Womit sie an diesem Ort ja dann nicht aus der Rolle fiel.

»Wie viele sind tot?«, fragte Raschke tonlos.

»Ich weiß es nicht«, antwortete Margot wahrheitsgemäß. Sie wusste kaum etwas über den Unfall.

»Ich bin daran schuld«, wiederholte Raschke. »Ich habe den Unfall verursacht.«

»Wie kommen Sie darauf?«, fragte Margot irritiert. Schuld war ja wohl die junge Frau, die ihren Abendspaziergang ausgerechnet auf der A5 machen musste.

»Weil …« Raschke überlegte offenbar, wie er die Geschichte am besten darlegen konnte. »Wissen Sie, ich bin Vertreter. Vertreibe Rollladenantriebe.« *Bingo*, dachte Margot. »Für eine recht gut gehende Firma in Mittelhessen. Ich betreue ganz Süddeutschland. Das allerdings ist ein schweres Geschäft. Nirgends gibt es so viele Fensterläden wie in Süddeutschland. Da nutzt der beste Rollladenantrieb nichts. Ich hab das ganze Wochenende eine Schulung abgehalten. Für Fachhändler. Damit die ihre Kunden davon überzeugen können, dass Rollläden viel besser sind. Ich wollte einfach nur noch nach Hause; ich wohne in Gießen. Ich bin geheizt wie ein Blöder. Lichthupe, linke Spur. Warum eigentlich? Meine Kinder waren ja schon lange im Bett, meine Frau wahrscheinlich auch.« *Noch mal Bingo*, dachte Margot.

»Und was ist passiert?« Sie zog sich einen Plastikstuhl heran und setzte sich neben das Bett von Raschke.

»Ich hatte grade einen Polo von der Spur gescheucht, da passierte es.«

»Was?«

»Das Seitenfenster zersprang.«

Margots Stirnrunzeln manifestierte das Fragezeichen in ihrem Gehirn.

»Wissen Sie, ich fahre im Jahr mehr als 70 000 Kilometer. Das macht 6000 Kilometer im Monat. Das sind 300 Kilometer am Tag. Da habe ich mir doch wirklich einen schönen Wagen verdient, oder?«

Margot nickte. Der kürzeste Weg zu weiteren Antworten.

»Ich fahre einen Jaguar. Traum aus Kindertagen. Einen x-type. Hab ich wirklich günstig gekriegt.« Tränen schimmerten in Raschkes Augen. »Hat mir vielleicht das Leben gerettet. Und andere das Leben gekostet.«

26

»Was ist passiert?«

»Ich war kurz vor der Raststätte Gräfenhausen. Ich glaub, gerade auf der Höhe der Abfahrt zur Raststätte. Und da macht es Peng. Das Seitenfenster zerspringt in tausend Stücke. Ich bin so erschrocken, dass ich ...«

Raschke verstummte. Sosehr er zuvor das Bedürfnis gehabt hatte zu reden, so tief war nun sein Schweigen. Margot sah, wie ihm die Tränen über die Wangen liefen.

Nach einer halben Minute frage sie leise: »Und dann?«

Raschke seufzte. »Ich hab das Lenkrad herumgerissen. Automatisch, ein Reflex. Ich hab nur mitbekommen, dass ich in die Leitplanke gerauscht bin und mich ein paar Mal gedreht habe. Es hat nur noch gekracht. Dann haben mich die Sanitäter rausgeholt.«

»Warum ist denn die Scheibe zersprungen?«

»Ich weiß es nicht. Ich dachte immer, dass Jaguar die sichersten Wagen baut. Ich hab keine Ahnung, warum die Scheibe in dem Moment den Geist aufgegeben hat.«

»Als Sie in die Leitplanke gefahren sind – haben Sie nicht die Karambolage auf der Gegenfahrbahn bemerkt?«, wollte Margot wissen.

»Auf der Gegenfahrbahn? Nein. Mein Gott, habe ich ...«

»Nein, Sie haben nicht. Auf der anderen Seite der Autobahn ist eine Frau über die Fahrbahn gelaufen. Und überfahren worden.«

»Zur gleichen Zeit?«

»Offenbar. Ja.« Margot dachte kurz darüber nach, dass dies kaum ein Zufall sein konnte.

»Nein. Davon habe ich nichts mitbekommen.« Er schüttelte betrübt den Kopf, die Augen noch immer feucht. »Aber ich hätte nicht so schnell fahren dürfen. Meine Frau sagt schon immer, dass die fünf Minuten, die ich eher zu Hause bin, fünf Tage von meinem Lebenskonto abziehen.«

Margot schwieg. Obwohl sie selbst immer wieder mit Blaulicht unterwegs war, mochte sie Raser auf der linken Spur wie Fußpilz.

»Was machen Sie jetzt mit mir?«, fragte Raschke.

Wieder beschlich Margot das Gefühl, dass der Mann eher

**27**

einen Pastor benötigte als einen Polizisten. Aber für Absolutionen war sie nun einmal nicht zuständig. »Im Moment müssen Sie erst einmal wieder gesund werden. Danach wird sich alles Weitere finden.«

»Könnten Sie vielleicht meine Frau benachrichtigen?«

Margot nickte.

»Werner Raschke. Gießen. Wir stehen im Telefonbuch.«

»Mach ich. Gute Besserung.«

Raschke nickte – und schlief ein.

Margot verließ leise den Raum. Als sie wieder den Gang vor dem OP erreichte, saß dort – Horndeich.

»Margot! Wo warst du denn?«

»Hab Seelentröster gespielt und eine Beichte abgenommen.« Kurz erzählte sie von dem seltsamen Gespräch mit Raschke.

»Was ist da passiert?«, fragte Horndeich – sich selbst und Margot.

»Ich weiß es nicht. Aber ich kann mir kaum vorstellen, dass es Zufall ist, dass auf der einen Seite eine Frau über die Autobahn läuft und auf der anderen Fahrspur so mir nichts dir nichts eine Scheibe zerspringt.« Margot hielt kurz inne. »Hat der Arzt schon was gesagt?«

»Nein. Nichts. Es wird wohl noch eine Weile dauern, bis sie sie wieder zusammengeflickt haben.«

Margot schwieg. Horndeich tätschelte ihre Hand. »Geh du heim, ich halt hier die Stellung.«

Auch er machte sich Sorgen um Sandra. Aber das hatte Margot nicht anders erwartet. Vielleicht war es auch nicht schlecht, wenn ihr Kollege vor diesem OP saß und ein wenig Zeit zum Nachdenken hatte.

## Montag

Für gewöhnlich war Horndeich immer vor Margot im Büro. Doch an diesem Morgen würde er sicher später kommen, obwohl auch sie erst um halb neun eingetroffen war. Auf sechs Uhr dreißig war die SMS datiert, die er ihr geschickt hatte: »Sandra so weit okay. Rest später. Gute Nacht. Horndeich.« Die Kurzmitteilung hatte sie erreicht, als sie gerade aufgestanden war. Margot war erst um halb zwei nach Hause gekommen und nicht wirklich ausgeschlafen.

Auf ihrem Schreibtisch türmten sich die Akten, ein Zustand, der offenbar gänzlich unabhängig von der Menge an tatsächlicher Arbeit war. Derzeit gab es keine Fälle, die schneller Bearbeitung bedurften. Eine Tote in der Badewanne – ob Selbstmord oder nicht, war immer noch nicht geklärt. Eine Messerstecherei vor dem Bahnhof – zehn Beteiligte, alle Opfer; es würde dauern, festzustellen, wer auch Täter war.

Und dann diese komische Aussage von diesem Raschke. Eine plötzlich zersplitterte Seitenscheibe. Dass eine Frontscheibe plötzlich und unerwartet den Dienst quittierte, dass hatte sie schon am eigenen Leib erfahren. Aber eine Seitenscheibe?

Margot wählte die interne Nummer der Kollegen der Autobahnpolizei.

»Mefferd, Audoobahnpolizei Dammschdadd, wie kann isch Ihne helfe?«

Margot konnte sich ein Schmunzeln nicht verkneifen. Kollege Meffert war hessisches Urgestein. »Hesgart, K10, gleicher Verein. Sie haben doch auf der A5 heute Nacht die Wagen der Karambolage auseinandersortiert?«

»Ei sischä'. Mir sinn da noch da dabei. Vor aaner Schtund habe mir die Vollschperrung ersd aufgehobe. Des war 'n Chaos gewese! So was hab isch in meiner gandse Laufbahn noch nedd gesäje.«

»Ich suche einen Jaguar x-type. Gießener Kennzeichen. Der Halter ist ein gewisser Werner Raschke.«

»Aan Momend, bidde, des hawwe mir gleisch«, meinte Meffert, dann hörte Margot Papier rascheln.

Es gab eine Liste mit Abschleppunternehmen, die abwechselnd beauftragt wurden, wenn es einen Wagen zu bergen galt. Diesmal hatten wohl alle Unternehmen ihr Stück vom Kuchen abgekriegt. Die Wagen wurden normalerweise bei den Unternehmen gelagert.

»Da isser. An grüne Ix-Daib. Raschke. Ja, denn hawwe mir gaanz am Anfang aufggesammeld, denn der hadd wohl zimmlisch vorn mitgemischd.«

»Wo haben Sie ihn hinbringen lassen?«, wollte Margot wissen und nahm einen Stift zur Hand. Auf ihrer Schreibtischunterlage, einem Block im DIN-A-2 Format, fand sie immer noch eine freie Stelle, wo sie etwas notieren konnte. Selbst wenn die meisten freien Stellen von Aktenbergen verdeckt waren.

Margot schob einen Stapel nach links und entdeckte darunter tatsächlich noch fünf Quadratzentimeter unbekritzelte Fläche. Wenn ich die Akten vom Tisch habe, reiße ich endlich dieses volle Papier ab, dachte sie, als Meffert ihre Frage beantwortete.

»Ha, der Waache, der liegd Ihne grad zu Füße, werte Kolleschin.«

»Sie meinen, der ist bei uns?« Im Gebäude des Polizeipräsidiums Hessen Süd gab es eine Halle, in der Fahrzeuge untersucht werden konnten. Was dort allerdings ein gewöhnlicher Unfallwagen zu suchen hatte, war Margot nicht klar.

»Ja. Der Kollesch, der den Schade aufgenomme hadd, de Wenne Trudkze, des iss an Schlaue. Demm iss nämlich gleisch aufgefalle, das da was nedd geschdimmd hadd.«

»Was denn?«, hakte Margot nach und spürte, wie ihr Jagdinstinkt erwachte.

»Nun, der Waache, der war zimmlisch rambonierd, vorn, hinne, un' aach an dere Beifahreseid, da issem aach aaner rei'gerauschd. Die Fa'gasdzell, die war abe fast gands unve'sehrd. Die Sanidäder, die habbe aafach die Fahre'dier aufgemachd un dann denn Mann rausgehoold.«

»Und was ist ihm aufgefallen?«

»Na – die Scheib. Die Dier war völlisch intagd, kaan aanizische Kratze. Awwe die Scheib, die war nach innen geschblidderd – ohne e'sischdlische Grund.«

»Und?«

»Na, mir sinn ja aach nedd aaf de Kopf gefalle. Mir hawwe nedd rekonstruiere könne, wieso des überhaupt auf dere Schbur nach Norde zu demm Unfall kam. Des gaab kaan Grund. Und der Jaguar, der war halt der ersde, der sisch graad quergeschdelld hat. Awwer warum? Na, der Kollesch had auf jeden Fall gesachd, die KTU soll sisch denn Waache aamal ansäje.«

Margot bedankte sich und legte auf. Die Kollegen, die die Kriminaltechnische Untersuchung – kurz KTU – durchführen würden, hatte den Wagen bestimmt nicht oben auf der Liste stehen. Im Gegenteil, sie zerlegten zurzeit drei geklaute Luxuskarossen, die angeblich als Drogenbehälter gedient hatten. Wo genau in den Wagen der Stoff transportiert worden war, wussten die Kollegen noch nicht. Deshalb nahmen sie die Fahrzeuge gerade bis auf die letzte Unterlegscheibe auseinander.

Margot ging in die Halle und entdeckte den Jaguar auf den ersten Blick, auch wenn er nicht mehr ganz so formschön aussah wie in den Hochglanzprospekten der Firma.

»Hallo, Frau Hesgart – was verschafft uns die Ehre?«, fragte der Kollege des KTU-Teams.

Margot erklärte, dass sie sich den Jaguar ansehen wollte. Der Kollege meinte, das dürfe sie ruhig tun, aber bitte im Schutzanzug und mit Handschuhen, um selbst keine falschen Spuren zu hinterlassen.

Margot schlüpfte in den Anzug aus weißem papierartigem Kunststoff, zog sich die Latexhandschuhe über und ging zunächst einmal um den Wagen herum.

Der Jaguar hatte, nachdem er in die Leitplanke gerauscht war, wohl noch Kontakt mit drei anderen Wagen gehabt, wenn Margot die verschiedenen Lackspuren richtig interpretierte. Vorn, hinten und rechts. Front- und Heckscheibe waren heil, die Scheibe der rechten Tür war geborsten. Das war nicht weiter verwunderlich, denn die Beifahrertür war mindestens fünfzehn Zentimeter eingedrückt und sah aus wie die Hülle eines asthmatischen Fußballs. Auch die Fondtür und die mittlere Dachsäule hatten etwas abbekommen.

Nur die linken Türen des Wagens schienen absolut intakt. Margot legte die Hand an den Griff. Die Tür schwang ohne jedes Knarzen sanft auf.

Die Sitze waren mit dunklem Leder bespannt und die Armaturentafel und Türeinlagen aus Walnusswurzelholz. Nicht gerade ein Auto von der Stange.

Neben dem Fahrersitz und im Fond des Wagens lagen Glassplitter von der Seitenscheibe. Margot betrachtete die Innenseite der Tür. Aber dort war nichts Auffälliges. Auch an der Außenseite gab es keinen Hinweis, warum die Scheibe zersprungen sein sollte.

Als Nächstes nahm sich Margot den Fahrersitz vor. Dort fand sich genauso wenig etwas, was das Splittern einer Scheibe hätte erklären können. Dann blieb ihr Blick an der Kopfstütze haften.

Da das Leder dunkel war, fiel der kleine Riss zunächst kaum auf. Vorsichtig fühlte Margot nach: Nicht nur das Leder war beschädigt, auch das Polster hatte was abbekommen.

Keine Minute später zauberte der herbeigerufene Kollege der KTU eine schimmernde Patrone aus der Kopfstütze. »Da hat aber jemand richtig Schwein gehabt. Das hätte auch in die Hose gehen können«, sagte der Techniker.

Oder ins Auge, dachte Margot.

»Nehmen Sie den Wagen auseinander«, wies sie den Techniker an. »Vielleicht gibt es noch weitere Projektile. Oder andere Spuren.«

»Hier steckst du also!«, hörte sie jemanden rufen und drehte sich um.

Es war Horndeich, als er auf die beiden zutrat. »Keiner konnte mir sagen, wo ich dich finde.«

»Und wie hast du mich dann gefunden?«

»Männliche Intuition, Hellsehergabe und ein kleiner Hinweis von Frau Zupatke.«

»Ja ja, die Frau an der Pforte sieht alles und hört alles. Wie geht es Sandra?«

»Sie kam um sechs aus dem OP. Der Unterarmknochen und die Nervenstränge waren ein Puzzle für Fortgeschrittene. Das Bein auch. Sie wird wieder, aber es wird lange dauern.«

»Können wir sie besuchen?«

»Ab heute Mittag, hat der Doc gesagt.«

Beide fingen gleichzeitig an zu reden: »Hör mal, ich hab …« – »Schau mal, ich hab …«

»Gentelmen first«, gab Margot den Kavalier.

»Ich habe gerade mit den Kollegen von der Autobahnpolizei gesprochen. Auf beiden Seiten sind zusammen knapp sechzig Wagen ineinander gecrasht. Zwei Tote, mindestens zehn Schwerverletzte. Kollege Blanken hat erzählt, dass die Ursache eindeutig war. Drei Zeugen haben ausgesagt, dass eine junge Frau auf dem Seitenstreifen entlanglief, anfing zu rennen und plötzlich auf die Straße schwenkte. Hat sich wohl bis zum Schluss überlegt, ob sie es tun soll oder nicht.«

»Schau mal, was ich hier habe. Vielleicht ist der Fall doch nicht ganz so einfach.« Margot zeigte Horndeich den Klarsichtbeutel, in dem das Projektil lag.

»Neun Millimeter. Wo hast du denn die her?«

»Aus dem Wagen des Mannes, der gestern im Krankenhaus erzählt hat, dass er den Unfall verursacht habe. Auf der Gegenspur.«

Horndeich pfiff durch die Zähne. »Vielleicht sollten wir Blanken mal einen Besuch abstatten.«

Henning Hubert wirkte auf Margot, als wäre er der beste Kumpel von Kris Kristofferson alias Rubber Duck aus dem legendären Trucker-Film »Convoy«. Der Fernfahrer war sicher zwei Meter groß und dennoch alles andere als ein schlaksiger Typ. In der Hand hielt er einen Stetson, den er beim Sprechen immerzu drehte, und die leicht speckige Außenspur auf der Krempe verriet, dass er dies nicht nur tat, wenn er mit der Polizei sprach. Es sei denn, er sprach zwei-, dreimal am Tag mit der Polizei, doch das konnte sich Margot nicht vorstellen. Obwohl er die vierzig sicher schon vor einer Weile überschritten hatte, war sein Haar noch voll und dunkel, und Margot war keineswegs entgangen, dass ein recht attraktiver Mann vor ihr am Tisch in Blankens Büro bei der Autobahnpolizei saß.

»Ich habe das Ihrem Kollegen doch schon erzählt«, beschwerte sich Henning Hubert und schaute Blanken an.

»Ja, sicher«, übernahm Margot die Antwort.»Aber es haben sich ganz neue Aspekte ergeben. Mein Kollege Steffen Horndeich und ich, wir sind von der Mordkommission. Und es wäre sehr freundlich, wenn Sie uns das mit dem Unfall noch mal erzählen würden.«

Als Margot und Horndeich Jörg Blanken von der Kugel berichtet hatten, hatte dieser erstaunt die Augenbraue hochgezogen, eine Mimik, die Margot in ihrer Kindheit lange Zeit vergeblich vor dem Spiegel geübt hatte, nachdem sie zum ersten Mal Mister Spock in der TV-Serie »Raumschiff Enterprise« gesehen hatte. Vielleicht würde die Kugel zu der Aussage passen, die der Fernfahrer Henning Hubert gerade gemacht habe, hatte Blanken gemeint. Sie hätten Glück, Hubert säße noch in seinem Büro, sie könnten direkt mit ihm sprechen.

Der Fernfahrer seufzte.»Ich kam von Amsterdam, eine Fuhre Blumen nach Basel bringen.«

»Bloemen-Paradijs«, brummte Honrdeich.

»Blumen-Paradeis spricht man das aus. Das oe wird in Holland wie unser u gesprochen und ij wie ei«, belehrte ihn Henning Hubert.»Aber woher kennen Sie meinen Laster?«

Horndeich winkte ab.»Erzählen Sie weiter.«

»Also – ich lag gut in der Zeit. Bis zehn war ja ohnehin kaum ein Laster auf der Straße. Frischware fahr ich am liebsten am Wochenende – da hab ich die Autobahn fast für mich allein…«

»Weil er mit sogenannter verderblicher Ware nicht vom Sonntagsfahrverbot betroffen ist«, warf Jörg Blanken erklärend ein.

»Genau.« Henning Hubert nickte bestätigend.»Ich meine, da hab ich nie eine Schnarchnase vor mir.« Er räusperte sich. »Also – ich hab überlegt, ob ich in Gräfenhausen eine Pause mache oder noch ein Stück weiter fahre bis Alsbach. Ein Kumpel von mir hatte dort gerade seinen Truck abgestellt. Also wollt ich weiterfahren.«

Er machte eine kurze Pause. Schweißperlen schimmerten auf seiner Stirn, als die Sonne ihre Strahlen ins Zimmer warf. »Zum Glück hab ich sie nicht erwischt«, murmelte er.»Ich dachte noch, das Lied passt aber gut – ›18 Wheels and a dozen roses‹; ist von Kathy Mattea. Da passierte es, als ob jemand da oben …« – er schaute hoch gegen die Decke, meinte aber sicher nicht die Kollegen im ersten Stock – »… mit der Pistole den Startschuss gegeben hätte.«

Er griff zu seiner Kaffeetasse, nahm einen Schluck. Dem Gesichtsausdruck nach hatte sich das Gebräu der Raumtemperatur angeglichen.

»Ich war auf der Höhe des LKW-Parkplatzes, als ich sie sah.«

»Wen?«

»Na, die Frau. Sie lief am Rand der Auffahrtspur vom Parkplatz lang. Ich dachte noch: Wo will die denn hin? Und antwortete mir selbst: Die weiß nicht, wo sie hin will. Aber ich dachte nicht, dass sie auf die Straße rennen würde. Dachte, dass sie vielleicht Streit hat mir ihrem Freund. Oder … Quatsch, in dem Moment hab ich gar nichts mehr gedacht. Ich nahm den Fuß vom Gas, ganz automatisch. Dann war ich auch schon auf der Höhe der Einfädelspur. Und dann ging's los: Auf der Gegenfahrbahn knallt ein Wagen in die Leitplanke. Ich schaue automatisch nach links, denke: So 'ne Scheiße!, schau wieder auf die Straße. Und in dem Moment rennt das Mädel los. Schlägt 'nen Haken wie 'n Karnickel und ab auf die Autobahn. Die schaut mich sogar noch an. Ich steig voll in die Eisen. Der Truck schlingert. Aber der Wagen neben mir auf der linken Spur brettert noch an mir vorbei. Ich hab genau gesehen, wie er die Frau erwischt. Den Schlag – Sie glauben gar nicht, wie laut das ist. Er hat sie erwischt, sie ist durch die Luft geflogen, danach habe ich nichts mehr von ihr gesehen. Zum Glück.«

Blanken schaute Margot so erwartungsvoll an, als wollte er ihr wie ein Souffleur die nächste Frage zuflüstern. Die kam auch prompt. »Herr Hubert, Sie sagten gerade, dass der Wagen auf der Gegenspur zuerst den Unfall hatte und die Frau erst danach über die Straße gelaufen sei.«

»Ja. Was ein Zufall. Dem muss es den vorderen Reifen zerrissen haben. Ober irgendwas lag auf der Fahrbahn. Oder er hat einen Herzinfarkt gekriegt. Auf jeden Fall knallt der Wagen voll in die Leitplanke.«

»Sie sind sich sicher, dass das passierte, bevor die Frau losrannte?«

»Ja, ganz sicher. Das ist passiert, bevor die Frau auf die Autobahn rannte. Ich schaue auf den Wagen, zwing mich, sofort wieder auf die Straße zu schauen. Und erst dann schlägt sie den Haken. Ich meine, sie lief die ganze Zeit, aber erst parallel zu den Fahrspuren.«

Er griff wieder zu der Kaffeetasse, führte sie zum Mund, hielt aber dann inne. »Von der Mordkommission sind Sie? Das Mädel hat gar keinen Selbstmord begangen?«

Seine Schultern waren mit jedem Satz seines Berichts mehr nach unten gesackt. Er sah aus wie zwei Meter Elend.

»Wir wissen es noch nicht. Aber Ihre Aussage scheint den Verdacht zu erhärten, dass sie nicht freiwillig über die Autobahn lief. Haben Sie denn noch jemanden gesehen, außer der Frau? Oder ist Ihnen noch etwas aufgefallen.«

»Da war niemand. Ich meine, ich hab keinen gesehen. Aber wenn's dunkel ist, dann ist alles, was neben der Fahrbahn liegt und steht, sowieso schwarz. Die Frau ... Wie hieß sie eigentlich?«

»Das wissen wir noch nicht.«

»Also – die Frau, die hatte ja ganz helle Klamotten an. Eine weiße Hose, eine weiße Jacke. Die strahlte im Licht gegen den dunklen Wald wie eine Christbaumkugel. Wenn da noch jemand war, dann hat er auf jeden Fall keine hellen Klamotten angehabt. Sie hat mich direkt angeschaut, als sie losgerannt ist. Als ob sie ausrechnen wollte, ob sie es noch schafft ...«

Während Margot den Wagen in Richtung Präsidium lenkte, telefonierte Horndeich auf dem Beifahrersitz bereits mit den Kollegen. Er bestellte eine Truppe Beamte und die Spurensicherung an die Abfahrt der Raststätte. Wenn von dort wirklich jemand geschossen hatte, war es möglich, dass es noch Spuren gab.

Der nächste Anruf galt dem Bestattungsinstitut, dessen Mitarbeiter die sterblichen Überreste der Toten aufgelesen hatten. Die Nummer hatte er sich notiert.

Horndeich hatte in seinem Leben schon ein paar Leichen gesehen, dennoch hätte er mit den Männern für nichts auf der Welt tauschen mögen.

Er erklärte dem Mann vom Bestattungsinstitut, dass die Frau nach Frankfurt in die Gerichtsmedizin musste. Der nächste Anruf galt dem Gerichtsmedizinischen Institut selbst. Er bekam sogar den Gerichtsmediziner Martin Hinrich höchstpersönlich an die Strippe und bereitete ihn darauf vor, dass er mal wieder was zum Schnipseln auf den Tisch bekam. »Super. Drei Tage keine Kunden. Und nun gleich drei auf einmal«, maulte der Mediziner. Da Darmstadt keine eigene Gerichtsmedizin hatte, musste der gute Doc seine Kunst auch den Leichen aus der südlich gelegenen Großstadt zuteil werden lassen, sobald irgendwelche Zweifel an deren naturbedingtem Dahinscheiden aufkamen – oder in diesem Falle an einer freiwilligen Selbsttötung. Offenbar hatte der Rest des großen Frankfurter Einzugsgebiets mehr gewaltsam Verstorbene zu bieten als das in dieser Beziehung – zum Glück – doch eher kleinstädtische Darmstadt.

Kaum hatte Horndeich das Gespräch beendet, dudelte sein Handy.

»Jepp«, meldete er sich nur, weil er die Nummer, die auf dem Display angezeigt wurde, der KTU zuordnen konnte.

»Krause von der Ballistik hier. Wir haben das Projektil aus dem Wagen bestimmen können.«

»Ich höre.«

»Kaliber neun Millimeter Parabellum. Von Sellier & Bellot, einem tschechischen Hersteller.«

»Ist das was Besonderes?«

»Nö. Renommierte Massenware. Die Firma gibt es schon seit achtzehnhundert und ein paar Zerquetschten.«

»Und zur Waffe? Habt ihr da schon Infos?«

»Die Patrone stammt aus einer Waffe mit sechs rechtsdrehenden Zügen. Aber da kommen ein Menge in Frage.«

»Okay, dann flott zum BKA nach Wiesbaden damit. Vielleicht ist es ja nicht das erste Mal, dass mit der Knarre geschossen wurde. Mit Kurier. Klebt mal ein ›Eilt‹-Schildchen drauf.«

»Begründung?«

»Weil ich's sage.«

»'tschuldige, Kollege, aber das ist nicht Grund genug.«

Horndeich seufzte. »Es sollte doch genügen, dass eine Kollegin fast umgekommen ist, weil jemand Rambo auf der Autobahn gespielt hat.«

»Aber es ist doch gar nicht gesagt ...«

»Aber wir wollen es herausfinden.« Horndeich drückte den Kollegen weg.

Gleich darauf meldete sich sein Handy erneut.

»Na, du wirst noch zum begehrtesten Polizisten des Monats gewählt«, unkte Margot von links.

Horndeich grummelte ein »Nur kein Neid«, dann nahm er das Gespräch entgegen.

»Herr Horndeich, hier ist eine junge Dame, die Sie sprechen möchte.« Renate Zupatke. Von der Pforte des Präsidiums.

»Na, das ist doch mal eine gute Nachricht!«, freute sich Horndeich. »Hat sie auch einen Namen? Oder soll's ein Blind-Date werden?«

»Nein, es ist eine Frau Werder.«

»Joana Werder?«, hakte Horndeich nach.

»Ihren Vornamen hat sie nicht genannt. Lange blonde Haare.«

»Joana Werder!« Das Fragezeichen ersetzte Horndeich durch ein Ausrufezeichen. Das war ja mal eine nette Überraschung. Die Sängerin der Band »Melancholical Gardens«, die gestern auf der Rosenhöhe ihr Konzert gegeben hatte, besuchte ihn auf dem Präsidium. Klar, sie kannten sich ja, und sie wusste, dass Horndeich Polizist war. Vielleicht hatte sich doch jemand über die Musik beschwert.

Na ja, bestimmt nicht *über* die Musik, berichtigte er sich in Gedanken, denn die war wirklich klasse, sondern *wegen* der Musik.

»Was soll ich mit ihr machen?«, fragte die gute Renate Zupatke. »Sie sieht gar nicht gut aus.«

Hatte ihr jemand Bußgeld angedroht? Horndeich wusste nicht, welchen Job Joana Werder ausübte, wenn sie nicht sang, aber dass sie nicht reich war, daran bestand kein Zweifel. »Sagen Sie ihr, sie soll kurz warten. Wir sind gleich da.«

»Mach ich.«

»Am besten, Sie schicken sie nach oben ins Besprechungszimmer. Die Kollegen sollen ihr einen Kaffee geben. Und sie können ihr ausrichten, es wird nichts so heiß gegessen, wie es gekocht wird.«

»Mach ich«, wiederholte Frau Zupatke. Doch die Irritation war ihr deutlich anzuhören.

»Na, was ist denn mit dir los?«, fragte auch Margot erstaunt.

»Die Polizei, dein Freund und Helfer. Ist das nicht unsere Parole?«

»Und? Wem willst du jetzt freunden und helfen? Wer ist Joana Werder?«

Horndeich berichtete kurz von dem Konzert auf der Rosenhöhe. »Ich kenne die Gruppe seit einem Jahr. Sie haben auf dem letzten Heinerfest gespielt. Seitdem bin ich bekennender Fan. Und ich kenne Joana Werder auch persönlich. Anna übrigens auch, damit du nicht auf falsche Gedanken kommst. Wir haben hin und wieder über Musik geredet. So von Groupie zu Star. Ich kann dir mal eine CD brennen. Nein, besser kaufen. Dann kannst du sie dir signieren lassen.«

Margot winkte ab, dann lenkte sie den Dienst-Vectra auf den Hof des Präsidiums. »Und du willst jetzt dafür sorgen, dass sie keinen Knollen wegen Ruhestörung bekommt? Oder wegen einem nicht genehmigten Konzert, ja?«

Horndeich grinste. »Erst mal schauen, was sie überhaupt will.«

»Soll ich mitkommen? Oder soll ich dich lieber allein turteln lassen?«

Turteln. Danach war Horndeich so sehr zumute wie nach dem Job der Helfer des Bestattungsunternehmens auf der Autobahn. Im Gegenteil – Margots Worte öffneten die Schleuse für einen Schwall Sehnsucht. Nach Anna. Nicht jetzt, dachte er. Du bist im Dienst. Für Selbstmitleid ist nach Feierabend noch genug Zeit. »Nein, komm mit«, sagte er. Sein Tonfall war brüsker, als er es eigentlich beabsichtigt hatte.

»Schon gut, schon gut.« Margot stieg aus. Und ließ die Tür ein wenig zu laut ins Schloss fallen.

Die junge Frau saß auf dem Stuhl, die Hände fest um einen Kaffeepott gefaltet. Dennoch konnte Horndeich erkennen, dass es sich um Margots Becher mit dem gelben Smiley handelte.

**39**

»Hallo, Joana«, grüßte Horndeich.

Sie schaute auf, und ihr ebenmäßiges Gesicht war blass. Da geht es um mehr als Bußgeld, sagte Horndeichs Instinkt, und leider hatte der öfter recht, als seinem Besitzer lieb war.

»Das ist meine Kollegin Hauptkommissarin Margot Hesgart.«

Die junge Frau nickte Margot zu.

»Was verschafft mir die Ehre?« Horndeich blickte von der jungen Frau zu Margot und wieder zurück, um zu signalisieren, dass sie, welchen Ärger auch immer sie hatte, seiner Kollegin vertrauen konnte. »Hat sich jemand beschwert? Wegen des Konzerts?«

»Ich bin nicht Joana Werder«, sagte Joana Werder.

Horndeich verstand nicht.

»Ich bin Joanas Schwester. Eliza. Eliza Werder.«

In seinen Ohren klang das, als hätte Margot gesagt, sie wäre nicht Margot.

»Ich bin ihre Zwillingsschwester.«

Horndeich wusste nichts von einer Zwillingsschwester. Was nicht weiter verwunderlich war, denn er wusste eigentlich gar nichts über Joanas Privatleben. Außer dass sie ein sehr inniges Verhältnis zu ihrem Vater haben musste, weil sie jedes Konzert mit diesem Fleetwood-Mac-Lied beendete. Nun ja, andererseits konnte das natürlich auch bedeuten, dass sie noch ein Hühnchen mit ihrem Erzeuger zu rupfen hatte. War also doch nix mit dem Wissen.

Margot war nicht so erstaunt. Aber sie kannte ja auch Joana nicht. »Was können wir für Sie tun, Frau Werder?«, fragte sie, und mit dieser Anrede schaffte sie es zunächst mal, alle Klippen zu umschiffen.

»Meine Schwester Joana – sie ist gestern zu dieser Raststätte gefahren. Nach Gräfenhausen«, erklärte Eliza. »Ich habe vorhin Nachrichten gehört. Dort ist ein schlimmer Unfall passiert. Und meine Schwester – sie ist heute Nacht nicht nach Hause gekommen. Ich ... ich habe einfach Angst um sie.«

Margot schaute ihren Kollegen an, dann sagte sie, an Joana gewandt: »Das ist mein Kollege Steffen Horndeich.«

Eliza schenkte Horndeich ein Lächeln, farblos wie ein Gespenst im Morgennebel.«Joana hat mir erzählt, dass Sie sich kannten und Sie ein Fan ihrer Musik sind. Deshalb wollte ich mich auch an Sie wenden. Ich komme aus Köln und kenne hier kaum jemanden. Wollte meine Schwester hier in Darmstadt für ein paar Tage besuchem und bin erst gestern angekommen. Ich wollte dabei sein, wenn sie mit ihrer Band auf dem Schlossgrabenfest auftritt. Wissen Sie, ich komme ja auch ursprünglich aus Darmstadt, da ist das Schlossgrabenfest auch für mich was Besonderes, und wenn die eigene Schwester dort auftritt …« Sie brach ab.

Horndeich und Margot setzten sich der jungen Frau gegenüber.

»Meinen Sie, Ihre Schwester ist vielleicht in den Unfall verwickelt?«, fragte Margot.

»Ich weiß es nicht. Sie sagte mir, sie wolle zu der Raststätte fahren, um dort jemanden zu treffen. Ich wollte warten, bis sie zurückkommt, aber ich bin auf dem Sofa eingeschlafen. Und als ich heute aufwachte, war Joana nicht da. Ich dachte, sie hätte vielleicht bei einem Mann übernachtet oder so. Im Bad, beim Duschen, habe ich dann in den Nachrichten gehört, dass es auf der Autobahn eine Massenkarambolage gegeben hat. Und da habe ich dann Angst gekriegt. Ich habe den Fernseher eingeschaltet. Und dann habe ich die Bilder gesehen und … und …« Sie schaute auf und Margot direkt in die Augen. »Haben Sie vielleicht eine Liste mit den Namen der Verletzten und in welchen Krankenhäusern sie liegen?«

Es gab auch Tote, dachte Horndeich, aber das wollte er natürlich nicht laut aussprechen. Aus den zwei Toten des Unfalls waren inzwischen vier geworden. Blanken von der Autobahnpolizei hatte ihm die Namen durchgegeben. Da war keine »Werder« dabei gewesen. Und auch sonst keine junge Frau, sondern nur …

Die Erkenntnis traf ihn wie ein Faustschlag. Aus dem Schatten, von vorn, direkt auf den Solarplexus.

Die Frau, die gerade auf dem Weg zu Hinrich in Frankfurt war!

Horndeich spielte Chamäleon: Sein Teint schaltete um auf das blasse Weiß der Tapete.

»Frau Werder …«, begann er und war bemüht, seiner Stimme einen festen Klang zu geben. »Wissen Sie, was Ihre Schwester anhatte, als sie zu der Raststätte fuhr?«

Margot sah ihren Kollegen an. Und ihr Blick verriet, dass sie Horndeichs Gedankengang erraten hatte. Womit nun alle drei die gleiche Gesichtsfarbe hatten.

»Sie … sie hatte eine weiße Jeans an. Und eine weiße Wildlederjacke.«

Horndeich schluckte. Versuchte seine Befürchtung zu verbergen. Verschluckte sich. Räusperte sich. Super unauffällig, Herr Horndeich!, lobte ihn der kleine Besserwisser in ihm.

»Die Jacke, die hatte so Lederfransen.« Diesmal lächelte sie wirklich. »Sah aus wie echte Siebziger.«

»Frau Werder – bitte entschuldigen Sie mich, ich … Ich kläre das jetzt, vielleicht kann ich Ihnen gleich weiterhelfen.« Horndeich stand auf, froh, den Raum verlassen zu dürfen.

*Also – die Frau, die hatte ja ganz helle Klamotten an. Eine weiße Hose, eine weiße Jacke. Die strahlte im Licht gegen den dunklen Wald wie eine Christbaumkugel.* Die Worte des Fernfahrers.

Horndeich ging in sein und Margots Büro und hoffte – betete –, dass er falschlag. Er rief wieder im Bestattungsunternehmen an, bekam den Mann an die Strippe, mit dem er vor weniger als einer Stunde schon mal telefoniert hatte, und fragte nach, ob ihm jemand die Leiche – ja, die Leichenteile – der jungen Frau beschreiben könnte. Nein, der Sarg sei so, wie er war, nach Frankfurt zur Gerichtsmedizin geschickt worden. Er selbst habe das doch so angeordnet, blökte der Mann am anderen Ende der Leitung.

»Können Sie mir vielleicht die Nummer von einem der Herrn geben, die sie von der Straße … Ich meine, die sie …« Wie umschreibt man *aufgesammelt haben*? Die Bestattungsunternehmer hatten dafür bestimmt ein paar ganz unverfängliche Worte, war Horndeich überzeugt. *Dahinscheiden* statt *sterben, ein dorniger Weg hin zu Seinem Reich* statt *langsam krepieren*. Und bestimmt gab es auch etwas Entsprechendes für *aufsammeln*.

»Sie meinen, welche *Dame* die Frau aufgesammelt hat?«

Horndeich wusste nicht, ob ihm diese Direktheit wirklich sympathisch war. Aber viel mehr schockierte ihn die Tatsache, dass offenbar eine Frau …

»Tanja Gruzitter. Ich geb Ihnen mal die Handynummer.« Trieb Hartz IV schon Frauen dazu, solche Tätigkeiten anzunehmen? Horndeich notierte die Nummer. Legte auf, tippte gleich darauf die Nummer in die Tasten des Telefons. Und hatte eine Minute später eine Beschreibung der Kleidung. Weiße Jeans. Schwarze Bluse. Weiße Wildlederjacke. Mit Fransen.

Frau Gruzitter wollte ihn noch mit einer detaillierten Schilderung beglücken, in welcher Reihenfolge und wo sie und ihre Kollegin die Kleidungsstücke samt Inhalt gefunden hätten, doch Horndeich unterbrach sie.

»Danke«, sagte er tonlos.

Und legte auf.

Der Weg zurück in den Besprechungsraum erschien Horndeich sehr lang. Anderen Menschen mitteilen zu müssen, dass jemand Geliebtes gestorben war, hasste er. Einmal hatte er das Fortbildungsprogramm der Polizei durchgeblättert. Aber das Seminar »Hiobsbotschaften – leicht gemacht« hatte er darin nicht gefunden. Auch nicht das Pendant »Die geglückte Todesnachricht – in vier Schritten zum Erfolg«.

Als er die Tür öffnete, fürchtete er, dass seine Miene Bände sprach, und er wünschte sich ein perfektes Pokerface. Er nickte Margot nur zu. Ein Nicken, das Eliza Werder richtig interpretierte.

Sie begann lautlos zu weinen. Tränen rannen in Bächen über ihre Wangen, wandelten sich auf dem Stoff der Sommerjacke in dunkle Flecken. Ihre Unterlippe zitterte, sie senkte den Blick. Keine Minute später hatte sie sich wieder so weit unter Kontrolle, dass sie sprechen konnte. Dennoch liefen die Tränen einfach weiter, als hätte jemand den Wasserhahn nicht ganz zugedreht. »Wissen Sie, wie es passiert ist?«

Horndeich zuckte unbeholfen mit den Schultern.

Und Margots Handy schlug an, als wüsste es die Antwort. Sie sah auf das Display, drückte das Gespräch weg.

Horndeich wusste nicht, wie er die Tatsachen so formulie-

**43**

ren sollte, dass sie nicht allzu brutal klangen. Er kannte keinen Euphemismus für Joanas irrwitzigen Versuch, die Autobahn überqueren zu wollen. *Sie bog vom Pfad der Tugend ab – nach links und dann direkt nach oben.* Netter Versuch ...

»Sie ist auf die Autobahn ... tja, gerannt. Vor die fahrenden Autos.«

Mit jedem Wort, das er hervorbrachte, weiteten sich Elizas Augen. Ihre ganze Mimik war Ausdruck der fünf Buchstaben, die sie hauchte: »Warum?«

Margot übernahm. Und Horndeich war ihr dankbar. »Wir wissen es nicht. Aber es gibt Hinweise darauf, dass sie das nicht freiwillig tat. Wir haben ein Projektil gefunden – eine Kugel. Jemand hat an der Raststätte geschossen. Wer und warum und auf wen wissen wir nicht. Auch welche Rolle Ihre Schwester dabei spielte, wissen wir noch nicht.«

Eliza sagte nichts, starrte Margot nur aus diesen großen Augen heraus an.

»Umso wichtiger ist es, dass wir Ihnen ein paar Fragen stellen können«, erklärte Margot. »Meinen Sie, Sie können sie jetzt beantworten? Oder sollen wir Sie später ...«

»Fragen Sie«, war die knappe Antwort.

»Wann fuhr Ihre Schwester zur Raststätte?«

»Ich ... habe nicht auf die Uhr geschaut. Sie ... sie kam nach dem Konzert, zog sich schnell um, nahm Schlüssel und Handy und ... und verschwand.«

Horndeich nahm sein Handy aus der Tasche. Margot warf ihm einen irritierten Seitenblick zu. Er ließ sich nicht beirren. »Ich war auf dem Konzert«, erklärte er. »Es war die Generalprobe. Die Band spielt ja am Sonntag auf dem Schlossgrabenfest. Also ... nein, sie würde gespielt haben.« Verdammt, dachte Horndeich, wie drückt man das grammatisch korrekt aus? »Sie ... äh, sie wollte am Sonntag ... äh ...«

»Sie hätte am Sonntag auf dem Schlossgrabenfest gespielt«, half ihm Margot aus.

»Ja ... äh ... ja, richtig.« Horndeich nickte, dann hantierte er weiter an seinem Handy herum. Unmittelbar, nachdem Joana auf dem Konzert das letzte Lied gesungen hatte, hatte es geklingelt. Vielmehr vibriert. Eine SMS. Er hangelte sich durch die Menüs, bis er die eingegangenen SMS sehen konnte. Die Nachricht war um Punkt 22 Uhr 43 eingegangen. Von seinem Handyprovider. Das unwiderstehliche Dankeschön-Treue-Schmeichel-Angebot von 33 Gratis-SMS. Für gewöhnlich verfluchte er diese Mitteilungen. Doch in diesem Fall war sie ausnahmsweise einmal nützlich gewesen. »17 Minuten vor elf war das Konzert zu Ende«, teilte er der kleinen Runde mit.

Margot schaute ihren Kollegen an. »Und wann war der Unfall?«

Horndeich wechselte in dem Menü zu den eingegangenen Anrufen. 23 Uhr 01 hatte Sandra angerufen. Anrufdauer 1 Minuten und 23 Sekunden. »23.02 Uhr.«

Margot wandte sich wieder Eliza Werder zu. »Wissen Sie, warum Ihre Schwester zu der Raststätte fahren wollte?«

Eliza Werder schüttelte den Kopf. Eine kaum wahrnehmbare Bewegung. »Nein. Sie machte ein richtiges Geheimnis daraus.«

»Haben Sie eine Idee?«

Wieder Kopfschütteln. Es gab Gesten der Sängerin Joana – Horndeich verbesserte sich augenblicklich selbst –, es hatte Gesten gegeben, die waren ganz typisch für sie gewesen. Er hatte Joana nicht wirklich privat gekannt – aber er hatte sie auf Konzerten gesehen. Das sanfte Kopfschütteln, das hatte er immer wieder beobachtet. Besonders, wenn sie *Oh Daddy* gesungen hatte. Nach der zweiten Strophe setzte der Gitarrist mit einem Solo ein. Und an dieser Stelle hatte Joana immer sanft den Kopf geschüttelt, so wie in diesem Moment. Nein, so wie *ihre Schwester* in diesem Moment.

»Wissen Sie, ob Ihre Schwester Feinde hatte?«, wollte Margot wissen. »Hat sie mal was in dieser Richtung erwähnt?«

»Nein«, sagte Eliza. »Ich meine, ich … ich kenne keine.«

»Wie war Ihr Verhältnis zueinander?«, fragte Horndeich.

»Ich bin … ich *war* die ältere Schwester. Oder – bin ich das noch, wenn es meine Schwester nicht mehr gibt? Bin ich jetzt überhaupt noch eine Schwester?«

Kurz überkam Horndeich die Sorge – ja, die panische Angst, dass der irren Frage ein irres Auflachen folgen würde und dann ein hysterischer Anfall.

Doch Eliza hatte sich sofort wieder im Griff. »Ich bin sieben Minuten älter. Für meine Mutter waren es jedoch vierhundertzwanzig Sekunden, wie sie immer betonte.«

»Ihre Eltern«, wollte Margot wissen, »wo wohnen die?«

»Meine Mutter ist im November letztes Jahr gestorben. Krebs. Mein Vater ...« Kurz zögerte sie. »Mein Vater wohnt im Schwarzwaldring Nummer 1.«

»Wie heißt Ihr Vater?«

»Heino Werder. Vielleicht kennen Sie ihn sogar. Er ist ...«

»Ein Kollege.« Margot lächelte Eliza an.

»Er ist bei der Schutzpolizei.«

»Ja.« Margot nickte. »Ich habe seinen Namen schon gehört.« Das Lächeln verschwand von ihrem Gesicht, sie wurde wieder tief ernst. »Wir werden mit ihm reden müssen. Heute Nachmittag. Wollen Sie ihm die Nachricht ...«

»Nein, bitte nicht. Bitte, unser Verhältnis ist nicht das beste. Könnten Sie nicht ...?«

Horndeich brachte sich wieder in das Gespräch ein. »Wir übernehmen das.«

Eliza warf ihm einen dankbaren Blick zu.

Es war das Mindeste, was er für sie tun konnte.

»Und Sie leben eigentlich in Köln und sind nur zu Besuch in Darmstadt?«, hakte Margot noch mal nach.

»Ja.«

»Und Sie haben hier Ihre Schwester besucht, richtig?«

»Ja.« Eliza nickte. »Weil sie ja auf dem Schlossgrabenfest auftreten wollte.«

»Wir würden gern die Wohnung Ihrer Schwester sehen«, sagte Margot. »Wohnen Sie während Ihres Darmstadt-Aufenthalts dort oder in einem Hotel?«

Eliza schüttelte den Kopf. »Bei meiner Schwester.«

»Können wir heute Nachmittag vorbeikommen?«

»Ja. Ich bin da.«

Horndeich begleitete Eliza Werder zum Ausgang. Margot griff zum Handy und rief Paul Baader zurück, den Kollegen von der Spurensicherung, der sie während des Gesprächs mit Eliza zu erreichen versucht hatte.

»Hallo, Margot«, grüßte Baader – und kam sofort zu Sache:
»Wir haben Patronenhülsen gefunden. Solltet ihr euch vielleicht mal direkt vor Ort anschauen.«

»Okay, wir sind gleich da«, meinte sie. Bevor sie auflegte,
hielt sie kurz inne: »Paul, checkt doch mal bitte, ob der Wagen
einer gewissen Joana Werder, Erbacher Straße 121 in Darmstadt, auf dem Parkplatz der Raststätte steht. Wir machen uns
jetzt auf die Socken.«

Mit Horndeich auf dem Beifahrersitz schlängelte sie kurz
darauf den Dienst-Vectra durch Darmstadts Straßen und mied
die üblichen Staupunkte: Landskronstraße, Haardring und das
Nadelöhr im letzen Stück der Rheinstraße. Margot konnte verstehen, dass viele, wenn sie endlich die letzte Ampel kurz nach
der Eisenbahnbrücke hinter sich hatten, aufs Gas traten. Die
Straße wurde breit, es gab keine Kreuzungen mehr, und die
Fahrspuren gingen nach 600 Metern fließend in den Autobahnzubringer über. Allein das kleine, unscheinbare Schild, auf dem
die »60« fast zärtlich von einem roten Streifen umkreist war,
sollte die Autofahrer daran hindern, nach einem tiefen Auf-
atmen der Befreiung ihrem Fluchtinstinkt zu folgen. Ein ein-
trägliches Geschäft für die Stadt. Wie auch für die Hersteller
von Blitzlichtbirnchen.

Horndeich lenkte den Wagen auf die A5 nach Norden. Auf
der Höhe des Rasthofes Gräfenhausen Ost, den sie nach etwa
acht Kilometern erreichten, deutete kaum mehr etwas auf das
nächtliche Chaos hin. Sicher, einige Leitplankenteile waren ver-
bogen und eingedrückt, geziert von farbigen Lackschlieren.
Auch die Parade der Blendschutzpfosten war an vielen Stellen
ausgedünnt. Dennoch … Die Straße vergisst ihre Opfer schnell,
dachte Margot.

Kollege Horndeich war ungewöhnlich schweigsam.

Sie ließen den Rasthof hinter sich, denn sie mussten ja zur
Raststätte auf der Gegenfahrbahn. Nach vier Kilometern erreichten sie die Autobahnausfahrt Langen/Mörfelden. Über die
Brücke ging es auf die andere Seite und dann die vier Kilometer
wieder zurück.

Baader und die Kollegen der Spurensicherung hatten den
Waldrand neben der Autobahnauffahrt abgesperrt. Ein paar

Lastwagenfahrer beobachteten aus sicherer Entfernung das Treiben der Beamten.

Baader winkte Margot und Horndeich zu, die, nachdem sie den Wagen abgestellt hatten, schnurstracks auf den Kollegen zugingen.

Der führte sie zu einer Markierung. »Hier haben wir eine einzelne Hülse gefunden. Und dann, noch ein paar Meter weiter, eine ganze Sammlung.«

Margot kniete sich neben das farbige Schildchen, das die Stelle markierte, wo die einzelne Hülse gefunden worden war. Sie sah sich die Stelle an, stemmte sich dann wieder hoch und schaute über die Autobahn hinweg. »Kann man von hier den Jaguar auf der anderen Seite mit einem Schießeisen treffen?«

Baader nickte. »Ja, allerdings. Wir müssen es noch genau ausmessen und auf der Karte durchspielen, aber wie es aussieht, kam der Schuss, der den Jaguar getroffen hat, von hier. Zumal Geschoss und Patronenhülse beide vom Kaliber neun Millimeter sind. Aber ich glaube nicht, dass der Jaguar auch wirklich das anvisierte Ziel war.«

»Ach?«, fragte Margot. »Warum nicht?«

Baader machte eine Handbewegung zur Autobahn hin. »Da waren auf allen Spuren Wagen unterwegs. Und vor allem sind da diese Blendschutzpfosten. Ich kann mir kaum vorstellen, dass der Schuss einem fahrenden Auto galt, und dann noch auf der Gegenfahrbahn.«

»Also der jungen Frau?«, fragte Margot.

»Ich weiß es nicht. Schauen Sie sich die anderen Hülsen an. Und die Geschosse dazu.«

»Die Geschosse? Haben Sie die Kugeln etwa auch gefunden?«, fragte Horndeich irritiert.

Baader nickte. Er führte die Kollegen ein paar Meter weiter die Auffädelspur entlang. In ihrem Rücken beschleunigte ein Lastzug, röhrte wie ein brunftiger Hirsch, so laut, dass Margot die Vibrationen am ganzen Körper spürte. Dann rauschte er an ihnen vorbei.

»Hier«, sagte Baader und deutete auf eine Ansammlung messingfarbener Patronenhülsen.

»Fünf … zehn … fünfzehn!«, zählte Horndeich.

»Sechzehn«, korrigierte Baader.»Eine haben wir schon im Tütchen. Wie auch die einzelne Hülse an der Markierung dort hinten alles neun Millimeter.«

»Die liegen hier alle in friedlicher Eintracht«, sagte Margot.»Der Schütze hat sich nicht bewegt, während er schoss, richtig?«

»Nun, *kaum* bewegt, würde ich sagen.«

»Der stand seelenruhig da und feuerte einen Schuss nach dem anderen ab. Und er muss nachgeladen haben. Kaum eine Pistole fasst so viele Patronen in einem Magazin.«

»Es sei denn«, mutmaßte Baader,»er hat eine Maschinenpistole benutzt. Die haben Magazine mit zwanzig Schuss und mehr.«

»Du meinst, hier hat jemand mit einer MPi herumgeballert?«, fragte Horndeich ungläubig.

»Kommt mit«, meinte Baader nur und führte sie achtzig Meter weiter entlang der Auffahrt.

Margot sah und hörte die Autos mit rund hundert Stundenkilometern an sich vorbeibrausen. Auf der linken Spur röhrte ein Porsche mit rund zweihundert Sachen über die Fahrbahn.

»Da, schaut.«

Die Kollegen hatten eine dünne Schicht der Erde des Waldbodens entfernt. Fünfzehn Kugeln steckten in einem Umkreis von kaum drei Metern im Boden.

»Der Schütze hat in den Boden geschossen?«, fragte Margot überrascht.

»Ja. Offensichtlich. Ich meine, hätte er jemanden treffen wollen, der größer ist als ein Hase – dann wären die Patronen ein paar hundert Meter geflogen, bevor sie zur Landung angesetzt hätten.«

»Schicken Sie das alles zur Tatortmunitionssammlung beim BKA in Wiesbaden«, ordnete Margot an.»Wenn die Kugeln wirklich aus einer MPi stammen, ist sie früher vielleicht schon verwendet worden. Die Jungs in Wiesbaden sollen das mal checken.« Margot sah sich noch einmal um, schüttelte dann den Kopf und gestand:»Was hier passiert ist, verstehe ich noch nicht.«

»Also, da steht jemand und ballert auf Joana Werder. Die

**49**

rennt die Auffahrtspur entlang«, versuchte sich Horndeich in der Rekonstruktion des Szenarios. »Dann schießt er ihr vor die Füße – oder vielmehr hinter die Füße, denn sie rennt ja weg.«

»Und als ihr der Boden um die Beine spritzt, denkt sie, nur ein Trip über die Autobahn kann ihr Leben retten«, spann Margot den Faden weiter.

»Und warum rennt sie nicht in den Wald?«, dachte Baader laut nach.

Horndeich und Margot sahen ihn verdutzt an. Dann schauten alle drei gleichzeitig zu den Bäumen. Das metertiefe Gestrüpp aus Dornenhecken, das den gesamten Beschleunigungsstreifen säumte, konnte zwar nicht sprechen, beantwortete die Frage jedoch auch nonverbal. Auf dem ersten Blick war klar, dass dort nie und nimmer ein Durchkommen war. Joana Werder jedenfalls hatte sich in ihrer Panik für die Fahrbahn entschieden.

Baaders Funkgerät krächzte. »Ja?«, bellte der Spurenspezialist das schwarze Gerät an.

»Wir haben den Wagen der Toten«, kam es laut und deutlich aus dem Lautsprecher.

»Na, das könnte ja noch ein guter Tag werden«, frohlockte Horndeich.

Die drei gingen zurück zum Parkplatz.

»Danke, Baader«, sagte Horndeich. »Vielleicht kannst du die Fotos, die ihr hier geschossen habt, ja nachher gleich auf den Rechner packen.« Ein riesiger Vorteil der digitalen Kameras war, dass die Bilder unmittelbar nach dem Fotografieren auf den Polizeirechnern zur Verfügung standen. Wenn man sie denn gleich einspielte.

Gemeinsam gingen sie am Rande der Auffahrtspur zurück. »Haben Sie hier sonst noch was gefunden?«, fragte Margot. »Ich meine, hier vorn, am Waldrand?«

Baader nickte und rümpfte die Nase. »Papiertücher. Mit allen möglichen Resten organischer Substanzen, wenn Sie verstehen. Eine halbe Tüte Popcorn, eine zerrissene Jacke. Drei Kondome, gebraucht. Was soll ich Sie mit Details langweilen: Der Bereich am Parkplatz sieht aus, als hätte jemand den Inhalt eines Mülleimers gleichmäßig verteilt. Ich glaube, wenn wir

50

alles eingesammelt haben, dann ist der Boden so rein, dass die Igel eine Party schmeißen und sich die Waldameisen aus dem Exil wieder hertrauen.«

Joana Werders Wagen stand im Sichtschatten von zwei großen Sattelschleppern auf dem Bereich des Parkplatzes, auf dem die wirklich großen Wagen parken durften. Zu denen zählte das kleine, ehemals wohl orangefarbene Wägelchen wahrlich nicht. Der Fiat 126 hatte schon bessere Tage gesehen. Rost zierte die Kotflügel. Besonders nett nahmen sich die schwarzen Rallye-Streifen aus, die von vorn über das Dach nach hinten verliefen. »Abgeschlossen?«, fragte Margot, ging um den Wagen herum und sah, dass der Verriegelungsknopf der Fahrertür trotzig nach oben zeigte. »Vielleicht nehmen Sie hier erst mal Fingerabdrücke.«

Margot und Horndeich warteten, bis Baader und sein Team die grundlegenden Spurensicherungsmaßnahmen erledigt hatten. Dann öffnete Baader die Tür, kurz darauf die Beifahrertür.

Auch das Innere des Wagens bot keinen spektakulären Anblick. Die Sitze waren mit schwarzem, schon etwas durchgesessenem Kunstleder überzogen, vom Rückspiegel baumelte ein Engel, der eine Gitarre hielt; wohl die Musiker-Variante einer Christopherus-Plakette. Ansonsten barg der Wagen wenig Schnickschnack, war aufgeräumt, auch wenn ein Staubsauger noch genügend zum Fressen gefunden hätte.

Die erste Durchsuchung ergab nichts Wesentliches. Nur ein Handy lag in der offenen Ablage auf der Beifahrerseite.

Margot hatte sich Latexhandschuhe angezogen und klickte sich durch die Menüs. »Letzter ausgehender Anruf gestern.« Ein paar Tastendrücke auf dem Mäuseklavier zeigten, dass sie gestern auch das letzte Mal auf dem Handy angerufen worden war.

»Nun, damit können sich die Techniker auseinandersetzen. Nehmen wir den Wagen am besten mit zu uns. Die Kollegen sollen schauen, was sie noch an Spuren finden.«

Horndeich stapfte durch die Gänge des Krankenhauses. Er hasste Krankenhäuser. Der typische Geruch brannte sich in Nase und Gehirn fest, und wenn man noch Stunden später daran dachte, roch man den Odem der Heilung. Oder des Todes. Je nach Perspektive. Er hatte, nachdem ihn Margot vor dem Krankenhaus abgesetzt hatte, noch einen Strauß Blumen gekauft, schön bunt, fröhlich, leuchtend.

Margot konnte oder wollte nicht mitkommen, sie sagte, sie würde ihren Sohn treffen, der gerade auf Stippvisite in der Stadt sei. Kunst studierte der junge Herr in Frankfurt. Wäre nichts für mich, dachte Horndeich, als er an die Zimmertür klopfte, hinter der seine Kollegin lag.

Er hörte ein dumpfes Murmeln; die Türen waren so dick, dass sie ein simples »Herein« einfach verschluckten. Er interpretierte das Brummen als Aufforderung und trat ein.

Er sah zwei Betten, eines war leer, im anderen lag seine Kollegin. Zuerst sah er Sandras Gesicht, das ihn anlächelte. Dann sah er die Edelstahlstäbe, die knapp zehn Zentimeter aus ihrem rechten Unterarm ragten. Aber die waren nicht so groß wie jene, die aus dem rechten Unterschenkel heraus grüßten.

Sechs am Unterarm. Acht an Bein und Fuß.

»Scheiße«, entfuhr es ihm. Es war nicht die netteste Begrüßung, aber der Mund war schneller gewesen als die Benimm-Polizei im eigenen Hirn. Eine von Horndeichs Schwächen. *Manchmal*, dachte er, gnädig mit sich selbst.

»Ich freu mich auch, dich zu sehen«, entgegnete Sandra. Ihre Stimme hatte ohnehin die Zerbrechlichkeit der – deutschen – Stimme von Michelle Pfeiffer. Und nun schien gänzlich jede Kraft aus ihr gewichen. Aber der Humor schien ihr zumindest nicht abhanden gekommen zu sein.

»Wie geht's dir?«, fragte er unbeholfen. Wieder so ein Zwiespalt: Stellt man die Frage nicht, wirkt man desinteressiert. Stellt man sie doch, wirkt man wie ein Idiot.

»Ich lebe«, antwortete sie. Und das war wohl die passendste aller Antworten. »Das sind aber schöne Blumen!«

Horndeich schaute auf den Strauß wie auf einen Fleck auf dem Hemd – irritiert, dass sie überhaupt da waren. »Ich hol mal 'ne Vase.

Sekunden später kam er mit den Blumen und deren neuem Glaszuhause zurück. Er stellte die Vase auf den Tisch, sodass

Sandra den Strauß sehen konnte. Dann rückte er sich einen Stuhl heran.

»Es tut mir leid«, sagte sie.

»Was?«

»Mit deinem Wagen.«

»Vergiss den Wagen. Das läuft alles über Versicherungen – ich fahre bald 'ne neue Karre.« Irgendwer hatte ihm mal erzählt, dass es für Karambolagen eine Art Rückversicherung der Versicherungen gab oder so was Ähnliches, da man ja kaum auseinanderdröseln konnte, wer wie viele Teilprozente der Schuld am Schaden der einzelnen Fahrzeuge trug.

»Ich … Glaub mir, Steffen, ich hatte keine Chance. Was ist passiert? Warum haben denn plötzlich alle gebremst? Nur rote Lichter. Das war so hell!«

Es war also noch gar nicht bis zu ihr vorgedrungen. »Eine Frau ist über die Autobahn gelaufen.«

»Was? Da rennt so eine dumme Zicke über die Autobahn? Wie blöd muss man sein?«

»Nun …« Horndeich versuchte zu intervenieren.

»Meinst du etwa, sie wollte sich umbringen?«

»Am Anfang sah es so aus. Aber inzwischen müssen wir davon ausgehen, dass man auf sie geschossen hat.«

»Geschossen?« Sandra bekam große Augen. »Man wollte sie ermorden?«

»Wir wissen es noch nicht. Aber der Fall liegt jetzt auf unserem Tisch.«

Sandra schwieg.

»Was – was haben sie bei dir diagnostiziert?«

»Splitterbruch rechter Unterschenkel und Fußgelenk. Und hier …«, sie blickte auf ihr Handgelenk, »… das Gleiche am Arm. Dazu ein paar Prellungen und Quetschungen, wo der Gurt lag, Schleudertrauma, leichte Gehirnerschütterung und eine Platzwunde an der Stirn. Aber das ist ja nicht zu übersehen.«

Das Pflaster auf Sandras Stirn hatte Horndeich zwar wahrgenommen, aber nicht wirklich registriert.

»Ich kann mich gut erinnern, dass du plötzlich da warst«, erzählte sie. »Wie bist du denn bis zu mir durchgekommen? Die Autobahn war doch komplett dicht?«

Horndeich erzählte, wie er sich Henriks Motorrad ausgeliehen hatte.

»Du bist also sofort zu mir gefahren?«

Horndeich verstand die Frage nicht. Wohin sonst? Nun, die Unterhaltung mit ihm hatte zumindest wieder ein bisschen Farbe in Sandras Gesicht gezaubert. Oder war das Röte? Er dachte nicht weiter darüber nach.

»Ich müsste dich noch was fragen«, wechselte er das Thema. »Ist dir denn noch irgendwas aufgefallen, irgendwas, das komisch war?«

»Ich hab mich auf die Straße konzentriert. Und ... ja, und auf unser Gespräch.« Ein wenig Schuldbewusstsein schwang in ihren Worten mit. Hätte sie rechtzeitig reagieren können, hätte sie nicht beim Autofahren telefoniert? Sie fuhr fort: »Ganz unvermittelt leuchteten auf einmal die Bremslichter vor mir auf. Ich weiß nicht – aber der Motorradfahrer hat zuallererst gebremst.«

»Motorradfahrer?«

»Ja. Der muss auf der Auffahrt zur Autobahn gefahren sein. Komisch, da war dieses Bremslicht vor all den anderen, und zwar tierisch hell. So hell wie ein Laserstrahl, der dir in der Disco direkt auf die Netzhaut knallt.«

Der Lastwagenfahrer hatte kein Motorrad erwähnt. Wenn Sandra, die ja direkt hinter ihm gefahren war, ein Motorrad gesehen hatte, dann musste es direkt vor dem Lastzug auf die Autobahn eingeschert sein. Und den Trucker sogar geschnitten haben.

»Und es war ganz sicher nicht eine der Bremsleuchten des Blumenlasters vor dir?«

Sandra bewegte den Kopf ganz leicht nach links und rechts. Zaghafte Andeutung eines Kopfschüttelns. Der Schmerz zog ihre Gesichtsmuskeln kurz zusammen. Vor Schlimmerem bewahrte sie die Halskrause. »Nein. Ganz sicher nicht. Das Licht war auf der Beschleunigungsspur, nicht auf der Fahrspur.«

Es klopfte an die Tür. »So hört sich das also von innen an«, dachte Horndeich. Sandra hauchte ein »Herein«, Horndeich spielte den Verstärker, indem er ihre Aufforderung wiederholte.

54

Margot trat ins Zimmer. Sie grüßte Sandra, erkundigte sich nach ihrem Befinden. Aber Horndeich spürte, dass sie kurz davor war, zu explodieren.

»Das ging aber schnell bei dir«, meinte Horndeich, als sie im Vectra saßen.

»Ja«, entgegnete sie kurz angebunden und lenkte den Wagen vom Krankenhaus um das neue Justizgebäude herum, um in den City-Tunnel einzutauchen.

»Das haben sie doch mal ganz nett hingekriegt, diese ›Arkade der Grundrechte‹«, meinte Horndeich. Entlang der Fassade des neuen Justizgebäudes zierten einundzwanzig Bildtafeln die Decke über dem Fußweg, damit die Darmstädter – und natürlich auch alle interessierten Touristen – die Artikel des Grundgesetzes bildhaft nachvollziehen konnten.

»Hm«, grunzte Margot und beschleunigte den Wagen unter Tage auf achtzig Stundenkilometer. Grundrechte. »Die Franzosen waren schlauer«, blaffte sie. Salzsäure hätte kaum ätzender sein können als ihre Stimme.

»Die Franzosen?«

Margot bremste den Wagen zumindest auf sechzig ab, als sie die Ausfahrt nach links nahm. »Artikel 12 des Grundgesetzes: Berufsfreiheit. Alle Deutschen haben das Recht, Beruf, Arbeitsplatz und Ausbildungsstätte frei zu wählen. Das hatten die Franzosen in ihrer Erklärung der Menschen- und Bürgerrechte von 1789 noch nicht vorgesehen.«

»Und was soll daran so toll sein? Fändest du es besser, wenn du, wie der Mann auf dem Foto, Häuser bauen müsstest?«

»Dann hätte ich wenigstens einen Spitzhammer – wie der Mann auf dem Foto –, mit dem ich meinen Sohn …« Margot hielt inne. »Vergiss es.«

»Stress?«

»Ja.«

Erst als Margot die Landgraf-Georg-Straße in Richtung Ostbahnhof entlangfuhr, sprach sie weiter. »Ich meine, der Kerl ist zweiundzwanzig. Er sollte doch eigentlich erwachsen sein. Und sich auch ein bisschen so benehmen. Verdammt, ich hab es doch akzeptiert, dass er Kunst studiert. Ich hab ihn nicht geköpft, als

55

er mir eröffnet hat, dass er schon neun Monate lang nicht mehr als BWLer eingeschrieben war. Ich hab ihn wirklich finanziell unterstützt, als er im Städel angefangen hat, seine Malerei zu studieren. Ich hab ihn noch mehr unterstützt, als er mit Iris zusammengezogen ist. Ich hab ihnen ein Wohnzimmer gekauft – ist das nichts?«

Als Horndeich nicht antwortete, herrschte sie ihn an:»Ist das denn nichts?«

Horndeich meinte nur:»Ich bin nicht Ben.«

Margot bremste, blinkte, lenkte den Wagen nach links auf die Jet-Tankstelle. Hielt vor der Service-Säule, an der man sich mit Luft, Wischwasser und Tüchern bedienen konnte.

Margot atmete tief durch.»Er will 250 Euro mehr im Monat. Sagt, er bräuchte es. Ich frage ihn, wofür. Falsche Frage. Ich bekomme einen Vortrag darüber, dass man in der Familie zusammenhalten müsse. Ich frage noch mal, wofür er das Geld braucht. Du weißt am besten, was wir verdienen. Ich hab auch keinen Geldscheißer zu Hause. Aber nein, der Herr Sohn will es mir nicht sagen.« Margot holte abermals tief Luft, ließ aber das Lenkrad nicht los. Knetete es wie einen dieser Entspannungsbälle. Viel half es nicht.

»Und?«, fragte Horndeich.

»Ich bin dann auch pampig geworden. Hab ihm gesagt, er habe zwei Hände und einen bislang halbwegs intakten Verstand. Ich hab ihn gefragt, was er denn so vom Jobben hält. Da hat er reagiert wie immer, wenn ihm was gegen den Strich geht. Er hat die Tür geknallt und ist abgehauen. Ganz wie sein Va…« Wieder unterbrach sich Margot.»Entschuldige, ich muss mit meinem Privatleben selbst zurechtkommen.«

»Einen Moment noch«, bat Horndeich und verließ den Wagen.

Margot ärgerte sich. Über sich. Dass sie ihre privaten Probleme vor dem Kollegen ausbreitete. Dass es ihr nicht gegeben war, ein vernünftiges Gespräch mit ihrem Sohn führen zu können. Dass dies seinem Vater offenbar mühelos gelang. Aber den haute Ben auch nicht um Geld an. Da kam er immer zu ihr.

Ja, sie hatte dieses Gefühl gehabt, dass ihm wirklich was auf der Seele lag. Hatte er den Wagen gegen die Wand gesetzt? Und musste er den Schaden jetzt abstottern? Aber verdammt noch mal, was war so schwer daran, zu sagen: *Mama, ich habe ein Problem. Ich habe Scheiße gebaut. Und das kostet mich 2000 Euro. Kannst du mir helfen?* Aber Ben Hesgart war offenbar nicht zu helfen.

Horndeich öffnete die Beifahrertür, setzte sich und warf ihr einen Schokoriegel in den Schoß. »Das hilft. Setzt Glückshormone frei.«

Ein Lächeln huschte über ihr Gesicht, kurz, aber nicht kurz genug, als dass Horndeich es nicht bemerkt hätte.

Glückshormone.

Die konnte sie wirklich brauchen.

Heino Werder wohnte im Schwarzwaldring 1. Die Bezeichnung »Ring« war übertrieben, schon der Begriff »Straße« hätte etwas zu pompös gewirkt für die eine Zeile des großen Wohnblock-Rechtecks gegenüber dem Ostbahnhof.

»Herr Werder?«

»Ja«, krächzte es aus der Gegensprechanlage.

»Hauptkommissarin Hesgart. Und Hauptkommissar Horndeich. Dürften wir Sie sprechen?«

Ohne eine weitere Gegenfrage ertönte der Türsummer. Der Kollegenbonus wirkte. Margot drückte die Tür nach innen. Der Systematik der Klingelschilder nach lebte Heino Werder im zweiten Stock.

Werder empfing sie an der Wohnungstür. Margot hatte ihren Ausweis gezückt. Werder würdigte ihn keines Blickes.

»Dürfen wir reinkommen?«, fragte Margot und legte wieder jene Samtheit in ihre Stimme, die Zeugen wie Verdächtige oft dazu brachten, nach langer Zeit konsequenten Schweigens Selbiges zu brechen.

Tatsächlich ließ er sie eintreten, dann schloss er die Tür. Sie schritten durch einen schmalen, etwas düsteren Flur.

Im Hintergrund spielte Musik. Dolly Parton. Die CD »The grass is blue«. Dolly war entweder verschrien als wandelnde Werbung für Schönheitschirurgen oder als Country-Tussi. Beides wurde ihr nicht gerecht. Derzeit sang sie »I wonder where you are tonight« – *Ich frage mich, wo du heute Nacht bist.* Passender Hintergrund für das Gespräch, das nun folgen würde. Danke, Dolly, dachte Margot.

Werder führte die Kollegen wortlos in die Küche, indem er einfach vorausging. Er setzte sich auf einen der einfachen Stühle am Esstisch. Mit einer Handbewegung bedeutete er den anderen, sich ebenfalls zu setzen.

Horndeich blieb stehen.

Margot setzte sich dem Mann gegenüber.

»Herr Werder«, begann Margot das Gespräch, »haben Sie von dem Unfall an der Raststätte Gräfenhausen gehört?«

Heino Werder blickte von Margot zu Horndeich und wieder zurück. »Was ist los?«

Margot kramte in ihrer imaginären Kiste für sanfte Verpackungen von brutalen Wahrheiten. Zu lange.

»Kollegen. Ihr seid von K10. Mord, Totschlag, Vergewaltigung. Krieg ich jetzt die schlechte oder die ganz schlechte Nachricht?«

Mit dieser Direktheit wusste auch Margot nicht umzugehen.

Werder, der intuitiv spüren musste, was nun kam, flüchtete sich hinter die harte Schale. »Meine Frau ist bereits seit sieben Monaten tot. Also – wer? Joana oder Eliza?«

Margot sah ihren Kollegen an.

Horndeich sprach. »Joana. Sie ist heute Nacht gestorben.«

Werder schaute ihm direkt ins Gesicht. Mit einer Mischung aus Feindseligkeit – und Trauer. Letztere gewann zunehmend die Überhand. »Ist sie die Frau, die heute Nacht über die Autobahn ...«

Seine Stimme versagte.

Margot übernahm. »Herr Werder, sie ist nicht aus Dummheit über die Straße gerannt. Sie ... Es sieht so aus, als ob jemand auf sie geschossen hat.«

Werder sah Margot mit von Tränen glasigen, aber dennoch kalten Augen an. »Dann findet raus, wer das getan hat, verdammt noch mal!« Er wischte sich über die Augen.

Margot blieb ruhig. »Dazu brauchen wir Ihre Hilfe. Wer hatte etwas gegen sie? War sie in Schwierigkeiten? Hatte sie Ärger mit Leuten?«

Kaum ein Ärger rechtfertigte das, was dort an der Raststätte passiert war. Margot verstand es noch nicht. Aber sie begriff, dass das Motiv sehr, sehr stark sein musste, um jemanden mit der Knarre über die Autobahn zu treiben. Wie sehr musste man einen Menschen hassen, um so was aufzuziehen? Werder stützte den Kopf mit den Händen ab. Dann sah er wieder auf. Keine Träne war sein Gesicht hinabgelaufen. Er wirkte nun ganz beherrscht. »Ganz offen, Frau Hesgart, alles andere macht keinen Sinn. Ich habe meine beiden Töchter seit einem halben Jahr nicht mehr gesehen. Kurz nach der Beerdigung meiner Frau das letzte Mal. Unser Verhältnis war nicht das beste. Wir haben uns nicht gut verstanden. Aber wer versteht schon die Jugend?«

Er machte eine Pause. Plattitüde, dachte Margot. Und doch gibt es im Moment wohl kaum jemanden, der dich diesbezüglich besser versteht als ich.

»Beide waren Mama-Kinder. Ich stand manchmal einfach ratlos daneben, wenn sie sich in Dingen einig waren, die ich überhaupt nicht verstand. Und immer, wenn ich mal irgendwas deutlicher formulierte, dann rannten sie zu ihrer Mutter. Die kam dann zu mir und ...« Er brach ab, lächelte. »Kaum zu glauben, dass man solche Erinnerungen einmal als kostbar ansieht.« Er machte eine Pause. »Wissen Sie schon ein bisschen mehr als das, was Sie mir bislang erzählt haben?«

Margot sah Horndeich an, und der berichtete über das Wenige, was sie bisher wussten. »Wir hoffen, dass die Ballistiker in Wiesbaden was finden. Und der Gerichtsmediziner in Frankfurt. Oder unsere Techniker. Gibt es niemanden, von dem Sie wissen, dass er Zoff mit Joana hatte?«

Werder schüttelte den Kopf. »Nein. Ich kenne niemand. Wirklich niemand aus Ihrem Bekanntenkreis. Ich weiß, dass sie mit dieser Band ein bisschen Erfolg hat.« Wieder schienen seine Gedanken abzuschweifen. »Als Kind war es immer eher Eliza, die alle Lieder mitgesungen hat. Aber Joana, sie hat jetzt tatsächlich was aus ihrer Musik gemacht. Das heißt ... Ich rede immer noch, als würde sie noch leben ...«

Immer noch keine Tränen. Einerseits war Horndeich dankbar dafür, keinen schreienden und völlig verzweifelten Vater besänftigen zu müssen. Andererseits war ihm Werder unheimlich. Hätte er Kinder gehabt … Also wenn er und Anna jemals Kinder haben würden, und dann kämen zwei Kollegen hereinspaziert, um ihnen mitzuteilen, dass eines der Kinder tot sei … Horndeich wusste, dass er toben würde. Toben und schreien.

»Ich werde es wohl Eliza sagen müssen.«

Horndeich und Margot warfen sich einen schnellen Blick zu. Margot übernahm wieder. »Eliza weiß es schon.«

Werder sah sie irritiert an. »Haben Sie sie schon angerufen? Vor mir?«

Margot schüttelte den Kopf. »Nein. Eliza hat Joana besucht. Sie ist hier in Darmstadt.«

»Sie – sie ist hier?«

»Ja. Sie ist in Joanas Wohnung.«

Horndeich war sich nicht sicher, ob es Eliza recht war, dass Margot ihren Aufenthaltsort preisgegeben hatte. Aber – sollte sie Vater und Tochter voneinander fernhalten? Das war sicher auch nicht ihre Aufgabe.

»Sie ist in Darmstadt? Und sie hat sich wieder nicht bei mir …«

Er sprach nicht weiter.

Nun liefen doch Tränen seine Wangen hinab.

Und Horndeich wusste nicht, ob er darüber erleichtert sein sollte. Nein. Gewiss nicht. In diesen Situationen, in denen sie den undankbaren Job hatten, Menschen vom Tod der Angehörigen zu unterrichten, da gab es gar nichts, worüber man erleichtert sein konnte. Da war man nur froh, wenn es vorbei war.

»Gehen Sie jetzt, bitte …«, ächzte Werder.

Und Horndeich *war* froh.

*Mission accomplished.*


»Lass uns zur Wohnung der Toten fahren«, schlug Margot vor, als sie wieder im Wagen saßen.

»Gute Idee«, meinte Horndeich.

Margot hatte kaum den Wagen angelassen, als sie eine Meldung hereinbekamen: Ein Mann war erschossen worden, offenbar Selbsttötung. Zwei Kollegen von der Schutzpolizei befanden sich vor Ort, da aber eine Schusswaffe im Spiel war, sollten sich Margot und Horndeich den Fundort der Leiche mal anschauen.

»Wie lautet die Adresse?«, fragte Margot in das Mikro des Funkgeräts.

»Schachtstraße.« Es folgte die Hausnummer. »Der Klinkerbau zwischen Maritim-Hotel und den Eisenbahnschienen.«

»Wir sind unterwegs«, sagte Margot und klinkte das Mikro neben dem Funkgerät ein. Dann fuhren sie los.

Während der Fahrt überlegte Margot, wie viele schöne und bekannte Orte in Darmstadt für sie schon zum *Tat*ort geworden waren. Sicher, allzu viele waren es nicht, aber am Südeingang des Herrngartens konnte sie nicht mehr vorbeigehen, ohne den Freund ihres Vaters zu sehen, wie er nachts im Regen erschlagen neben dem Gebüsch gelegen hatte. Oder der Biergarten in der Dieburger, in dessen Kellergewölben sie vor eineinhalb Jahren die übel zugerichtete Leiche einer jungen Russin gefunden hatten. So hatte Margot eine ganz eigene Topografie der Stadt in ihrem Kopf gespeichert. Auch der tote Wachmann vor der russischen Kappelle gehörte dazu.

Ihr gefielen die Ziegelbauten in der Schachtstraße, die linkerhand auffielen, wenn man die Brücke über die Eisenbahngleise überquert hatte. Sie waren einstmals das eigentliche Stadtportal gewesen. Heutzutage fiel der Blick eher auf die zwölf Stockwerke des Maritim-Hotels, das jedoch erst seit 1981 dem Klinkerbau die Show stahl. In der Zeit davor hatte sich auf dem jetzigen Hotelgelände nur das zweistöckige Bau-Muster-Haus befunden, das sich, von Bäumen umrahmt, architektonisch dezent zurückgehalten hatte, bis es schließlich dem Hotelklotz hatte weichen müssen.

Vor einem der Ziegelhäuser in der Schachtstraße standen ein paar Schaulustige. Margot lenkte den Wagen auf den Parkstreifen vor dem Hoteleingang.

Ein uniformierter Polizist begrüßte sie und Horndeich und stellte sich als Polizeioberkommissar Radelsberger vor. Dann sagte er: »Eine Riesensauerei. Andreas Derndorf. Hat sich 'ne Kugel durch den Kopf gejagt – so sieht's zumindest auf den ersten Blick aus. Die Kugel hat seinen Hinterkopf durchschlagen und ist dann zum Fenster raus. Die werden wir suchen müssen.«

»Zeigen Sie es uns!«

Sie gingen auf die offen stehende Tür des Hauses zu. Auf dem Weg dorthin schaute Margot zu den dreieckigen Erkern des Hauses empor. Ihr Lebensgefährte Rainer war Kunsthistoriker und mit allen architektonischen Details Darmstadts per du; er hatte ihr einmal erklärt, das Haus sei ein besonders gut erhaltenes Beispiel für den Ziegelexpressionismus. Sie konnte sich daran nur noch erinnern, weil sie *Ziegen*expressionismus verstanden hatte und für fünf verzweifelte Sekunden versucht hatte, herauszufinden, was dieses Haus mit Ziegen oder diese Tiere mit dem Expressionismus zu tun hatten. Zum Glück hatte Rainer in seinen weiteren Ausführungen das Wort noch einmal wiederholt, sodass sie sich nicht die Blöße hatte geben müssen, nachzufragen.

Das Fenster zum Garten war zerborsten. Margot schaute auf den Rasen vor dem Haus. Scherben lagen darauf.

Radelsberger zeigte auf das zerborstene Fenster. »Dahinter.«

»Sie waren schon drin?«

Radelsberger nickte. »Mein Kollege und ich haben die Tür aufgebrochen. Die Bescherung gesehen. Den Puls gefühlt und den Arzt geholt. Überflüssig. Ohne Gallenblase kann man leben. Ohne Kopf nicht.«

»Wer hat Sie gerufen?«, fragte Margot.

»Der Nachbar in der Wohnung drüber. Hat einen Knall gehört, das Splittern der Scheibe. Hat aus dem Fenster geschaut. Dann ist er in den Garten, hat das kaputte Fenster gesehen, konnte aber nicht reinschauen. Glück für ihn. Also hat er geklingelt, aber Derndorf hat nicht geöffnet.«

Wie auch, ohne Hinterkopf, dachte Margot.

»Dann ist er wieder hoch in seine Wohnung und hat die Polizei angerufen. Mein Kollege und ich waren gerade auf Streife, in der Waldkolonie. Also haben wir das Blaulicht gesetzt und waren keine Minute später hier.«

Margot und Horndeich betraten das Haus. Radelsberger begleitete sie.

Die Wohnung lag im Hochparterre. Sie stiegen ein paar Stufen nach oben und bogen rechts ab. Radelsbergers Kollege stand vor der aufgebrochenen Tür und grüße. Margot, Horndeich und Radelsberger betraten die Wohnung. Drei Zimmer, Küche, Bad. Eine nette Wohnung, vielleicht ein bisschen laut. Die Geräusche des fließenden Verkehrs auf der Rheinstraße waren auch im Flur deutlich zu vernehmen, der Güterzug hingegen kaum. Was wohl daran lag, dass die Bahn vor dem Haus in einem eigenen Tal für Gleise fuhr – quasi im Keller.

Am Ende des Flurs lag eines der Zimmer rechts, ein anderes links. Die offene Tür vor ihnen gab den Blick ins Bad frei.

Margot betrat das linke Zimmer. Horndeich und Radelsberger folgte ihr. Erst als Horndeich im Raum stand, konnte er Andreas Derndorf sehen. Er war vielleicht Ende vierzig, Anfang fünfzig, saß in einem Sessel, mit dem Rücken zum zerborstenen Fenster. Vor ihm stand ein Couchtisch. Holz. Mit einer hässlichen roten Decke darauf. Auf dieser eine Whisky-Flasche. Laphroiag. Und ein Glas, halb voll mit der goldgelben Flüssigkeit. Allerdings passte das Glas nicht dazu: Mit seinen naiven Rehfiguren wirkte es wie aus dem Disney-Shop. Aber was den Whisky betraf – der Mann hatte gewusst, was gut ist. Zumindest, wenn Horndeich seinem Nachbarn und Freund Henrik glauben durfte. Der war Kenner und Genießer. Und hatte Horndeich schon mehrere Vorträge über das beste Getränk, das man aus gegorenem Getreide gewinnen kann, gehalten.

Derndorf schien das ähnlich gesehen zu haben. Denn die Flasche war halb leer. In einer Vitrine sah Horndeich noch weitere Whisky-Flaschen. Ein Etikett stach ihm ins Auge. Ein fünfundzwanzigjähriger Talisker von der Insel Skye. Davon hatte Henrik auch geschwärmt. Unisono mit Robert Louis Stevenson, dem Autor der »Schatzinsel«, der den Talisker als König der Drinks bezeichnete.

Margot schaute sich im Raum um. Horndeich tat es ihr gleich. Die Waffe lag auf dem Boden. Ein Revolver.

»Ein Smith & Wesson 25-2-Revolver«, sagte Horndeich, der sich neben das Schießeisen gehockt hatte, um es näher in Augenschein zu nehmen.

».45er Munition, nicht wahr?« Margot überraschte Horndeich mit ihrer Detailkenntnis.

»Ja«, erwiderte er und erhob sich, um sich dem Toten zu

nähern. Kein schöner Anblick. »Hat sich den Lauf offenbar in den Mund gehalten und abgedrückt.«

Er ging vor dem Toten in die Hocke, schaute ihm direkt ins Gesicht und in den offenen Mund, aus dem eine Menge Blut geflossen war. Margot bewunderte ihn für seinen Mut und seine Kaltblütigkeit. Sie war sich nicht sicher, ob ihr Magen da mitgespielt hätte.

»Der hat 'ne Hasenscharte«, sagte Horndeich.

Nun ging ihr seine Kaltblütigkeit doch ein bisschen weit. »Bitte, Horndeich«, sagte sie, »darüber macht man keine Witze.«

Er wandte ihr das Gesicht zu, musterte sie verwundert, dann begriff er, was sie meinte. »Nein, nicht, weil er sich in den Kopf geschossen hat. Er hatte 'ne *richtige* Hasenscharte – eine Lippenspalte, um es korrekt zu sagen –, von Geburt an. Ist zwar operiert worden, aber immer noch deutlich zu sehen.«

»Eine Lippenspalte ...« Margot zuckte mit den Schultern. »Aber deshalb bringt man sich doch nicht um.«

Horndeich hob die Augenbrauen. Hatte Margot nicht gerade gesagt, darüber mache man keine Witze?

Offenbar wollte sie auch gar keinen Witz machen. Sie hatte es einfach ganz nüchtern festgestellt. Auf was für Gedanken seine Kollegin manchmal kam ...

Er drehte sich wieder zur Leiche um, drückte sich aus der Hocke hoch und ging um den Sessel herum. Der Anblick dort war noch unschöner. Dem Mann fehlte der halbe Hinterkopf.

»Der Austrittswunde nach Teilmantelgeschoss«, sagte Horndeich. »Der wollte auf Nummer sicher gehen.«

Margot sah Radelsberger an, und der sagte: »Er saß genau dort, als wir reinkamen. Wir haben nur den Puls gefühlt.«

»Irgendwelche Einbruchsspuren?«, fragte Horndeich. Dabei war für ihn die Sache eigentlich klar. Ein Mann verleibte sich eine halbe Flasche Whisky ein, nahm dann den Revolver und drückte ab. »He put that bottle to his head and pulled the trigger«, hatte Brad Paisley gesungen. *Er setzte sich die Flasche an den Kopf und zog den Abzug.* Auch wenn Brad das mit dem Abzug in seinem Lied »Whiskey Lullaby« sicher eher im übertragenen Sinne gemeint hatte.

Bei Brad war eine Frau der Grund gewesen, und Horndeich

hatte wenig Zweifel daran, dass es in diesem Fall ebenso war. Dieser Mann würde zumindest keine Arbeit bedeuten. Sie konnten sich ganz dem Mord an Joana Werder widmen. Oder was immer das gewesen war. Derndorf jedenfalls hatte sich selbst den Schädel weg- und das Lebenslicht ausgepustet.

»Die Tür war zu«, antwortete Radelsberger auf Horndeichs Frage, »wir mussten sie aufbrechen.«

»Wo kommt die Waffe her?«, fragte Margot.

Radelsberger zuckte mit den Schultern.

»Schauen wir uns doch mal um«, schlug Horndeich vor.

Margot folgte ihrem Kollegen in den Nebenraum. Schreibtisch, Bücherregale mit Glastüren, voll mit Ordnern. Ein paar Bücher. Sachbücher. Viele über Waffen. Offenbar war Derndorf Sportschütze gewesen. Die Titel der Bücher deuteten darauf hin.

In der Ecke ein Waffenschrank, der eher an einen Tresor erinnerte. Drei Schlösser sicherten die Waffensammlung vor unbefugtem Zugriff. Doch die Tür stand offen. Aus dem mittleren Schloss schaute ein Schlüssel, der mit weiteren Kollegen an einem Ring hing. In Nachbarschaft zu einem lilafarbenen Plastikschildchen. Der Schriftzug »Waffenschrank« auf dem Einschubpapier war nicht mit Hand geschrieben, sondern akkurat per Drucker beschriftet.

Horndeich sah in den Schrank. Ein Vorderlader, zwei Kleinkaliberrevolver und eine 38er Pistole. Keine Gewehre.

Margot streifte durch das Schlafzimmer. Dann nahm sie sich das Bad zur Brust, danach die Küche.

Horndeich folgte ihr, fühlte sich auf einmal wie ein Schoßhund. »Was machst du denn?«

»Ich versuche herauszufinden, was das für ein Mensch war.«

»Wer auch immer das war – er hat sich das Hirn weggepustet.«

»Sicher?«

»Na, erhängt hat er sich offensichtlich nicht.«

»Nein, ich meine, bist du sicher, dass er es selbst getan hat?«

»Ja.«

»Wieso bist du so sicher?«

»Weil nichts dagegen spricht. Seine Waffe, der Whisky vor

ihm. Keine Einbruchspuren. Keine Kampfspuren. Wenn jetzt nicht herauskommt, dass er 0,0 Promille hat, dann sehe ich das eigentlich eindeutig.«

»Findest du es nicht seltsam, dass er keine vierundzwanzig Stunden nach Joana Werder stirbt?«

»Nein. Warum auch?«

»Ich weiß nicht, ich habe ein komisches Gefühl. Ganz komisch. Ganz, ganz komisch. Es gibt keinen Abschiedsbrief.« Horndeich seufzte. »Und neben den wenigsten Mordopfern liegt ein schriftliches Geständnis.« Für Horndeich war die Sache klarer als die berühmte Kloßbrühe. So klar wie Wasser. Der Mann hatte sich, aus welchem Grund auch immer, das Gehirn durchs Fenster geschossen. »Was willst du tun?«

»Hinrich. Er soll sich die Leiche ansehen. Wenn er nichts findet – okay. Aber irgendwas sagt mir, dass das kein Selbstmord war.«

»Aber …« Horndeich schüttelte den Kopf. »Es gibt doch wirklich nichts – gar nichts! –, was auf Fremdverschulden hinweist.«

»Eben.«

»Was soll das sein?«, fragte er. »Weibliche Intuition?«

»Vielleicht.«

Horndeich seufzte. »Nun gut. Soll sich Hinrich drum kümmern.«

Nachdem Margot alles eingeleitet hatte, damit die Leiche abgeholt und in die Gerichtsmedizin gebracht werden konnte, befragten sie und Horndeich die Nachbarn. Aber außer dem alten Herrn in der Wohnung über Derndorf hatte nur noch eine junge Dame den Knall gehört, sich aber nichts dabei gedacht.

Derndorf war der Musternachbar schlechthin gewesen. Nach der Befragung der anderen Hausbewohner hatten Margot und Horndeich den Eindruck, dass er ausschließlich mit einer Tarnkappe unterwegs gewesen war. Kein Damenbesuch, auch kein Herrenbesuch. Keine laute Musik, auch den Fernseher habe man nicht gehört.

Andreas Derndorf war Mitglied im Schützenverein Egelsbach gewesen, und ihm gehörte der dicke Mercedes CLS in Weinrot, der draußen vor dem Haus stand.

**66**

Margot fuhr Horndeich noch zum Auto-Verleih, wo der sich einen Golf mietete. Auf dem Weg nach Hause fragte er sich, was dieser Golf noch mit seinen zwanzig Jahre älteren Namensvetter gemein hatte. Nichts, konstatierte er nüchtern. Zu Hause angekommen, schaltete er den Fernseher ein. Hessisches Regionalprogramm. Hatte Anna eingestellt, als sie das letzte Mal gemeinsam einen Fernsehabend verbracht hatten. Er schaltete den Apparat ohnehin eher selten ein. Mal eine DVD gucken oder einen Spielfilm im Fernsehen. Meist gemeinsam mit Anna. Aber die war ja in Russland.

Fast ein halbes Jahr war es her, dass ihre Mutter gestürzt war. Frisch gebohnerter Treppenabsatz, ausgerutscht – Oberschenkelhalsfraktur. Leider nicht so unkompliziert, wie es anfangs ausgesehen hatte. Frau Kalenska hatte zwei Monate im Krankenhaus gelegen. Durch das Liegen war die Beweglichkeit der über Siebzigjährigen auch nicht gefördert worden. Seitdem musste sie einen Gehwagen zu Hilfe nehmen. Nicht gut, wenn man in einem Plattenbau im dritten Stock wohnte. Ohne Aufzug.

Anna war inzwischen dreimal dort gewesen, immer für eine Woche. Ihr Bruder wohnte auch in Moskau. Na, wohnte war gut. Im Beruf eingespannt, immer im Ausland. Und Anna lebte im Ausland. Nun war sie wieder in Putins Reich geflogen, mit dem Vorsatz, endgültig zu regeln, wie es mit der Mama weitergehen sollte. Zur Option standen ein Altenheim oder dauerhafte Betreuung. Beides nicht billig und beides nicht einfach zu bekommen. Offenbar noch viel schwerer, als Anna sich das vorgestellt hatte. Sie hatte all ihren Urlaub genommen in der Arztpraxis, in der sie arbeitete. Und in der sie sich vor drei Jahren kennengelernt hatten.

Nachdem der bezahlte Urlaub zu Ende gewesen war, hatte sie unbezahlten genommen. Und Horndeich war sich nicht sicher, ob Anna, nachdem ihre Mutter versorgt war, in Darmstadt überhaupt noch einen Job hatte.

Klar, sie könnten von seinem Gehalt leben. Sie könnten auch zusammenziehen. In seiner Wohnung war genug Platz für zwei. Sogar für drei.

Früher hatten sie manchmal darüber gesprochen. Das Wort

Heirat nicht in den Mund genommen. Aber das Wort Kinder. Doch keiner von beiden hatte sich getraut, Nägel mit Köpfen zu machen. Nun, Anna war Russin genug, als dass sie nie einem Mann einen Antrag gemacht hätte. Doch inzwischen hatte er ein feines Gespür für die Texte zwischen den Zeilen. Sie hätte ihm die Brücke gebaut. Doch auf keiner Seite des Flusses waren Kräne aufgetaucht, um mit dem Bau zu beginnen.

Horndeich war kurz davor gewesen. An dem Tag, kurz nachdem sie zwei Jahre zusammen gewesen waren. Sie waren Essen gewesen, beim Asiaten. Hatten sich auf dem Sofa aneinandergekuschelt. Ein ruhiges Gefühl angenehmer Vertrautheit hatte sich in ihm ausgebreitet. Das Bewusstsein, den Rest seines Lebens mit dieser Frau verbringen zu wollen.

Am nächsten Tag war die Nachricht gekommen, dass ihre Mutter im Krankenhaus lag. Und mit einem Mal hatte Horndeich etwas gespürt, was zuvor nie Thema zwischen ihnen gewesen war: eine Zerrissenheit in Anna, wo ihr Platz war, wo ihre Heimat. Sie war bereits als Jugendliche nach Deutschland gekommen, hatte wie besessen Deutsch gelernt, hatte die Ausbildung in der Arztpraxis gemacht, war übernommen worden. Sie hatte die Mutter in Russland mit Geld unterstützt. Die war bereits seit zwanzig Jahren Witwe.

Anna lebte in Darmstadt, fühlte sich fast wie eine Deutsche. Horndeich hatte das »fast« nie wahrgenommen. Erst, als Anna das erste Mal nach dem Sturz ihrer Mutter aus Moskau zurückgekommen war. Sie mochte die Stadt nicht. Aber abgesehen davon, dass sie vom schlechten Gesundheitszustand ihrer Mutter berichtete, erzählte sie von ihren Verwandten. Und Horndeich hörte das erste Mal ganz deutlich den Unterton der Sehnsucht.

Und der Gedanke an Heirat oder Kinder war plötzlich ganz weit entfernt. Ungefähr so weit wie Moskau …

Horndeich wurde aus seinen Gedanken gerissen, als er das Stichwort Gräfenhausen hörte. Eine Reporterin berichtete davon, dass inzwischen noch ein weiterer Mann seinen Verletzungen erlegen war. Ein Familienvater von drei Kindern. Die Reporterin berichtete darüber, dass die Polizei noch keine Angaben darüber machen wollte, warum eine junge Frau, deren

68

Identität noch nicht geklärt war, über die Autobahn hatte rennen wollen.

Die ist nicht mehr ganz auf dem aktuellen Stand, dachte Horndeich.

Plötzlich tauchte das Gesicht von Helena Bergmann auf dem Bildschirm auf. *Der* Helena Bergmann, Vorsitzende der DPL.

»Frau Bergmann, Sie waren Augenzeugin des Unfalls – was haben Sie gesehen?«

Horndeichs Nacken kribbelte, als ob kleine Käfer dort ihren Abendspaziergang machten. Er hatte gewusst, dass es Ärger geben würde.

»Vom Unfall habe ich persönlich nicht viel gesehen. Ich stand bei meinem Wagen, war zugeparkt, wollte wegfahren – da knallte es ohrenbetäubend. Es war fürchterlich. Wenig später totale Stille. Dann hörte ich die ersten Schreie der Verletzten. Es war grausam. Einfach nur grausam. Und vor allem so unnötig.«

Die Reporterin schien irritiert. »Unnötig? Wie meinen Sie das?« Die Reporterin war der Bergmann auf den Leim gegangen. Die konnte nun ihr Statement loswerden.

»Wissen Sie, seit Jahren setze ich mich mit meiner Partei, der Demokratisch Patriotischen Liste, dafür ein, dass private Sicherheitsfirmen Brennpunkte kontrollieren. Dann kann so was einfach nicht passieren.«

»Bezeichnen Sie allen Ernstes eine Raststätte als … äh, *Brennpunkt?*«

»Ich bitte Sie, hier wurden achtundfünfzig Autos in Schrott verwandelt, siebenundsechzig Menschen verletzt, und fünf starben. Und das alles wegen einer Frau, die über die Straße rennt. Wie kann so was möglich sein?, frage ich Sie. Wie kann eine einzelne Person, die offenbar völlig durchgedreht ist, so viel Leid und Schaden anrichten? Die Polizei hat nicht genug Leute – die Landesregierung streicht sogar noch Stellen –, und sie hat nicht genug Gewalt. Sie sollte die qualifizierten Aufgaben übernehmen und private Sicherheitsfirmen sollten sich um Bewachung und Kontrolle kümmern.«

Es gelang der jungen Reporterin, das Gespräch abzuwürgen. Aber die Bergmann hatte zu guter Sendezeit ihren Sermon in die Öffentlichkeit geblasen.

Horndeich schaltete den Fernseher aus. Er schaute in den Kühlschrank. Butter und Käse fühlten sich ziemlich allein in der Kälte. Er überlegte, ob er einen Döner essen gehen sollte, als das Klingeln des Telefons ihn vom Blick in die Leere erlöste.

»Horndeich.«

»Werder. Eliza Werder.«

Die Stimme klang so vertraut. Eine Stimme aus dem Totenreich – schöner Titel für einen Gruselfilm. »Ja?«, fragte Horndeich.

»Ich – ich wollte nur fragen, ob Sie schon etwas herausgefunden haben.«

»Nein. Wir hatten heute Nachmittag noch einen weiteren Toten. Deswegen waren wir auch nicht mehr bei Ihnen. Morgen ...«

»Wollen Sie vielleicht ... Ich meine, ich stehe hier allein in der Küche meiner Schwester, versuche halbwegs schmackhafte Spaghetti zu kochen, habe viel zu viel und ...« Sie räusperte sich. »Herr Horndeich, ich würde gern noch mal mit Ihnen sprechen. Ich muss Ihnen ewas sagen. Würde es Ihnen was ausmachen, mit mir ... äh, zu essen? Ich ... ich meine, Sie kannten meine Schwester, aber ich kenne hier niemanden und ...« Sie verstummte.

Horndeichs Gehirn ging kurz die Alternativen durch. Wenn er einen Döner essen ging, würde er anschließend nach gebratenem Fett stinken. Und mit Anna konnte er nicht essen, weil Anna nicht da war. Er würde in die Glotze starren. Oder in Selbstmitleid zerfließen. Da konnte er auch leckere Spaghetti essen und sich noch mal Joanas Wohnung anschauen. Und wenn Eliza mit ihm reden wollte ... Vielleicht hatte sie ja wirklich noch etwas Wichtiges zu sagen.

Außerdem erinnerte sie ihn an Joana. Sie war ihrer Zwillingsschwester so verdammt ähnlich ...

Hin und wieder war Horndeich ein Mann spontaner Entschlüsse. »Ich bin in zwanzig Minuten bei Ihnen.«

»Wunderbar. Danke. Bis gleich.«

Margot hatte sich in der Küche ein paar Häppchen zubereitet. Antipasti auf einem Tellerchen, Oliven-Ciabatta dazu, ein bisschen Thunfischbutter, deren Rezept sie hütete wie ein Staatsgeheimnis. Das einzige Rezept, mit dem sie punkten konnte. Sie hatte eine Flasche Chianti entkorkt, sich ein Glas eingeschenkt – aber noch nicht getrunken.

Zu den Speisen auf dem Wohnzimmertisch suchte sie noch nach einer passenden Musik. »Ebben, ne andrò lontana.« La Wally, von Catalani. An diesem Abend war ihr nach Oper. Renata Tebaldi verlieh der Wally die nötige Weichheit und den nötigen Wahnsinn.

Eigentlich hätte sie viel lieber mit Rainer zu Abend gegessen. Doch der war am Morgen nach Kassel gefahren. An der dortigen Uni hatte er eine Professur für Kunstgeschichte.

Diese Leidenschaft für Kunst teile er mit seinem Sohn Ben. Als der entstanden war, war Margot noch verheiratet gewesen. Nicht mit Rainer. Doch ihr Mann war schon damals Alkoholiker gewesen. Und hatte sich vier Jahre nach Bens Geburt zu Tode gesoffen. Leider hatte Rainer während dieser Zeit selbst geheiratet. Das Timing ihrer Beziehungen war, vorsichtig ausgedrückt, suboptimal verlaufen.

Dann war Margot für ein paar Jahre Zweitfrau gewesen. Ein Status, den sie irgendwann so satt gehabt hatte, dass sie den Bruch gewagt hatte. Bis Rainer nach sieben Jahren Funkstille vor drei Jahren plötzlich wieder aufgetaucht war. Geschieden. Und – in Koalition mit ihrem Vater Sebastian Rossberg – nicht mehr gewillt, weiterhin sein Leben ohne Margot zu verbringen.

Margot hatte sich ergeben – so hatte es zumindest nach außen hin gewirkt. Zumal Ben damals auch erfahren hatte, wer sein leiblicher Vater war.

Und somit waren sie auf einmal alle eine glückliche Familie. Wenn auch ihr Mann … Nein, sie hatten ja nicht geheiratet! Wenn auch ihr *Lebensgefährte* – oder genauer, ihr *Lebensabschnittsgefährte*, wenn auch hoffentlich ihr letzter – nach wie vor oft in Kassel weilte und dort eine weitere Wohnung unterhielt.

Vielleicht war es ganz gut so, versuchte sich Margot einzureden, dass man nicht die ganze Zeit aneinanderklebte. Aber da sie ihren Beruf genauso ernst nahm wie er den seinen, gab es die gemeinsame Freizeit ohnehin nur in überschaubaren Päckchen. Sie hatte ihn mehrfach darauf angesprochen, sogar schon in Erwägung gezogen, dass sie nach Kassel ziehen könnte. Aber Rainer wollte nicht aus Darmstadt weg, eigentlich genauso wenig wie Margot.

Sie stieß einen tiefen Seufzer aus. Sie konnte Rainer nicht einmal anrufen, weil der noch in einer Sitzung hockte. Natürlich hätte er auch Sitzungen, hätte er in Darmstadt gewohnt. Doch dann hätte sie auf ihn warten können. Und sich später noch an ihn kuscheln. Und er hätte nicht nach einer dieser blöden, unnützen und überflüssigen Besprechungen noch zwei Stunden Auto fahren müssen, wenn er nach Hause wollte.

Sie sah die Häppchen, blickte in das tiefe Rot des Weins und sah dazu noch ein Whisky-Glas. Halb voll. Und das Bild des Mannes, der sich selbst auf so grauenhafte Weise ins Jenseits befördert hatte. Schuss in den Mund. Die Tebaldi setzte zur Koloratur an, und Margot war der Appetit vergangen.

Inzwischen hatten sich die Kollegen die Waffe angeschaut, mit der er sich – scheinbar – selbst gerichtet hatte. Es hatte noch eine Patrone in der Trommel gesteckt, was mehr als seltsam war. Warum steckte ein Selbstmörder zwei Patronen in eine Revolvertrommel? Um noch mal abzudrücken, wenn er beim ersten Mal nur eine unwichtige Hirnregion erwischte?

Horndeich hatte recht gehabt bezüglich der verwendeten Munition. Es hatte sich tatsächlich um Teilmantelpatronen, um so genannte Dumdum-Geschosse gehandelt.

Die waren zwar durch die Haager Landkriegsordnung für militärische Handfeuerwaffen verboten, aber Derndorf hatte damit ja auch nicht in den Krieg ziehen wollen; er war – so wie Margot bereits anhand der Buchtitel in seiner Wohnung geschlossen hatte – passionierter Sportschütze gewesen und hatte über entsprechende Waffenlizenzen verfügt. Alles ganz legal.

Margot hatte sich zwar mit Horndeich in der Wohnung des Toten kurz umgeschaut, doch das war nur oberflächlich gewesen.

Sie stand auf und würgte die Tebaldi ab, um Derndorfs Wohnung noch mal allein in Augenschein zu nehmen.

Fünfzehn Minuten später stand sie in Derndorfs Wohnung.

Der freundliche Nachbar, der über Derndorf wohnte, hatte sie ins Haus gelassen, und Derndorfs Wohnungstür selbst schloss nicht mehr, nachdem Radelsberger und sein Kollege sie gewaltsam geöffnet hatten. Sie streifte ein Paar Latexhandschuhe über, schaltete das Licht ein, verharrte im Flur. Die drei Jacken, die akkurat an der Garderobe hingen, waren von guter Qualität und bestimmt nicht billig gewesen. Auch das Parkett des Bodens war nicht neu, aber ebenfalls wertvoll. Bereits der Flur passte nicht zum Rest des ganzen Hauses. Wie auch Derndorfs Wagen. Dieses Haus war ursprünglich als bezahlbare Unterkunft für Arbeiter und Angestellte gebaut worden. Nicht für Mercedes-Fahrer. Sie ging nach rechts in die Küche. Die Einbauküche war eine moderne Maßanfertigung, die Glaskeramikoberfläche der Kochstelle entpuppte sich bei genauem Hinschauen als Induktionskochfeld. Sehr gut. Sehr teuer. Rainer schwärmt immer davon. Nun, er war auch mit Abstand der bessere Koch von ihnen. Die Elektrogeräte trugen ebenfalls allesamt wohlklingende Markennamen. Die Schränke waren aus massivem Holz gefertigt. Buche, tippte Margot.

Auf einem Sims standen zwei schön geschwungene, massive Kerzenhalter. Wenn das Gold echt war, könnten sie ein kleines Vermögen wert sein, dachte Margot.

Margot nahm das Schlafzimmer unter die Lupe, dann das Bad. Nichts deutete darauf hin, dass außer Derndorf noch jemand in der Wohnung übernachtet hatte. Keine zweite Zahnbürste, keinerlei Hinweise auf die Anwesenheit einer Frau, nichts. Auch im Schlafzimmer fand sich kein Zeichen auch nur zeitweiliger Mitbewohner. Zwei große alte Kleiderschränke mit geschwungener Intarsienarbeit standen jeweils in einer Ecke des Raums. Margot öffnete die Türen. Derndorf war ein akkurater, ja, fast pedantischer Typ gewesen. Selbst die Unterhosen lagen auf den Millimeter genau zusammengelegt in Reih und Glied. Die Krawatten waren von dunkel nach hell sortiert. Seine Kleidung war klassisch, aber nur vom Feinsten. Selbst die drei Jeanshosen zierten italienische Etiketten. Einzig ein Stapel mit blauen Handtüchern wirkte nicht ganz so akkurat zusammengelegt. Aber das war die einzige Ausnahme.

Auch im Arbeitszimmer machte sie keine tiefschürfende Entdeckung. Allerdings lagen mehrere Broschüren der DPL im Regalschrank. Ebenfalls ein antikes Stück, ebenso wie der Schreibtisch. Was hatte denn Derndorf mit Bergmanns Gesellen am Hut gehabt?

Auf einer kleinen Seitenvitrine standen mehrere Statuen. Sie waren zwischen vierzig und sechzig Zentimeter hoch, einige aus Bronze, andere aus Silber gefertigt. Eine der Figuren erinnerte Margot an eine tanzende Salome. Die Dame aus Bronze stand auf einem Marmorsockel. Sie war die zierlichste Figur. Margot nahm sie in die Hand, war erstaunt, wie schwer das kleine Kunstwerk war. Sie sah auf die Gravur zu Füßen der nur mit einem Rock bekleideten Schönen. »Eug. Wagner«. Sagte ihr nichts. Auch einen »Ernst Freese«, der die sich nach oben reckende Dame daneben geschaffen hatte, kannte Margot nicht. Sie schrieb die Namen auf einen Zettel. Vielleicht konnte Rainer damit was anfangen.

Sie fuhr Derndorfs Laptop hoch. Teuerste Kategorie. Das Betriebssystem verlangte nach keinem Passwort. Margot konnte frei auf die privaten Datenbestände zugreifen. Keine verschlüsselten Dateien. Kein Buchhaltungsprogramm. Ein paar Spiele. Strategiespiele, Rollenspiele. Nichts Hektisches wie Autorennen oder Ballerspiele.

Die vorhandenen Mails waren Bestätigungen von Online-Bestellungen bei Versandhäusern oder E-Bay: ein Buch über Whisky, ein Aktenkoffer, drei CDs. Oper. Sogar »La Wally« war dabei.

Die CDs waren akribisch in ein Datenverwaltungsprogramm eingegeben – ebenfalls etwa fünftausend Urlaubsdias. Akribie durch und durch. Den Dateinamen nach hatte sich Derndorf ausschließlich Studienreisen gegönnt: Trips zu den Pyramiden, zu den Mayas, zur minoischen Kultur.

Als Margot im Wohnzimmer Licht machte, stachen die alten Möbel hervor, besonders die beiden alten Schränke, die hervorragend restauriert waren.

Ein weiterer Kunstgegenstand fiel ihr ins Auge. Eine Bronzefrau saß auf dem Boden und hielt eine Krone in der Hand. Sie stand auf einem Sideboard unweit des Sessels, auf dem Derndorf zuletzt gesessen hatte. Die Figur war sehr filigran gearbeitet, mit fließenden, sanften Konturen. Der Boden, auf dem die Frau saß, war signiert mit »B. Hoetger, Paris 1901«.

Etwas schienen alle diese Gegenstände gemeinsam zu haben, aber Margot konnte nicht sagen, was. Doch Hoetger – den Namen hatte sie schon einmal gehört, auch wenn sie gerade nicht darauf kam, in welcher Schublade ihres mentalen Ablagesystems er schlummerte.

Sie schaute auf ihre Armbanduhr. Nahm das Handy, wählte Rainers Nummer.

»Hallo, mein Schatz. Gerade bin ich raus aus der Schuhschachtel, in der sie immer meinen, ihre Konferenzen abhalten zu müssen. Endlich Sauerstoff!«

Sie war froh, seine Stimme zu hören. Kleiner Trost in diesem leeren Zimmer. Neben dem Sessel eines Menschen, der ... Sie wollte nicht darüber nachdenken. »Rainer, ich bin hier in der Wohnung eines ...« Fast hätte sie gesagt *Mordopfers,* aber diese Theorie vertrat bisher nur sie, und selbst sie war sich da alles andere als sicher. »... eines Selbstmörders. Hier steht eine Menge Kunst rum. Oder Kitsch. Weiß ich nicht genau. Ich würde dir gern ein paar Fotos davon schicken – kannst du mir was dazu sagen?«

»Klar. Schick mir das Zeug. Ich bin in zehn Minuten zu Hause. Ich melde mich dann gleich.«

»Danke«, sagte sie und beendete das Gespräch. Wollte nicht durch ihre Stimme verraten, dass seine Worte sie gerade getroffen hatten wie die Rechte von Max Schmeling. Er war in zehn Minuten eben nicht »zu Hause«. Er war in seiner kleinen Ein-Zimmer-Klitsche, einer besseren Studentenbude, in der er nicht einmal Platz für ein richtiges Bett hatte. Nur für eine entsetzlich knarzende Klappcouch.

Margot zückte ihr Handy, ein Geschenk von Rainer und Ben von letztem Weihnachten. Bis vor einem halben Jahr hatte sie mit einem treuen Begleiter telefoniert, der – Seltenheit in dieser Gerätegruppe – unlängst seinen vierten Geburtstag erlebt hatte. Kein Farbdisplay, keine Kamera.

Mit ihrem neuen Handy konnte sie fotografieren und sogar kurze Videos aufnehmen; es war Internet-tauglich, hatte einen elektronischen Terminplaner, ein nahezu unerschöpfliches Adressregister und eine Reihe weiterer Zusatzfunktionen, die Margot noch gar nicht alle ausprobiert hatte.

Man konnte sogar damit telefonieren.

Sie ging zu den Statuen, fotografierte sie und schickte die Aufnahmen, jeweils mit den Namen des Künstlers versehen, an Rainers E-Mail-Adresse. Auch das Sideboard, auf dem die Frau mit der Krone saß, fotografierte sie.

Sie betrachtete das kleine Gerät, dessen Rechenleistung höher war als Bens erster PC, den sie ihm vor zehn Jahren gekauft hatte. Sowohl Rainer als auch Ben hatten sich gewundert, dass ihrer anfänglichen Skepsis nach zwei Tagen Begeisterung gewichen war. Die Männer glaubten, Margot hätte mittlerweile alle Funktionen begriffen und lieben gelernt. In Wirklichkeit mochte sie es einfach, dass sie Rainers und Bens Bild auf dem Bildschirm sehen konnte, wenn diese anriefen oder eine SMS sendeten.

Das Handy dudelte. Rainers Gesicht.

»Ja, hast du was rausgekriegt?«

»Margot, wie viel Eintritt hast du gezahlt?«

»Wie meinst du das?«

»Also, ich würde sagen, du befindest dich in einem Jugendstil-Museum.«

Der Groschen fiel. Das war der gemeinsame Nenner. Die Schränke, das Geschirr – sogar das Whiskyglas. Jugendstil. Die schöne Kunst, die auch im Alltag verwendet werden konnte und sollte, hatte in Darmstadt ihre stärkste Basis. Der letzte Großherzog hatte um die Wende zum zwanzigsten Jahrhundert Künstler nach Darmstadt eingeladen, die in der neu gegründeten Künstlerkolonie Entwürfe für schöneres Wohnen entwickelt hatten. Auf der Mathildenhöhe waren während vier großer Ausstellungen Häuser und Möbel, Geschirr und Skulpturen entstanden. Bis in die Gegenwart waren sie Magnet nicht nur für eingefleischte Fans.

Rainer fuhr fort: »Alles, was du mir geschickt hast, hat mindestens vierstelligen Wert. Der Schrank und die Frau mit Krone von Hoetger – fünfstellig.«

Der Mann hatte also nicht nur einen Benz gefahren, sondern

gleich den Wert von mehreren in der Wohnung stehen. »Danke«, sagte Margot.

»Ich komme morgen Abend zurück. Dann kann ich dir noch mehr darüber erzählen. Ich habe einen Katalog von einer Ausstellung, da sind noch mehr Skulpturen von Hoetger abgebildet. Er war einer der Künstler in Darmstadt – aber noch nicht 1901, als er diese Figur gefertigt hat. Da war er noch in Paris. Hat sogar Auguste Rodin kennengelernt und bei ihm gearbeitet. Nach Darmstadt kam er dann 1911 – er hat die ganzen Figuren im Platanenhain gemacht, die er ... «

»Ich freu mich auch, dich morgen wiederzusehen«, unterbrach ihn Margot.«

»Okay, okay, schon okay. Aber das Buch zeig ich dir trotzdem.«

»Ich vermiss dich.« Selten kamen ihr solche Worte über die Lippen. Noch seltener wurden sie beantwortet.

Eine kleine Pause im Äther. Dann sagte Rainer: »Ich dich auch. Ciao, Kleines.«

Klein war sie wirklich nicht. Dennoch mochte sie das Wort aus seinem Munde. »Ciao.«

Sie blicke sich um, wandte sich zum Gehen. Löschte das Licht in den Zimmern. Verharrte im Flur. Erst aus dieser Perspektive bemerkte sie den kleinen Schlüsselkasten, der so an der Wand hing, dass die Wohnungstür ihn verdeckte, wenn sie geöffnet war. Sie klappte den grauen Plastikkasten auf, dessen Qualität so weit unter der der restlichen Einrichtungsgegenstände lag wie ein Trabi auf einem Parkplatz voller Porsche.

Doch das Innere des Kastens passte wieder in Andreas Derndorfs Konzept. Alle Haken waren sauber beschriftet. Ebenso die Schlüssel. Farbige Plastikanhängeschildchen hingen an jedem Schlüsselring. Nur drei Haken waren leer. Einen zierte das Etikett »Schlüsselbund«, den zweiten »Schlüsselbund, Ersatz«. Und den dritten »Mama. Keller.«

Margot ging zur Garderobe und griff in die Taschen der Jacken. In der zweiten wurde sie fündig. Ein Schlüsselbund. Mit Täschchen. Und Plastikschildchen: »Schlüsselbund«.

»Ach nee«, dachte Margot. Sie durchsuchte den Rest der Taschen, danach den Rest der Wohnung. Einen Bund mit der

Aufschrift »Schlüsselbund, Ersatz« konnte sie nicht finden. Und auch »Mama. Keller.« blieb verschollen.

Indiz für eine Gewalttat? Vielleicht nicht. Vielleicht doch. Alles war so perfekt in dieser Wohnung, dass die fehlenden Schlüssel wirklich auffällig waren.

Horndeich klingelte an der Tür des Hauses in der Erbacherstraße 121.

Der Türsummer gewährte ihm Einlass.

Joana wohnte im ersten Stock. Oder *hatte* dort gewohnt. Horndeich hatte sie einmal nach Hause gefahren und dann in ihrer Küche mit ihr noch einen Kaffee getrunken. Sonst hatte er die Wohnung noch nicht betreten.

»Hallo.«

Joana stand in der Tür, auf den Lippen das Lächeln, das Horndeich so gut kannte.

Wusste nicht, dass sie dir so vertraut war, unkte eine Stimme in seinem Hinterkopf. Aber offenbar machst du dir da was vor …

Denn Joana war nicht Joana. Joana war Eliza Werder.

Horndeich erklomm die letzten Stufen.

»Schön, dass Sie es einrichten konnten.« Mit der linken Hand hielt sie eine Spaghetti-Zange.

»Mach ich gern. Und ich habe auch ein bisschen Hunger mitgebracht.«

Eliza Werder bat ihn herein.

»Ich muss noch die Soße abschmecken – wenn Sie es sich bequem machen wollen?«

»Ich würde mich gern ein wenig umsehen.«

Eliza nickte. »Bitte, tun Sie sich keinen Zwang an.«

Horndeich hörte Musik aus dem Wohnzimmer. Eine polnische Gruppe. Maanam. Joana hatte ihm an jenem Abend in der Küche von der Gruppe erzählt. Dass sie selbst ein paar Monate zuvor in Krakau gewesen war und dort »wahre Schätze an Musik« gehoben habe, wie sie es formuliert hatte. Diese Gruppe hatte sie als ihre derzeitige Lieblingsband bezeichnet.

Horndeich konnte ein wenig Russisch. Er hatte es gelernt, um sich mit Annas Verwandten unterhalten zu können. Und ein wenig von Annas Herkunft zu verstehen. Inzwischen zierten ein paar russische Künstler seine CD-Sammlung, allen voran Juta, eine Sängerin, die in seinem CD-Spieler seit langem Dauergast war. Aber die polnische Musik kannte er kaum, verstand die Sprache auch gar nicht. Wenn ihn die Takte von Maanam auch ansprachen.

Horndeich trat ins Wohnzimmer, in das er damals nur einen kurzen Blick geworfen hatte. Er knipste das Deckenlicht an. Ein paar Holzregale. Darin Bücher, CDs und ein wenig Nippes. Und drei Fotorahmen. In einem Heino Werder und eine Frau, die wahrscheinlich Joanas und Elizas Mutter war. In einem anderen Joana mit ihrer Schwester. Horndeich nahm den Rahmen, starrte auf das Bild. Das gleiche Lachen. Die gleichen Grübchen. Die gleichen Lachfältchen. Es gelang ihm nicht, zu sagen, wer von den beiden Joana und wer Eliza war.

Daneben stand ein kleiner Rahmen. Er barg ein Portrait von der Größe eines Passbilds. Es war unscharf. Den Mann darauf kannte Horndeich nicht.

»Wer ist der Mann, der da so einsam neben den Familienbildern steht?«, rief Horndeich in Richtung Küche.

»Keine Ahnung. Joana hat da ein Geheimnis draus gemacht. Vielleicht ein Freund – ich weiß es nicht.«

Nun, das Foto hatte einen deutlichen Rotstich und sah aus, als ob es in den Siebzigern aufgenommen worden war. Der unsägliche übergroße Hemdkragen untermauerte den Eindruck. Dann war der Herr darauf inzwischen mindestens sechzig, schätzte Horndeich.

Das Zimmer maß sicher fünfundzwanzig Quadratmeter. Außer dem Regal gab es nur noch ein Sofa, zwei Sessel und einen Couchtisch sowie eine Stereoanlage. Und zwei große Boxen eines Herstellers, der für seine Qualität bekannt war. Und einen Fernseher, der kaum größer war als eine Schuhschachtel.

Das Fenster ging in Richtung Erbacher Straße. Seit der Ausbau der B26 vor einem Vierteljahrhundert fertig geworden war, war die Erbacher eine ruhige Straße.

Neben dem Wohnzimmer lag das Schlafzimmer. Kleiderschrank. Bett. Schminkkommode. Alles aufgeräumt. Auf einem

Seitentisch lag ein zusammengeklappter Laptop. Auf dem Boden eine Handtasche.

»Wo schlafen Sie?«, fragte Horndeich, als er in die Küche trat.

Eliza Werder wandte ihm den Rücken zu, streute ein Gewürz in die Soße. »Ich habe auf dem Sofa geschlafen. Jetzt … jetzt schlafe ich in ihrem Bett.«

Als Horndeich nichts dazu sagte, meinte sie: »Sie halten das für geschmacklos, nicht wahr?«

Noch bevor er darauf antworten konnte, fuhr sie fort: »Wissen Sie, Joana und ich – als Kinder waren wir unzertrennlich. Es war so … *selbstverständlich*. Ich habe das erst viel später begriffen.«

Sie wandte sich Horndeich zu. »Wir haben nie Spielkameraden suchen müssen«, meinte sie. »Wir hatten immer uns. Im Kindergarten mussten wir niemanden fürchten, denn wir waren immer zu zweit. Und ganz instinktiv haben wir, wenn es mal Zank gab, Rücken an Rücken gestanden. Ganz archaische Prinzipien, die da durchschlugen. Und wir hatten zwar jeder ein Bett, aber im selben Zimmer. Wie oft kam die eine zur anderen unter die Decke gekrochen. Das funktionierte, ohne dass darüber geredet werden musste. Ich hatte Angst. Oder Joana hielt einfach das Gefühl nicht aus, *allein* im Bett zu liegen. Für Zwillinge ist Einsamkeit wahrscheinlich noch viel schlimmer zu ertragen als für andere Menschen. Besonders für Zwillingskinder.«

»Kann ich den Laptop mitnehmen? Und die Handtasche? Vielleicht finden wir da noch Hinweise.«

»Nehmen Sie alles mit, was Sie brauchen. Wenn es hilft, herauszufinden, was an dieser Raststätte wirklich passiert ist …«

»Was wollten Sie mir sagen? Ich meine, Sie behaupteten am Telefon, dass Sie mir etwas mitzuteilen hätten.«

»Lassen Sie uns erst essen«, meinte Eliza. Sie nahm den Topf mit den Spaghetti von der Platte und goss sie in ein Auffangsieb. »Sie erzählten etwas von noch einem Toten heute Nachmittag. Hat das was mit meiner Schwester zu tun?«

»Nein. Ein Selbstmord. So eine verdammte Sauer… Vergessen Sie's.«

80

»Was ist passiert?«

Horndeich wusste nicht, ob Joanas Schwester nur freundlich sein wollte oder wirklich an seinem Job interessiert war. Es kümmerte ihn nicht. Das Bild nahm so breiten Raum in seinem Kopf ein, dass er es nicht einfach in eine Kiste packen und erst morgen, bei Dienstbeginn, wieder auspacken konnte. Wo waren die mentalen Möbelkisten, wenn man sie mal brauchte? »Ein Mann hat sich den halben Kopf weggeschossen. Andreas Derndorf. Seltsam, der Name steht mir groß im Schädel geschrieben, als wollte er mir etwas sagen. Wir haben keine Ahnung, warum er das getan hat. Ich fürchte, das Warum wird er mit ins Grab nehmen. Wenn auch nicht seinen Hinterkopf. Sozusagen.«

Eliza Werder schwieg. Da hatte er wohl ein bisschen zu viel geplappert, was? »Sorry, ich wollte Ihnen nicht den Appetit … War dumm von mir.«

Eliza sprach immer noch nicht, widmete sich intensiv dem Umrühren der Soße.

»Entschuldigen Sie den Zynismus. Die Leute glauben immer, wir Polizisten, wir stecken das so leicht weg. Wir sehen das ja jeden Tag. Aber ich sag ihnen was: Jeder Durchschnittsbürger sieht im Fernsehen mindestens zehnmal so viele Leichen wie ein Beamter der Mordkommission in zehn Jahren. Nur sind die Leichen im Fernsehen immer abendessenkompatibel hergerichtet. Im Leben leider nicht. Genauso wenig wie bei den Rettungssanitätern. Ich sage Ihnen, was die alles an optischen Eindrücken wegstecken müssen. An der Raststätte letzte Nacht …« Horndeich biss sich fast die Zunge ab. Falsches Thema, Junge! Ganz, ganz falsches Thema!

»Lassen Sie uns essen«, sagte Joanas Schwester. Und ihre Stimme machte deutlich, dass sie von Horndeichs Leichengeschichten nichts mehr hören wollte.

Die Küche war groß genug, um einem massiven Holztisch und bis zu sechs Personen drumherum Platz zu bieten. Wortlos deckte Eliza Werder den Tisch, dann schenkte sie ihnen beiden einen guten Tropfen Rotwein ein.

Sie aßen schweigend. Eliza war ganz in ihren Gedanken versunken, und Horndeich überlegte, ob es wirklich so schlau gewesen war, Joanas Schwester mehr oder weniger privat zu besuchen. Zumindest schmeckten die Spaghetti hervorragend.

Eliza stellte die Teller in die Spülmaschine, setzte sich wieder an den Tisch. Auch Horndeich fand diesen Platz passender als ein gemütliches Tête-a-tête auf dem Sofa.

»Was wollten Sie mir sagen?«, nahm Horndeich einen weiteren Anlauf.

Eliza Werder zögerte. Als ob sie Zeit gewinnen wollte, strich sie sich zwei Haarsträhnen aus der Stirn. »Nun, ich dachte, vielleicht ist es wichtig, dass Sie noch mehr über meine Schwester erfahren. Vielleicht hilft das, ihren Mörder zu finden.« Sie griff einen Teelöffel, der noch auf dem Tisch lag, ließ ihn zwischen den Fingern der rechten Hand wandern. Ihr Blick folgte dem Löffel wie einem Tier, das unerwartet über ihre Finger kroch.

Etwas hatte sich verändert im Verhalten seines Gegenübers. Horndeich hatte den Eindruck, als hätte Eliza Werder im Innern einen Schalter umgelegt, auf ein anderes Programm mit dem Namen »Abstand halten«. Er hatte gedacht, dass sie ihm wirklich etwas Konkretes mitteilen wollte. Vielleicht war ihr aber nur der Gedanke an einen einsamen Abend unerträglich gewesen. Der einsame Zwilling. »Hatte Ihre Schwester einen Freund?«

Ein flüchtiges Lächeln huschte über Elizas Gesicht. »Ja. Sie *hatte*. Den Techniker ihrer Band. Fritz Nieb. Aber sie haben sich getrennt. Vielmehr: Joana hat sich von ihm getrennt. Vor einem Monat, ungefähr.«

Horndeich kannte Nieb vom Sehen. Er hatte Joana und ihn vor und nach einigen Konzerten gesehen – der Typ hatte auf Horndeich gewirkt wie ein gegelter John Travolta, der klar machen wollte, dass das Mäuschen »sein Mädchen« war.

»Wie war ihr Verhältnis zueinander?«

Das Lächeln war verschwunden. »Gespannt. Er hat sie erstickt. Wollte sie halten wie im goldenen Käfig. Ihm war es schon zu viel, wenn sie mit dem Publikum flirtete. Eigentlich hätte er sie lieber in der gemeinsamen Küche gesehen statt auf einer Bühne. So hat es meine Schwester zumindest beschrieben.«

»Wie hat er das weggesteckt?«

Eliza Werder hob eine Augenbraue. »Ich weiß nicht, sie hat mit mir darüber nicht weiter gesprochen.«

»Und was glauben Sie?«

Sie schaute ihn an. »Sie fragen mich, ob ich ihm zutraue, dass er meine Schwester an einer Raststätte in den Tod getrieben hat?«

So hatte Horndeich es nicht formulieren wollen. Aber letztlich war das genau die Frage, die er gestellt hatte.

»Nein. Ich habe ihn nur dreimal gesehen. Aber ich hatte den Eindruck, dass er meine Schwester geliebt hat. Ich kann mir vorstellen, dass er ihr eine Weile nachspioniert hat und vielleicht auch noch blöde SMS geschrieben hat nach der Trennung. Aber so was? So was ... Brutales? Nein. Ich glaube nicht. Ich hoffe nicht.«

»Gab es noch mehr Freunde? Hatte sie danach wieder eine Beziehung?«

»Nein, ich glaube nicht. Sie hat nichts erzählt. Wir haben ja auch gestern nicht so lange geredet. Wollten heute klönen.«

Elizas Augenlider flatterten; für einen Moment wirkte es, als würde sie die Fassung verlieren. Doch sie hatte sich gleich wieder im Griff.

»Sie ... sie sprach noch von einem Typen, Martin irgendwas. War aber, glaube ich, nur platonisch.«

Die Einschränkung »glaube ich« beziehungsweise »ich glaube nicht« war in jeder ihrer letzten drei Antworten gefallen. »Wie war Ihr Verhältnis zu Ihrer Schwester?«, hakte Horndeich deshalb nach.

Eliza zuckte mit den Schultern. »Nicht mehr so innig wie früher. Wir sind beide erwachsen geworden, die Bettchen stehen weit auseinander – inzwischen – gut zweihundert Kilometer weit.«

»Haben Sie nicht regelmäßig miteinander telefoniert?«

»Nein, immer wieder mal, aber nicht regelmäßig. Wir haben uns eher E-Mails geschrieben. Die finden Sie sicher alle auf dem Laptop. Meine Schwester hat in dieser Richtung alles aufgehoben.«

»Und Sie?«

»Ich nicht.«

83

»Wann haben Sie sich das letzte Mal gesehen?«

»Sylvester. Ich war in Darmstadt.«

»Und?«

»Im November war unsere Mutter gestorben. Ich glaube, wir mussten einfach beieinander sein. Meine Schwester – sie hat sich um sie gekümmert. Unsere Mutter war zumindest nicht lange krank. Wenigstens das. Sie ist ja ihr ganzes Leben lang nicht zum Arzt gegangen. Als sie den Tumor entdeckt haben, war alles schon zu spät. Drei Wochen später war sie tot.«

»Waren Sie in dieser Zeit oft hier?«

»Nein. Es war meine Schwester, die sich um unsere Mutter gekümmert hat. Heute denke ich, es wäre gut gewesen, wenn ich sie vielleicht öfter besucht hätte. Aber meine Schwester hat recht gehabt: Sie konnte den Dingen immer besser ins Auge schauen. Darin waren wir sehr unterschiedlich. Der Gedanke, am Krankenbett zu sehen, wie meine Mu…« Sie stockte kurz, schluckte. »Wie sie immer weniger wird – ich hätte das nicht gekonnt.« Eliza Werder legte den Löffel aus der Hand. So als würde sie damit das Thema für abgeschlossen erklären.

»Wie lange wohnen Sie schon in Köln?«

Die junge Frau überlegte kurz. »Fast zehn Jahre.«

Horndeich nahm einen Schluck Wein, goss beiden noch mal ein Glas nach. »Haben Ihre Eltern Sie eigentlich auch immer gleich angezogen?«

»Klar.« Sie lachte kurz auf. »Selbst unserer Mutter konnte uns kaum auseinanderhalten. Und als sie uns, nachdem wir eingeschult worden waren, unterschiedliche Klamotten kaufen wollte – den Zwergenaufstand hätten Sie erleben sollen. Ich glaube, unsere Nachbarn haben gedacht, wir würden ausgepeitscht, so haben wir geschrien.«

»Wie lange ging das so?«

»Lange. Ich glaube, erst so mit zwölf wollte ich endlich anders aussehen. Aber nur, was die Klamotten betraf. Komischerweise haben wir uns, was die Frisuren anging, immer abgesprochen. Vielleicht war das so eine Art kleine Rückversicherung. Wenn wir wieder gleich sein wollten, hätten wir nur wieder die gleichen Kleider anziehen müssen.«

»Sie haben auch heute die gleiche Frisur.«

»Ja. Wir haben beide sehr dünnes Haar. Da kann man nur die Länge variieren. Oder die Farbe. Aber auf Färben hatten wir beide nie Lust. Und kurze Haare fanden wir auch beide blöd. Also waren die Variationen auf Spangen und Kämmchen, Zöpfe und Pferdeschwänze begrenzt.«

»Was arbeitete Joana eigentlich?« Horndeich wurde bewusst, dass er Joana ausschließlich über ihre Musik kannte.

»Sie war Redakteurin beim Darmstädter Echo.«

»Und was arbeiten Sie?«

Eliza zuckt mit den Schultern. »Mal dies, mal das. Abgebrochenes Studium in Politikwissenschaft. Das befähigt in erster Linie zum Kellnern.«

»Und wie fanden Sie Joanas Musik?«

»Ich stehe nicht so auf die melancholischen Sachen. Da war mir der Titel der Band schon zu pathetisch. Aber einige von den humorvollen Stücken, ich glaube, die haben mir ganz gut gefallen. Zu Hause höre ich mehr die härteren Sachen. Metallica und Co.«

Horndeich schmunzelte.

»Warum lachen Sie?«, wollte Eliza Werder sofort wissen.

»Ich musste gerade an eine Geschichte denken, bei der ich dabei war und die kurz danach in einem Lied auftauchte.«

»Welche?«

»Das war so vor einem Jahr. Joana hat mich und meine Freundin nach einem Gig in Groß Umstadt mit nach Hause genommen. Ein Freund hatte uns zum Konzert mitgenommen, sich selbst dort den Magen verdorben und war dann früher wieder zurückgefahren. Nun, wir haben das Konzert gehört, noch gewartet, bis die Band abgebaut hat, dann fuhren wir mit Joana zurück. Auf der Landstraße gibt es ein paar Ampeln. Die waren grün. Joana fährt auf eine zu – und wird immer langsamer.«

Eliza nickte, und über ihr Gesicht huschte der Schatten eines Lächelns.

»Warum bremst du?, habe ich sie gefragt. Und sie sagte, dass sie nachts Ampeln auf die Entfernung nicht gut erkennen könne. Ich war irritiert – was, bitte, kann man an einem Licht, das so hell scheint wie eine grüne Sonne, nicht erkennen? Ich sagte, es ist grün. Sie trat aufs Gas und erklärte, sie sei rotgrünblind. In der Stadt würde sie ja sehen, ob das untere oder das obere Licht leuchte. Das gehe auch nachts einigermaßen, da sie ja die Umgebung wahrnähme. Doch eine entfernte Ampel auf der Landstraße sei einfach nur ein helles Licht im Raum. Na ja, auf dem nächsten Konzert hatte sie schon ein Lied darüber gemacht.«

Jetzt lachte Eliza ebenfalls und stimmte an: »Santa Claus has got a green dress ...«

Und Horndeich ergänzte: »... I can't help it, my life's a mess.« *Der Nikolaus hat einen grünen Mantel an, ich kann mir nicht helfen, mein Leben ist ein Durcheinander.*

»Können Sie Ampelsignale in der Nacht auch schlecht erkennen?«

Eliza Werder nickte. »Ja. Rotgrünblindheit ist eine Erbkrankheit. Und da wir eineiige Zwillinge sind, wurden wir beide damit beglückt.« Sie nahm den Löffel wieder zwischen die Finger. »Da wir eineiige Zwillinge *waren* ...«

Auf einmal schimmerten Tränen in ihren Augen.

Horndeich konnte keine Frauen weinen sehen. Das hatte er noch nie gekonnt. Schon in der Schule nicht. Wenn eine Frau vor ihm saß und weinte – das waren die Momente, in denen er sich so hilflos fühlte wie eine Schildkröte auf dem Rücken.

Eliza fasste sich wieder. »Ich helfe Ihnen, die Sachen, die Sie brauchen, zum Wagen zu tragen«, sagte sie. Ein freundlicher, aber bestimmter Rauswurf.


## Dienstag


Margot hatte in der Nacht nicht besonders gut geschlafen. Sie hatte sich von einer Seite auf die andere gewälzt, war alle zwanzig Minuten aufgewacht. Fühlte sich wie ein Bär, der im April noch versuchte, ein wenig Winterschlaf nachzuholen, obwohl ihn bereits Blütenduft in der Nase kitzelte.

Um fünf Uhr hatte sie es aufgegeben. Sie nahm eine kalte Dusche und frühstückte dann.

Gegen halb sieben betrat sie das Präsidium. Sie warf den Wasserkocher an, den sie vor wenigen Tagen neben der Kaffeemaschine platziert hatte. Ihre Freundin Cora, die derzeit im Urlaub weilte, hatte ihr ein Buch über die Heilkraft von Kräutertees ausgeliehen. Und ihr auch gleich zehn Döschen mit den entsprechenden Tees mitgegeben. »Wir sind über vierzig«, hatte sie gesagt. »Wann sollen wir anfangen, uns um unsere Gesundheit zu kümmern, wenn nicht jetzt?«

Margot hatte sie skeptisch gefragt, ob die Gesundheit unter zwei Tassen Kaffee am Tag wirklich ernsthaft leiden würde. Cora hatte nur die Augen verdreht und wissen wollen, ob Margot ab und an Magenbeschwerden habe.

»Wer nicht?«, hatte Margot geantwortet.

»Und pumpt das Herz?«

»Sollte es nicht?«, hatte Margot erwidert, hatte aber insgeheim zugeben müssen, dass es schon ab und an mal schneller pochte.

»Und deine Gelenke – die spürst du nie?«

War das Knie ein Gelenk? Und die Schulter? »Also ...«

Cora hatte sie abgewürgt mit den Worten: »Kaffee macht alt und krank. Ich jedenfalls werde mein Leben nicht länger durch die bösen Bohnen ruinieren.«

Böse Bohnen, hatte Margot gedacht. Klingt wie böse Buben. Oder wie der Titel eines Schundromans: Blaue Bohnen von bösen Buben ...

Dennoch, sie konnte es ja mal ausprobieren. Also bereitete sich sich einen Hagebuttentee zu. War gut gegen Frühjahrsmüdigkeit. Nach dem Winterschlaf. Und genauso fühlte sie sich ja gerade.

Horndeich hatte die Büromaschine vor eineinhalb Jahren generalüberholt. Seitdem schmeckte der Kaffee wieder hervorragend. Nichts erinnerte mehr daran, dass sie einmal den Titel der »Schlechtesten Kaffeemaschine der Welt« verliehen bekommen hatte – und fast der Ausmusterung zum Opfer gefallen war.

Auf Horndeichs Schreibtisch entdeckte sie – ebenfalls sehr zu ihrem Erstaunen – Berge von Ordnern, einen Pappkarton und oben drauf, quasi als Gipfelkreuz, einen Laptop. Sie verglich den Stapel mit dem auf ihrem eigenen Schreibtisch. Mist. Er hatte sie eingeholt. Fünf Zentimeter, maß sie mit scharfem Blick.

Margot ging um den Schreibtisch herum. Sie stellte den Laptop zur Seite und griff nach einem der Ordner. Das Etikett verriet: »Finanzen 2006 – Rechnungen, Mietabrechnungen, Steuerbescheid.« Alles ausgestellt auf Joana Werder. Horndeich schien am Vortag noch ihre Wohnung ausgeräumt zu haben. Der Pappkarton enthielt unsortierte Papiere. Wahrscheinlich der Inhalt des Ablagekorbs von Joana Werders Schreibtisch.

Margot überbrühte den Tee – der Smiley auf ihrem Becher gab sich redlich Mühe, gute Laune zu verbreiten – und gab einen halben Löffel Zucker hinzu – gegen die Bitterkeit, wie sie immer zu sagen pflegte. Von dieser Angewohnheit würde sie auch der Genuss von Kräutersud nicht abbringen.

Dann griff sie den Papierstapel aus dem Karton und blätterte ihn durch. Der ADAC bot Joana eine Rechtsschutzversicherung an, die Krankenkasse einen Bonus, Jacques Weindepot hatte ihr einen Gutschein zugeschickt und das Ordnungsamt einen Strafzettel. Dann fiel ihr Blick auf die Kopfzeile eines Blatts, das zwischen den anderen hervorlugte. »Vertrag« stand dort in geschwungenen Lettern.

Sie nahm das Blatt hervor und überflog den Inhalt. War *das* einen Mord wert?

»Morgen, werte Kollegin – schon so früh auf den Beinen?«

Margot nickte Horndeich zu.

»Ich habe gestern noch ein paar Dinge aus Joanas Wohnung geholt. Und mich noch mal dort umgeschaut.«

»Wieso denn abends?«, fragte Margot, kannte die Antwort aber sehr gut. Wie ihr war auch dem Kollegen allein zu Hause die Decke auf den Kopf gefallen. Im Grunde, so glaubte sie zu wissen, war auch er ein Familienmensch.

»Eliza Werder hat mich angerufen. Sie wollte mir noch was mitteilen.«

»Und? Hat sie?«

Horndeich ließ sich auf seinen Bürostuhl fallen. »Nein. Nicht wirklich. Ich habe sie noch ein bisschen zu Joana befragt. Sie war mit Fritz Nieb liiert, dem Techniker der Band. Hat ihm vor einem Monat den Laufpass gegeben. Wir sollten uns den Knaben auf jeden Fall mal zur Brust nehmen. Und dann hat sie mir gesagt, dass ihre Schwester beim Darmstädter Echo gearbeitet hat. Lokalredaktion. Sag mal, was hast du denn in deiner Tasse?«

»Hagebuttentee. Belebt«, meinte Margot und ärgerte sich schon über sich selbst, weil sie sich quasi im Vorfeld entschuldigt hatte.

»Tee? Äh ... Kaffee belebt auch. Ist nämlich Koffein drin, weiß du? Soll ich dir nicht doch ...?«

Kurz überlegte Margot, ob sie ihrem Kollegen die Weisheiten ihrer besten Freundin kundtun sollte. Aber einem Mann zu sagen, irgendetwas sei gut für die Gesundheit, halte jung und fit ... Nach all den Erfahrungen ihres Lebens war das vergebliche Liebesmüh.

Horndeich interpretierte ihr Schweigen offenbar als Nein und sagte, während er für sich selbst die Maschine anschmiss: »Ich hab auch ihren Kalender gefunden, lag auf ihrem Schreibtisch. Hab ihn mir gestern noch angeschaut. Nichts, was uns weiterbringt. Alles Redaktionstermine, immer mit dem Zusatz »Echo« versehen. Offenbar hatte sie die privaten Termine im Kopf. Nur am Sonntag, da war um 23 Uhr ›Raststätte‹ eingetragen.«

»Wir müssen die ganze Band befragen«, entschied Margot und wedelte mit dem Blatt Papier, das sie gerade gelesen hatte.

»Was ist das?«

»Das, lieber Horndeich, war wahrscheinlich Joana Werders Leiter zum Aufstieg in den Pophimmel. Ein Vertrag über drei CDs bei einem Major-Label: DPO in München.«

Horndeich pfiff durch die Zähne, griff nach dem Papier, überflog es. »Gilt aber nur für sie, nicht für die Band.«

»Eben.«

»Du meinst, jemand aus der Band hat ihr den Erfolg nicht gegönnt?«

»Wer weiß?«

»Aber bringt man jemanden auf so krude Weise um? Ich meine, ein Mord im Affekt, aus Wut – das ist doch eher Erwürgen, Erstechen, Erschlagen.«

»Wer weiß das schon.«

»Und schau mal. Der Vertrag ist fast eine Woche alt. Und nur von dem Typen vom Label unterschrieben, nicht von ihr.«

»Vielleicht hat sie den Vertrag kopiert und ihn einem Anwalt gegeben, der ihn mal checken sollte. Und jemand von der Band hat davon Wind bekommen und die Unterschrift auf seine Weise verhindert.«

»Nun, die Bandmitglieder selbst können es nicht gewesen sein«, sagte Horndeich, »die haben ein wasserdichtes Alibi für die Tatzeit.«

»Woher weißt du das denn wieder?«

»Sie haben nach dem Konzert alle noch auf der Rosenhöhe gesessen – als Sandras Anruf kam. Nur Joana ist gleich nach dem Auftritt verschwunden. Die Jungs blieben noch sitzen, rauchten ein Zigarettchen, tranken 'n Bier. Abgesehen von Nieb, dem Techniker. Der war bei dem Konzert gar nicht dabei.«

»Wir sollten sie trotzdem befragen. Vielleicht kennen sie den Hintergrund zu dem Vertrag. Ich meine, die Art und Weise, wie er zustande gekommen ist«, konkretisierte sie auf Horndeichs fragenden Blick hin. Dann sagte sie: »Etwas anderes ist mir heute Nacht auch noch durch den Kopf gegangen. Ich kapier einfach nicht, weshalb Joana auf die Fahrbahn gerannt ist.«

»Um nicht erschossen zu werden?«, machte Horndeich einen Vorschlag.

Margot ging an die gegenüberliegende Wand. Neben einer großen Karte mit dem Darmstädter Stadtplan hing eine Umgebungskarte. Am oberen Rand war der Rasthof Gräfenhausen noch zu sehen.

»Aber der Schlenker auf die Fahrbahn – es muss ihr doch klar gewesen sein, dass sie das nicht schaffen kann.«

»In Todesangst? In Panik?«

»Wäre es nicht wahrscheinlicher, dass sie einfach weiterrennt? Wenn ihr Verfolger ebenfalls rennen muss, kann er nicht so genau schießen.«

»Was bei einer Maschinenpistole schon wieder ein bisschen egal ist. Da macht es nicht die Treffsicherheit, sondern die breite Streuung durch die schnelle Schussfolge.«

»Hmm…«, machte Margot und fuhr mit dem Finger die

Einfädelspur entlang. »Und wenn der Schütze nicht allein war? Wenn es jemanden gab, der ihr von vorn den Weg versperrte?« »Dann müssen es ja schon zwei gewesen sein. Nix mehr mit spontan oder so. Meinst du das wirklich?« »Die Jungs von der Spurensicherung sollen sich auch mal die letzten hundert Meter der Einfädelspur anschauen. Sicher ist sicher.« Margot griff zum Haustelefon. Als sie wieder auflegte, hatte sie zwanzig Polizisten auf den Weg nach Gräfenhausen geschickt.

»Wann genau kam Joana Werder zu Ihrer Zeitung?«, fragte Margot Hesgart den Leiter der Lokalredaktion des Darmstädter Echo. Heinz Wolff hatte sich den kleinen Raum geschmackvoll eingerichtet. Bilder von Flugzeugen hingen an der Wand – und Margot konnte sogar den Tower des nahe gelegenen Sportflughafens Egelsbach erkennen.

Wolff sah nicht besonders glücklich aus. Am Tag zuvor war seine Kollegin einfach nicht zur Arbeit erschienen. Mehr hatte er nicht gewusst. Womit Margot wieder mal zur Unheilsbotin avanciert war.

»Das ist fast zehn Jahre her«, antwortete er und fuhr sich mit der Hand über den Schädel. Eine Angewohnheit, die er sich angeeignet haben musste, als er noch Haare auf dem Kopf gehabt hatte. Inzwischen strich er vorwiegend über blanke Haut.

»Und wie war sie so, hier bei der Arbeit?« Margot versuchte, das vage Bild, das sie von Joana Werder hatte, etwas schärfer werden zu lassen. Bislang war sie noch eine Person, die wenig Konturen hatte.

»Sie war die Beste.« Wieder die Hand über den Kopf. »Das sage ich nicht, weil man über Tote nichts Schlechtes in die Welt setzen soll, sondern weil sie es war. Sie war schnell, konnte schreiben und sogar einen Artikel über das Jahrestreffen irgendeines Karnickelzüchtervereins noch spannend aufpeppen. Sie war einfach gut.«

»War sie beliebt? Oder wurde sie eher beneidet?«

»Wissen Sie, hier ist das nicht anders als in jedem anderen

Unternehmen. Einige mögen sich, andere nicht. Aber es war nicht so, dass Joana von anderen gemobbt worden wäre – oder selbst andere auf dem Kieker hatte. Nein, sie war eher eine, die Streit schlichtete, sie hat dem Betriebsklima gutgetan.«

»Also keine Feinde, keine Rivalen?«

»Nein. Feinde – ich glaube, richtige Feinde hat hier niemand. Rivalen? Sie machte ihren Job gut. Ich leite die Redaktion jetzt seit fünfzehn Jahren. Seit fünf Jahren habe ich denselben Stellvertreter. Es gab keinen Posten, auf den sie hier hätte aufsteigen können. Vielleicht in einer anderen Abteilung – aber soviel ich weiß, gibt es da derzeit auch keine Jobs, um die sie sich mit anderen geprügelt hätte. Nein, da war nichts.«

»War sie denn von Anfang an so gut?«, fragte Kollege Horndeich und meldete sich endlich auch mal wieder zu Wort. Er war die Fotografien an den Wänden abgeschritten und hatte wohl eine Runde im mentalen Flugsimulator absolviert.

»Nein, am Anfang hat sie sich sehr, sehr schwer getan. Ihr Job stand auf der Kippe.

»Erzählen Sie«, forderte Horndeich ihn auf und richtete nun seine ganze Aufmerksamkeit auf Wolff.

»Das ist schon neun Jahre her. Was soll das mit ihrem Tod zu tun haben?«

»Bitte erzählen Sie es uns einfach. Wir müssen uns ein Bild von ihr machen, und da kann alles wichtig sein«, erklärte Margot.

Wolff seufzte, sah auf seine Armbanduhr. »Na gut. Sie hatte sich um ein Volontariat beworben. Direkt nach dem Abi. Hat ziemlich gute Texte eingereicht. Eigentlich nehmen wir nur Leute mit abgeschlossenem Studium oder von der Journalistenschule. Aber vor zehn Jahren war man da noch nicht ganz so rigoros. Und ihre Bewerbung war richtig gut. Also luden wir sie zu einem Gespräch ein.«

»Wie viele haben sich um den Job beworben?«

»Es gab keine Ausschreibung, es war eine Blindbewerbung. Es war Zufall, dass wir damals gerade überlegt haben, die Zeitung um eine Volontariatsstelle aufzustocken. Vielleicht hatte sie auch irgendwie davon Wind bekommen.«

»Und sie hat den Job bekommen?«

»Nicht gleich. Erstens gab es die Stelle noch nicht. Zweitens war ich doch ein bisschen überrascht, als sie vor uns saß. Sie hatte etwas Energisches, und ich habe gleich gespürt, dass das mit ihr nicht einfach würde.«

»Warum?«

»Ich habe eine Nichte. Die Tochter meines Bruders. Ich bin ihr Pate. Und ich habe mitbekommen, wie sie in der Pubertät abgerutscht ist. Falsche Freunde, falsche Experimente. Und die Frau meines Bruders ... Nun, sie hatte in der Erziehung nicht gerade ein glückliches Händchen. Mein Bruder ... Na, ich will Sie jetzt nicht mit meiner Familiengeschichte langweilen. Auf jeden Fall kannte ich diesen Trotz und die Abwehrhaltung der jungen Dame aus meiner Onkelerfahrung. Joana Werder wirkte ähnlich auf mich.«

»Sie haben ihr die Stelle aber trotzdem gegeben?«

»Wir haben ihr dann zuerst mal ein Praktikum angeboten, über drei Monate. Das hat sie auch gleich angenommen. Ja, ich habe mich damals sogar gegen meinen Chef durchgesetzt, der meinte, das würde nicht gutgehen.«

»Aber er hatte unrecht, ja?«

»Nun ja, das Praktikum lief gut, aber als wir ihr das Volontariat gaben und damit auch Verantwortung, wurde es schwieriger. Joana wanderte durch die Abteilungen, aber es gab kaum eine Stelle, an der sie nicht aneckte. Doch immer, bevor es wirklich kritisch wurde, kam sie wieder in eine andere Redaktion. Nach einem halben Jahr ist hier bei mir eine Mitarbeiterin in Mutterschutz gegangen. Also habe ich jemanden gebraucht. Seitdem war sie in meiner Truppe.«

»Und das ist auch nicht gut gelaufen?«

»Unterschiedlich. Ihre Texte waren immer gut, da konnte man echt nicht meckern. Ich war erstaunt darüber. Besonders, wenn es um Politik ging. Das heißt, sie waren immer gut zu lesen, immer gut recherchiert – da habe ich vor der jungen Dame wirklich den Hut gezogen. Aber die Artikel waren oft ziemlich links gefärbt. Konnte man so nicht drucken. Anfangs hat sie sich bitter darüber beschwert, dass die Artikel nicht genommen wurden. Dann wurde sie ein kleines bisschen zahmer. Das heißt, sie hat ihre Seitenhiebe besser getarnt. Aber wir haben sie meist nur noch zu unpolitischen Dingen schreiben lassen. Irgendwie ging es, aber ich merkte, dass sich da was zusammenbraute.«

»Wollte sie gehen?«

»Ich glaube, eine Zeit lang legte sie es darauf an, gegangen zu werden. Ganz besonders schwierig wurde es Mitte '98. Es kam noch ein neuer Mitarbeiter zu uns. Die beiden waren wie Hund und Katze. Ja, damals hatte sie Feinde. Jedenfalls war der neue Kollege, Jörg Reuter ... Der war definitiv nicht ihr Freund. Joana hat immer mit ausgefahrenen Krallen Ohrfeigen verteilt, Reuter ließ sich von der zehn Jahre Jüngeren nichts gefallen und bellte. Sie reizte ihn so weit, dass er ihr einmal ihre volle Kaffeetasse vor die Füße knallte. Das war der Punkt, an dem es nicht mehr ging.«

»Was passierte dann?«

»Reuter entschuldigte sich bei mir, machte aber deutlich, dass er kündigen werde, wenn Joana bliebe. Also nahm ich sie mir zur Brust.«

»Was heißt das?«

»Es war ein Freitag. Ich sagte ihr klipp und klar, wenn sie diesen Job behalten wolle, müsse sie sich zusammenreißen. Sie versuchte, Reuter anzuschwärzen, aber das ließ ich nicht zu. Ich sprach zu ihr wie ein wütender Vater mit seiner missratenen Tochter. Komischerweise schien sie das eher zu akzeptieren als freundliche Worte. Ich sagte ihr in aller Deutlichkeit, wenn sich ab Montag nochmals jemand über sie beschweren würde, sei sie draußen. Dann schickte ich sie nach Hause und meinte, sie habe ja jetzt über das Wochenende genügend Zeit, an ihrer Einstellung zu arbeiten.«

»Hat die Moralpredigt gewirkt?«, fragte Margot skeptisch – und überlegte, ob sie Ben gegenüber vielleicht auch einfach mal den elterlichen Großkotz raushängen lassen sollte.

»Sie hat. Was mich selbst am meisten erstaunte. Ich hatte das ganze Wochenende darüber nachgedacht, wie ich sie arbeitsrechtlich am besten aus dem Laden rausbekomme, ohne ihr jedoch durch zig Abmahnungen und ein mieses Zeugnis gänzlich den Weg zu verbauen. Aber die Gedanken waren unnötig. Als sie montags wieder in die Redaktion kam, schien sie bekehrt. Sie bemühte sich, freundlich zu sein, sie war weniger gereizt – und sie kam sogar mit Reuter aus. Montagabend hatte ich Angst, ich käme Dienstag in die Redaktion zurück und alles wäre nur ein Traum gewesen. Doch sie hat sich wirklich am Riemen gerissen. Als ein Jahr später das Volontariat beendet war, war allen klar, dass sie bleiben würde. Als feste Redakteurin. Und als Reuter ein weiteres Jahr später zur Frankfurter Allgemeinen wechselte, hat sie sogar ein Tränlein vergossen. Der Tritt in den Hintern hat gewirkt. Sie hat sich zusammengerissen. Und wurde nach und nach meine beste Mitarbeiterin.«

Margot schweifte in ihren Gedanken ab. Sie fragte sich, ob sie nicht tatsächlich zu nachgiebig mit Ben war. Jede Unstimmigkeit versuchte sie mit einer Diskussion und einem Kompromiss zu lösen. Offenbar war diese Erziehungsmethode doch von weniger Erfolg gekrönt, als sie immer geglaubt hatte. Oder sich bisher eingeredet hatte.

Als Horndeich und sie sich wenig später verabschiedet hatten und das Redaktionsgebäude verließen, meldete sich Margots Handy. Nach dem kurzen Telefonat sagte sie zu ihrem Kollegen:»Das war Hinrich. Er hat ein paar Neuigkeiten für uns.«

»Hinfahren?«

»Hinfahren.«

Das Zentrum der Rechtsmedizin lag im Süden Frankfurts an der Kennedyallee – viel befahrene Verkehrsader der Main-Metropole. Das Institut selbst war in einer stattlichen Jugendstilvilla untergebracht; das Äußere zeugte so gar nicht von einem Ort, an dem man sich mit Mord und Totschlag beschäftigte.

Die Sektionsräume lagen im Souterrain. Hinrich erwartete die Darmstädter bereits.

»Moin, Moin!« Sein Gruß war ein Eingeständnis seiner norddeutsche Herkunft. Dann geleitete er die Kommissare die Treppe hinab.

Der Sektionsraum wirkte aufgeräumt. Nur die Wölbungen unter dem grünen Tuch auf dem Metalltisch verrieten, dass Hinrich etwas zu zeigen hatte.

»Hier die Zusammenfassung«, kam er sofort zur Sache.»Die Todesursache ist im Prinzip klar. Multiples Organversagen, wie es so schön heißt. Welche Verletzung die tödliche war, lässt sich so nicht sagen. Es hat ihr einen Arm weggerissen und ein Bein. Damit lagen die Schlagadern offen. Ein Stück abgerissenes Blech hat ihr auch die Halsschlagader durchtrennt. Sie ist also auf jeden Fall verblutet. Eine Rippe hat sich in die Lunge gebohrt – und ansonsten zähle ich die ganzen Knochenbrüche nicht einzeln auf.«

Margot schluckte.

»Aber es gibt noch ein paar weitere Auffälligkeiten. Die erste: Die Dame war nicht mehr ganz nüchtern. Ich denke, sie hatte etwa 0,5 Promille im Blut. Nicht ganz blau, aber sie hatte sicher schon die Haube im Kopf, sozusagen.«

»Komisch«, meinte Horndeich, »sie hat während des Konzerts nichts getrunken. Und sie wirkte auch nicht, als wäre sie betüddelt gewesen.«

»Vielleicht hat sie sich schon vorher einen gezwitschert – gegen das Lampenfieber.«

Horndeich zuckte mit den Schultern.

Noch hatte Hinrich das grüne Tuch nicht zur Seite geschlagen. Margot fühlte sich wie vor einem Gabentisch an Weihnachten. Nur dass sie nicht scharf drauf war, beschert zu werden.

»Dann noch was: Joana Werder war schwanger. Sie war etwa in der achten Woche.«

»Mein Gott«, hauchte Margot. Ein Ziehen im Unterleib war reflexartige Reaktion auf die Neuigkeit.

»Und dann habe ich am rechten Bein noch etwas entdeckt. Das wird Sie interessieren.«

Der Augenblick der Bescherung. Hinrich schlug das Tuch beiseite. Der rechte Fuß und Unterschenkel von Joana Werder wurde sichtbar.

Der Schenkel war seltsam verdreht. Mehrere tiefe Schnittwunden und Schwellungen verunstalteten die Proportionen.

Hinrich nahm ein blitzendes Skalpell und deutete auf eine der zahlreichen Wunden. »Das hier könnte ein Streifschuss sein.«

»Und das kann nicht durch den Kontakt mit den Autos hervorgerufen worden sein?«, fragte Margot, um Fassung bemüht.

»Nein. Auch der Riss im Hosenbein ist typisch für eine Schusswunde. Kein Zweifel. Außerdem ist die Wunde entstanden, bevor sich die Dame entschlossen hat, auf die Autobahn zu hopsen.«

»Woher wissen Sie das denn schon wieder?«, fragte Horndeich, der etwas blass um die Nase geworden war.

Hinrich ging zu einem der Edelstahlbehälter, die am anderen Ende des Raums auf einer Ablage standen. Er holte einen Stofffetzen hervor. Mit etwas Fantasie gelang es, das blutgetränkte und dreckige Stück als ein Hosenbein zu identifizieren. Da mussten schon ganz schöne Hebelkräfte gewirkt haben, um das Bein mitsamt des Hosenstoffs einfach abzutrennen.

Hinrich hielt den Stoff vor sich, deutete auf den Riss, der auf der Höhe der Schussverletzung lag. »Sehen Sie, das ist die normale Position des Hosenbeins. Hier ist die Schusswunde. Als ihr diese Schnittwunde zugefügt wurde ...« – Hinrich deutete auf einen anderen Riss – »... da war das Hosenbein jedoch schon verdreht. Vermutlich, weil sie schon auf dem Boden lag und selbst gedreht worden ist. Also: erst der Schuss, dann der Fall. Sozusagen.«

»Und kam der Schuss von vorn oder von hinten?«

»Die Kugel kam aus ihrer Perspektive von vorn.«

Horndeich sah Margot an. »Dann sollten die Kollegen an der Autobahn fündig werden, was?«

Margot nickte. »Wahrscheinlich. Haben Sie noch was für uns?«

»Nein. Es sei denn, Sie interessiert die komplette Liste mit allen Verletzungen. Aber die ist ein paar DIN-A4-Seiten lang. Den genauen Bericht bekommen Sie ja ohnehin.«

»Wie ist das mit der Identifizierung. Kann die Schwester ...«

»Vergessen Sie's. Funktioniert nicht. Wenn Sie mir nicht glauben, Sie können gern selbst einen Blick auf das werfen, was von ihrem Haupt übrig ist. Es fehlt ein großes Stück des Gesichts.«

Horndeich schien noch um eine Nuance blasser zu werden. Das war Antwort genug.

»Ist auch kein Problem. Sie sagten doch, die Schwester sei ein eineiiger Zwilling?«

Margot nickte. »Ja.«

»Dann ist die DNA der beiden Schwestern identisch. Damit lässt sich die Identität zweifelsfrei feststellen.«

»Danke, Kollege. Das hilft uns auf jeden Fall weiter.«

»Und können Sie schon was zu Derndorf sagen«, fragte Horndeich, die Gunst des Moments nutzend.

»Der kommt dran, wenn der Bericht über Frau Werder fertig ist.« Hinrichs Tonfall war urplötzlich von lässig zu gereizt umgeschwenkt.

Als Margot und Horndeich auf dem Weg zurück nach Darmstadt waren, meldete sich Kollege Marlock aus dem Präsidium.

»Die Kollegen an der Raststätte haben noch was gefunden. Zwei Patronenhülsen. Gleiches Kaliber, gleiches Fabrikat.«

»Ab damit nach Wiesbaden!«, orderte Margot an.

»Ist schon unterwegs. Die haben am Ende der Einfädelspur auch eine Schneise in den Büschen entdeckt. Da hat sich jemand mit einer elektrischen Heckenschere, wahrscheinlich sogar eher einer Motorsäge einen richtigen Pfad geschnitten.«

»Kann man sagen, wann das gewesen ist? Unmittelbar vor den Schüssen? Oder schon früher?«

»Die haben sofort einen Förster geordert. Der hat sich das angesehen und gesagt, dass das schon länger her sein muss. Wahrscheinlich nicht Sonntagabend, sondern eher Samstagmorgen sehr früh oder vielleicht schon am Freitagabend.«

»Okay. Habt ihr auch schon die Jungs von der Band da?«

»Ja. Die sitzen hier, trinken Kaffee und warten auf euch.«

Margot verabschiedete sich.

»Du hattest also recht«, meinte Horndeich. »Es gab tatsächlich zwei Schützen. Das sieht dann aber alles nicht mehr nach einer Beziehungstat aus.«

»Nein. Und wenn jemand am Tag vorher eine Schneise in die Büsche säbelt – dann war das von vornherein geplant.«

Schweigend fuhren sie von der A3 auf die A5. Nach einer Weile sagte Margot: »Die wollten sie gar nicht treffen. Die wollten sie in den Tod treiben. Wenn die eine Kugel nicht in dem Wagen stecken geblieben wäre – wir wären einfach von Selbstmord ausgegangen. Sie fährt dorthin, stellt den Wagen auf dem Parkplatz ab – und rennt auf die Autobahn.«

»Wahrscheinlich.«

»Wie bei Derndorf.«

»Nur dass der sich eindeutig selbst den Kopf weggeschossen hat.«

»Vielleicht sollen wir das auch nur denken. Wer sagt uns, dass er wirklich selbst geschossen hat?«

»Es gab keine Einbruchspuren, keine Kampfspuren, dafür aber Schmauchspuren an seiner Hand. Letzteres sagt uns, dass er selbst geschossen hat. Und was bitte soll Derndorf mit Joana zu tun haben? Ich glaube, du siehst Gespenster.«

»Lassen wir Hinrich erst mal seine Arbeit machen.«

»Gut. Und weil die Raststätte doch auf dem Weg liegt – schauen wir uns das doch noch mal mit eigenen Augen an«, schlug Horndeich vor.

Margot war einverstanden. »Und danach nehme ich mir die Barden zur Brust und du dir Joanas Exfreund.«

Horndeich erwischte Joanas Exfreund gerade, als der das Haus verließ. Da er Fritz Nieb bei einigen Auftritten von »Melancholical Gardens« gesehen hatte, erkannte er den durchtrainierten Mann sofort.

»Herr Nieb? Fritz Nieb?«

Der Angesprochene drehte sich um. »Wer will das wissen?«

Horndeich hielt ihm den Ausweis unter die Nase. »Ich. Steffen Horndeich, Kripo Darmstadt.«

»Ich hab schon mit Ihnen gerechnet. Heute Morgen rief mich Matthes an. Matthias Bayer. Unser Bassist. Er hat mir gesagt, dass Joana tot ist. Er sitzt wohl gerade auf eurer Wache oder wie ihr das nennt.«

»Wegen Joana würde ich gern mit Ihnen sprechen.«

»Ich muss eigentlich …« Er hielt kurz inne, dann steckte er den Schlüssel wieder ins Schloss der Haustür. »Die Band wandert aufs Präsidium, und ich krieg 'nen Hausbesuch? Wenn das mal kein schlechtes Zeichen ist. Kommen Sie rein.«

Im Treppenhaus fragte er Horndeich: »Sie waren doch auch schon auf einem der Konzerte, oder? Ich hab Sie da schon gesehen.«

»Ja. Ich mag Ihre Musik.«

Nieb schloss die Wohnungstür im dritten Stock des Altbaus in der Pankratiusstraße auf. Er geleitete Horndeich in einen kleinen Raum, der Wohn- und Arbeitszimmer zugleich war. Der Schreibtisch war so voll geladen, dass er durchaus in Wettstreit mit Margots Arbeitsfläche treten konnte. Na ja, manchmal auch mit seiner eigenen, wie Horndeich zunehmend feststellen musste. Vielleicht übte seine Vorgesetzte einen schlechten Einfluss auf ihn aus. Gruselige Vorstellung, dass er auch eines Tages ihre perverse Liebe zu Hagebuttentee teilen würde ...

Er sah sich weiter um. Das Sofa passte nicht zu Stuhl und Tisch und ... Nein, der ganze Raum wirkte nicht so, als ob Nieb einem Innenarchitekten zu mehr Einkommen verholfen hätte.

Nieb setzte sich auf das Sofa und deutete auf den Sessel. Auch Horndeich ließ sich nieder.

»Herr Nieb, Sie waren mit Joana Werder befreundet?«

Nieb schaute Horndeich ins Gesicht, taxierte ihn. Zögerte. Dann schien er eine Entscheidung zu treffen. »Ja. Wir waren zusammen. Bis vor einem Monat. Dann hat Joana die Beziehung beendet. Aber es lief auch schon vorher nicht mehr so doll.«

»Warum?«

»Weil sie immer andere Kerle brauchte.«

»Sie hat sie betrogen?«

»Ich weiß es nicht. Ja. Kann sein. Auf jeden Fall hat sie sich immer anmachen lassen. Ob sie mit einem etwas hatte? Ich hab versucht, das zu verhindern. Ob ich's geschafft hab? Ich weiß es nicht.«

Horndeich versuchte sich nichts anmerken zu lassen, aber er hatte schlagartig ein ungutes Gefühl. Dieser Nieb war einer von der eifersüchtigen Sorte. Vielleicht sogar einer von der Sorte, die überall Nebenbuhler sehen, auch dort, wo keine sind. Er wusste, dass Horndeich Joana gekannt hatte. Vielleicht wusste er auch, dass er sogar mal bei ihr zu Hause gewesen war. Hatte er auch ihn in Verdacht?

Während Horndeich diese Gedanken durch den Kopf schossen, sprach Nieb ungerührt weiter: »Ich meine, als Frontfrau der Gruppe, da stand sie natürlich immer im Rampenlicht. Und die Typen haben sie oft mit Blicken ausgezogen. Aber sie war eben richtig gut. Sie kam zu uns und hat unserer Musik gleich etwas verliehen – etwas Besonderes.«

»Sie war nicht von Anfang an mit dabei?«

»Nein. Uns gibt es schon seit zehn Jahren. Damals hießen wir noch ›Gardens‹. Uns ist einfach kein besserer Name eingefallen. Unseren ersten Auftritt hatten wir nämlich in einem Kleingartenverein. Also nannten wir uns einfach ›Gardens‹. Der Name ist so gut oder schlecht wie jeder andere. Denken Sie nur an ›Take that‹ oder ›Dave Stewart and the spiritual cowboys‹. Na ja, als Joana zu uns kam, änderte sich nicht nur der Name – den hat sie nämlich vorgeschlagen, wissen Sie? Sie schrieb auch ein paar neue Stücke. Das mit dem Namen gab heiße Diskussionen. Mir war das eher egal. Ich war von Anfang an eher an ihr interessiert«, sagte er mit einem Grinsen, bei dessen Vermessung jede Wasserwaage kapituliert hätte.

Nieb stand auf, ging zum Schreibtisch und entnahm einer Schublade ein Päckchen Tabak. Er setzte sich wieder und begann, sich eine Zigarette zu drehen. »Auch eine?«

Horndeich schüttelte den Kopf. »Und seit wann waren Sie zusammen?«

»Das ging ziemlich flott. Ich hab ihr gefallen, sie mir.«

Horndeich sah sich im Raum um. Che Guevara hing an der Wand, inzwischen wieder aktuell – als Ikone. Ob es ihm recht gewesen wäre, in einer solchen Bude zu hängen? »Was machen Sie?«

»Wie meinen?«

»Beruflich.«

»Ich studiere. Sozialpädagogik.«

Horndeich schätze Nieb auf knapp dreißig. Semesterzahl zweistellig mit einer führenden Zwei?

Offenbar schien er ein wenig zu laut gedacht zu haben.

»Achtes Semester. Realschule. Ausbildung als Kfz-Mechaniker. Hab dann gecheckt, dass man beim Kundenkontakt besser Psychologie studiert hätte. Oder eine solide Nahkampfausbildung absolviert. Also Abendgymnasium und jetzt das Studium. Mal sehen – vielleicht klappt es ja auch als Techniker für die Band. Für unsere Band. Wenn es die nach Joanas Tod noch geben wird.«

Nieb schluckte. Er inhalierte einen tiefen Zug, blies den Rauch langsam aus.

Horndeich betrachtete den jungen Mann. Er wurde nicht schlau aus dessen Gesten. War er so abgebrüht, oder wirkte er nur so? Wenn er es richtig verstanden hatte, hatte er erst vor etwa einer Stunde von Joanas Tod erfahren. Vielleicht war die Nachricht noch nicht bis in sein Inneres vorgedrungen. Bis zur Seele oder so. Rotgeweinte Augen hatte Nieb jedenfalls nicht.

»Aber Sie wollen mit mir sicher nicht über meine Ausbildung reden. Was wollen Sie wissen?«

»Zum Beispiel, wann Sie Joana das letzte Mal gesehen haben.« Bei dem Konzert auf der Rosenhöhe hatte die Band rein akustisch gespielt, Fritz Nieb war als Techniker nicht dabei gewesen. Und auch nicht als Zuschauer.

»Stimmt es, dass Sie sich umgebracht hat?«

»Wer sagt das?«

»Matthias sagte, Joana war die Frau, die an der Raststätte vor die Autos gelaufen ist.«

»Nein. Wir haben Hinweise darauf, dass sie keineswegs Selbstmord begangen hat. Vielmehr ist auf sie geschossen worden.«

Nieb antwortete nicht. Wie auch. Sein Gesicht schien auf einmal eingefroren wie die Züge von Ötzi, der Gletschermumie.

»Wann haben Sie sie das letzte Mal gesehen?«

Die Erstarrung löste sich. »Am Freitag. Im Proberaum. Die Band hat geübt, und ich hab noch ein paar Effekte ausprobiert.«

»Wie war Joana da?«

»Normal. Sie hat gesungen wie immer. Perfekt.«

Damit hatte Nieb recht, dachte Horndeich. So einfach war es: Wenn Joana gesungen hatte, war sie perfekt gewesen. »Und wo waren Sie am Sonntag?«

Ein kurzer Faltenwurf auf seiner Stirn machte klar, dass Nieb nicht erfreut war über die Frage. Und sich durchaus darüber im Klaren war, was sie bedeutete.

»Ich muss Sie das fragen.«

Nieb nickte. »Ich weiß.«

»Und?«

102

»Hier.«

»Zeugen?«

»Bruce Willis, mein Fernseher und der DVD-Player. Ich hab mir die ›Stirb langsam‹-Nacht gegeben. Teil 1 bis 3. ›Schieß den Fenster!‹«

Horndeich grinste. Er selbst hatte Bruce' Kahlschlag im Hochhaus auch ein paar Mal gesehen. Im englischsprachigen Original waren die Verbrecher, die das Hochhaus in ihre Gewalt bringen, deutsche Terroristen – die auch Deutsch sprachen. Doch die Deutschkenntnisse der amerikanischen Filmemacher waren so gering, dass viele Sätze schwere Grammatik- und Wortfehler aufwiesen. ›Schieß den Fenster!‹ war auch Horndeichs Favorit.

Nieb stand auf, ging zum Regal, auf dem tatsächlich die entsprechende DVD-Box lag. Als oberste Hülle eines Stapels, der mindestens aus zwanzig weiteren DVD-Hüllen bestand. Er hielt sie Horndeich entgegen, als ob die Existenz des Films allein ein ausreichender Beweis seiner Unschuld wäre. Dabei grinste er wie John McClane, wenn er mal wieder drei Bösewichte mit nur einer Salve umgelegt hatte. *Yippie-ya-yeah, Schweinebacke.*

»Wussten Sie, dass Joana schwanger war?«

Niebs Mundwinkel federten in Neutralstellung.

»Achte Woche.«

»Dann bin ich kaum der Vater. Sie hat mich seit März nicht mehr rangelassen.« Seine Faust hieb auf eines der Regalbretter, sodass die Stapel DVDs einen Sprung machten. »Also hab ich doch recht gehabt! Sie hatte einen anderen. Sie hat mich betrogen. Matthes meinte noch, ich soll mich nicht so aufregen, Joana wär treu, da würd er die Hand für ins Feuer legen. Na, vielleicht war er selbst ja der große Unbekannte, der sie heimlich gevögelt hat. Oder doch Tommy, unser Gitarrist.«

Binnen Bruchteilen von Sekunden hatte sich Niebs Gesichtsfarbe der eines Feuermelders angeglichen. Horndeich konnte sich vorstellen, dass sein Jähzorn für eine Freundin nur schwer zu ertragen gewesen war. Mal sehen, ob wir das Rot noch ein bisschen vertiefen können, dachte Horndeich und schämte sich ein bisschen dafür, dass ihm dieser Zeuge – und etwas anderes war er derzeit nicht – so von Grund auf unsympathisch war.

»Wussten Sie, dass Joana einen Vertrag von DPO in Aussicht hatte.«

»Nein«, widersprach er mit heftigem Kopfschütteln, »die Band hatte keinen Vertrag von DPO.«

»Ich spreche nicht von der Band. Ich spreche von Joana Werder.«

Nieb war sprachlos. Und der Feuermelder wandelte sich in das leuchtende Rot einer Ampel. Was Joana aufgrund ihrer Farbenblindheit nicht hätte sehen können. »Sie hatte einen Vertrag? Von DPO?«

»Über drei CDs.«

»Scheiße!« Seine Faust traktierte erneut das Regalbrett. Abgesehen davon, dass eine weitere Aktion dieser Art die DVDs wie Lemminge in die Tiefe stürzen würde, konnte er wahrscheinlich auch schon mal neue Löcher bohren, um das Regal wieder sicher an der Wand zu verankern.

»Diese Bitch! Wir haben uns mal geschworen, dass keiner ausbricht. Matthes nicht, der wirklich richtig gut Bass spielt, auch noch in einigen Jazz-Combos, Joana nicht, die wahrscheinlich – nein, offensichtlich – die besten Chancen auf einen Vertrag hatte. Wir haben gesagt: Zusammen oder gar nicht! Diese Schlampe!«

Die Worte zeugten von einer geradezu zerstörerischen Liebe. Horndeich hätte diesem Fatzke gern offenbart, dass Joana noch nicht unterschrieben hatte. Aber er verkniff es sich, denn vielleicht konnte er diese Karte in einer anderen Situation wesentlich effektiver ausspielt.

»Danke, Herr Nieb, das war's dann auch schon«, sagte Horndeich und stand auf. »Äh, ich meine: fürs Erste.«

Das leuchtende Rot verschwand aus Niebs Gesicht, so schnell, wie sie gekommen war. Unheimlich, dachte Horndeich. Unberechenbar.

»Gut, dann komme ich vielleicht doch noch zur Vorlesung.«

Gemeinsam verließen sie Niebs Wohnung und das Haus.

»Wenn Ihnen noch etwas einfallen sollte – hier ist meine Telefonnummer.« Horndeich reichte Nieb seine Visitenkarte, die dieser achtlos einsteckte.

Gegenüber dem Haus stand ein silberner Porsche Cabrio.

911er, dachte Horndeich, der kurz überlegte, ob ein gebrauchter Porsche nicht ein würdiger Nachfolger für seinen Golf wäre. Passten aber keine Kinder rein.

Ob das überhaupt noch relevant war?

Horndeichs Gedankenkette zerriss, als Fritz Nieb den Wagen aufschloss. Horndeich schaute noch mal genauer hin. Der Porsche war ein G-Modell, Baujahr um 1975. Der Blick offenbarte zudem, dass der Wagen gerade restauriert wurde. Offensichtlich war bisher nur die rechte Wange geliftet: Die Motorhaube und der linke Kotflügel war orangefarben, der Rest des Wagens in adrettem Silber gehalten. Die orangefarbenen Teile waren angerostet und verbeult, die silbernen in gepflegtem Zustand.

Um einen alten Porsche zu fahren, braucht man entweder viel Geld oder viel Zeit, meinte Horndeich. Bei Fritz Nieb war es klar, welche Schale der Waage schwerer wog.

Nieb ließ sich hinters Steuer sinken; Sekunden später röhrte der Motor auf. Porsche-Sound. Für Horndeichs Geschmack einfach nur laut. Also lieber doch keinen Porsche, nicht nur wegen der Familienplanung.

Der Sportwagenfahrer legte den Gang ein und bretterte auf die Straße. Der Sonne entgegen.

Horndeich registrierte das Kennzeichen. DA stand für Darmstadt. Und FN wohl für Fritz Nieb.

Selbstverliebter Dackel, dachte Horndeich. Und fragte sich einmal mehr, warum sich die tollsten Frauen immer die größten Dumpfbacken zum Freund nahmen. Na ja, abgesehen von Anna vielleicht. Definitiv aber im Falle Joana Werder. Ach ja, und Sandra Hillreich …


»Wann haben Sie Joana Werder das letzte Mal gesehen?«, fragte Margot den Bassisten der Gruppe »Melancholical Gardens«, Matthias Bayer.

Sie hatte bereits den Gitarristen Thomas Leber befragt und den Schlagzeuger Daniel Schuster. Beide hatten nichts über ein Treffen an der Raststätte gewusst, beide hatten Joana zum letzten Mal gesehen, als sie das Konzert verlassen hatte. Beide hatten sich darüber gewundert, dass sie so schnell verschwunden war. Und beide erinnerten sich an ihre Abschiedsworte: »Meine Schwester ist zu Besuch, ich muss gehen.«

Margot hatte die jungen Männer auch zur Band befragt. Alles bestens, auf dem Weg nach oben. Schlossgrabenfest in Darmstadt – das wäre ein großer Schritt für sie gewesen. Margot erwartete auch von Matthias Bayer, den die anderen nur Matthes nannten, keine weiterführenden Auskünfte. Aber ihn schien Joana Werders Tod am härtesten zu treffen. Er wirkte sensibler als die anderen.

Hinsichtlich der Band hatte er gesagt, dass seine beiden Kumpel wohl schon alles erzählt hätten. Deshalb hatte sie sich diesen Teil gespart und nur gefragt, wann er Joana das letzte Mal lebend gesehen habe.

»Nach dem Konzert«, antwortete Matthias Bayer. »Sie brach plötzlich auf. War gar nicht ihre Art, sonst saßen wir immer noch ein bisschen beieinander. Tranken noch ein Bier. Aber diesmal ging sie, weil ihre Schwester zu Besuch war. Sagte sie.«

»Wussten Sie, was sie an der Raststätte wollte?«

»Nein. Keine Ahnung. Sie hat ja nichts davon erzählt.«

Margot hatte die Fragen, die sie stellen wollte, auf einem kleinen Zettel notiert. Es wäre zu blöd gewesen, hätte sie nach einem Gruppenverhör festgestellt, dass sie eine Frage bei einem Zeugen vergessen hatte. Sie ging lieber auf Nummer sicher. Und machte ein Häkchen hinter »Raststätte«.

Blieb als Nächstes noch »Feinde.«

Aber laut Matthias Bayer gab es auch da nichts. Dann zögerte er, um schließlich hinzuzufügen: »Höchstens Fritz. Auf den war sie nicht gut zu sprechen. Aber Feind – das ist wahrscheinlich zu hoch gegriffen. Er ging ihr einfach auf die Nerven.«

Margot wurde hellhörig. »Wieso?«

»Na, sie hatte mit ihm Schluss gemacht. Und das wollte er einfach nicht kapieren.« Matthes hatte aus einer seiner unzähligen Jackentaschen ein Papierschnipsel gezogen, das er immer wieder zwischen seinen Fingern rollte. Margot ließ ihm Zeit.

»Ich meine, Fritz – er ist nicht verkehrt. Und er ist ein Ass am Mischpult. Egal, welcher Raum, welche Boxen – er zaubert immer einen guten Sound. Hat auch viel dazu beigetragen, dass unsere Demo-CD so gut geworden ist. Klingt fast nach großer Produktion.«

Wieder schwieg er.

»Aber?«

Matthias suchte in Margots Blick nach Absolution, weil er gleich den Bandkollegen verraten würde. Sie nickte leicht. Das genügte. So einfach war das?

»Er – er war fürchterlich eifersüchtig. Und er hatte sich nicht in der Gewalt, wenn er mal wieder glaubte, sie hätte was mit irgendeinem Phantom.«

»Hat er sie geschlagen?«

»Nein. Ich – ich glaube nicht. Also – ich habe nie was gesehen. Und sie hat auch immer gesagt, er würde zwar manchmal laut, aber er hätte sie nie ...«

»Und nachdem sie mit ihm Schluss gemacht hat?«

»Eiszeit. Das wäre nicht mehr lange gutgegangen. Glaub ich. So kann man keine Musik machen. Er hat mit ihr nur das Nötigste geredet. Aber unter der Oberfläche brodelte es. Er hat sie mit SMS traktiert. Von einem Prepaid-Handy aus. Ich habe es in seiner Jacke gefunden. War genau die Nummer, von der aus sie immer diese SMS bekommen hat.«

»Was für SMS?«

»›Sieh dich vor!‹. ›Pass bloß auf!‹ und so 'n Zeug. Er hat wohl gehofft, sie würde ihn um Hilfe bitten.«

»Und was haben Sie gemacht, nachdem Sie das Handy gefunden hatten?«

»Ich hab die SIM-Karte aus dem Handy genommen. Und einen Zettel reingelegt. Draufgeschrieben ›Tu das nie wieder, Arschloch!‹«

»Hat er Ihre Schrift erkannt? Hat er Sie darauf angesprochen?«

»Nein, ich habe das in Druckbuchstaben geschrieben.«

»Er hätte also auch denken können, dass der Zettel von jemand anderem war? Vielleicht von Joana selbst?«

Der Bassist hörte augenblicklich auf, das kleine Papierröllchen weiterhin zu traktieren. »Sie meinen, er hat sie deshalb ...?«

»Ich meine gar nichts. Ich frage nur. Wann war das mit dem Handy?«

»So vor zwei Wochen.«

Hatte Fritz Nieb in diesen zwei Wochen zwei Killer engagiert, die seine Exfreundin zu einem Rastplatz lotsten, um sie dort in den Tod zu treiben?

»Und Sie? Waren Sie mit Joana ...« Sie machte eine kleine Pause. »... mehr als befreundet?«

Matthias Bayer wurde rot wie ein Schüler, der gerade ertappt worden war, wie er durch ein Loch in der Wand in die Mädchenumkleidekabine schielte. »Nein.« Er wand sich. »Ja.« Dann wieder: »Nein.«

»Also was jetzt?«

Matthias' Augen füllten sich mit Tränen. »Ich ... Scheiße, ich habe sie geliebt! Vom ersten Moment an. Als ich sie das erste Mal sah. Hätte ja nie gedacht, dass die Anzeige wirklich was bringt.«

»Welche Anzeige?«

»Na die, die wir aufgegeben haben. Vor zwei Jahren. Dass wir eine Sängerin suchen.« Der Musiker wischte eine Träne weg, die es gewagt hatte, die Grenze des unteren Augenlids zu übertreten. Dann lachte er plötzlich auf. »Sie glauben es nicht, aber das war schlimmer als ›Deutschland sucht den Superstar‹. Ich hatte den Eindruck, alle, die von Bohlen nach Hause geschickt worden sind, haben bei uns die zweite Chance gewittert.« Er rollte wieder das Papier. »Und dann kam sie. Keiner von uns vieren, der sie nicht hätte mindestens drei Lieder singen lassen, nur um sie wenigstens für zehn Minuten anzustarren. Und nach den allerersten Tönen war klar: Wenn die Gardens jemals Erfolg haben würden, dann mit ihr. Und jeder von uns vieren hat die anderen in diesem Moment als Konkurrenten gesehen, sogar Thomas, der mit seiner Sylvia seit fünf Jahren glücklich zusammen ist.«

»Und Joana? Fing das mit Fritz gleich an?«

Matthias nickte. »Ja. Die beiden haben sich gesehen und gefunden. Leider.«

Das Papierröllchen landete auf dem Boden. Matthias bückte sich nicht danach, sah Margot direkt in die Augen. »Fritz war immer erfolgreich bei Frauen. Während ich immer das Schild ›Bester Freund – bitte nicht anfassen‹ auf der Stirn kleben hatte.«

Margot verstand, was er meinte. Matthias Bayer war sensibel. Und zu weich. Diese Art Männer schätzten ihre Geschlechtsgenossinnen seltener. Sie hielt den Seufzer zurück.

»Vor einem halben Jahr, nach einer Fete, da … da haben wir miteinander geschlafen. Wir waren beide betrunken – und ich habe freche und anzügliche Sprüche gemacht. Und plötzlich küsst sie mich. Keine Ahnung, was da in ihr vorgegangen ist. Ansonsten – davor und auch schon wieder am nächsten Tag: bester Freund. Stets zu Diensten.«

Margot glaubte sehr wohl zu verstehen, was damals in Joana vorgegangen war. Aber sie war nicht zuständig für zwischenmenschlichen Nachhilfeunterricht. Und sie hatte es in ihrem Leben stets vermieden, Männer zu besten Freunden zu deklarieren. Sie glaubte nicht daran, dass das Konzept funktionierte. Wie Harry und Sally ja ebenfalls hatten feststellen müssen …

Margot schaute ihren Zettel an. »Vertrag« stand dort als letzter Punkt. »Wussten Sie von einem CD-Vertrag?«

Matthias nickte. »Ja. Sie hat mich eingeweiht. Ich sagte ja schon: bester Freund. Vor einer Woche hat sie gesagt, dass DPO ihr einen Vertrag geschickt hat. *Ihr.* Nicht *uns.* Ich hab ihr zugeraten zu unterschreiben. Aber sie wollte nicht. Ich hab ihr gesagt, das ist ihre Chance. Aber sie … Sie hat zwar gesagt, dass sie es sich überlegen würde. Aber es war mir klar, dass sie nicht unterschreiben würde.«

»Wusste noch jemand aus der Band von dem Vertrag?«

»Nein. Darüber hätte sie mit niemandem geredet außer mit mir. Klingt fast wie 'n Kompliment.« Er grinste verlegen. »Vielleicht hab ich's nie zu schätzen gewusst, was es für sie bedeutete, diesen besten Freund zu haben.« Er hielt kurz inne. »Scheiße, mit ein bisschen mehr Geduld – vielleicht hätte sie sich dann doch irgendwann für mich entschieden.«

Da sprichst du ein großes Wort gelassen aus, dachte Margot.

Neben dem Stapel, von dem Margot befriedigt feststellte, dass er den ihres Kollegen wieder deutlich überragte, war ihr Schreibtisch übersät mit Notizzetteln und losen beschriebenen Blättern. Margot hatte Horndeich von ihrem Gespräch mit den

Bandmitgliedern berichtet, und Horndeich hatte ihr von seinem Besuch bei Fritz Nieb erzählt.

»Und – wie schätzt du Nieb ein?«, hatte sie ihren Kollegen gefragt.

»Keine Ahnung. Ein Choleriker. Aber ein Mörder? Und mit wem hätte er gemeinsame Sache machen sollen? Er hätte zumindest noch einen zweiten Mann anheuern müssen. Und woher hätten sie die Maschinenpistolen genommen? Dann sein Alibi – es ist richtig mies. Was es für mich glaubwürdiger macht, als wenn er an diesem Abend mit der Queen diniert hätte.«

Und die anderen drei Bandmitglieder schieden als Täter oder Komplizen aus – mit Horndeich als persönlichem Garanten ihrer Unschuld.

Margot sah auf die Uhr. Ihr Magen verkündete, dass es Zeit sei für die Nahrungsaufnahme. Sie hatte sich mit Ben verabredet. Vor zwei Stunden hatte er ihr eine SMS geschickt, ob er noch mal mit ihr reden könne. Zu Hause. Margot hatte kurz überschlagen, was die Tiefkühltruhe hergab – ein schnelles Mittagessen auf jeden Fall.

Doch das Telefon verhinderte den Aufbruch.

Margot meldete sich ganz förmlich. Sie kannte die Nummer mit Wiesbadener Vorwahl nicht.

»Margot?«, fragte die Stimme.

»Ja. Margot Hesgart. Mit wem spreche ich bitte?«

»Hier ist Ulf.«

Ulf Mechtel. Ein Lächeln legte sich auf Margots Antlitz. Ulf Mechtel war ihr persönlicher Matthias Bayer. Wenn vielleicht auch nicht in einer ganz so artigen Ausgabe.

Sie hatte Ulf vor drei Jahren auf einem Lehrgang kennengelernt. Fortbildung über das Thema Schusswaffen. Ulf hatte damals gerade beim BKA angefangen, als kleines Licht bei der Tatmunitionsidentifizierung. Keiner seiner Vorgesetzten hatte Lust gehabt, den Vortrag vor den Laien von der gewöhnlichen Polizei zu halten. Also hatte Ulf das übernommen und jeden seiner Zuhörer für sich gewonnen. Witzig und spritzig hatte er den trockenen ballistischen Stoff vermittelt. Und abends an der Bar hatte er sie zu seiner Prinzessin auserkoren.

110

Sie war geschmeichelt gewesen. Sie hatte den Abend genossen. Und viel gelernt. Über Waffen. Und über Männer. Ja, sie hatte diese Nacht mit ihm verbracht. Und vielleicht hätte aus dieser kurzen Begegnung mehr werden können, wenn nicht acht Wochen später Rainer wieder in ihr Leben getreten wäre. Die Niederlage war schwer für Ulf gewesen, aber er hatte es dann doch akzeptiert. »Prinzessin, wenn er dir wehtun sollte, wenn du doch noch einen echten Prinzen suchst – sag Bescheid. Sag *rechtzeitig* Bescheid.«

Ein paar Wochen später hatte Margot ihm mitgeteilt, dass Rainer der Vater von Ben war. Woraufhin sich Ulf zurückgezogen hatte. Und Margot war froh darüber gewesen …

»Ulf! *Du* hast die Munition von Gräfenhausen untersucht?« Margot hatte nicht gewusst, dass ausgerechnet Ulf für die Raststätten-Projektile zuständig war.

»Ja. Da hast du aber Glück, was?«, tönte es aus der Sprechmuschel. An zu wenig Selbstbewusstsein hatte Ulf nie gelitten. Im Gegensatz zu Matthias Bayer. Aber das würde Bayer auch noch irgendwann im Leben lernen.

Margot war froh, dass Horndeich das Gespräch nicht hören konnte. Zumindest nicht den Teil, der aus Wiesbaden zur Konversation beigesteuert wurde.

»Na, da weiß ich die Sache ja in guten Händen«, sagte sie.

Sie meinte es ernst. Ulf hatte sich bei den Ballistikern schnell einen Namen gemacht. Klar, er hatte den *Blick*, er konnte Projektilen anhand ihrer spezifischen Rillen fast mit bloßem Auge ansehen, aus welcher Waffe sie abgefeuert worden waren. Aber er hatte auch – den *Riecher*. Er konnte Zusammenhänge erkennen oder zumindest erahnen – und er lag selten daneben mit seinen Einschätzungen. Für Margot und ihr Team war es nur von Vorteil, dass sich jemand wie Ulf um ihre Geschosse kümmerte.

»Was hast du rausgefunden, großer Meister?« Sicher, Horndeich würde sich über den vertraulichen Ton wundern. Doch Margot wollte schnell die relevanten Informationen – und ein bisschen Honig um den Mund war der Weg dazu.

Aber Ulf schien nicht gewillt, gleich auf »Business-Talk« einzuschwenken. »Wie geht es dir?«

**111**

Und Margot war nicht gewillt, Persönliches vor ihrem Kollegen zu erörtern. »Das hängt davon ab, was du mir sagen kannst.«

Ulf schien zu begreifen. »Also, der Standardvergleich hat gar nichts gebracht.« Die Kühle seiner Stimme wehte wie der Hauch nach dem Öffnen der Kühlschranktür an ihr Ohr.

»Aber du hast dich damit nicht zufriedengegeben.«

»Richtig. Ihr habt ja den Tipp mit der MPi rüberwachsen lassen.«

»Also ein Treffer?« Die Frage war rhetorischer Natur. Gleich würden die Erkenntnisse sprudeln.

»Volltreffer. Ich hab mal nachgeforscht, wie viele Fälle es gab, in denen MPis und Neun-Millimeter-Projektile 'ne Rolle spielten. Es waren acht in zehn Jahren.«

»Und?« Margot spielte das Spiel mit. Ulf war stolz, hatte etwas Wichtiges herausgefunden und wollte seinen Sieg gebührlich bewundert wissen.

»Fehlanzeige.«

»Oh«, machte Margot enttäuscht und überrascht zugleich.

»Also habe ich tiefer gegraben.«

»Und?«

»Treffer«, sagte er. »Eure Waffe wurde bereits im Januar 1980 verwendet. Eine Gruppe von vier Leuten hat damals – also präzise: am 18. Januar 1980 – einen Werttransport überfallen, auf der Autobahn kurz hinter dem Rasthof Alsbach.«

»Das ist ja bei uns!« Margot sortierte die Informationen in ihrem Gehirn. Dann erkannte sie, wo der Punkt war, über den sie stolperte wie der Jogger über die Wurzel. »Und wieso habt ihr noch die Vergleichsprojektile?«

»Eins zu Null für dich.«

Du hältst dich für ein bisschen zu schlau, dachte Margot. Nach fünfundzwanzig Jahren war schwerer Raub verjährt. Dann hätten die Kollegen die Projektile eigentlich zum Alteisen geben können. Also musste mehr dahinterstecken.

»Einer der Werttransportfahrer wurde umgebracht«, erklärte Ulf. »Acht Kugeln durch Lunge und Herz.«

»Woher weißt du das?«

»Wir haben hier einen Auszug aus der Akte. Die müsste

allerdings noch bei euch liegen. Alsbach – das gehört doch noch in euren Bereich?«

Ulf hatte es als Frage formuliert, aber Margot war sich sicher, dass er es bereits genauestens recherchiert hatte. Was Ulf ihr in drei Minuten am Telefon präsentiert hatte, hatte ihn sicher eine Nachtschicht gekostet. Vielleicht war ihr Tonfall deshalb ein bisschen zärtlicher, als sie sagte: »Danke. Du hast uns sehr geholfen.«

»Für dich immer«, meinte Ulf Mechtel.

Margot legte den Hörer auf.

»Dein heimlicher Verehrer?«, fragte Horndeich sogleich reichlich unverblümt.

»Kein Verehrer. Das BKA. Wegen der Projektile. Projektile aus dieser Waffe sind nämlich schon mal aufgetaucht.«

»Und der Verehrer? Weiß Rainer davon?«, frotzelte Horndeich.

»Das war vor seiner Zeit.« Margot beendete das Thema, indem sie Horndeich berichtete, was sie gerade erfahren hatte.

»Da Mord ja nicht verjährt, müsste die Akte noch bei uns sein«, meinte er und wollte schon aufstehen.

Doch in dem Moment klopfte Kollege Ralf Marlock an den Türrahmen. In der Hand hielt er ein paar zusammengetackerte Papiere. »Für eine Frau hat sich die gute telefonmäßig sehr zurückgehalten«, meinte er und legte die Papiere auf den Tisch.

Margot warf einen flüchtigen Blick darauf. Alle Anrufe, die Joana Werder in den letzten drei Monaten erhalten oder getätigt hatte, waren mit der entsprechenden Nummer des Teilnehmers und Datum und Uhrzeit aufgelistet. Margot blätterte durch die Seiten. Festnetz und Handy. Marlock hatte fix gearbeitet. Wie immer.

»Ich hab alles gecheckt und die Unbekannten abtelefoniert. Die Bandmitglieder, ihre Schwester, zwei lose Bekannte, ihre Kollegen vom Darmstädter Echo. Und das war's – fast.«

Horndeich stand auf, ging um den Tisch herum und betrachtete die Liste ebenfalls. »Was heißt ›fast‹?«

»Das heißt, dass sie vor einer Woche zweimal von einer Telefonzelle in Frankfurt aus angerufen worden ist.«

»Wo steht die?«

»In Bockenheim. In der Nähe des Bockenheimer Depots.«
Das ehemalige Straßenbahndepot wurde schon seit Jahren als
Theater genutzt.

»Na, da lohnt es sich kaum mehr, Fingerabdrücke zu nehmen«, unkte Horndeich.

»Hat dir die Schwester von Joana nicht gesagt, dass es da
noch einen Freund gab – Martin irgendwer?«

Horndeich nickte. »Ja.« Er schaute zu Marlock. »War da
irgendwo ein Martin dabei?«

Marlock schüttelte den Kopf. »Nein. Ein Michael. Aber kein
Martin.«

»Da muss einer sein.«

»Da ist aber keiner.«

»Es gibt aber einen Freund von Joana, der heißt Martin«, beharrte Horndeich trotzig.

»Und wie weiter?«

»Wenn ich das wüsste«, entgegnete Horndeich gereizt,
»dann würde ich selbst im Computer wühlen.«

»Jungs!« Margot intervenierte frühzeitig. Wenn sich Horndeich und Marlock in die Haare bekamen – was in letzter Zeit
immer wieder vorkam –, ging man besser in Deckung. Oder benutzte einen Elektroschocker, um für Ruhe zu sorgen.

Sie sah Marlock an. »Erst mal: Danke. Guter Job.«

»Bitte«, brachte er hervor, als ob es ein goldenes Wort wäre,
das er nur ungern hergab.

»Zweitens: Wir sollten diesen Martin ausfindig machen.«

»Sag ich doch!«

Margot warf Horndeich einen Blick zu, der den Elektroschocker durchaus ersetzen konnte. »Wenn die beiden befreundet waren, haben sie sicher telefoniert. Oder sich Mails
geschrieben. Hat sich schon jemand um Joanas Rechner gekümmert?«

»Klar«, sagte Marlock. »Aber sie war keine große Mail-
schreiberin. Hat wohl auch zahlreiche Mails gelöscht. Vielleicht ist auf ihrem Rechner bei der Zeitung noch was. Ich hab
die Namen der Mailadressen bereits mit den Nummern von
der Telefonliste abgeglichen. Keine anderen Personen dabei als
die, mit denen sie auch telefoniert hat. Und auch kein Martin«,

ergänzte Marlock im Tonfall eines Pitbulls nach einer Testosteronspritze.

»Dann müssen wir alle noch mal abtelefonieren, mit denen sie nicht gemailt hat. Vielleicht ist dieser Martin irgendein Bruder von irgendjemand, oder er nutzt das Handy vom Papa. Ralf, könntest du bitte?«

»Nein, kann ich nicht. Denn auf meinem Tisch steht bereits ihr Rechner aus ihrem Büro, wenn es wirklich einen Martin gibt, ist sicher da was zu finden.«

»Und wenn er ein heimlicher G'schpusi war«, sagte Horndeich, »von dem ihr Freund – oder ihr Exfreund – nichts wissen sollte, dann gibt's keine Mails.«

»Oder sie schrieb die Mail gerade deswegen vom Bürorechner aus«, hielt Marlock dagegen, »auf den der Freund keinen Zugriff hatte.«

»Also irgendwer sollte sich jetzt die Mühe machen, die Telefonliste noch mal abzutelefonieren«, warf Margot ein.

»Die, mit denen sie gemailt hat, hab ich schon markiert«, informierte Marlock die beiden, so als wäre er sicher, dass der Kelch des Abtelefonierens an ihm vorübergehen würde. Die Hoffnung war nicht ganz unberechtigt: Auf seinem Schreibtisch stand schließlich der Bürorechner von Joana Werder, und es gab keinen anderen, der ihn auseinandernehmen konnte. Jedenfalls zurzeit nicht. Sandra Hillreich war die Spezialistin, die noch jedem Rechner auch die letzten Geheimnisse entlockt hatte. Aber sie lag im Krankenhaus.

»Dann soll doch Heribert rann«, wagte Horndeich einen letzten Versuch.

»Vielleicht ist der seit gestern krank!«, blaffte Marlock, als er den Kelch wieder etwas näher rücken sah.

Horndeich seufzte. Griff nach der Liste. Warf ein lockeres »Bis später« in die Runde und verließ das Büro.

Marlock formte das große Fragezeichen in Worte. »Von wo aus will er denn jetzt telefonieren?«

»Keine Ahnung«, meinte Margot. Aber sie kannte Horndeich gut genug, um zu wissen, dass die Martin-Frage bald geklärt sein würde.

Lachs. Sie war erstaunt, dass die Gefriertruhe noch solch einen Leckerbissen hergegeben hatte. Sie zauberte eine Soße hinzu, Dill und Sahne mit einem kleinen Spritzer Weißwein.

Nachdem ihr Gespräch am Vortag so missglückt war, wollte sie zumindest die äußeren Rahmenbedingungen so arrangieren, dass Unbehagen und Streit erst gar nicht aufkamen. Die Tischdekoration verströmte Gemütlichkeit: Grüne Servietten und sogar das silberne Besteck zierten das weiße Tischtuch.

Als sie die Servietten faltete, fiel ihr das grüne Tuch ein, mit dem Hinrich die verstümmelte Leiche Joana Werders abgedeckt hatte. Sie zerknäulte die Servietten, warf sie in den Müll, nahm zwei rote Papiertücher.

Der Tod der jungen Frau ging ihr nahe. Auch wenn sie Joana Werder, anders als Horndeich, nicht gekannt hatte. Vielleicht, weil sie schwanger gewesen war.

Margot stellte zwei der Kristallgläser auf den Tisch. Sie wunderte sich, weshalb Ben schon wieder mit ihr sprechen wollte. Vielleicht wollte er sich entschuldigen.

Unwahrscheinlich. Aber möglich.

Für gewöhnlich sahen sie sich nur noch einmal im Monat. Er lebte sein Leben in Frankfurt, gemeinsam mit seiner Freundin Iris. Das Studium am Frankfurter Städel lief gut – wenn sie Rainers Behauptungen Glauben schenken durfte. Sein Vater war über Bens akademisch-künstlerische Fortschritte immer besser informiert. Was sicher auch daran lag, dass er mit Bens Berichten wesentlich mehr anfangen konnte als sie. Anfangs hatten ihre beiden Männer immer voller Enthusiasmus auf ihre Fragen reagiert. Bis sie erkannt hatten, dass sie sich kaum etwas von dem, was sie ihr erzählten, merken konnte. Inzwischen erhielt sie auf ihre Fragen hinsichtlich der Kunst nur noch ein simultanes Augenrollen zur Antwort. Manchmal legte Margot es regelrecht darauf an.

Die Türklingel riss sie aus ihren Gedanken.

Ben begrüßte sie mit einem Kuss auf die Wange. Das zumindest war ein gutes Zeichen.

»Ich hab uns was Leckeres gekocht«, eröffnete ihm Margot.

»Was ist los? Du siehst aus, als ob du über was nachdenkst.«

»Ich war mit Horndeich heute bei Hinrich. Wegen der Frau,

die sie in der vorletzten Nacht überfahren haben. Die Autos haben nicht nur sie getötet, sondern auch ihr Kind.«

Er wirkte geschockt.»Da war noch ein Kind? Das hast du gestern gar nicht erzählt.«

»Nein, da war kein Kind. Die Frau war schwanger. In der achten Woche.« Sie winkte ab.»Aber das willst du sicher gar nicht hören. Ich hab uns einen Lachs gebacken. Magst du doch, oder?«

Margot öffnete die Tür des Backofens, zog das Backblech heraus, auf dem der Fisch in einer Glasform gegart war. Ben setzte sich hinter ihrem Rücken an den Tisch.»Na, vielleicht zählt das mit Kind ja auch nicht.«

Margot wandte sich ihrem Sohn zu, wodurch das Blech in Schräglage geriet. Als die Glasschüssel, dem Ruf der Schwerkraft folgend, langsam auf den Rand des Blechs zurutschte, konnte sie die Katastrophe gerade noch durch eine schnelle Gegenbewegung stoppen. Sie stellte das Blech auf den Herdplatten ab und drapierte den Lachs auf einer vorgewärmten Keramikplatte.»Wie meinst du das denn? Wie soll ein Kind nicht zählen?«

»Na ja, vielleicht wollte sie es ja gar nicht.«

Margot stellte die Platte auf dem Tisch ab. Die Kartoffeln dampften bereits in der Schüssel. Wieder einmal fragte sie sich, ob es eine Zeit vor der Erfindung des Schnellkochtopfs gegeben hatte.

»Wie kommst du denn jetzt darauf?« Sie konnte sich keinen Reim darauf machen, dass er sich so unsensibel gebärdete. Sie erinnerte sich an die Zeit, als sich Ben hatte »politisch ausprobieren« wollen, wie sie es rückblickend nannte. Er hatte immer die krudesten aller Theorien vertreten. Enteignung der Industriebosse, Einheitseinkommen für alle und ähnliche realitätsfremde Forderungen. Nur als Ben für geschlagene zwei Wochen lang für die Einführung der Todesstrafe hatte demonstrieren wollen, war sie an die Grenzen ihrer Toleranz gestoßen.

Dass fünf Jahre nach offiziellem Ende der Pubertät plötzlich wieder ein solcher Spruch auf sie losgelassen wurde, erstaunte sie.

**117**

»Achte Woche«, murmelte er. »Ich meine, das ist doch noch kein richtiges Leben.«

»Kein richtiges Leben? Hallo? Wann beginnt das Leben denn?«

»Wenn das Kind geboren ist.«

»Na, das sehe ich aber anders«, entgegnete sie. »Das Kind ist in der achten Woche schon eineinhalb Zentimeter groß, die Gesichtszüge bilden sich bereits. Und das Gehirn.«

»Aber es kann noch nichts fühlen. Noch nicht denken, kriegt noch nichts mit. Es ist eigentlich noch gar kein richtiges … Kind.«

Margot ließ sich auf den Stuhl fallen. Sie betrachtete ihren Sohn. Sie hatte mit ihm nie eine solche Diskussion geführt. Aber sie hatte ihn immer für einen sensiblen Menschen gehalten. Seine Meinung befremdete sie. Nein, sie kotzte sie an. Der junge Mann, der ihr da gegenübersaß – sie konnte in diesem Moment nicht glauben, dass er ihr eigen Fleisch und Blut war.

»Und wenn sie das Kind gar nicht haben wollte?«, fuhr er fort. »Ich meine, bis zum dritten Monat kann sie doch legal abtreiben, oder?«

»Der Abbruch ist nicht legal. Er ist nach einer Schwangerschaftskonfliktberatung nur nicht strafbar.«

»Sei's drum. Vielleicht hatte sie keinen richtigen Job, vielleicht der Mann auch nicht, wenn er sich nicht schon vorher abgesetzt hat. Ich meine, vielleicht hatte sie den Pro-Familia-Schein schon in der Tasche, vielleicht war die Abtreibung schon beschlossene Sache. Wegen des Kindes – also da solltest du dir echt keinen Kopf machen.«

Die Kartoffeln dampften.

Der Lachs verströmte leckeren Duft.

Und Margot war der Appetit vergangen.

»Hast du überhaupt eine Ahnung, was du da redest? Die Frau wurde umgebracht. Auf übelste Weise. Sie wurde mit Waffen dazu gezwungen, auf die Autobahn zu laufen. Sie ist ermordet worden. Und auch ihr Kind! Sie hatte gar keine Chance, es auszutragen und wachsen zu sehen.«

»Und wenn es behindert gewesen wäre?«

Margot starrte ihn an. Ihr fehlten die Worte.

Ben setzte noch einen drauf: »Ich meine, wenn es ein kleiner spastischer Krüppel geworden wäre? Mit Wasser im Hirn und dafür drei Beinen?«

Margot war ganz leise, als sie wieder sprach. Ganz leise. »Sie wurde umgebracht. Ihr Kind wurde umgebracht. Das sind die Fakten. Was du da gerade von dir gibst, das sind alles ... Hirngespinste!«

»Das sind keine Hirngespinste«, widersprach er. »Das sind Möglichkeiten. Vielleicht wollte sie es wegmachen lassen. Vielleicht wäre es besser gewesen, wenn sie es hätte wegmachen lassen.«

»Sag mal, spinnst du jetzt komplett? Spielst du gerade wieder eine Runde Pubertät? ›Ich habe keine Ahnung von nichts, aber das vertrete ich laut‹?«

»Nein. Ich sehe die Dinge nur differenzierter. Wir beide wissen nicht, ob sie ihr Kind behalten wollte.«

»Aber sie wurde *ermordet*!«

»Aber wir wissen nicht, ob sie das Kind wirklich behalten wollte, nicht wahr?«

Ben setzte ein schräges Grinsen auf. Wie damals, als er für die Todesstrafe argumentiert hatte. Was das alles an Kosten sparen würde. Wie viele Zellen man frei räumen könnte. Und wie viele Wiederholungstäter ihre Taten eben nicht wiederholen könnten.

An dem Tag, an dem er derart argumentiert hatte, da hatte sie ebenfalls um ihre Contenance ringen müssen. Hatte was von Endgültigkeit des Urteils gestammelt, von Justizirrtümern, die dann nicht mehr zu korrigieren seien. Hatte versucht, einen Irren mit sachlichen Argumenten zu überzeugen. Ben hatte damals, das gleiche Grinsen im Gesicht, gesagt: »Schwund gibt's immer.«

Sie fühlte sich in diesem Moment wie damals. Als sie kurz davor gewesen war, ihren Sohn zu ohrfeigen.

»Jetzt fehlen dir die Worte, was?«

Margot stand auf.

Ging in den Flur.

Nahm den Schlüssel.

Verließ das Haus.

Ging zu ihrem Auto.

Startete den Motor.

Fuhr hundert Meter.

Dann lenkte sie den Wagen an die rechte Straßenseite. Denn sie sah nichts mehr. Tränen verschleierten ihr den Blick. Was war los mit ihrem Sohn? Seit er in Frankfurt lebte, wusste sie nicht mehr, wie er wirklich dachte. War das, was gerade vorgefallen war, ein Erkenntnisgewinn in Bezug auf seinen Charakter?

Sie hatte oft erlebt, dass ihr Sohn ein Gespräch abgebrochen hatte. Zuletzt am Tag zuvor. Diesmal war *sie* gegangen. Das war besser, als ausfällig zu werden. Oder zuzuschlagen. Wie damals. Horst, ihr Mann, gestorben vor nunmehr fast zwanzig Jahren – er hatte ihr so oft versichert, er würde mit dem Trinken aufhören. Sie hatte seine Schnapsflasche genommen, mit der rechten Hand, in der linken den vierjährigen Ben auf dem Arm, und hatte die Flasche auf den Boden geschmissen.

Horst hatte gegrinst, gegrinst wie Ben gerade. »Ich kaufe mir eine neue Flasche«, hatte ihr dieses Grinsen gesagt, »und zwar von deinem Geld.«

Sie hatte Ben auf dem Wohnzimmertisch abgesetzt. War auf ihren Mann losgegangen. Das Veilchen hatte er vier Wochen lang getragen. Und sie hatte gewusst: Bevor sie nochmals jemanden schlagen würde, würde sie gehen.

Nie mehr hatte sie seitdem an diesen Vorsatz denken müssen. Erst an diesem Tag wieder. Erst, als ihr Sohn sich auf einmal gebärdet hatte wie ihr Mann Horst. Woher nahm er diese Arroganz? Oder hatte sie irgendetwas gänzlich falsch verstanden?

Na, eigentlich gab es da nicht viel falsch zu verstehen.

Sie nahm ein Papiertaschentuch aus dem Handschuhfach. Schnäuzte sich.

Es war Zeit für den Herrn Papa, sich mit dem Filius auseinanderzusetzen. Sie würde wieder zur Arbeit fahren.

Manchmal war sie richtig dankbar dafür, dass sie ihren Job hatte. Auch wenn Menschen sterben mussten, damit sie ihn ausüben konnte.

Oder Kinder.

Zeit für ein weiteres Taschentuch.

Marlock ging ihm auf den Geist. Der Mann war gut. Aber wenn er nicht genügend Streicheleinheiten bekam oder es mal ein bisschen stressig wurde, konnte Kollege Ralf recht anstrengend werden. Er erinnerte ihn immer ein bisschen an das HB-Männchen, eine seiner frühesten Kindheitserinnerungen. Natürlich hätte auch Horndeich die Telefonate führen können. Würde er nachher wohl auch machen. Wobei jeder seine Stärken hatte. Ralf Marlock liebte Telefon und Monitor und freute sich, wenn er nicht hinter dem Schreibtisch hervorkriechen musste. Horndeich zog es vor, direkt mit Menschen zu tun zu haben, ihnen in die Augen schauen zu können – und ihnen ihre Geheimnisse im unmittelbaren Kontakt zu entreißen.

Dennoch würde er Marlock helfen, die Liste abzutelefonieren. Doch bevor er die Tasten seines Telefons traktierte, wollte er noch einmal Sandra besuchen.

Immer noch nagte der Biber des schlechten Gewissens in ihm. Sandra war in einem Auto gefahren, das keine Airbags hatte, keine Gurtstraffer, keinen Seitenaufprallschutz. Sandra hatte in einem Wagen ohne besondere Sicherheitseinrichtungen gesessen. In *seinem* Wagen. Aus einem neueren Golf wäre Sandra nach dem Unfall vielleicht einfach ausgestiegen und hätte – in der ihr eigenen unnachahmlichen Art – den Lastwagenfahrer zur Schnecke gemacht, weshalb der so plötzlich gebremst hätte.

Das schlechte Gewissen nagte nicht nur an ihm, weil der Wagen nicht sicher gewesen war. Es nagte ganz besonders heftig, weil es nicht ihn selbst erwischt hatte, als sich diese Mängel plötzlich als lebensbedrohlich erwiesen hatten.

Einer Eingebung folgend, steuerte Horndeich den Leihwagen in die Soderstraße und kaufte bei seinem Lieblingsblumenladen »Klatschmohn« einen kleinen Strauß Nelken.

Als er auf dem Weg zum Krankenhaus den City-Ring entlangfuhr, sah er die beiden großen Bühnen für das Schlossgrabenfest, die schon aufgebaut waren. Wenn das Wetter so blieb, würde das Festival ein voller Erfolg werden. Wenn auch nicht für »Melancholical Gardens« ...

Als er Minuten später den Blumenstrauß seiner neuen Besitzerin überreichte, wurde diese für einen kurzen Moment verlegen. »Das wäre doch nicht nötig gewesen«, meinte sie, doch Horndeich sah das anders.

Das Bett neben Sandra war immer noch leer.

»Wie geht es dir?«, fragte Horndeich. Ein Blick auf die Stahlschienen an Arm und Bein wären eigentlich Antwort genug gewesen auf seine dämliche Frage.

»Ich sterbe vor Langeweile. Hast du jemals das Vormittagsprogramm im Fernsehen angeschaut?«

Horndeich warf einen Blick auf die ausgeschaltete Glotzkiste. Dann hatte er eine Idee.

»Wie genau nehmen sie es denn hier mit dem Handy-Verbot?«

Sandra sah ihn fragend an.

»Ich meine – wir haben ein kleines Problem. Zoschke ist krank, du liegst hier, und Ralf gibt mal wieder die Diva. Und wir müssten wissen, ob jemand auf dieser Liste hier Martin heißt.« Mit den Worten zauberte er eine zusammengefaltete Kopie der Telefonliste aus der Innentasche seiner Jacke.

Sandra nahm sie ihm ab.

»Ich geb dir das Geld.«

Sandra winkte ab. »Lass man, ich bin froh, wenn ich was zu tun habe.«

»Wenn du diesen Martin findest ...«

»... rufe ich dich auf dem Handy an, weil ich ja als krankes Pflänzchen eigentlich nicht arbeiten darf«, sagte sie. »Schon klar. Gib mir dann ein Blättchen ab vom Lorbeerkranz.«

»Nur ein Blatt?«, fragte Horndeich grinsend.

»Na gut – zehn. Dann kann ich uns damit einen leckeren Fisch würzen.«

»Gut, und ich mache den Reis dazu.«

»Alles klar. Martin. Ich kriege ihn schon.«

War das nun eine verklausulierte Verabredung zu einem gemeinsamen Abendessen gewesen? Horndeich hatte noch nie etwas privat mit Sandra unternommen. Auch wenn sie die Kollegin war, mit der er am liebsten zusammenarbeitete.

Wieder etwas, worüber er noch nie nachgedacht hatte.

Anna. Er würde nachher Anna anrufen. Es zumindest versuchen. Denn wahrscheinlich befand sie sich wieder in der Datscha ihrer Verwandten. Die lag nicht nur in einem Funkloch, nein, das war zivilisatorisch ein komplett weißer Fleck auf der Landkarte.

Sandra griff bereits nach ihrem Handy, also verabschiedete sich Horndeich.

»Nett, dass du vorbeigekommen bist.«

»Mein Vergnügen«, versuchte sich Horndeich in Koketterie.

Auf dem Weg ins Büro kam ihm auf dem Flur Margot entgegen. Das Essen mit Ben musste ziemlich kurz gewesen sein.

»Ich hab das Aktenzeichen«, grüßte ihn seine Chefin.

Auf den fragenden Blick Horndeichs hin erwiderte sie: »Von dem Überfall 1980. Bei dem einer der Wachmänner erschossen wurde. Ich gehe gerade ins Archiv.«

Horndeich wollte sich die Entdeckung des Tages nicht entgehen lassen, also begleitete er sie.

Den ganzen Weg in die Tiefen des Präsidiums schwieg sie. Irgendeine Laus schien ihr über die Leber gelaufen zu sein. Nun, vielleicht hatte sich ihr Sohn an diesem Tag wieder so gebärdet wie am Abend zuvor. Manchmal war er froh, dass er noch keinen Nachwuchs in die Welt gesetzt hatte. Und wunderte sich gleichzeitig darüber, weshalb ihn dieser Gedanke in den vergangenen Tagen immer wieder ansprang wie ein Hündchen, das Hundekuchen in seiner Hosentasche gewittert hatte.

Margot streifte kurz an den Regalen entlang, dann fand sie das entsprechende Fach. Vier Pappkisten standen dort, die mit dem jeweiligen Aktenzeichen beschriftet waren. »Voilá!«

Margot zog die erste Kiste aus dem Regal, öffnete den Deckel. Auch Horndeich linste hinein.

Der Inhalt bestand ausschließlich aus Aktenordnern, die nebeneinander standen.

Der zweite und dritte Karton enthielt ebenfalls nur Akten, aber im letzten entdeckten sie zwei Plastikhüllen, beide ein kleines bisschen größer als eine CD-Hülle, allerdings etwa viermal so dick. Auf den Hüllen prangten die Buchstaben BASF und das rotweiße Emblem, das damals jede Magnetkassette des Herstellers geziert hatte.

Inzwischen wurden Kompaktkassetten kaum mehr produziert, und auch Videokassetten wurden immer seltener.

Aber was, zur Hölle, suchte die Hülle für eine Operngesamtaufnahme auf vier CDs in diesem Karton aus grauer Vorzeit?

Auf der einen Plastikbox klebte ein sauber mit Schreibmaschine betipptes Etikett: »Ausstrahlung Aktenzeichen XY ungelöst, Fr., 2. Juli 1981.«

Das Etikett auf der anderen Hülle war mit Hand beschriftet und wirkte daher nicht halb so alt: »Aufnahmen vom Tatort.«

»Sind das ... *Videokassetten?*«, fragte Horndeich ungläubig.

»Ja«, antwortete Margot. »VCR-System. Gibt es heute nicht mehr.«

»Super!«, freute sich Horndeich. Er öffnete eine der Hüllen, entnahm ihr die quadratische Kassette. »1980 gab es also schon Videorekorder und -kameras ...«

Margot nickte. »Richtig. Allerdings wog so ein Rekorder damals locker zwölf Kilo. Ohne Kamera. Und es gab auch noch verschiedene Systeme, die miteinander konkurrierten und nicht kompatibel waren: Betamax, VHS – was sich letztendlich durchgesetzt hat – und eben VCR, das aber Anfang der Achtzigerjahre von Video 2000 ersetzt wurde. Wenn ich mich richtig erinnere.«

Horndeich starrte die Kollegin fassungslos an. Hatte sie ihren BMW heimlich mit einem Flux-Generator ausgerüstet und war mal eben kurz in die Vergangenheit gedüst, dass sie das so genau wusste? »Dann kannst du mir sicher auch sagen, wie man in einer quadratischen Kassette zwei Spulen nebeneinander unterbringt, was?«

»Übereinander, mein Guter«, erklärte die Kollegin und lachte – das erste Mal, seit er sie nach der Mittagspause getroffen hatte.

»Woher weißt du das?«

»Weil ich so ein Teil mal aufgeschraubt hab.«

»Du hast *was?*«

»Mein Vater hatte damals einen der ersten bezahlbaren VCR-Videorekorder. Und eine Kamera. Wobei bezahlbar damals immer noch den Preis eines Kleinwagens bedeutete. Na ja, wenn ein Kleinwagen damals auch noch ein wirklicher Kleinwagen war.«

Horndeich schüttelte den Kopf. Eine Videokamera war inzwischen billiger als *vier Reifen* für einen Kleinwagen.

»Auch die Kassetten waren sauteuer damals. Und deshalb hat mein Vater eine Kassette repariert, bei der das Band an der einen Spule abgerissen war. Und ich durfte sie aufschrauben. War faszinierend.«

»Wow«, machte Horndeich anerkennend und fragte dann: »Und wo steht das Videogerät, mit dem wir uns das hier anschauen können?«

»Da haben wir wohl Pech.« Sie zuckte mit den Schultern; eine hilflose Geste. »Hier im Revier haben wir nur einen VHS-Rekorder.«

Horndeich verzog das Gesicht. »Schade. Der XY-Beitrag wäre eine nette Zusammenfassung gewesen.«

»Den können wir bestimmt auf VHS-Kassette vom Sender anfordern«, sagte Margot.

»Und die Aufnahmen vom Tatort wären sicher auch interessant.«

Margot nickte und überlegte. Dann sagte sie: »Ist durchaus möglich, dass mein Vater noch seinen alten VCR-Rekorder hat.«

»Was denn?«, wunderte sich Horndeich. »Den hab ich doch zuletzt mit einem nagelneuen Camcorder hantieren sehen. Warum sollte er den uralten Schrott noch aufbewahren – zwölf Kilo ohne Kamera?«

»Mein Vater wirft nie ein elektronisches Gerät weg, wenn es noch funktioniert.« Leiser fügte sie hinzu: »Eigentlich behält er auch die Geräte, die nicht mehr funktionieren.« Und dann: »Genau genommen hat er kein einziges Gerät während der letzten fünfzig Jahre weggeschmissen. Der hat sogar noch seinen ersten Nachkriegs-Dia-Projektor.«

»Du meinst, er ist ein … Messi?«, fragte Horndeich.

Margot lächelte milde: »Ein Sammler.«

»Und du bist sicher, dass dein Vater wirklich nichts vorhat? Du kannst einfach vorbeischneien?«

125

»Horndeich, mein Vater ist zweiundsiebzig und seit über einem Jahr im Ruhestand. Warum sollte ich nicht vorbeikommen können?«

»Anrufen?«

»Jetzt nerv nicht.«

Horndeich zuckte mit den Schultern. Und schwieg.

Margot glaubte nicht, ihren Vater bei irgendetwas Wichtigem zu stören. Seit dem Tod ihrer Mutter vor über zehn Jahren interessierte er sich ausschließlich für seine jeweils aktuellen Steckenpferde. Bis vor einem Jahr waren es die russischen Zaren gewesen. Danach hatte er gemeint, sich mit Computern befassen zu müssen. Und vor einem halben Jahr hatte er an der VHS einen Lateinkurs besucht. Nach drei Wochen hat er gemeint, das Niveau sei zu »luschi« – Zitat – und sich kurzerhand bei einer Professorin an der Uni eingeschleimt. Seitdem war er Gasthörer und beglückte jeden, der es hören wollte oder nicht, mit seinen neu erworbenen Kenntnissen der »wichtigsten Sprache der Welt« – ebenfalls Zitat.

Eine Frau? Horndeich hatte keine Ahnung von ihrem Vater. Der war ein in Ehren ergrauter Gentleman. Und ein Charmeur – okay, das musste sie ihm einzugestehen – war er auch.

Margot parkte den Wagen auf dem Behindertenparkplatz vor dem Haus mit der Nummer 8. In diesem Teil der Erbacher Straße war es tagsüber unmöglich, einen Parkplatz zu finden.

Margot klingelte.

Das Haus verfügte nicht über eine Gegensprechanlage. Und ihr Vater öffnete nicht.

»Er ist nicht da«, kommentierte Horndeich trocken.

»Er muss da sein.« Sie sah auf ihre Armbanduhr. Es war halb vier. »Er hat um sechs seine Lateinstunde.«

Sie drückte abermals auf die Türklingel. Keine Reaktion.

»Er ist nicht da«, wiederholte Horndeich. »Wie wäre es, wenn du ihn auf dem Handy anrufst?«

Margot nahm ihr eigenes Mobiltelefon, drückte die entsprechende Kurzwahltaste. Bereits nach dem ersten Signalton teilte eine freundliche Computerstimme mit, dass der Teilnehmer vorübergehend nicht erreichbar sei.

»Und?«

»Ausgeschaltet.«

»Dann lass uns gehen. Du kannst ja in einer Stunde noch mal anrufen.«

»Nein. Vielleicht ist im was passiert. Mein Gott, vielleicht liegt er da oben ohnmächtig in der Badewanne.« Margot nestelte in ihrer Tasche, holte den Schlüsselbund hervor.

»Was hast du vor?«

»Ich gehe nachschauen, ob es ihm gut geht.«

»Du willst einfach so in seine Wohnung stapfen?«

»Ja.«

»Na, das würde mir aber stinken an seiner Stelle.«

»Dich fragt niemand. Was ist denn, wenn er wirklich ausgerutscht ist und halb tot in der Wanne oder auf dem Kachelboden liegt?«

»Ich warte hier.«

»Du kommst mit. Vielleicht brauche ich deine Hilfe.« Warum musste ihr Kollege immer so kompliziert sein?

Margot schloss die Haustür auf. Dann nahm sie zwei Stufen auf einmal auf dem Weg in den zweiten Stock. Horndeich folgte ihr. Zaghaft.

Sie steckte den Schlüssel ins Schloss der Wohnungstür. Drehte ihn nach links. Die Tür öffnete sich.

»Weia«, murmelte sie.

»Was ist so ungewöhnlich daran, dass sich die Tür öffnet, wenn du den Schlüssel reinsteckst?«

Margot warf ihm einen Blick zu, der gut geeignet gewesen wäre, ihn zur Salzsäure erstarren zu lassen. »Er ist *nicht* weggegangen.«

»Na gut, dann sitzt er vielleicht auf dem Klo.«

»Wenn er die Wohnung verlässt, schließt er immer zweimal ab.«

»Wenn er es nicht vergisst.«

Statt einer weiteren Entgegnung im Rededuell öffnete Margot die Tür einen Spaltbreit. Schob sie langsam auf. Trat in den Flur.

In der Wohnung roch es nach Essen. Braten. Margot ging ein paar Schritte weiter. Sie konnte rechts in die Küche schauen. Ihr Vater hatte gekocht. Und die Küche nicht aufgeräumt. Das allein war schon Grund genug, sich Sorgen zu machen.

Sie schaute nach links. Auch auf dem Esstisch stand noch das gebrauchte Geschirr.

»Ich könnte mir vorstellen, er macht einen Verdauungsspaziergang«, flüsterte Horndeich.

»Papa?«, rief Margot.

Sie hörte ein Stöhnen hinter der verschlossenen Tür vor sich. Dahinter lag das Schlafzimmer. Und durch das Schlafzimmer ging es ins Bad.

Margots Herz machte einen Sprung und hatte danach Schwierigkeiten, wieder in den ursprünglichen Takt zurückzufinden. Langsam ging sie auf die Schlafzimmertür zu.

»Du willst da jetzt nicht reingehen, oder?« Horndeich schien fassungslos.

Vor ihrem geistigen Auge zeichnete sich das Bild ab, vor dem sie immer Angst gehabt hatte: einmal die Wohnung ihres Vaters zu betreten und ihn tot oder verletzt und hilflos zu finden. Vielleicht tatsächlich in der Badewanne. Sofort kam ihr das Bild des toten Rainer Barschel in den Sinn. Das Bild eines nackten Rainer Barschel. Auf einmal schien der Albtraum wahr geworden zu sein.

Sie drückte die Klinke nach unten, während Horndeich flüsternd, aber zwei Tonlagen höher zischte: »Klopfen?«

Sie riss die Tür auf.

Und fühlte sich, als hätte sie das letzte Adventskalendertürchen geöffnete und dahinter wäre statt der Krippe aus Schokolade ein Osterhase versteckt gewesen.

Dieser Hase war nicht aus Schokolade, sondern hatte lange blonde Haare. Die fielen der Dame in sanften Wellen über den Rücken, bis fast hinab zur Hüfte. Sie bewegte sich rhythmisch auf und ab. Und stöhnte leise. Der Grund für die Bewegung wurde gnädig von der Bettdecke verhüllt.

Margot stand wie angewurzelt. Auch Horndeich sagte nichts, trat zwei Schritte zurück. Er blieb mit dem Fuß am Schuhschrank unter der Garderobe hängen, verlor das Gleichgewicht, fiel hin, landete laut auf dem Hosenboden.

Die Sekunden verstrichen in Zeitlupe. Quälend langsam drehte sich die Frau um. Ihr spitzer Schrei und der von Margot ertönten unisono. Die Dame sprang von ihrem Vater, rollte zur Seite, griff nach der Decke, um sich zu verhüllen. Dadurch konnte Margot ihrem Vater direkt in die Augen sehen. Auch er bedeckte seine Blöße.

Margot konnte sich kaum rühren. Durch ihr Gehirn schossen mehrere Filme gleichzeitig. Nur der Film mit der Leiche in der Badewanne schien abhandengekommen zu sein. Kein Wunder. Ihr Vater war alles andere als tot.

»Hallo, Margot. Vielleicht wartest du bitte kurz im Wohnzimmer?«, sagte er in ruhigem, aber eindringlichem Ton.

Woher nahm der Mann nur seine Ruhe? Diese Frage stellte sich Margot, während sie leise die Tür schloss. Ihr Gesicht brannte wie Feuer. Sie musste etwa so aussehen wie Horndeichs rote Warnleuchte, die zwischen seinen Schultern oberhalb des Hemdkragens saß.

Der Kollege hatte sich inzwischen wieder aufgerappelt. »Ich geh dann mal«, sagte er.

»Wenn du mich jetzt hier allein lässt, dann kannst du dir eine neue Partnerin suchen!«, fauchte Margot. »Dann sorge ich dafür, dass sie dich nach Hessisch Sibirien strafversetzen!«

»Keine Frau. Zu alt. Rentner ... Mein Gott, Margot! Hast du die Geräusche nicht gehört?«

»Es ist gut jetzt.« Doch, sie hatte sie gehört. Sie hatte sie nur falsch interpretiert. Und sie würde in diesem Moment nicht darüber diskutieren.

Margot ging ins Esszimmer. Immer noch tobte sich der Filmvorführer in ihrem Kopf aus. Ein Film, der gerade lief, zeigte die Episode, als sie ihren ersten Freund, mit dem sie geschlafen hatte, im Kleiderschrank versteckte, weil ihre Eltern einen Tag früher vom Kurzurlaub zurückgekommen waren.

»Kommen Sie ruhig raus, junger Mann«, hatte ihr Vater in genau dem gleichen Tonfall gesagt wie eben. Er hatte das Fahrrad ihres Freundes vor dem Haus gesehen.

Sie räumte wie in Trance den Tisch im Esszimmer ab. Zwei Teller, zwei Weingläser. Vielleicht hätte sie sich doch die Mühe machen sollen, genauer hinzuschauen. Nicht ihr Vater hatte einen Spaziergang gemacht, sondern offenbar die Polizistin in ihr. Sie hatte nicht gedacht, dass sie doch so abschalten konnte.

Sie wünschte sich nur, sie hätte das bei einer anderen Gelegenheit getan …

Nachdem Geschirr, Besteck und Schüsseln in der Küche waren, ließ sich Margot auf einen der Stühle sinken. Horndeich ebenfalls.

»Und du bist sicher, dass du mich jetzt und hier dabei haben willst?«

Der Filmvorführer in ihrem Kopf hatte die Vorstellung unterbrochen. »Ja, ich bin sicher. Denn ich habe hier zwei Videobänder, deren Inhalt uns nur mein Vater auf den Fernsehschirm zaubern kann.«

Horndeichs Seufzer war noch nicht verklungen, als Sebastian Rossberg in leichtem Sommerdress ins Wohnzimmer trat.

»Oh, danke fürs Abräumen.« Er war die Ruhe selbst, reichte Horndeich die Hand. Der stand auf. Abermals mit eingeschalteter roter Discobeleuchtung unterhalb des Scheitels. »Ich freue mich, Sie zu sehen, Herr Horndeich. Wenn Sie doch bitte bereits im Wohnzimmer Platz nehmen mögen. Ich würde gern meine Tochter kurz unter vier Augen sprechen. Margot?«

Sie fühlte sich wie ein kleines Mädchen, das soeben den Kakao über die Sonntagstafel geschüttet hatte. Und dabei Tante Lilo und Onkel Werner die Klamotten versaut hatte. Und …

»Margot?«

»Ich dachte, dir wär was passiert«, begann Margot ihre Entschuldigungsrede.

»Ich weiß es zu schätzen, dass du dir Sorgen machst, mein Kind.« Seine Stimme war weniger scharf, als Margot erwartet hatte. Vielleicht nur Mineralwasser statt Kakao. »Das habe ich Evelyn auch gesagt. Ich möchte zwei Dinge: Erstens, dass wir jetzt kein Drama daraus machen. Und zweitens, dass du beim nächsten Versuch, mich zu retten, vorher anklopfst.«

Das Bild der Frau, das Bild von *Evelyn* auf ihrem Vater, das würde sie wohl ihren Lebtag nicht vergessen. Und wieder wünschte sie sich, sie könnte das glühende Rot irgendwie aus ihrem Gesicht zaubern.

»Geh schon mal ins Wohnzimmer. Wir kommen auch gleich.«

Margot setzte sich neben Horndeich auf die Couch. Wenigstens hielt der die Klappe.

130

Kurz darauf führte Sebastian Rossberg die Dame ins Zimmer. »Darf ich bekannt machen: Frau Professor Dr. Evelyn Hartmann. Margot Hesgart, meine Tochter. Ich wünschte, die Umstände dieses ersten Treffens wären etwas weniger … *spontan* gewesen, aber ich freue mich, dass ihr euch nun kennenlernt.«

Margot murmelte ein »Sehr angenehm« und gab der Frau die Hand, deren nackten Rücken sie vor weniger als zehn Minuten noch begutachtet hatte.

»Margots Kollege Steffen Horndeich.«

Horndeich brachte sogar ein freundliches Lächeln zustande, während er aufstand und brav Pfötchen gab. Margot bewunderte ihn dafür.

»Evelyn lehrt hier an der Uni. Ihr habe ich mein Interesse für die schönste Sprache der Welt zu verdanken. Und meine bescheidenen Fähigkeiten darin.«

Während er das sagte, legte er zärtlich den Arm um die Dame. Der fiel es offenbar ebenfalls nicht leicht, sich nach dem, was geschehen war, in seichter Kommunikation zu ergehen. Nur Sebastian Rossberg schien damit keine Probleme zu haben. War ihr Vater so abgebrüht? Oder tatsächlich innerlich so gefestigt? Wie kam man zu diesem Punkt tiefer Gelassenheit?

»Nun, Sebastian ist ein Naturtalent«, meinte Evelyn.

Was Margot erneut die Schamesröte ins Gesicht trieb.

»Ich habe keinen Schüler, der so souverän mit dem Ablativ umgehen kann.«

Margot hatte keine Ahnung, wer oder was ein Ablativ war, fragte sich kurz, ob sie vielleicht auch einen hatte, verwarf die Sache dann und nahm sich vor, das Gespräch auf ihr ursprüngliches Anliegen zu lenken, damit sie irgendwann auch wieder zu ihrer normalen Gesichtsfarbe zurückfinden würde. Ein Seitenblick zu Horndeich zeigte ihr, dass Evelyns Bemerkung zu Sebastian Rossbergs Lateinkenntnissen nicht nur von ihr missverstanden worden war.

Sie griff in ihre Tasche, zog die beiden Videokassetten hervor. »Wir haben ein Problem. Es geht um einen Mord, der schon lange zurückliegt. 1980. Bei den Akten haben wir diese beiden Kassetten gefunden. Aber im Revier haben wir dafür kein Abspielgerät mehr. Hast du noch einen Rekorder, der die Dinger wiedergeben kann?«

Sie reichte ihrem Vater die Kassetten, der, um sie entgegenzunehmen, den Arm von Evelyns Schultern nahm. Er betrachtete sie kurz.

»VCR – war mal ein gutes System. Hatte schon zwei Tonspuren, lange bevor die im Fernsehen daran dachten, jemals in Stereo zu senden. Dadurch, dass sie keine Farbrauschreduktion verwendeten, konnte es sogar im semiprofessionellen Bereich eingesetzt werden.«

Margot verstand davon mindestens so wenig wie von Latein.

»Hast du also noch so ein Gerät?«

»Wählt Angela Merkel CDU?« Ihr Vater lachte. »Ja, klar hab ich so ein Gerät. Ist aber nicht angeschlossen. Ich hol es aus dem Keller.« Er wies auf seinen nagelneuen Fernseher mit 82-Zentimeter-Flachbildschirm. »Kann ihn schnell an das Gerät hier anstöpseln.«

»Gut, dann mach ich mal Kaffee«, verkündete Margot. Ohne ihren Vater mit Frau Professor Evelyn Hüftschwung am Wohnzimmertisch zu hocken, das hätte sie dann doch nicht durchgestanden.

Zehn Minuten später kehrte sie mit einem Tablett ins Wohnzimmer zurück. Horndeich und Miss Evelyn schienen sich gut zu verstehen. Ihr Vater lag hinter dem Fernsehwagen und verkabelte den alten Rekorder mit dem TV-Gerät. Der Videorekorder war riesig, klobig und hässlich. Er stammte aus einer Zeit, als Computer noch die Ausmaße von Kleiderschränken hatten.

Evelyn lachte auf, als Horndeich einen Schwank aus seinem Polizistenleben erzählte. Ihr Lachen war sympathisch. Wenigstens etwas.

Margot stellte das Kaffeegeschirr und die Kanne auf den Wohnzimmertisch. Sie füllte gerade Evelyns Tasse, als ihr Vater verkündete: »Jetzt sollte es gehen. Das Problem ist, dass dieses Teil noch keinen Scartanschluss hat. Aber ich hatte noch einen Adapter von BNC auf Cinch und von dort auf Scart. Und zum Glück auch noch Verlängerungskabel.« Niemand außer ihm selbst verstand, was er da gerade zum Besten gab.

Er stellte den Rekorder vor sich auf den Wohnzimmertisch und drückte die mechanische Starttaste – auch so ein Relikt aus dunkelgrauer Technikvorzeit, als es noch keine Fernbedienungen gab. Dann setzte er sich neben Evelyn, legte wieder einen Arm um sie.

Zunächst überzog elektronisches Schneegestöber den Fernsehschirm. Dann baute sich das Bild auf. Die Titelmelodie von »Aktenzeichen XY ungelöst« klang erstaunlich klar aus den Lautsprechern des Fernsehers. Margot fühlte sich augenblicklich in ihre Jugend versetzt. Damals hatten Filme noch oben und unten schwarze Balken gehabt. Bei den heutigen Breitbildschirmen prangten sie links und rechts neben dem Bild. War doch nix mit dem Gefühl von Jugend ...

Ein weißer Streifen schob sich von oben nach unten über das Videobild, dann verkündete Eduard Zimmermann – von seinen Kritikern damals als »Gauner-Ede« verspottet –, dass der kommende Film ein besonders brutales Verbrechen darstellte. Eine Bande von vier skrupellosen Gangstern habe am 18. Januar im vergangenen Jahr einen Werttransport überfallen.

Der Film begann. Margot starrte auf den Schirm.

Zwei Männer in Uniform beluden einen Ford Transit mit kleinen verschlossenen Kisten. Der Wagen trug die Aufschrift VSF. Der Kommentator berichtete, dass sich in den Kästen Diamanten befänden. Start des Transports: Antwerpen. Ziel: vier Juwelierfirmen in Pforzheim. Im Wagen: Roland J. als Fahrer und Max H., Beifahrer. Der Transport startete. Schnitt. Ein Mann klaute geschickt einen nagelneuen Mercedes G-Klasse Geländewagen, rot, mit vier Seitentüren. Dann fuhren er und ein Komplize zu einem Heuschuppen in Eschollbrücken, südlich von Darmstadt. Sie tauschten das Kennzeichen, fuhren danach zu einem Treffpunkt, wo zwei weitere Komplizen zustiegen. Alle vier waren schwarz gekleidet.

Margot schielte immer wieder nach links. Ihr Vater streichelte gedankenverloren und sehr zart die Schulter seiner Evelyn. Wie ein verliebter Teenager. So hatte sie ihn kaum jemals mit seiner Mutter erlebt.

Das Quartett fuhr in dem Geländewagen zum Rasthof Alsbach auf der A5. Dort warteten sie auf den Werttransport.

Margot mochte es, wenn Rainer sie so streichelte. Wenn sie einen Film im Fernsehen sahen.

Aber mein Vater ist schon über siebzig!, dachte sie. Und das innere Stimmchen, das in den unpassendsten Momenten immer die passendsten Kommentare ablieferte, feixte: »Willst du, dass Reiner mit sechzig plötzlich sagt: ›Ich bin jetzt zu alt dazu?‹« Und konnte sie sich vorstellen, einmal zu sagen, *sie* sei zu alt für Zärtlichkeiten?

Der Werttransport rollte auf die Raststätte zu, stoppte auf dem Parkplatz. Der Fahrer ging auf die Toilette, der Beifahrer blieb im Wagen. Nach dieser Pause setzte der Transit die Fahrt auf der Autobahn nach Süden fort.

»Stopp!«, sagte Horndeich plötzlich.

Margots Vater hielt das Band an.

»Es war ja wohl kaum Zufall, dass der Fahrer ausgerechnet dort pinkeln geht!«

Margot versuchte sich, auf Horndeichs Worte zu konzentrieren. »Der Sprecher hat nichts dazu gesagt.«

»Na, die werden sich in so einer Sendung mit Vermutungen auch zurückhalten«, äußerte Evelyn Hartmann.

»Da hast du recht. Ich kann mir auch nicht vorstellen, dass das Zufall war.« Mit diesen Worten ließ Sebastian Rossberg den Film weiterlaufen.

Die Räuber hefteten sich an den Werttransport. Bereits kurz nach der Raststätte überholten sie ihn und setzten sich unmittelbar davor. Durch das geöffnete Heckfenster warf einer der Räuber Farbbeutel gegen die Frontscheibe des Transporters. Der Wagen geriet ins Schlingern, lenkte auf den Standstreifen, der Mercedes der Räuber ebenfalls.

Zwei Männer sprangen aus dem Fond, MPis im Anschlag. Sie sprinteten zu dem Transporter, warfen eine Reizgasampulle in den Lüftungsventilator auf dem Dach, und wenige Sekunden später öffneten sich Fahrer- und Beifahrertür des Ford.

Einer der Gangster zwang den Beifahrer, die Hecktür des Werttransports zu öffnen. Doch der wehrte sich gegen den Maskierten, schlug die Maschinenpistole zur Seite. Der Mann trat einen Schritt zurück, zielte grob und drückte ab, eine ganze Salve. Der Beifahrer sackte zusammen.

»Max H. wurde von acht Kugeln durchsiebt und starb noch am Tatort«, verkündete der Sprecher.

Margot fiel es noch immer schwer, sich auf den Film zu konzentrieren. Was dachte wohl Ben, wenn er Rainer und sie sah? Wirkten sie auch verliebt, manchmal zumindest noch? Oder war sie für seine Generation auch schon jenseits von Gut und Böse?

»Noch mal Stopp.« Horndeich sah sich den Film, anders als sie, offenbar mit ganzer Aufmerksamkeit an. Nun, er hatte sich dem Anblick der Hüftbewegungen auch rechzeitig durch einen Fall auf den Allerwertesten entzogen. Oder bin wirklich nur ich so verkrampft, prüde und verklemmt?, fragte sich Margot. Andererseits war es auch nicht *Horndeichs* Vater, der da mit seiner Freundin – mit seiner Geliebten, seiner Bettgespielin; wie auch immer – innigst auf der Couch saß.

»Die zwei standen mit ihren MPis einfach so auf dem Seitenstreifen rum, für alle sichtbar?«, erregte sich Horndeich. »Da hätte doch jeder sofort die Polizei gerufen, der vorbeifährt.«

»Wie denn?«, frage Margot, froh darüber, wenigstens etwas zur Diskussion beitragen zu könne. »1980 gab's noch keine Handys. Und wenn jemand zwei Leute mit MPis auf dem Seitenstreifen sieht, wird er wohl kaum anhalten und sagen: ›Könnten Sie das mal bitte sein lassen!‹«

»Das C-Netz gibt es ja erst seit 1985«, ergänzte Rossberg. Auf Horndeichs fragenden Blick hin fügte er erklärend hinzu: »Auf diesem Netz telefonierte man mit tragbaren Telefonen, die aussahen wie eine Kühlbox mit Telefonhörer und Riesenantenne.«

Nachdem Rossberg den Film wieder gestartet hatte, sahen sie, wie der Fahrer den Wagen ausräumen musste und die Kästen in den Geländewagen lud. Der Sprecher verkündete: »Die Räuber erbeuten Diamanten im Wert von 12 Millionen Mark. Sie flüchten mit dem Geländewagen quer durch den Wald, stellen ihn dann ab und wechseln das Fahrzeug.«

Entsprechende Bilder begleiteten den Text.

»Der zweite Wagen ist höchstwahrscheinlich ein VW Golf, wie später eine Analyse der Reifenspuren ergab.«

»Was für ein Golf?«, fragte Margot.

»Golf I«, glänzte Horndeich mit seinem Wissen. »Der Golf II kam erst 1983 auf den Markt.«

»Die Gangster zündeten den Geländewagen an. Das Feuer griff auf den Wald über. Dadurch wurden die meisten Spuren vernichtet. Bis heute konnte die Identität der Räuber nicht geklärt werden.«

Eduard Zimmermann wirkte sichtlich betroffen, als er verkündete: »Zur Ergreifung der Täter hat die Polizei eine Belohnung von 10.000 Mark ausgesetzt.« Er las noch eine Liste mit Fragen vor: wer die Täter auf dem Weg nach Alsbach gesehen habe; wer im Vorbeifahren Augenzeuge der Tat geworden sei; wer die Täter auf der Flucht mit einem VW-Golf gesehen habe.

Schnee auf dem Bildschirm verkündete, dass die Aufnahme zu Ende war.

»Und was habt ihr mit dieser Geschichte zu tun?«, fragte Sebastian Rossberg.

»Eine der Waffen ist bei einem aktuellen Fall wieder benutzt worden«, erklärte Margot.

Ihr Vater erhob sich, legte die zweite Kassette ein, die Aufnahmen des Tatorts zeigte den verlassenen Werttransporter, die zugedeckte Leiche von Max H., dem Beifahrer. Dann die Feuerwehr bei den Löscharbeiten, ein von Schaum bedeckter, ausgebrannter Mercedes-Geländewagen. Die Reifenspuren des Fluchtwagens.

Margot sah die Bilder, und wieder drifteten ihre Gedanken ab. Zum ersten Mal stellte sich ein leises Gefühl der Freude für ihren Vater ein. Evelyn war sicher zwanzig Jahre jünger, attraktiv, hatte was im Kopf – sie tat ihrem Vater sicher einfach nur gut. Warum auch nicht? Warum sollte er seinen Lebensabend nicht mit einer Frau verbringen? Ihr Mann war gestorben, nachdem sie ihn sieben Jahre lang gekannt hatte. Wer sagte, dass ihr Vater nicht über achtzig werden und seine neue Beziehung wesentlich länger Bestand haben würde, als ihre Ehe damals mit Horst gehabt hatte? Und wenn nicht – sollte sie ihm nicht jeden Tag gönnen, den er zufrieden oder sogar glücklich war?

Sebastian Rossberg hatte die Klappe einer der Kassetten geöffnet, besah sich das Band. »Ich kann euch das auf eine DVD überspielen. Dann geht es nicht kaputt. Und auf ein DV-Band. Da ist die Qualität noch besser, falls ihr euch mal ein Detail genauer anschauen wollt.«

»Das wäre sehr nett«, meinte Horndeich. »Sie würden uns damit einen Riesengefallen tun.«

»Ja, das wäre super«, stimmte Margot dem zu.

Horndeich und sie standen auf. Auch Evelyn Hartmann und Rossberg erhoben sich.

Beim Abschied brachte es Margot fertig, zu Evelyn zu sagen: »Es war nett, Sie kennengelernt zu haben. Und ... bitte entschuldigen Sie mein unhöfliches Hereinplatzen.« Während sich Margot schon wieder wie ein Feuermelder fühlte, veränderte sich Evelyns Teint kein bisschen, als sie sich von ihr verabschiedete. »Schon in Ordnung. Vielleicht können wir Sie ja mal zum Essen einladen. Mit Herrn Becker. Ich würde mich sehr freuen.«

*Wir* ... Sie dachte in Bezug auf ihren Vater schon im Plural. Margot fragte sich, wie lange ihr Vater bereits ein Verhältnis mit dieser Frau hatte, ohne dass sie davon wusste. Als würde man sie in Familienangelegenheiten überhaupt nicht mehr mit einbeziehen. Ben redete nicht mit ihr, ihr Vater nicht – und bei Rainer war sie sich auch nicht wirklich sicher ...

Horndeich war schon bis zum ersten Treppenabsatz nach unten gegangen, als ihr Vater sie kurz zurückhielt. Wollte er seiner Tochter ihr Fehlverhalten noch mal aufs Brot schmieren?

»Margot, ich will nicht indiskret sein, aber ...«

»Was ist?«

»Hast du Probleme? Oder hat Rainer Schwierigkeiten?«

»Wie meinst du das?«

»Habt ihr Geldsorgen?«

»Geldsorgen?«, wiederholte Margot verständnislos. »Wie kommst du denn jetzt darauf?«

»Ben hat mich heute Morgen angerufen. Aber halt ihm das bitte nicht vor. Er hat mich ganz im Vertrauen gefragt, ob ich ihn finanziell unterstützen könnte.«

Sie hatte am Mittag gegenüber ihrem Sohn völlig falsch reagiert. Sie hätte nicht gleich gehen sollen. Sie hätte ihn zuvor erwürgen sollen.

**137**

»Nein, wir haben keine Geldsorgen. Und wir unterstützen Ben. Und wenn ich ihn das nächste Mal sehe – und er das Pech hat, dass das innerhalb der nächsten fünf Jahre geschieht –, dann kriegt er zum ersten Mal in seinem Leben von mir eine gescheuert.«

»Margot, bitte. Er hat mich im Vertrauen gefragt.«

»Ja. Und er kriegt auch ganz im Vertrauen eine geklatscht.«

Mit diesen Worten drehte sie sich um und stieg die Treppen nach unten.

*Hochnotpeinlich.* Das war das einzige Wort, das Horndeich einfiel, wenn er an die Situation dachte, deren Zeuge er vor nunmehr einer Stunde geworden war. Was war in seine Kollegin gefahren, als sie die Tür zum Schlafzimmer aufgerissen hatte, ohne zuvor anzuklopfen? Die Laute hinter der Tür waren ja nun wirklich mehr als eindeutig gewesen.

Er blätterte schweigend durch die Akten, die vor ihnen lagen. Sie hatten die Ordner aufgeteilt. Marlock hatte zwar gemault, als er dazu verdonnert worden war, ebenfalls ein paar der Ordner zu sichten, aber Margot hatte keinen Zweifel daran gelassen, dass sie am Abend noch eine Zusammenfassung darüber haben wollte, ob sich in den Papieren noch irgendetwas fand, was hinsichtlich des Mordes an Joana Werder interessant sein konnte.

Horndeich las sich die Aussagen der Zeugen durch, die mit ihren Wagen an dem Überfall vorbeigefahren waren. Alle stimmten in einem Punkt überein: Die Waffen waren eher klein und sehr handlich gewesen, so wie die berühmte israelische Uzi, mit der man sogar bei Dauerfeuer einhändig rumballern konnte.

Mehrere Zeugen hatten weiterhin angegeben, die beim Überfall verwendeten Waffen hätten einen zweiten Pistolengriff gehabt, wie ihn tatsächlich mehrere MPi-Typen aufwiesen, jedoch nicht der berühmte kleine israelische Friedensstifter.

Sehr wahrscheinlich aber meinten die Zeugen damit das Magazin, das sich offenbar bei den Tatwaffen vor dem Abzugsbügel befunden hatte, nicht hinten im Griffstück wie bei der Uzi. Denn ein ehemaliger Fremdenlegionär, der ebenfalls Zeuge des Überfalls geworden war, hatte zu Protokoll gegeben, bei den Schießeisen habe es sich eindeutig um Skorpion-Maschinenpistolen gehandelt.

Der Mann hatte laut Aussage genau gesehen, was auf dem Standstreifen vorgefallen war. Er hatte zuerst anhalten wollen, um einzuschreiten, hatte auch abgebremst. Aber dann war ihm klar geworden, dass er im Begriff war, sich selbst und dem noch lebenden Wachmann ein Grab zu schaufeln, denn unbewaffnet wäre er gegen zwei Killer mit MPis niemals angekommen. Also hatte er wieder Gas gegeben und war mit vielleicht vierzig Sachen am Überfall vorbeigefahren.

Doch die Waffen hatte der ehemalige Legionär zweifelsfrei als tschechische »Skorpion« identifiziert.

Also Skorpion-MPis, resümierte Horndeich im Stillen.

Sein Vater hätte ihn grün und blau geprügelt, wenn er einfach ins Schlafzimmer gestürmt wäre. Der war ohnehin nicht immer der Feinfühligste gewesen. Sicher auch nicht seiner Mutter gegenüber. Dass Margot ohne anzuklopfen ...

Nun, das mussten die unter sich ausmachen. Jedenfalls war die Frau Kollegin seit einer Stunde nicht mehr zu genießen. Als hätte man sich ihr gegenüber ganz, ganz fürchterlich danebenbenommen und nicht umgekehrt.

Frauen verstehen wollen – das war die gedankliche Variante von Sisyphos' Spaß mit dem Felsbrocken.

Eine weitere halbe Stunde später klappte Margot ihren Ordner zu und beorderte Marlock in ihr und Horndeichs Büro.

»Irgendwas, was uns weiterbringt?«, fragte sie die beiden Kollegen.

Horndeich eröffnete ihr, dass es sich bei den beim Überfall verwendeten Waffen wahrscheinlich um Skorpion-Maschinenpistolen gehandelt hatte. Er legte die Kopie eines Bildes auf den Tisch, das er in dem Ordner gefunden hat.

Marlock pfiff durch die Zähne. »Klein und giftig.«

»Etwas präziser, bitte«, rumpelte Margot.

Marlock warf Horndeich einen Blick zu – dem einzigen Verbündeten im Raum. Der seufzte.

»Die Skorpion war und ist 'ne recht beliebte Waffe – auch und gerade bei Terroristen. Sie gilt als so genannte Klein-

Maschinenpistole. Mit eingeklappter Schulterstütze beträgt ihre Länge je nach Modell zwischen 270 und 305 Millimeter, und auch wenn man die Schulterstütze ausklappt, kann man sie immer noch bequem unterm Mantel tragen, sodass sie niemand sieht. Gilt zudem als sehr zuverlässig. Italiens Premierminister Aldo Moro wurde 1978 mit einer Skorpion ermordet.«

»Gibt's die auch für Neun-Millimeter-Kaliber?«, raunzte Margot.

»Ja, das Modell 68. Das Kurvenmagazin fasst zehn, zwanzig oder dreißig Kugeln neun Millimeter Parabellum. Verfeuert 750 Schuss die Minute. Gibt's auch mit festem Holzkolben statt Schulterstütze.«

Horndeich musste vor Marlock den Hut ziehen. Der überraschte immer wieder mit fundierter Sachkenntnis auf Gebieten, von denen Horndeich selbst keine Ahnung hatte. Und wenn Marlock etwas recherchierte, hatte er die Daten abrufbereit im Kopf, ohne erst umständlich das Notizbüchlein hervorkramen zu müssen.

»Also haben wir es mit ehemaligen Terroristen zu tun?«, fragte Margot bissig.

»Nun, die Skorpion war lange Zeit erste Wahl für Spezialkräfte im Ostblock, afrikanische Diktatoren und – ja, auch für europäische Terroristen. Gerade seit dem Zusammenbruch des Ostblocks erfreut sich die Skorpion großer Beliebtheit bei Kriminellen. Die mögen sie aus den gleichen Gründen wie die Terroristen in den Jahren davor.«

»Vielleicht hat die Waffe ja nach dem Überfall auch den Besitzer gewechselt«, warf Horndeich ein.

»Das glaub ich nicht«, widersprach Margot. »Damals zwei Skorpion-MPis, heute wieder zwei MPis – dann müssten beide Waffen an ein anderes kriminelles Duo vertickt worden sein. Die dann auch hier in der Region wohnen müssten.«

»Bei dem Überfall 1980 konnten aber nur Projektile aus einer Waffe sichergestellt werden. Aus der anderen wurde damals nicht geschossen. Also wissen wir nicht, ob die zweite Waffe bei der Ermoderung von Joana Werder ebenfalls Verwendung fand. Vielleicht ist es also gar nicht die gleiche Mpi.«

»Du meinst dieselbe«, korrigierte Margot.

Manchmal konnte sie unausstehlich sein. »Die gleiche, dieselbe – was macht das für einen Unterschied?«

Falsche Frage.

»›Dieselbe‹ bezeichnet ein und denselben Gegenstand, ›die gleiche‹ einen gleichen Gegenstand, aber eben nicht denselben. Das solltest du eigentlich wissen.«

Horndeich starrte sie an, und sein Blick sagte: Lass deinen Frust an mir aus und markier noch mal die Besserwisserin, dann erzähl ich überall rum, was du dir heute geleistet hast! Und Margots Blick schoss zurück: Wag es! Hessisch Sibirien! Ich bin immer noch die Chefin hier!

Horndeich atmete tief durch. »Ich meine *dieselbe* Waffe.« Er würde sich nicht provozieren lassen. Aber nun hatte er was gut bei der Kollegin. Was die auch genau wusste.

»Also«, presste sie zwischen zusammengebissenen Zähnen hervor, »besteht ein Zusammenhang zwischen dem Überfall damals und den Schüssen an der Raststätte? Ist es Zufall, dass beide Tatorte so dicht beieinander liegen?«

»Wir wissen es nicht«, gestand Horndeich. »Aber ich würde es als Arbeitshypothese nehmen.«

Marlock meldete sich zu Wort. »Die Kollegen gingen damals übrigens nicht davon aus, dass es sich unbedingt um Täter aus der Region handeln muss. Aber auf jeden Fall hatten sie das Terrain vorher genau sondiert. Eine Theorie der Kollegen damals war, dass es sich tatsächlich um Terroristen der Roten Armee Fraktion oder der Revolutionären Zellen gehandelt haben könnte; die haben die Kriegskasse immer wieder durch Überfälle aufgebessert.«

Margot erwiderte nichts darauf. Sie schaute Horndeich und Marlock an und fragte dann: »Was haben wir sonst noch?«

»Drei Leute haben zwei von ihnen gesehen, kurz bevor und als sie den Mercedes geknackt haben«, berichtete Horndeich. »Sinnlos. Der Autoknacker soll Bart getragen haben. Oder keinen. Er trug eine Brille. Oder keine. Er war eins siebzig. Oder eins sechzig. Oder eins achtzig. Zumindest können wir sicher sein, dass er keine Augenklappe trug, keinen Haken hatte statt einer Hand hatte und nicht im Rollstuhl saß.« Er zuckte mit den Schultern. »Oder die Zeugen haben vergessen, das zu erwähnen.«

»Das ist nicht witzig, Horndeich«, brummte Margot, dann sagte sie: »Ich hab auch noch was gefunden.« Sie schlug einen der Aktenordner auf, an der Stelle, die sie mit einem kleinen Klebezettel markiert hatte. »Vier Monate nach dem Überfall hat man auf der Rosenhöhe ein paar Obdachlose in einem der alten Mausoleen aufgegriffen und vorübergehend festgenommen. Sie hatten es sich in der Gruft gemütlich gemacht.«

»In welcher Gruft?«, fragte Marlock.

Endlich konnte auch mal Horndeich mit Wissen auftrumpfen. Er kannte die beiden Mausoleen im Park Rosenhöhe. Dort lagen die sterblichen Reste der großherzoglichen Familien. Das Terrain, in dem die Mausoleen standen, war ein Ruhepunkt im Park. Dort lagen auch die Gräber der letzten großherzoglichen Familie.

Während sich auf den anderen Plätzen des Parks – dem Rosarium, beim Spanischen Turm und auf dem Plateau, auf dem das Palais Rosenhöhe einmal gestanden hatte – die sonntägliche Schar Spaziergänger drängte, war das Terrain um die Mausoleen und um die Gräber herum nie besonders frequentiert.

Horndeich hatte sich vor Jahren mit der Geschichte der hessischen Fürsten beschäftigt, denn während eines Spaziergangs hatte er sich gefragt, wer wohl in dem Grab lag, über das ein zwei Meter großer Marmorengel schützend die Flügel ausbreitete. Es war die achtjährige Elisabeth, die erste Tochter des letzten Großherzogs Ernst-Ludwig, der unweit daneben ruhte.

»Unter dem alten Mausoleum befindet sich eine Gruft«, antwortete er auf Marlocks Frage. »Dort liegen die Großherzöge und ihre Familienangehörigen begraben.« Er schaute wieder Margot an. »Die Obdachlosen wurden vorübergehend festgenommen?«, fragte er verwundert. »Warum?«

»Offiziell wegen Hausfriedensbruch und Einbruch«, sagte Margot. »Aber der wahre Grund war, dass man bei einem von ihnen einen Diamanten gefunden hat. Ja, einen echten Diamanten. Aber es konnte nie bewiesen werden, dass er aus dem Überfall stammte, dazu waren Schliff und Qualität einfach zu gewöhnlich. Wenn der Stein auch damals rund 10 000 Mark wert war.« Sie sah Horndeich und Marlock an. »Also könnte durchaus das Mausoleum das Versteck für die Beute gewesen sein.«

»Und die Penner haben die Steine vertickt?«, fragte Horndeich zweifelnd.

»Nein. Die Obdachlosen sagten, dass Schloss wäre schon im Februar aufgebrochen gewesen. Und eine Sache ist merkwürdig: Die Kollegen haben damals festgestellt, dass es sich um ein ganz neues Schloss gehandelt hat, das aufgebrochen wurde, nicht um das ›Originalschloss‹, das eigentlich den Zutritt zum Mausoleum hätte verwehren sollen – das haben sie hier vermerkt, aber es steht nirgendwo, was mit dem alten Schloss passiert ist oder ob von dem neuen Fingerabdrücke genommen wurden. Sie haben den Obdachlosen offenbar ziemlich auf den Zahn gefühlt, doch wo sollten ein paar Stadtstreicher die Beute aus einem Diamantenraub verkaufen?« Margot klappte den Ordner wieder zu. »Sonst noch was?«

Marlock und Horndeich schüttelten synchron den Kopf.

»Dann haben wir vier Männer, die mit zwei Maschinenpistolen der Marke Skorpion Diamanten im Wert von zwölf Millionen Mark erbeutet haben. Diamanten, die vielleicht in Darmstadt im alten Mausoleum auf der Rosenhöhe ein kurzes Zwischenlager fanden. Und das war's.«

»Na, wenn die die Klunkern auf der Rosenhöhe gelagert haben, dann stammen die Männer auch aus der Gegend«, sagte Horndeich. »Ich meine – wenn die aus Hamburg kamen, hätten sie sich doch sicher gleich aus dem Staub gemacht und hier keine Spuren mehr hinterlassen.«

»Klingt logisch«, stimmte Margot zu. Sie nickte. »Okay, das war's für heute.«

Marlock erhob sich. »Bis morgen.« Er sah Horndeich an. »Vielleicht hast du ja bis dahin auch herausgefunden, wer dieser Martin ist.«

Stinkstiefel!, dachte Horndeich.

Als er das Gebäude verließ, sah er auf die Uhr. Es war sechs. Die Vorstellung, sich in seine Wohnung zu begeben, war wenig verlockend. Er steuerte den geliehenen Golf in Richtung Rosenhöhe. Ein kleiner Spaziergang würde ihm sicher guttun. Zumal das Wetter einfach fantastisch war.

Er stellte den Wagen unweit des Haupteingangs des Parks ab. Den Eingang flankierten sechs rechteckige Säulen, auf denen jeweils die Skulptur eines Löwen stand. Die Darmstädter nannten das Rudel nur die »Niesenden Igel« – ein treffendes Bild, denn die Tiere in ihrer sprungbereiten Haltung und mit ihren gesträubten Mähnen wirkten aus der niedrigen Perspektive eines Spaziergängers tatsächlich so, als hätten sie aufgestellte Stacheln auf dem Rücken und würden gerade niesen.

Er ging durch den Park, an den Gräbern vorbei und streifte auch durch das Rosarium. In seiner Farbenpracht war dieser Ort einfach wunderschön. Rosen aus aller Herren Länder blühten in allen Größen, allen Farben, allen Düften. Er musste an Anna denken, daran, wie sie gemeinsam im vergangenen Sommer mehrmals verliebt auf einer der vielen Bänke gesessen hatten.

Er drehte sich um, verließ den Ort, der ihn in seiner Schönheit nur traurig machte. Ein echter »Melancholical Garden« ...

Gegenüber des Rosariums war ein kleiner Kräutergarten angelegt. Horndeich hatte ihn noch nie aufgesucht. Er betrat das von Hecken gesäumte kleine Areal, in dem lauter Kräutergewächse angepflanzt waren. Stadtmenschen wie er konnten dank der kleinen Schildchen fundierten Nachhilfeunterricht nehmen. Salbei. Pfefferminz. Er griff zur Kamille und rieb die gelben Blüten zwischen den Händen, roch daran. Die Pflanze – und nun auch seine Finger – verströmten einen angenehmen Duft. Er biss in ein Pfefferminzblatt. »Der Teebeutel ist nun wirklich kein ruhmreiches Ende für euch«, sagte er laut.

Es waren die kleinen Orte wie dieses Gärtchen, die er an dieser Stadt, in der er allmählich heimisch wurde, so mochte. Wie fühlte wohl Anna? Gab es für sie auch schon Orte, an denen ihr Herz hing?

Seine Schritte lenkten ihn in den etwas abgelegeneren Teil, in dem das Palais gestanden hatte. Dort hatte »Melancholical Gardens« vor weniger als achtundvierzig Stunden ihr letztes Konzert gegeben. Für Joana Werder war es ihr allerletztes Konzert gewesen, und ob die Band nach ihrem Tod noch Bestand haben würde, stand in den Sternen.

Wenig war bekannt über das Schlösschen, das vor der Jahrhundertwende hier gebaut worden war. Horndeich hatte Bilder gesehen. Im Krieg war es zerstört worden, hatte er irgendwo

144

gelesen. Nun erinnerte nur noch ein Portalstein, aufgebockt auf zwei Betonsäulen, an das einstmals ehrwürdige Gebäude. Seine Umrisse waren mit Hecken nachgezogen worden. Ein schöner Ort. Aber ebenfalls ein so verdammt melancholischer. Keinen besseren Platz hätte es geben können für ein Konzert von Joanas Band.

Sie saß auf der Bank, auf der er mit seinem Nachbarn Henrik während des Konzerts gesessen hatte. Sein erster Gedanke war: Joana! Dann korrigierte er sich: Eliza.

Sie erkannte ihn ebenfalls, als sie von ihrer Zeitschrift aufsah. Eine Ausgabe von »Soundcheck«, einem Fachblatt für Musiker.

»Ich habe mich viel zu wenig dafür interessiert, was sie machte«, erklärte sie und hob die Zeitschrift etwas an, noch bevor sie Horndeich begrüßt hatte. »Haben Sie schon etwas herausgefunden?«

Horndeich ließ sich auf der Bank neben ihr nieder. »Ja. Ihre Schwester war schwanger. Wussten Sie das?«

Die Zeitschrift fiel zu Boden. »Nein. Ich – ich hatte keine Ahnung.«

»Achte Woche.«

Eliza bückte sich und hob das Blatt wieder auf.

»Und wir haben ein paar Lücken in der Telefonliste. Dieser Martin, er taucht nicht auf. Sie können sich immer noch nicht an den Nachnamen erinnern?«

Eliza schüttelte den Kopf.

»Dann haben wir zwei Anrufe auf der Liste, die von einer Telefonzelle in Frankfurt aus getätigt wurden. Aus Bockenheim, neben dem ehemaligen Straßenbahndepot, wo heute ein Theater drin ist. Klingelt da irgendwas?«

»Nein, gar nichts. Frankfurt hat sie nie erwähnt. Ich glaube, sie hatten vor einem Jahr dort mal ein Konzert. Aber das war in der Batschkapp – und die liegt nicht in Bockenheim.«

»Woher kennen Sie sich in Frankfurt aus?«

»Ich – ich hatte mal einen Freund dort. Er hat in Bockenheim gewohnt.«

»Okay. Eliza, erzählen Sie mir doch bitte noch mal ganz genau, was vorgestern Abend geschehen ist.«

Eliza seufzte, fast unhörbar, dann berichtete sie. »Ich kam Sonntagnachmittag bei ihr an. Ich wollte sie überraschen. Deswegen finden Sie dazu auch nichts auf der Telefonliste. Wir sind was essen gegangen. Ins ›Lokales‹. Ich hatte richtig Hunger. Joana hat mir erzählt, sie hätte abends noch dieses Konzert, quasi die Generalprobe für ihren großen Auftritt auf dem Schlossgrabenfest. Und danach habe sie noch ein Date an der Raststätte. Ich fragte sie, worum es dort gehe und mit wem sie sich treffen würde und so, aber sie winkte nur ab.

Wir gingen zurück in ihre Wohnung. Ich bekam ziemliche Kopfschmerzen. Migräne. Hat meine Mutter uns vererbt. Aber bei mir ist es schlimmer. Deshalb bin ich auch nicht mit zu dem Konzert. Joana ging gegen sieben hierher auf die Rosenhöhe. Und kam direkt nach dem Konzert nach Hause. Sie hat ihre Klamotten gewechselt, Handy und Autoschlüssel mitgenommen, dann machte sie sich auf den Weg. Sie hat es ziemlich eilig gehabt.«

»Und Sie haben keine Ahnung, was sie an dieser Raststätte wollte?«

»Nein, sie hat nichts darüber gesagt, meinte nur, dass es eine wichtige Verabredung sei. Sonst nichts. Und dass sie bald wieder daheim sein würde.«

Alles nur Sackgassen, dachte Horndeich. Des Rätsels Lösung lag in der Frage, wen Joana hatte treffen wollen. Wenn sie das wussten, kannten sie – sehr wahrscheinlich – auch ihren Mörder. Und wenn diese Skorpion-MPi seit 1980 nicht den Besitzer gewechselt hatte, dann würde er auf jeden Fall über fünfzig sein.

Margot wollte nach Hause. Sie wollte sich an Rainer kuscheln, sich mit ihm in die Sonne setzen, ein Glas Wein trinken und nicht mehr über diesen unterm Strich fürchterlichen Tag nachdenken.

Doch der Gedanke an Andreas Derndorf ließ ihr keine Ruhe. War sein Tod nur eine bessere Variante des Versuchs, auch seine Ermordung als Selbstmord zu tarnen, so wie man es bei Joana Werder getan hatte? Gab es vielleicht sogar eine Verbindung zwischen der toten Joana und Andreas Derndorf?

Derndorf war nicht verheiratet gewesen. Aber seine Mutter lebte noch. In der Heimstättensiedlung, hatte Margot herausgefunden.

Sie stieg in ihren BMW, und während sie den Wagen nach Südwesten lenkte, rief sie zu Hause an.

Rainer nahm nicht ab. Er wollte am Abend wieder zu Hause sein, hatte er gesagt. Aber der Abend war ja noch lang.

Andreas Derndorfs Mutter hatte rot geweinte Augen, als sie Margot empfing.

Sie war sicher bereits über siebzig, hatte aber einen wachen Blick. »Sie sind von der Polizei?«

»Ja«, antwortete Margot.

»Na, Ihre Kollegen, die waren ja gestern schon da. Was wollen Sie denn dann noch von mir?«

Margot wusste, dass sie falsche Hoffnungen weckte, wenn sie den Namen ihrer Abteilung bekannt gab. Sie versuchte sich mit einem Trick zu retten. »Abteilung K10«, sagte sie. Sie spürte eine Berührung an ihren Hosenbeinen und sah hinab. Eine schwarze Katze strich um ihre Beine.

»Und was machen die?«, fragte Frau Derndorf. »Wofür steht dieses Kürzel?«

»Mordkommission«, musste Margot nun doch zugeben.

Die Frau hatte ein feuchtes Papiertaschentuch in der Hand und schnäuzte sich. »Dann haben Ihre Kollegen es also doch weitergegeben. Ich habe denen gleich gesagt, dass sich mein Bub nicht umgebracht hat. Das hätte er nie getan.« Erneut ein Schnäuzen. »Kommen Sie doch herein, bitte.«

Margot betrat das kleine Reihenhäuschen. Es wirkte fast wie eine Puppenstube. Die Decken waren kaum zwei Meter zwanzig hoch. Dadurch wirkte die Grundfläche größer, als sie war. Frau Derndorf führte Margot in ein kleines Wohnzimmer.

Margot nahm auf dem Sofa Platz. Eine grau getigerte Katze schmiegte sich daraufhin ebenfalls an eines ihrer Hosenbeine. An das linke. Das rechte befand sich nach wie vor im Revier der schwarzen Kollegin.

»Die spüren gleich, wenn jemand sie mag«, meinte die alte Dame.

Margot hielt sich zurück mit ihrer Meinung zu Haustieren

im Allgemeinen und zu Katzen im Besonderen und wollte die Dame nicht ihrer Illusionen berauben. Deshalb fragte sie einfach: »Frau Derndorf, sagt Ihnen der Name Joana Werder etwas?«

»Nein, die kenne ich nicht.«

Margot zeigte ihr ein Bild von Joana.

»Nein, die kenne ich wirklich nicht. Und ich glaube auch nicht, dass mein Sohn etwas mit so einem jungen Ding zu tun hatte. Der war ja ein anständiger Mann.«

»Hatte Ihr Sohn denn eine Freundin?«

Der tiefe Seufzer versprühte all das Unglück einer Frau, deren größtes Glück Enkelkinder gewesen wären. »Mit mir hat er nicht geredet über solche Dinge. Aber eine Mutter, die spürt so was. Ich glaube, er war unglücklich verliebt. Vielleicht war sie verheiratet oder so. Ich weiß es nicht. Aber Eines weiß ich sicher: Schwul war der Andreas nicht!«

»Was war er denn für ein Mensch, der Andreas?« Margot stellte sich ganz auf ihr Gegenüber ein.

»Mein Bub, der war schon recht. Ich meine, der hatte auch schon seine schlechten Zeiten hinter sich. Gerade, als er in der Pubertät war. Da hat er sich rumgetrieben mit den falschen Leuten. Mein Mann – Gott hab ihn selig –, der hat immer gesagt: Luise, das sind Terroristen. Aber so war das nicht. Die hatten halt lange Haare. Na, und dann hat er ja auch seinen ersten Job gefunden. Er hat das nicht gekonnt, das ganze Theoretische. Er war … mehr so ein Praktischer. Ich meine, der konnte schrauben, der konnte basteln. Aber so hinterm Schreibtisch, das war nichts für ihn.«

»Was hat er denn gearbeitet?«

»Na, mal hier, mal da. Immer wieder mal was anderes. Aber den letzten Job, den hatte er schon über sieben Jahre. Bei der Partei. Da sitzt er hinterm Schreibtisch. Das wundert mich eigentlich.«

»Bei welcher Partei, Frau Derndorf?«

»Ach, das kann ich mir ja nie so richtig merken, diese vielen kleineren Parteien. CDU, SPD – ja, die kenn ich natürlich. Aber SED, PDS und so weiter – die schmeiß ich immer durcheinander. Einen Moment, bitte.«

Während Margot schmunzelte und sich versuchte vorzustellen, wie Gregor Gysi auf Frau Derndorfs »Unterstellung« reagiert hätte, stand die alte Dame auf, ging zum Wohnzimmerschrank, öffnete eine Schublade und entnahm ihr einen Prospekt. Schon von Weitem erkannte Margot, wessen Kind die Streitschrift war.

»Ach ja – DPL heißt die Partei«, sagte Frau Derndorf. »Mein Sohn meint, das sei die Zukunft. Ich mein, ich kenn mich da ja nicht so gut aus. Mein Mann, der hat sich da immer drum gekümmert und mir gesagt, was ich wählen soll. Aber der Andreas, der hat mir gesagt, dass die DPL auch für die Polizei gut ist. Denn die wollen ja, dass Ihre Leute mehr Unterstützung kriegen. Man sieht ja im Fernsehen, mit was für üblen Halsabschneidern Sie und Ihre Kollegen es ständig zu tun kriegen. Und die Anwälte stehen dann immer noch auf der Seite dieser Halunken.«

Nur Petrocelli nicht, dachte Margot, aber auf diese Diskussion wollte sie sich nicht einlassen. »Hat sich Ihr Sohn denn vor seinem Tod anders verhalten als sonst?«

»Nein. Das hätte ich ja mitgekriegt. Der kam ja immer bei mir vorbei. Er war ein guter Sohn. Und er hat sich auch nicht umgebracht, der Andreas. Also – es kann schon sein, dass er ein kleines bisschen stiller war, so in den letzten Tagen.«

»Hatte er Depressionen?«

»Ach, Sie immer mit Ihren Ausdrücken! Der war einfach nur stiller.«

»Hat er denn gut verdient? Ich meine, in seiner Wohnung stehen sehr teure Kunstgegenstände, und er fuhr auch einen sehr teuren Wagen, Frau Derndorf.«

Stolz funkelte auf einmal in ihren Augen. »Verdient hat er nicht schlecht, aber vor allem hat er sein Geld mit Aktien gemacht.«

»Mit Aktien?«, fragte Margot misstrauisch.

Frau Derndorf winkte ab. »Ich hab von so was keine Ahnung, aber der Andreas, das war ein ganz Gescheiter. Hat sich immer ›Börse im Ersten‹ angeschaut und Aktien gekauft und wieder verkauft, ganz nachdem, wie die Kurse standen. Hat damit richtig viel Geld gemacht und mir auch immer wieder mal was zugesteckt. Ich hab ja nicht so viel, nur meine kleine Rente. Der Andreas, der hat mit seinen Aktien richtig dick verdient, da hätte er den Job bei der DPDLD gar nicht gebraucht.«

Margot verzichtete darauf, sie hinsichtlich der Parteinamensabkürzung zu korrigieren. *Demokratisch-Patriotische Demagogen-Liste Deutschlands* – würde ohnehin besser passen. »Also hatte er keine Geldsorgen?«

»Frau Hesgart, der hatte nicht nur keine Geldsorgen, der hatte gar keine Sorgen.«

Margot wollte sich schon erheben, da fiel ihr Blick auf ein Bild auf einem Sideboard. Darauf unverkennbar die ganze Familie. Und zwei junge Männer zwischen Frau Derndorf und offenbar ihrem Mann. »Haben Sie noch mehr Kinder?«

»Ja, den Großen, den Gerald. Auch ein guter Bub. Aber der hat ja jetzt seine eigene Familie. Und da seh ich ihn nicht mehr so oft, denn er wohnt nicht hier.«

»Wo wohnt er denn?«

»In Dieburg.«

Keine zwanzig Kilometer entfernt. Wie sich die Perspektiven manchmal unterschieden. »Was macht denn ihr zweiter Sohn?«

»Der? Der hat einen kleinen Juwelierladen. In der Fußgängerzone. Ist ein feiner Laden. Aber ich war schon lang nicht mehr dort. Der Gerald, der unterstützt mich auch. Ich hab da schon zwei richtig gute Buben. Ich mein – ich hatte ...«

Margot erhob sich. »Haben Sie herzlichen Dank, Frau Derndorf.«

»Sie kriegen den, nicht wahr? Ich mein, den Mann, der meinen Andreas umgebracht hat.«

»Wenn es ihn gibt, dann werden wir ihn kriegen, ja.«

»Es gibt ihn. Mein Andreas, der hat sich nicht in den Kopf geschossen. Schon allein wegen mir nicht. Gewiss nicht.«

Horndeich saß auf seinem kleinen Balkon, schaute in den Sonnenuntergang, hatte sich ein alkoholfreies Weizen eingeschenkt. Das einzige alkoholfreie Bier, bei dem man diesen Vorzug – oder Makel – nicht sofort schmeckte. Das jedenfalls war seine Meinung.

Er hielt das Schnurlostelefon in der Hand. Schon vor drei Wochen war er es leid gewesen, ständig die lange Nummer von Annas Mutter in Moskau nachzuschlagen, und hatte sie ins elektronische Telefonbuch eingetragen. Zusammen mit einer der günstigen 010er Vorwahlnummern.

Niemand nahm ab. Er versuchte es auf Annas Handy. Ebenfalls nur die Mailbox. Er hatte keine Lust, draufzusprechen.

Horndeich trank den letzten Schluck und ging ins Wohnzimmer. Er schaltete die HiFi-Anlage an. Im CD-Spieler lag die Scheibe von »Melancholical Gardens«. Die Cover-Version von »Oh Daddy«. Joana hatte ihm auch die zweite Demo-CD gebrannt, die sie nicht offiziell vertrieben hatten, da auch Stücke drauf waren, die sie nur nachspielten und für die sie enorme Summen an Gema-Gebühren hätten zahlen müssen.

Seine Gedanken schweifen ab zur ermordeten Joana. Und zu ihrer Schwester Eliza. Irgendwo, so glaubte er, passte in all den Aussagen, die er bislang gehört hatte, etwas nicht zusammen. Aber er kam nicht darauf, was es war.

Vielleicht würde Henrik mit ihm noch ein Bier trinken gehen. Er wählte dessen Nummer. Nichts. Er wählte die Handynummer.

Henrik meldete sich, teilte aber mit, dass er noch unter seinem Trabant lag. Ein weiteres Hobby, dem der gelernte Kfz-Mechaniker frönte. Für 50 Euro hatte er den Wagen gekauft. Er hatte in einer Scheune gestanden, gut vierundfünfzig Jahre alt. Und kostete nun seinen neuen Besitzer Tage und Wochen seiner Freizeit.

Horndeich kapitulierte. Er würde sich ein richtiges Weizen gönnen, die Glotze einschalten und den Abend einfach vertrödeln.

Er zappte durch die Kanäle. Liebesschnulzen im Dutzend, nicht gerade das, wonach er sich derzeit sehnte. Er blieb bei einem Sportkanal hängen.

Historische Rennwagen zogen in schwarz-weiß ihre Runden. Ein Sprecher kommentierte die Bilder: »Und Caracciola zieht an seinem Teamkollegen Manfred von Brauchitsch vorbei und gewinnt den Großen Preis von Deutschland auf dem Nürburgring vor 350 000 Zuschauern. Das Jahr 1937 war ein gutes Jahr für die Silberpfeile des Stuttgarter Autobauers, der W125 erfüllte alle in ihn gesetzte Erwartungen.«

Horndeich schmunzelte. Als Zehnjähriger hatte er Rennwagen gesammelt. »Aber nur die Silberpfeile«, wie er jedem verkündet hatte. Und er konnte noch immer alle Daten der Oldtimer-Rennwagen von Mercedes aufsagen. Der W125 hatte bis zu 646 PS gehabt und 749 Kilo gewogen. Die Zahlen hatten sich über die Jahre offenbar in sein Gehirn gewunden wie eine Holzschraube in einen Dachbalken. Schon damals hatten die Wagen Höchstgeschwindigkeiten jenseits der 300 Stundenkilometer erreicht.

Dann fiel der Groschen. Mit einem lauten Klacken. Und gab den Weg frei zum Jackpot, der sich im Geldschacht hinter der verklemmten Münze befand!

Er griff zum Handy, klickte sich durch das Menü der Gesprächshistorie. Sonntag. Die SMS des Providers war um 22 Uhr 43 eingegangen. Unmittelbar, nachdem Joana die Freiluftbühne verlassen hatte. Sandra hatte ihn um eins nach 23 Uhr angerufen. Eine Minute später hatte es geknallt. Also 19 Minuten, nachdem Joana die Bühne auf der Rosenhöhe verlassen hatte.

Konnte Joana in dieser Zeit die Raststätte überhaupt erreicht haben?

Horndeich blätterte durch seine Notizen. Joanas Wagen war ein Fiat 126 gewesen.

Er wählte abermals Henriks Handynummer und fragte ihn nach der Höchstgeschwindigkeit des Wagens.

»126er BIS oder die normale Version?« Henrik war ein wandelndes Lexikon.

»Keine Ahnung. Wo ist der Unterschied?«

»Der eine hat einen wassergekühlten Motor und läuft 116 Spitze, der andere ist luftgekühlt und läuft nur 105. Zumindest auf dem Papier.«

»Und woher soll ich jetzt wissen, was für einen Motor der hat?«

»Schau in die Papiere!«

»Die hab ich nicht hier.«

»Schau morgen in die Papiere!«

»Ich muss es aber *jetzt* wissen!«

Ein Seufzer. Dann: »Hat er Stoßstangen aus Chrom?«
»Ja.«
»105.« Und ein Klacken in der Leitung.

Horndeich warf seinen Laptop an. Anna hatte ihn dazu gedrängt, sich nicht länger der modernen Technik zu verweigern. Nachdem er bei einem Fall vor eineinhalb Jahren, bei dem es um den Mord an einer jungen Ukrainerin gegang war, mit Online-Versteigerungen konfrontiert worden war, nutzte er die Technik inzwischen ebenfalls, um rare CDs zu ersteigern. Und er hatte den Routenplaner entdeckt, eine gute Alternative zu einem Navigationssystem. Horndeich wollte einfach nicht, dass sein Orientierungsvermögen, auf das er zurecht stolz war, verkümmerte.

Er gab die Strecke von Joanas Adresse zur Raststätte ein. Einundzwanzig Kilometer. Zwanzig Minuten. Reine Fahrzeit mit einem modernen Auto.

Doch Joana war laut Eliza noch in ihrer Wohnung gewesen, hatte sich Handy und Schlüssel geholt und sich auch noch umgezogen.

Horndeich stand auf, ging in sein Arbeitszimmer, wühlte in der untersten Schublade seines Schreibtisches herum und fand schließlich die mechanische Stoppuhr, die ihm mal sein Vater geschenkt hatte. Er hatte nie Verwendung dafür gehabt. Aber er hatte es auch nicht übers Herz gebracht, sie dem Mülleimer zu übereignen.

Er warf sich eine leichte Jacke über und verließ die Wohnung, fuhr zu Joanas Adresse und stellte den Wagen vor ihrem Haus ab. Dann lief er zum Plateau, auf dem das Konzert stattgefunden hatte. Das waren zirka fünfhundert Meter.

Er startete die Stoppuhr und joggte flott zurück zu seinem Wagen. Wenn Joana gejoggt war, hatte sie mindestens vier, eher fünf Minuten gebraucht.

Er wartete eineinhalb Minuten. In dieser Zeit stieg er in Gedanken die Stufen zu Joanas Wohnung hoch, tauschte Jeans und Hemd gegen das weiße Fransen-Outfit, griff zu Autoschlüssel und Handy und lief mental die Treppe wieder nach unten.

Er setzte sich in seinen Wagen, startete den Motor und heizte mit achtzig Sachen die Erbacher entlang, bog in den Fiedlerweg, auf Spessart- und Röhnring, über die Pallaswiesenstraße und dann auf die A5 Richtung Norden. Er achtet darauf, dass die Tachonadel stur auf 110 zeigte.

An jeder roten Ampel hielt er die Stoppuhr an.

Er fuhr an der Raststätte Gräfenhausen West vorbei und weiter bis zur Ausfahrt Langen. Er überquerte die Autobahn auf der Landstraße, um sogleich wieder in die Gegenrichtung aufzufahren. Noch mal vier Kilometer zurück. Er bretterte auf den Rastplatz, bis zu der Stelle, an der sie Joanas Wagen gefunden hatten.

Er stieg aus, spurtete bis ans Ende der Raststätte, an der die Beschleunigungsspur auf die Autobahn begann. Er blieb stehen. Drückte die Stopptaste. Las die Zeit ab.

Dreiundzwanzig Minuten.

Horndeich starrte auf die Uhr. Er war davon ausgegangen, dass Joana grüne Welle gehabt hatte. Oder die roten Ampeln einfach ignoriert hatte. Es war kaum möglich, von ihr aus schneller zur Raststätte zu gelangen.

Horndeich betrat das Schnellrestaurant, orderte einen Kaffee und setze sich an ein Fenster, von dem aus er die Lastwagen auf dem Parkplatz anstarrte.

Was hatte das zu bedeuten?

Wie konnte Joana vom Konzert aus rechtzeitig an der Raststätte angekommen sein?

Gar nicht.

Horndeich hatte noch nicht mal einkalkuliert, dass Joana vielleicht mit ihrer Schwester ein, zwei Worte gewechselt hatte. Oder mit ihrem Mörder. Es musste ja irgendein Gespräch stattgefunden haben. Joana war wohl kaum zielstrebig auf die Ausfahrt gerannt, um sich umbringen zu lassen.

Es passte einfach nicht.

Wenn Joana es aber nicht geschafft hatte, rechtzeitig zum Ermordetwerden auf der Raststätte zu erscheinen – wer war die Tote dann?

Eliza!, schoss es Horndeich durch den Kopf.

Die Tote war Eliza. Nicht Joana war hierhergefahren, sondern ihre Schwester Eliza!

Kurz erwog Horndeich die Möglichkeit, dass Joana doch

selbst gefahren und Eliza auf der Bühne für ihre Schwester eingesprungen war. Das konnte er jedoch ausschließen. Kurz vor dem Konzert hatte er sich mit ihr unterhalten; sie hatte sich erkundigt, ob Anna noch in Moskau war, und dabei Dinge erwähnt, Kleinigkeiten, die die Schwester so nicht wissen konnte. Und auch, wenn der Coup schon länger geplant gewesen war – welcher Coup auch immer –, weder Joana noch Eliza hatten wissen können, dass Horndeich beim Konzert aufkreuzen würde, um entsprechend vorbereitet zu sein.

Also war die Tote Eliza – und Joana lebte noch?

Er erinnerte sich an das Gefühl der Vertrautheit, das er gespürt hatte, als er Eliza zum ersten Mal begegnet war. Aber nicht nur das wirkte im Rückblick seltsam. Bilder tauchten in seinem Kopf auf wie bei einer Diaschau. Bilder, die sich ihm eingeprägt hatten, weil sie nicht ins große Ganze passten. Als er Eliza am vergangenen Abend besucht hatte, tönte Joanas Lieblingsmusik aus den Boxen und nicht die der Schwester. Außerdem hatte Eliza ihm etwas sagen wollen – nur deshalb hatte sie ihn ja angerufen –, hatte sich aber dann doch nicht dazu durchringen können. Dann ihr kurzes Zögern, bevor sie geantwortet hatte, sie kenne den Mann auf dem Bild im Regal nicht. Und schließlich die vermeintliche Eliza, die auf der Rosenhöhe eine Ausgabe von »Soundcheck« gelesen hatte.

Die Tote bei Hinrich war Eliza Werder, nicht Joana!

Aber weshalb sollte Joana diese Scharade spielen? Musste sie nicht daran interessiert sein, den Mörder ihrer Schwester hinter Schloss und Riegel zu bringen?

Fragen über Fragen.

Eine Antwort wäre zur Abwechslung mal ganz nett gewesen.

## Mittwoch

»Mein Gott, dann geben wir ihm halt 50 Euro mehr!«

Das war alles, was Rainer zu sagen hatte, nachdem Margot ihm in aller Ausführlichkeit das unmögliche Verhalten ihres – gemeinsamen! – Sohnes dargelegt hatte.

»Er will nicht 50 Euro, er will 250 mehr im Monat. Und er verhält sich, als würde er diese Summe derzeit in Koks investieren!«

»Jetzt mach mal nicht aus jeder Mücke einen Elefanten!«, hielt ihr Lebensgefährte ihr vor.

Er war erst um ein Uhr nachts aus Kassel zurückgekehrt. Margot war bereits in der Tiefschlafphase gewesen. Sie hatte erotische Träume gehabt, bevor sie registriert hatte, dass diese Träume einen ganz realen Anteil hatten, da Rainer zärtlich ihren Nacken küsste und ihren Bauch streichelte.

Sie erwiderte seine Küsse.

Rainer war ein wenig irritiert gewesen, als sie plötzlich aufgesprungen und zur Schlafzimmertür gehechtet war, um diese zu schließen und den Schlüssel umzudrehen. Seine Fragen hatte sie im Keim erstickt, auf eine Art, die ihm sichtlich nicht unangenehm gewesen war.

Sie hatten sich noch mal geliebt, bevor sie aufstehen mussten, und Margot fragte sich, wann sie daran kein Vergnügen mehr empfinden, wann sie zu alt dafür sein würde. Oder schlimmer, wann Rainer aufhören würde, daran Gefallen zu finden.

»Warum grinst du so?«, hatte er gefragt.

»Weil ich gestern ein wenig dämlich war«, sagte sie und meinte damit natürlich, dass sie ohne anzuklopfen in das Schlafzimmer ihres Vaters geplatzt war, um ihn dort »in flagranti« zu erwischen.

Nachdem sie dann ihre Probleme mit Ben angesprochen hatte, war die gute Stimmung dahin.

»Du musst mit ihm reden!«, forderte sie.

»Worüber?«

»Sag mal, hörst du mir nicht zu? Warum er plötzlich zum Schmarotzer mutiert und sogar meinen Vater hinter unserem Rücken anhaut.«

»Margot, nimm die Sache doch nicht so furchtbar ernst!«

»Du bist zu feige, mit ihm zu reden!«, hielt sie ihm vor.

»Die unangenehmen Dinge – die Gespräche, die nicht ins Wir-Männer-sind-alle-Kumpels-Schema passen –, die darf ich übernehmen, nicht wahr?«

»Es gibt nichts zu bereden. Er kriegt 100 Euro mehr. Basta. Und deinem Vater sagen wir, dass er ihm nichts geben soll. So einfach ist das. Man muss nicht alles ergründen. Manchmal genügen auch ein paar einfache konstruktive Maßnahmen.« Inzwischen war auch Rainers Ton deutlich gereizter. Der Bernhardiner hatte das Fell abgelegt und sich zum Dobermann gewandelt.

»Weißt du was?«, sagte sie. »Du bist wirklich ein Feigling! Immer den Weg des geringsten Widerstands!«

Rainer sah sie an, legte die Zeitung beiseite. »Schade, dass deine Kritik immer in persönlichen Beleidigungen ausartet.«

Margot erwiderte nichts.

»Ich muss jetzt gehen. Viel zu tun an der Uni.« Er erhob sich, sie blieb sitzen. Er hauchte ihr noch einen Kuss auf den Kopf – mehr Alibi als Zärtlichkeit – und verließ die Küche.

Sie hörte, wie die Haustür ins Schloss fiel.

Als sie ihn am Morgen am Tisch hatte sitzen sehen, da war wieder so ein Moment gewesen. Einer dieser besonderen Momente. Ihre Mutter hatte ihr einmal gesagt: »Wir lieben den anderen dann am meisten, wenn er gar nichts davon mitbekommt.«

So war es ihr gegangen, als sie Rainer mit seiner Zeitung und seinem Kaffee am Frühstückstisch gesehen hatte. Da war sie überzeugt davon gewesen, wie richtig es gewesen war, dass sie sich vor drei Jahren wieder zusammengetan hatten.

Schade. Wie schnell konnte solch ein wertvoller Moment ins Gegenteil umschlagen!

Margot räumte das Geschirr ab, drehte das Radio lauter. Nach den letzten Takten von »I'm walking on sunshine«, gesungen von Katrina and The Waves, erklang die Stimme des

Radiomoderators. Wie die Zeitungen am Morgen berichtet hätten, so sagte er, sei die junge Frau, die am Sonntag an der Raststätte Gräfenhausen auf die Autobahn gelaufen sei, in den Tod getrieben worden. Helena Bergmann, Vorsitzende der DPL, die zufällig Zeugin der Tat geworden sei, äußerte, dass Hessen sicherer werden müsse. Wenn sie in den Landtag einziehe, würde sie alles dafür tun, damit endlich private Sicherheitsdienste verstärkt zur Gefahrenabwehr eingesetzt würden.

Zu diesem Thema hatten Reporter des Senders Menschen auf der Straße befragt:

Die erste Frau meinte, sie sähe es als gefährlich an, würden private Dienste die staatliche Gewalt repräsentieren.

»Danke«, sagte Margot ins Leere.

Aber schon der nächste Mann war voll und ganz dafür. Die privaten Sicherheitsleute sollten in den Städten patrouillieren, um den Bürgern das Gefühl von Sicherheit zu vermitteln, und es spräche auch nichts dagegen, dass sie, bei besonderen Umständen, auch eine Waffe einsetzen dürften.

Margot seufzte. Da hatte die Bergmann, was sie wollte: Ihre Themen wurden groß in den Medien ausgewalzt, die Menschen hörten ihr zu.

Und das alles, weil sie zufällig am Ort eines grausamen Verbrechens gewesen war.

Fast wie bestellt ...

Die Welt war wieder im Lot. Ihr Kollege Horndeich saß bereits hinter seinem Schreibtisch, als Margot ins Büro kam.

Er wedelte mit einem Bericht. »Gute Nachrichten.«

»Joanas Mörder haben sich gestellt, weil sie den Druck der Fahndung nicht mehr aushalten konnten.«

»Nicht ganz. Aber wir haben es nur noch mit *einem* Mord zu tun. Hinrich schreibt in seinem Bericht, nichts deutet darauf hin, dass Derndorf nicht Selbstmord begangen hat.«

»Was macht ihn so sicher?«

»Es gibt keinen Hinweis auf Fremdverschulden. Keine Fesselspuren, keine Kampfspuren, keine Hämatome, keine Kratzer – rein gar nichts.«

»Und er hat nichts Ungewöhnliches entdeckt? Keine kleine

Einstichwunde einer Injektionsnadel? Nichts, was nicht in Dendorfs Blut gehört hätte?«

»Er hat den Leichnam zweimal mit der Lupe abgesucht. Nichts. Und das einzig Auffällige: etwa ein Promille Alkohol im Blut. Das hat entweder seine Verzweiflungstat gefördert, weil Alkohol bekanntlich die Hemmschwelle sinken lässt und einem die Welt besoffen noch düsterer erscheint, oder er hat sich vorher Mut angesoffen. Aber es fanden sich keine Rückstände von Medikamenten im Blut, kein Gift. Wie ich schon sagte: gar nichts.«

»Und das ist alles?«

»Nein, nicht ganz. Er hat in den Augenbrauen einen roten Fussel entdeckt.«

»Und?«

»Ich hab mir die Tatortfotos angeschaut.« Horndeich schob Margot den Ausdruck eines der Fotos hin. »Die Tischdecke vor ihm, sie war rot. Wahrscheinlich stammt der Fussel daher. Ich hab die Decke schon zum LKA geschickt. Und Hinrich hat den Fussel ebenfalls auf den Weg nach Wiesbaden gebracht. Die werden das jetzt checken.«

»Na, das ist doch ein Indiz«, triumphierte Margot. »Wie bitte soll denn der Fussel an seinen Kopf gekommen sein?«

Horndeich lachte auf, dann breitete er in einer hilflosen Geste die Arme aus. »Vielleicht hat er sie ausgeschüttelt? – Herrgott, Margot!«, rief er, als wollte er reimen. »Es ist nur ein kleines Fusselchen, nichts weiter!«

»Durch Ausschütteln? Wie schüttelst du denn deine Tischdecken aus? Legst du sie auf den Kopf und nickst dann ganz heftig?«

»Haha. Ich weiß es nicht. Aber ich frage dich: Was beweist ein Fussel am Kopf?«

Nichts, dachte Margot, wollte aber so schnell nicht aufgeben. »War vielleicht ein Bluterguss an der Stelle, an der der Fussel war?«

»Negativ. Hat Hinrich auch gecheckt. Hat wohl deine Fragen vorausgesehen. Warum bist du so verdammt versessen darauf, dass Derndorf ermordet wurde?«

»Ich bin nicht versessen darauf. Ich will nur nicht, dass hier jemandem der perfekte Mord glückt. Nicht dann, wenn ich für die Ermittlung verantwortlich bin.«

»Gibt es *irgendetwas* – ich meine, außer dem Fussel –, was dich stutzig macht?«

»Ja. Erstens: Derndorf verfügte über eine sauteure Jugendstil-Sammlung. Er fuhr ein sauteures Auto. Und er arbeitet nur als kleines Licht bei der DPL.«

»DPL? Bergmann?«

»Ja. Angeblich hat er das viele Geld mit Aktien gemacht.«

»Woher weißt du denn das schon wieder?«

»Ich hab gestern mit seiner Mutter gesprochen. Und außerdem hat sein Bruder ein Geschäft in Dieburg. Ein Juweliergeschäft.«

»Das ist alles?«

»Ja. Das ist alles.«

»Das sind aber keine Indizien, die auf einen Mord hindeuten.«

»Nein, aber es sind alles Dinge, die mich stutzig machen. Und die ich gern geklärt hätte.«

Sie rief Marlock zu sich. »Ralf, kannst du bitte überprüfen, ob Andreas Derndorf Geschäfte mit Aktien gemacht hat?« Dass sie »bitte« gesagt hatte, erstaunte ihn nach ihrem Auftreten vom vergangenen Tag, aber was dann folgte, machte den guten Eindruck wieder zunichte: »Und wie der Laden seines Bruders Gerald in Dieburg läuft? Und lief? Und was genau Derndorf bei der DPL gearbeitet hat? Und vielleicht lässt sich auch herausbekommen, was die Bergmann ausgerechnet während des Mordzeitpunkts an der Raststätte zu suchen hatte.«

Marlock sah Horndeich an. »Sag mal, hast du nicht vor zehn Minuten gesagt, Hinrich hat gesagt, der Derndorf hat sich selbst das Hirn weggeschossen? Was soll das jetzt?«

Margot kam Horndeichs Antwort zuvor. »Und ich sage, wir sollten diese Fragen klären, damit auch wir Fremdverschulden ausschließen können.«

Marlock wandte sich ihr zu. »Weißt du, Margot, ich halte es für wichtiger, wir würden uns auf den Mord an der Kleinen konzentrieren und versuchen, den aufzuklären. Nur aufgrund weiblicher Intuition im Nebel rumzustochern – was soll das denn bringen? Klar finde ich was. Eine Leiche hat schließlich jeder im Keller. Das ist wie beim Arztbesuch – du fühlst dich gesund, aber wenn du dich untersuchen lässt, finden die Halbgötter in Weiß immer was.«

»Mach es einfach.«

Marlock schüttelte den Kopf. »Ich werde höchstens rausfinden, warum er sich umgebracht hat.«

»Na, das wäre doch auch fein.«

Ralf Marlock trottete vor sich hingrummelnd aus dem Büro.

Nein, sie mochte es nicht, den Chef raushängen zu lassen. Aber sie wurde das Gefühl nicht los, dass mit Derndorfs Selbstmord irgendetwas nicht stimmte.

Kaum war Marlock gegangen, meinte Horndeich: »Mir ist gestern auch noch was klar geworden.«

Er stand auf und steuerte auf die große Umgebungskarte zu. Mit dem Finger fuhr er den Weg ab, den Joana hätte fahren müssen, um von zu Hause zur Raststätte zu gelangen. »Joana kann kaum in zwanzig Minuten von der Rosenhöhe zu ihrer Wohnung gegangen und dann von dort zur Westseite des Rasthofes Gräfenhausen gefahren sein. Wie soll das mit einem Fiat 126 funktionieren? Ich bin das gestern Abend abgefahren. Sie konnte es kaum schaffen, selbst wenn alle Ampeln auf Grün gewesen wären – und sie das sofort erkannt hätte.«

»Was meinst du denn damit?«

»Sie war rotgrünblind.« Horndeich winkt ab. »Unwichtig. Jedenfalls hat sie die Strecke in der Zeit kaum schaffen können.«

»Hat sie aber«, erwidert Margot trocken, öffnete eine Schublade ihres Schreibtischs und entnahm ihr einen Gegenstand, der aussah wie ein Kuli. Als sie an dem Stift drehte, fühlte Horndeich sich, als hätte jemand mit einer Nadel in sein Auge gestochen. »Autsch«, entfuhr ihm ein leiser Schrei.

Margot lenkte den roten Strahl des Laserpointers nach unten. »Entschuldige, war keine Absicht. Alles okay?«

So klingt also ihre Stimme, wenn sie mütterlich wird, dachte Horndeich und rieb sich das Auge, auch wenn das den Schmerz nicht linderte. »Spielen wir jetzt Star Wars? Mit Laserschwert und so?«

»Sorry.«

Horndeich öffnete die Augen wieder, runzelte kurz die Stirn, dann meinte er: »Danke, jetzt weiß ich wenigstens, was Sandra gesehen hat.«

»Was soll das jetzt wieder heißen?«

Horndeich schnippte mit den Fingern wie weiland Wickie der Wikinger, wenn er eine seiner glorreichen Ideen gehabt hatte.

»Na, sie hat doch von dem blendenden roten Licht gesprochen, das sie gesehen habe, bevor sie in den Laster reingerauscht ist. Weil es nur ein Licht gewesen war, dachte sie, es wäre die Bremsleuchte eines Motorrads gewesen.«

»Ja. Und was war es?«

»Ein Laserzielvisier, Margot. Das hat sie geblendet.«

»Wir suchen also eine MPi, wahrscheinlich eine Skorpion, mit Laserzielvisieraufsatz?«

»Bingo.«

Margot richtete den Laserpoint auf die Straßenkarte. »Schau mal, sie fuhr nicht den regulären Weg. Sonst hätte sie nach der Raststätte Gräfenhausen Ost noch vier Kilometer lang die A5 nach Norden weiterfahren müssen, um erst dann über die B486 bei Langen auf die Gegenrichtung wechseln zu können.«

»Genau. Das bin ich ja gestern auch gefahren.«

Der rote Punkt rutschte ein wenig nach unten. »Aber vorher kommt noch eine Brücke über die Autobahn. Um von der A5 darauf zu gelangen, muss sie zwar eine Notabfahrt nehmen, die Einsatz- und Rettungsfahrzeugen vorbehalten und für den normalen Autoverkehr gesperrt ist, aber sie kann diesen Weg illegalerweise benutzt haben. Bis zur Brücke muss sie nur einen Kilometer nach Norden, dann über die Notausfahrt und über die Brücke und anschließend zurück auf die A5 und einen Kilometer in die andere Richtung. Spart sechs Kilometer. Und damit auf der Autobahn sicher vier Minuten.«

Blieben neunzehn Minuten. Genau die Zeit zwischen SMS und Unfall. »Sie hat dann aber mit niemandem auch nur ein Wort gewechselt. Sie hat den Wagen abgestellt, ist zur Auffahrt gerannt und hat sich auf die Straße treiben lassen. Auf mich wirkt das unwahrscheinlich. Fast unmöglich.«

»Und was ist deine alternative Theorie? Ich meine, sie wurde gesehen, wie sie das Konzert verließ. Und sie wurde von der Straße aufgekratzt. Viel Spielraum bleibt da nicht.«

»Ich glaube, Eliza ist nicht die, für die sie sich ausgibt. Ich glaube, Joana hat mit ihrer Schwester die Rollen getauscht. In Wirklichkeit hat sie Eliza zur Raststätte geschickt.«

Margot starrte ihn an. Mit weit aufgerissenen Augen. Mit offenem Mund. Dann – lachte sie auf.

»Klar«, rief sie, »sie ist für ihre Schwester zu einem Date gefahren, von dem sie keine Ahnung hatte, wen sie warum dort treffen sollte. Was macht das für einen Sinn?«

»Wer sagt denn, dass sie das nicht wusste? Nur *wir* wissen es nicht. Es besteht ja die Möglichkeit, dass die Schwestern ihre Rollen getauscht haben und die noch lebende Schwester viel mehr weiß als das, was sie uns gegenüber zugibt.«

»Wie kommst du denn darauf?«

Horndeich zählte die Punkte auf, die ihm schon am Vorabend durch den Kopf gegangen waren. Nur dass ihm Eliza so ungemein vertraut vorkam, davon erzählte er nichts. Das wäre dann wohl unter dem Begriff »männliche Intuition« gefallen und hätte nur einen weiteren Lacher hervorgerufen.

Schon so erschienen Margot seine Argumente wenig stichhaltig. »Hab ich das noch recht im Ohr, dass du vorhin gesagt hast, meine Indizien für einen Mord an Derndorf seien ein bisschen dünn?«

Horndeich schwieg. Er hatte nichts wirklich Greifbares, um seinen Verdacht zu untermauern.

»Wir sollten unsere Energien lieber darauf verwenden zu klären, was für ein Zusammenhang zwischen dem Überfall von damals und den Schüssen von Sonntag besteht«, sagte Margot. »Vielleicht hatte Derndorf ja was damit zu tun. Und vielleicht kann uns der Herr Papa der Zwillinge noch was sagen.«

»Wieso der?«

»Weil wir auf jeden Fall mindestens eine Person im Familienpuzzle übersehen haben«, meinte Margot.

»Hä? Wen denn?«

»Komm mit!« Damit stand sie auf, griff nach ihrer Jacke und verließ das Büro.

163

Horndeich folgte ihr. Als er an Marlocks Büro vorbeikam, warf er ihm noch kurz zu: »Kannst du bitte mal bei den Kollegen in Köln nachfragen, ob die was über Eliza Werder haben?«

»Find du erst mal Martin Unbekannt!«, rief Marlock erbost.

»Verdammt, bin ich euer Dienstbote?«

Martin. Den hätte er fasst vergessen. Horndeich nahm sich vor, sich so bald wie möglich bei Sandra zu erkundigen, wie weit sie mit der Telefonliste war und ob sie schon irgendwas in Erfahrung hatte bringen können.

Doch zunächst war das Familienpuzzle dran. Was hatte er übersehen, was Margot bemerkt hatte?

Auch dieses Mal ließ Heino Werder die Kollegen vom K10 ohne große Diskussion in die Wohnung.

»Haben Sie was Neues für mich? Habt ihr den Kerl, der sie umgebracht hat?« Werder hatte sich an diesem Morgen nicht rasiert. Und er hatte halbmast geflaggt: Die Fahne war genau auf Mundhöhe und wehte ihnen entgegen.

Margot bedeutete Horndeich mit einem Nicken, dass er die Neuigkeiten mitteilen sollte. Der berichtete, dass es vermutlich zwei Schützen gewesen waren, die Werders Tochter auf die Autobahn getrieben hatten. Mit Maschinenpistolen. Dann setzte er noch einen drauf, indem er Werder eröffnete, dass seine Tochter schwanger gewesen war.

Horndeich erwartete, dass Werder darauf entsprechend emotional reagieren würde, und warf Margot einen Hilfe suchenden Blick zu. Die aber rechnete offenbar nicht mit einem übermäßig heftigen Gefühlsausbruch des Vaters. Und tatsächlich nahm Werder die neuen Informationen mit erstaunlicher Ruhe auf.

Er saß mit den beiden Polizisten wieder in der Essküche, offenbar das soziale Zentrum der Wohnung.

»Fällt Ihnen nicht doch noch etwas ein?«, fragte Margot mit sanfter Stimme.

Werder schraubte eine Wodkaflasche auf. »Keine Sorge, ich hab mir die ganze Woche frei genommen.« Er goss sich reichlich in ein Wasserglas. »Nein, ich weiß nichts, was Ihnen weiterhelfen könnte. Ich sagte schon, beide Töchter hatten keinen wirklich guten Draht zu mir. Mit Eliza habe ich mich noch schlechter verstanden als mit Joana. Auch wenn sie eigentlich die Nettere war. Wenn ich sie überhaupt auseinanderhalten konnte. Hab mich ja auch nicht mit Ruhm bekleckert bei der Erziehung. Wie auch, ich hatte ja kaum Einfluss. Seit sie erwachsen sind, leben sie ganz ihr eigenes Leben. Haben uns kaum besucht. Und dann sowieso meist mehr mit meiner Frau gesprochen. Wenn ich ins Zimmer kam, sind die Gespräche immer sofort verstummt.«

Er kippte den Inhalt des Wasserglases in einem Schluck runter.

Margot sah die leeren Kollegen der Wodkaflasche in der Küchenecke in einer Pappkiste. Wenn er dieses Pensum beibehielt, sollte er sich besser eine Zweitleber anschaffen, dachte sie. Und wusste nicht, wie sie in seiner Situation gehandelt hätte. Wenn Ben ... Sie hatte wenigstens Rainer.

Einen kleinen Moment lang waren alle Dispute vergessen. Sie liebte ihre Männer. Und sie konnte sich nicht vorstellen, auch nur einen von ihnen zu verlieren.

Sie wandte sich dem Fenster zu, damit Horndeich die Tränen nicht sah, die sich plötzlich in ihren Augen sammelten.

»Ich hab wirklich versucht, ihnen ein guter Vater zu sein, wirklich«, fuhr Werder fort. »Aber Sylvia ... Ich meine, sie hat auch immer herausgekehrt, dass ... Also, wir hatten strikte Arbeitsteilung. Klassisch. Ich war für das Geldverdienen zuständig, und sie hat sich um Heim und Kinder gekümmert.«

Margots Stimme war leise, als sie sagte: »Ihre Frau hat immer herausgekehrt, dass Sie nicht der leibliche Vater sind, nicht wahr?«

»Blödsinn!«, brauste Werder auf. »Was erlauben Sie sich? Werdet ihr jetzt unverschämt? Kümmert euch lieber drum, dass ihr die Mörder meiner Tochter findet!« Er sprang auf. »Raus! Raus aus meiner Wohnung!«

Werder stieß gegen den Tisch, und das leere Glas kippte um, rollte kurz über die Platte und zerschellte auf dem Kachelboden.

Margot schaute auf die Scherben und bemerkte erst da, dass Werder weder Schuhe noch Strümpfe anhatte. Mit einem

Nicken forderte sie Horndeich auf, sich den Besen zu schnappen, der in der Ecke der Küche an der Wand lehnte. Werder setzte sich wieder, hob die Füße an.

Horndeich kehrte die Scherben auf, während Margot mit genau dem gleichen leisen Ton fortfuhr: »Herr Werder, Sie können gar nicht der leibliche Vater der beiden sein.«

Margot sah an Horndeichs Gesicht, wie schockiert er darüber war, dass sie diese Ungeheuerlichkeit in den Raum stellte, und wie gespannt er auf eine Erklärung für ihre Behauptung war.

Werder sagte nichts, sondern schnappte sich den Wodka, und da er kein Glas in greifbarer Nähe hatte, nahm er einen Schluck des Sorgenverdrängers direkt aus der Flasche, und als er sie wieder absetzte, musste er unwillkürlich rülpsen, was sich anhörte, als wollte er sagen: »Na dann erzähl mal, Schätzchen.«.

»Eliza und Joana sind – waren ... Also sie sind beide rotgrünblind«, fuhr Margot fort. Und ärgerte sich darüber, wie ungeschickt sie den Satz formuliert hatte.

»Na und?«, blaffte Werder. Aber die Tonlage klang eher nach geprügeltem Pinscher als nach Dogge.

»Herr Werder, wenn Sie der leibliche Vater der Zwillinge wären, müssten Sie ebenfalls rotgrünblind sein.«

»Und wenn ich es wäre?«

»Dann hätten Sie nie einen Job bei der Polizei bekommen. Sie kennen die Vorschriften. Und Sie wissen, dass es keine Ausnahmen gibt.«

Werders Reste an Selbstbeherrschung zersprangen wie zuvor das Glas. Wieder griff er zur Wodkaflasche, setzte sie erneut an die Lippen und erst vier Schlucke später wieder ab. Er sah Margot provozierend an, ein letzter Versuch, die Dogge zu markieren.

Margot reagierte nicht.

Werder stellte die Flasche ab, so heftig, dass es knallte. »Ja. Sie haben recht. Ich bin nicht der Vater. Nicht der leibliche Vater. Der richtige Vater, er heißt Jaromir Kadic.« Seine Stimme war nun völlig tonlos.

Margot wartete. Und forderte Horndeich via Blickpost auf, das Gleiche zu tun.

Sekunden später fuhr Werder fort. »Sylvia hat Jaro beim

Motorsport getroffen. Sie besuchte alle großen Rennen. Ende der Siebziger. Genau wie ich. Dort hat sie Jaro kennengelernt. Und ich sie.«

»Aber ihre Wahl ist auf Jaro gefallen?«

»Ihre Wahl?« Werder lachte auf, ein trockenes, bellendes Lachen. Wieder ein Schluck direkt aus der Pulle. Margot konnte sich des Verdachts nicht erwehren, dass Werders Alkoholkonsum nicht erst seit vorgestern etwas *überhöht* war. Er musste gut in Übung sein, um solche Mengen zu verkraften. Er roch zwar nach Wodka, sprach aber völlig klar.

»Sie brauchte nicht zu wählen. Sie hatte mich ja gar nicht wahrgenommen. Jaro – er war der große Star des Eberstädter Motorsportclubs ... Ach, der ganzen Rennszene. Ein Frauenheld, ein Hallodri. Und ein begnadeter Rennfahrer. Ich war damals auch Fahrer, aber nicht in der gleichen Liga wie Jaro. Ich war immer nur unter ›ferner liefen‹. Und Sylvia hat Jaro so lange ›angemacht‹, wie man heutzutage sagt, bis er dann auch auf sie ansprang. Im wahrsten Sinne des Wortes.«

Wieder Wodka.

»Die Zwillinge waren ein Unfall«, erklärte Werder, nachdem er die Flasche erneut abgesetzt hatte. »Ich habe Sylvia einmal hinter der Garage angetroffen, da hat sie fürchterlich geheult. Ich hab sie gefragt, was los sei. Sie vertraute sich mir an. Für mich einer der glücklichsten Momente. Ich dachte, sie kapiert, von was für einem Typen sie da schwanger ist. Jaro hat ja nicht aufgehört, anderen Röcken hinterherzuschauen. Aber Sylvia wollte es nicht wahrhaben. Und Abtreibung kam für sie nicht in Frage. Jaro zog mit Sylvia zusammen. Hier, in diese Wohnung. Sylvia hatte eine schwere Schwangerschaft, hatte Schmerzen, lag die letzten beiden Monate quasi nur noch. Und Jaro, er machte munter weiter. Einmal habe ich ihn zur Rede gestellt, aber mehr als ein blaues Auge hat mir das nicht eingebracht. Und als ich Sylvia davon erzählt hab, blaffte sie mich auch noch an, ich solle mich nicht in ihr Privatleben einmischen.«

»Was Sie dennoch taten«, mutmaßte Horndeich.

»Nein. Ja.« Er schüttelte grimmig den Kopf. »Ich beobachtete sie aus der Ferne. Besuchte sie, auch als die Zwillinge auf der Welt waren. Brachte ihr Obst mit und was zum Naschen für die

Kurzen, die nur zwei Hobbys hatten: Schreien und Scheißen. Jaro war ja selten zu Hause. Er fuhr Rennen, trieb sich sonst wo rum, verheizte das Geld – es war fürchterlich. Aber Sylvia, die hielt zu ihm. Ich verstand's nicht und versteh es heute auch noch nicht. Jaro war ein Arschloch. Und Sylvia war ihm hörig. Aber ich wusste, dass die Zeit für mich spielte.«

»Wie meinen Sie das?«

»Es war mir klar, das Jaro irgendwann abhauen würde, dass er irgendwann genug haben würde von dem Geschrei und den vollgeschissenen Windeln. Und eines Tages war er dann auch weg.«

»Wann?«

»Hat nicht mal zwei Jahre gedauert. Hat seine Familie von einem Tag auf den anderen verlassen und ist zu seiner aktuellen Geliebten nach Hamburg gezogen. Barbara Üding – Mann, ich weiß sogar noch den Namen. Und Tschüss. Und nie wieder was von ihm gehört. Es hat eine Woche gedauert, bis Sylvia begriffen hat, dass er diesmal endgültig abgehauen war. Als ich sie dann besuchte, fragte sie mich, ob ich sie heiraten würde. Sie mochte mich, auch wenn sie mich nicht liebte. Aber ein Polizist als Mann, das gab ihr die nötige Sicherheit.«

»Und Sie haben sie geheiratet.«

»Ja. Es war mir egal, dass sie die Kinder hatte. Sie war die Frau, die ich liebte. Ich hoffte, vielleicht würde sie irgendwann auch mich lieben. Die Kinder tragen auf jeden Fall meinen Namen; ich weiß gar nicht mehr, wie wir das damals gedreht haben.«

»Und Jaro wollte seine Kinder nicht mehr sehen?«

»Nein. Von dem kam nichts. Nicht mal ein Kärtchen. Es war wie in einem schlechten Film. Er hat Sylvia gesagt, dass er eine Runde frische Luft schnappen und Zigaretten holen geht. Ohne Mütze, ohne Handschuhe. Er hat nicht mal eine Tasche mitgenommen. Aber er hat kurz vorher noch einen Anruf bekommen, hat mir Sylvia erzählt. Wahrscheinlich von dem Flittchen. Als Sylvia den Anruf erwähnte, war mir gleich klar, dass er sich aus dem Staub gemacht hat. Und ich war auch wirklich nicht traurig darüber.«

»Und wie ist die Mutter der Zwillinge damit umgegangen, als Jaro verschwand?«

»Als ich sagte, dass ich sie heiraten würde, machte sie reinen Tisch. Sie hat damals all die wenigen persönlichen Dinge von Jaro in einen Karton gekippt, der dann auf den Müll wandern sollte, und auch seine ganzen Klamotten sollten weg. Sie bat mich, das zu erledigen. Ich hab die Klamotten zur Altkleidersammlung gegeben. Den Karton aber, den hab ich nicht weggeschmissen. Ich weiß nicht, warum. Ich wollte Jaros Sachen den Mädchen geben, sollten sie erfahren, dass ich nicht ihr leiblicher Vater bin.«

»Die bieden wussten also nicht, dass sie adoptiert waren?«, fragte Margot.

»Damals noch nicht. Und dennoch war unser Verhältnis nicht besonders innig«, antwortete Werder. »Meine Frau – sie hielt die Kinder regelrecht von mir fern. Und ich konnte damit nicht umgehen. Ich wurde aggressiv.« Er schüttelte den Kopf. »Nicht die richtige Art, die Herzen von zwei kleinen Mädchen zu gewinnen. Oder das einer Frau.« Er zuckte mit den Schultern, starrte auf die Flasche vor sich. »Aber ich konnte nicht anders. Je abweisender sie wurde, je mehr sie die Kinder gegen mich hetzte, desto zorniger wurde ich. Einmal hat sie ihre Sachen gepackt und ist abgehauen. Zu ihren Eltern. Nach drei Tagen war sie wieder da. Was hätte sie auch machen sollen? Scheidung war nie ein Thema. Irgendwie haben wir uns zusammengerauft. Aber mein Verhältnis zu den Kindern war damals schon zerstört.«

»Und wie standen Joana und Eliza zu ihrer Mutter?«, wollte Horndeich wissen.

»Mit ihr verstanden sie sich ... na ja, *besser*. Aber auch nicht gut. Beide sind mit siebzehn ausgezogen. Und der Kontakt ist danach fast ganz eingeschlafen. Sie kamen gerade noch zu Weihnachten oder zu Geburtstagen heim.«

»Ihre Töchter gingen doch aufs Gymnasium, oder?«

»Ja. Und als sie das Thema Vererbungslehre durchnahmen, wuchs auch ihr Verdacht, dass sie nicht meine Töchter waren. Ich hab das damals gar nicht kapiert, dass das solchen Sprengstoff beinhalten könnte.«

»Ich kapier es jetzt noch nicht«, gestand Horndeich. »Kann mich mal jemand aufklären?«

»Es ist ganz einfach«, sagte Margot. »Ohne jetzt den ganzen Chromosomen-Hintergrund aufzudröseln: Wenn die Mädchen rotgrünblind sind, dann muss es der leibliche Vater auch sein. Unabhängig davon, ob es die Mutter ebenfalls ist oder nicht.«

Horndeich hatte nicht mehr als Bahnhof verstanden, überspielte dies aber mit einem wissenden Nicken.

»Sylvia erzählte mir damals, dass die Mädchen sie darauf angesprochen hätten«, erzählte Werder. »Und sie hat mir gesagt, sie hätte ihnen erklärt, dass ich nur unter einer leichten Rotgrünblindheit leide.«

»Und dann?«, fragte Margot.

»Ich glaube, die Mädchen nahmen an, ihre Mutter wäre einfach einmal fremdgegangen und so wären sie entstanden. Sie hat ja nie über Jaro geredet. Und sie hat auch mir gegenüber deutlich gemacht, dass ich den Kindern davon nichts erzählen sollte. Ein Jahr später sind sie ausgezogen. Aber ich bin sicher, dass sie gemerkt haben, dass ich ganz normal sehe. Ich habe mich ja nicht anders verhalten als sonst auch. Und wo sie unsicher waren, hat es für mich immer klare Unterschiede zwischen den Farben gegeben. Ich glaube, die kleinen Biester haben mich damals immer wieder getestet, ohne dass ich das gecheckt hab.«

»Haben Ihre Töchter Sie jemals direkt darauf angesprochen?«

Schon während Margot das fragte, spürte sie, dass sie den wundesten aller Punkte berührt hatte. Werders Hände zitterten leicht, als er der Wodkaflasche den letzten Rest Flüssigkeit raubte. Es schien, als wollte er die Flasche auswringen.

»Ja. Allerdings«, antwortete er dann. »Drei Tage, nachdem meine Frau begraben worden war, kam Joana zu mir. Wir saßen hier in der Küche. Sie schrie mich an, ich sei nicht ihr Vater. Dass sie sich immer gefragt habe, wie jemand wie ich so schlecht zu ihr und ihrer Schwester sein konnte.« Wieder ein Schulterzucken. »Klar, mir ist hin und wieder mal die Hand ausgerutscht. Und ich weiß, dass ich nicht alles richtig gemacht hab. Dass meine Töchter oft Ohrfeigen bekommen haben, die eigentlich für Sylvia bestimmt gewesen waren. Aber ich habe sie nie … *angefasst* oder ähnliches.«

170

Margot zuckte zusammen.

Und Werder schien es mitbekommen zu haben. »Ich will mich gar nicht rechtfertigen. Ich war meinen Töchtern kein guter Vater. Aber ich habe zumindest dafür gesorgt, dass immer genug Geld da war. Dass die Wohnung bezahlt war und die Heizung lief. Alles selbstverständlich. Klar.« Er stand auf, und Margot dachte schon, er würde eine neue Flasche Wodka holen. Aber er nahm eine Flasche Wasser aus dem Kasten. »Ich bin ein miserabler Gastgeber. Wasser?«

Margot hatte nur noch einen Wunsch – sie wollte dieses Gespräch so schnell wie möglich hinter sich bringen. Auch Horndeich lehnte dankend ab.

Werder zuckte erneut mit den Schultern, nahm sich endlich ein neues Glas aus dem Schrank, setzte sich und goss sich ein.

»Der Wortwechsel war ziemlich unschön«, fuhr er fort. »Von beiden Seiten. Joana brüllte mich an, dass sie schon immer den Verdacht gehabt hätte – und dass sie schon immer *gehofft* hätte –, dass jemand anderes ihr Vater sei. Da platzte mir der Kragen. Denn ich wusste ja, wer der Vater … nein, der *Erzeuger* war. Ich fragte sie, wer sich denn um sie gekümmert hatte? Wer dafür gesorgt hatte, dass Weihnachten was unter dem Baum lag. Wo war denn bitte der werte Erzeuger in den ganzen Jahren abgeblieben? Einen Scheiß hat er sich gekümmert um seine Kinder, einen Scheiß!«

Er schlug mit der flachen Hand auf den Tisch, dass das Glas hüpfte und Wasser über den Rand schwappte.

»Joana – sie wusste ja nicht mal seinen Namen. Denn der Knabe hat seinen Spaß gehabt wie bei hundert anderen, und danach – da hat er sich einfach *verpisst*! Und hat nie auch nur ein Kärtchen geschickt. Nicht zum Geburtstag. Nicht zur Konfirmation. Das Kreuz aus Gold, das hatte sie nämlich von mir.«

»Und dann? Ist sie einfach gegangen?«

»Nein, wir haben uns angebrüllt, eine halbe Stunde lang. Dass die Kollegen nicht plötzlich auf der Matte standen, war alles. Ich schrie sie an, machte ihr klar, was ich von ihrem Erzeuger hielt. Ich brüllte weiter, sie solle sich darauf einstellen, dass sie noch mindestens zwanzig Geschwister habe, alle von einer anderen Mutter. Irgendwann saßen wir beide an diesem Tisch und heulten. Ich habe dann den Karton geholt. Den Karton mit Jaros Sachen, meine ich. Hab ihr das Scheißding gegeben. Sie nahm ihn. Ging. Ohne ein weiteres Wort. Das war das letzte Mal, dass ich Joana gesehen hab.«

Tränen rannen über Werders Wangen. Er schien in der vergangenen halben Stunde um zehn Jahre gealtert zu sein.

»Warum haben Sie uns nicht gleich gesagt, dass die Zwillinge nicht Ihre leiblichen Töchter gewesen sind?«, fragte Horndeich.

Werder zuckte mal wieder mit den Schultern. »Was tut das zur Sache?«

Horndeich bemühte sich, ruhig zu bleiben. »Wir müssen Ihnen als Polizisten wohl kaum erklären, dass bei der Untersuchung eines Mordfalles alles wichtig sein kann.«

»Ich wollte immer ein eigenes Kind«, sagte er, ohne auf Horndeichs Vorhaltung zu reagieren. »Aber Sylvia war strikt dagegen. Sie fraß die Pille mit der Regelmäßigkeit der Tagesschau um 20 Uhr. Wahrscheinlich, weil sie kein Kind von *mir* wollte. Ich hab es nicht kapiert. Ich dachte, auch sie wollte, dass wir eine richtige Familie werden. Eine ganze Familie. Aber es war nichts zu machen. Sie schlief mit mir, wenn ich es wollte. Aber Kinder ... Ich glaube, sie trauerte immer noch ihrem Traumprinzen Jaro nach. Und da er nicht mehr da war, um ihr zu zeigen, was für ein Arsch er war, glaubte sie immer mehr, er wäre wirklich der Traumprinz gewesen. Ich hab mich dann immer mit dem Gedanken getröstet, dass ich ja zwei Kinder habe. Aber es war Betrug. Selbstbetrug. Was spielt das jetzt noch für eine Rolle. Meine Frau ist tot. Eine meiner Töchter ist tot. Und die andere interessiert sich einen Dreck für mich.«

Margot sah Werder an, dass der viele Wodka inzwischen seinen Tribut forderte. Werder wurde müde.

»Haben die Zwillinge eigentlich früher manchmal die Rollen vertauscht?«, fragt Horndeich.

Jetzt kommt er auch noch mit seinen kruden Theorien!, dachte Margot verärgert.

Werder sah Horndeich mit glasigem Blick an. »Wie meinen Sie das denn?«

172

Margot warf Horndeich einen warnenden Blick zu, aber der bemerkte ihn nicht, weil er Werder fixierte.

»Na, vielleicht hat die eine mal für die andere eine Klassenarbeit geschrieben oder so«, sagte er.

Werder schüttelte den Kopf. »Keine Ahnung. Ich konnte sie ja kaum auseinanderhalten. Sie haben sich daraus oft einen Spaß gemacht. Sich über mich lustig gemacht. Einmal meinte eine der beiden, ich könnte sie niemals unterscheiden. Ich habe sie gegriffen und ihr mit meinem Bartschneider einfach die Haare abrasiert.«

»Sie haben *was* gemacht?« Margot glaubt ihren Ohren nicht zu trauen.

»Sie hat ausgesehen wie ein Kind, das eine Chemo hinter sich hat. Wie meine Frau zum Schluss.«

Margot bewunderte Horndeich, weil dieser die Fassung bewahrte und ganz ruhig fragte: »Und wie haben Ihre Töchter reagiert?«

Werders Lachen war bitter. »Sie waren schon immer stärker als ich. Als ich schlief, nahm Eliza den Apparat und rasierte ihrer Schwester ebenfalls die Haare ab. Am nächsten Morgen sahen sie wieder genau gleich aus.«

Margot fühlte eine Welle des Ekels über sich zusammenbrechen. Dieser Mann war ihr zuwider, besonders in seiner Badewanne voller Selbstmitleid, in der er sich suhlte wie ein Schwein im Dreck.

»Können Sie uns sagen, wann Jaro... äh, wie hieß der Mann?«

»Jaromir Kadic«, antwortete Werder.

Margot notierte sich den Namen und fuhr fort. »... wann Jaromir Kadic verschwunden ist?«

Diese letzte Frage noch. Und dann – Abflug.

»Oh, an das Datum erinnere ich mich genau. Ganz genau. Es war der 2. Februar 1980. Am dritten hatte nämlich meine Mutter Geburtstag. Also – Jaro hat Sylvia damals gesagt, er wolle nur mal eben Zigaretten holen. Das hab ich nicht nur so dahergeredet, das hat er ihr wirklich so gesagt. Ganz wie in den blöden Witzen. Und dann ist er nicht mehr zurückgekehrt. Und ich dachte, dieser Tag ist der schönste in meinem Leben.«

173

»Aber Sie haben nie nachgeprüft, ob Kadic wirklich zu dieser Barbara Üding gegangen ist?«

»Nein. Es hat mich nicht interessiert. Wenn es mit dieser Üding nicht geklappt hat, ist er halt zur Nächsten gegangen. Mir egal. Ich war nur froh, dass er weg war.«

Margot legte ein Bild von Andreas Derndorf auf den Tisch. »Kennen Sie diesen Mann?«

Horndeich verdrehte die Augen.

Werder fokussierte angestrengt das Bild. »Kenn ich nicht, den Typ. Wer ist das?«

Margot beantwortete die Frage nicht, sondern sagte nur: »Wenn Ihnen noch was einfällt, dann wissen Sie ja, wie Sie uns erreichen.«

»Sie finden allein raus, oder?« Werder hing mit zunehmender Schlagseite über dem Tisch.

»Klar. Prost dann noch.« Sie erhob sich und flüchtete aus der Wohnung. Horndeich folgte ihr auf dem Fuß.

»Wie bist du denn darauf gekommen, dass Werder nicht der Vater ist?«, fragte er, als sie wieder frische, nicht alkoholgeschwängerte Luft atmeten.

»Mit Rotgrünblindheit kenne ich mich aus«, antwortete sie. »Meine Mutter war rotgrünblind. Horst, mein verstorbener Mann, war es nicht. Ich habe damals immer die Wahrscheinlichkeiten ausgerechnet, dass unsere gemeinsamen Kinder ebenfalls rotgrünblind sein können. Ein Mädchen wäre nicht krank geworden, bei einem Jungen standen die Chancen fiftyfifty.«

»Weshalb?«, fragte Horndeich.

»Der Defekt liegt auf dem 23 Chromosom, das auch über das Geschlecht entscheidet. Genauer: Es liegt auf dem X-Chromosom, also dem weiblichen. Die Krankheit ist aber zum Glück rezessiv. Da Männer ein Y- und ein X-Chromosom haben, kommt die Krankheit schon zum Ausbruch, wenn sie nur ein defektes X-Chromosom haben. Da eine Frau zwei X-Chromosomen hat, überlagert das gesunde das defekte. Deshalb kann eine Frau nur rotgrünblind sein, wenn beide X-Chromosome den entsprechenden Defekt haben, und da sie jeweils ein X-Chromosom von einem ihrer Elternteile vererbt bekommt, müssen beide Eltern den Defekt haben. Der Vater ist mit Sicherheit rotgrünblind, die Mutter nicht unbedingt, denn ihr zweites X-Chromosom kann ja okay sein. Das heißt aber, dass ...«

»Okay, okay, okay«, stoppte er ihren Redefluss. »Ich nehm's einfach zur Kenntnis ...«

Das Einzige, was er begriffen hatte, war, dass er als Mann chromosomentechnisch der Gekniffene war ...

»Glaubst du, der Mann hat was mit dem Tod seiner Tochter zu tun?«, fragte Horndeich, während seine Kollegin Wasser für ihren Tee aufsetzte.

»Nein. Aber ist schon traurig, wenn man die Geschichte *hinter* der Fassade kennt. Ich meine, nach außen hin haben die vier sicherlich wie 'ne Vorzeigefamilie gewirkt.«

Margot goss das Wasser über den Teebeutel. Kräutergeruch verbreitete sich.

»Nein, lass das.« Horndeich erkannte die Pflanze, die Margot gerade ertränkte, am Geruch. Pfefferminz.

»Wieso? Ist gesund.«

»Mit Verlaub, der Geruch macht mich krank.«

»Das ist wunderbar bei empfindlichem Magen. Und in meinem Buch ...«

»Ich werde ein Gegenbuch schreiben!«

»... steht, Pfefferminz entkrampft und beruhigt.«

»Ja, weil Krämpfe und Nervosität über den Dampf einfach auf andere übergehen.« Horndeich stöhnte auf. Womit hatte er diese Strafe verdient? Die roten Früchtetees, die schmeckten ihm zwar auch nicht, aber die stanken wenigstens nicht so penetrant wie Pfefferminztee. Er erhob sich, ging zur Kaffeemaschine und bereitete sich einen extra starken Sud. Nur aus Protest.

Kollege Klewes vom Botendienst klopfte.

»Ja?«

»Legge Teesche hawwe se da, Fraa Kolleeschin!«

Margot strahlte. »Ja. Ist auch gesund. Wissen Sie, ich habe da ein Buch, da steht drin ...«

»Ja, das wissen wir, nicht wahr, Herr Klewes?«, würgte Horndeich den Vortrag ab. »Was haben Sie denn für uns?«

Klewes Blick pendelte zwischen Margot und Horndeich hin

und her, dann reichte er Horndeich eine Mappe. »Von de Kollesche von de Audobahnbolizei. E List'. Unn e CD.«

Horndeich nahm ihm die Mappe ab. »Danke.«

»Bidde, bidde. Isch glaab, isch muss mer aach e'mal widde so e Teesche kaafe. Des iss Melisse, gell?«

»Fast, Herr Klewes.«

»Ach, dann isses Fenschel. Isch habb des ja lang nedd mehr gedrunke. Fenschel, gell?«

Horndeich übernahm. »Mensch, Klewes! So kann doch nur Pfefferminz stinken!«

»Awwer, Herr Kolleesch. Des iss doch aan Duft, der geht aam dosch unn dosch.«

»Eben«, grunzte Horndeich und blätterte bereits durch die Liste.

»Na, isch mach misch dann graad mal widde weide, gell? Niggs fü unnguud, an scheene Dach noch, die Herrschafde!«

Damit war er verschwunden.

Margot nippte an ihrem Kräutertrank. »Was sind das für Unterlagen?«

»Die Liste der identifizierten Wagen von der Raststätte. Und die CD mit den Tatortaufnahmen.«

Horndeich legte sie in den Rechner. Die Kollegen hatten gute Arbeit geleistet: Sie hatten nicht nur die in die Kollision verwickelten Wagen fotografiert, sondern auch die anderen Fahrzeuge, die auf dem Parkplatz der Raststätte standen.

Horndeich klickte sich durch die Bilder. Er erkannte ein paar alte Bekannte. Zunächst seinen Golf – beziehungsweise, was von dem Wagen übrig war. Kategorie: Berühmte letzte Bilder. Dann den fetten Audi Q7 der Bergmann. Ein paar Bilder danach war auch Henriks Motorrad verewigt. Joana Werders Fiat. Und dann, weiter hinten auf dem Parkplatz, ein Porsche. 911. Cabrio. Silber. Mit orangfarbener Motorhaube.

»Das gibt's doch gar nicht!« Horndeich zoomte den Wagen heran, aber das Kennzeichen war von einem Papierkorb verdeckt.

»Was ist?«, wollte Margot wissen.

»Ich glaub, der Typ hat mich angelogen.«

»Wer?«

**176**

Horndeich blätterte in der Liste, fuhr dann mit dem Zeigefinger eine Spalte entlang. »Tatsächlich. Na, den knöpf ich mir vor!«

»Wen denn?«

»Diesen Fritz Nieb. Von wegen Bruce Willis. Der Typ war an der Raststätte.«

Margot trat hinter Horndeich, den Tee in der Hand.

»Könntest du bitte mit dem Giftgas ...«

Margot ignorierte den Einwurf. »Wo?«

Horndeich zeigte auf den Porsche, dann auf den Namen in der Liste. »Ich fahr jetzt sofort hin.«

»Wir sollten ihn noch mal durch den Computer jagen. Vielleicht hat er ja noch was verschwiegen.«

Horndeich nickte grimmig, loggte sich in den Polizeirechner, gab den Namen ein.

Sekunden später erschien die Liste von Fritz Niebs Straftaten auf dem Bildschirm. Es war eine kurze Liste. Aber eine interessante.

»Ich glaub es ja nicht.«

Margot las laut. »2002 verurteilt wegen illegalem Waffenhandel. Sechs Monate auf Bewährung.«

Sie öffneten das entsprechende Dokument. Nieb war zuvor schon in den Verdacht geraten, mit Waffen zu handeln. Nur dieses eine Mal hatte man es ihm nachweisen können. Zwei Heckler & Koch USP – wobei das USP für »Universal-Selbstlade-Pistole« stand. Neun Millimeter Parabellum. Bei der Übergabe in einer Disco hatten die Beamten zugeschlagen.

Nieb hatte damals angegeben, die Pistole in Frankfurt auf dem Schwarzmarkt gekauft zu haben. Ihre Herkunft konnte nicht geklärt werden. In seiner Garage hatte man einige Videorekorder, DVD-Player und andere Unterhaltungselektronik entdeckt. Kaufbelege dafür hatte er nicht gehabt, aber man hatte ihm keinen Diebstahl nachweisen können.

»So, den nehme ich mir jetzt vor.« Mit diesen Worten nahm Horndeich den Hörer ab und befahl, dass man ihm Nieb aufs Präsidium schaffte. »Wenn er nicht freiwillig mitkommt«, sagte er zum Schluss, »wir können auch mit großem Bahnhof anrücken.«

177

Er legte den Hörer auf. »Yippie-ya-yeah, Schweinebacke!«
Er grinste zufrieden.

Auf einmal dudelte Horndeichs Handy. Eine neue Melodie, die Margot noch nie gehört hatte. Ihr eigenes Handy meldete sich immer im Sound eines uralten Telefons mit Wähl-
scheibe.

Horndeich sah aufs Display, lächelte, drückte die Gesprächs-
taste und hielt sich das Gerät ans Ohr.

»Du hast ihn?«, flötete er ins Mikrofon.

Hätte sie es nicht besser gewusst, sie hätte geschworen, dass
er mit seiner Anna telefonierte. Doch das war unwahrscheinlich.

Horndeich hörte dem Anrufer zu, machte sich ein paar
Notizen, dann sagte er: »Super. Danke.« Und beendete das Gespräch.

»Wer war das?«

Horndeich antwortete nicht direkt. »Wir haben diesen Martin.«

»War das Eliza Werder?« Doch für ein Gespräch mit ihr war
der Tonfall viel zu vertraut gewesen. Fand Margot.

»Nein, das war eine Informantin. Geheim. Anonym.«

Es brauchte kaum fünf Sekunden, dann hatte Margot eins
und eins zusammengezählt. »Du hast doch nicht etwa Sandra
die Liste abtelefonieren lassen?«

»Ich habe ihr damit einen Gefallen getan«, verteidigte sich
Horndeich sofort. »Sie stirbt fast vor Langeweile in ihrem
Krankenhausbett. Hast du schon mal das Vormittagsprogramm
im Fernsehen genossen?«

»Nein.«

»Wenn man Sandras Schilderungen glauben darf, dann ist
es schlimmer als ... als Pfefferminztee.«

Margot stöhnte und verdrehte die Augen. »Also, wie heißt
der Knabe und wo wohnt er?«

»Martin Nollbröck. Wohnt im Studentenwohnheim am
Karlshof.«

»Und warum stand sein Name nicht auf der Liste?«

»Weil er nicht sein eigenes Handy benutzt hat. Es war das
Prepaidhandy seines Stiefbruders. Der heißt Richard Swoboda,

**178**

und nur dessen Name stand auf der Liste. Und – Martin ist derzeit zu Hause. Lernt für sein Diplom.«

»Na dann – lass uns ihn mal besuchen.«

Noch auf dem Weg zu Martin Nollbröck meldete sich Marlock, der wieder eine kleine Sonderaufgabe murrend, aber zuverlässig erledigt hatte. »Ich habe mit Barbara Üding gesprochen. Persönlich. Sie sagt, dass sie mal eine Affäre mit Jaromir Kadic gehabt habe, als sie für ein Rennsport-Magazin Artikel über die Hessische Rennsportszene geschrieben habe. Sie habe gehofft, dass er zu ihr nach Hamburg ziehen würde. Aber er hat sich von einem Tag zum anderen nicht mehr bei ihr gemeldet. Da dachte sie dann, dass er sich wohl doch für seine Freundin und die Zwillinge entschieden hat. Sie hat dann wenig später ihren heutigen Exmann kennengelernt, geheiratet und nie wieder Kontakt mit Kadic gehabt. Zum Glück hat sie nach der Scheidung wieder ihren Mädchennamen angenommen, sonst hätte ich länger gebraucht, sie zu finden.«

»Danke, Ralf«, sagte Margot, beendete das Telefonat und berichtete Horndeich die Neuigkeiten.

Fünf Minuten später saßen sie in der Studentenbude von Martin Nollbröck. Das Apartment war klein, aber recht nett eingerichtet und sauber. Zwei E-Gitarren standen auf Ständern an der Wand, daneben ein kleiner Verstärker und, daran angeschlossen, ein Kopfhörer; der Mann verfügte zumindest über ein soziales Gewissen.

»Darf ich Ihnen einen Tee anbieten?«, begrüßte er die Beamten.

»Gern«, meinte Horndeich.

»Danke nein«, wehrte Margot ab.

»Ich habe aber nur Kräutertee«, füge Nollbröck an.

»Ich glaube, dann lassen wir das doch lieber.« Horndeich griente und warf Margot per Blickpost zu: Wag es!

»Woher kannten Sie Joana Werder?«, fragte Margot, das Tee-Angebot ignorierend.

Nollbröck strich sich eine Haarsträhne aus dem Gesicht. »Wir sind auf dieselbe Schule gegangen«, sagte er. »Die Lio in Darmstadt. Ich war eine Klasse über den Zwillingen. Bin aber in der achten sitzen geblieben – und kam so in ihre Klasse. Mein Gott, ich habe von dem Unfall auf der Autobahn gehört. Hab dann erfahren, dass Joana tot ist. Ich hab sie wirklich gemocht. Sehr sogar.«

Horndeich sah auf die herumliegenden aufgeschlagenen Ordner und Bücher, die offenbar schnell auf einen Haufen drapiert worden waren. »Sie ackern gerader fürs Diplom, haben Sie meiner Kollegin verraten.«

»Ja.«

»Thema?«

»Maschinenbau. Bremssysteme im Auto.«

»Und Sie sind auch Musiker?«, fragte Horndeich mit Blick auf die Gitarren.

»Ja«, antwortete Nollbröck. »Ich spiele in einer Band. ›Husquadoors‹.«

»Was soviel heißt wie?«

»Darüber sind wir uns noch nicht einig.« Nollbröck lachte. »Wir sind aber bei Weitem nicht so bekannt wie ›Melancholical Gardens‹. Spielen meist in Darmstadt. Ein paar Mal im ›An Sibin‹. Na ja, wir haben auch keine Joana als Sängerin.«

»Wann haben Sie Joana das letzte Mal gesehen?«, fragte Margot.

»Kurz bevor wir das letzte Mal telefoniert haben.«

Horndeich musste nicht in sein Notizbuch schauen. Das letzte Mal hatte sie Martin vor genau drei Wochen angerufen.

»Wie war ihr Verhältnis zueinander?«

»In der Schule?«

»Über die ganzen Jahre.«

»Die Zwillinge in der Klasse – die waren das doppelte Lottchen. Nur im Fach Musik konnte ich sie auseinanderhalten. Eliza hatte die schönere Stimme, das ist mir damals aufgefallen.«

»Sie meinen Joana?«

»Nein, damals war es Eliza. Vielleicht hat sich Joana auch einfach keine Mühe gegeben. Sie war in der Schule immer die Zickigere. Sie ist erst später ruhiger geworden. Eliza hat auch das bessere Abi hingelegt. Aber ich hatte nie viel Kontakt zu den beiden. Wir waren in unterschiedlichen Cliquen. Auch

**180**

nachdem ich die Klasse wiederholen musste, behielt ich meine
Freunde aus der Klasse über mir.«
»Und wann wurde der Kontakt zu den beiden enger?«
»Nur zu Joana. Da war Eliza schon nicht mehr in Darmstadt.
Wir haben uns mal auf Festivals gesehen. Schon bevor Joana
bei ›Melancholical Gardens‹ einstieg, trafen wir uns immer mal
wieder, wenn ich auftrat. Oder auf Konzerten anderer Darmstädter Bands. Wir waren beide Fans von ›Shaqua Spirit‹. Da ist
man sich öfters begegnet. Die Musikszene in Darmstadt ist eine
kleine Welt, in der man sich zwangsläufig immer wieder über
den Weg läuft. Joana schrieb auch fürs Echo. Einmal hat sie uns
sogar interviewt.«
»Und wann begannen sie, miteinander zu telefonieren?«,
wollte Horndeich wissen.
»Sie gefiel mir. Und ich mochte ihren Gesang. Also bin ich
immer wieder zu den Konzerten der ›Gardens‹ gegangen. Aber
sie war mit diesem Techniker zusammen. Fritz hieß der. Ein
unsympathischer Typ, aber sie hing an ihm. Mir war klar, dass
das auf Dauer nicht gutgehen konnte. Fritz wollte Joana im
goldenen Käfig halten – und darauf reagierte sie zunehmend
allergisch.«
»Kennen Sie auch Matthes, den Bassisten?«
Nollbröck nickte. »Auch der hat sie verehrt. Und ich dachte
mir, der würde so viel besser zu ihr passen als dieser Lackaffe.
Auf jeden Fall habe ich mich da nicht reingehängt. Ich schaute
mir ein paar Konzerte an, trank ab und an mal nach dem Konzert mit der Fangemeinde und der Band ein Bier und das war's.«
»Was meine Frage nach den Telefonaten noch nicht beantwortet«, erklärte Horndeich.
»Sie rief mich an. Ende November. Ich traute meinen Ohren
nicht. Sie wollte mich treffen. Am besten sofort. Sie kam hierher. Mann o Mann, so schnell hatte ich die Bude noch nie
aufgeräumt. Sie hat mir ein Foto gezeigt, das war der Grund,
warum sie überhaupt den Kontakt zu mir gesucht hat.«
»Was für ein Foto?«
»Ein altes, schon ganz rotstichiges Foto. Kennen Sie sicher,
die Billigabzüge aus den Siebzigern, die verbleichen und die
Farbe verlieren. So eins. Auf der Rückseite standen zwei Na-

**181**

men – Jaromir Kadic und Thorsten Nollbröck. Der eine Typ auf dem Foto hatte 'ne dicke Zahnlücke, wo der Eckzahn fehlte. Sie fragte mich, ob ich die Männer kenne und ob ich irgendwas mit meinem Namensvetter zu tun hätte. Ich hab Nein gesagt.«

»Und gelogen?«

Er beantwortete die Frage nicht, machte eine Pause, sah zum Fenster. »Sie blieb bei mir, den ganzen Nachmittag, die ganze Nacht. Ich hatte den Eindruck, sie war ziemlich durch den Wind. Ich glaube auch nicht, dass sie wirklich wegen mir hier blieb. Sie brauchte Ablenkung – nun, die haben wir beide uns gegeben –, aber sie brauchte auch irgendjemand, an dem sie sich festhalten konnte. Und Fritz schien da nicht der Richtige zu sein. Was mich nicht wunderte. Na, ich war der Letzte, der sich darüber in der Nacht beklagt hätte.«

»Hat sie Ihnen erzählt, was es mit dem Foto auf sich hatte?«

»Ja. Am nächsten Morgen. Wir frühstückten zusammen, bevor sie arbeiten ging. Sie sagte mir, dass der Typ rechts auf dem Bild, dieser Jaromir Kadic, dass das ihr leiblicher Vater sei. Der hat sich abgesetzt, da waren sie und Eliza noch keine zwei Jahre. Das hatte sie zwei Tage vorher von ihrem Stiefvater erfahren. Sie kam zu spät in die Redaktion, denn sie erzählte mir zwei Stunden lang von ihrem Verhältnis zu dem Stiefvater. War nicht besonders gut. Und nun hatte sie nach fast dreißig Jahren den Namen ihres richtigen Vaters. Und ein Bild von ihm. Hat sie ganz schön aus der Bahn geworfen.«

»Und dann?«, fragte Horndeich.

»Dann haben wir uns öfter getroffen. Wir mochten uns, sie vertraute mir. Aber wir trafen uns immer heimlich, denn sie war ja mit Fritz zusammen, und der hätte das gar nicht lustig gefunden.«

»Wussten Sie, dass sie schwanger war?«, fragte Margot.

Nollbröcks Augen weiteten sich. Margot konnte das Räderwerk der mechanischen Rechenmaschine im Kopf des jungen Mannes förmlich klacken hören.

»Achte Woche«, fügte Horndeich hinzu.

Das Räderwerk stoppte augenblicklich. »Dann muss sie sich mit Fritz doch besser verstanden haben, als ich dachte. Wir haben nur dieses eine Mal miteinander geschlafen.«

»Wussten Sie, dass man ihr einen Vertrag für eine CD angeboten hatte?«

»Ja. Sie hat nur mir davon erzählt. Und Matthes aus ihrer Band. Ich glaub, wir beide waren so ihre besten Freunde. Sie sagte mir, dass sie ein schlechtes Gewissen habe, weil der Vertrag nur für sie galt, nicht für die Band.«

»Und?«

»Ich hab ihr geraten, anzunehmen. Es war ihre Chance. Und so eine Chance bekommt man nur einmal im Leben.«

Margot fixierte den Maschinenbauer in spe. »Sie haben eine Frage noch nicht beantwortet.«

Nollbröck seufzte.

»Der Name Nollbröck ist in Hessen nicht besonders häufig«, sagte Margot.

»Joana hat mit dem Foto in ein Wespennest gestochen, ohne es zu wissen. Natürlich kannte ich Thorsten Nollbröck sehr wohl.«

»Und wer ist das? Ein Onkel?«

»Nein. Thorsten Nollbröck ist mein Vater. Oder besser: mein Erzeuger.«

Margot starrte ihn an. »Wo – wo lebt ihr Vater jetzt? Wir würden gern mit ihm sprechen. Vielleicht weiß er, wo wir Jaromir Kadic finden.«

»Mein *Erzeuger* ist tot«, erklärte Nollbröck. »Ich bin bei einer Pflegefamilie aufgewachsen. Und habe viele Jahre versucht, nicht mehr an die Menschen zu denken, die mich in die Welt gesetzt haben. Thorsten Nollbröck war zwar mein Vater, aber ich habe kaum eine Erinnerung an ihn. Zumindest behauptete meine Mutter, dass er mein Vater war, und seit ich mich entsinnen kann, hat sie kein gutes Haar an ihm gelassen. Er war ein Junkie, hing schon an der Nadel, als er meine Mutter kennenlernte. Was nicht weiter ins Gewicht fiel. Denn sie war auch süchtig. Weshalb man ihr das Sorgerecht entzog.«

Martin Nollbröck sprach mit der Automatenstimme der Telekom. Als wollte er bei diesem Thema erst gar keine Emotionen aufkommen lassen.

Horndeich konnte das gut nachvollziehen. Seine Eltern waren nicht heroinabhängig gewesen, aber er selbst hatte eine

**183**

kurze, aber intensive Begegnung mit dem Pulver des Todes hinter sich. Denn das war es. Nicht mehr und nicht weniger.

»Ich kam ins Heim, dann nahmen mich meine Eltern als Pflegekind auf. Also meine Stiefeltern. Und die sind für mich meine richtigen Eltern. Sie wohnen in Eberstadt.

Aber meine leibliche Mutter bestand auf Umgang mit mir. Ich erinnere mich an unendlich anstrengende Treffen, meistens im Zoo in Darmstadt, im Vivarium. Im Sommer konnte ich die neuen Einstiche in ihren Ellenbeugen bewundern, und ihre Fahne habe ich stets gerochen. Es lief immer nach demselben Schema ab: erst die völlig überkandidelte Begrüßung, Fragen nach meinem Befinden, dann die Beteuerung, dass ich froh sein könne, in so einer guten Familie zu leben, weil die mir mehr bieten könne als sie – daran jedoch sei mein Vater schuld, also mein leiblicher Vater, der sie mit sich in die Gosse gezogen habe –, und dann kam der Teil mit den Vorwürfen gegen meinen Erzeuger, der angeblich stets irgendwelche krummen Dinge laufen gehabt hatte und schließlich einfach abgehauen sei.

Kurz davor hatte er ihr gegenüber von dem letzten großen Ding geprahlt, das er noch drehen wollte. Wahrscheinlich hat er dafür ein paar Tausender auf die Hand gekriegt und sich anschließend gleich nach Frankfurt, München oder Hamburg abgeseilt. Und sich dort irgendwann endgültig abgeschossen.

Damals wünschte ich mir oft, meine Mutter wäre tot. Aber die Besuche wurden zunehmend seltener. Sie sah jedes Mal mehr wie eine Hexe aus. Verlor viele Zähne. Und immer hatte sie sich das Gesicht mit billiger Kosmetik zugeklatscht, dass sie aussah wie die Oma von Barbie. Mein Gott, war mir das peinlich!

Bis ich dreizehn war. Beim letzten Besuch schrie ich ihr meine ganze Wut ins Gesicht. Die Leute im Vivarium werden sich sicher noch immer an den Tag erinnern. Denn auch sie ließ die Maske fallen. Kreischte mich an, was für ein undankbares Balg ich wär, dass mich meine Pflegeeltern einer Gehirnwäsche unterzogen hätten.

Dann lieferte ich Knirps mir einen Kampf mit ihr. Wir waren ungefähr gleich stark. Und erst die Polizei hat uns auseinandergekriegt, so hatten wir uns ineinander verbissen, und zwar im wahrsten Sinne des Wortes.«

Nollbröcks Stimme gewann nicht an Emotionalität, aber an Tempo. Er hetzte durch den letzten Part: »Drei Tage später rief die Polizei bei meinen Eltern – meinen *richtigen* Eltern, den Swobodas – an. Es war der 4. April 1990. Meine leibliche Mutter ist an einer Überdosis krepiert. Aber ich dachte immer, ich wär schuld an ihrem Tod. Ich steigerte mich da so rein, dass ich schließlich ganz und gar davon überzeugt war, ich hätte sie durch meine Bisse irgendwie infiziert: Aids, die Pest, irgendwas, was sie bei der Obduktion nicht festgestellt hatten. Es hat meine Pflegeeltern ziemlich viele Nerven gekostet, mich heil durch diese Zeit zu bringen.«

Nollbröck holte tief Luft. »Jetzt brauche ich einen Tee – Sie auch?«

Margot nickte, und Horndeich wagte nicht zu protestieren. Nollbröck goss sich und Margot einen Kräutertee auf, dessen Geruch Horndeich vertraut vorkam. Wie hatte er sich gefreut, als er dem Pfefferminzgeruch im Büro hatte entfliehen können!

»Beruhigt und entkrampft – wussten Sie das?«, fragte Nollbröck.

»Was Sie nicht sagen«, erwiderte Horndeich in bemüht ernsthaftem Tonfall.

Margot schickte ihm einen Pfeilblick, der sein Ziel jedoch knapp verfehlte.

Martin Nollbröck setzte sich wieder. »Ich hatte das alles verdrängt, mit keinem darüber geredet. Wenn jemand fragte, warum ich anders heiße als meine Eltern – die ja eigentlich meine Pflegeeltern sind –, dann sagte ich einfach, meine leiblichen Eltern wären bei einem Verkehrsunfall ums Leben gekommen. Hat immer gut funktioniert. Doch dann kam Joana mit diesem blöden Foto. Meine Mutter hatte immer ein Bild von meinem Vater im Portemonnaie. Obwohl sie ihn verbal immer verdammt hat. Es war die Hälfte genau des gleichen Fotos, das Joana mir gezeigt hat. Das, auf dem mir diese Zahnlücke immer wie ein Mahnmal erschien: So darfst du nicht werden.

Auch als Joana mir das Foto zeigte, gelang es mir, alles auszublenden. Aber als sich der Todestag meiner Mutter jährte, da fiel die Schutzmauer in sich zusammen. Wie bei Pink Floyd –

vielleicht war ihr Album ›The Wall‹ deshalb immer meine Lieblingsscheibe. Ich hab Joana heulend angerufen. Sie kam sofort zu mir. Ich erzählte ihr die Geschichte, so wie ich sie gerade Ihnen erzählt habe. Am 4. 4. 90 starb meine Mutter, am 2. 2. genau zehn Jahre davor hat uns mein Vater verlassen.«

»Am 2. 2. 1980?«

»Ja, genauso erstaunt hat Joana auch reagiert. Sie meinte, dass sei der gleiche Tag gewesen, an dem auch ihr Vater verschwand. Ich fragte sie, wie sie an das Bild gekommen sei, denn ich hatte von ihrem Vater noch nie etwas gehört. Joana sagte mir, ihr Vater sei ein guter Rennfahrer gewesen. Und dass mein Vater sein Mechaniker war. Mehr wusste sie auch nicht. Ihr Stiefvater hätte ihr nur ein paar wenige Dinge aus dem Nachlass ihres Vaters gegeben.

Ich erinnere mich, dass meine Mutter bei ihren Tiraden immer von den Eberstädter Jungs gesprochen hatte. Und auch immer von den Rennfahrern. Mehr konnte ich Joana auch nicht sagen. Ich schlug ihr vor, sie solle doch ihren Stiefvater fragen. Aber sie meinte, das würde sie nicht machen. Ich hab ihr gesagt, sie solle doch froh sein, dass sie einen Stiefvater habe, der bei ihr geblieben ist. Aber davon wollte sie nichts hören. Ihren Stiefvater bezeichnete sie als aggressives Arschloch. So drückte sie sich aus. Ich sagte ihr, dass sie wohl ein bisschen überheblich sei. Das war dann auch das Ende des Gespräches – und ich fürchte, auch unserer Freundschaft.«

»Hat Ihre Mutter Ihren Vater nicht als vermisst gemeldet?«

»Klar, das hat sie. Das wusste ich aber nicht. Das hab ich erst erfahren, als ich ein paar Tage nach dem letzten Treffen mit Joana selbst bei der Polizei nachgefragt hab. Denn die Akten von Vermissten werden ja nicht entsorgt. Aber er ist nie wieder irgendwo aufgetaucht. Einer der vielen namenlosen Drogentoten. Vielleicht in Amsterdam. Wer weiß.«

»Und dann haben Sie mit Joana noch mal telefoniert«, sagte Horndeich. »Vor drei Wochen.«

»Ja. Ich wollte nicht, dass unsere Freundschaft so endete. Ich sprach ihr auf die Mailbox, und sie rief zurück. Ich sagte ihr, dass ich ihr eigentlich dankbar sein müsste, weil sie mich ja mit meiner eigenen Geschichte konfrontiert hat.«

»Und was sagte sie?«

»Nicht mehr viel. Sie war in Eile. Und ich fing gerade mit der Lernerei an. Ich versprach, zu ihrem Konzert auf dem Schlossgrabenfest zu kommen. Wir verabschiedeten uns – das war das letzt Mal, dass wir miteinander gesprochen haben.«

Auf der Fahrt ins Präsidium gestanden sich Margot und Horndeich gegenseitig ein, dass auch diese Befragung recht interessant gewesen war, allerdings keine wirklichen Antworten ergeben hatte.

»Wir haben immer noch keine Ahnung, von wem das Kind ist«, stellte Horndeich fest.

»Nieb sagt, er sei nicht der Vater. Der Bassist hat zwar auch mit ihr geschlafen, allerdings nur einmal, und das zu einem Zeitpunkt, der ihn als Vater nicht infrage kommen lässt. Gleiches gilt für Martin.«

»Und was ist, wenn einer der drei lügt?«

»Warum sollten sie?«, fragte Margot. »Mit einem DNA-Test würden wir das doch sofort rauskriegen.«

»Na ja, wäre ja nicht die erste Lüge von diesem Fritz Nieb.«

»Sicher nicht«, gestand Margot ein. »Aber auch der weiß, was ein DNA-Test ist.«

»Na, er hätte sich auch ausmalen können, dass wir seinen Wagen auf dem Rasthof auf der Liste haben«, meinte Horndeich.

»Du glaubst, er ist der Täter?«

»Möglich wär's«, sagte Horndeich. »Sie sagt ihm, sie ist schwanger. Er will das Kind nicht. Sie sagt ihm, dann kriegt sie es eben allein. Das heißt, dass er ein Leben lang für ein Kind zahlen muss. Also bringt er sie um die Ecke.«

»Ein bisschen umständlich das alles, oder?«, meinte Margot.

»Nun – ohne die Kugel in dem Jaguar wäre die Sache immerhin als Selbstmord einer verwirrten Frau durchgegangen.«

»Aber wie kommen er und sein Komplize an die Waffen von dem Überfall von 1980?«

»Vielleicht gehören sie Niebs Papa.«

»Wow, starke Theorie.«

187

»Na, ich gebe mein Bestes.«

»Was mich stutzig macht, ist, dass sich Joanas leiblicher Vater und dieser Nollbröck offenbar kannten und am selben Tag verschwunden sind«, erklärte Margot, die am Steuer saß. »Und zwar kurz nach dem Überfall auf den Werttransport. Und nun wird Kadics Tochter getötet – mit den Waffen vom Überfall damals. Das ist mir irgendwie zu viel Zufall.«

Horndeich zuckte erneut mit den Schultern. »Und wer war jetzt der Vater von Joanas Kind?«

»Vielleicht der unbekannte Anrufer aus Frankfurt«, schlug Margot vor.

»Oder gar keiner von unseren hessischen Kandidaten, sondern irgendein Junge aus Köln.«

»Aus Köln?« Margot warf ihm einen Seitenblick zu. »Wie kommst du denn darauf? Du glaubst doch nicht immer noch, dass Joana und Eliza die Identität getauscht haben?« Sie schüttelte den Kopf. »Das ist zu billig. Kein Krimi hat heutzutage noch den heimlichen Zwillingstausch als Plot. Du siehst Zwillinge im Fernsehen, und du weißt, die haben getauscht. Billig. Unrealistisch. Wenn man Fernsehen schaut, muss man ja glauben, Zwillinge wären dazu geboren, ihre Identität zu tauschen. Warum sollten sie?«

»Keine Ahnung«, gestand Horndeich ein. »Aber sonst kann es Joana nicht geschafft haben, den Rastplatz rechtzeitig zu erreichen. Ich bin davon überzeugt – so wie du daran festhältst, dass Derndorf ermordet wurde.«

Wieder ein Seitenblick. »Das ist doch ganz was anderes!«

»Nein, das ist dasselbe.«

»Das Gleiche.«

»Dasselbe!«

Als sie die Treppe zu ihren Büros hinaufstiegen, gab Margot nach Horndeichs dreiundsiebzigstem »Dasselbe« lachend auf.

»Ist Nieb schon an Bord?«, erkundigte er sich bei den Kollegen.

»Ja, wartet oben bei euch im Verhörraum zwei.«

»Gut, dann nehme ich ihn mir mal zur Brust«, kündigte Horndeich an und verschwand.

**188**

Margot schaute noch mal bei Ralf Marlock vorbei. »Irgendwas Neues?«

»Ich habe die Kollegen in Köln Eliza Werder checken lassen. Die haben nichts über sie. Dann hab ich mir den Rechner aus Joanas Redaktion angesehen. Auch nix Auffälliges.«

»Prima. Kannst du noch was anderes prüfen? Jag mal die Namen Jaromir Kadic und Thorsten Nollbröck durch die Datenbanken. Beide seit dem 2. Februar 1980 wie vom Erdboden verschluckt. So sieht's zumindest aus. Check auch mal die aktuellen Adressbücher – vielleicht wohnen sie ja in der Umgebung, und wir haben nur einfach keine Ahnung davon.«

»Mach ich.«

Manchmal konnte er einfach nur nett sein, der Marlock, dachte Margot.

»Was kann ich für Sie tun?« Nieb grinste nonchalant.

Horndeich grinste zurück. »Glauben Sie, Sie können mich verarschen? Glauben Sie, ich hab Lust und Zeit, mit Ihnen dumme Spielchen zu spielen?«

»Schauen wir mal.«

Horndeich fragte sich, woher der Mann die Chuzpe nahm. Er donnerte die Faust auf den Tisch. »Jetzt reden wir Tacheles!« Er schob das Foto von Niebs Porsche über den Tisch. »Bruce Willis – Bullshit! Nix mit ›Schieß den Fenster!‹ Sie haben Ihre Exfreundin wie ein Stück Vieh auf die Autobahn getrieben. Weil Sie keinen Bock hatten, für Ihr eigenes Kind zu löhnen!«

Nieb starte auf das Foto.

»Neun Millimeter!«, schrie Horndeich ihn an. »Ist doch Ihre Spezialität. Wieder eine Heckler & Koch USP? Wie 2002? Zwei vertickt, eine behalten für den Notfall?«

Nieb wurde blass.

Horndeich glaubte nicht daran, dass er Joana – oder Eliza – umgebracht hatte. Weder das Motiv war wirklich stichhaltig, die Frage des Komplizen auch nicht geklärt – und die Waffen waren gewiss keine HK-USP-Pistolen gewesen. Beziehungstaten geschahen meist im Affekt. Und wenn irgendetwas bei Joanas – oder Elizas – Ermordung auszuschließen war, dann Affekt.

189

Doch Horndeich wolle Nieb einschüchtern. Ihn kleinmachen. Damit er kooperierte, statt mit seinen Lügen und seinem blöden selbstgefälligen Grinsen die Arbeit der Polizei zu behindern.

»Ich will ... Ich will mit meinem A...«

»Sag jetzt nicht das böse Wort mit A.« Manchmal wirkte es Wunder, wenn man einfach »du« sagte – nicht kumpelhaft oder vertraulich, sondern um die Hierarchie klarzumachen. »Weißt du, im Moment plaudern wir einfach. Ich verhöre dich nicht, ich befrage dich nur. Natürlich kannst du jetzt noch mal das böse Wort sagen, dass mit ›A‹ anfängt – und mit ›...nwalt‹ endet. Aber dann käme mir sofort der Gedanke, dass du was mit Joana Werders Ermordung zu tun hast, und dann plaudern wir nicht mehr, dann würde ich dir die Daumenschrauben anlegen – bildlich gesprochen.«

»Okay, okay, okay«, sagte Nieb und hob abwehrend beide Hände. »Ich – ich bin ihr nachgefahren. Ja, das stimmt. Aber ... He, ich wusste nicht, dass sie schwanger war. Und noch mal, nur fürs Protokoll: Ich – bin – nicht – der Vater!«

»Na, du gibst uns sicher nachher 'ne Speichelprobe – freiwillig natürlich –, dann können wir das ausschließen.«

»He, ich sag die Wahrheit!«

»Das habe ich leider schon mal von dir gehört. Ich würde diese Speichelprobe dann wohlwollend unter der Rubrik ›Vertrauensbildende Maßnahme‹ speichern.«

»Is' ja schon gut. Du kannst meine Spucke haben.«

»Duzen wir uns?« Horndeich gab sich erstaunt. »Ich kann mich nicht entsinnen, dir das Du angeboten zu haben. Da bin ich echt empfindlich!«

»Wer spielt hier jetzt Spielchen?«, hielt Nieb ihm vor, doch Horndeichs strenger Blick ließ ihn schließlich einlenken. »Also – *Sie* können meinen Mundsaft haben.«

»Was?«

»Sie können nachher eine Speichelprobe von mir bekommen – freiwillig.«

»Na, siehst du. Geht doch.« Jetzt hatte er Nieb an der Stelle, an der er ihn haben wollte. Der Rest würde nun zügig vonstatten gehen. »Also, präzise und ohne Schlenker: Was ist am Sonntag passiert?«

»Wir hatten Freitag Probe«, begann Nieb. »Ich hab ihr den Kalender aus der Tasche gezogen. Wollte endlich wissen, mit wem sie sich trifft.«

»Nicht gerade die feine Englische.«

Niebs Halsmuskeln spannten sich kurz, als müsste er eine Erwiderung unterdrückte. »Da stand nur ›23 Uhr Raststätte‹. Ich wusste nicht, welche sie meinte. Es stand auch kein Name dabei oder 'n Kürzel.«

Horndeich kannte den Kalender und die Eintragung ja bereits.

»Also habe ich mich im Wagen auf die Lauer gelegt. So ab zehn. Im Schatten der Bäume, sodass das Licht der Straßenlaterne nicht auf meinen Wagen fiel. Irgendwann kam sie aus der Wohnung und stieg in ihren Wagen. Dann fuhr sie los.«

»Wie lange war sie in der Wohnung, bevor du sie gesehen hast?«

»Keine Ahnung. Ich bin immer wieder fast eingeschlafen. Ich hab sie erst bemerkt, als sie aus dem Haus kam.«

»Wie schnell ist sie gefahren?«

»Ein Fiat 126 und schnell?« Er lachte kurz und freudlos auf. »Das passt ja nun mal gar nicht. Im Gegenteil, sie ist geschlichen. In der Stadt sechzig. Aber auf der Autobahn auch. War gar nicht einfach, ihr zu folgen, ohne bemerkt zu werden. Die Brummis haben vielleicht gehupt. Aber Joana fuhr nicht auch nur einen halben Stundenkilometer schneller. Ich hatte den Eindruck, sie wollte sichergehen, dass ihr niemand hinterherfuhr.«

»Sechzig, sagst du?«

»Ja, sechzig. Sie ist an der Raststätte Gräfenhausen Ost nicht abgefahren. Aber dann ist sie bei Langen abgebogen, über die Landstraße auf die Gegenspur und wieder zurück. Da war mir dann klar, welche Raststätte sie anpeilte: Gräfenhausen West.«

»Sie ist nicht vorher schon über die Brücke gefahren?«

»Welche Brücke? Zwischen den Rasthof und der Abfahrt Langen gibt's doch keine Brücke, die man benutzen kann.«

»Doch, gibt es«, widersprach Horndeich, aber dann sagte er schnell: »Tut aber nichts zur Sache. Sie ist also über die B468 auf die andere Seite der A5 und dann zurück nach Gräfenhausen West.«

»Genau. Dann hat sie den Wagen abgestellt und ging über die Parkplätze, auf denen die Laster stehen. Standen aber nicht mehr viele da. Sonntags dürfen die ja ab 22 Uhr wieder auf die Piste.«

»Und du? Du bist ihr nicht nachgelaufen?«

»Nein. Ich hab sie da langgehen sehen. Und ich war ziemlich irritiert. Ich dachte eigentlich, die steuert schnurstracks in das Restaurant und trifft sich dort mit einem Macker. Tja, und es standen halt doch noch ein paar Laster da, und da hab ich sie aus den Augen verloren. Ich dachte noch, die ist vielleicht zu irgendeinem Fernfahrer in die Kiste gesprungen. Das fand ich dann echt eklig. Also bin ich ins Restaurant. Hab 'nen Kaffee getrunken. Und ihren Wagen im Auge behalten. Und dann hat's auch schon geknallt. Nur noch Chaos. Ich hab mich daraufhin im Hintergrund gehalten. Wollte nicht, dass Joana mich bemerkt. Dass sie die Frau war, die auf die Autobahn gelaufen ist, hab ich erst gestern erfahren.«

»Ist sie vom Wagen aus gerannt?«

»Nein, sie ist ganz normal gelaufen.«

»Und das war alles.«

»Ja, das war alles.«

»Was ist, vertickst du noch Waffen?«

»Bin ich bescheuert?« Nieb schüttelte entschieden den Kopf. »Nee, ich hab meine Strafe kassiert. Ich hab mir in der Bewährung nichts zuschulden kommen lassen. Also. Ich hab keinen Bock, mir meine Zukunft durch so was zu verbauen. Mann, das ist fünf Jahre her. Ich dachte, es wär 'n schneller Euro. Ich war saublöd.«

»Kann man wohl sagen«, stimmte ihm Horndeich zu. »Noch was, das Sie uns sagen wollen?« Die förmliche Anrede machte klar, dass von seiner Seite her die Befragung beendet war.

»Nee. Doch. Finden Sie das Schwein, dass das getan hat.«

Na, den Wunsch hätte ihm Horndeich liebend gern erfüllt.

»Sie kann es nicht gewesen sein.«

»Wer kann was nicht gewesen sein?«

»Die Tote kann nicht Joana Werder gewesen sein. Es war ihre Schwester.«

»Nicht schon wieder. Du bist ja regelrecht besessen. Soll ich dir die Nummer eines guten Exorzisten geben?«

»Neineineinein«, sagte Horndeich. »Fritz Nieb ist ihr hinterhergefahren. Sie hat nicht die Abkürzung über die Notabfahrt und die Brücke genommen. Das sind dann genau einundzwanzig Kilometer Fahrstrecke. Und sie ist konstant sechzig gefahren. Damit muss die reine Fahrzeit von ihrer Wohnung zur Raststätte länger gewesen sein als zwanzig Minuten. Der Weg von der Rosenhöhe nach Hause und der Abstecher in ihre Wohnung noch gar nicht mitgerechnet. Aber sie hat die Rosenhöhe nicht vor 22 Uhr 43 verlassen. Und um zwei nach elf war der Unfall. Das sind genau neunzehn Minuten. Das kann nicht funktionieren.«

»Nieb ist ja nicht gerade unser zuverlässigster Zeuge«, meinte Margot. »Dem traue ich so sehr wie dem Wahlkampfversprechen eines hessischen Politikers.«

»Warum sollte er hinsichtlich der Fahrzeit lügen?«

Margot zuckte mit den Schultern. »Keine Ahnung. Aber warum sollte uns Joana verheimlichen, dass in Wirklichkeit ihre Schwester umgebracht wurde? Und warum sollte sie Eliza in den Tod schicken?«

»Angst. Schlechtes Gewissen. Fällt mir so spontan ein.«

»Ralf hat übrigens in Köln nichts über Eliza herausbekommen«, unterrichtete ihn Margot.

»Vielleicht ist sie ja mal in Darmstadt aufgetaucht«, sagte Horndeich. Er war nicht willens, die Theorie mit den vertauschten Zwillingen aufzugeben.

Er tippte Elizas Namen in den Polizeicomputer. Aber der Rechner schwieg sich aus. Kein Treffer.

»Nix, was?«, fragte Margot, und Horndeich kam es vor wie eine bissige Provokation.

»Nein. Nichts«, knirschte er.

»Also Stochern im Nebel«, sagte Margot und seufzte.

Horndeich nahm sich vor, sich nicht aus der Reserve locken zu lassen. Seine Finger glitten erneut über die Tastatur. Dann sagte er leise: »Aha.«

»Was ist?« Margot wirkte überrascht. »Doch was gefunden?«

Horndeich nickte nur.

Margot kam um den Tisch. Zum Glück ohne Pfefferminztee. »Wow!«, sagte sie mit Blick auf den Bildschirm. »Da hätten wir auch früher drauf kommen können.«

Nicht nur Fritz Nieb war vorbestraft. Auch Joana Werder. Eine Viertelstunde später brachte Werner Klewes die entsprechende Akte.

»Isch hädd da was fü Sie, Fraa Kommissarin.«

Horndeich nahm ihm die Akte ab.

»Kaa Teesche jedsd?«

»Nein, hat ihr Arzt ihr verboten«, grunzte Horndeich.

Margot verabschiedete den Mann mit einem süßen Lächeln. Gemeinsam überflogen Margot und Horndeich die Akte.

Im Mai 1997 war Joana festgenommen worden. Sie war damals neunzehn Jahre alt gewesen. Ihre Clique war in eine Apotheke eingebrochen – fünf jungen Leute zwischen siebzehn und einundzwanzig auf der Suche nach Hustensäften und allem, was irgendeinen Rausch verursacht. Allerdings waren sie ziemlich dilettantisch vorgegangen und hatten Fingerabdrücke hinterlassen. Die des späteren Hauptangeklagten Jakob Hassammer waren schon zuvor im Computer gewesen; er war ein bekannter Kleindealer. Und auch Joanas Fingerabdrücke hatte man sichergestellt und ihr zuordnen können.

Hassammer ging direkt ins Gefängnis, Joana bekam acht Monate auf Bewährung, die anderen drei ebenfalls Bewährungsstrafen. Die Verhandlung war im August gewesen.

»Da hatte sie gerade die Stelle beim Darmstädter Echo«, stellte Horndeich fest.

»Wahrscheinlich hat sie deshalb Bewährung bekommen. Um ihr eine Chance zu geben.«

»Hat ja auch funktioniert.«

Margot setzte sich wieder an ihren Schreibtisch.

Horndeich überflog auch den Rest der Akte. Joana war rotzfrech gewesen bei der Vernehmung. Erst ihr Anwalt hatte ihr wohl klarmachen können, dass sie damit die Aussicht auf Kost und Logis auf Staatskosten beträchtlich erhöhte.

Mit einem Mal wurde Horndeich ganz zappelig. »Mensch, jetzt hab ich doch alles, was ich brauche!«

»Was ist denn nun schon wieder?«, nörgelte Margot, die sich in die Liste mit den Autos von der Raststätte vertieft hatte.

»Otto! Ich brauche Otto. Sofort.« Margot war nicht klar, weshalb Horndeich unbedingt mit Kollege Fenske sprechen wollte. »Horndeich, komm runter. Der ist nicht da und kommt frühestens morgen wieder.«

»Wieso? Wer hat sich erlaubt, ihm freizugeben?«

»Sein Weisheitszahn. Den kriegt er heute gezogen. Vielmehr rausoperiert. Wahrscheinlich –«, Margot sah auf die Uhr, »– gerade jetzt.«

Horndeich nahm sein Handy, klickte sich durch die Menüs, klickte die Handynummer von Otto Fenske an, dem Guru für Fingerabdrücke.

»Otto? Hab ich dich. Ich brauch dich. Jetzt. Hier.« Eine längere Pause, dann: »Nein, das kann Kollege Asdeff nicht machen, das kann überhaupt kein anderer machen, das ist knifflig. Das sind die Fingerabdrücke von eineiigen Zwillingen.« Jörg Asdeff war seit noch nicht mal einer Woche Fenskes Assistent.

»Horndeich, untersteh dich, Fenske hierherzuzitieren!«, versuchte Margot zu intervenieren. »Der Mann ist beim Zahnarzt!«

Horndeich ignorierte sie. »Ja, das verstehe ich, aber … – Ja, aber wenn der Zahn schon draußen ist, kannst du doch … – Aber deine Frau kann dich doch fahren! – Doch, ich bin sicher, dass das verschiedene Abdrücke sind! – Weil ich glaube, dass die Zwillinge die Identität getauscht haben! – Ja, ja, ja. Zwillingstausch ist ein ausgelutschtes Thema, das weiß ich. – Okay, um einen Kasten Bier. – Ja, das gute Darmstädter Braustüb'l! – Gut. Danke. Bis nachher.«

Margot stöhnte entnervt. »Das glaub ich jetzt nicht.«

Horndeich strahlte wie ein kleiner Junge, der auf dem Jahrmarkt gerade das große Kuscheltier gewonnen hat. »Er wird mir nachher den Beweis liefern, dass die Zwillinge ihre Rollen getauscht haben. Dass die Tote Eliza Werder ist. Und ich bestelle Joana her. Und dann will ich ihr dummes Gesicht sehen. Bin gespannt auf ihre Antworten. Und freue mich schon auf das Bier.«

»Und das kann nicht bis morgen warten?«

»Nein, das kann *nicht* bis morgen warten.« Zwar gab es ein recht zuverlässiges Computerprogramm zur Überprüfung von Fingerabdrücken. Aber nur der Spezialist mit jahrelanger Erfahrung konnte jeden – na ja, *fast* jeden – Fehler ausschließen.

»Und jetzt?«, fragte Margot.

»Jetzt habe ich mir eine Pizza verdient«, sagte Horndeich, zufrieden grinsend. »Kommst du mit?«

Die Pizza im »Lokales« labte Magen und Geist. Damit konnte Margot auch die schlechten Nachrichten wegstecken, die Baader für sie bereithielt. Es war der Abschlussbericht der Spurensicherung im Fall des »Tötungsdelikts zum Nachteil von Andreas Derndorf«.

Sie konnte sich einfach nicht an diese Ausdrucksweise gewöhnen. Zum Vorteil gereichte das Tötungsdelikt den Betroffenen sicher nicht.

Der Bericht war eindeutig: Wie auch Hinrich von der Gerichtsmedizin hatten die Jungs aus dem Labor nichts finden können, was auf ein Fremdverschulden hindeutete. Es war nur ein Schuss abgegeben worden, Derndorfs Fingerabdrücke – und nur seine – waren auf der Waffe zu finden, und das auch an der richtigen Stelle; er war derjenige gewesen, der die Waffe gehalten und abgedrückt hatte. Auch die Patronenhülsen in der Trommel trugen Derndorfs Fingerabdrücke; also hatte er auch die Waffe geladen. Es fanden sich Schmauchspuren an seiner Hand und Kleidung, ebenfalls an den richtigen Stellen. Der Revolver war auf Andreas Derndorf registriert gewesen, ebenso wie die anderen Waffen in seiner Wohnung.

Zeit für einen Tee. Fenchel. Damit Kollege Horndeich nicht wieder piensen musste.

Sie brühte sich eine Tasse auf.

»Trinkst du das Zeug etwa wirklich? Ich dachte schon, Horndeich will mich verarschen.« Es war Marlock, der den Kopf zur Tür hereinsteckte.

»Das ist noch die harmlose Variante. Vorhin hat sie mich wieder mit Pfefferminz gequält!«

Margot ignorierte beide Einwürfe. »Du hast uns sicher was

Wichtiges mitzuteilen, Ralf. Nimm Platz. Auch 'nen Tee?« Das zu fragen konnte sie sich nicht verkneifen.

»Hast du Damiana?«

»Was?«

»Tee aus Damiana.«

»Kenn ich nicht.«

»Gilt als Aphrodisiakum und Antidepressivum. Sozusagen eine Mischung aus Viagra und Glücksstoffen. Wahrscheinlich eher ein Männertee.«

Horndeich grinste übers ganze Gesicht. Hätte er keine Ohren, würde er im Kreis grinsen, dachte Margot. »Ich kaufe meine Tees nicht im Dolly-Buster-Shop. Und jetzt zur Sache – was hast du uns Nettes zu berichten?«

»Okay, fangen wir mal an.« Marlock nahm vor ihrem Schreibtisch Platz. »Es wurde nie eine Vermisstenanzeige für Jaromir Kadic aufgegeben. Aber Thorsten Nollbröck ist ein Kandidat in der Vermisstenkartei. Seine Lebensgefährtin hat ihn eine Woche nach seinem Verschwinden als vermisst gemeldet. Erst so spät, weil er immer wieder mal für ein paar Tage untergetaucht ist. Und Nollbröck war auch für die Kollegen kein Unbekannter. Ist dreimal wegen Autoknackens verknackt worden.« Er grinste, weil er das Wortspiel für ungemein gelungen hielt. »Einmal auf Bewährung, zweimal ging er in den Bau. Ansonsten wurde zehn Mal gegen ihn ermittelt, übrigens auch vier Mal wegen Taschendiebstahl; scheint flinke Finger gehabt zu haben. Und dann haben sie ihn noch zweimal wegen Beihilfe zum Einbruchsdiebstahl drangekriegt. Er hat es wohl nie besonders intelligent angestellt, den Reibach haben immer die anderen gemacht. Aber im Schlösserknacken – da war er richtig gut. Und er war auch dem Drogendezernat bekannt. Hat Heroin als Kleindealer verticken.«

»Und seit wann wird er vermisst?«

»Wie du gesagt hast – seit dem 2. Februar 1980. Abends.«

»Dann hat Martin Nollbröck das richtige Datum im Kopf gehabt«, sagte Horndeich. »Und es ist das Datum, an dem auch der Vater der Zwillinge verschwand – laut Werder.«

»Sie waren im selben Motorsportclub, sie sind am selben Tag verschwunden«, meinte Margot. »Da stinkt doch was.« Sie nahm einen Schluck Tee, sah Horndeich dabei an, und dessen Blick sagte ihr, was für den Herrn Kollegen hier stank.

»Vielleicht findest du noch jemandem aus dem Eberstädter Motorsportclub, der sich an die beiden erinnert«, sagte sie zu Marlock.

Ralf Marlock machte sich eine Notiz in seinem Büchlein. Dann berichtete er: »Ich hab auch Derndorf mal unter die Lupe genommen.« Horndeich verdrehte die Augen, während Marlock fortfuhr: »Unterm Strich: unauffällig. Keine Vorstrafen. Mitglied im Schützenverein Egelsbach, seit zehn Jahren auch bei der DPL – also fast ein Gründungsmitglied. Seit sieben Jahren arbeitete er in der Geschäftsstelle. Und zuletzt wählte er die Handynummer seiner Chefin, Helena Bergmann. Mit der hat er am meisten telefoniert. Hin und wieder auch mit seiner Mutter. Ansonsten – keine Frauen.«

»Na also«, murmelte Horndeich. »Nicht mal ein gehörnter Ehemann kommt in Verdacht …«

»Nichts, was irgendwie auffällt?«, fragte Margot ernüchtert.

»Doch«, antwortete Marlock, und sie schaute ihn sofort erwartungsvoll an. »Zumindest etwas, das seltsam ist. Ich sagte doch, es ist wie beim Doc; der findet auch immer was. Also: Er hat von der DPL ein Gehalt gekriegt, das gut bemessen war, aber nicht außergewöhnlich hoch. Aber von einem Aktiendepot wusste die Bank nichts. Und sein Konto weist auch keine Eingänge von irgendwelchen Depots auf. Doch allein von dem Gehalt konnte er sich kaum den Wagen und die Wohnungseinrichtung leisten. Vielleicht hatte er irgendwo ein Bargelddepot und nicht so ganz hasenreines Geld. Aber in der Wohnung haben die Kollegen nichts gefunden.«

Nun war auch Horndeich hellhörig geworden und fragte: »Irgendwas über seine Chefin, die Bergmann?«

»Auch seltsam. Als ich erfahren wollte, warum die Bergmann an der Raststätte gewesen ist, hat mich ihre Sekretärin sofort an die Bergmann persönlich weitergeleitet.«

»Und?«, fragte Margot.

»Nun, sie sagt, das würde sie doch lieber euch persönlich sagen.«

Horndeich staunte nicht schlecht. »Uns?«

»Ja. Sie nannte euch mit Namen. Herrn Steffen Horndeich und Frau Margot Hesgart.«

»Hast du mit ihr einen Termin vereinbart?«, fragte Margot.

»Nein, sie sagte, sie sei den ganzen Nachmittag über im Büro ihrer Geschäftsstelle, und ihr könntet jederzeit vorbeischauen.«

»Na denn!«, sagte Horndeich und stand auf.

»Noch was?«, fragte Margot.

»Nein, das war's fürs Erste«, schloss Marlock.

»Prima«, meinte Margot. »Dann ab an die frische Luft.«

»Genieß es«, sagte Horndeich, als er mit Margot den City-Ring entlangfuhr.

»Was denn?«

»Na, ab morgen kommen wir hier nur noch mit Blaulicht durch. Wegen des Schlossgrabenfests.«

Margot stieß einen tiefen Seufzer aus, der den ganzen Weltschmerz gegenüber den Widrigkeiten beinhaltete, die ihr bei der Ausübung ihres Berufs in den Weg gelegt wurden. »In einem Monat machen sie den City-Ring fürs Heinerfest schon wieder dicht. Wenn der Ring die Hälfte des Jahres über nicht befahren werden darf – das führt doch seinen Zweck ad absurdum.«

Horndeich sah das nicht ganz so eng. Wenn in Darmstadt gefeiert wurde, waren die Straßen halt für Autos tabu. Er konnte damit leben. Und mit dem kleinen blauen Lichtlein auf dem Dach konnten sie ja, wenn es nötig war, jederzeit den City-Ring passieren. Wenn auch gaaanz langsam, wenn sie keine unfreiwilligen Beifahrer auf der Motorhaube sitzen haben wollten.

Margot steuerte den Dienst-Vectra auf das Grundstück unweit der Fachhochschule. Hochschule, korrigierte Horndeich sich sofort in Gedanken. Denn die Fachhochschule nannte sich nur noch Hochschule. Und Hochschule war nicht mehr Hochschule, sondern nur noch Universität. Verstehen musste man das nicht. Vorbei war die Zeit, in der man als akademisch voll und ganz gebildeter Mensch den eher praxisnah Ausgebildeten als »Fasthochschüler« hatte diffamieren können.

Aber zumindest verdienten viele Agenturen daran, dass die Bezeichnungen geändert wurden und man eine neue Corporate

**199**

Identity brauchte. Viele Broschüren mussten gedruckt werden, um Normalsterblichen wie ihm zu verklickern, was sich dadurch alles änderte. Das war nicht viel, aber auch das musste man den Menschen erst mal erklären.

Seine Gedanken brachen ab, als Margot den Wagen stoppte. Die Geschäftsstelle der »Demokratisch Patriotischen Liste« residierte in einem modernen Glaspalast im Birkenweg. Nobel. Teuer.

Angemessen, wie Frau Bergmann ihnen sicher gleich verkünden würde.

»Frau Hesgart, Herr Horndeich – sehr angenehm.«

Horndeich konnte es nicht verleugnen: Die Bergmann hatte Ausstrahlung. Die benutzte sie seiner Meinung nach nur für die falsche Sache.

Das Büro von Helena Bergmann war kleiner, als Horndeich es erwartet hatte. Laminat statt Parkett. Zwar ein monströser Schreibtisch, aber nicht ganz passende Regale aus einem schwedischen Möbelhaus – zweckmäßig. Vier Bilder zierten die Wände. Sie wirkten wie farbige Details in der Kulisse des alten UFA-Films »Metropolis«. Horndeich betrachtete sie.

»Ah, Sie mögen Kunst!«

Er antwortete nicht. Eines der Bilder erinnerte ihn ein wenig an eine abstrakte Variation der internationalen Raumsstation ISS. Der Skandal um die betrunkenen NASA-Astronauten kam ihm in den Sinn.

»Marlies Blücher. Eine der richtig Guten. Ich hatte Glück – das Bild, das Sie sich da gerade anschauen, wollte ich unbedingt haben. ›Labyrinth – blau‹. Es war aber schon verkauft. Der Käufer hat das Geschäft seines Lebens gemacht, als ich ihm dann das Bild abgekauft habe. Ich mag es, wie die Blücher in ihren Bildern auf Details verzichtet und damit die wahre, reine Seele alter Industrieanlangen zeigt.«

Na, da lag ich mit »Metropolis« nicht ganz daneben, dachte Horndeich. Ein Blick zu Margot zeigte ihm, dass sie diesen Werken rein gar nichts abgewinnen konnte. Einmal mehr fragte er sich, wie sie es mit einem Kunsthistoriker unter einem Dach aushielt. Oder umgekehrt. Liebe, dachte er. Den kleinen Seufzer, der ihm entglitt, wertete die Bergmann sicher als Ausdruck der Verzückung hinsichtlich des bestaunten Kunstwerks.

Die Bergmann bot ihnen Platz an. Dann ließ sie sich selbst hinter dem Schreibtisch nieder und sagte: »Sie fragen sich, was ich an der Raststätte gemacht habe, als es zu dem tragischen Unfall kam.«

»Es war Mord«, berichtigte Margot. »Und wir fragen uns vor allem, in welchem Verhältnis Sie zu Andreas Derndorf standen.« Sie stellte gleich klar, dass sie es war, die die Marschroute vorgab.

»Nun, eine traurige Angelegenheit. Andreas Derndorf – er war nicht nur ein guter Mitarbeiter, er hatte sich ganz und gar unserer Sache verschrieben«, erklärte Helena Bergmann. »Schon kurz nach der Gründung trat er der Partei bei.«

*Der* Partei – wie sie das sagt, dachte Msrgot. Es weckte unangenehme Assoziationen …

»Er teilte voll und ganz unsere Ideale und Visionen«, fügte Helena Bergmann noch hinzu.

Drunter machen sie es nicht, dachte Horndeich. Ideale. Visionen. Gesellschaftsentwürfe. Weltveränderung.

Helena Bergmann nieste laut. »Entschuldigen Sie, Heuschnupfen.« Ganz profan schnäuzte sie in ein Papiertaschentuch. Kurz verzog sie das Gesicht. Wenn Schnäuzen schmerzte, dann schien sie mit der heftigeren Variante der Allergie gegeißelt.

Warum will sich einfach kein Mitleid einstellen?, dachte Horndeich nicht ohne Häme.

»Haben Sie eine Veränderung an Andreas Derndorf in den Tagen vor seinem Tod bemerkt?«, fragte Margot. »Oder in den Wochen davor?«

»Nun, im Nachhinein ist man immer schlauer. Wenn ich zurückschaue – ja, er wirkte bedrückt. Schade, dass ich ihn nicht darauf angesprochen habe. Aber er hat nie über private Dinge geredet.«

»Er erwähnte Aktiengeschäften – wussten Sie etwas darüber?«

Die Bergmann lächelte ihr Kameralächeln. »Es tut mir leid, aber ich fürchte, ich muss Sie enttäuschen. Seine Geldangelegenheiten zählte er auch zu den privaten Dingen.«

Ein simples »Nein« hätte es auch getan ... Horndeich spürte, wie seine Antipathie gegenüber Helena Bergmann immer noch zunahm. Vielleicht sollte er sich bei Margot mal nach einem Tee gegen überschäumendes Aggressionspotenzial erkundigen.

»Sein letzter Anruf galt Ihnen, Frau Bergmann«, erklärte Margot.

»Ja, er hat mich angerufen«, gab sie freimütig zu. »Er sagte, es gehe ihm nicht gut.«

»Sagten Sie nicht, er habe nicht über Privates gesprochen?«, wunderte sich Horndeich.

Die Bergmann blieb aalglatt. »So ist es, und deshalb habe ich mich über diesen Anruf auch sehr gewundert.«

»Fast alle Anrufe, die von seinem Handy aus geführt wurden, galten Ihnen«, sagte Margot, »oder Sie haben ihn angerufen.«

»Natürlich«, sagte Frau Bergmann, ohne die Ruhe zu verlieren. »Er war mein persönlicher Sekretär. In meiner Funktion als Parteivorsitzende musste ich sehr, sehr häufig mit ihm in Kontakt treten.«

»Wie haben Sie reagiert, als er Ihnen sagte, es gehe ihm nicht gut?«, fragte Margot.

»Ich habe ihn ganz naiv gefragt, ob er etwas brauche. Ich dachte, er läge mit Fieber im Bett. Ich wusste nicht ... Ich ahnte ja nicht, dass er sich in einer schweren persönlichen Krise befand.«

»Wie kam es, dass Sie ausgerechnet am Sonntagabend auf der Raststätte Gräfenhausen waren?«, wollte Horndeich wissen.

Helena Bergmann nickte lächelnd. Ein Lächeln, das Horndeich fast auf die Palme brachte. »Es war mir klar, dass Sie mich das fragen würden. Und – hier unter uns gesprochen – es ist ein Glücksfall für unsere Partei, dass sich diese Tat – dieser Mord *hier* ereignet hat und nicht in einem anderen Bundesland. Denn sie ist ein Beleg für die Missstände, die unsere Partei anprangert. Und sie beweist den Menschen, dass es wirklich jeden treffen kann, egal, welcher sozialen Schicht er angehört, ob er seine Steuern pünktlich zahlt oder nicht. Es ist eine Schande für Hessen – für ganz Deutschland –, dass so etwas in diesem Land passieren kann.«

Horndeich schwoll der Kamm. Der Zynismus dieser Tussi war kaum mehr zu überbieten. Er bewunderte einmal mehr, wie seine Kollegin die Contenance bewahrte.

»Das beantwortet die Frage nicht«, sagte Margot ganz ruhig.

»Entschuldigen Sie.« Die Bergmann lächelte zuckersüß – und nieste. Wieder ein Taschentuch. Horndeich versucht kurz zu überschlagen, wie vielen Bäumen dieser Schnupfen pro Sommer den Tod brachte. Wie viele Papiertaschentücher konnte man aus einem Baum eigentlich herstellen? Stammt das Papier für so ein Taschentuch überhaupt von einem Baum? Gute Fragen für »Die Sendung mit der Maus«.

»Ich war auf dem Weg von Marburg nach Stuttgart. Ich hatte in Marburg eine Rede gehalten und wollte am nächsten Morgen mit dem Vorsitzenden der DPL Stuttgart sprechen. Das ist unsere Schwesterpartei, nur drei Jahre nach uns gegründet. Aber wir in Hessen sind der Urvater. Oder vielmehr –«, sie lachte kurz auf, »– die Urmutter.«

Es gab Momente, da wünschte sich Horndeich, dass die Wahlen durch eine Massenkeilerei aller Beteiligten ausgefochten würden. Wer zuletzt aufrecht stand, stellte die Regierung. Das würde sicherstellen, dass Typen wie die Bergmann schon an der Fünf-Fäuste-Hürde scheiterten. Nein – er meinte das nicht ernst. Aber er fragte sich, ob es nicht noch andere Mittel gegen antidemokratische Parteien gab als die Fünf-Prozent-Hürde.

»Ich wollte einfach durchfahren und in Stuttgart übernachten«, fuhr Helena Bergmann fort. »Ich habe für Sie die Tankquittung von Marburg und die Hotelbuchung kopiert. Sie können sich erkundigen.«

Sie hat also schon Beweise für ihre Unschuld gesammelt, dachte Horndeich. Und das, obwohl sie gar nicht offiziell verdächtigt wird. So wird es wohl jeder machen müssen, wenn ihre Partei mal an die Macht kommt ...

»Ich bin nach dem tragischen Geschehen noch weitergefahren nach Stuttgart«, sagte Helena Bergmann. »In der Raststätte habe ich nur einen Kaffee getrunken.«

»Haben Sie auch davon eine Quittung?« Horndeichs nächster Beitrag zum Gespräch.

Er hatte es nicht ernst gemeint, aber das konnte sie nicht wissen. »Mit Verlaub, werter Herr Horndeich ...« Sie starrte ihn ungläubig an. »Heben Sie den Kassenzettel auf, wenn Sie eine Tasse Kaffee kaufen?«

Margot übernahm wieder. »Sie sind selbst gefahren?«

»Ja.«

»Sie fahren immer selbst?«

»Nein, nicht immer. Manchmal nehme ich mir einen Chauffeur.«

»Und der wäre?«

»Wenn ich einen Fahrer brauchte, dann war es meistens Herr Derndorf.«

Horndeich bewunderte Margot manchmal dafür, wie ihre Synapsen die verborgensten Zusammenhänge herstellen konnten.

»Aber nicht an diesem Sonntag?«

»Nein, nicht an diesem Sonntag.«

»Warum nicht?«

»Ganz einfach: Es war Sonntag. Wochenende. Freie Tage für die Lohnabhängigen.« Wieder dieses scheinheilige Lächeln. »Die Gewerkschaften haben lange dafür gekämpft. Und nicht einmal die DPL will das antasten. Obwohl ein bisschen mehr Einsatz für das Gemeinwohl uns allen guttäte.«

»Die Parteivorsitzende der DPL durch die Lande fahren?«, fragte Margot mit gespielter Verwunderung. »Das fällt unter Einsatz für das Gemeinwohl?«

»Versuchen Sie gerade, mir das Wort im Munde umzudrehen?«, fragte Helena Bergmann; sie hielt ihr falsches Lächeln dabei aufrecht.

»Nein.« Margot lächelte zurück. Ein Lächeln, so eisig, dass sogar die Pinguine ihren Schal aus dem Schrank geholt hätten.

»Kommen Sie denn voran im Mordfall Joana Werder?«, fragte die Bergmann. Es schien nicht so, als wollte sie das Thema wechseln, dennoch war sich Horndeich sicher, dass genau das der Grund dieser Frage war.

»Ja, wir kommen voran«, log Margot, ohne mit der Wimper zu zucken. »Und wie Sie sehen, gehen wir allen Hinweisen und Spuren nach.«

»Und Sie sind nicht der Meinung, dass Sie ein bisschen Unterstützung brauchen könnten?«

»Aber natürlich. Es wäre nett, wenn die Landesregierung die gestrichenen Stellen bei der Polizei wieder aufstocken würde. Und die gestrichenen Richterstellen. Dann könnten wir unserem Auftrag, die Bevölkerung zu schützen, sicher besser und schneller nachkommen.«

Die Bergmann setzte an, einen Vortrag über die Ziele ihrer Partei zu halten, doch Margot unterbrach sie, indem sie den Zeigefinger hob; eine Geste, die Horndeich schon immer an ihr gehasst hatte, die aber die Bergmann tatsächlich zum Schweigen brachte.

»Nein, Frau Bergmann, wir verfolgen nicht die gleichen Ziele. Ich halte Ihre Ansätze für populistisch und kontraproduktiv.«

Helena Bergmann wollte widersprechen, doch Margots Zeigefinger schwang wieder hoch.

»Den *Standortvorteil*, als den sie Joana Werders Ermordung betrachten, kann ich leider nicht erkennen. Aber ich verspreche Ihnen, dass wir den Mörder finden werden. Auch ohne private Hilfssheriffs. Auch ohne Aufgebot zorniger Bürger. Auch ohne Bürgerwehr. Wahrscheinlich sogar deshalb, weil wir uns nicht mit solchen Amateuren und Halbprofis herumschlagen müssen. Sondern weil wir ausschließlich mit Leuten arbeiten, die entsprechend ausgebildet wurden und genau wissen, was sie tun. 1-1-0. Polizei. *Da werden Sie geholfen*. Einen schönen Tag noch.«

Horndeich hatte Margots Plädoyer fasziniert gelauscht und musste den Drang zu applaudieren unterdrücken.

Fast hätte er das Stichwort zum Abflug verpasst. Gerade noch rechtzeitig ging er ihr hinterher.

Starker Abgang!

Er hätte sie küssen mögen.

Natürlich nur auf die Wange.

Manchmal machte es wirklich Spaß, mit ihr zusammenzuarbeiten.

Horndeich hatte Eliza Werder für 17 Uhr bestellt. Zur selben Zeit, zu der sich Kollege Otto Fenske angesagt hatte. Um drei hatte der angerufen und mitgeteilt, dass ihn seine Frau um fünf zum Präsidium fahren würde. Sie hätte vorher noch ihren Gymnastikkurs, könne daher nicht früher. Und er, Fenske, würde dank der Schmerzmittel auf Wolke sieben schweben – an Autofahren sei nicht zu denken.

»Ich würde Ihnen gern Fingerabdrücke abnehmen«, erklärte Horndeich Eliza Werder.

»Weshalb?«

»Wissen Sie, eineiige Zwillinge haben unterschiedliche Fingerabdrücke. Ist schon komisch, die Gene sind völlig identisch, aber die Fingerabdrücke nicht.«

Während er Elizas Daumen über das Tintenkissen rollte, fuhr er fort: »Das ist eine hochinteressante Sache, oder? Ich meine, wenn die Gene identisch sind, die Fingerabdrücke aber nicht, heißt das dann nicht, dass doch nicht alles nur durch die Gene vorbestimmt ist?« Er rollte den Daumen über die gekennzeichnete Stelle auf dem Erfassungsbogen. Danach folgte die gleiche Prozedur für Zeige- und Mittelfinger.

»Das hat doch auch was Beruhigendes, nicht wahr?«, fuhr Horndeich fort. »Wir sind alle unseres Glückes Schmied.«

Ringfinger.

»Oder auch unseres Unglücks.«

Kleiner Finger.

»Was genau wollen Sie von mir?«, fragte Eliza Werder.

»Ich möchte mich noch mal mit Ihnen unterhalten. Da sind ein paar Fragen aufgetaucht, die ich mir nicht beantworten kann.«

»Und dazu brauchen Sie meine Fingerabdrücke?«

Er nahm die Abdrücke der linken Hand.

»Ja. Wir müssen zum Beispiel klären, wer wann was im Auto angefasst hat.«

Eliza seufzte vernehmlich, und ihr Ärger war kaum zu überhören. Es sei denn, man hatte die Ignoranz auf Stufe zehn gedreht. Wie Horndeich derzeit.

Gerade hatte er alle Fingerabdrücke genommen, da erschien Fenske.

»'n Abend«, nuschelte er.

»Guten Abend«, echote Eliza.

Horndeich brachte kein Wort heraus. Irgendwas war beim Kuss der Prinzessin schiefgelaufen. Fenske sah aus wie ein Halbfrosch. Rechts schien der Kuss noch oder schon zu wirken, aber die linke Wange wirkte, als hätte er sie aufgeblasen.

Bei Fenskes Anblick überfiel Horndeich gleich das schlechte Gewissen, dass er den Kollegen in seinem Zustand ins Revier beordert hatte. Umso mehr ging es jetzt darum, zu beweisen, dass seine Theorie richtig war.

Horndeich zeigte Eliza, wo sie sich die Hände waschen konnte. Dann geleitete er sie in einen der Verhörräume.

»Einen Moment, ich bin gleich wieder da«, bat er und eilte zurück zu seinem Kollegen.

»Hier. Das sind die Abdrücke von der Toten am Rasthof. Und das hier sind die, die Joana bei dem Einbruch in die Apotheke hinterlassen hat. Daneben die, die damals bei ihrer Festnahme von ihr genommen wurden. Und hier sind die, die ich Eliza gerade abgenommen habe.« Er sah Fenske an. »Und jetzt hör zu: Ich bin sicher, dass die der Toten von der Raststätte nicht die vom Einbruch sind. Und auch nicht die von Eliza heute. Denn Eliza ist Joana.«

Fenske nickte völlig uninteressiert und brummte nur: »'al 'chaun.«

Horndeich ging in den Verhörraum. Eliza saß auf dem Stuhl und sah ihn herausfordernd an. Selbstsicher.

Wart's ab, dachte Horndeich. Eröffnung. Der Bauer zog selbstbewusst zwei Felder nach vorn. »Wussten Sie, dass Ihre Schwester nach ihrem vermissten leiblichen Vater gesucht hat?«

»Nein.« Die Antwort kam schnell.

»Aber Sie wissen, dass Heino Werder nicht Ihr leiblicher Vater ist?« Der Läufer zieht nach vorn.

»Ja.«

»Wie lange wissen Sie das?«

»Joana hat mir davon erzählt. Im Dezember, irgendwann, nachdem sie mit Heino gesprochen hat. Aber für mich hat das keinen Unterschied gemacht. Der eine Vater hat sich verpisst, als ich noch in die Windeln gemacht hab, der andere hat mich geschlagen. Man kann sich seine Väter nicht aussuchen, das ist das Einzige, was ich daraus gelernt habe.«

Warum hatte Horndeich den Eindruck, dass er soeben seinen Läufer verloren hatte?

»Nollbröck. Jetzt erinnere ich mich an den Namen von diesem Martin. Martin Nollbröck, so hieß er.«

Horndeich machte mit einem anderen Bauer Platz. »Danke, so schlau sind wir inzwischen auch schon. Und außerdem: Wir haben alte Fingerabdrücke Ihrer Schwester.« Die Dame nach vorn. »Sie haben uns nicht noch irgendetwas mitzuteilen?« Noch ein Feld weiter.

»Nein. Weshalb?« *Gardez* – schützen Sie Ihre Dame!

Die Dame lieber wieder ein Feld zurück. Offenbar keine Bedrohung. Aber man weiß ja nie …

»Frau Werder – so rede ich Sie an, denn was Ihren Vornamen angeht, bin ich mir momentan nicht mehr so ganz sicher … Also, Frau Werder, Ihre Schwester konnte unmöglich rechtzeitig vom Konzert zur Raststätte gelangen. Das lässt nur einen Schluss zu.« Zwei Türme zur Verstärkung.

»Und der wäre?«

Okay, sie wollte es so haben.

Schach. »Die Tote von der Raststätte ist Ihre Schwester.«

»Daran zweifelt wohl niemand.«

Einen Turm weniger.

»Ich meine, die Tote von der Raststätte – das ist Eliza Werder. Und nicht Joana Werder. *Sie* sind Joana.«

»Waas?« Sie starrte ihn aus großen Augen an. War das echte Verwunderung? War das Schauspielerei? Sie schüttelte ungläubig den Kopf. »Bullshit.«

Horndeich konnte gute Schauspielkunst von schlechter nicht unterscheiden. Für ihn war John Wayne ein ebenso begnadeter Künstler wie Robert DeNiro.

Aber okay, noch ein Turm in die ewigen Jagdgründe. »Warum?«, fragte er, ohne sich seine Unsicherheit anmerken zu lassen. »Warum haben Sie die Rollen getauscht?« Für einen Moment glaubte Horndeich einen Hauch Irritation hinter der Fassade der Werder zu sehen. »Wollen Sie es nicht zugeben?

Mein Kollege wird ohnehin den Beweis in wenigen Minuten präsentieren.«

»Wohl kaum.«

Hatte sie auch die Dame ...? Irgendwas lief hier schief.

Es klopfte an der Tür des Vernehmungsraums.

»Herein!«

Fenkse. »Kommft du mal?«

Die Augen des Einwangenfrosches sagten alles: *Warum hast du mich deshalb halbtot hier antanzen lassen?*

Horndeich ging mit dem Spezialisten. In dessen Büro beugte der sich über die Abdrücke. »Find verdammt ähnlich. Fillinge eben. Haben wir ja hier nicht oft.« Er sprach, als ob sie ihm ein Stöckchen in den Mund geschoben hätten, damit der Unterkiefer nicht mehr ganz nach oben schnappen konnte.

»Also, um es kurf zu machen: Die Tote von der Autobahn hat die gleichen Fingerabdrücke wie die Dame aus der Diebstahlsakte: Es sind beide Male die von Joana Werder. Vergiff den Fillingstausch.«

Der König fiel.

»Sicher?«

Fenske beantwortete die Frage mit den Worten: »Darmftädter Brauftüb'l, bitte. Aber die Null-Fünfer-Flaschen.«

Der König rollte vom Spielfeld.

Horndeich trottete zurück in den Vernehmungsraum. »Sie können gehen. Ich habe keine weiteren Fragen.«

Als sie den Raum verließ, hielt sie kurz neben Horndeich inne. »Ich weiß es zu schätzen, dass Sie wirklich allen Spuren nachgehen.«

Horndeich war sich nicht sicher, ob sie es ironisch meinte. Aber er hatte das Spiel verloren. Wenn er das Turnier gewinnen wollte, würde er noch richtig nachdenken müssen.

Er griff zum Handy. Es war ihm zu peinlich, den Anruf in Gegenwart von Margot zu tätigen.

»Werft noch mal ein genaues Auge auf Fingerabdrücke in Joanas Wagen. Checkt noch mal die Fingerabdrücke an Lenkrad, Schlüssel, Gangknüppel und Türgriff.«

Den Einwand, das würden die Techniker ohnehin machen, ignorierte er.

Er ging zurück ins Büro.

Margot brütete über der alten Akte zum Überfall auf den Werttransport. Sie sah kurz auf: »Und? Haben sie getauscht?«

Über der Bürotür hätte man ein Schild anbringen sollen: »Canossa.«

Horndeich ließ sich auf seinen Stuhl fallen, schüttelte nur den Kopf.

Margot versank wieder in dem aufgeschlagenen Ordner.

Wenigstens kein Spott, dachte Horndeich.

Sie ließ sich tatsächlich zu keinem weiteren Kommentar hinreißen. »Schau mal, ich hab hier noch was Interessantes gefunden. Marlock hat doch gesagt, dieser Thorsten Nollbröck war ein Schlössercrack, oder? Und in dem Mausoleum haben sie einen Diamanten entdeckt und das Schloss war aufgebrochen.« Sie schob Horndeich den Ordner zu. Sie hatte die entsprechende Stelle mit einem Klebezettel markiert. »Wenn Nollbröck das Schloss aufgebrochen hat, heißt das, dass er an dem Überfall beteiligt war.«

Horndeich überflog die Stelle. Blätterte weiter. Kratzte sich am Kopf. Sagte schließlich: »Nee, ich glaub, das war dann eher nicht dieser Nollbröck.«

Er schob den Ordner wieder zurück. Drei Seiten hinter der Befragung der Obdachlosen waren drei Fotos auf ein Blatt geklebt. Der Eingang zur Gruft. Die Tür. Das Schloss. Oder was davon übrig war: Die alten Aufnahmen belegten, dass kein Schlösserprofi am Werk gewesen war, sondern jemand mit einem Brecheisen. Das Schloss war einfach nur – zerfetzt.

Und wieder landete eine Theorie im Eimer.

»Vielleicht kann sich einer der Obdachlosen ja noch an etwas erinnern«, murmelte Margot.

»Das Problem bei diesen Damen und Herren aus der Obdachlosenszene ist aber leider, dass sie die Adresse so oft wechseln.«

»Na, aber wir haben zumindest die Namen. Vielleicht kann man noch einen von ihnen ausfindig machen.«

Horndeich fixierte sie: »Du meinst also, dass Kadic und Nollbröck mit dem Überfall auf den Werttransport zu tun hatten?«

»Ich finde es einfach seltsam, dass sie zur gleichen Zeit verschwunden sind.«

»Vielleicht haben sie sich mit der Beute einfach abgesetzt. Ich meine, sie führten ja beide nicht gerade ein glückliches Familienleben, oder? Kadic schien nicht einer der Treusten zu sein. Und Thorsten war mit seiner Freundin auch nicht wirklich happy. Aslo haben sie diesen Ibo-Song gepfiffen: ›Ratzfatz nach Mallorca.‹ Und haben sich abgeseilt in Regionen, wo das Wetter ganzjährlich schöner ist als in Darmstadt.«

»Oder?«

»Oder sie leben gar nicht mehr.«

»Oder?«

»Oder sie hatten mit dem Überfall doch nichts zu tun.«

»Genau«, sagte Margot zu Horndeichs Erstaunen. »Ich frage mich, ob vielleicht in der Zeit um den Überfall herum noch mehr merkwürdige Sachen passiert sind.«

»Was zum Beispiel?«

»Hab keine Ahnung. Dinge, die damit in Zusammenhang stehen, worauf aber damals keine Socke gekommen ist.«

»Und wie willst du das feststellen? Akten aus der Zeit gibt's nur für Mord- und für Vermisstenfälle.«

»Tageszeitung?«

Horndeich nickte. »Das könnte klappen. Die haben ja ein Archiv.«

»Vielleicht sollten wir morgen dem Darmstädter Echo noch mal einen Besuch abstatten.«

»Ich fahr gleich morgen früh hin.« Horndeich war von Margots Theorie nicht wirklich überzeugt. Schaden konnte es allerdings auch nicht.

Horndeich trug die beiden Bände mit den Ausgaben des Darmstädter Echos aus dem letzten Quartal 1979 und aus dem ersten Quartal 1980 unter einem Arm. Waren sauschwer, die Dinger. Aber vielleicht hatte seine Kollegin ja recht. Unter Umständen fand sich auf den Seiten irgendein Hinweis auf irgendetwas, das irgendwie irgendwo mal passiert war und im Nachhinein mit dem Überfall auf den Werttransporter in Verbindung gebracht werden konnte. Nun denn, dachte sich Horndeich. Erstens hatte er die Wälzer hergeschleppt. Und zweitens hatte er dafür gesorgt, dass das Zeitungslesen nicht langweilig werden würde …

Mit der anderen Hand balancierte er zwei Pizzakartons, auf denen auch noch zwei Pappbecher Cola standen. Unbehelligt schaffte er es in die Chirurgische Abteilung.

Ein Anruf bei Joana Werders ehemaligem Vorgesetzten hatte genügt, und man hatte ihm die Archivbände für einen Tag ausgeliehen. Zunächst hatte er sie mit nach Hause genommen. Und erneut versucht, Anna zu erreichen. Aber die schien sich für ein Leben in der russischen Provinz entschieden zu haben. Jedenfalls war wieder mal niemand ans Telefon gegangen.

Als zwei Minuten später das Telefon geklingelt hatte, hatte er nur »Anna?« in den Hörer gerufen.

»Damit kann ich leider nicht dienen«, hatte Sandra zurückgeflötet.

Horndeich war froh, dass sie nicht via Internet und Web-Kamera kommunizierten. Selbst bei einer reinen Schwarzweißübertragung hätte man erkannt, dass sich sein Gesicht rot verfärbte.

Sandra entschuldigte sich, dass sie ihn privat und abends anrief. Aber ihr falle die Decke auf den Kopf, wie sie meinte. Ihre Gesprächspartner seien entweder Ärzte, die wenig Hoffnung auf rasche Genesung versprachen, oder Kranke, die über nichts anderes redeten als ihre Wehwehchen. »Sie erzählen mir stundenlang von überdehnten Bändern, während sie den Blick nicht von den Eisenstangen abwenden können, die aus meinem Bein und meinem Arm rausgucken.« Ihre Tirade hatte geendet mit: »Ich will hier raus!«

Und Horndeich hatte das leichte Zittern in ihrer Stimme vernommen, das zeigte, dass sie kurz vor einem Tränenausbruch stand – beziehungsweise lag.

Sie fühlte sich verlassen und allein, und so fühlte auch er sich. Derzeit zumindest. Sollte er alle weiteren Abende allein verbringen, nur weil seine Freundin Familienurlaub in der Heimat machte?

Er hatte sich entschlossen, Pizza zu holen und die Archivbände mit Sandra gemeinsam zu wälzen. Würde dann ja auch doppelt so schnell gehen. Theoretisch.

Die Wälzer unter dem Arm, Pizzakartons und Coke mit der anderen Hand balancierend wie ein Zirkusakrobat, überlegte

Horndeich, wie er nun an die Tür ihres Krankenzimmers klopfen sollte. Er konnte es mit der Schuhspitze versuchen. Aber er wollte auf keinen Fall die Türklinke mit den Zähnen nach unten drücken.

Vorsichtig ließ er die Archivbände auf den Boden gleiten.

»Pizza!«, rief Sandra ihm entgegen, als sie Horndeich sah, noch vor einem Hallo.

»Ich dachte, ich setz der Krankenhauskost mal was Gutes entgegen.«

Er rollte das Nachtschränkchen in die richtige Position, klappte die Tischplatte aus, stellte die Pizzen darauf ab. Dann klappte er die Deckel der Pappschachteln auf und stellte die Colabecher daneben, die von je einem Plastikdeckel verschlossen wurden.

Die Pizzen waren in Achtelstücke geschnitten.

Sandra musste lachen.

»Was ist?«

»Du musst mich füttern.«

Horndeich sah auf die Metallstäbe, die ja nicht nur aus dem Unterschenkel, sondern auch aus Unterarm und dem Handgelenk ragten. Sechs Stück. Wie hatte er das vergessen können?

Kurz überlegt er, ob er die Schwester nach einem Messer fragen sollte. Er wollte aber nicht riskieren, dass eine der übereifrigen Damen in Weiß die Pizza zur *res non grata* erklärte, wie Sebastian Rossberg es wohl formuliert hätte – *zur nicht willkommenen Sache* –, und sie dem Müll übereignete. Oder – genauso schlimm – ihren Tribut forderte.

Er nahm ein Stück Pizza vom Karton und führte es in Richtung Sandras Mund, sodass sie abbeißen konnte. Danach legte er es auf der Pappfläche ab und nahm sich von seinem Karton ein Stück.

Trinken konnte Sandra immerhin selbst. Horndeich hatte Strohhalme mitgebracht, die man in dafür vorgesehene Öffnungen der Plastikdeckel schieben konnte. Ein Hurra auf die innovativen Ideen von Pizza Hut.

Wieder ein Stück Pizza.

Ihre Blicke trafen sich. Horndeich schaute zur Seite, biss

selbst ab. Reichte Sandra wieder das Stück, sodass sie abbeißen konnte. Erst als das Achtelchen gerecht in beide Mägen verteilt war, wurde ihm bewusst, dass er von ihrer Pizza mitgegessen hatte.

Doch auch Sandra schien sich nicht daran zu stören. Also machte Horndeich einfach weiter, und sie verputzten anschließend auch seine Pizza gemeinsam.

Zwischen den einzelnen Bissen erzählte sie davon, was die Ärzte hinsichtlich ihres Beins sagten sowie einige Anekdoten aus dem grundsätzlich langweiligen Krankenhausalltag.

Horndeich hörte nur mit halbem Ohr zu. Immer wenn er Sandra ansah, hatte er den Eindruck, dass sie ein anderer Mensch war als der, den er bisher in ihr gesehen hatte. Sandra war schon immer die hübscheste aller Kolleginnen gewesen. Und – auf einer Höhe mit Margot – die, die ihren Job am professionellsten machte. Er arbeitete gern mit ihr zusammen, mochte ihre direkte Art. Ihren Humor. Und musste mit einem Mal feststellen, dass er auch ihr Haar mochte. Ihre Stimme. Und das kleine Grübchen in ihrem Kinn.

Mit einem gezielten »Wie bitte?« riss er sich selbst aus seinen Gedanken.

»Die Klingel. Sie hat die Klingel gedrückt!« Sandra lachte.

Horndeich hatte keine blasse Ahnung, worum es ging, und wollte auch nicht nachfragen. So versuchte er, in das Lachen einzustimmen. Es klang so gekünstelt wie Arnold Schwarzenegger in seiner ersten Sprechrolle. Schnell schob er ein Stück Pizza nach.

Es war ihm gar nicht klar gewesen, dass er solch einen Hunger gehabt hatte.

Das letzte Stück. Er biss ab. Sie. Er. Als er ihr den letzten Happen in den Mund schob, berührte ihre Unterlippe seinen Finger.

Es durchzuckte Horndeich, als hätte er mit einem Stahlschraubenzieher statt mit dem Phasenprüfer in der Steckdose rumgestochert.

Die lange Abwesenheit von Anna – das tat ihm nicht gut. Das tat ihnen beiden nicht gut. Und das konnte gefährlich werden.

Er sah Sandra an. Und auch ihr Blick verriet, dass ihre Gedanken derzeit nicht nur der Pizza verhaftet waren.

Horndeich stand auf, ging in das abgetrennte Bad. Er wusch sich die Hände. Sah in sein Spiegelbild.

Holte tief Luft.

Vor Jahren hatte Horndeich mal eine Ausgabe des Kamasutra durchgeblättert. Von gemeinsamem Pizzaessen hatte da nichts gestanden. Sollten die Jungs unbedingt aufnehmen.

Er atmete aus. Kehrte wieder zurück. Er zerkleinerte die leeren Kartons und brachte sie nach draußen in einen Mülleimer.

Bevor er wieder ins Krankenzimmer trat, sagte er zu sich selbst: »Kollegin Sandra Hillreich. Mit Betonung auf *Kollegin*.«

Er öffnete die Tür. Noch bevor Sandra etwas sagen konnte, schmetterte er ein bemüht fröhliches »Na, dann wollen wir uns mal der Arbeit widmen!« in den Raum.

Er platzierte die Cola auf der Fensterbank, stellte das Kopfende von Sandras Bett etwas mehr auf und wuchtete eine der Archivmappen auf den Krankentisch. Da die Mappe das Format der Tageszeitung hatte, konnte Horndeich die zweite Schwarte nicht danebenlegen.

Er bugsierte sie auf den Holztisch, der in der Ecke des Raumes stand.

Dann setzte er sich noch mal neben Sandras Bett und erzählte ihr, was sie im Fall Joana Werder schon alles herausgefunden hatten. Und dass sie einfach alles suchten, was mit dem Überfall auf den Werttransporter damals in irgendeinem Zusammenhang stehen könnte. »Wir ignorieren alles, was sonst noch auf der Welt geschehen ist, und konzentrieren uns allein auf Darmstadt und Umgebung.«

Sandra schmunzelte. »Alles klar, Chef!«

Horndeich setzte sich an den Tisch, und beide blätterten sie schweigend in ihren Archivmappen. Horndeichs Mappe beinhaltete das letzte Quartal 1979 des Darmstädter Echos. Er staunte, was es damals auf die Titelseiten geschafft hatte. Drogentote etwa waren ein zentrales Thema. Krähte heute kein Hahn mehr nach. Obwohl die Zahlen bis zur Jahrtausendwende auf über zweitausend angestiegen war, und derzeit immer noch weit über tausend pro Jahr lagen. Er hatte vor kurzem mit Nick Jodel vom Rauschgiftdezernat gesprochen. Weniger als fünfhundert waren es 1980 gewesen.

Und immer wieder wurde über Schlägereien, Überfälle und Randale berichtet.

Obwohl er sich auf den Lokalteil hatte konzentrieren wollen, fielen ihm die Headlines auf den Titelseiten natürlich ins Auge. Wenn jemand von den guten alten Zeiten sprach, konnte er das Ende des Jahres 1979 auf keinen Fall meinen. Die Welt debattierte über Atomwaffen unter der Überschrift »Das Gleichgewicht des Schreckens«. Und drei Tage nach Heiligabend marschierten russische Truppen in Afghanistan ein.

Gute alte Zeit …

Das Makabere daran war, dass er in fünfundzwanzig Jahren wahrscheinlich das laufende Jahr 2007 seinerseits als »gute alte Zeit« bezeichnen würde. In der etwa in Bagdad jeden Monat mehr als tausend Zivilisten durch Gewalt starben.

Er sah auf und schaute in Sandras Gesicht. »Schon lange fertig?«

»Nein, auch erst seit gerade eben.«

Sie schwindelte. Aber Horndeich schwieg dazu. »Was gefunden?«

Sie schüttelte den Kopf, und als hätte sie soeben seine Gedanken gelesen, sagte sie: »Das soll die ›gute alte Zeit‹ gewesen sein? Die Russen bombardieren Afghanistan, die Amis drohen mit noch mehr Atomwaffen. Und im Darmstadtteil Mord und Totschlag, Schlägereien und Überfälle fast jeden Tag. Nur dass man den Drogentoten damals mehr Raum zubilligte.«

Fast hätte sich Horndeich den Kopf abgetastet. Wo hatte er ein Fensterchen offen gelassen, das direkten Einblick in sein Gehirn ermöglichte?

»Komm her«, sagte sie. »Ich zeig dir, was ich gefunden hab.«

Horndeich setzte sich zu ihr ans Bett. Sandra blätterte mit der linken Hand zu den Seiten, wo sie ein Papierschnipsel als Markierung platziert hatte.

»Einen Tag nach dem Überfall auf den Werttransport wurde ausführlich darüber berichtet. Aber in den folgenden Tagen gab es nichts, was irgendwie im Zusammenhang damit zu stehen scheint. Prügeleien, Überfälle – aber es sind nicht mal die Namen der Beteiligten erwähnt, weder die der Opfer noch die der Täter.«

So sah es auch bei Horndeich aus. War eben doch keine so gute Idee gewesen, sich die Mappen aus dem Zeitungsarchiv zu besorgen. Und vielleicht auch keine so gute Idee, dass er hierhergekommen war.

»Dann habe ich mir noch die Zeitungen vom Tag angeschaut, an dem Kadic und Nollbröck verschwunden sind«, eröffnete ihm Sandra noch.

»Und?«

»Eine Schlägerei in Eberstadt vor einer Kneipe, eine in der Innenstadt, und auf der Rosenhöhe haben ein paar Jugendliche einen Bagger kurzgeschlossen und damit Blödsinn gemacht.«

»Zeig mal!«

Er überflog die Artikel. In Eberstadt hatten sich fünf Betrunkene eine Keilerei geliefert. Als die Polizei eingetroffen war, hatte der Wirt die Streithähne schon mit einer Dusche aus dem Wasserschlauch getrennt. Die Namen der Beteiligten waren nicht aufgeführt. Nur die Aussage, dass einer der Schläger den Wirt wegen Körperverletzung hatte verklagen wollen.

Und am Luisenplatz hatte sich eine Gruppe Halbstarker – Horndeich musste über den Begriff schmunzeln – nach dem »Diskobesuch« – Disko mit »k« – um ein Mädchen geprügelt. Passanten hatten die Polizei gerufen. Das Mädchen hatte der Prügelei seelenruhig zugeschaut. Und sich noch auf der Polizeistation dem am wenigsten Verletzten an den Hals geworfen.

Dann überflog Horndeich den Artikel über die randalierenden Jugendlichen auf der Rosenhöhe.

»Hätte damals keiner gedacht, dass der Park wieder so schön werden würde«, meinte Sandra. Denn die Rosenhöhe war kurz zuvor von der Stadt Darmstadt der Hessischen Hausstiftung abgekauft worden. Im Gegenzug hatten weitere Flächen am Randgebiet des Parks mit Häusern bebaut werden dürfen. Anfang des Jahres 1980 hatte die Stadt angefangen, das verwilderte Gelände vom Unkraut zu befreien.

**217**

Auf dem Areal, auf dem früher das Rosenhöhe-Palais gestanden hatte, hatte ein Bagger gestanden: »Der Bagger gehört einer Firma aus Groß-Zimmern, die mit den Rodungsarbeiten auf der Rosenhöhe betraut ist. Jugendliche schlossen ihn kurz und fuhren auf dem Gelände damit herum, dann besprühten sie ihn mit Farbe. Die Polizei fahndet nach den Tätern.«

Ein Bild des vormals gelben Liebherr-Baggers, neben dem ein Polizist stand, zierte den Artikel.

»Zumindest bis Ende März haben sie die ›Halbstarken‹ nicht gekriegt«, resümierte Sandra.

Horndeich entschied sich, die drei Artikel morgen früh im Präsidium zu fotokopieren. Nur für den Fall der Fälle, obwohl er sich wenig Hoffnung machte, dass sie ihn weiterbringen würden.

Er klappte die Mappen zu. »Ich werd dann mal.«

»Danke für die Pizza – und deinen Besuch.«

»Gern geschehen. Beides.«

Sandra reichte ihm die Hand.

Wie lange dauerte ein normaler Händedruck? Was war normal und unverfänglich? Was zu lang, um unverfänglich zu sein?

Horndeich spürte, dass dieser Händedruck zu lang war. Ob eine Zehntelsekunde oder drei – darauf wollte er sich nicht festlegen. War auch irrelevant. Denn die Art, wie ihre Hände einander losließen, wie ihre Finger dabei zart übereinanderglitten, ja, einander streichelten, war auf jeden Fall alles andere als unverfänglich.

Er sollte schnell verschwinden.

Er brauchte eine kalte Dusche.

Nein. Er brauchte seine Anna zurück. Besser gestern als heute.

## Donnerstag

»Ach. Frau Kommissarin! Kommen Sie schnell, hier ist der Teufel los! Ich hätte ja gedacht, dass Sie da gleich mitkommen!«
»Entschuldigen Sie, mit wem spreche ich bitte?« Aber schon während sie fragte, wusste Margot die Antwort.
»Hier ist die Frau Derndorf, die Mutter von Andreas Derndorf! Wo bleiben Sie denn?«
»Was ist denn passiert?«
»Na, bei mir ist doch eingebrochen worden.«
Mehr brauchte Margot nicht zu wissen. Sie versicherte, in wenigen Minuten bei ihr zu sein. »Horndeich – Abflug! Es wurde eingebrochen!«
»Das ist ja nun nicht unser Metier, oder?«
»Bei der Mutter von Derndorf!«
Horndeich sprang auf.
Wenige Minuten später hatten sie das Häuschen von Gerlinde Derndorf erreicht.
Großer Bahnhof vor dem Haus. Inklusive Notarztwagen. Margot zeigte dem Beamten am Absperrband ihren Ausweis, und sie und Horndeich wurden durchgelassen.
»Wo ist die alte Dame?«
Der Uniformierte geleitete das Duo ins Wohnzimmer. »Sie hat keine Ruhe gegeben, bis sie Sie an der Strippe hatte!«
»Ihr Sohn hat sich am Montag erschossen«, erklärte Horndeich.
»Oder wurde erschossen«, fügte Margot hinzu. »Wir ermitteln da noch.«
Frau Derndorf lag auf dem Sofa, hielt sich einen Kühlbeutel an den Hinterkopf. »Ach wie gut, dass Sie jetzt endlich hier sind.« Sie setzte sich auf.
»Was ist den passiert?«
»Ich wollte doch gerade einkaufen, da hab ich auf halbem Weg gemerkt, dass ich mein Portemonnaie vergessen hab. Also bin ich zurück. Und da hab ich Licht gesehen, unten im Keller.

**219**

Ich dachte, ich hätte bloß vergessen, das auszumachen. Also hab ich's Licht ausgemacht, und dann höre ich das Gerumpel. Ich denke, das ist eine von meinen Katzen, also bin ich nach unten, ruf noch: ›Mimmi, was machst du denn wieder?‹ Und als ich gerade unten an der Treppe bin, da haut mir einer von hinten auf den Kopf. Ich sag Ihnen, ich hab richtig Sternchen gesehen. Und als ich wieder aufwache, bin ich die Treppe hochgekrochen, auf allen vieren. Und dann habe ich die Eins-Eins-Null gewählt.«

»Sie hatte Glück«, meinte der Notarzt. »Wir nehmen sie mit und checken sie gründlich durch. Aber ich glaube, außer der Beule am Kopf und den blauen Flecken vom Sturz ist alles okay.«

»Mich nimmt niemand mit!«, stellte Frau Derndorf klar. »Ich geh in kein Krankenhaus. Da kommt man nur wieder mit den Füßen zuerst raus in meinem Alter.«

»Haben Sie den Menschen gesehen, der Ihnen den Schlag verpasst hat?«

»Nicht gleich. Der hatte sich unter der Treppe versteckt und hat mir einfach von hinten eins übergebraten. Aber ich war nicht sofort weg und hab noch gesehen, dass der einen Blaumann angehabt hat. Und eine Maske hatte er über den Kopf gezogen.«

»Kann ich sie jetzt mitnehmen?«, fragte der Arzt bereits ein bisschen ungeduldig.

»Ich bleibe!«, beharrte Frau Derndorf. »Ich rufe gleich meinen Sohn an, der kann sich um mich kümmern.«

Horndeich warf Margot einen Blick zu, der besagte: Ihr Sohn ist doch tot. Offenbar hat die Alte ganz schön was abgekriegt, und jetzt tickt sie nicht mehr ganz richtig.

Frau Derndorf wandte sich ihm zu und sagte: »Ich weiß, was Sie denken, junger Mann. Ihr Sohn ist doch tot, denken Sie. Offenbar hat die Alte ganz schön was abgekriegt, und jetzt tickt sie nicht mehr ganz richtig.« Sie schüttelte den Kopf. »Junger Mann, ich meine meinen älteren Sohn, den Gerald.«

Margot erinnerte sich, dass Frau Derndorf ihn ihr gegenüber erwähnt hatte. In ihrem Hinterkopf öffnete sich eine virtuelle Datei: Derndorf, Gerald; hat ein Juweliergeschäft in Dieburg.

Margot warf dem Notarzt einen Blick zu, mit dem sie ihn

bat, noch ein wenig zu bleiben, falls die alte Dame doch noch Hilfe brauchte oder ins Krankenhaus musste. Die nonverbale Kommunikation funktionierte an diesem Tag ausgezeichnet: Der Mann verstand und nickte mürrisch.

Anschließend wandte sich Margot an den leitenden Beamten, Horst Müller. Sie erklärte ihm, dass sie und ihr Kollege im Fall Andreas Derndorf ermittelten, des Sohnes von Frau Derndorf.

»Er hat sich am Montag erschossen«, sagte Horndeich, der hinzugetreten war.

»Was wir noch nicht ganz genau wissen«, fügte Margot schnell hinzu.

Müller führte sie um das Haus herum und durch den Garten. Er deutete auf einen Schlüssel, der in der Eingangstür zum Souterrain steckte. Daran baumelte ein Plastikschildchen: »Schlüsselbund, Ersatz« stand darauf.

»Wem gehört der?«, wollte Horndeich wissen.

»Ihrem Sohn Andreas, sagte sie«, antwortete Müller.

Dann führte er sie weiter, durch den kleinen Flur, von dem ein Kellerraum abging. Wieder steckte ein Schlüssel in der Tür. Wieder mit Schildchen. »Mama, Keller« stand auf dem Schildchen.

Aber am Ring, an dem auch das Schildchen hing, waren nicht nur einer, sondern gleich zwei Schlüssel festgemacht.

»Habe ich es mir doch gedacht«, brummte Margot.

»Was hast du dir gedacht?«, wollte Horndeich wissen.

»Als ich mir Derndorfs Wohnung angeschaut habe, da fehlten im Schlüsselkästchen genau die Schlüssel an den Haken, die mit ›Schlüsselbund, Ersatz‹ und ›Mama, Keller‹ beschriftet waren.«

»Warum hast du das nicht gleich gesagt?«

»Weil es von allen Merkwürdigkeiten, die ich dort gesehen habe, noch die am wenigsten verwunderliche war.«

Sie betraten zu dritt den Raum hinter der Tür. Eine Werkstatt.

»Wow!«, entfuhr es Horndeich.

Hätte auch Rainer von sich geben können, dachte Margot. Eindeutig eine Männerwelt hier unten, nicht das Reich einer alten Dame.

Die stand plötzlich neben Margot. »Hier hat mein Sohn immer gearbeitet. In seiner Wohnung war ja nicht genug Platz.«

»Das haben Sie meinen Kollegen und auch mir ja gar nicht erzählt«, sagte Margot.

»Na, es hat mich ja auch keiner danach gefragt. Woher soll ich denn wissen, dass die Werkstatt wichtig ist? Was ist denn hier schon interessant?«

Frauenperspektive, dachte Margot schmunzelnd.

Horndeich sah sich in der Werkstatt um: Drehbank, Fräse, Schleifgerät, Minibohrer und weitere Geräte. »Wie lange benutzt Ihr Sohn diese Werkstatt schon?«

»Ach, schon immer. Die hat er sich schon als Jugendlicher eingerichtet. Seit wir hier wohnen. Also seit über fünfunddreißig Jahren.«

»Was ist das für ein Schrank?«

»Ein Sicherheitsschrank«, antwortete die alte Dame wie aus der Pistole geschossen. Und in ihrer Stimme schwang Stolz mit, als ob es sich dabei um die prämierte Einbauküche in »Schöner Wohnen« handelte.

»Wozu braucht er einen Sicherheitsschrank?«, hakte Horndeich nach.

»Na, Sie sind gut! Die Sachen, die mein Sohn konstruiert hat, die waren wertvoll. Und teuer. Da kam extra eine Sicherheitsfirma, die hat den Schrank hier reingestellt.«

Margot deutete auf den Schlüssel in der Werkstatttür. »Kann ich den haben? Haben die Jungs von der Spurensicherung schon …?«

Sie brauchte die Frage nicht zu Ende zu stellen; Müller nickte, und sie zog den Schlüssel ab.

Den zweiten Sicherheitsschlüssel, der an dem Ring mit dem Plastikschildchen »Mama. Keller« festgemacht war, steckte sie in das Schloss des Stahlschranks. Er passte. Sie drehte ihn um, drückte den Griff herunter. Der Sesam öffnete sich.

»Heilige Scheiße!«, entfuhr es Gerlinde Derndorf, bevor sie zusammensackte. Horndeich konnte sie gerade noch auffangen.

»Ist der Arzt noch da?«, rief Margot.

222

Der kam die Treppe herunter. Sah die Bescherung, flitzte wieder hoch, stolperte die Treppe wieder nach unten, diesmal mit seinem Koffer in der Hand.

Während er die alte Dame mit Riechsalz wieder in die Welt der Lebenden zurückholte, starrten Müller, Horndeich und Margot in den offenen Schrank.

Darin befanden sich – Waffen. Ein paar waren offenbar antik. Aber auch zwei Maschinenpistolen. Mit gebogenem Magazin vor dem Abzug. Und mit aufgesetzten Schalldämpfern.

Margot kniete sich vor der Schranktür nieder, um auf die Gravur über dem Magazin zu schauen, ohne die MPi zu berühren. »Skorpion 9x19« stand dort.

Auf beiden Waffen war ein Laseraufsatz angebracht. »Ich tippe mal, dass die in diesem Raum gebaut wurden«, sagte Horndeich und wies auf die Zielvorrichtungen. »Sehen nicht aus wie vom Flohmarkt.«

In einem Seitenfach des Schranks lagerte die passende Munition. Sellier & Bellot. Dieselbe Marke, die an der Raststätte verschossen worden war.

»Ich glaub, ich will jetzt doch ins Krankenhaus«, stöhnte Frau Derndorf.

Zwei Rettungssanitäter kamen und stützen die alte Dame.

Margot machte sich zwei Notizen im Hinterkopf:

Andreas Derndorf – mutmaßlich beteiligt an einem Diamantenraub!

Gerald Derndorf – Juwelierhändler in Dieburg!

Sie würden dem noch lebenden Bruder mal auf den Zahn fühlen müssen!

Sie sah sich noch ein wenig im Kellerraum um. Ein halb fertiges Segelschiff aus Holz war in einen Schraubstock eingespannt. In einem Regal lag neben allen möglichen Werkzeugen auch eine Digitalkamera.

Auf Margots Geheiß hin holte Müller noch mal einen Mann von der Spurensicherung, der die Kamera mit schwarzem Pulver bepinselte und mit einer Folie zwei Fingerabdrücke abzog. »Jetzt gehört sie Ihnen«, sagte er zu Margot.

Sie schaltete die Kamera an und betrachtete das letzte Bild, das aufgenommen worden war. Es zeigte ein Foto des Schiffes im Schraubstock. Sie blätterte zurück und konnte wie bei einem rückwärtslaufenden Film die Entstehung des Schiffes begutachten. Sie würde sich die Bilder in Ruhe auf dem Präsidium zu Gemüte führen. An einem richtigen Bildschirm. Vielleicht gaben die Bilder ja noch irgendwelche Geheimnisse preis.

Sie steckte die Kamera ein.

»Herr Müller, die beiden MPis bitte stante pede zum BKA nach Wiesbaden. Schicken Sie sie direkt an Ulf Mechtel, den Leiter der Tatortmunitionsidentifizierung. Aber lassen Sie die Dinger vorher auf Fingerabdrücke untersuchen.«

Anschließend wählte sie Ulfs Handynummer. Einmal eingespeichert, nie benutzt und plötzlich Gold wert.

Er meldete sich nach dem zweiten Klingeln.

»Hallo, Ulf! Hier Margot! Es kommen gleich per Kurier zwei Skorpion-MPis. Kannst du uns sagen, ob die Projektile, die ich dir geschickt habe, aus diesen Waffen stammen?«

»Das ist aber schön, deine Stimme zu hören. Erst fast drei Jahre gar nichts, und nun gleich zweimal in der Woche.«

»Das ist sehr nett, danke. Und ruf mich bitte gleich an, wenn ihr was rausgefunden habt. Tschau.«

»Es war auch schön, mit dir zu plauschen. Das kostet dich ein Essen, Werteste.«

Margot drückte die Aus-Taste. Nach Flirten war ihr nicht zumute. Was nicht nur an den rund zwanzig Ohren lag, die mithören konnten.

Ein Uniformierter kam auf Müller zu, sagte etwas zu ihm. Sogleich standen beide Polizisten vor Margot.

»Frau Kommissarin, ein Nachbar hat den Mann gesehen, der Frau Derndorf niedergeschlagen hat. Er hat gesehen, wie er im Blaumann aus dem Haus kam. Durch die Haustür.«

»Wunderbar. Gleich mitnehmen. Schönheitenalbum. Wenn das nichts bringt, Phantombild. Aber das muss ich Ihnen ja nicht sagen. Entschuldigen Sie. Wenn Sie etwas haben, rufen Sie mich bitte gleich auf dem Handy an.« Sie drückte Müller ihre Karte in die Hand.

»Mach ich.«

Im nächsten Moment stand ein Kollege der Spurensicherung

vor Margot: »Ich hab keinen einzigen Abdruck auf den Maschinenpistolen gefunden. Die Waffen sind frisch gereinigt und poliert worden. Sind jetzt auf dem Weg nach Wiesbaden.«

Wieder machte Horndeichs Handy mit dieser seltsamen Melodie auf sich aufmerksam. Er nahm das Gespräch an. Er drückte auf die Annahme-Taste, meldete sich, lauschte dem Anrufer, sagte dann: »Super. Danke Ralf. – Ja, wir fahren gleich hin.« Er klappte das Handy zusammen. »Ralf. Hat 'nen Typen vom Motorsportclub Eberstadt ausfindig gemacht. Roger Tremmelt. Der hat sich an Jaromir Kadic erinnert. Tremmelt wohnt in Eberstadt.«

»Na, dann fahren wir da mal hin«, stimmte Margot zu.

Wenig später lenkte Horndeich den Vectra über die B3 nach Süden. Margot unterrichtete ihn inzwischen über das wenige, was sie über Gerald Derndorf wusste. Juwelierhändler in Dieburg – das war eigentlich schon alles.

»Wir sollten uns mit Derndorf dem Lebenden mal unterhalten«, sagte Horndeich anschließend.

Margot nickte. »Ich rufe Marlock an. Er soll ihn ausfindig machen und uns einen Termin bei ihm besorgen.«

Sie nahm ihr Handy und telefonierte mit Marlock. Als sie das Gespräch beendet hatte, fragte sie Horndeich völlig unvermittelt: »Sag mal, was ist denn das für eine seltsame Melodie, die dein Handy da immer von sich gibt?«

»Hab ich mir neu draufgeladen.«

»Ich weiß. Aber warum? Du hattest doch das gleiche Klingeln wie ich.«

»Eben. Immer, wenn an einer Bushaltestelle ein antikes Telefon klingelt, greifen mindestens fünf Leute in ihre Tasche. Ich wollte was, was niemand hat.«

»Und was ist das?«

»Bumer.«

»Was?«

»Musik aus einem russischen Film. War dort ein Kassenschlager. Und die Melodie hat hier niemand.«

Wenige Minuten später erreichten sie den südlichsten Stadtteil Darmstadts. Tremmelt wohnte in der Heidelberger Land-

225

straße in der Eberstädter Altstadt. Idyllisch. Und mindestens
ebenso eine parkplatzfreie Zone wie die Darmstädter Innenstadt.

Nachdem Horndeich den Block zweimal umrundet hatte,
stellte er den Wagen auf einem Fünfzehn-Euro-Parkplatz ab,
auf dem die Kollegen vom Ordnungsamt zwar ein Knöllchen
vor die Windschutzscheibe klemmten, den Wagen aber nicht
abschleppen ließen.

Roger Tremmelt begrüßte sie freundlich. Er war ein hage-
rer Mann mit einem auffällig gezwirbelten Schnurrbart und
freundlichen Augen. Er war sicher hundertfünfundachtzig Zentimeter groß.

Margot stellte sich und ihren Kollegen vor. Tremmelt bat sie
in die gute Stube. Das Panoramafenster gab den Blick auf die
Modau frei, davor lag eine Terrasse.

Er holte ein paar Gläser und Mineralwasser.

Margot sah sich im Wohnzimmer um. Ein Museum des
Rennsports. Eine Wand war nur mit gerahmten Fotos behängt.
In der Mitte stach eines hervor. Margot musste zweimal hin-
sehen, um Tremmelt zu erkennen. Das Bild war sicher über
dreißig Jahre alt. Er stand mit Schlapphut und Lausbuben-
lächeln neben einem weißen VW-Käfer und hielt eine Sieger-
schleife in der Hand. Auf dem Wagendach lag der Helm. Dem
Käfer fehlten die Stoßstangen. Dafür waren auf der Fronthaube
noch zwei zusätzliche Scheinwerfer montiert.

»Das war ein guter Tag«, sagte Tremmelt hinter ihr, der aus
der Küche zurückgekehrt war. »Mein einziger erster Platz. Aber
Spaß gemacht hat es immer!«

»Wie lange sind Sie gefahren?«

»Rund zehn Jahre. Wie die meisten die ganze Studienzeit
lang. Dann habe ich einen Job bekommen, geheiratet, Kinder in
die Welt gesetzt – da war keine Zeit mehr für die Rennfahrerei.
Ist auch heute nicht mehr so ... *hemdsärmlig*. Leider. Lassen Sie
uns doch draußen Platz nehmen.«

Sie machten es sich auf den Gartenstühlen bequem.

Das sanfte Plätschern der Modau verwöhnte die Ohren. Der
vorbeiziehende Verkehr beleidigte sie.

»Herr Tremmelt«, begann Margot, »wir ermitteln in einem

Fall, in dem Jaromir Kadic und Thorsten Nollbröck involviert sind. Wissen Sie, wo sie sich aufhalten?«

»An Jaro und Thorsten erinnere ich mich sehr gut. Aber ich habe keine Ahnung, wo sie derzeit stecken. Ich habe sie seit … mh, mindestens einem Vierteljahrhundert nicht mehr gesehen. Nein, es ist länger her. 1980. Im Winter 79/80, da habe ich beide das letzte Mal gesehen.«

»Kennen Sie auch Sylvia Werder? Und Heino Werder?«

»Au weia, da wühlen Sie aber tief in alten Geschichten.«

»Ja«, bestätigte Margot nur.

»Also gut«, erklärte sich Tremmelt bereit, »ich sage Ihnen, was ich über Jaro, Thorsten, Sylvia und Heino weiß.« Sein Gesicht und seine Stimme blieben ausdruckslos, während er dies sagte, und auch, als er fortfuhr: »Jaro lernte ich zuerst kennen. War, glaube ich, 1975. Er war jung, arm und ein Draufgänger – und konnte fahren. Hatte einen B-Kadett 1500 damals. 65 PS. Er fuhr alle Rennen im Umkreis von hundert Kilometern mit. Bergrennen, Rundstreckenrennen – er war immer vorn mit dabei. Auch beim ADAC-Zurich-Rennen auf dem Nürburgring Nordschleife. Das ist ein Vierundzwanzig-Stunden-Rennen für Tourenwagen. '74 und '75 fiel das Rennen aus wegen der Ölkrise. Danach kam die Zeit, in der fast ausschließlich Amateure an den Start gingen. War immer ein riesiges Happening, Zelten auf den Wiesen. Und es war *seine* Zeit. Er hatte den B-Kadett – und nach einem halben Jahr kaum auch noch Thorsten dazu.«

Er lächelte versonnen, in Gedanken ganz in der *guten, alten Zeit*, der Horndeich am Abend zuvor so kritisch gegenübergestanden hatte. »Thorsten hat wohl als Kind Motoröl statt Muttermilch bekommen. Hat einen Motor in einem Tag komplett zerlegt und wieder zusammengebaut. Mit Jaro hat er dann das Hobby zum Geldverdienen genutzt. Sie haben vor allem gebrauchte Amischlitten gekauft, wieder flottgemacht und teuer vertickt. Ich hab Ihnen damals sogar eine Garage zur Verfügung gestellt. Als ich ein halbes Jahr später wieder reinschaute, war das eine komplett ausgerüstete Werkstatt.«

Sein Blick war in die Ferne gerichtet, in die Vergangenheit. Seine Augen hatten diesen eigentümlichen Glanz angenommen, wie ihn die Augen der Leute bekamen, die in Erinnerungen an glorreiche Tage schwelgten. »War eine gute Zeit damals«, sagte er. »Ich hatte einen Audi 80, und Jaro und Thorsten haben mir immer mal wieder unter die Arme gegriffen beziehungsweise unter die Motorhaube. Und wenn man mit Jaro zusammen war, gab es auch immer genug Mädchen. Er zog sie an wie das Licht die Motten. Aber auch er konnte nicht mit mehr als … Na, lassen wir das. Auf jeden Fall hatten wir jede Menge Spaß. Ja, es war eine gute Zeit.«

Er nickte, als wollte er das gegenüber sich selbst bestätigen. »Über Jaro habe ich auch meine Frau Eva kennengelernt. Sie ist bei mir geblieben. Auch wenn sie Jaro immer mit diesem Blick angesehen hat, den sie mir … Na, auch das ist Schnee von gestern.«

»Wie war das mit Sylvia und Jaro?«, fragte Margot.

»Sie kam zu einem Rennen, ich weiß nicht mehr genau, wann. War etwas später, '76 oder so. Sie ist mir zunächst gar nicht aufgefallen – erst als sie gar nicht mehr von Jaros Seite wich. Der konnte noch so viel mit anderen knutschen, Sylvia war stets bei ihm wie ein Schatten. Sylvia … Sie war bestimmt nicht hässlich, aber sie war … hm, einfach *unterwürfig*, und das hat ihn nicht gereizt. Dennoch – Jaro hat keine ausgelassen. Ich dachte mir: Ist nur 'ne Frage der Zeit, dann wird er sich auch Sylvia widmen. Aber dann, so dachte ich weiter, wird er sie wieder ablegen und sich 'ne Neue krallen.«

Er schüttelte den Kopf und seufzte. »Aber eines Tages kam er zu mir, sagte mir, dass Sylvia schwanger sei. Und sie wollte auf keinen Fall abtreiben lassen. Er war ein Hallodri. Aber er war kein schlechter Mensch. Es war für ihn klar, dass er zu ihr und dem Kind stehen würde. Dabei war das traute Familienleben ganz bestimmt nicht seine Sache. Ja, und so hatte er dann auf einmal zwei Babys.«

»Wieso zwei?«, fragte Horndeich.

Tremmelt lachte auf. »Na, kurz bevor Sylvia schwanger wurde, hatte er sich gerade 'nen neuen Wagen geleistet. Einen C-Kadett GT/E. Tausendneunhundert Kubik, schon serienmäßig über hundert PS. *Sein* kleines Baby.«

Tremmelt erhob sich, kam gleich darauf wieder zurück, in den Händen zwei gerahmte Fotos, die er offenbar gerade von der Wohnzimmerwand genommen hatte.

»Das ist er. Mit dem neuen Wagen.«

Der Wagen schien gerade vom Band gelaufen, so taufrisch sah er aus. Doch Margots Interesse galt mehr dem strahlenden, gut gebauten, braun gebrannten Mann, der sie frech angrinste. Wow!, dachte sie – und war froh, dass sie es nicht gesagt hatte. Horndeichs Schmunzeln verriet ihr allerdings, dass sie ziemlich laut gedacht haben musste. »Ich hab den Mann schon mal gesehen«, sagte er dann. »Joana hat ein Bild von ihm im Wohnzimmer stehen. Jetzt weiß ich endlich, wer das ist.«

Auf dem zweiten Bild, das Tremmelt von der Wohnzimmerwand genommen hatte, waren alle sechs zu sehen: Sylvia mit den Zwillingen, Jaro, Thorsten – und der Wagen.

»Sieht nach glücklicher Familie aus«, murmelte Horndeich.

Tremmelt stellte die gerahmten Fotos auf den Tisch zwischen ihnen ab und setzte sich wieder. »Ja, aber es *sieht nur so aus.* Wie gesagt, trautes Familienleben war nicht Jaros Sache. Und Thorsten war seit einiger Zeit auf Heroin, rutschte immer mehr ab, kam nicht mehr los von den Drogen und brauchte ständig mehr. Er konnte immer noch Motoren blind auseinandernehmen und wieder zusammenbauen. Nur brauchte er immer mehr Stoff, verstrickte sich in illegale Geschäfte. Mal knackte er für irgendwelche zwielichten Gestalten 'nen Wagen, mal dealte er. Auch für Jaro wurde das immer gefährlicher. Er versuchte alles, redete auf Thorsten ein, schlug ihn, feuerte ihn – nichts half. Und ohne Thorsten hätte er den Autohandel nie aufrechterhalten können. Und er brauchte das Geld.«

»Kam Sylvia noch zu den Rennen, nachdem die Kinder auf der Welt waren?«, fragte Margot.

»Nein«, antwortete Tremmelt. »Und Jaro gab auch die anderen Frauen nicht auf. Zumindest nie so ganz. Dennoch, ich hatte den Eindruck, dass er Sylvia nie verlassen hätte. Er hat immer versucht, noch mehr Geld herbeizuschaffen. Das Aus kam, als der den Unfall hatte.«

»Was für einen Unfall?«, fragte Margot.

»War schlimm. ADAC-Bergrennen im Odenwald. Oktober '79, also ungefähr ein Vierteljahr, bevor er abgehauen ist. Es war das letzte Rennen der Saison für ihn. Es hat ihn aus der Kurve gehauen. Den Grund haben sie nie rausgefunden. Öl auf der Straße. Oder Jaro hat die Kurve nicht richtig eingeschätzt. Oder Thorsten hat die Bremsen in seinem Heroinrausch nicht richtig angezogen. Es war auf der Kurvenstrecke zwischen Michelstadt und Amorbach. Peng. Er ist fast zweihundert Meter die Böschung runter, mit zigfachem Überschlag. Der Wagen nur noch Schrott. Jaro aber hatte unglaublich viel Glück. Ein paar Prellungen. Aber er hatte kein Geld für ein neues Auto. Und die Geschäfte mit den wieder hergerichteten Wagen liefen im Winter ohnehin nicht gut. Und Thorsten war eigentlich nur noch auf Turkey oder völlig abgeschossen.«

»War da keiner, der ihm unter die Arme gegriffen hat?«

»Ach, das ist so eine Sache mit Freundschaften. Wenn Jaro da war, hat er es krachen lassen. Aber wenn er nicht da war – dann hatten andere 'ne Chance. Auf der Piste. Bei den Mädchen. Und – die ganzen Jungs, die hatten doch alle kein Geld. Ich hab ihm angeboten, ihm zu helfen, wenn er 'nen alten Wagen für sich wieder flottmachen würde. Aber er? Er ist abgetaucht. Ich glaub, sein Stolz hat einfach nicht mitgespielt.«

»Und Ihnen kam es nicht seltsam vor, dass die beiden Männer von einem Tag auf den anderen nicht mehr da waren?«, fragte Margot.

»Nein, ich fand das nicht seltsam. Ohne Auto – was wollte Jaro da noch in einem Motorsportclub? Und Thorsten – was wollte er ohne Jaro und dessen Auto dort?« Tremmelt schüttelte den Kopf. »Thorsten hat immer wieder mal Autos geknackt – aber das wissen Sie ja sicher. Einerseits war er genial, der Junge. Hat jeden Wagen zum Laufen gebracht. Auch ohne lästige Schlüssel.«

Tremmelt grinste breit. »Aber es war auch klar, dass das nicht ewig gut gehen würde. Um Weihnachten rum hat Thorsten mir dann im Vertrauen erzählt, dass er einen großen Deal laufen hätte. Richtig Kohle. Ich hab abgewinkt. Ich wollte gar nicht wissen, für wen er wieder Autos stehlen sollte. Und das war das letzte Mal, dass ich ihn gesehen habe. Jaro war noch mal kurz nach Sylvester da. Danach hab ich auch ihn nicht wiedergesehen. Bei Thorsten dachte ich, er wär einfach bei seinem Ding geschnappt worden. Oder er hätte sich abgesetzt. Das alles hab ich damals auch der Polizei gesagt, als die mich nach Thorsten befragt haben.«

»Und nach Jaro hat niemand gefragt?«

»Nein. Ich hab im Sommer zufällig Sylvia und Heino gesehen. Arm in Arm, den Kinderwagen vor sich herschiebend. Ich dachte: Da hab ich mich also doch in Jaro getäuscht, er hat sich ebenfalls einfach abgesetzt und versucht jetzt sein Glück woanders. Ich dachte noch – daran erinnere ich mich genau –: Er wird irgendwo anders genauso plötzlich aufgetaucht sein wie bei uns vor fünf Jahren. Und ich war sicher, dass er wieder rechts und links je eine Maus im Arm hielt. Und wissen Sie was?«

»Nein«, gab Horndeich die rhetorische Antwort.

»Ich war froh, dass meine Frau – damals noch meine Freundin – nicht mehr in seine Nähe kam.« Er beugte sich etwas vor. »Aber eines würde mich jetzt doch interessieren, nachdem ich Ihnen so bereitwillig Auskunft gegeben habe: Warum fragen Sie mich das alles?«

»Sie haben von dem Unfall gehört?«, gab Margot Antwort.

»Auf der A5? Am Montag?«

»Ich höre nicht so viel Nachrichten. Aber – ja, ich habe davon gehört. Ist da nicht so ein junges dummes Ding auf die Autobahn gerannt? Wie kann man das nur machen?«

»Sie ist nicht freiwillig gerannt«, erklärte Margot. »Sie wurde von zwei Menschen mit MPis sozusagen auf die Fahrbahn getrieben.«

Tremmelts Augen weiteten sich. Er schwieg ein paar Sekunden, dann sagte er: »Unvorstellbar. Und diese Schweine suchen Sie jetzt?«

»Ja.«

»Und was hat das alles mit Jaro zu tun? Oder mit Thorsten, Sylvia und diesem Heino?«

Margot zögerte.

Tremmelts Blick bekam etwas Entsetztes. »Eine der Töchter? Joana Werder? Sie ist die Frau, die auf der Autobahn ... O Gott!«

»Ja.« Margot nickte. »Joana Werder ist das Opfer.«

Tremmelt hielt das Glas in der Hand umklammert.

Eine weibliche Stimme klang aus dem Flur. »Wer ist tot? Joana Werder?«

Roger Tremmelt erhob sich, als eine schlanke, nicht ganz so groß gewachsene Dame auf die Terrasse trat. »Darf ich bekannt machen? Meine Frau Eva – Frau Hesgart und Herr Horndeich von der Kripo.«

»Sie kannten Joana Werder auch?«, fragte Margot.

Eva setzte sich auf den einzigen noch freien Gartenstuhl. Ihre Mundwinkel zuckten. »Sie war so eine liebenswerte Person. Ich ... ich habe sie gleich gemocht. Hat uns sogar eine CD mitgebracht, auf der sie singt.«

»Wann haben Sie sie kennengelernt?«, bohrte Horndeich nach.

Eva sah ihren Mann an. »Das ist jetzt ... hm, ein paar Wochen her. Ich weiß es nicht mehr genau – Anfang April oder Mitte April.«

»Mitte April«, sagte Roger Tremmelt. »Es war Mitte April. Sie kam zu uns.«

»Und sie zeigte uns ein Foto von Jaro und Thorsten«, sagte Eva Tremmelt.

Roger Tremmelt nickte. »Ich habe das Foto damals aufgenommen.«

»Sie sagte, sie habe vor kurzem herausgefunden, dass Jaro ihr Vater sei«, fuhr Eva fort. »Und sie wollte mehr über ihn erfahren.«

»Ich war ganz schockiert, dass ihre Eltern ... also dass Heino und Sylvia ihr nie etwas darüber erzählt haben«, sagte Roger Tremmelt.

»Sie berichtete uns, dass sie im November eine Schachtel bekommen habe, mit dem persönlichen Nachlass von ihrem Vater«, sagte Eva. »Ihrem leiblichen Vater.«

»Und dass der sich abgesetzt hat, als sie und ihre Zwillingsschwester noch fast Babys gewesen waren«, fuhr Roger fort. »Und dass sie meinen Namen von Günter Hinkel, hatte, dem jetzigen Vorsitzenden des Clubs. Er hat mich wohl als so eine Art wandelndes Archiv des Motorsportclubs Eberstadt bezeichnet.«

»Was haben Sie ihr erzählt?«, wollte Horndeich wissen.

»Das, was ich Ihnen auch gerade erzählt hab. Ich zeigte ihr die Fotos. Mit einer kleinen Digitalkamera hat sie die Bilder von ihrem Vater abfotografiert. Es war rührend.«

»Nein«, sagte seine Frau, »es war beschämend. Da war eine junge Frau von dreißig Jahren, die wie ein kleines Mädchen nach ihrem Papi suchte. Ich hatte Tränen in den Augen. Ich kannte Jaro auch. Wer von den jungen Mädchen kannte ihn damals nicht. Er war ein ... ein Weiberheld.«

»Aber was sollte ich der jungen Dame sagen?«, fragte Roger Tremmelt. »Dass er alle haben wollte? Und dass er fast alle haben konnte?«

»Mich hat er nicht gekriegt«, stellte Eva klar. »Aber damit war ich allein auf weiter Flur.«

Tremmelt griff nach der Hand seiner Frau, schenkte ihr einen warmherzigen Blick.

»Herr Tremmelt, Frau Tremmelt«, fragte Margot, »kennen Sie diesen Mann?« Sie hielt ihnen ein Foto des Toten aus der Schachtstraße hin.

»Nein«, sagte Eva Tremmelt.

»Ja«, sagte Roger Tremmelt. »Das ist Andreas Derndorf. Er kam so Ende '79 immer mal wieder zu Rennen. Ich erinnere mich genau an ihn, wegen dieser Hasenscharte. Sie war nicht sehr stark ausgeprägt. Aber man hat es gehört, wenn er sprach. Er hatte große Schwierigkeiten mit dem ch und dem sch. Einmal sprach ich ihn an, ob unser Verein nicht auch was für ihn wäre. Aber er war komisch. Er kannte sich kein bisschen mit Autos aus. Eher mit den Fahrern. Ich wurde nicht schlau aus dem Mann. Also entweder ist der schwul, dachte ich, oder der sucht einen Chauffeur für seinen popeligen Opel. Ein seltsamer Typ. Auf jeden Fall habe ich Joana auch seinen Namen genannt.«

»Wie meinen Sie das?«

Eva antwortete. »Na, Joana, die wollte alles wissen. Ich hatte den Eindruck, sie wollte ihre eigene Geschichte erkunden, möglichst schnell, möglichst umfassend.«

»Sie fragte uns nach Namen von Menschen, die sich an Jaro erinnern könnten«, sagte Roger Tremmelt. »Die mit ihm zu tun hatten. Es sind ja nicht mehr viele, von denen man heute noch den Namen und die Adresse weiß.«

»Nein, es sind nicht mehr viele ...«, fügte seine Frau hinzu. Es klang resigniert.

»Ich hab ihr die Namen von Derndorf, von Schmidt und von Grassberg genannt und die Adressen, soweit sie mir bekannt waren. Sie wohnen alle in der Nähe: Derndorf in Darmstadt, Schmidt in Roßdorf und Grassberg in Altheim bei Dieburg. Mit Derndorf hatte ich keinen Kontakt. Dann hab ich ihn eines Tages zufällig in der Stadt gesehen, auf dem Luisenplatz, hinter dem Stand einer Partei. Ich hab ins Telefonbuch geschaut und gesehen, dass er tatsächlich in Darmstadt wohnt.«

»Können Sie uns die Adressen von Schmidt und von Grassberg geben?«

»Klar. Aber ich stehe heute offenbar irgendwie auf der Leitung. Warum haben Sie mir das Bild von Derndorf gezeigt?«

»Nein!« Der Aufschrei seiner Frau zeigte, dass sie etwas schneller kombiniert hatte als ihr Gatte. »Der Selbstmord in der Schachtstraße – das war doch nicht etwa Andreas Derndorf?«

Margot nickte stumm.

»Frau Kommissarin, was geht hier vor?«

»Das, Frau Tremmelt«, antwortete Margot, »wüssten wir auch gern.«

Es war eine effektive Arbeitsstunde gewesen. Sie hatten sowohl Schmidt als auch Grassberg am Telefon erreicht. Beide hatten bestätigt, dass Joana mit ihnen Kontakt aufgenommen hatte. Dass sie nach ihrem Vater geforscht habe. Dass sie mit der hübschen jungen Frau jeweils drei schöne Stunden in der Vergangenheit geschwelgt hätten.

Beide hatten ein Alibi für den vergangenen Sonntagabend. Schmidt hatte mit seiner Frau deren fünfzigsten Geburtsgag gefeiert. Grassberg war mit seinem Wanderverein im Odenwald unterwegs gewesen und danach noch eingekehrt.

Damit war davon auszugehen, dass Joana auch mit Derndorf Kontakt aufgenommen hatte. Und plötzlich bestand zwischen beiden vorgeblichen Selbstmorden eine Verbindung.

»Das wird immer undurchschaubarer«, sagte Horndeich und stöhnte.

»Glaubst du mir jetzt, dass Derndorf sich nicht selbst das Hirn weggepustet hat?«

»Ich weiß im Moment nicht mehr, was ich glauben soll. Ich weiß nur, dass die Indizien sehr dünn sind.«

»Spielen wir es doch noch mal durch«, sagte Margot und stellte unauffällig den Wasserkocher an. »Nehmen wir mal an, die Maschinenpistolen, die wir heute Morgen gefunden haben, sind die Tatwaffen von der Raststätte und auch die vom Überfall. Wahrscheinlich sogar beides. Was heißt das?«

»Na, das heißt, dass Andreas Derndorf zu den Werttransporträubern gehörte«, antwortete Horndeich, während er einen Kaffee aufsetzte. »Denk auch an seinen Bruder, diesen Gerald Derndorf. Der macht in Diamanten und hätte die Steine verticken können.« Den hatte Marlock inzwischen erreicht. Derndorf hatte an diesem Tag in Darmstadt zu tun und Margot und Horndeich zwischen zwei Geschäftstermine geschoben; er wollte in einer Stunde im Präsidium erscheinen. »Ich meine«, fügte Horndeich noch hinzu, »die Räuber müssen die Steinchen irgendwie zu Geld gemacht haben; Diamanten sind und waren ja in der Bundesrepublik Deutschland nicht gerade ein gängiges Zahlungsmittel.«

Margot nickte. »Gehen wir die Sache mal der Reihe nach durch«, schlug sie vor. »Derndorf war einer der Räuber damals. Was brauchten die noch für den Überfall?«

»Einen Fahrer«, sagte Horndeich und ließ die Kaffeemaschine gurgeln. »Und jemanden, der ihnen die Autos besorgt.«

»Bingo. Wer kann gut Autos knacken?«

»Thorsten Nollbröck.«

»Und wer ist der König der Fahrer?«

»Jaromir Kadic.«

»Und wo laufen alle Fäden zusammen?«

»Beim Motorsportclub Eberstadt«, kombinierte Horndeich. »Aber wer ist die Nummer vier? Wer ist das Gehirn, der Drahtzieher? Thorsten kann Autos knacken, aber keinen Überfall planen. So schätze ich ihn jedenfalls nicht ein.«

Margot nickte, während sie heißes Wasser über den Teebeutel goss.

»Jaro kann Autos fahren wie kein anderer. Aber ist er imstande, einen Überfall auf einen Werttransport zu planen?«

»Eher nicht. Aber als Fahrer ist er eine gute Besetzung. Er

**235**

kann es. Und er braucht Geld. Für die Zwillinge. Für seine Frau. Für ein neues Auto. Über die Prioritäten kann man streiten.«

»Und Derndorf hat den Auftrag, Fahrer und Knacker zu beschaffen. Damit ist natürlich die Terroristentheorie vom Tisch und ... Was ist denn das schon wieder für ein Gestank?«, unterbrach sich Horndeich selbst.

»Kamille.«

»Kamille riecht eigentlich gut!«, sagte Horndeich fassungslos. »Mein Gott, was hast du daraus gemacht?«

»Gar nichts. Ich hab's nur aufgebrüht.«

Horndeich seufzte laut. Wenn nicht irgendein Wunder geschah, würde er die kommenden Jahre das Büro mit einer Kräuterfrau teilen müssen ... »Gutgutgut. Wo waren wir? Wer ist die Nummer vier in diesem Spiel?«

»Mr. X.«

»Genau. Mr. X«, sagte Horndeich. »Mr. X hat damals den großen Coup mit seinen drei Kumpanen durchgezogen. Fette Beute gemacht. Diamanten. Und nun interessiert sich plötzlich die Polizei wieder für die Geschichte. Nummer eins und zwei haben sich längst abgesetzt. Aber Nummer drei wird zum Risiko. Also wird er eliminiert – Derndorf wird umgebracht.«

»Hey, das ist das erste Mal, dass du das einräumst!«

»Hey, das ist das erste Mal, dass ich voll auf Kamille bin.«

»Okay. Aber wer ist dieser ominöse Mr. X?«

»Es ist der, der heute früh versucht hat, die beiden Maschinenpistolen zu klauen«, erklärte Horndeich. »Denn die sind die Verbindung zwischen ihm, Andreas Derndorf, Joana Werder und dem Überfall damals. Hätte Mr. X die MPis in seinen Besitz bringen können, hätten wir Andreas Derndorf nie mit den Überfällen in Verbindung gebracht.«

Margots Handy klingelte. Sie nahm den Anruf entgegen und meldete sich mit: »Hesgart.«

Sie sprach kurz mit dem Anrufer, machte ein paar Notizen, bedankte sich, dann legte sie auf und eröffnete: »Sie wissen, wer in Frau Derndorfs Haus eingestiegen ist. Der Nachbar hat ihn eindeutig identifiziert.«

»Kennen wir ihn?«

236

Margot gab den Namen in die Maske des Rechercheprogramms ein. Wenig später tauchten die Daten des Mannes auf.

Horndeich trat um den Tisch herum und schaute auf den Bildschirm. »Gerd Fuchs. Sagt mir nix.«

»Aber mir. Ich kenne ihn. Ein notorischer Einbrecher. Einzeltäter. Kein Schloss, das er nicht aufkriegt. Mit dieser Fähigkeit hätte er den schnellsten Schlüsseldienst Südhessens eröffnen können. Aber das war ihm nicht lukrativ genug.«

Auf dem Foto wirkte Fuchs nicht unsympathisch. Er erinnerte Margot fast ein wenig an Sean Connery, der ja die Gentleman-Diebe immer sehr glaubwürdig verkörpert hatte.

Sie blätterte durch die Liste seiner Einbrecherkarriere, die schon vor gut dreißig Jahren begonnen hatte. Horndeich schaute ihr über die Schulter.

»Und das ist also die Nummer vier?«, murmelte er und schüttelte ungläubig den Kopf. »Einen Überfall auf einen Werttransport scheint mir so gar nicht sein Ding zu sein. Rohe Gewalt, kein Schloss zu knacken …«

»Nun, wir werden sehen«, entgegnete Margot. »Die Kollegen sind schon unterwegs, um ihn herzuschaffen. Da sollten wir bald mehr wissen.«

In diesem Moment dudelte Margots Telefon. Sie nahm ab und meldete sich.

»Hier Frau Zupatke von der Pforte. Vor mir steht eine junge Frau, die Sie dringend sprechen möchte. Sie hat mir aber nicht anvertraut, worum es geht. Sie heißt Iris Jansen.« Frau Zupatke senkte verschwörerisch die Stimme. »Und sie sieht ziemlich verheult aus.«

Iris – das war die Freundin von Ben! Ihrem Sohn war etwas zugestoßen, und Iris wollte es seiner Mutter schonend beibringen. »Ich bin sofort da!«

»Wohin den so eilig?«, fragte Horndeich. »Soll ich mitkommen?«

Margot hörte die letzten Worte schon nicht mehr. Sie flog die Stufen förmlich nach unten.

Iris Jansen war ein wandelndes Häufchen Elend. Die dunklen Augenringe bildeten einen scharfen Kontrast zum Rot der Augen. Die Lider waren geschwollen, dafür schien die junge

Dame mindestens zehn Kilo abgenommen zu haben. War sie vorher schlank gewesen, tendierte sie nun eindeutig in Richtung »dürr«. Was auch immer geschehen war – es schien sich kaum um eine erst kürzlich stattgefundene Katastrophe zu handeln. Also lebte Ben.

»Frau Hesgart«, sagte sie zaghaft. »Darf ich mit Ihnen reden?«

Margot reichte ihr die Hand. »Ja, natürlich.«

Iris' Händedruck, sonst eher kräftig, fühlte sich an, als wäre ihre Hand durch ein nasses Handtuch ersetzt worden.

»Gehen wir in die Cafeteria.«

Iris wollte nur ein Wasser trinken, Margot brühte sich einen Kamillentee auf. Der hier nicht halb so gut schmeckte, wie einer der ihren. Und der einem guten Kaffee auch kaum Paroli bieten konnte, wenn sie ganz ehrlich war.

Margot führte Iris in eine abgelegenere Ecke, wo sie ungestört reden konnten. Der Sturm auf die Essenstheke würde frühestens in einer halben Stunde einsetzten.

»Also, Iris – was bedrückt Sie?«

»Ist Ben bei Ihnen? Wissen Sie, wo er steckt?«

»Ben? Ich denke, er ist bei Ihnen. Ich meine, in eurer Wohnung. Wo sollte er denn sonst sein?«

Damit die Rotfärbung nicht abklingen konnte, stahl sich ein Tränchen aus Iris' Auge. »Nein. Seit Sonntag ist er verschwunden. Und immer, wenn ich ihn auf dem Handy anrufe, drückt er mich weg. Ich hab es schon vom Telefon einer Freundin aus versucht. Aber wenn er meine Stimme hört, legt er auf.« Nun rollte eine ganze Kolonne Tränen der sicheren Verdunstung entgegen.

»Ihr habt Streit? So schlimm? Geht es … auseinander?«

Iris zuckte mit den Schultern, schüttelte gleichzeitig den Kopf.

»Hat er eine andere?«

Wieder ein Kopfschütteln. Diesmal ohne Schulterzucken.

»Ben war in den letzten Tagen ein paar Mal bei mir«, erzählte Margot. »Hat mich um Geld angehauen. Ihr habt Geldsorgen?«

Wieder ein Schulterzucken, diesmal wieder mit Kopfschütteln. Solch unpräzise Angaben machten Margot kirre. Aber

238

dies war kein Verhör. Es war nicht einmal eine Befragung. Es war ... privat. Und wie man eine »private Unterredung« führt, hatte man ihr auf der Polizeischule und während der vielen Sonderlehrgänge nicht beigebracht.

Doch dass ihr Sohn – oder ihr Sohn und dessen Freundin – in Geldschwierigkeiten steckten, war eigentlich bereits durch Bens Verhalten klar gewesen.

»Okay, wo drückt der Schuh?«, fragte sie geradeheraus. »Wo klemmt es?«

Iris wischte die Tränen beiseite, sah Margot nicht an.

»He, Sie wollten mit mir reden – ich höre zu«, sagte Margot. »Habt ihr den Golf zu Schrott gefahren. Braucht ihr einen Fernseher? Oder einen Kleiderschrank, einen Computer, einen Kühlschrank, ein ...«

»... Kinderbettchen.« Iris saß wie versteinert da. Nur dieses eine Wort hatte sie ausgesprochen.

Margot saß der jungen Frau gegenüber, betrachtete sie befremdet und aus sicherer Distanz. So vieles wurde ihr in diesem Moment klar: zum Beispiel, dass sie mit der jungen Dame nie wirklich warm geworden war. Dass da immer eine unsichtbare Grenzmarkierung zwischen ihnen gewesen war. Nie hatte sie Iris an sich gedrückt, nie ihr das »Du« angeboten. Es war ihr nicht einmal aufgefallen.

Sie fragte sich in diesem Moment, ob es ihre eigene Reserviertheit gewesen war. Oder ob sie einfach nur auf Bens Signale reagiert hatte, die sagten: »Halt dich raus aus meinem Privatleben!« Oder ob Iris immer abgeblockt hatte. Oder ob sie selbst ein so kaltherziges, egoistisches Weibsbild war, die ihren Sohn – vielleicht unbewusst – nicht an eine andere abgeben wollte. Die nicht in der Lage war, loszulassen. Mit einem Mal verstand sie, dass Worte wie »Meinen Segen habt ihr« eine viel, viel tiefere Bedeutung hatten und mehr waren als eine quasi-religiöse Floskel.

Und sie merkte, dass all diese Überlegungen im Moment völlig irrelevant waren. Dass diese junge Frau einfach nur ihre Unterstützung brauchte.

Es fiel ihr nicht leicht. Sie nahm Iris, das schluchzende, zuckende Bündel, in den Arm. Es fühlte sich komisch an. Fremd. Iris' Arme umschlangen Margot, und sie hielt sich an ihr fest wie eine Ertrinkende am letzten Balken. Margot fühlte sich, als würde eine Schlange sie umschlingen, während Iris' Tränen ihre Bluse auf der Schulter benetzten.

Margot strich ihr übers Haar, einmal, zweimal, strich ihr mit der anderen Hand über den bebenden Rücken.

»Schhh ... Alles wird gut, mein Mädchen«, flüsterte sie, hörte ihre eigenen Worte. Die komischerweise nicht fremd klangen. Aber dumm. Denn wer konnte schon wissen, ob alles gut würde ...

Ihre Hände fuhren über Iris' Kopf, sie flüsterte weiterhin beruhigend in das Ohr der jungen Frau, die im Moment nicht mehr als ein Kind für sie war.

Schließlich hatte sich Iris so weit beruhigt, dass Margot sie loslassen konnte. Sie reichte ihr ein Papiertaschentuch.

Iris tupfte sich die Augen ab, schnäuzte sich. Starrte aus Karnickelaugen auf die Bluse. »Entschuldigen Sie – Ihre Bluse ...«

»Kein Problem. Ich hab oben im Büro ein Ersatzteil hängen.« Sie schenkte Iris ein aufmunterndes Lächeln. »Jetzt kann ich das endlich mal nutzen.« Dann fragte sie sanft: »Wie weit bist du?«

Iris schniefte. »Achte Woche.«

Wie Joana!, schoss es Margot durch den Kopf. Und sie verstand plötzlich, worüber Ben vor zwei Tagen mit ihr diskutiert hatte. *Versucht* hatte, zu diskutieren. Er hatte über seine eigene Vaterschaft gesprochen. Und über seine eigenen Ängste. Auf die denkbar blödeste Art und Weise.

»Ihr wollt es?«

Iris nickte und murmelte: »Nein.«

Bevor Margot nachfragen musste, klärte Iris sie auf. »Ich weiß nicht, ob ich es bekommen will. Aber ich will nicht abtreiben. Und Ben – der hat gar nichts gesagt, sondern hat sich einfach nur verpisst.«

Margot hob eine Augenbraue.

»Entschuldigung«, murmelte Iris.

Nun ja, dachte Margot, wahrscheinlich beschrieb dieser Ausdruck es am besten.

»Aber während des Studiums ist es doch noch einfacher, ein Kind zu versorgen«, sagte sie. »Ihr könnt euch die Zeit einigermaßen einteilen. Dann studiert man halt zwei Semester länger. Gerade bei Germanistik ...«

»Ich habe ein Stipendium«, hielt Iris dagegen. »Wenn ich das Studium nicht rechtzeitig schaffe, bekomme ich keinen Cent mehr. Und kann es eben nicht abschließen.«

»Hör mal – das ist irgendwie zu schaffen. Das klappt. Und ich schaue jetzt erst mal, dass ich meinen Sohn ausfindig mache. Und dann schicke ich ihn zu dir. Ich denke, jetzt müsst erst mal ihr miteinander reden. Vielmehr – *er* muss endlich mit *dir* reden. Wo erreiche ich dich?«

»Ich fahr wieder nach Hau...« Sie unterbrach sich. »Ich meine, ich bin in der Wohnung in Offenbach.«

Ein wirkliches Zuhause schien das derzeit nicht zu sein.

Margot brachte Iris zum Haupteingang.

»Danke, Frau Hesgart.«

»Margot.« Sie reichte ihr die Hand.

»Margot.« Der Händedruck war wieder ein bisschen kräftiger. Das »Margot« klang zwar noch ungewohnt aus ihrem Mund, aber das würde sich schon geben. Und ein *Sie* – das passte wohl kaum zu ihrer zukünftigen Rolle als Oma.

Wenn sie eine werden würde.

Aber das mussten erst mal die beiden jungen Menschen miteinander besprechen.

»Ich melde mich«, versprach Margot. »Und Ben sich auch.«

Iris nickte, dann ging sie auf den alten blauen Golf zu, der vor dem Revier abgestellt war. Er war eindeutig nicht kaputt.

Noch auf dem Weg nach oben hinterließ sie auf Bens Handy-Mailbox die Nachricht, er möge sie bitte sofort zurückrufen.

»Na, wo warst du denn gerade? Und was ist mit deiner Bluse passiert?«

»Privat«, sagte Margot nur und griff nach der Bluse, die an der Garderobe hinter der Tür schon eine lange Zeit unbeachtet gehangen hatte. Da sie – bevor Margot sie dorthin gehängt hatte – frisch aus der Reinigung gekommen war, steckte sie noch in einer Plastikhülle, sodass sie nicht eingestaubt war.

»Derndorfs Bruder ist da«, eröffnete Horndeich. »Ist vor 'ner Minute oder so eingetrudelt.«

241

»Ich ziehe mich nur schnell um.«

»Und die Kollegen vom Einbruch haben rübergerufen. Fuchs ist nicht zu Hause. Sie beschatten die Wohnung. Wenn sie ihn haben, melden sie sich bei uns.«

»Prima. Bin gleich wieder da.« Sprach es und verschwand Richtung Damentoilette.

Gerald Derndorf trug einen schicken Anzug, Krawatte, eine silbergerahmte Brille und sah seinem Bruder kaum ähnlich. Was nicht nur daran lag, dass er seinen Hinterkopf noch hatte. Und keine Hasenscharte.

»Wir untersuchen den Tod Ihres Bruders«, formulierte Margot ganz neutral, »und in diesem Zusammenhang auch den Einbruch bei Ihrer Mutter. Zunächst würden wir gern etwas mehr über das Umfeld Ihres Bruders erfahren. Hatte er eine Freundin? Wie sah sein Bekanntenkreis aus?«

»Ich weiß nicht viel über sein Privatleben.« Derndorf sprach mit angenehmer Stimme, die bei einem Verkaufsgespräch sicher vertrauenerweckend wirkte. »Wir lebten ... in eigenen Welten, sozusagen. Meist trafen wir uns zu Weihnachten oder am Geburtstag meiner Mutter. Von einer Freundin weiß ich nichts. Ich bin mir nicht sicher, ob er keine hatte, weil er keine wollte oder weil er vielleicht eher unserem Geschlecht zugeneigt war. Soll es ja geben. Wir habe nie darüber gesprochen.«

»Können Sie sich einen Grund vorstellen, warum sich Ihr Bruder das Leben hätte nehmen wollen?«

»Nein. Was nicht heißt, dass ich Zweifel an einem Selbstmord anmelden könnte. Wir standen einander einfach nicht so nahe. Ich bin verheiratet, habe ein gut laufendes, aber zeitraubendes Geschäft, bekomme in drei Monaten meinen fünften Enkel ... Meist hab ich immer erst beim Geburtstag meiner Mutter gemerkt, dass Andreas und ich uns schon wieder ein Jahr nicht gesehen hatten. Ich weiß nicht viel von seinem Leben, wenn wir einander auch jedes Jahr aufs Neue beteuerten, dass wir uns endlich öfters sehen müssten. Aber – um die brutale Wahrheit auszusprechen – wir hatten einander nicht viel zu sagen. Das war schon immer so.«

»Wie meinen Sie das?«

242

»Ganz einfach. Ich war immer der Papa-Sohn und er der Mama-Sohn. Habe nie ganz verstanden, warum, aber es war so. Er ist fünf Jahre jünger, sodass wir als Jungs kaum miteinander gespielt haben. Und er hat sich schon früh mit den falschen Freunden eingelassen. Revoluzzer, Demonstranten ... Langhaarige eben.«

Aha, dachte Margot. Jetzt weiß ich wenigstens, was ›Langhaarige‹ sind. Wäre er dreißig Jahre älter gewesen, hätte er wohl noch hinzugefügt »Vaterlandslose Gesellen«.

»Wenn Sie mich fragen«, fuhr er fort, »leben wir in der besten aller denkbaren Welten. Aber er demonstrierte dagegen. Mal ehrlich – welche Staatsform ist besser als eine Demokratie?«

Er winkte ab, und Margot war einer Antwort enthoben.

»Nun, meine Mutter hatte für alles Verständnis, was er tat, mein Vater nicht. Meiner Meinung nach zu Recht.«

»Sie haben einen eigenen Laden«, sagte Margot. »Wie lange schon?«

»Oh, schon lange. In drei Jahren feiere ich dreißigjähriges Jubiläum. Das Geschäft als solches gibt es aber schon seit Mitte der Zwanzigerjahre.«

»Und Ihr Bruder? Was hat er gemacht? Hat er bei Ihnen gearbeitet?«

Derndorf lachte auf. »Bestimmt nicht. Auf Kunden hätte man ihn nicht loslassen können. Und im Büro – dazu fehlte ihm die Ausbildung. Ein Realschulabschluss und ein Führerschein – das ist die Summe seiner abgeschlossenen Ausbildungen. Er war nicht dumm. Aber er war gegen alles und jeden. Und stand sich damit immer selbst im Weg. Er hatte immer nur ›Zwischendurchjobs‹. Erst als Gabelstaplerfahrer bei einer Spedition, dann eine ganze Weile bei einer Baufirma, in Groß-Zimmern glaube ich, und später ... Ich weiß es wirklich nicht.«

Er zuckte mit den Schultern. »Auch darüber haben wir nicht geredet. Er schien sein Auskommen zu haben, hat mich nie angepumpt – und unsere Mutter auch nicht, darauf habe ich geachtet. Und vor ein paar Jahren fing er ja an, sich für diese Partei zu engagieren und dort auch zu arbeiten. DPL oder so.

Rechtspopulisten. Weiß nicht, wie Sie von der Polizei dazu stehen ...«

»Sie können hier offen sprechen«, versicherte Horndeich.

»Nun ja«, sagte Derndorf, »so wie Andreas vor einem Vierteljahrhundert gegen den Staat war, so radikal agitierte er auf einmal gegen die Jungs, zu denen er damals selbst gehört hat.« Er lachte grunzend. »So eine Kehrtwendung hat nicht mal Otto Schily hingelegt. Na, das hat uns dann einander auch nicht unbedingt nähergebracht.«

»Wissen Sie, ob er jemals mit Aktien spekuliert hat?«, fragte Margot.

»Mit Aktien?« Er verzog den Mund zu einem spöttischen Grinsen. »Da könnten Sie mich auch fragen, ob er jemals den Nobelpreis bekommen hat. Mathe war wahrlich nicht seine Stärke. Und ich kann mir kaum vorstellen, dass er in der Lage gewesen ist, den Aktienindex zu lesen und zu interpretieren. Verstehen Sie mich nicht falsch, aber seine Lektüre war mehr die Bild-Zeitung als die Financial Times.«

»Wir haben in der Wohnung Ihrer Mutter zwei Maschinenpistolen gefunden. Wussten Sie davon?«

Gerald Derndorf wirkte kein bisschen erstaunt – als wäre es das Selbstverständlichste der Welt, dass die Frau Mama für ihren Sohnemann zwei MPis im Keller aufbewahrte. »Das Einzige, worin er wirklich gut war, das war sein Schützenverein«, sagte er. »Davon hat er auch immer erzählt.« Mit einem Grinsen auf den Lippen fragte er: »Schießen die dort jetzt auch mit Maschinenpistolen?«

»Nein. Das sind illegale Waffen.« Per Blick signalisierte Margot ihrem Kollegen, dass er nicht mehr über die Waffen sagen sollte.

»Na, wundern tut es mich nicht. Hätten Sie mir das vor fünfundzwanzig Jahren erzählt, hätte ich Ihnen geantwortet, dass mein Vater wohl doch recht gehabt habe. Der sagte nämlich immer: ›Der Andreas gehört zu diesem Terroristenpack!‹ Aber heute? Ich kann mir nicht vorstellen, dass er noch kriminelle Energien in sich hatte. Er redete gern über diese DPL. Das sind zwar auch Radikale, aber die fuchteln nicht mit Maschinenpistolen herum. Vielleicht ist der Grund für die MPis wirk-

244

lich nur sein Waffentick. Er hat mir mal gesagt, dass er in seinem Waffenschrank mehr als zehn Ballermänner hat.«

Margot ließ Derndorfs Ausführungen unkommentiert. »Ist eigentliche jemals ein Werttransport auf dem Weg zu Ihrem Geschäft oder von Ihrem Geschäft überfallen worden?«

»Ich weiß zwar nicht, worauf Ihre Frage abzielt, aber ich bin froh, sagen zu können, dass das zum Glück noch nie geschehen ist.«

»Herr Derndorf, dann danken wir Ihnen zunächst erst einmal herzlich, dass Sie sich Zeit für unsere Fragen genommen haben.«

»Nun, ich habe es meinen Kindern immer gesagt und sage es heute auch meinen größeren Enkeln: Ein Staatsbürger hat nicht nur Rechte, sondern auch Pflichten.«

Horndeich brachte Derndorf noch bis zu seinem Wagen, während Margot versuchte, Rainer auf seinem Handy zu erreichen. Doch auch diesmal erwischte sie nur die Mailbox. »Rainer, ich muss dringend mit dir sprechen. Ruf mich bitte sofort an, wenn du das hörst. Danke.«

»Was hältst du von Derndorf Nummer zwei?«, fragte Horndeich.

Marogt zuckte mit den Schultern. »Aalglatter Typ, treuer Staatsbürger, zahlt pünktlich seine Steuern und bescheißt das Finanzamt nur unwesentlich mehr als du und ich. Dennoch, ich streiche ihn nicht von meiner Liste. Er ist der Bruder eines mutmaßlichen Diamantenräubers. Und er hatte die Möglichkeit, aus den Steinen Geld zu machen. Ich schau mir die Überfallakten noch mal an.«

Sie kam nicht dazu, denn ihr Handy meldete sich. Auf dem Display erschien der Name Ulf Mechtel. Dennoch meldete sie sich ganz neutral mit »Hesgart.«

»Ach, Cherie, tu doch nicht so. Du hast meine Nummer sicher erkannt. Vielleicht hast du die Nummer inzwischen auch schon unter meinem Namen gespeichert.«

Margot wünschte sich, Horndeich säße ihr nicht jedes Mal gegenüber, wenn dieser Mann anrief. Nein, sie hätte auch dann nicht zurückgeflirtet – sondern Ulf klargemacht, dass solche

245

Sprüche sie abturnten. Aber sie wollte Ulf auch nicht vor dem Kollegen bloßstellen. So viel Sympathie war dann doch noch vorhanden.

Und außerdem brauchte sie ihn. Oder vielmehr seine Informationen. Somit half nur eins: flüstern.

»Ich bin gerade in einer Besprechung. Sag mir einfach, was ich wissen muss.«

»Wann gehst du mit mir essen?«

Sie wollte schon fauchen, dass sie das überhaupt nicht tue, sie habe einen Mann, sie sei an Abenteuern nicht interessiert ... Doch sie hielt sich zurück. Schließlich war sie ja gerade in einer Besprechung. Auch wenn Ulf wahrscheinlich längst aufgefallen war, dass im Hintergrund niemand sprach.

»Okay, du kannst nicht reden. Aber du gehst mit mir essen.«

Margot schwieg.

»Na, die Antwort brauche ich schon. Sozusagen das Passwort.«

Margot fühlte sich mit einem Mal schrecklich müde. Nicht nur, dass sie in den beiden Mordfällen nicht vorankamen, ihr Sohn Vater wurde, und Rainer sich dafür als nicht zuständig erklärte – nun wurde auch noch dieser Mann zur Nervensäge. Ein Ja, um ihre Ruhe zu haben? Oder eine weitere Diskussion?

»Ja.«

»Geht doch. Also: Beide Waffen, die ihr mir geschickt habt, sind ohne Zweifel die Waffen, mit denen am Sonntag an der Raststätte geschossen wurde. Und mit der einen wurde auch der Wachmann des Werttransports 1980 ermordet. Und zwar mit der, mit der am Anfang der Auffädelspur aus geschossen wurde.«

»Noch was?«

»Ja.«

»Was?«

»Du bist immer noch die erotischste Frau, die ich ...«

Sie drückte ihn weg.

Was war nur aus der Kämpferin geworden? Sie hatte die Auseinandersetzung mit Ulf doch nur aufgeschoben. Aber vielleicht hatte sie inzwischen auch nur gelernt, dass sie nicht an allen Fronten gleichzeitig kämpfen konnte.

Es gab Fronten, die waren im Moment wichtiger.

Horndeich sah sie fragend an. »Alles in Ordnung?«

»Ja ja, alles okay. Die Waffen bei Derndorf – es sind die Tatwaffen von der Raststätte. Und die eine ist die vom Überfall.«

»Dann war Derndorf an dem Überfall beteiligt.«

»Ja, davon können wir ausgehen«, bestätigte Margot. »Die Munition ist ja auch die gleiche, nicht nur die Waffe.«

Wieder klingelte Marogts Handy. Rainer.

»Hallo?«

»Hallo, mein Schatz«, flötete er ihr vergnügt ins Ohr. »Was gibt es denn so Dringendes?«

»Ich ruf dich in einer Minute zurück, ich geh nur grad nach draußen.«

»Uiuiui. Scheint ernst zu sein.«

»Ist es.« Sie beendete das Gespräch.

»Klingt nach Zoff«, stellte Horndeich weltmännisch fest.

»Ja. Bin gleich wieder da.«

Sie ging auf den Parkplatz vor dem Präsidium. Die Sonne gab alles, der Himmel strahlte in tiefem Blau. Eigentlich nicht die richtige Kulisse für die Heldin eines Krimis, die sich einerseits in einen undurchsichtigen Fall verstrickt hatte und die andererseits in einer tiefen persönlichen Krise steckte. Ein guter Krimiautor hätte es in Strömen regnen lassen, der Himmel wäre grau gewesen, stürmischer Wind hätte durch die Straßen gefegt und zerfetzte Zeitungsblätter vor sich hergetrieben – die ganze Umgebung hätte den inneren Zustand der Protagonistin widergespiegelt, damit der Leser begriff, was Sache war.

Doch in der Realität strahlte die Sonne, als wollte sie Margot verhöhnen!

Na, wenigstens hatten die Leute auf dem Schlossgrabenfest gutes Wetter.

Margot wählte Rainers Nummer.

»Ja, Cherie?« So hatte er sie schon lange nicht mehr genannt. Im Gegensatz zu Ulf.

Sie hatte in den vergangenen Minuten überlegt, wie sie es formulieren sollte. Und sie hatte erkannt, dass sie auch für Diplomatie jeglicher Art zu müde war. »Glückwunsch. Du wirst Opa.«

»Wie meinst du das denn?«

Manchmal konnte er saudämliche Fragen stellen. »Iris wird Mutter. Ben wird Vater. Du wirst Opa. Nur dass sich Ben ein klein wenig vor der Verantwortung drückt.«

»Was heißt ›ein klein wenig‹?«

»Als er es vor einer Woche von Iris erfahren hat, hat er sich abgesetzt.«

»Nicht nett.«

»Nein. Nicht nett. Und ich werde das nicht akzeptieren. Weißt du, wo er steckt?«

»Ich hab gerade mit ihm auf dem Handy telefoniert. Er ist doch in Offenbach?«

»Ist er nicht. Schon seit Sonntag nicht mehr. Keine Ahnung, wo er um Asyl gebettelt hat.« Normalerweise wäre ihr Vater Bens erste Anlaufstelle gewesen. Aber dessen Lebenssituation hatte sich radikal gewandelt. Da fiel ihm sicherlich Besseres ein, als seinen missratenen Enkel bei sich einzuquartieren.

Der Gedanke zauberte ein kurzes schadenfrohes Lächeln auf ihre Lippen.

»Gut, dann ruf ich ihn jetzt an«, sagte sie. »Wenn er mich wieder wegdrückt und sich noch mal bei dir meldet, dann richte ihm Folgendes von mir aus: Ich werde den Dauerauftrag auf sein Konto ab morgen stornieren, wenn er heute Abend um acht nicht zu Hause ist. Und ich wünsche, dass auch *du* da bist. Ich will, dass wir zu dritt darüber reden, wie es weitergehen soll.«

»Sag mal, bist du von allen guten Geistern verlassen? Das müssen die beiden doch allein miteinander ausfechten.«

»Genau. Das sehe ich auch so. Nur hatte ich heute eine in Tränen davonschwimmende Iris auf dem Revier. Weil unser Sohn zu feige ist, sich mit dem Ergebnis seiner Liebesnächte auseinanderzusetzen.«

»Und deshalb willst du einen Dreiundzwanzigjährigen zum Gespräch vorladen wie einen Verdächtigen?«

»Ja. Genau das will ich. Denn ich habe keinen Bock auf eine zweite Runde mit heulender Schwiegertochter auf dem Revier. Und freiwillig wird er mit niemandem reden. Und ich rate auch dir, nicht zu kneifen.«

»Sag mal, willst du ein Tribunal veranstalten?«

»Nein. Ich will, dass er seinen Hintern zu seiner Freundin bewegt. Zu der zukünftigen Mutter deines Enkelkindes!«

»Ich glaube, er braucht heute Abend einen guten Verteidiger.«

»Sieh's, wie du willst. Hauptsache, du bist um acht auch da.«

Damit beendete sie das Gespräch und wählte Bens Nummer.

»Mama?«

Sie wiederholte, dass Iris bei ihr gewesen war, dass sie von der Schwangerschaft wusste. Und dass sie ihn um acht im elterlichen Haus erwarten würde.

Seine Antwort: »Jetzt drehst du völlig ab!«

»Ja. Und zwar den Geldhahn. Wenn du um acht nicht erscheinen solltest.«

»Jetzt hör aber mal zu, Mama ...« Mehr bekam sie nicht mehr mit, weil sie die »Aus«-Taste drückte.

Sekunden später klingelte es. Bens Nummer. Mit einem Lächeln, das als Eismaschine hätte verkauft werden können, drückte sie ihn weg.

Als Margot ins Büro trat, war sie aschfahl.

»Oh-oh, das sieht aber gar nicht gut aus«, erkannte Horndeich. »Kann ich was für dich tun?«

»Ich brauch jetzt was zu trinken.«

Okay. Er hasste es, und er würde es kaum über sich bringen. Aber das hier gehörte eindeutig in die Schublade »Notfallmaßnahme«. »Soll ich dir einen ... einen Pfefferminztee machen?«

»Nein. Ich brauch jetzt was Richtiges.«

»Einen Schnaps?«

»Einen Kaffee.«

Horndeich fragte kein zweites Mal, sondern kippte den kalten Teesud ins Waschbecken, spülte den Smiley-Becher aus und trocknete ihn beinahe liebevoll ab, bevor er ihn mit Bohnentrunk füllte. Er gab noch einen halben Löffel Zucker dazu. Gegen die Bitterkeit. Wobei Margot, wenn er das richtig einschätzte, den Zucker als Waffe gegen Bitterkeit im Moment wohl besser bis zur Sättigungsgrenze nachkippen sollte.

»Und?«, fragte sie. »Irgendwas Neues in den letzten zehn

Minuten?« Vielleicht war Arbeit wirklich die beste Möglichkeit, persönlichen Ärger beiseitezuschieben.

»Ich habe gerade das Vernehmungsprotokoll von Roland Jüst gelesen.«

»Jüst, Jüst, Jüst ... Den Namen habe ich doch schon mal gelesen.«

»Das war der Fahrer, der damals im Werttransporter am Steuer saß.«

»Da klingelt ein Glöckchen.«

»Na, die Kollegen hatten ihn wohl im Verdacht. Es machte sie skeptisch, dass er ausgerechnet an dieser Raststätte pinkeln gehen musste. Sie waren sicher, dass er den Räubern Tipps gegeben hatte, denn sonst hätte der Werttransporter ihrer Meinung nach nicht überfallen werden können. Aber Jüst blieb bei seiner Aussage, dass er nur Opfer, nicht Mittäter war. Die Kollegen ließen ihn danach noch über Wochen nicht aus den Augen.«

»Wo bin ich über den Namen Jüst schon mal gestolpert?«, fragte sich Margot laut.

Horndeich fuhr fort: »Sie haben nichts gefunden. Nach einem Jahr haben sie aufgegeben. Keine großen Geldbeträge auf seinem Konto, keine Änderung des Lebensstils. Als sie ihn später noch mal checken wollten, war er unbekannt verzogen.«

»Wo kommt er her?«

»Köln. Da saß auch das Unternehmen VSF. ›Very Safe Transports‹. Sehr originell. Roland Jüst hat dort noch ein Jahr lang gearbeitet. Aber er hat auch denen nicht gesagt, wo er hingehen würde.«

»Ich hab's!« Margot sprang auf, schichtete im Stehen die Berge auf ihrem Schreibtisch um. Nach weniger als einer Minute hatte sie gefunden, was sie suchte.

Ihr Finger fuhr eine Namensliste entlang. Dann klopfte sie auf einen Namen. »Autohaus Jüst. Da hab ich ihn doch!«

»Mit dem hat Joana telefoniert?«, fragte Horndeich, als sie ihm die Liste hinhielt und er sie erkannte.

»Ja. Zweimal. Vor zwei Wochen. In Marlocks Bericht steht ›Gebrauchtwagenhändler in Heidelberg. Joana fragt nach einem günstigen Kleinwagen.‹«

250

Horndeich gab die Begriffe *Jüst, Gebrauchtwagen* und *Heidelberg* in die Internetsuchmaschine ein.

Der Laden hatte eine eigene Website. Horndeich klickte sich durch die Menüs. »Hier, schau ihn dir an!«

Er drehte den Bildschirm Margot zu.

Sie sah das Bild des Geschäftsführerehepaars – Janina und Roland Jüst. Die Namen standen unter dem Foto.

»Das ist er«, sagte Horndeich. »Der Fahrer des überfallenen Werttransports!«

»Woher bist du dir so sicher?«, fragte Margot misstrauisch.

»Sein Bild wurde damals im ›Echo‹ abgedruckt; ich hab's gestern gesehen, ich erinnere mich genau: ›Roland J. musste mit ansehen, wie sein Kollege Max H. von einem der Gangster erschossen wurde.‹ Oder so ähnlich.«

»Und du bist überzeugt, dass er es war? Ich meine, dass dieser hier *unser* Roland Jüst ist?«

»Ja.«

»Das Bild in der Zeitung …«

»… ist fast dreißig Jahre alt, ich weiß. Aber sein Gesicht ist unverwechselbar. Ich erkenne ihn wieder.«

Horndeich wählte die Nummer, die auf der Website angegeben war. Damit Margot mithören konnte, schaltete er den Lautsprecher ein.

»Autohaus Jüst, Weber, guten Tag, was kann ich für Sie tun?«

Offenbar hatte Jüst anständig in Schulungen für seine Mitarbeiter investiert. »Schmidt, guten Tag. Ich würde gern mit Herrn Roland Jüst sprechen.«

»Einen Moment, ich verbinde.«

Horndeich legte auf. »Er ist da. Hinfahren?«

»Hinfahren.«


Auf dem Weg nach Heidelberg meldete sich Margots Handy dreimal. Jedes Mal drückte sie den Anrufer weg.

»Rainer?«

»Mein Sohn.«

»Geh ruhig ran!«, sagte Horndeich. »Ich kann Geheimnisse bewahren. Und schweigen wie ein Grab. Ach, noch viel besser als ein Grab!«

»Lass gut sein. Manchmal ist ein Gespräch von Angesicht zu Angesicht durch kein Telefonat der Welt zu ersetzen.«

Horndeich nickte. Warum musste er dabei nur wieder an Anna denken?

Sie kamen auf der A5 gut durch. Nach einer Dreiviertelstunde lenkte Horndeich den Wagen auf den Hof des Gebrauchtwagenhändlers. Schien einer der nobleren Läden der Branche zu sein. Margot erkannte allein drei Kollegen ihres 1er BMW, sah viele Mercedes, einige Chrysler, Audi, einen VW-Passat – aber keinen einzigen Kleinwagen. Das kleinste war ein Opel Astra. Der sich ziemlich verloren vorkommen musste, weil er nicht bei den Großen mitspielen durfte.

Als Horndeich die Tür ihres Vectra öffnete, schlug ihnen die Hitze entgegen, die die Klimaanlage gnädig kompensiert hatte.

Roland Jüst hatte von der deutschen Gerichtsbarkeit nichts mehr zu befürchten. Selbst schwerer Raub verjährte nach fünfundzwanzig Jahren. Und da er nicht unmittelbar beteiligt gewesen war – wenn überhaupt –, konnte er juristisch nicht mehr belangt werden. Also konnten die Polizisten nur auf Einsicht und Kooperationsbereitschaft hoffen. Und da war es sicher nicht verkehrt, ein bisschen Flagge zu zeigen.

Roland Jüst kam ihnen aus den Verkaufsräumen entgegen.

»Guten Tag, die Herrschaften! Was kann ich für Sie tun?« Er begrüßte sie mit einem strahlenden Verkäuferlächeln, das gleichzeitig Werbung für den Zahnarzt war, der ihm die Kronen verpasst hatte. »Ich nehme nicht an, dass Sie Interesse an einem schnittigen metallicroten Chrysler Crossfire haben, erst ein Jahr alt, also quasi noch ein Neuwagen. Hat nicht mal sechstausend klitzekleine Kilometer auf dem Tacho.«

Ganz kurz überlegte Horndeich, ob er sich den Wagen nicht mal zeigen lassen sollte. Denn der Golf schrie nach Ersatz. Warum eigentlich keinen Crossfire? Was er jedoch nicht mochte, waren Verkäufer, die ein Substantiv nicht ohne Adjektiv von sich geben konnten, zumal ihm nicht bekannt war, dass man Kilometer in klitzekleine und riesengroße einteilen konnte.

»Wir ermitteln in einem Mordfall«, entgegnete Margot und zeigte ihren Ausweis vor. »Kripo Darmstadt.«

»O mein Gott. Wie kann ich Ihnen da behilflich sein?«

»Sie haben mit dem Opfer telefoniert. Etwa zwei Wochen, bevor die Frau umgebracht wurde.«

»Wissen Sie, hier rufen eine Menge Leute an.«

»Sie können sich bestimmt an den Namen erinnern. Joana Werder.«

»Nein. An den kann ich mich nicht erinnern.«

»Komisch, als ein Kollege von uns Sie vorgestern angerufen hat, sagten Sie ihm, die junge Frau habe sich nach einem Kleinwagen erkundigt«, hielt Horndeich ihm vor. »Mit wenigen klitzekleinen Kilometern.«

Jüst schwieg. Aber sein Lächeln hatte er ausgeknipst.

Horndeich zeigte ihm ein Foto von Joana.

Das Bild wirkte wie eine Ohrfeige.

»Hören Sie, was wollen Sie von mir?«, regte sich Jüst auf.

»Ja, sie hat nach einem Kleinwagen gefragt. Ich erinnere mich daran, weil sie nach dem Anruf persönlich vorbeikam in ihrem klapprigen kleinen Fiat. Ich hätte ihr fast aus Mitleid schon einen neuen geschenkt. Aber in dieser Liga habe ich leider keine Wagen.«

»Meinem Kollegen habe Sie nicht erzählt, dass Frau Werder Sie aufgesucht hat«, sagte Margot.

»Er hat mich auch nicht danach gefragt.«

»Und woher wussten Sie, dass die Dame am Telefon die war, die nach dem Gespräch hier erschien?«

Jüst hatte seine Selbstsicherheit wiedergefunden. »Weil es selten vorkommt, dass ich an einem Tag zweimal nach einem möglichst kaum gefahrenen Fiat-Kleinwagen gefragt werde.« Er blitzte Horndeich herausfordernd an, während er hinzufügte: »Mit wenigen klitzekleinen Kilometern.« Dann blickte er auf Margot: »Erst am Telefon, dann vor Ort.«

Margot gab sich unbeeindruckt: »Haben Sie einmal als Fahrer für die Werttransportfirma VST in Köln gearbeitet?«

Jüst zögert zu lange.

»Sie haben. Ich hab Sie gleich erkannt. Sie haben sich kaum verändert.«

Jüst sagte immer noch nichts. Er machte keine Anstalten, sie brüsk abzuweisen, bat sie aber auch nicht in seine Geschäftsräume. Wobei Horndeich froh darüber gewesen wäre, einen

253

klimatisierten Raum aufsuchen zu dürfen. Er hasste Schweißflecke unter den Achseln. Doch er war machtlos dagegen, da konnte er sich mit Deo einbalsamieren – der Schweiß siegte stets.

»Die junge Frau«, sagte Margot. »Was wollte sie wirklich von Ihnen? Wollte sie etwas über den Überfall wissen? Den von 1980? Bei dem Sie der Fahrer waren und Ihr Kollege erschossen wurde?«

Jüst sagte immer noch nichts.

Horndeich zeigte ihm ein Foto von Andreas Derndorf. »Kennen Sie diesen Mann?«

Jüst schwieg weiterhin, schien stumm einen inneren Kampf auszufechten.

»Haben Sie Kinder?«, fragte Horndeich.

Jüst nickte.

»Wie viele?«, wollte Margot wissen.

»Zwei. Eine Tochter und einen Sohn.«

»Heino Werder hatte zwei Töchter«, sagte Horndeich. »Eine wurde vergangenen Sonntag mit Maschinenpistolen über die Autobahn in den Tod gehetzt. Mit denselben Maschinenpistolen, mit denen die Gangster damals Ihren Transport überfielen.«

»Joana Werder war schwanger«, übernahm Margot. »Heino Werder wäre Opa geworden.«

»Wir würden die Schweine gern erwischen, die das getan haben«, sagte Horndeich.

»Und wir würden Herrn Werder gern sagen, dass die Täter vor Gericht kommen«, fügte Margot hinzu.

Jüst sah auf das Foto, dass eine lachende Joana Werder zeigte. »Kommen Sie mit rein.«

Danke, Margot, dachte Horndeich. Sie hatten Jüst in dem Moment im Sack gehabt, als seine Kollegin die Schwangerschaft erwähnte. Wie hatte sie gewusst, dass genau das der Hebel war?

Während sie mit Jüst auf die Geschäftsräume zugingen, kam ihnen eine junge Dame im roten Umstandskleid entgegen. »Papa! Graschke hat gerade angerufen, er möchte dich dringend sprechen!«

Jüst drückte seiner Tochter einen Kuss auf die Stirn. »Bin in einer Viertelstunde wieder bei euch.«

»Okay.« Der Gesichtausdruck der jungen Dame verriet, dass sie den spontanen Kuss ihres Vaters nicht so ganz einordnen konnte.

Horndeich wunderte sich immer mehr. Woher hatte Margot das nur gewusst? Manchmal war ihm seine Kollegin unheimlich.

Das Büro war klimatisiert. Jüst stellte drei Gläser und eine Flasche edles Mineralwasser auf einen niedrigen Tisch.

Und ganz unvermittelt sagte er: »Ich weiß, dass ich damals einen Fehler gemacht habe. Ich habe das in dem Moment gewusst, in dem der eine Max erschossen hat. Der andere hat damals gesagt: ›Wenn du jemals auf die Idee kommen solltest, uns zu verpfeifen, dann geht es dir ebenso!‹ Und ich hab keine Sekunde lang daran gezweifelt.«

Margot und Horndeich sagte nichts. Sie ließen Jüst einfach sprechen.

»Der Mann auf dem Foto – ich kenne seinen Namen nicht –, das war der Mann, der mich in Köln in einer Kneipe angesprochen hat«, fuhr Jüst fort. »Ich war dumm damals, hab in Kneipen über meinen Job rumerzählt. Darüber, dass ich unzufrieden sei, dass ich zu wenig verdiente – den ganzen Scheiß. Ich weiß nicht, wie sie auf mich gekommen sind, aber allzu schwer kann es nicht gewesen sein.«

Als er verstummte und ein paar Sekunden lang schwieg, fragte Margot: »Und weiter?«

»Nun, zweimal habe ich diesen Typen gesehen. Ich sollte einfach nur verraten, wann ein wertvoller Transport über die Autobahn rollen würde. Am besten durch Südhessen. Da kamen sie wohl her, der Rest der Truppe. Ich sollte an einer Raststätte halten, pinkeln gehen, den Rest würden sie machen. Keine Gewalt – und satte zweihunderttausend für mich. Zweitausend hat er mir am zweiten Abend in die Hand gedrückt. Als kleine Entscheidungshilfe. Es sollte eine Tour mit einem ruhigen Kollegen sein, damit der nicht plötzlich zur Waffe greift. Ich hab das gedeichselt. Bin ja meistens mit Olli gefahren, und der sollte auch an dem Tag mitkommen. Aber er rief morgens an, dass er eine längere Sitzung auf der Toilette habe – Durchfall. Also haben sie mir Max Hirschmeier ins Auto gesetzt. Und der war ein echter Choleriker. Waffennarr, der sich nur stark fühlte, wenn er 'ne Wumme bei sich hatte. Hätte es damals schon Handys gegeben, ich hätte das alles abgeblasen. Ich habe mir fast in die Hosen gemacht, als wir da die Autobahn langfuhren. Ich wusste, das konnte nur schiefgehen. Und ich hatte echt Angst um mein Leben.«

Er stieß einen Seufzer aus, griff sich sein Glas, nahm einen Schluck, setzte das Glas wieder auf dem Tisch ab. »Es kam, wie es kommen musste. Max versuchte den Helden zu markieren, war aber mit der Klappe immer besser als mit der Waffe. Und einer der beiden Gangster, die aus dem Wagen gesprungen waren, schoss. Eine MPi. Mensch, das muss Max doch gesehen haben. Es war der Mann auf dem Foto, der geschossen hat.«

»Das haben Sie gesehen?«, fragte Margot überrascht.

»Nein. Da war ich ja vorn. Aber als ich ihnen dann beim Ausladen helfen musste, da hat er gezetert, es sei keine Absicht gewesen, kein Vorsatz oder wie auch immer.«

»Woher wissen Sie denn, dass es der Mann auf dem Foto war?«, fragte Margot. »Die trugen doch alle Masken.«

»Wegen der Hasenscharte«, sagte Jüst. »Ich bin mir sicher, dass es dieser Mann war. Er näselte, konnte ch- und sch-Worte nicht richtig aussprechen. Der andere MPi-Typ, der hatte auch eine höhere Stimme.«

»Auch das haben Sie bei den Befragungen durch die Polizei nicht zu Protokoll gegeben«, erinnerte sich Horndeich.

Jüst nickte. »Nach dem Überfall haben die mich ganz schön in die Mangel genommen. Aber ich hab dichtgehalten. Einen Monat später hab ich mein Geld gekriegt. Am Münchener Hauptbahnhof, in der öffentlichen Toilette. Einen Koffer mit zweihunderttausend D-Mark. Und einem Zettel, dass ich ein toter Mann wär, wenn ich jemals auch nur ein Wort über die Sache verlöre.«

»Was haben Sie mit dem Geld gemacht?«, fragte Margot.

»Hab erst mal ein gutes Jahr verstreichen lassen«, antwortete Jüst. »Erst dann hab ich bei VST gekündigt. Bin ein Jahr um die Welt gereist, viermal umgezogen. Kam nach Heidelberg, fand das Schloss so schön. Lernte meine jetzige Frau kennen. Ihrem Vater hat das Geschäft hier gehört. Wir haben es übernommen, und ich konnte hundertfünfzigtausend einbringen. Blutgeld. Aber so hab ich das damals nicht gesehen.«

»Und wann kam Joana Werder auf Sie zu?«, wollte Margot wissen.

»Erst vor zwei Wochen. Ich hatte es tatsächlich geschafft, die Erinnerung an den Überfall völlig zu verdrängen. Sie stand plötzlich auf dem Hof, meinte, dass sie wisse, dass ich damals der Fahrer des Transports war. Sie zeigte mir zwei Fotos. Eines von ihrem Vater. Und von dessen Freund. Fragte, ob die bei dem Überfall dabei gewesen wären. Ob ihr Vater der gewesen wäre, der geschossen hätte. Ich sagte, das wisse ich nicht, da ja alle Skimasken getragen haben, auch die beiden, die im Geländewagen gesessen hatten.«

»Haben Sie ihr erzählt, dass Sie mit den Räubern gemeinsame Sache machten?«, fragte Horndeich.

»Gott bewahre! Ich wusste ja nicht, wer sie war, und ich dachte, vielleicht ist es nur ein Test, ob ich noch dichthalte. Auch wenn der Überfall verjährt ist – ich wollte nichts mehr damit zu tun haben.« Er senkte traurig den Kopf. »Und habe damit einem zweiten Menschen den Tod gebracht.«

»Andreas Derndorf, der Mann auf dem Foto«, sagte Margot, »er ist auch tot.«

Jüst schaute wieder auf. »Auch ermordet?«

»Wir wissen es noch nicht«, sagte Horndeich.

Margot ging darauf nicht ein, sondern wollte wissen: »Wo waren Sie am vergangenen Sonntag?«

»Wir haben gefeiert. Fünfundzwanzig Jahre Autohaus Jüst. Etwa zweihundert Zeugen.«

Jüst begleitete Margot und Horndeich noch zum Wagen zurück. Diesmal setzte sich Margot ans Lenkrad, und während sie den Wagen vom Hof rollen ließ, schaute Horndeich zu, wie Jüst gebückt zum Bürogebäude zurückschlurfte. Für kein Geld der Welt hätte Horndeich in seiner Haut stecken mögen.

Auf der A5 Richtung Norden ging es nur schleppend voran. Ein Unfall reduzierte den Verkehr auf eine Spur. Margot beherrschte das Spiel mit Gas, Kupplung und Schalthebel so gut, dass der Wagen selten gänzlich zum Stehen kam, sondern die meiste Zeit sanft rollte.

»Wieso hat Joana Werder eigentlich mit Jüst gesprochen?«, fragte sie sich laut.

»Weil sie was über den Überfall wissen wollte.«

»Ja, das ist mir schon klar. Aber wie kam Joana darauf, dass ihr Vater etwas mit dem Überfall zu tun hatte?«, wunderte sich Margot, während der Verkehr wieder einmal zum Stillstand kam. »Dass sie nach Thorsten Nollbröck suchte – okay. Ein Foto von ihm war ja in dem Nachlass, den Werder ihr gegeben hat. Aber welche Verbindung zwischen ihrem Vater und dem Überfall hat sie entdeckt?«

Auch Horndeich warf das Räderwerk seines Denkapparates an. »Vielleicht war noch etwas anderes in diesem Karton, was sie auf die Spur gebracht hat. Vielleicht ein Zeitungsausschnitt.«

»Ein Zeitungsausschnitt im Nachlass des Vaters?«, fragte Margot. »Hältst du das für wahrscheinlich?«

»Lass es uns einfach mal annehmen«, sagte Horndeich. »Vielleicht war es auch was anderes, das auf den Transportüberfall hingewiesen hat. Jedenfalls bekommt Joana Werder diesen Karton von ihrem Stiefvater. Darin ein Bild von ihrem Erzeuger und dessen bestem Freund. Und irgendetwas, das ihren Vater mit dem Raubüberfall von damals in Verbindung bringt.

Sie kommt daraufhin mit ihren Nachforschungen nicht wirklich weiter. Aber sie hat herausgefunden, dass ihr Vater niemals bei der Freundin in Hamburg angekommen ist. Also glaubt sie, er hätte sich anderweitig abgesetzt. Lässt es gut sein. Aber Anfang April erzählt ihr Martin, wer sein Vater war und dass der zum selben Zeitpunkt verschwunden ist. Jetzt beginnt sie tiefer zu graben, hat den Ansatzpunkt Motorsportclub. Joana ruft also dort an, macht Roger Tremmelt ausfindig, danach die drei, die Tremmelt ihr nennt: Derndorf, Grassberg, Schmidt. Sie denkt nach: In dem Zeitungsausschnitt steht was über den Überfall. Warum sollte ihr Vater so was aufbewahren? Haben ihr Vater und sein Kumpel da etwa mitgemacht? Also forscht

sie weiter. Gräbt sich durch das Archiv des Darmstädter Echo –
und so stößt sie auf Jüst. Findet ihn, befragt ihn.«
»Also hat Jüst sie umbringen lassen?«, fragte Margot.
»Wohl kaum. Er hat von der Justiz nichts mehr zu befürchten. Hat ja niemanden umgebracht damals.«
»Also Derndorf und wer? Unabhängig davon, ob Joanas
Vater *tatsächlich* an dem Überfall beteiligt war«, sagte Margot, »bei Derndorf müssen doch alle Alarmsirenen losgegangen sein, als Joana bei ihm auftaucht und anfängt, ganz tief im
Dreck zu wühlen. Ich meine, einfach mal vorausgesetzt, er ist
wirklich der Mann, der geschossen hat: Weil er keinen Bock hat,
wegen des Mordes an dem Werttransportfahrer in den Knast
zu wandern, bringt er gemeinsam mit Nummer vier Joana um.
Um dann von der Nummer vier selbst für immer zum Schweigen gebracht zu werden. Womit jede Spur zu dieser mysteriö-
sen Nummer vier gekappt ist.«
»Oder Derndorf wurde mit der Schuld, einen Menschen umgebracht zu haben, nicht mehr fertig – und hat sich tatsächlich
in den Mund geschossen.«
Margot schüttelte zornig den Kopf. »Du musst unbedingt an
der Selbstmordtheorie festhalten, was?«
Er lachte auf. »So wie du dich in die Mordtheorie verbissen
hast.«
»Mh …«, brummte Margot, dann sagte sie: »Bleibt die Fra-
ge, wer die Nummer vier des Überfalls ist – und wer die Num-
mer zwei an der Raststätte am letzten Sonntag.«
Margots Magen knurrte vernehmlich.
»Ein Häppchen?«, fragte Horndeich.
»Ja, gern. Da vorn kommt eine Raststätte.«
Horndeich spann die Fäden der Möglichkeiten weiter.
»Vielleicht ist die Nummer vier, unser Mister X, doch dieser
Fuchs.«
»Welcher Fuchs?«, fragte Margot erstaunt.
»Gerd Fuchs. Der Einbrecher. Er ist alt genug, er hat krimi-
nelle Energie.«
»Aber so viel Gewalt? Das ist nicht sein Stil.«
»Der Überfall war ja gar nicht mit Schießerei geplant. Und
vielleicht hat er deshalb danach auf Einbrechen umgesattelt,

weil er sich nicht noch mal die Hände so schmutzig machen wollte. Immerhin wollte er die Waffen klauen.«

»Ich bin mir nicht sicher, ob nicht auch Heino Werder in Frage kommt«, erklärte Margot.

»Ist der so intelligent? Wollte er seine Sylvia so sehr, dass er mit Jaro und Derndorf das Ding dreht? Und ihn danach in die Wüste schickt? Oder vielleicht auch tötet?«

»Nun, als Polizist hat er sicher die beste Möglichkeit, an die Waffen zu kommen.«

»Aber auch Derndorfs Bruder ist ein Kandidat«, sagte Horndeich. »Hast du mitgekriegt, was er über seinen Laden gesagt hat?«

»Ja, er handelt mit Diamanten.«

»Das mein ich nicht«, sagte Horndeich. »Als du ihn gefragt hast, wie lange er den Laden schon habe, hat er geantwortet: ›In knapp drei Jahren feiern wir unser Dreißigjähriges. Das Geschäft aber, das gibt es schon seit Mitte der Zwanzigerjahre!‹«

»Und?«

»Dreißig minus drei , Margot«, sagte Horndeich. »Das ergibt siebenundwanzig.«

»Lass mal nachrechnen«, sagte Margot und nickte dann. »Stimmt.«

»Also hat er den Laden um 1980 rum gekauft!«, sagte Horndeich. »Ich meine, wenn er den Laden übernommen hat – da brauchte er doch, genau wie Jüst, ein gewisses Startkapital, oder? Und das hat er wohl gehabt – ausgerechnet 1980, nach dem Überfall. Und er ist der Bruder von einem der Räuber.«

»Und er handelt mit Diamanten und konnte daher die Beute zu Geld machen«, sagte Margot.

»Wir sollten ihm noch mal so richtig böse auf den Zahn fühlen, wenn du mich fragst«, sagte Horndeich. »Wir waren heute einfach zu zahm.«

»Hast recht«, stimmte Margot zu. »Bitte ihn doch noch mal aufs Revier.«

Horndeich nahm das Handy, blätterte im Notizbuch nach der Nummer und tat, wie ihm geheißen.

»Okay, er kommt am Nachmittag noch mal vorbei«, sagte er

sieben Minuten später. Da hatte Margot den Wagen längst vor dem Autobahnrestaurant abgestellt.

»Vielleicht ist die Nummer vier, der geheimnisvolle Mister X, auch jemand ganz anderes«, sagte sie. »Der große Unbekannte.« Sie seufzte. »Jetzt brauche ich erst mal 'nen Salat. Und 'nen Kaffee. Sonst kann ich nicht denken.«

Dem Mittagessen folgte Schreibtischarbeit.

Horndeich schrieb auf seine Schreibtischunterlage die Namen »Fuchs«, »G. Derndorf« und »Werder« und umkringelte sie. Unter den Namen »Fuchs« schrieb er »kriminelle Energie«, »Einbruchserfahrung« und »Wollte MPis klauen«. Bevor er mit Derndorf anfing, zückte er sein kleines Notizbuch, in das er während des Gesprächs mit dem Juwelier Stichpunkte notiert hatte. Er schrieb: »Im Überfalljahr Geschäft übernommen.« Dann überflog er, was er sich bereits über Gerald Derndorf notiert hatte – und zuckte zusammen.

Starrte auf die Worte: »Bruder bei Baufirma Groß-Zimmern.«

Flink huschten seine Finger durch die Ablage auf dem Schreibtisch. Das Ordnungssystem glich jenem von Margot: Es war strikt chronologisch aufgebaut, das Neueste lag oben, das Älteste unten. So fand er, was er suchte, sehr schnell: einen Ausdruck des Zeitungsartikels, den er am vorigen Abend bei Sandra im Krankenhaus überflogen hatte.

»So was«, murmelte er, griff zum Telefon und führte ein kurzes Gespräch mit der Industrie- und Handelskammer in Darmstadt. Er fragte nach allen eingetragenen Baufirmen in Groß-Zimmern und bat um Rückruf, wenn die gewünschten Informationen verfügbar seien, und nannte auch noch die Faxnummer des Büros.

»Was war denn das?«

»Ich hab da so eine Ahnung. Ich hab mir doch gestern die Artikel im ›Echo‹ angeschaut.«

»Gestern Abend noch? Davon hast du gar nichts erzählt.«

Horndeich konnte nicht verhindern, dass er rot wurde.

»Hey, das muss dir doch nicht peinlich sein. Löblicher Einsatz! Befördert dich auf der Karriereleiter sicher noch ein paar

Sprossen nach oben. Frauen mögen so was!«, feixte seine Kollegin. Was die Blutzufuhr entgegen der Schwerkraft nur noch verstärkte.

Es klopfte am Türrahmen.

»Hallösche, Kolleesche, des da soll ich Ihne vorbeibringe«, sagte Werner Klewes. »Die Kolleesche von der KTU, die habe gesaachd, dass Sie dess hier sischerlisch gaands wischdisch bräuschde.«

Er legte die Mappe auf Horndeichs Schreibtisch.

»Isch riesch ga kaa Teesche, Fraa Hesgart. Isch dääd mal den roode probiern, den drinkd ma Fraa immer. Haachebudde. Iss guud für der Deng, saachtse immer. Na ja, Sie braauche des ja nedd. Se habbe ja kaa Problem' mit Ihne ihrm Deng.«

Margot lächelte ihm zuckersüß zu, bedankte sich, richtete einen Gruß an die Frau Gemahlin aus – aber jetzt müssten sie sich wieder den Verbrechern widmen.

Klewes hob die Hand an die Stirn, eine Mischung zwischen Respektbekundung und militärischem Gruß, und verschwand.

»Saache Se, Fraa Kolleeschin«, versuchte sich Horndeich im erlernten, aber dennoch fremd gebliebenen hessischen Dialekt, »was is dann des: Ihne ihr Deng?«

»Na, die Franzosen sprechen es etwas anders aus: Sie sagen ›Teint‹.«

Horndeich schlug sich mit der flachen Hand an die Stirn. »Dass isch des nedd gleisch vestande habb ...«, versuchte er Klewe zu imitieren. Dann griff er zu den Papieren, die der »Kolleesch« ihnen gebracht hatte. »Oh, der Abschlussbericht zu Joanas Wagen.« Horndeich blätterte durch die Seiten. Etwa zwanzig. »Das kürzen wir ab.« Er griff zum Telefon.

Hatte gleich darauf den Kollegen von der KTU an der Strippe.

»Ich hab hier zwanzig Seiten zu Joana Werders Wagen vor mir liegen – gibt's 'ne kurze Zusammenfassung?«

»Ja: nix gefunden! Keine weiteren verwertbaren Spuren, die irgendwas über die Täter an der Raststätte verraten würden. Auch die Fingerabdrücke sind alle unbrauchbar. Nur verwischte Teilabdrücke.«

»Danke«, meinte Horndeich.

»Tut mir leid, dass ich euch nicht mehr sagen kann.«

262

Horndeich hatte gerade aufgelegt, da klingelte das Telefon. Er meldete sich, machte ein paar Notizen. Während er telefonierte, sprang hinter Margot das Faxgerät an.

Horndeich bedankte sich, legte auf, ging zum Faxgerät. Als dieses das vierte Blatt ausspuckte, sagte er nur:»Bingo.« Er legte das Blatt vor Margot auf den Schreibtisch.

»Was ist das?«

»Das ist die Seite einer Image-Broschüre der Firma Huber aus Groß-Zimmern. Ein Bauunternehmen. Gegründet 1954. Aufgegeben 1989 – Huber hatte keine Nachkommen und keinen Käufer für den Betrieb. Es ist die einzige Baufirma in Groß-Zimmern.«

»Und das heißt?«

Horndeich legte den Artikel über den Vandalismus auf der Rosenhöhe daneben.»Eine Firma aus Groß-Zimmern hat die Rodungen vorgenommen. Und Gerald Derndorf sagte, sein Bruder sei bei einer Baufirma in Groß-Zimmern gewesen.«

Dann zeigte er auf die Faxseite:»Schau, in dieser Broschüre werben sie sogar damit, dass sie den Job auf der Rosenhöhe erledigt haben. Das heißt ...«

»... Andreas Derndorf hat bei der Firma gearbeitet, die vor siebenundzwanzig Jahren die Rosehöhe gerodet hat«, sagte sie schultzerzuckend.»Na und?«

»Nein, das heißt, dass Andreas Derndorf bei der Firma gearbeitet hat, deren Bagger just in der Nacht, als Thorsten Nollbröck und Jaromir Kadic verschwanden, jemand kurzgeschlossen hat.«

»Wieder ein Zufall mehr, was?«

»Zu viele Zufälle.«

Paul Baader von der Spurensicherung lief an Margot und Horndeichs Büro vorbei.

»Paul?«, rief Margot.

Der Angesprochene macht drei Schritte rückwärts.»Ja?«

»Morgen kommen die beiden Maschinenpistolen aus Wiesbaden zurück. Nimm sie dir noch mal zur Brust. Schau hinter jedes Schräubchen. Wir stochern dermaßen im Nebel, dass wir jeden Hinweis brauchen können.«

Der Nachmittag verlief ruhig. Gegen 17 Uhr meldete sich Gerald Derndorf an der Pforte. Fünf Minuten später saß er im Vernehmungszimmer. Seine geschäftlichen Termine in Darmstadt hatte er hinter sich gebracht, doch statt nach Hause fahren zu können, musste er ein zweites Mal an diesem Tag bei der Darmstädter Polizei vorstellig werden. Sein Gesicht und sein ganzes Auftreten machten klar, wie ungehalten er darüber war.

Margot wollte sich weder davon beeindrucken noch ihn damit durchkommen lassen. Sie fiel mit der Tür ins Haus, kaum dass Gerald Derndorf Platz genommen hatte, und fragte ihn ganz unverblümt: »Herr Derndorf, wo waren Sie am Sonntagabend gegen 23 Uhr?«

Derndorf runzelte nur kurz missbilligend die Stirn, bevor er antwortete: »Ich habe einen Spaziergang durch den Wald gemacht. Allein.«

»Verstehe ich das richtig, dass sie dafür keine Zeugen haben?«

»Wenn ich allein war, wie soll ich da Zeugen haben?«, fragte er zurück. »Ich bin gegen halb elf losgegangen. Die Luft war wunderbar. Meine Frau war schon zu Bett gegangen. Ich war wohl gegen halb zwölf wieder zu Hause.«

»Sie wissen, dass Sie Ihren Spaziergang genau zur Tatzeit unternommen haben?«, fragte Margot.

»Jetzt im Nachhinein weiß ich das. Hätte ich gewusst, dass ich jemals zu dieser Zeit ein Alibi bräuchte, wäre ich mit meiner Frau und meinen Kindern schick essen gegangen.«

»Sie haben Ihr Geschäft, kurz nach einem Überfall auf einen Werttransport, eröffnet. In diesen Überfall war ihr Bruder verstrickt. Sie auch?«

»Moment! Was unterstellen Sie mir da?«

»Wir wundern uns nur über diese große Anzahl von Zufällen«, sagte Margot emotionslos. »Außerdem unterstellen wir nichts. Wir fragen Sie nur.«

Gerald Derndorf zögerte kurz, dann gab er zu: »Ich hatte mir eine größere Summe von meinem Bruder geliehen. Der war plötzlich zu Geld gekommen. Zu viel Geld. Er faselte was von Aktien. Es war mir klar, dass das nicht stimmen konnte. Aber ich fragte nicht nach. Er lieh mir 200 000 Mark. Die ich ihm im Laufe von vier Jahren auf Heller und Pfennig zurückgezahlt habe.«

»Sie kamen nie auf die Idee, dass das vielleicht Geld war, das er auf kriminelle Art und Weise erworben haben könnte?«

»Ich sagte schon, ich habe nicht nachgefragt. Dass er aber mit einem Überfall was zu tun hatte – das erstaunt mich. Ich hätte eher auf Erpressung oder auf Betrug getippt. Er war kein Typ, der zu Gewalt neigte.«

Das mit dem geliehenen Geld mussten sie ihm zunächst mal glauben. Es gab keinen Grund, Derndorf weiter festzuhalten.

Nachdem er gegangen war, fragte Horndeich seine Kollegin: »Und? Unsere Nummer vier?«

»Selbst wenn – wir haben nichts gegen ihn in der Hand.«

»Also Feierabend auch für uns jetzt?«

Margot nickte.

Das Wetter war unverschämt gut. Angenehm warm, nicht schwül, hier und da mal ein weißes Wölkchen am blauen Himmel.

Dennoch fühlte sich Margot nicht wohl. Sie war noch fünf Minuten von ihrem Zuhause entfernt, auf dem Rückweg von der Stadt. Ein Spaziergang. Zum Gedankenordnen. Aber die Gedanken wollten sich einfach nicht ordnen lassen.

Sie sah auf die Uhr. Es war schon zehn nach acht. Ihre Männer saßen bereits im Wohnzimmer, warteten auf sie. Wenn sie sich denn dazu herabgelassen hatten, ihrer Bitte – ihrer Order – zu folgen und sich zu Hause einzufinden.

Sie war um sechs zu Hause angekommen, hatte aber keinerlei Lust gehabt, auf Rainer und Ben zu warten. Also hatte sie sich in den Bus gesetzt und war in die Stadt gefahren, um eine Runde über das Schlossgrabenfest zu schlendern.

Es war noch nicht viel los gewesen. Auf der Bühne vor dem ehemaligen Theater hatte »Sweetheart« gespielt. Die Gruppe hatte nicht nur einen Glam-Hit der Siebziger nach dem anderen geschmettert, die Bandmitglieder stolzierten auch stilecht auf Plateauschuhen und in Glitzerklamotten über die Bühne. Unvorstellbar, dass es mal eine Zeit gegeben hatte, in der man so etwas ernst genommen hatte und beim Anblick von Brian

Connolly in silberner Montur der Ohnmacht nahe gewesen war.

»Sweetheart« hatte »Fox on the run« gespielt – und Margot hatte sich in dem Moment genauso gefühlt wie der besungene Fuchs auf der Flucht. Es war ihr völlig schleierhaft, wie sie den Draht zu ihrem Sohn wiederfinden sollte. Sie musste ihn auf jeden Fall dazu bringen, mit seiner Freundin zu reden.

Sie war noch bei der kleinen *Frizz*-Bühne vorbeigeschlendert, benannt nach dem gleichnamigen Stadtmagazin. Die Bühne stand neben dem guten alten Reiterdenkmal auf dem Friedensplatz: Ludwig IV, Vater des letzten Großherzogs Ernst Ludwig, hatte von seinem bronzenen Ross aus mit ihr den Klängen von »Women on drums« gelauscht – Percussion-Musik, bei der ihr Körper normalerweise ganz von allein mitwippte. Wenn sie nicht gerade über ihre verkorkste Familiensituation nachdenken musste.

Eine Frau im lilafarbenen Hemd tanzte ausgelassen vor der Bühne, mit einer Leichtigkeit, die sich Margot auch manchmal wünschte.

Schließlich hatte sie sich auf den Heimweg gemacht …

Als sie ins Wohnzimmer trat, saßen Ben und Rainer schon da, jeder eine Flasche Bier in der Hand. Jeff Healey quälte seine Gitarre lautstark in den Boxen. Wenn das auch ein akustischer Spiegel der inneren Zerrissenheit sein mochte – einer Konversation war es nicht zuträglich.

Margot schaltete die Musik aus. Keiner sprach ein Wort. Was Margot bei der Planung dieser Sitzung eindeutig vergessen hatte, war, einen Moderator einzuladen. Der das Wort erteilte. Und auch einforderte. Leider hatte sie die Nummer von der Christiansen nicht, und auch die von Anne Will wollte ihr partout nicht einfallen.

Ben hielt das Schweigen nicht lange aus. Nach einem tiefen Schluck Bier stellte er die Flasche geräuschvoll auf dem Tisch ab. »Also, was soll das hier?« Der Tonfall lag irgendwo zwischen Schwarzenegger und Lafontaine. Friedfertig war etwas anderes.

Margot sah zu Rainer, erkannte aber, dass von dort keine Unterstützung zu erwarten war.

»Ich möchte nur wissen, wie du dir das mit dem Kind vor-stellst«, platzte es aus Margot heraus. Tonfall Alice Schwarzer. In ihren frühen Jahren. Guter Start, Mama Hesgart, ächzte die innere Stimme.

»Das geht dich gar nichts an!«

»Das geht uns sehr wohl etwas an.« Womit Rainer wenigstens passiv in das Gespräch einbezogen war.

»Also, klare Ansage: Ich stelle mir das gar nicht vor mit dem Kind«, erklärte Ben. »Iris wird das Kind abtreiben lassen. Ganz einfach.«

»Das sah sie heute Mittag aber gänzlich anders, mein Sohn.«

Erst verschwand die Farbe aus seinem Gesicht, dann explodiert Ben wie ein Jogurtbecher, der vier Monate nach Ablauf des Verfallsdatums vor einem Heizöfchen steht. »Spinnst du?«, schrie er. »Was geht dich an, was zwischen mir und meiner Freundin läuft?«

»Zwischen meiner Freundin und mir«, berichtigte ihn Margot, die bei ihrer Erziehung immer Wert auf Etikette gelegt hatte.

»Egal!«, schrie Ben. »Wie kannst du es überhaupt wagen, dich in mein Privatleben einzumischen und meine Freundin schräg anzuquatschen?«

»Iris hat *mich* angesprochen«, korrigierte Margot.

Doch dieser feine Unterschied beschwichtigte ihren Sohn nicht. »Und du glaubst ernsthaft, dass ich und ...« Er stockte, berichtigte sich dann: »... dass Iris und ich unser Studium schmeißen, abwechselnd in 'ner Kneipe jobben, um das Balg durchzubringen, ja? So stellst du dir das vor?«

Eigentlich wollte sie ganz ruhig bleiben und antworten: *Ich stelle mir nur vor, dass du das mit Iris besprichst und dich nicht versteckst.* Doch seine Selbstgerechtigkeit war für sie unerträglich. Und Rainers Schweigen ebenso. Also schrie auch sie: »Wenn ich dich so reden höre, dann sollte Iris sich wirklich dreimal überlegen, ob sie mit dir ein Kind haben will!«

Ben nahm die leere Flasche – und für einen Moment sah es so aus, als ob er sie gegen die Wand schmeißen wollte.

Aber er tat es nicht.

Er stellte sie auf dem Tisch ab, murmelte ein »Ihr spinnt doch alle« und stand auf.

Als er das Wohnzimmer verließ, rief Margot ihm hinterher: »Du musst mit ihr reden, verdammt noch mal!«

Die Antwort war ein Türschlagen.

Margot schluckte. Dann sah sie Rainer an: »Vielleicht kannst du auch mal was sagen?«

»Wie denn? Du hast die Weisheit ja mit Löffeln gefressen. Hopp oder dropp.«

»Wenigstens rede ich mit ihm. Du säufst nur mit ihm.«

»Ich wäre wirklich glücklich, wenn ich ein so stabiles Weltbild hätte wie du. Ohne jegliche Zwischentöne wie störendes Grau zwischen dem Schwarz und dem Weiß.«

Margot starrte ihn an. Dann sagte sie: »Grau ist gut und schön. Aber es gibt hier nur zwei Möglichkeiten: Iris bekommt das Kind. Oder sie bringt es ...« Sie unterbrach sich schnell, weil es sich so, wie sie es hatte formulieren wollen, nicht objektiv genug anhörte. »Oder sie treibt es ab.«

Sie konnte die Tränen nicht mehr zurückhalten. Was sie als Familienkonferenz geplant hatte, war gründlich in die Hose gegangen. Schlimmer als ein fundamentalistischer Parteitag der Linken.

Rainer setzte sich neben sie und nahm sie in den Arm.

»Warum hast du keinen Ton gesagt?«, beklagte sich Margot.

»Ich glaube nicht, dass weitere Redebeiträge die Situation entschärft hätten.«

»Na danke. Hältst du mich für so eine Furie?«

»Du warst gerade eine. Und ich *habe* mit ihm geredet. Eine Viertelstunde, bevor du kamst.«

»Na toll. Super. Jetzt hintergehst du mich schon.«

Rainer seufzte tief. »Ben hat mich gefragt, was ich davon halte. Und ich habe ihm gesagt, dass er und Iris sich entscheiden müssen. Und dass ich finde, dass er mit ihr reden muss.«

»Und das hat er einfach so akzeptiert?«

»Er hat nichts dazu gesagt, sondern stattdessen vorgeschlagen, dass wir warten, bis du da bist.«

»Und dann habt ihr angefangen zu saufen.«

»Ja. Dann habe ich ihm und mir eine Flasche Bier gebracht.
Wenn du das saufen nennst – bitte, dann haben wir gesoffen, ja.«
Margot ließ den Kopf gegen Rainers Schulter sinken. »Und
du meinst, euer Zwei-Sätze-Männer-Gespräch lässt ihn jetzt zu
Iris fahren?«

»Nun, ich habe es etwas anders formuliert: Ich habe gesagt,
wenn er auch nur einen Hauch Ehrgefühl hat, muss er mit ihr
reden.«

»Und das Gesülze hat ihn nicht in Rage versetzt.«

»Ich glaube nicht, dass das Gesülze ist. Und ich glaube, daran hat er zu knabbern. Ja.«

Der kleine Fiat hustete wie der Marlboro-Mann am Ende eines
Drehtags. Der Wagen bäumte sich immer wieder auf zu einem
kurzen Sprint nach vorn, bevor ihn Zündaussetzer wieder zu-
rückwarfen.

Horndeich nagelte das Pedal wieder und immer wieder aufs
Bodenblech und hatte schon Angst, die vordere Stoßstange ab-
zutreten. Er schielte auf den Tacho. Sechzig. Keinen Millimeter
mehr pro Stunde.

Nach dem Dienst hatte Horndeich eine Pizza gegessen. Und
hatte immer wieder über das nachdenken müssen, was Fritz
Nieb ausgesagt hatte: Joana sei in ihrem Fiat nicht schneller als
sechzig gefahren.

Er war zur KTU zurückgefahren und hatte sich den Fiat
selbst angesehen. Und den Motor angelassen. Es war ihm kaum
gelungen. Der Motor hustete und spuckte.

Horndeich kannte sich mit Motoren einigermaßen aus. Sein
Golf – der Autogott habe ihn selig – hatte oft genug Anlass
gegeben, sich mit seinen Innereien unter der Motorhaube auseinanderzusetzen. Horndeich war zwar nicht so ein Crack wie
Henrik – er sollte vielleicht mal in Erfahrung bringen, ob der
irgendwie mit Thorsten Nollbröck verwandt war –, aber er hatte
seinen Wagen immer gut in Schuss gehalten.

Der Grund für die Aussetzer war schnell gefunden: Einer
der Kontakte der Zündkerzenstecker war völlig verrostet. Da
der schnuckelige Motor nur über zwei Zylinder verfügte, fehlte
ihm dadurch fast konstant die halbe Kraft.

269

Horndeich hatte den Wagen auf den Hof gefahren. Eine Runde gedreht. Und hatte beschlossen, ein Experiment zu wagen.

Er hatte Henrik angerufen, ob dieser noch einen passenden Zündkerzenstecker hatte – er wollte den Motor nicht mehr als nötig malträtieren.

Nun war er auf dem Weg nach Hause, um den Stecker einzusetzen.

Henrik wartete schon vor seiner Garage auf ihn. »Klingt übel. Ist das der kleine Freund, von dem du wissen wolltest, wie schnell er ist?«

»Hm-hm. Aber mit hundertfünf hast du schamlos übertrieben.«

Henrik rollte die Augen.

Horndeich tauschte den Zündkerzenstecker aus. Dann griff er zum Handy. »Eliza? Haben Sie eine Stunde Zeit? Würden Sie mich auf einer kurzen Spritztour begleiten?«

Die Angerufene klang überrascht. Aber sie sagte zu.

»Seltsame Art, ein Date zu arrangieren«, sagte Henrik und schlenderte zu seinem Trabi; der hatte deutlich mehr Probleme als einen verrosteten Zündkerzenstecker. Henriks Garage diente in diesem Fall eher als Intensivstation.

Zehn Minuten später fuhr Horndeich bei Eliza vor. Er öffnete die Motorhaube und tauschte den Stecker wieder gegen das Original. Dann holte er die Schwester der Ermordeten ab.

»Was haben Sie vor?«, fragte Eliza, als Horndeich sich auf dem Fahrersitz platzierte und ihr seine Stoppuhr reichte.

»Grüne Taste: Start. Gelbe Taste: Pause. Wieder grüne Taste: Weiter geht's. Alles klar?«

»Ja. Aber was soll das? Haben Sie vor, ein Rennen zu fahren?«

»So was Ähnliches. Sie übernehmen die Stoppuhr. Immer, wenn wir anhalten müssen – wegen Ampeln oder so –, dann drücken Sie Pause, sodass wir nur die reine Fahrzeit messen.«

»Ich weiß nicht, was das soll. Und ich bin mir nicht sicher, ob ich bei diesem Spielchen mitmachen will.«

»Sie möchten doch sicher wissen, wer Ihre Schwester ermordet hat, oder?«

»Und dazu müssen wir solch einen Zirkus veranstalten?«

»Ja.«

»Na gut. Dann los. Aber ich will um neun Uhr auf der Frizz-Bühne Andrea Pancur hören.«

Horndeich sah auf die Armbanduhr. Es war 19 Uhr. »Kein Problem.«

Er drehte den Zündschlüssel um. Der Motor sprang an. Er legte den Gang ein, nickte.

Eliza drückte auf die grüne Taste, als sich der Wagen in Bewegung setzte.

Der kleine Fiat hustete, stotterte und zitterte, was das Zeug hielt. Aber ein Schal und Hustensaft hätten leider nicht geholfen ...

»Es wundert Sie nicht, dass der Wagen so – unruhig läuft?«

Eliza sah zum Seitenfenster hinaus. »Meine Schwester hat mir gesagt, dass der Wagen Zicken macht. Dass er in die Werkstatt muss. Oder dass sie Fritz doch bitten würde, sich den Wagen mal anzusehen.«

Fast an jeder Ampel mussten sie halten. Horndeich hatte Mühe, dass der Motor, wenn sie nicht fuhren, nicht ausging. Er beobachtete Eliza, die die Stoppuhr bei jeder Pause anhielt.

»Sie wollen doch mit dem Wagen nicht auf die Autobahn?«, fragte sie ihn. »Das überlebt er nicht!« Es war das erste Mal, seit er sie abgeholt hatte, dass sie ihn ansah. Es kam ihm feindselig vor.

»Doch, ich will auf die Autobahn.«

»Und was wollen Sie damit beweisen? Ich meine – eine Spritztour, okay, aber hätten wir da nicht Ihren Wagen nehmen können? Und nicht den meiner Schwester? Ich finde das echt ...« Sie suchte nach dem richtigen Worten. »... ein starkes Stück!«

Horndeich ignorierte den Einwurf und gab dem Wagen die Sporen. Einundsechzig. Mit Peitsche hätte er vielleicht noch zweiundsechzig rauskitzeln können. Und immer wieder das Hupen der Lastzüge hinter ihnen, deren Fahrer sich über die rollende Zumutung vor ihnen aufregten.

Neben Horndeich rauschte ein Sattelzug vorbei. Sicher hundertzehn Sachen. Die Räder wirkten wie Wasserräder einer

Mühle. Kurz musste Horndeich an Knautschzonen, Seiten-aufprallschutz, Airbags und Sandras Edelstahlschienen denken. Aber nur kurz. Der Bronchialkatarrh des Wagens verstärkte sich. Achtundfünfzig Stundenkilometer.

Nach endlos erscheinenden zehn Minuten erreichten sie die Abfahrt Mörfelden/Langen. Horndeich steuerte den Wagen über die Brücke.

Jede Autobahnauffahrt verfügt über eine Beschleunigungs-spur. Zumindest in good old Germany. Zu dumm, wenn man nicht in der Lage ist, zu beschleunigen.

Horndeich setzte den Blinker. Bevor es ihm gelang, den langsamen Wagen auf die Fahrspur zu lenken, war er schon fast einen halben Kilometer auf dem Standstreifen gefahren.

»Sie wissen immer noch, was Sie tun?«, erkundigte sich seine Beifahrerin.

»Ja.«

Als wollte er ihn Lügen strafen, hupte ein Fordfahrer hinter ihnen.

Wenig später lenkte Horndeich den Wagen auf den Parkplatz des Rastplatzes. Auf dem begrenzten Gelände wirkten die stot-ternden sechzig Stundenkilometer plötzlich gar nicht mehr so langsam.

»Stopp!«, rief er, als der den Wagen auf genau den Platz ge-steuert hatte, auf dem auch die Schwester der Beifahrerin ihn abgestellt hatte. »Wie lange?«

Eliza sah auf die Uhr. »Fünfundzwanzig Minuten, dreiund-vierzig Sekunden.«

»Sie müssen zugeben, ich habe wirklich alles aus dem Wagen herausgeholt, nicht wahr?«

»Ja, Sie sind besser, als Schumi je war. Jetzt klären Sie mich auf – was sollte das bescheuerte Spiel?« Ihr Ton wurde zuneh-mend aggressiver.

»Ganz einfach: Ihre Schwester hat das Konzert um 22 Uhr 43 verlassen. Um 23 Uhr 2 ist sie auf die Fahrbahn gerannt. Das sind neunzehn Minuten. Wie Sie gerade selbst erlebt haben, be-trägt allein die Fahrzeit mit diesem Wagen mindestens fünf-undzwanzig Minuten. Dazu kommt noch die Zeit, die Ihre Schwester vom Palaisgelände zu ihrer Wohnung ging. Und eine

Minute mindestens, in der sie ihr Handy geholt und sich umgezogen hat, wie Sie ausgesagt haben. Erklären Sie mir das.«

»Das kann ich nicht. Erklären Sie's mir.«

»Ich habe nur zwei mögliche Erklärungen. Die erste: Hier in der Nähe steht das Raumschiff Enterprise, das ihre Schwester samt Auto hergebeamt hat. Oder aber, Sie haben mit Ihrer Schwester die Rolle getauscht.«

»Nicht schon wieder! Das hat Ihr Fingerabdruckguru doch gestern schon geklärt, dachte ich!«

»Ja. Er hat geklärt, dass die Dame, die in die Apotheke eingebrochen ist, die war, die am Sonntag auf der A5 überfahren wurde«, erklärte Horndeich. »Aber ich habe keine Ahnung, ob Sie nicht schon öfter mal Ihre Namen – und Ihre Identitäten – getauscht haben. Denn Fakt ist: Es ist physikalisch unmöglich, dass Joana nach dem Konzert mit diesem Wagen rechtzeitig hier ankam!«

Eliza starrte ihn an, dann zuckte sie mit den Schultern und sagte: »Ich weiß auch nicht, wie sie das hingekriegt hat.«

»Joana«, sagte Horndeich zu ihr. »Oder Eliza – wie auch immer … Ich merke doch, dass Sie Angst haben. Wenn Sie sagen, was Sie wissen, können wir – davon bin ich fest überzeugt – die Mörder Ihrer Schwester schnappen und aus dem Verkehr ziehen. Und Sie brauchen keine Angst mehr zu haben.«

»Dabei gibt es nur ein Problem«, sagte die junge Frau leise.

»Ja?« Ein Hoffnungsschimmer.

»Sie erzählen gequirlte Scheiße. Ich habe mit meiner Schwester nicht die Identität getauscht.«

Horndeich seufzte resigniert. Dann stieg er aus und ging zum Heck des Wagens. Um sich nicht zu verbrennen, zog er den kaputten Kerzenstecker mit einem Lappen ab. Er würde Eliza – oder Joana – den Tausch nicht nachweisen können.

Er schloss die Heckklappe, setzte sich wieder hinters Steuer, startete den Wagen, der auf einmal brav tuckerte.

Schweigend fuhren sie zurück nach Darmstadt, jeder in seine Gedanken vertieft.

Schließlich ergriff Horndeich wieder das Wort: »Soll ich Sie in der Stadt rauslassen? Sie wollen doch diese Sängerin hören?«

273

»Nein. Bringen Sie mich nach Hause.«

»Nach Köln fahre ich jetzt aber nicht.«

»Ha ha, sehr witzig!«

Das war ihr einziger – und letzter – Kommentar …

Kaum saß Horndeich auf dem heimischen Sofa, stellte sich ein inzwischen vertrautes Gefühl bei ihm ein. Ihm fiel die Decke auf den Kopf.

Er setzte sich auf den Balkon. Da gab es zwar keine Decke, die der Schwerkraft hätte folgen können. Aber sogleich stellte sich der Majestix-Effekt ein: Ein Himmel, der einem auf den Kopf fällt, ist nicht angenehmer als die Decke.

Horndeich trottete wie ein hospitierender Eisbär wieder zurück zum Sofa.

Bevor er Anna kennengelernt hatte, war er lange Single und Abende wie dieser waren Standard gewesen. Hatte ihm damals etwas gefehlt? Er erinnerte sich nicht mehr daran. Aber er merkte, dass ihm jetzt etwas fehlte. *Jemand* fehlte. Anna fehlte.

Das Handy auf dem Tisch schien ihn anzugrinsen.

Er ging zum Festnetztelefon.

Er drückte die gespeicherte Kurzwahl. Würde sowieso niemand drangehen.

»*Da?*« Die russische Art, sich zu melden. »Ja« auf Russisch.

»*Dobry wjetscher*«, wünschte Horndeich in derselben Sprache einen guten Abend.

»Steffen?«

»*Da.*«

Pause. In ihrer Kommunikation dauerten Pausen derzeit länger als die Gesprächsbeiträge. Die Telekom verdiente daran, dass *keine* Worte durch die Leitungen wanderten. Es war bitter.

»Wie geht es dir?«

»Ich vermisse dich«, gab Horndeich unumwunden zu.

Pause.

»Ich dich auch.«

Pause.

»Mein Gott, Anna, wann kommst du endlich zurück? Das Wohnzimmer ist zu groß ohne dich, die Küche auch – von unserem Bett gar nicht zu reden.«

»Ach, Steffen, Schatz …«

»Ach, moja Anuschka.« Er mochte die Verkleinerungsformen in der russischen Sprache. Nun gut, Anuschka passte zwar nicht hunderprozentig zu Anna, aber der Kosename gefiel ihm. Und Anna auch. »Das beantwortet meine Frage nicht. Wann kommst du?«

»Bald, mein Liebster.«

Pause.

Weinte sie?

»Anna?« Er hörte nur noch ein Rauschen. »Hallo?« Die Leitung war tot.

Er wählte die Nummer erneut. Aber es kam keine Verbindung mehr zustande. Konnte auch an der komischen 010er Vorwahl liegen.

Er hätte den Rechner hochfahren und eine neue Vorwahl heraussuchen können. Oder einfach so anrufen. Oder es auf sich beruhen lassen.

Er fühlte sich so müde. Ob seine Vorgesetzte dieses Gefühl auch kannte?

Horndeich schaltete den Fernseher ein. Werbung auf den Privatsendern. Belangloses auf den öffentlich-rechtlichen.

Er schaltete den Apparat wieder aus.

In der Ecke des Raums stand seine Gitarre. Vor vier Jahren hatte er sie auf dem Flohmarkt gekauft. Henrik, dessen schwarze Finger, wenn er nicht an Autos herumschraubte, auch Gitarrensaiten zum Klingen bringen konnten, hatte erklärt, dass die Gitarre wirklich gut sei. Horndeich hatte die Saiten ersetzt, die Gitarre für hundert Euro restaurieren lassen, und daraufhin sah sie aus wie neu.

Henrik hatte ihm eine Grifftabelle geschenkt. Und ein völlig zerfleddertes Buch: »Peter Burschs Gitarrenbuch.«

Es gab ein paar Lieder von der Gruppe Zupfgeigenhansl, die hatte er gelernt. Lange her, dass es die Gruppe gegeben hatte. Aber die Lieder waren immer noch gut.

»*Andern hab ich manches Lied geschrieben, dir nur hie und da ein kleines Wort …*« *Greta.* Eines seiner Lieblingslieder.

Warum musste er schon wieder an Anna denken? Sie mochte es, wenn er spielte und wenn er sang.

Er schnappte sich die Gitarre und spielte ein Stück von Georg Danzer. »*Aber heute Nacht machen wir es gut...*«
Okay, Zeit ins Bett zu gehen.
Er stellte die Gitarre wieder auf den Ständer.
Vielleicht doch noch eine Runde Fernsehen.
Auch dort Musik. Suzanne Vega. *Marlena on the Wall.*
Er schaute auf ihre Gitarre.
Er starrte auf ihre Gitarre.
Und da wusste er, was fehlte!
Horndeich nahm das Handy vom Tisch. Und wählte eine Nummer.

## Freitag

Sie hatten noch lange miteinander geredet. Über ihren Sohn, über ihr Leben. Wünsche, Ängste. Seit Langem war es endlich einmal ein Gespräch gewesen, dass sie einander nähergebracht hatte. Wenn nur der Anlass nicht so betrüblich gewesen wäre. Sie fragte sich immer noch, wie sie den Draht zu ihrem Sohn wieder herstellen konnte. Ihr war klargeworden, dass Aktionen wie die vom Vortag eher kontraproduktiv waren. Und irgendwann um halb drei hatte sie schließlich auch erkannt, dass zu einem Aufeinanderzugehen eben immer zwei gehörten.

Oh, wie gern hätte sie Rainers Ruhe gehabt!

Ihr Kopf brummte. Rainer hatte sich noch am Vorrat des Cabernets vergriffen, und sie hatte fleißig geholfen, dass der einmal geöffnete Wein nicht schlecht wurde. Dafür war ihr jetzt übel.

Sie hatte sich für den Arbeitsbeginn eine leichte Tätigkeit ausgesucht. In der Kamera von Andreas Derndorf steckte eine SD-Speicherkarte. Sie führte sie in den Kartenleser des Computers ein und überspielte die Bilder auf die Festplatte. Dann betrachtete sie die Aufnahmen.

Die ersten dreißig Fotos waren in seiner Werkstatt aufgenommen und zeigten das Holzschiff, an dem er gebastelt hatte.

Doch auf der Karte befanden sich noch mehr als hundert weitere Bilder. Margot betrachtete sie chronologisch.

Eine Feier. In Derndorfs Wohnung.

Eine Geburtstagsfeier.

Zehn Bilder später wusste sie, das Derndorf seinen fünfzigsten Geburtstag gefeiert hatte, und das Datum verriet, dass die Party rund sieben Wochen zurücklag.

Auf den Bildern wirkte Derndorf fröhlich und unbeschwert. Man sah zwar auf einigen Fotos die Narbe auf seiner Oberlippe, wo die Hasenscharte operiert worden war, aber er wirkte dadurch nicht hässlich oder entstellt.

Margot betrachtete die Gäste. Sie kannte keinen. Sein Bruder war auf jeden Fall nicht dabei gewesen. Auch keine der geladenen Frauen schien zu Andreas Derndorf zu gehören.

»Morgen!«, schmetterte ihr ein gut gelaunter Horndeich entgegen, als er das Büro betrat.

Abgesehen davon, dass seine laute Stimme ihrer momentanen Verfassung nicht zuträglich war, irritierte sie der Gegenstand, den er in der rechten Hand hielt.

Einen schwarzen Koffer. Für eine Gitarre.

»Du willst mir kein Ständchen bringen, oder?«

»Nein.«

»Ah, ich weiß, du trittst heute Nachmittag auf der Talentbühne des Schlossgrabenfests auf.«

»Nein.«

»Ein Casting bei Bohlen?«

Horndeich ignorierte die letzte Frage und stellte den Gitarrenkoffer in einer Ecke des Raumes ab. »Ist Fenske schon da?«

»Fenske ist krankgeschrieben.«

»Immer noch?«

»Ja. Er mimt immer noch den einseitigen Breitmaulfrosch.«

Horndeich griff zum Telefon, wählte eine Nummer.

»Du willst ihn nicht noch mal hierherzitieren?«

»Doch, genau das will ich. Es geht um die Ehre. Und um einen Kasten Darmstädter Braustüb'l.« Horndeich hob die Hand zum Zeichen, dass er Fenske in der Leitung hatte.

»Ich hab den Beweis. Joana ist Eliza«, sagte er in den Hörer. »Doch, diesmal wirklich. Aber ich will, dass du selbst da draufschaust. Die Abdrücke sind einfach zu ähnlich.« Er machte eine Pause. »Ja, ich bereite alles vor. Du musst nur noch vergleichen. – Super. Danke, bis nachher.« Horndeich legte auf. »Ist Baader schon da?«

»Ja. Willst du den jetzt auch für deine absurden Theorien einspannen?«

»Margot, hör zu: Ich bin den Weg gestern noch mal abgefahren. Mit Joanas Wagen. Nieb hatte recht: Der lief kaum sechzig, weil einer der Kerzenstecker kaputt war. Ich habe über fünfundzwanzig Minuten gebraucht. Da stimmt was nicht!«

»Aber die Fingerabdrücke – die hat Fenske vorgestern doch schon verglichen.«

»Vertrau mir einfach«, sagte Horndeich, griff sich den Gitarrenkoffer, brüllte durch den Flur »Paul – Arbeit!« und war auch schon verschwunden.

Margot widmete sich wieder den Fotos auf ihrem Bildschirm. Sollte Horndeich doch mit dem Kopf gegen die Wand rennen, bis sein Blut ein neues Tapetenmuster abgab. Fenske hatte belegt, dass Joana Joana war. Also musste der Fehler woanders liegen. Vielleicht war der Wagen doch schneller gefahren? Nun, sie würde Horndeich nach seinen Versuchen, die Wand mit dem Kopf einzureißen, auf jeden Fall keinen Verband anlegen.

Sie widmete sich wieder den Aufnahmen. Derndorf schnitt die Geburtstagstorte an.

Jemand hielt eine Rede. Dann prosteten sich alle zu.

Plötzlich machte es »klick!« in Margots Kopf.

Sie ging zwei Bilder zurück. Derndorf hielt das Messer links. Sie klickte zwei Bilder vor. Er hielt auch das Glas links.

Margot zauberte die Tatortfotos auf den Bildschirm. Es war eindeutig: Die Waffe lag an seiner rechten Seite.

Ein positiver Effekt eines Adrenalinstoßes war, dass er zumindest bei Margot Kopfschmerzen auslöschen konnte. Die Kommissarin schaufelte sich durch ihren Aktenberg.

Ungefähr in der Mitte stieß sie auf Baaders Bericht. Sie blätterte ihn durch. Schmauchspuren auf der rechten Hand. Auch die Fingerabdrücke auf dem Griffstück der Waffe stammten von der rechten Hand.

Horndeich kam zurück ins Büro.

»Ich hab's!«, rief sie. »Er kann sich nicht selbst umgebracht haben!«

Horndeich trat neben sie, und sie zeigt ihm die Fotos und die entsprechende Seite des Berichts.

»Okay, das ist ungewöhnlich«, gestand er ein. »Aber ein Beweis? Vielleicht hat ihm die linke Hand wehgetan?«

»Das ist ja wohl ein bisschen billig, was?«

»Aber möglich.«

»Aber unwahrscheinlich.«

Margot machte eine wegwerfende Handbewegung. Horndeich verließ das Büro wieder, und sie blätterte sich weiter durch die Fotos.

Nachdem sie alle gesehen hatte, begann sie wieder von vorn. Eines war klar: Derndorf war Linkshänder. Natürlich konnte er die Waffe auch mit rechts abgefeuert haben. Aber Margot glaubte nicht daran.

Gleich auf dem ersten Foto sah sie einen vertrauten Gegenstand: Die Bronzefrau mit der Krone in der Hand von Hoetger. Sie stand auf dem Sideboard neben dem Sessel, in dem Derndorf gestorben war. Dort hatte sie sie auch gesehen, als sie am Montag die Wohnung inspiziert hatte.

Aber hatte sie so weit links gestanden?

Sie klickte ein Bild weiter. Wieder die Hoetgersche Kronenfrau. Und rechts daneben eine Tänzerin, die den Rock schwang wie ein Torero das rote Tuch.

Margot zoomte die Tänzerin heran. Diese Statue hatte sie in Derndorfs Wohnung nicht gesehen.

Sie öffnete auch die Bilderserie, die sie Montagabend in Derndorfs Wohnung mit ihrem Handy geschossen hatte. Die Frau mit der Krone war auf Margots Fotos mittig auf dem Sideboard platziert. Auf den Aufnahmen von Derndorfs Fete hingegen stand die schöne Dame links auf dem Sideboard und die Tänzerin rechts.

»Baader!«, rief Margot so laut, dass es sicher auch Frau Zupatke an der Pforte hören musste.

**279**

»Der kümmert sich gerade um Fingerabdrücke«, meinte Horndeich, der soeben wieder ins Büro zurückkehrte.

»Baader um Fingerabdrücke?«

»Ja. Er nimmt sie ab. Fenske ist ja noch krank.«

»Und danach kümmert er sich um die Tänzerin«, bestimmte Margot.

»Welche Tänzerin?«

»Die, die fehlt.«

Baader linste zur Tür herein. »Telefon oder Vorbeikommen statt rumschreien!«

Margot ignorierte den Einwurf. »Komm her und schau dir das an.« Als Baader neben ihr stand, erklärte sie ihm, worum es ihr ging, und schloss mit den Worten: »Ihr müsst dieses Sideboard untersuchen. Ich muss wissen, ob die Statue dort schon lange fehlt.«

»Is gut, ich schick ein paar Jungs vorbei«, sagte Baader. »Montag?«

»Jetzt!«

»Na gut.« Ein begeistertes »Ja, Chef!« wäre Margot lieber gewesen. Aber letztlich zählte das Ergebnis.

Kaum war Baader gegangen, suchte sie das Foto heraus, auf dem die Tänzerin am deutlichsten zu erkennen war, und schickte es per E-Mail an Rainer. Sie rief ihn an, sprach ihm auf die Mailbox, er möge sich das Bild bitte anschauen und sich dann bei ihr melden.

Dann lehnte sie sich auf dem Stuhl zurück. Derndorf hatte sich nicht erschossen. Er war erschossen worden. Je mehr sie darüber nachdachte, umso sicherer war sie sich ihrer Sache.

Ralf Marlock klopfte am Türrahmen, da die Tür wie meistens offen stand.

»Ja?« Margot kehrte mit den Gedanken wieder in die Gegenwart zurück.

»Einen hab ich: Ludwig Grimbach. Ist einer der Obdachlosen, die damals in dem Mausoleum übernachtet haben. Lebt heute in einem Pflegeheim.«

»Super! In welchem?«

»Darmstadt. Dieburger Straße.«

Horndeich stand auf. »Dann wollen wir mal.«

Doch Margots Telefon hielt sie vom schnellen Aufbruch ab. Im Stehen nahm sie den Hörer ab. »Hesgart.«

»Wo hast du das Foto her?«, fragte Rainer, statt sie zu begrüßen.

»Die Figur stand im Wohnzimmer von Andreas Derndorf.«

»Margot, das Ding ist teuer. Richtig teuer. Noch teurer als die andere Figur von Hoetger, die Frau mit der Krone.«

»Diese Tänzerin ist auch von diesem Hoetger?«

»Ja. Eine Plastik, mit der er der Tänzerin Loïe Fuller sein persönliches Denkmal gesetzt hat. Ich weiß, dass das Jugendstil-Museum auf der Mathildenhöhe die Skulptur vor fünf Jahren kaufen wollte. Sie kam zu einem fünfstelligen Euro-Betrag unter den Hammer.«

»Kannst du mir die genaue Bezeichnung schicken?«

Das Piepen des Computers unterstrich Rainers Antwort: »Hab ich dir gerade gemailt. Und auch eine bessere Aufnahme von der Skulptur.«

»Danke, das ist gut. Denn die Figur ist weg. Wir geben das jetzt direkt ans ›Echo‹. Vielleicht meldet sich dann jemand, der die Statue gesehen hat. Du hast mir sehr geholfen.«

»Ich muss jetzt noch mal nach Kassel. Bin aber heute Abend wieder in Darmstadt. Ach, übrigens: Ilona liegt geil an Oli.«

»Wie bitte?« Noch während sie nachfragte, verstand sie: Rainer hatte ein neues Palindrom gefunden, einen Satz, den man von hinten wie von vorn lesen konnte. Wie den bekannten Vertreter »Ein Neger mit Gazelle zagt im Regen nie«. Es war ihr Spiel. Seit Jahren. Manchmal fiel ihr eine gute Replik ein. Wie auch in diesem Fall. »Eine so Kesse kose nie.«

Rainer lachte herzhaft, bevor er auflegte.

Margot gab Rainers Infos und das Bild an die Pressestelle. Dann machte sie sich mit Horndeich auf den Weg. Und verließ das Gebäude gleichzeitig mit Baader und seinen Leuten.

Ludwig Grimbach saß im Rollstuhl. Seine Augen blitzten wach, aber sein Gesicht war eingefallen und wirkte ausgemergelt; die Jahre auf der Straße hatten darin ihre Spuren hinterlassen.

Margot und Horndeich begrüßten den Mann, der an einem der kleinen Tische in der Nähe des Fensters saß.

»Ah, die Polizei«, sagte er und bat sie mit einer Handbewegung, sich zu setzen. »Einen Vorteil hat das schon, dass ich jetzt hier bin.«

»Es ist warm, es ist trocken?«, fragte Horndeich.

»Ja, sicher, das auch. Aber das Beste ist: Ich brauche keine Angst mehr vor eurer Truppe zu haben. Denn hier kann ich unmöglich was ausfressen.« Er kicherte. »Außer der blöden Berta meine Gabel in die Hand rammen. Verdient hätt sie's. Aber ich glaube, im Knast wär's nicht so gemütlich wie hier. Und es gibt ja auch noch Yvonne. Und Sabine. Und Renate.«

Margot konnte sich ein Schmunzeln nicht verkneifen. Und einmal mehr dachte sie darüber nach, wie alt man sein musste, um keine erotischen Gedanken mehr zu hegen. Hundertzwei?

»Was wollen Sie von mir?«, fragte Ludwig Grimbach. »Ihr Kollege hat der Schwester am Telefon gesagt, es gehe um eine alte Geschichte aus den Achtzigern.«

»Genau«, bestätigte Horndeich. »Ein recht alter Fall, den wir wieder aufgerollt haben.« Er und Margot hatten sich an den Tisch gesetzt.

»Ach, damals. Schon lang her. Waren aber gute Zeiten. Zumindest im Sommer. Ich kenn alle Wege zwischen Heidelberg und Frankfurt. Hätt mich dieser blöde Arsch mit seinem dicken Wagen vor drei Jahren nicht angefahren, ich wär heute noch unterwegs.« Er machte eine wegwerfende Handbewegung. »Ach egal. Ich war besoffen – und er ist gefahren wie besoffen. Gleicht sich irgendwie aus.« Wieder kicherte er. »Also – was wollen Sie wissen?«

»Sie haben 1980 mal mit ein paar Kollegen im alten Mausoleum auf der Rosenhöhe übernachtet«, sagte Margot. »Mit Fritz Klein, Herbert Wondraczek, Georg Greiner und mit Peter Wengenbächer. Das sind zumindest die, von denen die Polizei die Namen hat.«

»Das Hotel ›Zum toten Fürsten‹.« Ludwig Grimbach grinste. »Ja, ich erinnere mich. Das war prima damals. Wir waren da mehrere Wochen. War ja sehr bequem. Tagsüber war da Halli-Galli, die sind ja gerade mit den Baggern durch die Büsche gefahren. Aber abends – war wunderbar. Und da, bei den Mausoleen, da war es immer ruhiger als anderswo. Natürlich hat sich das schnell herumgesprochen. Wir waren da dann immer wieder zu zehnt.«

»Wissen Sie noch, wie und wann Sie ins Mausoleum gekommen sind?«, fragte Horndeich.

»Ja, daran erinnere ich mich ganz genau. Ein Kumpel von mir, der Georg, und ich, wir sind da rein am fünften Februar.«

»Woher wissen Sie das denn noch so genau?«, fragte Horndeich zweifelnd.

»Ganz einfach. Es war saukalt damals. Richtig kalt. Dick Schnee. Und ich, ich hab am fünften Geburtstag. War mein fünfzigster.«

Horndeich rechnete blitzschnell im Kopf nach. Demnach musste Ludwig Grimbach inzwischen über fünfundsiebzig sein. Nur wenige, die so lange Zeit »auf Platte« waren, wurden so alt.

»Und ich hab jeden angehauen, ob er nicht einen Schlafplatz kennt, wo's warm ist«, fuhr Grimbach fort.

»Oder zumindest nicht ganz so saukalt. Ich wollt nur eins: ein Kopf überm Dach.« Er stockte, dachte kurz nach, verbesserte sich dann: »So 'n Scheiß, ich meine natürlich: ein Dach überm Kopf. Und ich hab gedacht, Scheiße, hab ich gedacht, jetzt haste schon Geburtstag, aber keinen Platz zum Pennen, wo du nicht erfrierst.«

»Und dann sind Sie zu den Mausoleen?«, fragte Horndeich.

»Nee, noch nicht.« Ludwig Grimbach schüttelte den Kopf. »Am Nachmittag, da kam Georg zu mir, mein Kumpel – und eigentlich seit dem ersten Tag ein Freund. Ich hatt mir schon überlegt, ob ich nicht nach Frankfurt fahr und dort in der U-Bahn penn. Na, und der Georg, der hatt tatsächlich ein Geburtstagsgeschenk: Eine Eintrittskarte ins Mausoleum.«

»Was meinen Sie mit Eintrittskarte?«, hakte Marion nach.

»Na, hör zu, Mädchen«, sagte Grimbach. »Wir sind gleich dahin. Die Tür, die war nämlich aufgebrochen. Mit roher Gewalt. Aber nicht von Georg. Der hat das selbst entdeckt. Am Tag davor. Also am vierten. Der Georg, der hat immer mal wieder geschaut an so Plätzen, ob irgendein Hausmeister vergessen hat, 'ne Tür abzuschließen. Einmal haben wir so einen ganzen Monat auf einem Bauernhof gewohnt. Reinheim. Lag weit außerhalb, und der Bauer, der ist gestorben. Wir haben ihn

**283**

beerdigt, auf seinem Hof. Und dann haben wir da gewohnt. Bis irgendwann mal der Sohn aufgetaucht ist. Aber das ist eine andere Geschichte.«

»Die Tür war also schon aufgebrochen«, vergewisserte sich Margot. »Es war nicht Ihr Kumpel Georg.«

»Klar. Wir waren ja keine Einbrecher. Aber das Schloss, dass sah echt geküsst aus. Georg war da regelmäßig, und ein paar Tage davor – da war auch schon Schnee –, da hat er da Spuren entdeckt. Die führten in die Hecke hinter dem Mausoleum. Da konnte man ganz gut durch. Und die Spuren verliefen bis zur Tür. War dem Georg klar, dass das niemand von der Verwaltung gewesen war. Der wär ja ganz normal durch das Tor aufs Gelände gegangen und hätt sich nicht durch die Büsche geschlagen. Wer immer das war, der hatte auf jeden Fall keinen Schlüssel für das Tor, hat der Georg gesagt.«

»Können wir Georg auch noch dazu befragen?«, fragte Horndeich.

Grimbach richtete den Blick nach oben. »Wüsste nicht wie.«

»Und war da was Besonderes in dem Mausoleum?«, wollte Margot wissen.

Grimbach betrachtete sie misstrauisch.

Horndeich griente ihn an. »Genau die Diamanten, die meinen wir.«

Da bekam Grimbach große Augen. »Sie wissen das?«

»Schauen Sie, Herr Grimbach«, sagte Margot, »uns interessiert nicht, wie viel Sie beide sich abgezwackt haben. Uns interessiert, was Sie dort vorgefunden haben.«

»Den ganzen Beutel.« Grimbachs Stimme klang brüchig, nun, da er versuchte, leise zu sprechen. So als befürchtete er, jemand könnte ihm die Diamanten noch nachträglich klauen. »Also Georg, der hatte ihn gefunden. Der ist ja gleich am vierten dort rein. Und als er mit der Taschenlampe da das Revier erkundet hat, da fand er den Beutel. Ist erst erschrocken, weil er gedacht hat, das ist 'ne tote Ratte. War aber keine Ratte. War ein ganzer Beutel mit Glitzersteinen. Hat er mir gezeigt, als wir dann gemeinsam da unten lagen.«

»Und weiter?«, fragte Margot, als Ludwig Grimbach eine Pause einlegte und keine Anstallten machte, fortzufahren.

**284**

»War schon ein bisschen unheimlich«, flüsterte Grimbach, »so zwischen den ganzen Särgen. Aber es war nicht so saukalt wie draußen. Schon kalt, aber eben wärmer als auf der Platte und halbwegs trocken. Die Gruft ist ja im Boden drin, da war es nicht so eisig.«

»Ja, aber was war mit dem Beutel?«, drängte Horndeich sanft.

»Na, Georg hat mir den Beutel zeigen wollen. Mehr war aber nicht da. Wir haben nur noch drei einzelne Steinchen gefunden.«

»Was ist aus den Steinen geworden?«

»Ich hatte keine Ahnung, was das Zeug wert war. Na, auf jeden Fall muss es schon was wert gewesen sein, denn Georg hat mir drei Wochen später zwei Hunderter in die Hand gedrückt. Hätt er nicht tun müssen. Na, ich denke, der hat sicher 'nen Tausender dafür gekriegt.«

»Aber einer der Steine wurde bei Ihnen oder einem Ihrer … äh, Freunde gefunden«, sagte Margot.

Grimbach nickte. »Einen hat der Georg dummerweise nicht vertickt, sondern behalten, und als dann die Bullen kamen … 'tschuldigung – als dann *Ihre Kollegen* kamen und uns mit unangemessener Polizeigewalt völlig grundlos festnahmen und irgendwas von Einbruch und Hausfriedensbruch und trallala faselten, da fanden sie bei Georg den Stein und haben ein Riesengeschrei darum gemacht. Sie konnten Georg nicht nachweisen, dass es nicht seiner war, er konnte nicht beweisen, dass der Stein ihm gehörte, und er hat rumgebrüllt, dass er die Bull… die Polizisten verklagen würde und von wegen Polizeistaat und das die Menschenrechte auch für unsereinen gelten und so …«

»Und was wurde aus dem Stein?«, fragte Horndeich.

»Weiß ich nicht. Wahrscheinlich hat der Georg zugesehen, dass er sich schleunigst dünne machte, als die Bullen ihn rausgelassen haben, und auf den Stein verzichtet.« Er schüttelte den Kopf. »Dass so ein kleines Steinchen so viel wert ist … Is lustig, ich hab die Yvonne hier mal gefragt, wie teuer der Ring war, den sie immer am Finger hat und der auch so schön glitzert. Ihr Frank, der ihr Mann ist, der hat ihn ihr geschenkt. Und sie war dabei, als er ihn gekauft hat. Damit er auch passt. Und was glauben Sie, wie viel hat der gekostet?«

Horndeich sah Margot an. Er hatte keine Ahnung von teurem Schmuck.

Margot lächelte verzückt. »Fünfhundert?«

Grimbach winkte ab. »Tausend Euro! Eintausend Euro, hat sie gesagt. Mann, Mann. Und da sind nur drei von solchen kleinen Dingern drin. Gut möglich also, dass all das Zeug in dem Beutel noch viel wertvoller war. Aber weder der Georg noch ich, wir hatten eine Ahnung davon. Und die kleinen Hehler, denen man immer mal wieder was verkaufen konnte – die hatten wahrscheinlich auch keine Ahnung.«

»Und die, die mit Ihnen dort unten gehau… gewohnt haben«, fragte Margot, sich schnell verbessernd, »die hatten auch keine Ahnung davon?«

»Nee. Die haben ja davon auch nichts mitgekriegt. Na ja, is schon schade, dass ich keinen von den Steinen genommen hab. Hätt ich jetzt noch einen, den würde ich glatt für die Renate geben.«

»Sie würden ihn ihr schenken wollen?« Margot lächelte verklärt, gerührt von den romantischen Gedanken des Mannes.

»Na ja, nicht gerade schenken …«

Erst als sie Horndeichs Grinsen sah, begriff sie, was Grimbach meinte.


»Der fünfte Februar – das war drei Tage nach dem Verschwinden von Nollbröck und Kadic. Und gut zwei Wochen nach dem Überfall.« Margot biss herzhaft in ihren Döner. Da ihre Kopfschmerzen in verbrecherischer Eintracht mit ihrem Magen ein Frühstück nicht zugelassen hatten, plagte Margot ein Bärenhunger. Sie und Horndeich saßen im »Efendi« an einem der Tische und aßen jeder einen Döner. Margot hatte sich einen »mit allem und scharf« bestellt.

Horndeich saß ihr gegenüber. Er hielt den kleinen Bruder von Margots gefüllter Brottasche in der Hand, den Minidöner, perfekt für den kleinen Hunger zwischendurch. Was immer das auch war. »Wenn dieser Georg dort schon vorher Spuren entdeckt hat – dann war das Mausoleum wohl das Diamantenversteck.«

Ein dumpfes »Hm-hm« brachte Margot als Zeichen der Zustimmung hervor.

»Aber wenn das Schloss vor dem vierten unversehrt war – warum wurde es dann aufgebrochen?«

»Gnich vong No'öck«, kommentierte Margot mit vollen Backen. Dann schluckte sie den Bissen hinunter. »Im damaligen Polizeibericht steht, dass es ein nigelnagelneues Schloss war, das die Gangster aufgebrochen haben«, erinnerte sie ihn, nun wesentlich besser zu verstehen. »Ich stelle mir das so vor. Nollbröck knackt für das Gangsterquartett das Schloss, das ›Originalschloss‹, das den Zugang zum Mausoleum verwehrt. Dann bringt er ein neues Schloss an, das die Gangster immer wieder öffnen und abschließen können …«

»… sodass sie selbst problemlos an die Beute herankommen«, fuhr Horndeich für sie fort, »die Diamanten aber relativ sicher sind.«

»Genau.« Margot nickte. »Aber dann muss Nollbröck dran glauben. Und am vierten weilt er schon nicht mehr unter den Lebenden.« Sie fuhr sich mit der Zunge über die Lippen, um die Reste der Joghurtsoße einzusammeln. »Dummerweise hatte nur er den Schlüssel für das neue Schloss, und den können Derndorf und Partner bei Nollbröcks Leiche nicht finden. Notgedrungen müssen sie die Tür mit roher Gewalt öffnen.«

Margots Handy klingelte. Wie ein altes Telefon aus Bakelit. Auch am Nebentisch des Dönerladens griff ein junger Mann automatisch in die Innentasche seines Mantels. Horndeich hatte recht mit seiner Theorie hinsichtlich der Klingeltöne. Sie schaute auf das Display. Baader.

»Ich höre«, sagte Margot nach kurzem Gruß.

»Es standen eindeutig zwei Statuen auf dem Sideboard, das zeigen ganz leichte Verfärbungen im Lack. Die Figur von der Dame mit der Krone, die jetzt in der Mitte steht, die stand ursprünglich und auch längere Zeit auf der linken Seite, so wie auf den Fotos. Die rechte Figur, die fehlt. Ich hab sie auch nirgends in der Wohnung entdeckt.«

»Danke, Paul. Das hat sehr geholfen. So allmählich glaube ich zu verstehen, was da passiert ist.«

Margot erzählte Horndeich von Baaders Entdeckung.

»Und, was ist deiner Meinung nach geschehen?«

»Also, pass mal auf: Derndorf – ich meine Andreas Derndorf – kommt mit dem Mord an Joana Werder nicht zurecht. Er sieht immer wieder das Bild von der jungen Frau vor sich, wie sie auf die Fahrbahn rennt. Er besäuft sich mit Whisky. Und irgendwann, mit Watte im Kopf, ruft er die Nummer vier vom Werttransportraub an. Also seinen Kollegen von der Raststätte. Dendorf sagt, sie müssten darüber reden, er könne nicht damit leben. Wenig später klingelt es an Derndorfs Tür. Er öffnet. Lässt seinen Mörder ein. Der Mörder geht mit ihm ins Wohnzimmer. Derndorf setzt sich, jammert rum, sagt vielleicht sogar, dass er zur Polizei gehen will. So weit alles klar?«

Horndeich nickte. »Noch kann ich folgen.«

»Der Mörder steht auf. Weiß, dass er sich Derndorf nicht mehr sicher sein kann. Sieht die Statue, hat einen genialen Plan. Geht hinter Derndorf entlang. Greift die Statue von der Tänzerin. Holt aus, knallt sie ihm auf den Kopf.«

»Also ist er nicht erschossen worden, ja?«

»Noch nicht. Aber Derndorf lebt vielleicht noch. Egal, er sackt nach vorn, mit dem Kopf auf den Tisch. Der rote Fusel verfängt sich in der Augenbraue. Wenn Derndorf schon tot ist und der Mörder jetzt gehen würde, wäre der Mord als solcher erkennbar. Aber es gibt eine gute Möglichkeit, den Mord zu vertuschen: Der Mörder schießt Derndorf einfach die Stelle aus dem Kopf, an der die Statue ihm den Schädel zertrümmert hat. Oder eine Beule hinterlassen hat, wenn der Schlag nicht hart genug war. Wie auch immer, jetzt muss es schnell gehen. Der Mörder richtet Derndorf wieder auf …«

»… und ein Fussel der Tischdecke bleibt in der Augenbraue hängen«, fügte Horndeich hinzu.

»Richtig«, bestätigte Margot. »Der Mörder rückt die zweite Statue in die Mitte des Sideboards, damit es nicht so aussieht, als würde dort was fehlen. Geht zum Waffenschrank, öffnet ihn. Nimmt die Smith & Wesson aus dem Schrank, die Pappschachtel mit der Dummdumm-Munition. Zieht sein Hemd aus der Hose, fasst die eine Patrone mit dem unteren Zipfel an …«

»Oh, du hast ja an alles gedacht«, lobte Horndeich sarkastisch. Er bemerkte, dass der Mann am Nebentisch nicht nur lauschte, sondern sie aus großen Augen anstarrte.

Margot sprach unbeirrt weiter: »… geht zurück ins Wohnzimmer, drückt die Patrone in die Finger von Derndorf. Wieder mit dem Hemd umfasst, gleitet sie in die Trommel des Revolvers. Das gleiche Spiel mit einer zweiten Patrone – zur Sicherheit. Dann legt er den Colt in Derndorfs Hand. Steckt ihm die Waffe in den Mund, spannt den Hahn mit dessen Daumen. Drückt ab und …«

»Kawumm!«, sagte Horndeich. »Derndorf wird der halbe Hinterkopf weggerissen, er hat ein Riesenloch im Schädel.«

Der Mann am Nebentisch hörte auf, auf seinem Döner herumzukauen. Offenbar vermieste ihm irgendetwas den Appetit.

Margot schien ihn nicht mal wahrzunehmen. »Der Effekt ist genau der, den er sich gewünscht hat: Derndorf ist jetzt auf jeden Fall tot. Und es sieht aus wie Selbstmord. Der Mörder nimmt sich eines der blauen Handtücher aus dem Kleiderschrank …«

»Ein blaues Handtuch?«, fragte Horndeich erstaunt. »Warum ein blaues Handtuch?«

»Das Fach der blauen Handtücher war der einzige Fleck in der ganzen Wohnung, der nicht zweihundertprozentig akkurat aufgeräumt war. Er nimmt also das Handtuch, wischt die Statue ab. Der Nachbar klingelt. Es wird eng. Er entschließt sich, die Statue mitzunehmen, falls doch noch Blutreste darauf sind, die im Labor festzustellen sind. Und das blutverschmierte Handtuch auch. Er nimmt auch noch die Schlüssel für den Waffenschrank mit, um später bei Mama Derndorf in die Wohnung zu spazieren und die Tatwaffen mitgehen zu lassen. Er wartet, bis der Nachbar nicht mehr vor der Tür steht und die Luft rein ist. Dann verlässt er das Haus. Viel Zeit bleibt nicht. Schon wenige Sekunden später hört er das Lalülala der Kollegen von der Streife. Also muss er Statue und Handtuch schnell loswerden. Wahrscheinlich in einen Papierkorb irgendwo ein, zwei Blocks weiter. Und Tschüss. Was hältst du davon?«, frage Margot, sichtlich gut gelaunt und zufrieden mit sich und ihrer Theorie. Alles passte zusammen.

Der Mann am Nebentisch schluckte den letzten Bissen Döner mühsam hinunter und fragte Horndeich: »Entschuldigen Sie, aber ... sind Sie beide Krimiautoren?«

Horndeich lächelte ihn an, wies mit dem Daumen auf Margot und sagte: »Die Fantasie dafür hätte sie, gell?« Dann wandte er sich wieder an Margot und nickte. »Dann müsste der Mörder aber wirklich mit Derndorf sehr gut bekannt gewesen sein und sich in dessen Wohnung bestens ausgekannt haben. Erstens wusste er, wo der Schlüssel für den Waffenschrank ist. Zweitens hatte Derndorf viel Vertrauen zu der Person, wenn er zuließ, dass sie hinter seinem Rücken entlanglief.«

»Also doch der Bruder? Ich denke, den sollten wir noch mal ganz genau abklopfen.«

»Oder doch Fuchs?«, murmelte Horndeich. »Vielleicht kannten sie sich ja schon länger. Wissen wir's?«

»Fuchs. Ja. Vielleicht.«

»Fuchs«, hauchte Horndeich.

»Ja. Den sollten wir uns auch noch mal ansehen.«

»Fuchs«, zischte Horndeich, und seine Augen wurden plötzlich groß.

»Ja. Ich hab's kapiert. Nicht nur Derndorf, sondern auch ...«

»Fuchs!« Horndeich ließ seinen Dönerrest einfach auf den Teller fallen. Sein Blick ging an Margot vorbei, in den Gastraum hinein.

Als Margot sich umdrehte, war Horndeich bereits aufgestanden. Er griff an sein Pistolenhalfter.

Margot traute ihren Augen nicht. Da stand Gerd Fuchs. Leibhaftig. Und bestellte in aller Seelenruhe einen Döner. »Mit Alles. Und mit Scharf.«

Horndeich zischte seiner Vorgesetzten zu: »Könntest du ihn jetzt vielleicht mal festnehmen?«

Margot stand ebenfalls auf. Ging langsam auf Fuchs zu.

»Hallo, Herr Fuchs.«

Fuchs drehte sich um. »Guten Tag, Frau ... Frau ...? Kennen wir uns?«

Margot hatte sich so im Raum platziert, dass sie den Ausgang nach draußen versperrte. Sie hielt Fuchs den Polizeiausweis unter die Nase. »Sowohl mein Kollege –«, sie nickte in Richtung Horndeich, der die Hand unter der Jacke schon an der

290

Waffe hatte, »– als auch ich sind bewaffnet. Ich hoffe, wir kriegen das jetzt friedlich über die Bühne. Ich verhafte Sie …«

Weiter kam Margot nicht. Fuchs gab ihr einen Bodycheck, stieß sie unsanft zur Seite.

Noch bevor er den Türgriff berühren konnte, hatte Horndeich die Waffe gezogen, richtete sie senkrecht auf die Decke und rief:»Keine Bewegung, Fuchs, oder es ist deine letzte!« Er bemühte sich, den Spruch ab und an zu variieren.

Die Gäste – vor allem der Mann am Nebentisch – schrien auf.

Fuchs zögerte einen Moment. Obwohl es im Eingangsbereich des Ladens sehr eng war, gelang es Margot, Fuchs mit geübter Routine in den Polizeigriff zu nehmen. Sie drückte ihn zu Boden, presste ihm ein Knie in den Nacken, sodass er nicht mehr hochkommen konnte, und tastete ihn flink mit der freien Hand nach einer Waffe ab. Sekunden später klickten Handschellen.

»Ich nehme Sie fest wegen Einbruchs in das Haus von und der Körperverletzung an Gerlinde Derndorf. Sie haben das Recht zu schweigen und … und jetzt Abflug.«

Horndeich legte der Bedienung noch einen Zehn-Euro-Schein auf den Tresen, nickte ihrem Tischnachbarn zu, der nun mit Sicherheit wusste, dass er nicht das Gespräch von zwei Kriminalautoren belauscht hatte, dann trabte das Trio vom Döner-Laden in Richtung Auto.

»Wie bitte?« Fuchs riss die Augen auf, als wollte er Marty Feldman Konkurrenz machen.

Fuchs hatte immer wieder erklärt, dass er zur Zeit des Einbruchs im Haus von Gerlinde Derndorf bei seiner Freundin in Frankfurt gewesen sei. Horndeich hatte es im Guten versucht, dann hatte Margot genug gehabt. Und den Satz gesagt, der Fuchs derart in Entsetzen versetzte:

»Ich bin sicher, dass Ihre Freundin Ihnen ein Alibi verschafft. Für den Einbruch. Aber ich bin sicher, dass Sie den Mord nicht decken wird.«

»Ich habe doch keinen ermordet. Die alte Dame – die hat doch noch gelebt!«

»Ich dachte, Sie wären bei Ihrer Freundin gewesen?«, sagte
Horndeich trocken.

»Nein, ich … Also …«

»Wir reden nicht von Gerlinde Derndorf. Der geht es, den
Umständen entsprechend, ganz gut«, blaffte ihn Margot an.
»Wir reden von Joana Werder!«

»Wer soll denn das nun wieder sein?«, jammerte Fuchs. »In
dem Haus war doch nur die alte Dame. Sonst niemand.«

»Vielleicht erzählen Sie uns jetzt erst mal, was es mit dem
Einbruch auf sich hat«, schlug Horndeich vor. »Den bei Gerlinde Derndorf. Was wollten Sie bei ihr?«

Fuchs atmete schwer aus, schüttelte resigniert den Kopf und
murmelte: »Ich sollte dort nur was aus 'nem Schrank holen.«

»Zwei Maschinenpistolen«, sagte Horndeich.

Fuchs nickte.

»In wessen Auftrag?«, wollte Margot wissen.

»Am Dienstag hatte ich einen Umschlag im Briefkasten. Kein
Absender drauf, aber 1000 Euro drin. Ein Zettel, Computer-
ausdruck. Ich solle um eins am Telefon sein. Der Anruf kam auf
die Sekunde pünktlich. Die Nummer war unterdrückt. Der Anrufer fragte mich, ob ich aus einem Waffenschrank zwei Maschinenpistolen klauen könne. Würde gut bezahlt werden. Ich hab
gesagt, ich mach so was nicht mehr – konnte ja auch eine doofe
Falle sein. Ich meine, ich mach das ja wirklich nicht mehr.«

Horndeich nickte treuherzig. »Klar.«

»Klar.«

»Weiter!«, forderte Margot. »Kannten Sie die Stimme?«

»Nein. Der Typ benutzte so 'nen elektronischen Verzerrer.
So wie in den Krimifilmen.«

»Aber Sie haben ihn verstanden?«

»Ja. Der Anrufer sagte, ich würde noch mal 20 000 Euro
bekommen. Ich fragte, wievielter Stock, ob ich durchs Fenster rein müsste oder ob die Tür der bessere Weg wär. Der Anrufer lachte, sagte, es sei das Haus einer alten Dame, sie lebe
allein und würde jeden Tag einkaufen gehen. Und ich würde die
Schlüssel bekommen. Alles ganz easy. Ich fragte noch, wozu er
mich dann brauchte. Da legte er auf. Ich dachte, ich Idiot hätt
mich gerade selbst um die 20 000 Euro gebracht.«

»War aber nicht so, was?«, fragte Horndeich.

»Nein. Am nächsten Tag wieder ein Brief. 10 000 drin. Ich dachte, ich guck nicht richtig. Und die Schlüssel. Und ein Zettel mit der Adresse. Beschreibung des Wegs, der Wohnung – und des Schranks. Seien nur zwei Maschinenpistolen drin – und die wollte derjenige zurückhaben.«

»Wo sollten Sie die Waffen hinbringen?«, fragte Margot.

»Bahnhof. Schließfach. Und den Schlüssel sollte ich in Frankfurt an einer Telefonzelle mit Kaugummi unten an den Apparat kleben.«

Margot und Horndeich wechselten einen Blick.

»Welche Telefonzelle?«

»Im Hauptbahnhof. B-Ebene. Da, wo die Rolltreppen von der Bahnhofshalle runtergehen zur S-Bahn. Kann ich Ihnen zeigen.«

»Und dann?«

»Na, den Rest hat die alte Dame ja sicher erzählt. Irgendwas muss sie vergessen haben. Auf jeden Fall kommt sie ins Haus zurück, geht die Treppe runter. Ich versteck mich unter der Stiege, hau ihr leicht auf den Kopf, verschwinde. Bis zu dem Scheißschrank bin ich gar nicht gekommen. Dann bin ich nach Frankfurt zu Ina gedüst. Ein bisschen mulmig war mir schon. Ich hatte ja die 11 000 Euro. Und keine Gegenleistung abgeliefert. Aber ich konnte ja keinen Kontakt aufnehmen, hab nur warten können.« Er hob die Schultern. »Das war's. Und was soll das nun mit dem Mord?«

»Wo waren Sie am Sonntagabend?«, fragte Margot.

»Sonntag. Abend. Sie meinen doch nicht etwa die Kleine, die da an der Raststätte in den Tod gehetzt wurde?«

»Wo waren Sie?«, wiederholte Margot.

»Echt, ich interessiere mich ja nicht für Politik, wirklich. Das ganze Politikerpack in einen Sack gestopft und draufgehauen, dann erwischt man immer den Richtigen. Aber dass man sich in diesem Land nicht mehr sicher fühlen kann …«

»Das sagt nun gerade der Richtige«, kommentierte Horndeich.

»Ich meine, Sicherheit für das Leben! Ich hab 'n paar Brüche gemacht, bin dafür in den Knast gegangen, richtig. Und für den

Besuch bei der alten Dame krieg ich sicher wieder was. Aber ich hab nie jemand umgebracht oder auch nur zusammengefaltet. Der alten Dame eins auf den Kopf gegeben, ja. Aber doch nicht feste. Die Tussi, die da jetzt immer wieder im Fernsehen ist – die, die will, dass es mehr Sicherheit gibt ...«

»Das wollen wir auch«, unterbrach ihn Horndeich.

»... das mit den Sicherheitsdiensten, das ist doch gut. Das muss euch doch recht sein, oder?«

Für seine umfassende Erwiderung musste Horndeich erst mal tief Luft holen. Gelegenheit für Margot, rechtzeitig einzugreifen. »Wo waren Sie am Sonntagabend?«

»Okay, mein Alibi für gestern Vormittag ist Müll. Aber am Sonntag –«, er lehnte sich zurück und legte die Hände mit den Handflächen nach oben auf den Tisch –, »da war ich im Fitnessstudio.«

»Nachts? Um elf?«

»Exakt. Von acht Uhr abends an bis die zugemacht haben, um Mitternacht. Ich hab mit meinem Kumpel Hans trainiert. Der kann das bestätigen. Und das System, wo man mit der Karte rein- und rausgeht, das hat die Zeiten auch erfasst. Ich weiß, das ist kein Alibi. Aber ab zehn waren wir in der Sauna. Und da gibt es sicher noch fünf Leute, die das bezeugen können. Frank war da, Stefan ... Na ja, das sollte genügen.«

»Und Montagnachmittag?«, wollte Margot wissen. »Wo waren Sie da?«

»Wer ist denn da umgebracht worden? Hab ich gar nicht mitgekriegt.« Da er für Sonntagabend aus dem Schneider war, entspannte er sich sichtlich.

»Wo?«, verlangte Horndeich zu wissen, statt eine Antwort zu geben.

»Wenn nicht jemand in meinem Fitnessstudio umgebracht wurde, dann könnt ihr mich als Kandidaten streichen. Hab mit Klaus trainiert.«

»Arbeiten Sie auch was?«, wollte Horndeich wissen.

»Nein. Hartz IV. Schwer vermittelbar.«

Margot und Horndeich schwiegen.

»Na, kann ich dann gehen?«

»Ja. In die Zelle. Und heute Mittag zum Haftrichter. Und dann mal sehen, was der Staatsanwalt formuliert. Einbruch, schwere Körperverletzung, Widerstand gegen die Staatsgewalt.«

»Schon gut, schon gut«, wiegelte Fuchs ab. »Ich hätt die Finger davon lassen sollen. Ich würd ja gern arbeiten. Wenn ihr meine Akte richtig gelesen hättet, dann wüsstet ihr, dass ich bis vor einem Jahr echt drei Jahre richtig gearbeitet hab. Dann – betriebsbedingte Kündigung. Ich hab noch die Kohle für mein RMV-Monatsticket nach Frankfurt – mein Fitnessstudio –, das isses dann. Aber wisst ihr, dass ich mit ehrlicher Arbeit kaum mehr verdient hab als jetzt mit der Stütze? Das liegt leider nicht daran, dass die Stütze so hoch ist. Da war das Geld echt verlockend. Na ja, jetzt muss ich wohl ohnehin erst mal wieder in den Bau.«

Ein Beamter holte Fuchs aus dem Verhörzimmer ab.

Margot ließ sich auf ihren Stuhl sinken. Horndeich setzte sich ihr gegenüber. »Der scheidet als Mörder aus«, resümierte er.

»Ja. Aber wer außer Derndorf ist überhaupt noch im Spiel?«

Es klopfte am Türrahmen. Margot murmelte ein »Herein«.

»'allo«, war das Einzige, was Fenske herausbrachte. Seine Wange sah aus, als wollte er auf sehr dilettantische Art einen Golfball verstecken. Die Farbe erinnerte an eine Landkarte von Google-Earth.

»Scheiße«, kam es unwillkürlich über Horndeichs Lippen.

»Ich dachte, das wird besser, nicht schlimmer.«

Fenske zuckte mit den Schultern.

Auch Margot konnte den Blick nicht vom König der Fingerabdrücke wenden. Dessen geweitete Pupillen zeugten davon, dass die Schmerzsynapsen erfolgreich von der Chemie in Schach gehalten wurden.

»Ho'ndeisch, 'omm schon. Isch hab nischt ewisch Tscheit. 'eine F'au 'a'tet un'n.«

Der Angesprochene erhob sich und folgte dem Backenhörnchen. Dem *halben* Backenhörnchen.

Fünf Minuten später saß er Margot wieder gegenüber.

»Und? Was macht Fenske?«

»Seinen Job.« Horndeich grinste. »Besser als jeder andere.«

Margot spann sogleich wieder an einer Theorie: »Fuchs ist

raus als die Nummer vier. Der Bruder von Derndorf, der scheint mir jetzt als bester Kandidat. Das Alibi für Sonntagabend ist mehr als dünn.«

»Wir haben ihn noch nicht nach Montag gefragt.«

»Nein, das müssen wir noch.«

»Dann klären wir das doch gleich.« Horndeich wählte die Nummer von Gerald Derndorfs Juwelierladen. »Könnte ich bitte mit Herrn Derndorf sprechen?« Er lauschte der Antwort seines Gesprächspartners, dann sagte er: »Montag wieder. Gut. Danke. Auf Wiedersehen.« Er legte den Hörer auf. »Derndorf ist auf einem Kongress. In Amsterdam.«

»Gesetzt den Fall, Bruder Gerald sagt die Wahrheit und ist auch nicht unsere Nummer vier: Wonach suchen wir dann?«

»Wir suchen auf jeden Fall nach jemandem, der sich mit Waffen auskennt.«

»An der Raststätte, da musste man nicht gut zielen. Und die Laserzielvisiere, die taten ein Übriges. Und Andreas Derndorf war Sportschütze und Mitglied im Schützenverein.«

»Nein, Margot, du verstehst mich falsch. Ich meine nicht den Überfall am Sonntag. Ich meine den Überfall von 1980. Wie kommt man an solche Waffen? Und wie lernt man, die zu handhaben? Ich kann mir nicht vorstellen, dass man das in Frankfurt in der U-Bahn lernen kann.«

Margot stand auf, ging automatisch zur Kaffeemaschine. »Weiter.«

»Schau, die Typen müssen gelernt haben, mit den Waffen umzugehen.«

»Bundeswehr«, sagte Margot instinktiv.

»Hab ich überprüft. Andreas hat verweigert, wie es sich für 'nen Linken gehört, Gerald wollte sich sogar längerfristig verpflichten, ist aber bei der Musterung wegen einer Laktose-Unverträglichkeit durchgefallen. Dennoch müssen beide gelernt haben, mit MPis umzugehen. Mit Skorpion-Maschinenpistolen. Vielleicht hatte der alte Herr Derndorf nicht unrecht. Vielleicht war sein Sohn Andreas nicht nur langhaarig, sondern wirklich in der terroristischen Szene aktiv. Er musste ja damals schon schießen können.«

»Was schließt du daraus?«

»Es gibt zwei Möglichkeiten. Erste Möglichkeit: Die Brüder Derndorf haben gemeinsame Sache gemacht. Die zweite: Der Bruder Gerald ist sauber. Dann suchen wir tatsächlich Mister X. Und auch Mister X muss irgendwo das Schießen gelernt haben. Wahrscheinlich haben sie es zusammen gelernt.«

»Du meinst jetzt nicht das Trainingscamp im Nahen Osten?«, fragte Margot, um sicher zu sein.

»Keine Ahnung. Wir wissen nicht mal, ob die Nummer vier aus dem Darmstädter Umfeld ist.«

»Dafür würde sprechen, dass die drei anderen auch aus der Gegend sind«, meinte Margot. »Und wegen Derndorf, Andreas und der Terrorszene: mal beim Verfassungsschutz nachhaken!«

Sie rief nach Marlock.

»Zu Diensten, Mylady«, frozzelte der, als er in der Tür auftauchte.

»Ich will alles über Derndorf wissen.«

»Den toten Derndorf?«

»Sowohl als auch!«

»Also den … äh, untoten Derndorf?«

»Du hast mich schon verstanden. Den toten Derndorf. Und auch über seinen Bruder, den lebenden. Und vor allem will ich alles wissen über Andreas Derndorfs Vergangenheit. Vor 1980. Vielleicht hat der Verfassungsschutz was.«

Horndeichs Telefon dudelte. Am Ton erkannte Margot, dass es ein internes Gespräch war.

Horndeich nahm ab und hörte zu, wobei sein Grinsen immer breiter wurde. Dann sagte er nur »Danke« und legte auf.

»Ich muss sofort weg«, informierte er Margot.

»Wohin?«

»Zu Eliza. Willst du mitkommen?«

Margot seufzte laut. »Deine Theorie mit dem vertauschten Zwilling ist wirklich klasse. Fenske hat …«

Horndeich hob die Hand und unterbrach sie. »Schon gut, schon gut. Aber Fenske soll den Bierkasten nicht im Büro abstellen, sieht nicht so gut aus.«

Damit war ihr Kollege verschwunden.

Wenige Sekunden später trottete Fenske an Margots Büro vorbei.

»Otto!«

Fenske hielt inne. »Ja?«

»Kannst du mir sagen, was dieser Abgang jetzt wieder zu bedeuten hat?«

»'asch 'eischt, 'asch 'ein 'ollege einen 'aschten 'ier 'ewonne 'at ...«

»Ich frage mich, warum ich Sie überhaupt noch in die Wohnung lasse. Wieder eine neue Spritztour? Diesmal mit dem Schiff? Oder im Paddelboot? Zur Raststätte über den Darmbach und durch seine geheimen unterirdischen Verläufe nach Gräfenhausen?«

Eliza stand in der Wohnungstür, hatte die Hände in die Hüften gestemmt.

»Darf ich reinkommen?«

»Kann ich das verhindern?«

»Ich habe keinen Hausdurchsuchungsbescheid. Sie müssen mich nicht reinlassen.«

»Ich kann jetzt einfach sagen: ›Herr Horndeich, ich lasse Sie nicht in die Wohnung meiner Schwester‹?«

»Ach Joana. Eliza. Jetzt weiß ich gar nicht mehr, ob das ›Du‹ noch gilt und der Name ein anderer ist oder ich Sie siezen muss. Auf jeden Fall aber: Wir können jetzt und hier in Ruhe miteinander reden, oder wir erledigen das mit einer Vorladung aufs Revier.«

Sie standen einander gegenüber. Wie zwei Wölfe, die die Grenze ihrer Reviere absteckten. Wobei die Schwelle zur Wohnungstür derzeit noch Niemandsland war.

»Na gut, kommen Sie rein. Einen Espresso?«

»Gern.«

Horndeich und Eliza Werder saßen einander gegenüber. Am selben Tisch wie am Montag zuvor.

»Also – was wollen Sie von mir?«

»Wie fange ich an? Es ist alles schon ein bisschen kompliziert. Ich habe herausgefunden, dass du ... dass Sie Eliza sind.«

Eliza betrachtete ihn amüsiert, so als wäre er E. T., der gerade festgestellt hatte, dass sie zur Gattung Mensch gehörte.

»Habe ich das je bestritten? Ich kann mich gut erinnern, dass Sie gestern noch gesagt haben, ich wäre Joana.«

»Aber du bist nicht deine Schwester aus Köln.«

»Haben Sie was getrunken?« Eliza begleitete die Frage mit einem perlenden Lachen.

»Du, Eliza, du hast als Joana in Darmstadt gelebt. Vor mir sitzt die Sängerin von ›Melancholical Gardens‹. Ich habe dich unter dem Namen Joana gekannt. Aber die echte Joana – die ist tot.«

»Was erzählen Sie denn da für einen Blödsinn?« Sie klang nicht mehr ganz so amüsiert. E. T. hatte festgestellt, dass der Mensch gegenüber Zähne hatte, mit denen er sogar zubeißen konnte. »Die Fingerabdrücke aus der Polizeiakte haben ja wohl bewiesen, dass meine Schwester und ich unsere Identität *nicht* getauscht haben.«

»Nein, Joana … Eliza, das stimmt so nicht. Die Fingerabdrücke haben nur eines bewiesen: dass die Tote dieselbe Person ist, die in den Einbruch vor zehn Jahren verwickelt war. Also Joana Werder.«

»Wenn wirklich meine Schwester statt mir zur Raststätte gefahren wäre – dann müssten wir in der Zeit nach dem Einbruch in die Apotheke ja schon einmal die Rollen vertauscht haben«, hielt sie dagegen. »Zweimal, damit am Ende das Richtige rauskommt.«

»Genau.«

Ihr Ausbruch kam wie ein Gewitterblitz im Winter. Eliza Werder schlug mit der Faust auf den Tisch. »Was ist denn das für ein Blödsinn! Seit fast einer Woche nerven Sie mich jetzt damit, dass ich nicht ich bin. Wissen Sie was – vielleicht ist es doch besser, wenn Sie eine Vorladung beischaffen. Ich habe zwar keine Ahnung, weshalb. Auf jeden Fall kann ich diesen Schwachsinn nicht länger ertragen. Gehen Sie jetzt bitte!«

Sie war aufgesprungen, deutete auf die Tür, als ob es schon eine Gnade wäre, dass sie ihn nicht durchs Fenster schickte.

Horndeich blieb sitzen. »Ich kann das beweisen.«

»Wieder mit Fingerabdrücken?«

»Ja. Wieder mit Fingerabdrücken.«

»Hatten wir das nicht schon?«

»Ja. Wir hatten Joanas Fingerabdrücke aus der Akte. Und wir hatten die Fingerabdrücke der Toten von der Raststätte. Aber jetzt habe ich auch noch die Fingerabdrücke der Sängerin von ›Melancholical Gardens‹. Und zwar von ihrer Gitarre. Und das sind nicht die Abdrücke aus der Apotheke. Und nicht die der Toten von der Raststätte. Also nicht die von Joana Werder. Das sind deine.«

Eliza wirkte wie versteinert. Dann setzte sie sich wieder. Nachdem sie vorher explodiert war, schien nun keinerlei Energie mehr in ihrem Körper zu sein. Sie stützte den Kopf in die Hände.

»Matthias Bayer, er hat mir heute Nacht die Gitarre gegeben«, fuhr Horndeich fort. »Du hast die Gitarre nach dem Konzert in den Koffer gelegt. Und Herr Bayer hat den Koffer nach dem Konzert, zusammen mit den anderen Instrumenten, zum Proberaum gefahren. Ich habe die Gitarre vorhin untersuchen lassen. Es ist kein einziger Fingerabdruck von der Toten darauf, sondern es sind ausschließlich Abdrücke von dir. Von Eliza Werder, die sich nur Joana nannte.«

Eliza hielt den Kopf schräg. Tränen rannen ihren rechten Arm entlang.

»Wir sollten doch aufs Präsidium fahren«, sagte Horndeich. »Meine Kollegin möchte sicher auch erfahren, was es mit eurem Bäumchen-wechsel-dich-Spiel auf sich hat.«

Eliza weinte nun laut. Sie schluchzte, und ihre Schultern fingen an zu beben. »Diese … Wichser haben sie einfach umgebracht! Sie hatte keine Chance. Ich … ich …«

Horndeich vollendete ihren Satz in Gedanken: *Ich möchte diese Schweine am liebsten umbringen!* Doch er täuschte sich.

»Ich habe so gottverdammte Angst!«, jammerte sie.

Horndeich beugte sich zu ihr vor, zögerte kurz, dann legte er eine Hand auf Elizas Schulter. »Du brauchst keine Angst zu haben. Wir beschützen dich. Das ist unser Job.«

Die Türklingel schlug an.

Zwei Minuten später saß Margot ebenfalls am Tisch.

Eliza war nicht aufgestanden. Sie hatte Horndeich gebeten, die Tür zu öffnen.

Margot setzte sich der jungen Frau gegenüber. »Frau Werder – wenn wir die Mörder Ihrer Schwester fassen sollen, müssen Sie uns sagen, was Sie wissen. Alles.« Warum klangen manche Wahrheiten so klischeehaft und kitschig? Vielleicht, weil manche Wahrheiten schlicht und ergreifend banal waren. Da jeder wusste, dass sie wahr waren und jeder ohnehin davon ausging, dass es so war, klangen diese Wahrheiten nach leeren Worthülsen, wenn sie ausgesprochen wurden.

Offenbar begriff auch Eliza, wie wahr die Wahrheit war, die Margot ausgesprochen hatte. »Ja. Sie haben recht«, sagte sie. »Steffen, du hattest recht.«

Für Margot klang es regelrecht komisch, ja, nahezu *falsch*, dass jemand Horndeich mit dessen Vornamen ansprach. Nur bei Anna war das nichts Ungewöhnliches. Obwohl Margot Anna kaum kannte und es daher bisher selten aus ihrem Mund vernommen hatte. Und Horndeich offenbar in letzter Zeit ebenso.

»Ich habe mit Joana zweimal getauscht«, gestand Eliza. »Das heißt: Einmal hat sie getauscht, ohne dass ich was davon wusste. Ich hatte keine Ahnung, dass sie an meiner Stelle zu dieser verdammten Raststätte fährt. Das war der zweite Tausch. Der erste, der liegt schon neun Jahre zurück.«

Auch Horndeich saß wieder am Tisch. Aber Margot und er hatten darauf geachtet, Eliza nicht in einer Front gegenüberzusitzen. Sie sollte sich nicht wie in einem Verhör vorkommen, sondern offen sprechen.

»Joana hatte diese Riesendummheit gemacht, als sie mit ihrer Clique in die Apotheke eingestiegen ist«, erklärte Eliza. »Ihr damaliger Freund war die treibende Kraft gewesen. Ein Riesenarschloch.« Eliza winkte ab. »Egal. Sie hatte sich auf ein Volontariat beworben. Beim Darmstädter Echo. Wollte Journalistin werden. Ziemlich blauäugig, dachte ich. Aber sie war schon immer die Rebellische gewesen. Bei ihrer Bewerbung beim ›Echo‹ hat sie das mit dem Apothekeneinbruch natürlich verschwiegen. Und sie hat die Stelle gekriegt, erst ein Praktikum, dann tatsächlich das Volontariat. Ihre Texte und ihr Charme in Verbindung mit ihrer großen Klappe – das hat offenbar Eindruck gemacht. Das Einzige, worin sie immer richtig gute Noten eingefahren hat, das war Deutsch und Gesellschaftskunde. War bei mir ähnlich. Schreiben konnten wir beide. Und wir haben uns auch beide für Politik interessiert. Wobei ich die bei Weitem gemäßigteren Ansichten vertrat. Na ja, wegen des Einbruchs, da hat sie auch nur Bewährung gekriegt. Ich weiß gar nicht, ob die beim Echo je erfahren haben, was sie sich da geleistet hatte. Aber bei ihr hat die Bewährung offenbar gewirkt – es war ihr erster und letzter Konflikt mit dem Gesetz.«

»Und wo waren Sie zu dieser Zeit?«, fragte Margot.

»Zum dem Zeitpunkt, als Joana bei der Zeitung angefangen hat, da bin ich nach Köln gegangen. Hatte einen Studienplatz für Politikwissenschaft. Und mir hat Köln gefallen. Ja, ich wollte auch raus aus Darmstadt, um mal eine andere Stadt zu erleben. Und ich wollte auch mal ein paar Kilometer zwischen meine Schwester und mich bringen. Obwohl das mit der Zeitung gut klappte, war sie richtig mies drauf damals. Zumindest mir gegenüber. So ähnlich wir einander die ganzen Jahre zuvor gewesen waren, umso mehr drifteten wir auf einmal in zwei verschiedene Richtungen. Wer uns bis dahin nicht hatte auseinanderhalten können, der musste jetzt nur die Augen schließen und uns zuhören. Ich hab immer versucht, sie zur Vernunft zu bringen – vergeblich. Sie hatte diesen Freund und dessen Clique – war kein guter Umgang.«

»Und wann haben sie die Rollen getauscht?«, wollte Margot wissen. »Und warum?«

»Joana war ungefähr ein Jahr bei der Zeitung – da tauchte sie an einem Freitagnachmittag bei mir in Köln auf. Ohne Ankündigung. Sie war ziemlich fertig und erzählte mir, dass ihr Job auf der Kippe stehe. Dass sie ihn aber nicht verlieren wolle. Sie sagte, dass da ein Typ war, der sie zur Weißglut trieb. Dass sie Schwierigkeiten habe, mit den Leuten dort klarzukommen. Dass sich das alles zugespitzt habe. Und wenn sie am Montag keine innere Kehrtwendung gemacht hätte, würde sie Dienstag auf der Straße sitzen. Sie bat mich, ob ich nicht zwei Wochen die *gute Joana* spielen könnte.«

»Was – was hast du dazu gesagt?«, fragte Horndeich verwundert.

»Na, ich fand das absurd. Wir hatten noch nie in unserem Leben die Rollen getauscht. Komisch, als Kinder und als Jugendliche waren wir uns so ähnlich. Aber ein Tausch, das war undenkbar gewesen. Uns war es immer so wichtig gewesen, eben Joana *und* Eliza zu sein, nicht die Werder-Zwillinge. Wir waren ja jede ein eigener Mensch und wollten nicht in einen Topf geschmissen werden. Damals – als Kinder, Jugendliche und auch als junge Frauen – ein Tausch, das war undenkbar, das lag jenseits unserer Vorstellungen. Es war einfach ein … Tabu.« Eliza schaute Margot an. »Entschuldigen Sie, wenn ich zu weit aushole.«

Margot schüttelte den Kopf. »Schon in Ordnung. Erzählen Sie einfach.«

»Joana schlug mir also vor zu tauschen. Aber ich sagte ihr, sie solle das ganz schnell vergessen. Den ganzen Abend sprach sie nicht mehr davon. Ich dachte: Vielleicht wird ihr ja ein Schwestern-Wochenende mit mir in Köln schon helfen. Wir hatten uns nämlich ein paar Wochen nicht gesehen – eher ungewöhnlich. Und so versumpften wir bei reichlich Rotwein. Erzählten uns, wie es uns ergangen war. Redeten über Männer. Sie war nicht mehr mit dem Apotheken-Typ zusammen. War solo. Ich auch. Die *richtigen* Männer, mein Gott, die hätte irgendjemand für uns backen müssen.

Erst am nächsten Nachmittag erfuhr sie von meinen beiden ›großen Baustellen‹: ein Referat, das ich in zwei Wochen halten sollte. Über die Entstehung des Ost-West-Konflikts. Und dann noch eine Seminararbeit über die Teilungen Polens. Ich war nie gut gewesen in Referaten. Und die Arbeit über Polen, die bereitete mir richtig Bauchweh.

Samstagabend erzählte mir Joana, wie sie das Referat angehen würde. Und die Arbeit. Ich staunte Bauklötze. Zum einen, wie locker sie da ranging, und zum anderen, wie gut sie Bescheid wusste. Sie grinste mich im Breitwandformat an. Wir könnten ja für drei Wochen tauschen, schlug sie wieder vor. Das würde in ihrer Zeitungsredaktion die Wogen glätten und mir zwei gute Noten verschaffen.

Ich stimmte zu. Die ganze Nacht haben wir gegenseitig aufgeschrieben, was die andere wissen musste. Es war das skurrilste und lustigste Wochenende meines Lebens. Und dann bin ich Sonntag nach Darmstadt gefahren. Als Joana Werder. So muss sich eine Ehefrau fühlen, wenn sie ihren Nachnamen abgibt.«

»Das hat geklappt?«, fragte Horndeich verwundert. Auch Margot konnte es sich kaum vorstellen.

»Ja. Es hat geklappt. Ich war die Ruhe in Person. Alle sahen mich an wie ein Auto, aber ich erzählte was von Sommergrippe, Fieber am Wochenende und noch nicht ganz fit. Es hat funktioniert.« Die Erinnerung zauberte ein zartes Lächeln auf Elizas Gesicht. »Das Beste war Joanas Chef. Der hat geglaubt, seine Strafpredigt am Freitag zuvor hätte Wunder vollbracht.

Das Ganze war auf drei Wochen angelegt. Dann wollten wir wieder zurück in die alten Rollen. Das Problem war, dass mein Professor den Termin des Referates verlegt hatte. Also mussten wir noch eine Woche dranhängen.«

»Sie stimmten zu?«

»Ja. Ich wollte das Referat hinter mich bringen. Bringen lassen. Und die ersten Wochen, die hatten erstaunlich gut geklappt.«

»Und danach gingen Sie wieder nach Köln?«, fragte Margot.

Es war nur die Andeutung eines Kopfschüttelns.

»Warum nicht?«, fragte Horndeich.

»Bei mir war es zunächst nur Reuter. Der Typ, der fast dafür gesorgt hat, dass meine Schwester den Job verliert. Ich fand ihn einfach richtig nett. Attraktiv. Intelligent. Süß. Der hat am meisten gestaunt über die Kehrtwende, die seine Lieblingsfeindin vollbracht hatte. Nach zwei Wochen haben wir gemeinsam zu Abend gegessen. Und am Ende der dritten Woche waren wir das erste Mal zusammen im Bett.«

»Und was hat Joana dazu gesagt?«, wollte Horndeich wissen.

»Na, sie hat sich auch wohlgefühlt. Studentenleben eben. Sie hat meinen Job als Bedienung mitgemacht, mein Bafög kassiert, konnte morgens ausschlafen und war in die Tiefen der Politik abgetaucht. Es hat ihr gefallen.«

»Und auch nach vier Wochen haben Sie den Schnitt nicht gemacht?«, fragte Margot, noch immer verwundert.

»Nein. Wir haben gar keinen Schnitt mehr gemacht. Wir

hatten unsere Identitäten getauscht und es so belassen. Ich hatte meine Affäre mit Reuter – er war übrigens verheiratet. Und Joana, sie marschierte fleißig bei Demos mit, hat sich im AStA und in der Fachschaft engagiert. Ich merkte, dass mir die halbwegs geregelte Arbeit mehr lag, der Kontakt mit den Kollegen – und Joana blühte als Politikwissenschaftlerin auf. Wir haben unseren Tausch zunächst immer wieder nur um eine Woche verlängert, zum Schluss mit den fadenscheinigsten Begründungen.

Erst nach einem Vierteljahr haben wir uns in Bonn getroffen. Komisch, es musste ein neutraler Ort sein – nicht Darmstadt, nicht Köln. Denn ich hatte – ohne darüber nachzudenken – ein paar Dinge in der Wohnung verändert. Joana auch. Es gab kein Zurück mehr. Das war uns beiden klar, als wir in Bonn einander erzählten, was wir erlebt hatten. Wir hatten zwar die Identität getauscht, aber danach wieder unser eigenes Leben weitergelebt. Es fing damit an, dass ich das ganze Kiefernadel-Duftzeug aus ihrem Bad in den Müll geworfen und durch weichere Düfte ersetzt hab. Und es ging damit weiter, dass ich plötzlich Freunde und Bekannte hatte, mit denen Joana nie etwas hätte anfangen können. Und ebenso hatte sie Kontakt zu Kommilitonen aufgenommen, mit denen ich in der Mensa wohl kaum einen Kaffee getrunken hätte. In Bonn beschlossen wir, dass ich fortan Joana wäre und sie Eliza. Wir mieteten noch einen VW-Bus und karrten die wirklich wichtigen Dinge in die jeweils andere Stadt. Meine CDs, ihre Bücher. Und dann lebten wir einfach weiter.«

»Haben Ihre Eltern das nicht gemerkt?«, fragte Margot.

»Heino? Der hätte das nie gemerkt. Der hat sich ja keinen Deut für uns interessiert. Obwohl ich mir heute, nach dreißig Jahren, nicht sicher bin, ob meine Mutter nicht auch eine Menge dafür getan hat, dass Joana und ich keinen guten Draht zu ihm aufbauen konnten. Ganz subtil, ganz hintenrum. Aber das ist ein anderes Thema. Und unsere Mutter? Die hat den Tausch auch nicht bemerkt, weil wir Weihnachten oder bei Geburtstagen einfach unsere Originalidentitäten wieder annahmen. Die paar Familienstunden, die haben wir locker überstanden. Zumal die Gespräche ja auch nie wirklich in die Tiefe gingen.

Die Fragen nach Job oder Studium, die haben wir so allgemein beantwortet, dass alle zufrieden waren und niemand weiter nachgehakt hat. Also: Nein, die haben nichts mitgekriegt.«

»Und das hat geklappt, all die Jahre?«, fragte Horndeich.

»Ja. Und nach zwei Jahren haben wir gesagt, dass wir auch vor der Familie keinen Rücktausch mehr inszenieren. Ausschlaggebend was, dass Joana damals in Köln einen Freund hatte, den sie der Familie vorstellen wollte. Es war kein Problem. Die Unterhaltungen waren ohnehin oberflächlich. Die größte Schwierigkeit waren die Namen. Ich war einmal Eliza gewesen, dann wurde ich zu Joana. Und wenn mich dann ein Onkel auf einer Familienfeier als Eliza angesprochen hat, da habe ich oft zu spät reagiert. Aber auch das war letztlich keine echte Schwierigkeit. Die Verwandten hatten uns meist nur als Paar wahrgenommen. Und Eliza – das war die Frau neben dem attraktiven Typen aus Köln. Viele unserer Verwandten waren froh, dass der da rumstand. Denn die Frau an seiner Seite, dass war der Zwilling, der in Köln lebte.«

»Und wann wollte Ihre Schwester den Tausch rückgängig machen?«

»Das wollte sie gar nicht. Es kam einfach alles ganz anders. Wieder stand meine Schwester einfach vor der Tür, diesmal in Darmstadt. Am vergangenen Wochenende. Samstag. Wieder in einer Lebenskrise.«

»Was war passiert?«, fragte Horndeich. Die ganze Geschichte vorher war für ihn kaum mehr als eine Ausschmückung dessen gewesen, was er sich schon irgendwie zusammengereimt hatte. Aber das vergangene Wochenende – das rief die Fragezeichen auf den Plan.

»Sie war schwanger. Sie wusste, wer der Vater war, auch wenn sie seinen Namen nicht kannte. Sie war lange mit diesem Jochen zusammengewesen – der, den die Verwandtschaft immer so angehimmelt hatte –, bis er ihr den Laufpass gegeben hat. Genau an Sylvester. So was von Tschüss. Seitdem war Joana auf keinen grünen Zweig mehr gekommen. Der Vater des Kindes – ein One-Night-Stand aus der Disco. Eine miese Nacht und ein noch schlechteres Gummi. Joana kam zu mir und wusste nicht, ob sie abtreiben sollte.

Wir haben den ganzen Nachmittag geredet. Über die Schwangerschaft, was es bedeutet, Mutter zu sein. All die großen Themen.«

Margot konnte den Seufzer nicht unterdrücken, der sich still und heimlich aus ihrer Seele stahl.

»Und da habe ich ihr gesagt, dass ich glaube, dass unser leiblicher Vater 1980 an einem Raubüberfall beteiligt gewesen ist.«

»Wussten Sie auch, dass Heino Werder nicht Ihr Vater ist?«, fragte Margot.

»Ja. Schon in der Schule hatten wir den Verdacht …«

»… weil sie rotgrünblind sind und er nicht.«

»Ja. Und nach dem Tod meiner Mutter habe ich es meinem Stiefvater auf den Kopf zugesagt. Erst wand er sich – und dann brach es aus ihm heraus, der ganze Frust über seine Ehe, über unseren leiblichen Vater. Und mein Frust über eine Kindheit voller Lügen, voller Versteckspiel, Ohrfeigen und ohne echtes Vertrauen. Keine schöne Szene. Wir brüllten uns an, bis wir nicht mehr konnten. Dann saßen wir an seinem Tisch in der Küche und flennten beide. Er stand plötzlich auf, ich dachte schon, dass er mich rausschmeißen wollte. Aber er ging und kam gleich darauf mit einem Karton wieder rein. Einem Schuhkarton. Alt. Das Erste, was mir auffiel, war der Preis, der noch in D-Mark ausgezeichnet war. Dann erkannte ich die Schuhe auf dem Etikett. Rote Stöckelschuhe, die meine Mutter jahrelang zu besonderen Anlässen getragen hat. Was hat das für ein Donnerwetter gegeben, als Joana und ich einmal mit den Schuhen Prinzessin gespielt hatten.

Er stellte den Karton vor mir auf den Tisch. Sagte, das habe er gerettet, ein paar persönliche Dinge von meinem Vater. Ich solle sie mitnehmen. Aber er würde nicht mit mir über ihn reden. Das war wieder typisch. Die Tür ein Stück aufmachen und sie dann so kraftvoll wieder zuschlagen, dass das Haus bebt.

Ich habe den Karton mitgenommen. Und meine Schwester angerufen. Ihr gesagt, dass ich wüsste, wie unser leiblicher Vater heiße. Sie sagte, es interessiere sie nicht. Der habe sich sein ganzes Leben lang keinen Deut für sie interessiert – und jetzt interessiere er sie nicht mehr. Sie hat dann einfach aufgelegt. Hatte wohl doch ein bisschen mehr daran zu knabbern.«

»Und was war in dem Karton?«, fragte Horndeich. »Irgendwas Spektakuläres?«

»Ich machte ein Ritual daraus, ihn zu öffnen«, sagte Eliza, ohne Horndeichs Frage zu beantworten. »Kerzen, Musik. Dann hob ich den Deckel. Und war enttäuscht. Ein paar Fotos waren darin. Eins von ihm und meiner Mutter. Dann das Bild mit ihm und seinem besten Freund ...«

»Thorsten Nollbröck«, sagte Horndeich.

»Genau«, bestätigte Eliza. »Dann war da noch eine Sonnenbrille. Zwei völlig zerfledderte Rennsportkalender. Drei Singles: ›Willst du mit mir gehen‹ von Daliah Lavi, ›Black night‹ von Deep Purple und ›Er gehört zu mir‹ von Marianne Rosenberg. Krude Mischung. Keine Ahnung, wieso nur drei und wieso ausgerechnet diese drei. Doch: Die letzte muss er wohl von meiner Mutter bekommen haben. Die war ein großer Fan von Marianne. Dann war da noch eine Wum-Figur, der komische Hund aus so einer Fernseh-Ratesendung. Und noch mehr solcher abgegriffene und schmuddelige Talismane. Ich war ziemlich enttäuscht. Ich hatte auf ein Tagebuch gehofft, irgendwas, was mir mehr über meinen Vater verraten würde. Aber ... eigentlich war das nur Müll.«

»Aber wie kamst du darauf, dass dein Vater irgendwas mit einem Diamantraub zu tun hatte?«, fragte Horndeich.

»Da war ein Beutel in diesem Karton.«

»Diamanten«, konstatierte Horndeich. Das fehlende Stück im Puzzle.

Eliza nickte. »Ja. Diamanten. Ein kleines schwarzes Säckchen aus Samt mit vierunddreißig Steinen in verschiedenen Größen. Am nächsten Tag bin ich zu einem Juwelier gegangen, hab ihm den größten der Steine gezeigt. Hab gesagt, dass der Stein in der Schmuckschatulle einer toten Tante gelegen hätte, vielleicht aus einem Ring gefallen oder so. Der betrachtet den Diamanten und meint, das sei ein teurer Ring gewesen, der Stein sei mindestens einen vierstelligen Euro-Betrag wert, vielleicht sogar fünfstellig. Ich geh nach Hause und versteh die Welt nicht mehr. Ich kauf ein zweites Säckchen, sortier die Steine in zwei Häufchen, so gerecht es geht nach Größe, und packe für meine Schwester auch ein Säckchen.

Ich überlege, woher die Steine stammen können. Komm zu dem Schluss, dass es wohl alte Erbstücke sind und dass ich vielleicht noch mehr über meinen Vater herausbekommen sollte. Schon wegen der Steine. Ich bin dann zur Polizei, aber meine Mutter hat meinen Vater nie als vermisst gemeldet. Dann wühle ich den Karton wieder durch, finde aber nichts, was mir noch irgendetwas verraten hätte. Bis ich über den Namen Nollbröck auf dem Foto stolpere. Schließlich bin ich mal mit einem Martin Nollbröck in einer Klasse gewesen. Und der Name ist ja nicht gerade häufig. Ich kannte Martin, er macht ja auch Musik. Aber auch das war zunächst eine Sackgasse.«

»Was haben Sie mit den Steinen gemacht?«

Eliza sah Margot mit offenem Blick an. Dann stand sie auf. Kam gleich darauf zurück. Mit zwei Samtsäckchen in der Hand.

»Gar nichts hab ich damit gemacht. Ich hab sie weder auf Teufel komm raus vertickt, noch hab ich meiner Schwester ihren Anteil gegeben.«

»Und Anfang April haben Sie dann mehr über Ihren Vater erfahren«, sagte Margot. »Durch Nollbröck.«

»Ja. Martin hat mich über das Foto aufgeklärt. Er sagte mir auch, wann genau mein Vater verschwunden war. Aus meinem Stiefvater hab ich ja nichts herausbekommen. Martin erzählte mir von dem Rennsportclub, und die haben mir dann den Namen von Roger Tremmelt gegeben. Er und seine Frau waren die Ersten, die mir wirklich etwas über meinen Vater erzählen konnten. Und die Ersten, die ihn für einen Menschen hielten, nicht für ein Monster. So wie meine Mutter. Und mein Stiefvater.

Tremmelt hat mir bestätigt, dass mein Vater mit Thorsten Nollbröck befreundet war. Und er erzählte mir von dem Unfall mit dem Kadett – und Jaros Niedergeschlagenheit darüber, dass der Wagen Schrott und seine Karriere dadurch im Eimer gewesen war. Ich war ziemlich fertig, als ich von Tremmelt nach Hause fuhr.«

»Und wann kamen Sie auf die Idee, dass Ihr Vater in den Überfall auf den Werttransport verstrickt war?«

»Noch in der Straßenbahn. Mein Wagen machte ja schon damals Zicken. Und ich war mit Fritz nicht mehr zusammen.

Hätte den Wagen in eine Werkstatt fahren müssen. Was ich immer wieder vor mir hergeschoben hatte. Na, in der Straßenbahn hab ich dann darüber nachgedacht, dass es unwahrscheinlich war, dass mein Vater die Steine schon vor dem Unfall gehabt hatte. Mit nur einem der Klunker hätte er sich ein neues Auto kaufen können. Und so wie Tremmelt ihn beschrieben hat, wäre es genau das gewesen, was mein Vater auch getan hätte. Also musste er irgendwann nach seinem Unfall, aber vor seinem Verschwinden an die Steine gekommen sein.

Ich sitze ja an der Quelle – das Darmstädter Echo hat ein großes Archiv. Also schau ich nach, ob es irgendeinen Hinweis gibt, woher mein Vater die Steine hat haben können. Ich lese über den Überfall zwei Wochen vor dem Verschwinden meines Vaters und seines Freundes. Mein Vater war also ein Verbrecher. Toll. Ich war ein paar Tage lang wie gelähmt. Erst hab ich jahrelang nicht gewusst, wer mein leiblicher Vater war, und auf einmal war mein Vater ein Verbrecher, vielleicht sogar ein Mörder.

Ich entschied mich, noch mit den anderen Leuten vom Motorsportclub, die Tremmelt mir genannt hatte – mit diesem Derndorf und den beiden anderen – zu sprechen. Derndorf erzählte kaum was, die beiden anderen konnten den Geschichten, die ich von Tremmelt gehört hatte, auch nicht viel hinzufügen.

Dann habe ich den Fahrer des Werttransports ausfindig gemacht. Sein Bild und sein Name waren 1980 in der Zeitung gewesen – es hat mich ein bisschen Internet-Recherche gekostet, dann hatte ich ihn. Ich hab gehofft, dass er mir sagen könnte, mein Vater wäre nicht der Mörder gewesen. Aber die Täter hatten alle Masken getragen. Er wisse nicht mal, ob mein Vater dabei gewesen wär.

Komisch, ich bin da mit meinem Fiat hingefahren. Da lief er noch fast achtzig.« Eliza grinste kurz, wurde dann wieder ernst. »Und ich hatte das Gefühl, verfolgt zu werden. Dachte, ich hätte Paranoia. Aber ein paar Tage nach dem Gespräch mit Jüst erhielt ich einen seltsamen Anruf. Von einem Journalisten – der Mann behauptete zumindest, einer zu sein.«

»Erinnern Sie sich an das Datum?«

»Anfang letzter Woche. Montag oder Dienstag.«

Horndeich sah seine Kollegin an. »Die Anrufe aus der Telefonzelle.«

»Der Journalist sagte, er habe Informationen über den Überfall. Er recherchiere da bereits seit Jahren – und er habe mitbekommen, dass ich mich auch dafür interessiere. Er meinte, wir sollten unsere Informationen mal untereinander austauschen und könnten vielleicht sogar den Fall gemeinsam aufklären, vielleicht sogar noch die Diamanten finden. Dass ich ein paar von denen schon hatte, das verschwieg ich ihm. Und ich war sehr abweisend – bis er meinte, er habe auch Informationen über den wahrscheinlichen Aufenthaltsort meines Vaters. Südamerika. Venezuela. Okay, daraufhin war ich zu einem Treffen bereit. Er sagte, er bestehe zunächst auf eine Verabredungen an einem neutralen Ort, wollte seine Identität nicht preisgeben, weil seine Kollegen beim ›Stern‹ es nicht mitbekommen sollten. Er sagte, er würde am Sonntag in der Nähe von Darmstadt vorbeikommen, nannte die Raststätte Gräfenhausen und schlug vor, dass wir uns um 23 Uhr am Waldrand bei der Abfahrt treffen sollten.«

»Aber Sie sind nicht hingefahren.«

»Nein. Ich war zwar neugierig, aber das Ganze war mir zu dubios. Doch dann saß da meine Schwester vor mir, heulte, weil sie nicht wusste, ob sie das Kind behalten sollte, wie sie das alles auch finanziell gebacken kriegen sollte, nicht mal wusste, ob sie den Vater einweihen sollte, von dem sie nur eine Handynummer hatte. Da holte ich die Diamanten und erzählte ihr die ganze Geschichte, so wie ich sie gerade Ihnen erzählt habe.«

»Auch den Teil mit der Raststätte?«, fragte Horndeich.

»Ja. Ich sagte ihr, dass ich nicht sicher sei, ob ich hinfahren sollte. Ich überlegte sogar, ob ich nicht zur Polizei gehen sollte. Der Typ klang eher wie ein Spinner. Auch seine Stimme war so komisch gewesen, so blechern. Ich musste sofort an James-Bond-Filme denken und irgendwelche Stimmverzerrer. Und eins war mir richtig unheimlich: Irgendjemand musste sehr aufmerksam verfolgt haben, was ich mache. Je mehr ich darüber nachdachte, desto mehr ging mir die Muffe. Meine Schwester meinte jedoch, vielleicht hätte der Typ ja wirklich wichtige Informationen und wir könnten erfahren, wo unser Vater sei.

Und wenn es wirklich noch mehr Diamanten gäbe? Wir sollten uns das Geld nicht durch die Lappen gehen lassen. Sie könnten ihrem Kind bereits die komplette Ausbildung finanzieren.

Wir gerieten in Streit. Ich sagte ihr, sollte sie das Kind bekommen, gäb's als Taufgeschenk noch weitere fünf von meinen siebzehn Klunkern. Sie blieb dennoch dabei, dass ich hinfahren sollte. Aber ich wollte nicht. Und ging zum Konzert. Ich fragte sie, ob sie mitkommen wolle. Sie lächelte und sagte: ›Mit den geschwollenen Augen?‹ Außerdem habe sie Kopfweh. Also ging ich allein. Den Rest kennen Sie. Sie nahm sich meine Autoschlüssel – nicht schwer zu finden, hingen am Schlüsselbrett. Mein Handy lag noch im Wagen – ich lass das immer irgendwo liegen.

Während ich noch sang, fuhr Joana mit meinem Auto zum Treffpunkt. Nur, dass das kein Date mit einem Journalisten war, sondern eine Hinrichtung.«

»Aber warum haben Sie uns denn bisher nichts davon erzählt?«, hielt ihr Margot verständnislos vor.

»Ganz einfach. Ich hatte eine Heidenangst. Ich hab erst mal ein bisschen gebraucht, zu kapieren, dass man ja *mich* hat umbringen wollen. Jemand will meinen Tod, und es hat irgendwas mit dem Raubüberfall vor siebenundzwanzig Jahren zu tun. Und dann wurde mir klar, dass man mich nicht nur hat umbringen wollen, sondern dass man mich tatsächlich umgebracht hat! Wer immer meinen Tod wollte, er hat Joanna Werder ermordet, die Frau aus Darmstadt, die offenbar ins Wespennest gestochen hat. Ich wollte leben, also hätte ich mitgespielt und wäre wieder nach Köln gegangen, um zurück in das Leben meiner Schwester dort zu schlüpfen.«

Eliza zögerte. Sah Horndeich an. Dann fuhr sie fort. »Ich schwankte hin und her, ob ich dir was sagen sollte, Steffen. Ich wusste, wenn ich den Mund halte, habt ihr keine Chance, Joanas Mörder zu finden. Ich entschied mich noch am selben Tag, nachdem ich bei euch auf dem Präsidium war. Habe dich angerufen, ob du nicht zum Abendessen kommen willst. Ich wollte dir alles erzählen, Steffen. Und dann hast du mir gesagt, dass Andreas Derndorf Selbstmord begangen hat. Aber mit dem hatte ich ja auch gesprochen. Hatte er sich wirklich selbst umgebracht? Oder war er umgebracht worden? Hatte er irgendetwas mit dem Raubüberfall von damals zu tun, und auf einmal machte jemand Tabula rasa?

Versteh mich bitte, Steffen. Ich hatte nur noch Angst. Ich beschloss, weiterhin Eliza zu sein, solange ihr ermittelt, damit der Mörder davon ausging, dass er die Richtige erwischt hätte. Und falls ihr den Mörder nicht gefunden hättet, hätte ich mir mit den Diamanten eine neue Existenz aufgebaut.«

»Warum bist du dann nicht zurück nach Köln?«

»Ich konnte nicht. Ich musste wissen, ob ihr bei euren Ermittlungen vorankommt. Und vor allem: Ich wollte Darmstadt erst verlassen, wenn ich meine Schwester beerdigt hatte. Das war ich ihr schuldig.

Und dann bist du mir auf die Schliche gekommen. Ich zog den Hut vor dir. Aber ich hatte keine Lust auf ein Zeugenschutzprogramm oder Ähnliches. Habe ich auch jetzt nicht. Aber du hast die Blase ja platzen lassen.«

Völlig unbegründet fühlte sich Horndeich für einen Moment schuldig …

»Und was glaubst du, ist deinem Vater zugestoßen?«, fragte er.

»Ich weiß es nicht. Ich hoffe für ihn, dass er wirklich in Venezuela ist und dass er es sich gut gehen lässt. Aber nach den Ereignissen der letzten Woche … Ich denke, die beiden anderen haben meinen Vater und Thorsten Nollbröck umgebracht. Damals schon. Vielleicht, weil die beiden gierig geworden sind und sich ein paar Brillis abgezweigt haben. Oder weil ihr Tod von Anfang an zum Plan gehörte.«

»Derndorf – der war auf jeden Fall an dem Überfall beteiligt«, sagte Horndeich. »Aber hast du eine Ahnung, wer der vierte des Räuberquartetts war?«

»Nein. Vielleicht auch jemand, mit dem ich gesprochen habe. Vielleicht dieser Tremmelt. Oder jemand ganz anderes. Ich weiß es nicht.«

Den Nachmittag verbrachten Margot und Horndeich im Büro. Marlock hatte fleißig im Umfeld des angeblichen Selbstmörders gestöbert: Schützenverein, ehemalige Arbeitgeber, Kollegen und Nachbarn, Freunde, Bekannte und Verwandte. Margot überflog die Listen, aber all die Namen waren während ihrer Ermittlungen nicht gefallen. Sie checkte sie mit dem Computer: Nur einer, ein ehemaliger Kollege Dendorfs, war straffällig geworden. In Darmstadt. Schwere Körperverletzung. Doch der Mann war seit vier Jahren tot.

Marlock hatte auch einen Treffer gelandet: Andreas Derndorf war tatsächlich mal im Visier des Verfassungsschutzes gewesen. Ganz so unrecht hatte sein Vater mit seinen Befürchtungen nicht gehabt, denn sein Sohnemann war in den Verdacht geraten, die so genannten Revolutionären Zellen zu unterstützen oder sogar dort Mitglied zu sein. Die Akte vom Verfassungsschutz hatte Marlock bereits angefordert und per Eilkurier erhalten.

Immer wieder, so konnte man den Berichten der verdeckten Ermittler und Informanten entnehmen, habe sich Andreas Derndorf mit Leuten getroffen, die wegen politisch motivierter Vergehen oder deren Vorbereitung oder Unterstützung ins Visier der Staatsordnung geraten waren. Margot und Horndeich sahen ihn auf mehreren Fotos, die meist auf irgendwelchen Demonstrationen aufgenommen worden waren.

»Die haben sich schwergetan mit dem Kerl«, sagte Margot und seufzte. Die Ergebnisse der Ermittlungen gegen Andreas Derndorf waren dünn. Er war immer nur am Rand irgendwelcher illegalen Aktionen herumgeschwirrt – wie eine Motte mit Lichtallergie –, war aber nie selbst aktiv geworden, und man hatte ihm auch in keinem konkreten Fall die Mitwisserschaft bei einer Straftat nachweisen können.

Dennoch hatte sich der Verfassungsschutz entschlossen, ihn eine Zeitlang zu beobachten, vor allem wegen seines extremistischen Umfelds, in der Hoffnung, so auf gesuchte politische Straftäter zu stoßen.

Im Gegensatz zur Roten Armee Fraktion waren die Revolutionären Zellen nicht besonders straff organisiert gewesen. Ein älterer Kollege, so erinnerte sich Margot, hatte von ihnen immer als den »Guerilla Diffusa« gesprochen. Oder – weniger prosaisch – als »Feierabendterroristen«.

Margot blätterte weiter. Und stieß plötzlich einen Pfiff aus. »Sieh an, sieh an.«

»Was ist?« Horndeich blickte von seinen Papieren auf.

»Du hattest recht. Derndorf war offenbar mal in einem Ausbildungslager in Syrien«, eröffnete Margot perplex. »Das war 1976.«

»So was war und ist leider noch nicht strafbar«, sagte Horndeich.

»Das erklärt, warum er mit einer Skorpion umgehen konnte«, sagte Margot.

»Gut möglich.«

»Na, ich schau mir das noch weiter an.«

»Und ich mach mich jetzt vom Acker«, erklärte Horndeich.

»Ein Date?«, unkte Margot.

»Ja. Wir gehen zu dritt auf das Konzert von ›Ceol agus Ól‹.«

»Zu dritt?«

»Ja. So wie ›De la Soul‹ Ende der Achtziger gesungen haben: ›Me, Myself and I‹.«

Er mochte irische Musik. Meistens. Und wenn »Ceol agus Ól« sie spielten, immer.

Die Sonne schien vom Himmel, als wären die Wolken ausverkauft.

Die Band spielte auf dem Schlossgrabenfest irische Weisen. Sie traten auf der Frizz-Bühne auf, neben dem Reiterdenkmal.

Unweit der Bühne hatte Horndeich einen Stand entdeckt, die »Ochsenbraterei«, in der ein ganzer Ochse auf einem Spieß über dem Feuer gedreht wurde.

Horndeich entschied sich, seinen Hunger später zu stillen, und orderte erst mal ein Bier. Das wurde ihm im Plastikbecher hingestellt. Horndeich empfand das als nicht besonders stilvoll, aber er sah ein, dass es Gründe gab, Glas vom Festgelände zu verbannen.

Er sah sich um. Die Bierbänke waren gut gefüllt. Eine Dame, etwas zu sehr geschminkt, führte eine angeregte Unterhaltung mit sich selbst. Drei Tische weiter saß eine Frau, die offenbar auf jemanden wartete. Oder vielmehr gewartet *hatte*, denn ihrem Gesichtsausdruck nach zu urteilen glaubte sie nicht mehr daran, dass dieser Jemand noch kommen würde. Dann fiel Horndeich ein älterer Herr auf, der gut gelaunt mit einem jüngeren

Mann – offenbar seinem Sohn – anstieß. Da sage noch einer, das Fest verbinde nicht die Generationen, dachte Horndeich schmunzelnd. Er bemühte sich, die Pärchen zu übersehen, die Händchen haltend oder eng aneinandergeschmiegt der Musik lauschten.

Er erinnerte sich an seinen ersten Besuch des Schlossgrabenfestes. Da hatte er auch vor dieser Tribüne gestanden und der Darmstädter Combo »Tobsucht« gelauscht. Auch so eine Gruppe mit charismatischer Frontfrau – wie »Melancholical Gardens« –, doch leider gab es die Gruppe nicht mehr, die zumindest einen überregionalen Hit mit »Zum Lachen in den Keller gehen« gelandet hatte.

»Das nächste Lied ist von einem Komponisten, den wir sehr schätzen«, riss ihn Peter »Pittie« Hoffmann aus seinen Gedanken, Sänger von »Ceol agus Ól«. »Es handelt von einem Ort der Ruhe – einem sehr grausamen Ort der Ruhe, dessen Grausamkeit noch verstärkt wird durch den Frieden, der auf ihm lastet. Das Lied hießt ›Green fields of France‹.«

Trotz der Hitze rieselte Horndeich ein leichter Schauer vom Nacken bis zu den Nieren den Rücken hinab, als Pittie die erste Strophe sang. Horndeich kannte den Text. Es ging um einen Kriegsgräberfriedhof in Frankreich. Ein Meer weißer Kreuze. Horndeich stellte sich das Gräberfeld vor. Grüne Wiese, gelbe Sonne, weiße Kreuze, blauer Himmel. Nur das rotbraune Blut kam in dem Bild nicht vor.

Der Sänger sang die zweite Strophe, und leise sang Horndeich den Refrain mit: »And did you leave a wife or a sweetheart behind – in some faithful heart is your memory enshrined?« *Und hast du eine Frau oder eine Liebste zurückgelassen – wird in einem treuen Herz dein Andenken bewahrt?*

Horndeich musste an Kadic denken, der einfach verschwunden war. Okay, auch wenn Sylvia sich gleich darauf Heino Werder zugewandt oder wohl eher an den Hals geworfen hatte, in ihrem Herzen musste sie zumindest das Andenken an den Vater ihrer Kinder bewahrt haben. Horndeich konnte es sich nicht anders vorstellen.

Es waren die Zeilen in der dritten Strophe, die Horndeich stutzig machten: »The trenches have vanished long under the plow; no gas and no barbed wire, no guns firing now.« *Durch die Pflüge sind die Schützengräben schon lange verschwunden, kein Gas mehr und kein Stacheldraht und keine Gewehre schießen jetzt.*

Die Gräben sind verschwunden. Keine Schüsse mehr.

Horndeich hörte die Zeilen und war sich plötzlich sicher, dass er gerade ein Rätsel gelöst hatte.

Ein Prost auf die Jungs, die in seinem Gehirn nichts anderes taten, als Synapsen zu verbinden. Musste ein langweiliger Job sein. Aber zumindest manchmal ein erfolgreicher.

Als Margot ihren BMW in die heimische Straße lenkte, fiel ihr gleich der Van einer Autoverleihfirma auf, der vor dem Haus stand, in dem sie wohnte.

Ben zieht wieder ein!, war ihr erster Gedanke.

Rainer zieht wieder aus!, der zweite.

Sie stellte den BMW ab.

Rainer und Ben krochen aus dem Inneren des Transporters.

Rainer begrüßte Margot mit einem Kuss.»Hallo, mein Schatz.« Er strahlte ein vergnügtes Spitzbubenlächeln.

Okay, die Idee mit dem Auszug konnte sie ad acta legen.»Das ist nicht euer Ernst. Ben kommt zurück?« Natürlich dachte sie auch an Iris.

»Quatsch«, sagte Rainer.»Wie kommst du den darauf?«

»Was ist das hier dann?« Alle roten Warnlämpchen in ihrem Inneren blinkten heftig, und auch die Sirenen heulten. Irgendetwas war ganz und gar nicht in Ordnung.

»Das? Das solltest du kennen«, sagte Rainer.»Das ist der Inhalt meiner Wohnung in Kassel. Meiner *Ex*wohnung in Kassel. Ich meine, die Möbel waren ja mitgemietet, die hab ich dagelassen.«

Es haute sie fast aus den Latschen.»Wie – bitte?«

»Ab dem nächsten Semester habe ich eine Stelle an der Uni in Darmstadt. Nicht ganz so doll wie in Kassel – aber ich muss nicht mehr pendeln.«

Es dauerte ein paar Sekunden, bis Margot die Tragweite seiner Worte begriff.

»Du entschuldigst mich?«, fragte Rainer. Sie sah zu, wie

er mit Ben einen völlig überbepackten Bücherkarton ins Haus schleppte. Zwei Minuten später kamen sie zurück. Ben klopfte Rainer auf die Schulter, lachte. Und auch Rainer lachte, wischte sich mit dem Unterarm den Schweiß von der Stirn.

Sie liebte ihre beiden Männer in diesem Moment. Alles wird gut, dachte sie. Und keiner außer ihr begriff, wie wertvoll diese Sekunden waren.

Die beiden steuerten zielstrebig auf den Van zu.

»Rainer?«

»Ja?« Sein Blick verriet Skepsis. War sie wirklich so eine Zippe, dass er vorsichtig wurde, wenn sie seinen Namen rief?

Sie ging auf ihn zu, packte ihm an den Kragenaufschlägen ...

Und küsste ihn.

Richtig. Heftig. Leidenschaftlich.

Sie roch seinen Schweiß, und wäre ihr Sohn nicht da gewesen ...

Der sah höflich auf die Uhr. »Sorry, noch zwei Kisten, und ich bin weg.«

Der Kuss hatte ihr Blut auf eine Umleitung am Hirn vorbeigeleitet. Doch die wichtigste aller Fragen war so fest im Gehirn verankert, dass selbst ein Koma nicht hätte verhindern können, dass Margot sie gestellt hätte: »Hast du mir Iris gesprochen?«

Ein gequältes »Ja, Mama« war die Antwort.

»Welche Entscheidung habt ihr getroffen?«

»Die richtige.« Ihr Sohn griente und fügte hinzu: »Vielleicht könnt ihr die beiden Kisten noch selbst ... Äh, ich meine, ich muss wieder los.«

»Hau schon ab«, sagte Margot. »Das schaffen wir schon.«

»Klar«, bestätigte Rainer.

Ben winkte kurz, dann war er auch schon verschwunden.

Sie sah Rainer in die Augen. »Und du bleibst jetzt wirklich hier bei mir?«

»Ja.«

»Für immer.«

»Ja.«

»Für immer und ewig?«

»Ja.«

Vor hundert Jahren wäre das ein Heiratsantrag gewesen, dachte Margot. Vor hundert Jahren ... Und zusätzlich wurde die Situation getrübt durch die Tatsache, dass Rainer das alles mal wieder allein entschieden hatte.

Auf der anderen Seite: Die Überraschung war ihm geglückt.

»Wann musst du den Van zurückgeben?«, fragte sie.

»Morgen. Aber da ist Samstag. Also eigentlich – am Sonntagabend.

»Das ist gut«, meinte Margot. Sie schob die Seitentür des Van zu.

»He, da sind noch zwei Kisten drin«, protestierte Rainer.

»Da auch?« Der Spruch war blöd und billig. Ihr Griff in seinen Schritt auch. Aber ihr war einfach danach. Carpe diem, dachte sie. Nutze den Tag.

Dann dachte sie nichts mehr. Das Gehirn hatte sich endgültig wegen Blutmangels ausgeklinkt.


»Das ist aber nett, dass du mich besuchen kommst«, sagte Sandra Hillreich.

»Wie geht's dir?«

Sie zuckte mit den Schultern. »Die Stäbe bleiben noch ein paar Wochen drin. Ich wahrscheinlich auch.«

»Ich hab eine Idee«, erklärte Steffen Horndeich, »aber ich weiß nicht, ob sie nicht völlig schwachsinnig ist. Ich brauch jemanden, dem ich sie erzählen kann.«

»Joana Werder?«

»Ja. Hat sich viel getan in den letzten achtundvierzig Stunden.«

»Erzähl. Ich bin dankbar für jede Geschichte, wenn sie nicht aus dieser bescheuerten Glotzkiste kommt.«

Horndeich zog sich einen Stuhl ans Bett und erzählte von dem Überfall, von Elizas und Joanas doppeltem Zwillingstausch. Von Diamanten, vom vorgetäuschten Selbstmord Derndorfs ...

»Und was ist nun deine Idee dazu?«, wollte Sandra wissen, nachdem er geendet hatte.

»Wenn ich davon ausgehe, dass Jaromir Kadic tot ist und

Thorsten Nollbröck auch, dann frage ich mich: Wo sind sie umgebracht worden? Und wo sind ihre Leichen? Und dann war ich gerade auf dem Schlossgrabenfest ...«

Sandra seufzte vernehmbar. Im vergangenen Jahr hatten Horndeich und Anna sie und ihren damaligen Freund auf dem Fest getroffen. Sandra hatte die Musik geliebt, das hatte man ihr angesehen, wohingegen ihr Freund aus jeder Pore ausgestrahlt hatte, dass er nur ihr zuliebe mitgegangen war. Anna hatte gemeint, die beiden würden keine acht Wochen mehr zusammen sein. Sie hatte sich nur um eine Woche vertan. Zu Sandras Gunsten. Oder zu ihren Ungunsten. Je nach Sichtweise.

Horndeich sagte: »Ich glaube, ich weiß, wo die Leichen sind.«

Sie starrte ihn überrascht an. »Wo?«

»Auf der Rosenhöhe. Pikanterweise genau dort, wo Joana – also Eliza – das Konzert gegeben hat: auf dem Gelände, auf dem früher das alte Palais stand.«

»Okay.« Sie war verwirrt, versuchte aber, das Gehörte einfach mal zu akzeptieren. »Und wie kommst du darauf?« Mit einer Bewegung, die Horndeich schon so oft bei ihr gesehen hatte, strich sie sich eine Strähne aus der Stirn.

»Pass auf. Heino Werder, der Stiefvater, hat Folgendes ausgesagt: Jaro Kadic habe am Abend seines Verschwindens einen Anruf erhalten. Und dann ist er kurz darauf losgezogen, ohne Handschuhe und Mütze. Er sagte, er wolle Zigaretten holen. Was schließt du daraus?«

»Nun, ich würde daraus schließen, dass er Zigaretten holen will. Er plant auf jeden Fall nicht, zehn Kilometer durch die Kälte zu gehen.«

»Genau. Und er fährt auch nicht zu seiner Geliebten nach Hamburg. Da würde er wohl kaum mitten in der Nacht abhauen. Wenn er nach Hamburg wollte, dann würde er morgens um sieben losfahren. Er hatte ja nicht mal ein Auto zu der Zeit.«

»Okay, da stimme ich zu. Also, wo ging er hin?«

»Nicht weit weg. Er geht davon aus, dass er bald wieder zu Hause ist. Er kriegt den Anruf von seinem Boss: ›Komm zu uns. Wir teilen die Beute jetzt auf und sehen uns dann nie wieder.‹ Oder vielleicht auch die Variante: ›Wir müssen uns treffen und über das Säckchen mit den vierunddreißig Brillis reden, das fehlt!‹ Aber ich glaube eher an die erste Variante, denn Thorsten wurde auch zu dem Treffen bestellt. Obwohl der auch ein paar Säckchen abgegriffen haben könnte. Wie auch immer, die Ansage war: ›Kommt auf die Rosenhöhe. Dort, wo der Bagger steht!‹«

»Und wie kommst du darauf, dass sie ausgerechnet dorthin kommen sollten?«

»Sandra, erinnerst du dich an vorgestern?«

»Ja.« Sie errötete.

Horndeich tat, als würde er es nicht bemerken. »Der Vorfall mit dem Bagger?«

»Ja.«

»Wir haben rausgekriegt, dass Derndorf bei der Firma war, die dort gerodet hat. Das heißt, er kann auch den Bagger gefahren haben, der dort stand.«

»Also?«

»Wenn ich daran denke, wie brutal die beiden anderen an der Raststätte vorgegangen sind, dann glaube ich, dass sich Folgendes abgespielt hat: Derndorf hat mit seinem Bagger ein Loch ausgehoben. Dort stand ja das Palais, und dort befanden sich noch Kellerräume im Boden, wahrscheinlich mit Kies, Schutt oder Erde verfüllt. Auf jeden Fall waren dort keine Granitfelsen und keine fetten Wurzeln deutscher Eiche. Ein Loch? Kein Problem. Vielleicht hat er die Arbeit während einer Überstunde erledigt, als ihm keiner zuschaute. Oder einfach während der Arbeitszeit, und keiner hat gefragt, was er dort eigentlich macht.

Dann kommen Thorsten und Jaro. Ein Wortwechsel. Oder gleich die Knarren. Hätte den Vorteil, dass man die Beute nur noch durch zwei teilen muss. Und Thorsten war zudem ein unsicherer Kandidat, einer von der Sorte, von denen man nie weiß, ob sie sich verplappern oder was an die große Glocke hängen, das dort nicht hingehört, wenn sie high sind. Die Skorpion-MPis waren sehr praktisch dafür, die haben nämlich Schalldämpfer. Auf jeden Fall: Kadic und Nollbröck werden erschossen. In die Grube geworfen. Und zugebaggert. Das ist doch der beste Ort, um 'ne Leiche loszuwerden. Oder auch zwei. Die Bierflaschen werden drapiert, der Schriftzug auf den Bagger gesprayt. Jemand ruft die Polizei, vielleicht sogar Derndorf und Co. selbst. Zwei Monate später wächst Gras über die Sache. Im wahrsten Sinne des Wortes. Gibt es einen besseren Platz, um eine Leiche einzubuddeln?«

»Nein, Steffen.«

»Ich meine – im Ernst, spinne ich, oder liegen die Leichen dort? Soll ich morgen wirklich das große Aufgebot bestellen, um dort alles umpflügen zu lassen?«

»Nun, wenn die Leichen wirklich dort liegen, und wenn ihr die Leichen habt, findet ihr vielleicht auch endlich weitere Spuren, die euch Joanas zweiten Mörder präsentieren.«

Horndeich antwortete nicht.

»Damals hat sich auch noch keiner Gedanken um DNA-Spuren gemacht«, fuhr Sandra fort. »Ich meine – wenn die da liegen, dann ist vielleicht nicht mehr viel übrig. Aber möglicherweise irgendeine Hinterlassenschaft der Mörder. Wer weiß.«

Horndeich sah seiner Kollegin in die Augen. Also würde am nächsten Morgen abermals ein Bagger die Rosenhöhe umbuddeln. Aber diesmal auf der Suche nach zwei Leichen.

## Samstag

Horndeich hatte alle Hebel in Bewegung gesetzt. Um acht hatte er bei Margot Hesgart zu Hause auf der Matte gestanden. Einige Telefonate später befanden sich ein Baggerfahrer und die Kollegen von der Spurensicherung auf der Rosenhöhe.

Die Sonne brannte auf die Erde, schon um neun Uhr war es richtig warm. Die ersten Jogger drehten ihre Runden. Auch Walker, die energisch die Spitzen ihrer Stöcke vor sich in den Boden rammten und so wirkten, als ob sie ihre Langlauf-Skier verloren hätten, nutzten die Parkwege für ihren Sport im Freien, bevor es noch heißer wurde.

Die Polizei sperrte das Gelände großräumig ab.

Noch in der Nacht hatte Horndeich sich das in der Zeitung abgedruckte Foto des Baggers genau angesehen und mit einem Stadtplan und alten Aufnahmen des Geländes die Stelle lokalisiert, an der der Bagger gestanden haben musste. Auf dem Foto in der Zeitung war neben dem Bagger ein niedriger Überrest der Außenwand des alten Palais zu sehen. Das Umfeld war schon von Brombeerhecken und anderem Gestrüpp befreit gewesen, so war der Rest der Außenmauer deutlich zu erkennen.

»Ich bin mir nach wie vor nicht sicher, ob ich dich bewundern oder für völlig verrückt halten soll«, sagte Margot zu Horndeich, der neben ihr stand und die Arbeiten bewachte.

Horndeich zeigte auf ein Stück Hecke. »Ich bin sicher, dass es dort war.«

»Wie kommst du darauf?«

»Ganz einfach. 1980 haben sie das Gelände gerodet, aber erst zehn Jahre später haben sie es so schön hergerichtet wie heute. Und um anzudeuten, wie das Palais einmal ausgesehen hat, hat die Stadt die Grundmauern des Gebäudes mit diesen Hecken hier nachgebildet.«

Margot schaute sich um. »Und du meinst, die haben damals genau hier gebuddelt?«

»Ich bin mir ziemlich sicher, dass es hier an den Hecken ist. Und ich glaube auch nicht, dass sie die beiden Toten wirklich tief vergraben haben. Es war nachts, sie mussten sich beeilen, um nicht entdeckt zu werden, und so ein Bagger macht nun mal viel Krach. Sie mussten fertig werden, bevor ein Anwohner unsre Kollegen in Grün angerufen hätte. Auch wenn sie nicht *genau* hier liegen – an der Außenmauer liegen sie auf jeden Fall.«

»Also alle Hecken ab?«

Horndeich schüttelte den Kopf, zeigte auf das Foto, das er sich kopiert hatte, dann auf den gestutzten Busch vor ihnen. »Erst mal nur die hier.«

»Na denn – ich hoffe, dass ich dich in paar Stunden wirklich für genial halte und nicht für völlig meschugge.«

Der Bagger begann, den Boden aufzureißen. Horndeich zuckte zusammen, als das Gerät ein Stück der Hecke einfach herausriss. In ihrem Zweier-Team war er der Mann mit dem grünen Daumen. Kein Problempflänzchen, das er nicht wieder hochzupäppeln in der Lage wäre. Dementsprechend groß war inzwischen die Pflanzenvielfalt in ihrem Büro und in den angrenzenden Räumen.

Die Hecke landete auf der Wiese. Und gleich darauf der erste Haufen Erde. Die Kollegen von der Spurensicherung achteten darauf, ob nicht der eine oder andere Knochen darin steckte.

Nachdem der Bagger die ersten vier Meter Hecke herausgerissen hatte, war noch kein Knochen aufgetaucht.

»Ich fahre jetzt ins Büro«, sagte Margot. »Hier kann ich ohnehin nichts machen. Und ausspannen und das Wochenende genießen kann ich wohl auch kaum.«

»Ich hätte geschworen, dass sie an dieser Stelle liegen.«

Margot klopfte ihm auf die Schulter. »Die liegen da. Wart's ab. Je mehr ich darüber nachdenke, umso mehr glaube ich, dass du recht hast.«

»Was hast du im Büro vor?«

»Ich will mir noch mal die Akte über Andreas Derndorf anschauen. Ich hatte gestern die ganze Zeit über das Gefühl, dass ich irgendwas übersehen habe. Irgendwas, das quasi auf der Hand liegt. Wie dass Kadic und Nollbröck dort liegen.« Sie deutete auf den Bagger.

Horndeich setzte sich auf eine der Bänke. Er konnte sich kaum nützlich machen, hätte den anderen nur im Weg rumgestanden.

Wieder und wieder überdachte er seine Theorie. Und kam immer wieder zu dem Schluss, dass sie einfach schlüssig und recht wahrscheinlich war.

Doch mit jedem Meter, den der Bagger weiterrückte, sank Horndeichs Mut.

Keine Leichen. Deine Theorie ist Müll, dachte Horndeich eine Stunde später.

Ein Kollege von der Schutzpolizei kam auf ihn zu. »Wo sollen wir weitermachen, wenn die Hecke weg ist?«, fragte er ganz sachlich.

Horndeich schluckte. Es war sicher sinnvoller, die Ostseite zu untersuchen. Da gab es nur eine kleine Schwierigkeit. Bei der

Restaurierung des Parks hatten die Arbeiter in einer Dornenhecke den Portalstein des Palais entdeckt. Er thronte an seiner ursprünglichen Stelle auf zwei Betonpfeilern, die den Eingang markierten und ein festes Fundament in der Erde hatten. Gut, damals waren, als dieses Fundament errichtet worden war, keine Knochen gefunden worden. Und Horndeich konnte es auch nicht verantworten, dass Pfeiler und Portalstein abgetragen wurden, nur damit sie direkt daneben noch mal nachschauen könnten.

Und – verdammt noch mal! – dort hatte der Bagger auch nicht gestanden. Er hatte an der Nordmauer gestanden!

»Geben Sie mir noch eine Viertelstunde. Ich muss nachdenken.«

Er stand auf, ging über die Wiese zum Fuß des Palaishügels. Dort befand sich ein weiterer Eingang zum Park. Ein herrlich restauriertes Pförtnerhäuschen flankierte das Eingangstor. Als er sich nachts durch verschiedene Seiten des Internets gepflügt hatte, um Informationen über das Palais zu finden, war er auf die Homepage eines Fördervereins gestoßen, der sich für diesen Park einsetzte. Dessen Engagement war es auch zu verdanken, dass dieses pittoreske Häuschen wieder aufgebaut worden war und nun ein kleines Museum zur Geschichte des Parks beherbergte.

Er sah hinauf zum Hügel. Als Kommissar musste er sich anhand von Spuren und der Begebenheiten eines Tatorts vorstellen können, was dort geschehen war.

Horndeich sah in die Leere, die einstmals dieses schöne Schlösschen ausgefüllte hatte.

Er holte aus seiner Umhängetasche den Schnellhefter, in dem er die Fotos von damals – meist Kopien aus Zeitungen – abgeheftet hatte.

»Das passt nicht«, sagte er zu sich selbst.

»Was passt nicht?«

Horndeich drehte sich um und sah vor sich Margots Vater Sebastian Rossberg nebst Begleitung.

Horndeich grüßte Evelyn Hartmann, dann Herrn Rossberg.

»Was treibt Sie, so in Gedanken vertieft, an diesen schönen Flecken Erde?«, fragte Rossberg. »Gehe ich recht in der Annahme, dass das Absperrband und der Bagger etwas damit zu tun haben?«

»Ja, so ist es«, bestätigte Horndeich. »Wir vermuten, dass dort zwei Leichen liegen – respektive zwei Skelette. Und Sie? Nutzen Sie das schöne Wetter für einen Spaziergang?«

»Ja. Der Luftdruck verändert sich, das Wetter kippt. Gibt sicher noch ein Gewitter heute Abend. Aber – nicht, dass Sie mich jetzt für neugierig halten – was passt nicht zusammen?«

Natürlich war Sebastian Rossberg neugierig. Die Art, wie er die einzelnen Wörter betonte, seine Gestik und seine Mimik – all das spiegelte nur schwer zu zügelnde Neugier wider.

»Das«, antwortete Horndeich und machte eine ausladende Armbewegung in Richtung des Palaishügels, »und das hier.« Damit zeigte er auf das Foto.

»Und wo ist das Problem?«

»Wir gehen davon aus, dass die Leichen, die wir suchen, am Rand der damaligen Außenmauer des alten Palais vergraben wurden. Dort, wo die Hecken stehen. Aber wir finden nichts. Und jetzt kommt es mir so vor, als würden die Hecken gar nicht die Mauern markieren. Die Fläche, die sie umschließen, die ist kleiner als der Grundriss des Palais.«

Evelyn nickte anerkennend. »Sie haben den richtigen Beruf gewählt. Sie können gut beobachten und ziehen die richtigen Schlüsse. Denn Sie haben recht – die haben mit den Hecken geschummelt. Sagen Sie nur, sie haben die alle rausgerissen?«

Horndeich sah Frau Hartmann an, als hätte diese nach dem Handauflegen eines Heiligen zum ersten Mal seit dreißig Jahren gesprochen. »Was meinen Sie mit ›geschummelt‹? Und woher ... woher wissen Sie das?«

Sie machte eine wegwerfende Handbewegung. »Ich bin Gründungsmitglied des Fördervereins Rosenhöhe. Haben Sie die Hecken nun rausreißen lassen?«

»Nur die, die die Nordmauer markieren. Also markiert haben. Also ... äh, nicht markiert haben.« Er fühlte sich wie ein Schüler, der bei einer komplizierten Gleichung stets mit den Vorzeichen durcheinanderkam.

»Können Sie mir das mal zeigen? Ich stoppe schon mal den Bagger.« Evelyn Hartmann rauschte ab, lief über die Wiese, winkte und rief: »He, aufhören! Aufhören!«

Margot blätterte sich durch die Akten und Protokolle des Verfassungsschutzes und schaute sich die Fotos an, die Andreas Derndorf auf irgendwelchen Demos oder zusammen mit politischen Straftätern zeigten, die später überführt worden waren. Aber da war nichts, was ihr ins Auge gesprungen wäre.

Sie schaute gerade auf eines der Fotos, das den jungen Andreas Derndorf auf einer Demonstration zeigte. Er trat auf den Kameramann zu, seine Haltung und Mimik spiegelten Gewaltbereitschaft wider. Die rechte Hand hatte er zu einer Faust geballt. Die linke ...

Das Telefon schlug an.

»Hesgart.«

»Oppwert, erstes Revier. Kommissar Hesgart, ich glaube, ich habe da was für Sie.«

»Ich höre.« Margot war nur halb bei der Sache. Denn die linke Hand von Derndorf nahm plötzlich ihre Aufmerksamkeit in Anspruch.

»Da steht ein Mann vor mir. Der hat eine Bronzestatue in der Hand. Sagt, er sei Pfandleiher, wohne in Groß-Gerau, und ein Obdachloser habe sie ihm vor drei Tagen verkauft.«

Margot vergaß Derndorfs Hand. »Sie meinen die Statue, die heute in der Zeitung abgebildet war?«

»Keine Ahnung, ich hab keine Zeitung hier.«

»Etwa fünfzig Zentimeter groß. Bronze. Eine Tänzerin. Obenrum dürftig bekleidet. Breiter als hoch, weil der Rock so weht.«

»Ja, das ist sie.«

»Nicht anfassen!«, befahl Margot. »Eintüten! Sofort zu uns!«

»Schon klar, ist schon in 'ner Tüte.«

»Super. Dann setzt den Herrn in ein Auto und bringt ihn her. Ich muss unbedingt mit ihm sprechen.«

Eine Viertelstunde später war die Statue im Labor. Es war eindeutig die aus Derndorfs Wohnung.

Margot saß Herrn Ulwiek vom »Pfandleihhaus Ulwiek« aus Groß-Gerau gegenüber. »Herr Ulwiek, wann und von wem wurde Ihnen die Statue angeboten?«, fragte sie.

»Günter heißt der Mann. Nennt sich zumindest so. Bietet

mir immer mal wieder was an, wenn er was auf dem Sperrmüll findet, was noch brauchbar ein könnte oder einen gewissen Wert hat.«

»Was findet man denn so auf dem Sperrmüll?«

»Alles Mögliche: Radios, CD-Spieler, Musik-CDs, Film-DVDs ... Der Günter ist 'n verdammt armer Schlucker. Frau an Krebs gestorben, hat dann zur Flasche gegriffen. Erst den Job, dann die Wohnung verloren. Hin und wieder kauf ich ihm was von seinen Fundsachen ab. Geb ihm ein paar Cent dafür und verkauf es für 'nen Euro oder zwei weiter. Oder schmeiß den Plunder gleich wieder weg. Aber das braucht er nicht zu wissen. Die paar Cent würd ich ihm auch so geben.«

Margot nickte. Es gab also noch das Gute im Menschen. Das war eine beruhigende Feststellung ...

»Und die Statue?«, fragte sie.

»Hat er in einem Mülleimer gefunden. Am Montag, vor dem ›Maritim‹ in Darmstadt. Und zu mir kam er gleich am Dienstag früh.«

Das Maritim-Hotel befand sich unmittelbar neben dem Tatort. Der Mörder hatte, wenn Margots Theorie zutraf, die Statue vom Tatort mitgehen lassen, weil noch Blutreste von Derndorf daran klebten und sie daher die Selbstmordthese in Frage gestellt hätte. Das war seine erste Panikreaktion gewesen. Seine zweite hatte darin bestanden, dass er die Statue, die man als Beweismittel gegen ihn hätte verwenden können, sofort wieder loswerden wollte. Er hatte sie in einen Mülleimer vom dem Hotel geworfen, und die Müllabfuhr hätte sie wohl gründlich entsorgt, wäre Günter auf seiner Tour nicht vorbeigekommen.

»Und Sie haben ihm die Statue abgekauft?«

»Nein. Ich nahm die Statue als Pfand und hab ihm Geld geliehen. Aber letztlich unterscheidet sich das bei ihm nie von einem Kauf ...«

»Was haben Sie mit der Statue gemacht?«

»Nichts. Ich dachte, sie könnte was wert sein, wollte sie mir am Wochenende mal genauer anschauen, polieren und ins Fenster stellen.«

»Hat dieser Günter vielleicht sonst noch was gefunden an diesem Tag?«

»Nein. Nur diese Statue.«

»Er hat nicht zufällig was von einem Handtuch gesagt?«

Ulwiek hob eine Augenbraue. »Ja, Moment mal – das hat er tatsächlich! Er hat sich darüber gewundert, was die Leute in Mülleimer werfen. Nicht nur diese Statue, sondern auch ein fast neues Handtuch.«

»Und die Farbe?«

Ulwiek zuckte mit den Schultern. »Hat er nicht gesagt.«

»Können wir uns mit diesem Günter unterhalten?«

»Er kommt unregelmäßig bei mir vorbei. Immer, wenn er Geld braucht. Wenn er das nächste Mal kommt, rufe ich Sie an.«

»Tun Sie das. Ach, Sie kennen nicht zufällig seinen vollständigen Namen?«

Da musste Ulwiek passen.

»Haben Sie dennoch vielen Dank, Herr Ulwiek. Sie haben uns wirklich sehr geholfen. Ich würde Ihnen gern noch die Fingerabdrücke abnehmen, damit wir, wenn wir die Statue untersuchen, die Ihren identifizieren können.«

Margot brachte den Mann zu Fenskes Kollegen. Als sie in ihr Büro zurückkehrte, empfing sie das Dudeln ihres Telefons. Margot sah aufs Display. Die KTU.

Sie meldete sich mit einem »Ja?«

»Auf der Statue sind Reste von Blut. Gleiche Blutgruppe wie Andreas Derndorf. A, Rhesusfaktor positiv. Ist die häufigste Blutgruppe in Deutschland. Hat jeder Dritte. Eine Probe ist unterwegs zur DNA-Analyse nach Wiesbaden.«

»Gut, danke.«

Margot war zufrieden. Derndorf war also tatsächlich ermordet worden. Fragte sich nur noch, von wem.

Vielleicht würde sein Bruder ihr helfen, das Rätsel zu lösen.

Ihr fiel wieder Derndorfs linke Hand auf dem Foto ein. Kurz bevor sich das Telefon gemeldet hatte, war ihr etwas aufgefallen.

Sie nahm sich die Aufnahme wieder vor, darauf: Derndorf, der auf den Fotografen zuschritt, das Gesicht grimmig verzogen, die Rechte zur Faust geballt, die Linke …

Ja, die Linke hielt die Hand des Mädchens neben ihm. Im

Moment der Aufnahme hatte sie gerade den Kopf gedreht, sodass die langen dunklen Haare das Gesicht verdeckten. Aber das Sonnenmotiv auf ihrem T-Shirt war deutlich zu erkennen. Margot betrachtete sich auch die anderen Fotos noch einmal. Und entdeckte die Frau mit dem Sonnen-T-Shirt auf zwei weiteren Aufnahmen. Und auf einem Bild, da konnte Margot ihr Gesicht erkennen.

Da wusste sie, was ihr entgangen war.

Sie blätterte durch die Protokolle. Dort wurde Andreas' Freundin erwähnt: Susanne Grepper.

Doch Margot kannte sie unter einem anderen Namen.

»Die schönen Hecken!« Evelyn Hartman seufzte aus ganzem Herzen. »Und das alles völlig umsonst.«

»Klären Sie mich auf!«, bat Horndeich, dem das alles furchtbar peinlich war. Obwohl er keine Ahnung hatte, weshalb.

»Ganz einfach«, erklärte die Freundin von Sebastian Rossberg. »Als das Gartenamt 1991 die Hecken anpflanzte, sollten sie ursprünglich den Grundriss des Palais nachzeichnen. Aber dann hätte man diese wunderschönen Bäume dort und dort und dort, die hätte man fällen müssen.« Evelyn Hartmann zeigte auf drei Gruppen von Baumriesen, die vor über fünfzehn Jahren bestimmt noch nicht so groß gewesen waren. »Deshalb haben sie bei der Bepflanzung den Grundriss einfach verkleinert.«

»Ach, sie hätten das Palais nie abreißen sollen«, sagte Margots Vater. Und seine Stimme klang noch wehmütiger als die seiner neuen Freundin.

»Ich dachte, das Palais sei im Krieg zerstört worden?«, wunderte sich Horndeich.

»Es wurde beschädigt«, korrigierte ihn Sebastian Rossberg. »Aber im Keller haben sie nach dem Krieg die Berufsschule für Gärtner provisorisch untergebracht. Und in den Fenstern hingen noch die Samtvorhänge. Als Jugendlicher bin ich noch durch das Palais gestreunt und hab mir die riesigen Räume mit den hohen Decken angeschaut. Dann haben sie ein paar der Fenster zugemauert und Äpfel in den Räumen gelagert. Sie hätten das Palais wieder aufbauen können; haben ja damals ganz andere Ruinen restauriert. Aber Anfang der Sechziger, da haben sie es plattgemacht. Was mir noch immer, wenn ich hier lang-gehe, einen Stich versetzt. Ich kann nichts dafür, ich liebe Schlösser.«

»Und wo verliefen nun die Grundmauern?«, fragte Horn-deich und wandte sich wieder an die Dame an Rossbergs Seite.

Sie ging ein paar Schritte von dem ausgehobenen Graben in Richtung des Ahornbaums. »Hier müssten sie auf die Funda-mente der Nordmauer stoßen. Und für die interessieren Sie sich ja, wenn ich Sie richtig verstanden habe.«

Horndeich nickte und dirigierte dann den Stab zu der Stelle, die Evelyn Hartmann ihm zeigte.

Der Baggerfahrer startete den Motor. Kurz darauf gruben sich die Zähne seiner Schaufel in die Erde.

Schon beim zweiten Mal stieß die Schaufel auf Stein. Die Nordmauer.

Zwanzig Minuten später rief einer der Beamten: »Stopp!«

Aus dem Boden ragte ein Knochen.

Weitere zehn Minuten später hielt Horndeich einen Schä-del in der Hand. Im Oberkiefer fehlte ein Eckzahn. »Thorsten Nollbröck«, konstatierte er. Letzte Sicherheit, ob der Schädel wirklich der von Nollbröck war, würden genauere kriminal-technische Untersuchungen bringen. Aber am Ergebnis hatte Horndeich keine Zweifel.

»Wollen Sie nicht meine Tochter anrufen?«, fragte ihn Ross-berg.

Das brauchte Horndeich nicht, denn kaum hatte Rossberg ausgesprochen, dudelte Horndeichs Handy die Melodie des rus-sischen Films. Margot.

»Horndeich, du hast doch da gute Kontakte zum Einwohner-meldeamt. Susanne Grepper. Geboren am 12. 8. 54. Kannst du das checken lassen? Bei uns ist sie nicht bekannt.«

»Ja, mach ich. Und wir sind hier fündig geworden. Wir haben den Ersten: Nollbröck.«

Ein Beamter tippte Horndeich auf die Schulter. Er zeigte Zei-ge- und Mittelfinger.

»Okay, wir haben beide. Ich komm jetzt gleich aufs Präsi-dium.«

Horndeich kam ins Büro, und sogleich fragte er die Kollegin: »Hab ich da gerade Baaders Wagen auf dem Parkplatz gesehen?«

»Ja«, antwortete Margot. »Die beiden Skorpion-MPis sind erst gestern am späten Nachmittag aus Wiesbaden zurückgekommen. Er will uns einen Gefallen tun und sie sich heute noch genau anschauen. Und – was habt ihr gefunden?«

»Beide Leichen. Der eine ist mit ziemlicher Sicherheit Nollbröck; hat jedenfalls die Zahnlücke an der richtigen Stelle. Ob der andere Kadic ist, wissen wir noch nicht. Aber wir haben auch Projektile ausgebuddelt. Neun Millimeter. Ich wette, die stammen aus einer der Skorpion-MPis.«

»Super. Wir sollten dich bei der Hundestaffel einsetzen. Du hattest eindeutig den richtigen Riecher.«

»Dann sag deinem Spürhund mal, wer Susanne Grepper sein soll.«

Margot kam zu keiner Erklärung, denn Horndeichs Handy musizierte mal wieder auf Russisch.

Sie hatte zuvor das Foto mit der Demonstrantin eingescannt und die Lady mit dem T-Shirt vergrößert. Sie drehte den Bildschirm so, dass Horndeich die junge Frau sehen konnte.

»Horndeich«, meldete der sich gerade. Und sah aus dem Fenster.

»Ja. – Einen Kasten Bier. – Ja, ich bringe ihn dir heute noch vorbei. – Alles klar. Also, was hast du über die Grepper herausgefunden?«

Sein Gegenüber schien eine längere Erklärung abzugeben. Dann rief Horndeich »Was?« und wandte sich Margot zu. Sein Blick fiel auf den Bildschirm.

Er sagte nichts, sondern nickte Margot nur zu. Dann verabschiedete er sich, klappte das Handy zu.

»Das ist aber jetzt keine Zwillingsschwester, oder?«, fragte Horndeich, dem das Gesicht auf dem Bildschirm auch nicht unbekannt war.

Margot schüttelte den Kopf. »Susanne Grepper heiratete vor zwanzig Jahren einen Georg Bergmann. Und als sie seinen Namen annahm, hat sie dabei auch gleich ihren Rufnamen geändert. Das kommt nicht oft vor, aber man kann es machen. Nun ist sie seit fünf Jahren Witwe.«

»Und wie kommst du an das Foto der jungen Bergmann?«, wollte Horndeich wissen. »Und was hat es mit unserem Fall zu tun?«

Margot zauberte das nächste Foto auf den Bildschirm. Es zeigte die Greppert an der Hand von Derndorf. »Sie war auf derselben Demo, auf der auch Andreas Derndorf mitmarschierte. Mehr noch, die beiden demonstrierten Händchen haltend gegen AKW, Aufrüstung, Luftverschmutzung ... was auch immer.«

»Also kannten die sich schon sehr, sehr lange.«

»Ja.« Margot tippte mit dem Zeigefinger in eine Akte, die aufgeschlagen vor ihr stand. »Und hier ist was sehr Interessantes: Die Grepper alias Bergmann war laut Verfassungsschutz ebenfalls in einem Ausbildungslager in Syrien.«

»Auch 1976?«

»Genau. Zur selben Zeit wie Derndorf.«

»Wenn sie damals wirklich ein Pärchen waren ...«, überlegte Horndeich und starrte Margot an. »Du meinst, dann könnten Sie auch den Überfall gemeinsam durchgezogen haben?«

Margot wiegte den Kopf. »Ihr traue ich auf jeden Fall genug Intelligenz zu, so was auszubaldowern.«

»Und sie hatte ein richtig gutes Motiv, Derndorf um die Ecke zu bringen«, meinte Horndeich.

»Welches?«

Wieder russische Musik aus Horndeichs Handy. Er sah aufs Display, aber er schien die Nummer nicht zu kennen.

Er meldete sich mit »Horndeich«, nickte nur ein paar Mal, als könnte der Anrufer ihn sehen, und sagte dann: »Ich bin gleich da!«

»Was war das?«, fragte Margot, als er das Handy wieder einsteckte.

»Annas Nachbarin aus dem Haus gegenüber. Ich weiß nicht, ob ihr jemand was ins Essen getan hat. Aber sie sagt, dass da zwei Männer gerade in Seelenruhe Annas Wohnung ausräumen.«

»Hä?«

»Ja. Die haben einen Kleinlaster und tragen alles raus, inklusive der Möbel. Ich fahr sofort hin.«

»Sollen wir nicht lieber die Kollegen hinschicken?«

»Ne, ich mach das selbst. Ich kann ja immer noch Verstärkung anfordern.«

Mit diesen Worten war er auch schon verschwunden.

Der Mercedes-Kastenwagen hatte schon bessere Tage gesehen. Rost zierte die Kotflügel und die beiden offenen Hecktüren. Auf jeden Fall war der Transporter kein Leihwagen. Den T1 von Mercedes mit der typischen kurzen Haube sah man im Straßenbild ohnehin nicht mehr oft.

Dann entdeckte Horndeich den Schrank. Annas Wohnzimmerschrank. Er stand hinten im Wagen, von einigen Umzugskartons teilweise verdeckt. Als er genauer hinsah, machte er auch den Esstisch aus, der, seiner Füße beraubt, an der Seitenwand lehnte.

Und wenige schmerzhafte Herzschläge später sah Horndeich den Kühlschrank. Der schwebte über den Garagenvorplatz, in der Luft gehalten von vier muskulösen Männerarmen.

Horndeich konnte sich nicht helfen: Für einen Raub war das alles zu offensichtlich. So viel Frechheit konnte kaum jemand aufbringen.

Erst auf den zweiten Blick erkannte er einen der beiden Männer, die den Kühlschrank schleppten.

»Vlad?«

Der Angesprochene wandte den Kopf. Dann sagte er etwas zu seinem Kollegen, und sie stellen den Kühlschrank ab. »Steffen! *Privjet!*«, begrüßte er Horndeich, offenbar wirklich erfreut, das Auge des Gesetzes zu sehen.

Horndeich reichte Vlad die Hand. »*Privjet. Tscho ty delajesch sdieß?*«, fragte er den Mann auf Russisch. »Was machst du hier?«

»Steffen! Schön dich zu sehen! Wir haben uns lang nicht mehr getroffen«, wich er Horndeichs Frage aus. »Komm, machen wir eine Pause. Ich habe ein paar Brote dabei, drinnen steht ein Kasten Bier. Das ist Pjotr, ein Kollege von mir. Komm mit rein!«

Horndeich hatte Vladimir das letzte Mal im vergangenen Jahr gesehen. Annas Cousin aus Wetzlar und dessen Frau waren mit ihnen über das Heinerfest gegangen, und gemeinsam waren sie in einem Bierzelt versackt.

334

»Vlad, was machst du hier?«, wiederholte Horndeich seine Frage, während sie ins Haus gingen.

»Na ja, Anna sagte, du hast so viel zu tun, also hat sie mich gefragt, ob ich und Pjotr die Wohnung leer machen können.« Horndeich blieb im Flur des Hauses stehen. »Wieso die Wohnung *leer machen*? Geht's dir noch gut?«

Vlad war ebenfalls stehen geblieben, sah Horndeich an, sagte aber nichts.

»Hallo, du Komiker! Anna wohnt hier!«, sagte Horndeich erregt. »Also. Tragen wir das Zeug wieder rein!« Schon während er sprach, wurde Horndeich bewusst, dass die Sache so einfach nicht war. Wie kam Vlad an Annas Hausschlüssel? Nur ihre Cousine Lena in Wiesbaden und er selbst hatten außer Anna einen Schlüssel.

»Steffen, hör mal …« Die Verlegenheit war Vlad ins Gesicht gemeißelt. Er warf Pjotr einen Blick zu, sah dann wieder Horndeich an. »Mann, hat Anna dir nichts gesagt?«

»Was soll sie mir gesagt haben? Dass sie umziehen will? Sie ist doch in Moskau!«

Vlad sah Horndeich in die Augen, dann senkte er den Blick und schien seine Schuhspitzen zu betrachten. »Steffen … Ich dachte, sie hätte es dir gesagt. Ich meine … Ich dachte ihr hättet darüber gesprochen.«

Horndeich fühlte sich wie auf einem Faschingsball. Irgendjemand hatte ihn in das Kostüm eines Fragezeichens gesteckt. Wobei sich auch ohne Vlads nächste Worte die Verkleidung langsam zu einem Ausrufezeichen wandelte.

»Scheiße, du weißt es gar nicht!«

»Was weiß ich nicht?«

Vlad holte tief Luft, bevor er Horndeich mit der harten, grausamen Wahrheit konfrontierte. »Anna kommt nicht mehr zurück. Sie bleibt in Moskau. Sie hat ihren Job hier in Darmstadt gekündigt. Sie fängt Montag in Moskau im Krankenhaus an. Ihre Mutter – sie pflegt sie. Die alte Dame ist auf ihre Hilfe angewiesen. Annas Bruder, er hilft ihr dabei. Aber er ist ja immer im Ausland, du kennst ihn ja. Sie *muss* dort bleiben.«

Und was ist mit mir?, schrie es in Horndeich. Aber kein Laut kam über seine Lippen. Anna wollte aus seinem Leben verschwinden. Ohne Abschied. Einfach abhauen. Schluss, das war's! Nicht einmal ein »Danke für die schöne Zeit, du Trottel!«

»Steffen!«

Horndeich griff in seine Tasche. Nahm Wohnungs- und Hausschlüssel von Anna und löste sie von seinem Schlüsselbund. »Hier«, sagte er und legte sie in Vladimirs Hand.

»He, Steffen, sie kann nicht anders«, sagte Vlad. Aber seine Worte erreichten nur Horndeichs Trommelfelle. Das Gehirn machte Pause.

»Leb wohl«, sagte er, drehte sich um, verließ das Haus und stieg in seinen Wagen. Er fuhr über die Heinrichstraße davon.

Und seine Gedanken fuhren Achterbahn. Er registrierte nicht, wohin er den Wagen lenkte. Als er das nächste Mal die Umgebung bewusst wahrnahm, rollte er Richtung Lichtwiese. Er fuhr den Wagen auf einen der Abstellplätze, die unter der Woche von den Autos der Studenten und Lehrkräfte zugestellt waren. An diesem Tag und um diese Uhrzeit, am Samstagmittag, war er allein auf dem Parkplatz.

Horndeich stieg aus, spürte gar nichts, weder die Sonne noch die Hitze. Er griff zum Handy und wählte Annas Handynummer. Pfeif auf die Kosten! Kein Freizeichen. Anna ging sofort dran.

»Steffen! Schön, dass du anrufst.«

»Ich habe gerade Vlad getroffen. Und deinen Kühlschrank.«

Anna antwortete nicht. Erst nach Sekunden sagte sie leise: »Steffen.« Mehr nicht.

Eben noch war Horndeich wütend gewesen wie ein Stier in der Arena, doch auf einmal war alle Aggression verpufft. Er hatte sie anschreien, seine Wut und seine maßlose Enttäuschung herausbrüllen wollen. Aber er brachte kein Wort heraus. Der Klang ihrer Stimme hatte ihm den Mund versiegelt.

»Steffen, sie wird nie wieder gesund«, hörte er sie sagen. »Sie wird sterben. Und ich kann sie hier nicht allein lassen. Es geht nicht.«

Er wusste es ja. Er kannte seine Anna. Und er wusste, die einzige Möglichkeit, dass sie zu ihm zurückkommen würde, war die, dass er noch kränker als ihre Mutter wurde. Dass sie *ihn* hätte pflegen müssen.

»Es gibt hier keine Heimplätze«, fuhr sie fort. »Es ist nicht so wie bei euch.«

Wieder ein Stich. *Wie bei euch*, hatte sie gesagt. Nicht *wie bei uns*. Er hatte immer gespürt, dass ihre Wurzeln in Darmstadt, in Deutschland nur ganz zart waren. Die, die bis nach Moskau reichten, die waren viel stärker. Und sie steckten sehr, sehr tief in der mütterlichen Erde.

»Kommst du zurück?«, fragte er zaghaft.

Es dauerte, bis sie ihm antwortete. »Ich weiß es nicht. Ich weiß nicht, ob ich den Sprung noch mal schaffe. Jetzt muss ich erst mal für meine Mutter da sein. Muss meine Wünsche zurückstecken.«

Das Schlimme war, dass Horndeich ihr jedes Wort glaubte. Und wusste, dass sie genauso litt wie er.

»Dann leb wohl, Anna.« Er brachte den Satz kaum über die Lippen. Aber es war alles gesagt. Jedes Duell von Worten – es wäre Spiegelfechterei gewesen.

»Steffen. Ich liebe dich«, sagte sie.

Er drückte die Auflege-Taste und kappte damit die Verbindung. Und beendete mit dieser winzigen Bewegung wie mit einem Fingerschnippen eine Beziehung, eine Liebe, die kaum je eine wirkliche Chance gehabt hatte.

Er wollte weinen.

Er wollte schreien.

Aber die Augen blieben trocken. Und der Mund geschlossen.

Er fühlte sich gänzlich leer.

Stieg wieder in den Wagen und lenkte ihn zurück auf die Straße.


»Nett haben Sie es hier«, hörte Margot Helena Bergmann sagen, als ein Beamter sie an ihrem Büro vorbei ins Verhörzimmer geleitete. »Von außen sieht der Bau ja nicht gerade einladend aus.«

Horndeich starrte Löcher in die Luft.

»He, alles in Ordnung? Magst du mir nicht sagen, was los ist? Haben sie bei Anna eingebrochen oder nicht?« Ihr Kollege hatte kein Wort gesagt. Irgendwie musste der Haussegen ganz schön schief hängen. Wenn Margot auch nicht ganz klar war, wie das über die Entfernung nach Moskau funktionieren sollte.

»Willst du nicht lieber nach Hause fahren?«

»Bloß nicht. Komm, lass uns jetzt erst mal die Bergmann auseinandernehmen.«

»Na ja, auseinandernehmen wird wohl nicht gehen. Wir haben ja nicht wirklich viel in der Hand. Aber mich würde schon interessieren, was sie dazu sagt, dass sie Derndorf schon seit über dreißig Jahren kennt.« Sie stand auf. »Komm, Kollege, los geht's.«

So blass hatte Margot ihn noch nie gesehen.

Baader winkte aus seinem Büro heraus. »Ah, ihr beiden, kommt mal her, ich hab was für euch!«

»Nachher!«, entgegnete Margot. »Jetzt müssen wir erst mal mit der Bergmann reden!«

»He, ich will auch endlich mal Feierabend machen und wenigstens ein Stückchen Wochenende genießen!«

»Kriegst du. In zehn Minuten sind wir durch mit ihr.«

Margot und Horndeich betraten den Verhörraum.

Sie sah gut aus, das musste Margot ihr zugestehen. Und sie gab sich ungeheuer selbstsicher, ganz Politikerin. »Nett, dass Sie gleich zu uns gekommen sind. Wir hätten da noch ein paar Fragen.«

»Nun, wenn man der Polizei helfen kann, die bösen Jungs zu schnappen – das gehört ja wohl zu den Pflichten eines jeden Bürgers und einer jeden Bürgerin. Wie kann ich Ihnen helfen?«

»Frau Bergmann«, sagte Horndeich, »Sie waren auf der Durchreise von Marburg nach Stuttgart, als Sie an der Raststätte Gräfenhausen West gehalten haben.«

»Ja. Aber das wissen Sie ja bereits. War das Ihre Frage?«

»Nun, ich würde gern wissen, wer den Wagen gefahren hat«, sagte Margot.

»Ich. Aber auch das wissen Sie schon.« Sie ließ sich nichts anmerken, antwortete völlig emotionslos.

»Wie lange kannten Sie Andreas Derndorf?«

Wieder keine Emotion. »Lassen Sie mich kurz nachdenken.

Er hat vor sieben Jahren bei uns angefangen ... Ich denke, ich habe ihn in dem Jahr davor kennengelernt.«

»Wo?«

»Das weiß ich nicht mehr genau. Hat er uns angeschrieben? Oder habe ich ihn auf einer Veranstaltung kennengelernt? Stimmt, ich glaube, als wir damals durch Darmstadts Vororte getingelt sind, hat er mich angesprochen. Aber ich kann es nicht mehr sagen. Ich erinnere mich nur, dass er sich bei uns beworben hat. Als Sekretär.«

»Hatte er gute Referenzen?«, hakte Margot nach.

»Ich nehme es an, sonst hätte ich ihm den Job kaum gegeben. Wenn Sie das wirklich interessiert – wenn ich auch nicht ganz nachvollziehen kann, weshalb –, dann kann ich Ihnen die Unterlagen gern zukommen lassen. Aber ich habe irgendwie immer noch den Eindruck, dass das nicht der Grund ist, weshalb Sie mich am Wochenende hierherzitieren.«

»Sagt Ihnen der Name Jaromir Kadic etwas?«

»Nein. Nie gehört. Wer soll das sein?«

»Thorsten Nollbröck?«

»Nein, ebenfalls nicht.«

»Roland Jüst?«

»Nein.«

»Wussten Sie, dass Andreas Derndorf an einem Raubüberfall beteiligt war?«

Die Bergmann verzog keine Miene. »Nein. Woher? Wann denn?«

»Im Januar 1980.«

»Sie geben mir Rätsel auf. Sie untersuchen doch den Mord an Joana Werder. Die muss damals ein Baby gewesen sein. Was hat ein Überfall von 1980 mit ihr zu tun – und was habe *ich* damit zu tun? Damals kannte ich Herrn Derndorf noch gar nicht.«

»Auf Joana Werder ist mit denselben Waffen geschossen worden, die auch bei dem Überfall verwendet wurden«, sagte nun Horndeich.

»Was habe ich damit zu tun?«, wiederholte die Bergmann immer noch freundlich. Die Fassade hatte noch keine Risse bekommen. Stabiler als der Putz von Margots Häuschen. Da

Rainer endlich öfter daheim sein würde, könnte er sich dieses Problems einmal annehmen …

Margots Gedanken waren kurz abgeschweift. Sie konzentrierte sich wieder auf ihr Gegenüber. »Wissen Sie, Frau Bergmann: Jetzt, da wir wissen, wonach genau wir suchen, finden sich die Dinge viel schneller. Etwa in Ihrer Vergangenheit, die Sie mit Andreas Derndorf verbindet.«

»Ich wiederhole mich nur ungern: Ich kannte Herrn Derndorf erst seit etwas mehr als sieben Jahren!« Ihre Stimme war auf einmal scharf geworden. Wie die eines Politikers, der bei einer Lüge ertappt worden war und es zum dritten Mal abstritt.

Margot legte ihr das Foto vor, auf dem Andreas Derndorf ihre Hand hielt. »Erkennen Sie ihn?«

»Wen?«

»Hallo? Erde an Bergmann!«, schaltete sich Horndeich wieder ein. »Von wem reden wir denn hier die ganze Zeit?«

»Herr Derndorf? Das soll Andreas Derndorf sein?«

»Ja«, sagte Horndeich. »Der Mann, der Ihre Hand hält, das ist Andreas Derndorf.«

»Meine Hand? Wow. Wie Sie die erkannt haben. Ich erkenne nicht mal mein Gesicht auf dem Bild. Sie sind ein Schmeichler!«

Margots Erfahrung nach konnte Zynismus auch ein Hinweis darauf sein, dass ein Verdächtiger die Contenance verlor. Obwohl – und in dieser Hinsicht musste sich Margot vorsehen – die Bergmann offiziell noch nicht verdächtigt wurde.

Sie legte ihr ein weiteres Foto vor. »Ich finde, hierauf sind Sie viel vorteilhafter getroffen, Frau Bergmann.«

Helena Bergmann ignorierte das zweite Bild, griff nochmals nach dem ersten. »Nein, das glaub ich ja nicht. Das ist ja tatsächlich Andy! Das war mir gar nicht klar, dass ich ihn damals schon kannte.«

»Da haben wir was gemeinsam«, erklärte Margot. »Ich glaub's nämlich auch nicht.« Sie starrte die Bergmann an. »Sie beide wurden eine ganze Zeitlang vom Verfassungsschutz beobachtet. Sie beide hatten Kontakte zu den Revolutionären Zellen.«

»Andy …« Die Bergmann tat, als würde sie Margot gar nicht hören, und gab sich verzückt überrascht, mit verklärtem Lächeln im Gesicht. »Ja, war eine schöne Zeit damals, wenn wir auch nicht viel vom wirklichen Leben wussten. Andy. Wir haben uns ein paar Mal auf Demonstrationen gesehen. Ich wäre ja nie darauf gekommen, dass Andy und Andreas Derndorf …«

»Na ja, Sie haben doch auch die politische Kehrtwende um hundertachtzig Grad geschafft«, meinte Horndeich.

Sie schaute auf und durchbohrte ihn mit einem Blick aus Eis. »Herr Kommissar Steffen Horndeich!«, sprach sie ihn an, um zu zeigen, dass sie ganz genau wusste, mit wem sie es zu tun hatte und über wen sie sich beschweren würde. »Vielleicht können wir uns einfach die Polemik sparen. Ich bin freiwillig hier, und ich habe nicht die Absicht, mich hier von Ihnen beleidigen oder anderweitig vorführen zu lassen.«

Horndeich entgegnete nichts.

Helena Bergmann fixierte Margot. »Ja, der junge Mann, den Sie mir gerade gezeigt haben, den kannte ich, allerdings nur unter dem Namen Andy. Revolutionäre Zellen – was ein Quatsch! Wir haben auf Demonstrationen ein wenig Räuber und Gendarm gespielt. Jugendsünden, nichts, was man heute noch ernst nehmen könnte.«

»Auch nicht die Terror-Ausbildung in Syrien?«, fragte Horndeich. »Ein paar Wochen mal *richtig* Räuber und Gendarm spielen. Mit echten Waffen.«

»Herr Horndeich …«

»Auch da lernt man was fürs Leben«, fuhr er ungerührt fort. »Schießen zum Beispiel.«

»Ich weiß nicht, worauf Sie hinaus wollen.«

»Sie und Derndorf verband ein bisschen mehr als nur drei Demos«, hielt er ihr vor. »Sie haben beschlossen, das, was Sie im Lager gelernt hatten, auch für das eigene Auskommen einzusetzen. Sie planten den Überfall auf einen Werttransport. Schickten Derndorf vor, der Jüst ausfindig machte. Damals in Köln. Wo übrigens diese Fotos entstanden sind. Und Derndorf organisierte auch einen Fahrer und einen Autoknacker. Sie haben das Ganze von langer Hand geplant. Bis zum Schluss. Der Überfall war fast perfekt gelaufen. Abgesehen davon, dass einer

341

der Fahrer den Helden spielen wollte, weil er nicht – wie Jüst – eingeweiht war. Derndorf hat ihn erschossen. Sie haben die Klunkern im Mausoleum auf der Rosenhöhe versteckt. Guter Ort, kam im Winter niemand hin. Nollbröck hat das Schloss geknackt – ein Leichtes für ihn.«

Helena Bergmann starrte ihn fassungslos an. Und wurde bleich im Gesicht.

»Aber dann kam Plan B«, fuhr Horndeich fort. »Nollbröck war durch seine Drogensucht zur Gefahr geworden. Doch Kadic hätte nie zugelassen, dass seinem Freund ein Haar gekrümmt wird. Also haben Sie beide erschossen. Praktisch, dass Derndorf damals als Baggerfahrer auf der Rosenhöhe arbeitete. Die Leichen haben wir heute ausgegraben.«

»Das ... das alles ...«, stammelte sie, dann straffte sie ihre Haltung, holte einmal tief Luft und erklärte mit fester Stimme: »Das alles ist eine nette Geschichte. Oder vielmehr eine traurige. Aber sie hat einen Fehler: Meine Person taucht fälschlicherweise darin auf.«

Horndeich ließ sich nicht beirren. Und Margot fragte sich, ob es gut war, dass er die Theorie so detailliert ausbreitete. »Nachdem Thorsten Nollbröck tot war, mussten Sie selbst das Schloss im Mausoleum aufbrechen. Und die Diamanten rausholen.«

»Ich dachte, Nollbröck hätte das Schloss bereits geknackt!«, hielt Helena Bergmann dagegen.

»Ja, das war für Sie damals ein Problem«, erklärte Horndeich. »Er hat das alte Schloss mit Leichtigkeit aufbekommen und dann den Zugang mit einem neuen Schloss wieder zugesperrt, damit niemand an die Beute herankommt. Dummerweise hatte nur er den Schlüssel. Und als Sie und Derndorf ihn erschossen haben, fanden Sie ihn nicht bei ihm. Also haben Sie das Tor mit Gewalt aufbrechen müssen.«

Die Bergmann schüttelte den Kopf. »Ich kann nur wiederholen, dass das eine sehr traurige Geschichte ist, in die Herr Derndorf – Andy – da offensichtlich verstrickt war. *Wenn* sie wahr ist. Aber selbst dann hat sie nichts mit mir zu tun.«

Es klopfe an der Tür.

Margot öffnete sie einen Spalt, lugte hinaus. »Jetzt nicht«, sagte sie, nachdem Baader erneut den Wunsch angemeldet hatte, nach Hause zu fahren und ins Restwochenende zu gehen.

»Ich habe Kindergeburtstag«, jammerte er. »Wenn noch was ist, könnt ihr mich anrufen. Aber nicht vor 18 Uhr.«

Da hatte Margot ein Einsehen und nickte. »Also gut. Wir rufen an.«

»Aber nicht vor 18 Uhr«, wiederholte Baader noch mal mahnend.

»Wir werden es den Gangstern sagen, damit sie sich bis dahin zurückhalten«, versprach Margot und schloss die Tür.

»Alles lief wunderbar«, hörte sie Horndeich zu Helena Bergmann sagen, »bis plötzlich vor acht Wochen Joana Werder anfing, im Dreck zu wühlen.«

Wenigstens nennt er sie Joana, dachte Margot, die besorgt feststellte, wie Horndeich zunehmend lauter wurde. Als ob jemand konstant auf der Fernbedienung den *Volume*-Knopf drückte.

»Joana hatte Derndorf ausfindig gemacht, auch wenn sie zu dem Zeitpunkt noch nicht wusste, mit wem sie da eigentlich sprach«, fuhr er fort. »Aber Derndorf bekam Schiss. Und Sie ließen Joana beschatten. Dann machte sie den Fahrer des Werttransports, Roland Jüst, ausfindig. Und jetzt begann das Ganze für Sie gefährlich zu werden. Denn vielleicht würde sie aus Jüst herausbekommen, dass er Derndorf kannte. Also musste Joana sterben.«

»Warum?« Helena Bergmann schien sich auf das Spiel einzulassen. Margot spürte, wie es unter der ruhigen Fassade der Politikerin ebenfalls zu brodeln begann.

»Warum?«, äffte Horndeich sie nach. Und schlug mit der flachen Hand auf den Tisch. »Weil Sie plötzlich Ihre Karriere gefährdet sahen. Selbst wenn es Derndorf war, der damals den Fahrer umgebracht hat, und Sie straffrei ausgegangen wären, weil der Raubüberfall als solcher verjährt war – Sie hätten alles verloren! Eine Parteivorsitzende, die der Kopf einer Gangsterbande war – schlechte Publicity. Ganz schlechte Publicity. Hessischer Landtag – ade!«

Die Bergmann lächelt nur süffisant.

Horndeich ließ nicht locker. »Sie haben Derndorf gezwungen, bei dem Mord an Joana Weber mitzumachen, denn Sie hatten ihn in der Hand: Er hatte den Beifahrer des Wachtransports auf dem Gewissen, und Sie wussten das. Und Sie wussten auch: Mord verjährt nicht. Sie bestellten Joana zur Raststädte Gräfenhausen West, indem sie sich als Journalist ausgaben. Wenn wir Ihre Wohnung durchsuchen, finden wir sicher auch das Gerät, durch das Sie Ihre Stimme am Telefon verstellt haben. So einen Stimmverzerrer kann man ja ganz leicht im Internet bestellen. Derndorf brachte die Waffen mit und schlug schon am Tag vorher eine Schneise ins Gestrüpp, damit er gut ans Ende der Einfädelspur gelangen konnte. Aber als er dann sah, was er angerichtet hatte, als er sah, wie Joana auf die Autobahn lief und was dann geschah, wie ihr Körper mitgerissen und zerfetzt wurde, und als er die vielen völlig Unbeteiligten sah, die zu Schaden kamen, die schwer verletzt wurden und teils sogar ihr Leben verloren, da meldete sich bei ihm das Gewissen!«

»Horndeich«, sagte Margot mit sanfter Stimme; Horndeich hatte sich in Rage geredet, und er schrie die Bergmann geradezu an.

»Jetzt rede ich!«, fauchte er, und sein Gesicht rückte bedrohlich dicht an das von »Fräulein Saubermann« heran. Die jedoch wich keinen Millimeter zurück.

»Derndorf rief Sie an, nachdem er ein paar Gläser Whisky gekippt hatte. Sagte, er müsse mit Ihnen reden. Er sehe immer wieder das Bild dieser jungen Frau, wie sie auf die Autobahn läuft, um dort vom nächsten Wagen erfasst und mitgerissen zu werden. Sie kamen zu ihm, und er hat Ihnen vertraut, und deshalb ließ er Sie auch in die Wohnung. Doch Sie ... Ein Mord reichte Ihnen nicht: Sie haben ihn hinterrücks erschlagen. Die KTU hat bestätigt, dass an der Statue, die Sie ihm auf den Kopf schlugen, Blutreste klebten, und zwar Blut von Andreas Derndorf. Als er bewusstlos war oder auch schon tot, da haben Sie ihm den Revolver in die Hand gedrückt, ihm den Lauf in den Mund gesteckt und ihm den Hinterkopf weggeblasen, um so einen Selbstmord vorzutäuschen.«

Bergmanns einziger Kommentar zu diesen grausamen Schilderungen war: »Ihre Theorien werden immer abenteuerlicher.«

»Horndeich!« Margot fühlte sich wie eine Mama, die den Zornausbruch eines Vierjährigen stoppen wollte.

»Nein, Frau Hesgart, lassen Sie Ihren Kollegen doch ausreden«, sagte die Bergmann ganz ruhig. »Je mehr ich hier zu hören bekomme, desto interessanter finde ich die Geschichte. Sobald Herr Horndeich aus dem Polizeidienst entlassen ist, macht er sicherlich Karriere als Drehbuchschreiber und ...«

Die nächste Gemeinheit konnte sie nicht mehr vorbringen, denn sie musste niesen. Margot war sicher, dass Horndeich ein paar Tröpfchen abbekam, aber auch er wich keinen Millimeter zurück.

»Entschuldigen Sie bitte.« Die Bergman zückte ein Papiertaschentuch, schnäuzte sich – ganz ladylike vornehm leise –, dann erhob sie sich und warf das Tempo in den Abfalleimer.

Horndeich richtete den Zeigefinger auf sie, als wäre es eine Klinge, mit der er sie erdolchen wollte. »Sie haben einen Fehler gemacht: Sie haben Derndorf die Waffe in die falsche Hand gedrückt. Er war Linkshänder.«

Helena Bergmann setzte sich wieder.

Horndeich stützte sich mit beiden Armen auf der Tischplatte ab, während er sich zu der Bergman vorbeugte, um ihr erneut auf den Pelz zu rücken. »Und das, werte Frau Bergmann, das werde ich Ihnen nachweisen!«

Margot rollte die Augen. Was war in ihren Kollegen gefahren? Sie hatten doch noch gar nichts in der Hand gegen die Frau.

»Sehr geehrter Herr Horndeich«, sagte die Bergmann in ruhigem, aber bestimmtem Ton, »ich finde Ihre kleine Räuberpistole – rein literarisch gesprochen – recht interessant. Bleibt nur die Frage, ob es vielleicht irgendein Indiz gibt, das mich in Verbindung mit irgendeinem der von Ihnen aufgezählten Verbrechen bringt. *Nur* ein Indiz. Von Beweisen will ich gar nicht reden. Denn ich bin mir absolut sicher, dass es die nicht gibt ...« Ihr Tonfall wurde schärfer. »Weil ich nichts mit der ganzen Sache zu tun habe!«

Horndeich schwieg.

»Also kein Indiz?«, fragte sie.

Noch immer schwieg Horndeich.

345

»Gut. Dann gehe ich jetzt nach Hause.«

Sie erhob sich. Ging zielstrebig auf die Tür zu.

Horndeich starrte ins Leere.

Margot öffnete die Tür für Frau Bergmann.

»Danke, ich finde allein heraus. Und bevor Sie mich das nächste Mal hierherzitieren – kontaktieren Sie doch bitte vorher meinen Anwalt. Herr Dr. Sebastian Frank. Finden Sie im Telefonbuch. Ich glaube, das spart uns allen viel Zeit.«

Margot begleitet sie dennoch bis ins Treppenhaus und verabschiedete sich dort von ihr mit den Worten: »Ich habe Ihre Politik immer so verstanden, dass die Polizei gerade bei einem Gewaltverbrechen jeder noch so winzigen Spur nachgehen sollte.«

»Meine Politik ist es, dass die Polizei effektiver gegen Straftäter vorgehen sollte«, entgegnete Helena Bergmann ungehalten, »nicht gegen unbescholtene Bürger!« Und sie setzte noch eins drauf: »Außerdem geht Ihr Kollege keiner Spur nach – er erzählt frei erfundene Geschichten, die jeder Grudlage entbehren!«

Margot ging wieder zurück in den Verhörraum. Sie wollte Horndeich so gründlich zusammenfalten, dass er in einen Briefumschlag passte. DIN-C-7. »Sag mal, bist du noch ganz bei Trost?«, legte sie los und wunderte sich darüber, wie schrill ihre Stimme werden konnte.

Horndeich wandte sich zu ihr. Margot wollte jetzt so richtig loslegen. Sie kochte vor Wut.

Doch etwas ließ sie innehalten.

Es war die Träne, die Horndeichs Wange hinablief.

Sie hatte ihren Kollegen noch nie weinen sehen.

»Sie kommt nicht mehr zurück«, sagte er. »Sie bleibt in Moskau.«

Horndeich hockte hinter seinem Schreibtisch und versuchte, die Aktenberge zu sortieren, sie so zu gruppieren, dass die Papiere und Mappen, die zusammengehörten, auch zusammenlagen.

Margot hatte ihm Trost spenden wollen, doch damit war sie gründlich gescheitert. Sie hatte sogar einen Arm um ihn legen wollen, doch er war zurückgezuckt. Er hatte ihr gesagt, sie solle nach Hause gehen. Zu Rainer. Mit ihm im Garten feiern.

346

Sie war gegangen, und das war der größte Gefallen gewesen, den sie ihm hatte tun können.

Die Akten waren ein 3-D-Puzzle, und er konnte es nicht lösen. Es war schlimmer als eine Golf-Reparatur mit einer Anleitung auf Schwedisch. Die Papierberge verheimlichten hinterhältig, was sie an Wissen verbargen. Horndeich wusste, der Beweis, die kleine Winzigkeit, die Helena Bergmann überführen konnte, war irgendwo in einer dieser Mappen verborgen und harrte seiner Entdeckung.

Er war sich sicher, dass Helena Bergmann verantwortlich für den Tod von Joana Werder war. Und wahrscheinlich auch für den von Jaromir Kadic und Thorsten Nollbröck. Und ganz sicher für den Tod von Andreas Derndorf.

Zu gern hätte er etwas in der Hand gehabt, um damit ihre arrogante, überhebliche und unerträgliche Selbstsicherheit niederzureißen. Aber er hatte nichts, was er gegen sie ins Feld führen konnte. Und so würde sie ohne eine Strafe davonkommen.

Dieses elende Miststück, diese miese Schlampe!

Er dachte an Anna, die ihn dafür gerügt hätte, hätte er die Bergmann so bezeichnet...

Anna.

Annaannaannaannaannaanna...

Erst grollte der Donner leise, dann immer lauter. Bis der Kloß im Hals den Weg freigab und der Schrei sich seinen Weg bahnte.

Seine Hände setzten an der rechten Seite des Schreibtisches an und fegten alle Ordner mit einem »Wusch« nach links, wo sie wie die Klippenspringer in die Tiefe stürzten, nur nicht annähernd so elegant.

Der Blick auf das Chaos auf dem PVC-Boden neben seinem Schreibtisch brachte Horndeich augenblicklich zur Räson.

Fenskes Kollege Jörg Asdeff steckte den Kopf zur Tür herein. »Ist alles in Ordnung?« Eine dumme Frage. Eine saudämliche Frage. Die Akten ächzten ein stummes »Nein«.

»Schon okay. Alles okay. Hab alles im Griff.« Außer mir, fügte Horndeich in Gedanken hinzu.

»Na, dann bin ich ja beruhigt. Kann ich helfen?« Asdeff war Assistent von Fenske und übernahm dessen Job komplett, während Otto Fenske krankgeschrieben war. Zumindest dann, wenn Horndeich es zuließ. Doch Asdeff schien es ihm nicht übel zu nehmen, dass Horndeich den Chef höchstselbst zu dem Fall hinzugezogen hatte.

Horndeich antwortete nicht auf Asdeffs Frage und kümmerte sich um die Papiere, Mappen, Schnellhefter und Ordner am Boden. Hob sie wieder auf den Tisch. Baute neue Türmchen. Unsortiert, ungeordnet. Gott regiert die Welt, das Genie aber regiert das Chaos.

Asdeff begriff das Sortiersystem schnell und ging Horndeich zur Hand. »Ich wollte sowieso gerade zu Ihnen kommen.«

»Sie brauchen sich nicht zu entschuldigen«, grummelte Horndeich.

»Ich entschuldige mich doch gar nicht«, verteidigte sich Asdeff. »Ich bin froh, dass Sie noch da sind. Ich hab die Fingerabdrücke verglichen, die die KTU an dieser komischen Bronzestatue gefunden hat.«

Horndeich hielt in der Bewegung inne, den schweren Leitzordner in beiden Händen.

»Interessiert Sie das nicht?«, fragte Asdeff.

»Doch, doch, doch«, versicherte Horndeich. »Schießen Sie los!«

»Die haben mehrere Fingerabdrücke gefunden. Ich hab sie gecheckt. Drei stammen von dem Pfandleiher, vier wahrscheinlich von dem Obdachlosen, der ihm die Statue angedreht hat, denn die sind so wie die des Pfandleihers gut erhalten. Aber da ist ein Teilabdruck, der ist grottenschlecht. Iss leider nix zu machen. Die KTU sagt, das sieht so aus, als ob jemand die Statue abgewischt hat, bevor besagter Obdachloser und besagter Pfandleiher sie anfassten. Zwar nicht ganz gründlich – derjenige war vielleicht in Eile –, aber der halbe Abdruck, da glaub ich, ist nicht viel zu machen.«

»Danke«, brummte Horndeich. »Und danke, dass Sie mir … bei den Akten geholfen haben.«

»Gut, dann gehe ich jetzt auch«, sagte Asdeff. »Will mit meiner Freundin noch aufs Schlossgrabenfest.«

»Na, dann viel Spaß.« Horndeich schaffte es irgendwie, dass der Wunsch wenigstens halbwegs aufrichtig klang. Das hatte auch er mal vorgehabt: mit der Freundin aufs Schlossgrabenfest. Aber das lag Jahrhunderte zurück.

Horndeich widmete sich weiter dem Zurückschichten der Akten.

Als er sich gerade bückte, dudelte das Telefon.

Anna, dachte er für den Bruchteil einer Sekunde. Aber es war Margots Apparat. Ein Blick aufs Display. Er kannte die Nummer nicht.

»Horndeich, K10, guten Tag.«

»Hallo, Horndeich. Paul hier. Die ganze Kinderbande hockt vor der Glotze. Ich bin fix und fertig. Ich glaub, all die harten Jungs bei der GSG9 machen ihren Job nur, damit sie eine gute Ausrede haben, nicht auf Kindergeburtstage zu müssen. Ich find echt, das ist Frauensache.«

Dazu konnte Horndeich nichts sagen. Und ohne Anna wohl auf lange Sicht nicht.

»Äh … ja, ich wollte nur noch mal nachfragen, ob ihr meine Ergebnisse heut noch braucht.«

»Welche Ergebnisse?«, fragte er den Mann von der Spurensicherung.

»Na, ich hab doch die beiden Skorpion-Maschinenpistolen noch mal in ihre Einzelteile zerlegt und mit der Lupe abgesucht, wie es die Chefin wollte.«

»Und warum erfahr ich das erst jetzt?«, blaffte Horndeich.

»He, mach mal halblang!«, beschwerte sich Paul Baader. »Ich wollt das vorher noch unser aller Chefin berichten. Aber ihr habt euch ja zuerst mit dieser Politik-Tante rumstreiten müssen. Und ich musste zu dem Kindergeburtstag. Ich find das auch nicht fair – erst schnell-schnell, kannst du nicht noch am Samstag, und jetzt interessiert sich keine Sau mehr dafür.«

»Schon gut, Paul, Sorry. Nicht so mein Tag heute«, beschwichtigte Horndeich und fragte sich, wer ihm wohl den Pokal für die Untertreibung des Tages überreichen würde. »Also, was hast du den Waffen entlockt?«

»In Anbetracht der Tatsache, dass heute nicht dein Tag ist, kriegst du gleich die Antwort ohne Schnörkel. Sie lautet: Rotz.«

»Wie – *Rotz*?«

349

»Die Waffen waren pikobello gereinigt. Richtig sauber. Aber die Skorpion ist halt eine Waffe, die ausschließlich auf Robustheit ausgelegt ist. Nicht ganz so gelackt und stromlinienförmig wie ein Entwurf von Luigi Colani. Tja, und deshalb hat sich der Täter verewigt. In einer der Ritzen war Rotz. Nicht viel. Da hat wohl jemand einen üblen Schnupfen gehabt.«

»Rotz, sagst du?«

»Ja. Als der Täter den Abzug gezogen hat, hat er wohl voll auf die Waffe genießt. Und in der einen Ritze ist trotz der Reinigung was hängen geblieben. *Die ganze Waffe ist gereinigt? Nein! Ein kleiner, unbeugsamer Popel ...* Um mit Asterix zu sprechen.«

»Rotz!«, rief Horndeich begeistert. »Rotz! Rotz!«

»Du scheinst dich zu freuen.«

»Und ob!«, entgegnete Horndeich. »Die Bergmann hat Heuschnupfen!«

»Ja, aber das muss kein Heuschnupfen sein. Das Sekret hab ich heute Mittag gleich noch zum LKA geschickt, die machen 'ne DNA-Analyse. Ich hab denen sogar gesagt, dass es dringend ist, weil Margot so einen Druck gemacht hat.«

»Bleib dran!«, blaffte Horndeich

Er legte den Hörer beiseite, ging ins Vernehmungszimmer und marschierte schnurstracks auf den grünen Abfalleimer zu.

Mit Latexhandschuhen nahm er den einzigen Bewohner aus dem Eimer. »Hab dich.« Er grinste. Und ließ das Papiertaschentuch, in das sich Helena Bergmann zuvor geschnäuzt hatte, in ein durchsichtiges Plastiktütchen fallen.

Er ging zurück zum Telefon. »Paul, warn die Jungs in Wiesbaden vor – ich glaub, ich hab die passende Vergleichsprobe. In einer halben Stunde bin ich beim LKA – dann haben wir in ein paar Stunden das Ergebnis.«

Er setzte sich in einen der Streifenwagen, schaltete das Blaulicht ein und jagte vom Hof.

Der Samstag hatte den Vorteil, dass die Autobahn nicht ganz so voll war. Die Kollegen von der Kriminalwissenschaftlichen und -technischen Abteilung erwarteten ihn bereits.

»Herr Baader hat Sie angekündigt – sind Sie mit dem Hubschrauber gekommen?«, fragte ihn die Assistentin des Labors.

Horndeich griente. »Nein, mit dem Benz geflogen.« Er überreichte der guten Frau das Papiertaschentuch. »Hier – Rotzfähnchen in der Tüte. Wär nett, wenn Sie das vorziehen können – wenn die beiden Proben übereinstimmen, können wir die Täterin ... die *mutmaßliche* Täterin möglicherweise heute noch einsacken.«

»Aber Sie wissen schon, dass das vier Stunden dauert.«

»Je schneller, desto besser. Bitte rufen Sie mich direkt an, ja?« Horndeich hielt ihr ein Kärtchen hin. »Ich sitze neben dem Telefon und warte auf Ihren Anruf.«

»Gut, gut. Wenn Sie nichts anderes mit ihrem Samstag anzufangen wissen ...«

Horndeich erwiderte nichts. Der Plan fürs Wochenende hatte auch für ihn mal ein wenig anders ausgesehen.

Aber er wollte die Bergmann.

Und das noch an diesem Tag.

Den Weg nach Darmstadt zurück ließ er langsamer angehen. Gleich, nachdem er wieder das Büro betreten hatte, machte er sich daran, auch die restlichen Unterlagen, Mappen, Schnellhefter und Ordner wieder auf seinem Schreibtisch zu Türmchen aufzuhäufen. Kurz kam ihm der Gedanke, welchen Eindruck wohl ein Kollege bekommen hatte, der in der vergangenen Stunde in das Büro gekommen war. Aber es war ihm egal.

Horndeich überlegte, ob er Margot anrufen sollte. Doch er wollte erst abwarten, ob die beiden Proben übereinstimmten. Er ging dazu über, die Papierberge wieder zu sortieren.

Als er das nächste Mal auf die Uhr sah, war es bereits nach sieben. Die Papiertürme sahen wieder genauso aus wie vor seinem erdbebenmäßigen Zornesausbruch. Sisyphos ließ grüßen.

Dreieinhalb Stunden zuvor hatte Horndeich das Papiertaschentuch in Wiesbaden abgeliefert. Er starrte das Telefon an. Hatte die Labortruppe doch schon Feierabend gemacht? Er zögerte, überlegte, ob er selbst anrufen sollte. Wenn die Kollegen aber noch daran arbeiteten, würde sein Anruf bestimmt nicht gerade motivierend auf sie wirken. Zumindest würde er seinen ohnehin schrumpfenden Freundeskreis auf diese Weise nicht erweitern.

Bei drei rufe ich an, dachte er. Und begann zu zählen.

351

Eins.

Zwei.

Zweieinhalb.

Zweidreiviertel.

Als er bei zwei 865 Tausendstel angekommen war, tat das Telefon ihm den Gefallen und dudelte.

»Horndeich, Polizeipräsidium Südhessen K10.«

»Bevor ich mich jetzt ins Wochenende verabschiede, habe ich für Sie noch eine gute Nachricht: Die Proben stimmen überein.«

»Bingo!« Mit einem Mal nahm Horndeich die Sonne wieder wahr.

»Ich maile Ihnen das Ergebnis gleich zu, falls Sie es heute noch brauchen.«

»Herzlichen Dank! Und ein schönes Wochenende!«, wünschte Horndeich. Er legte den Hörer auf, reckte die Faust in die Luft und rief: »Hab dich!«

Dann telefonierte er die zuständigen Stellen ab, um Frau Bergmann schnellstmöglich aufs Revier zu bugsieren. Schließlich wählte er Margots Nummer.

»Steffen – was ist? Alles okay?«

Hatte er gerade richtig gehört? Hatte sie ihn Steffen genannt? Er musste vorher wohl ein ziemlich jämmerliches Bild geboten und damit alle Mutterinstinkte in ihr geweckt haben.

In kurzen Worten erläuterte er, welche Wendung der Fall in den vergangenen Stunden genommen hatte. »Die Bergmann sollte bereits hierher unterwegs sein.«

Keine Viertelstunde später saß Margot auf dem Stuhl an ihrem Schreibtisch. Sie warteten. Auf den Anruf, der ihnen mitteilen würde, dass die Bergmann im Anmarsch sei.

Horndeich wusste, dass er durch die Hypnose des Geräts nichts bewirken konnte. Dennoch konnte er es nicht unterlassen, seine mentalen Manipulationskünste an dem Telefon auszuprobieren.

Es klingelte.

Margot nahm ab. »Scheiße.« Das war eigentlich nicht ihre Ausdrucksweise. »Alles klar. Dann sofort Großfahndung.« Sie legte auf. »Offenbar hat sie sich bereits abgesetzt.«

»Ich weiß auch, warum, ich Riesenidiot!«, beschimpfte sich Horndeich selbst.

»Warum?«

»Ich hab ihr von der Statue erzählt. Spätestens da wusste sie, dass wir Derndorfs scheinbaren Selbstmord enttarnt hatten. Ist sogar ein Fingerabdruck drauf. Aber Asdeff kann damit nichts anfangen.«

Wieder dudelte das Telefon.

»Staatsanwalt Relgart!«, sagte Margot erstaunt, nachdem sie abgenommen und sich gemeldet hatte. Der Rest des Telefonats bestand von Margots Seite her nur noch aus dreimal »Danke« und einmal »Wir machen bloß unseren Job« und zwei weiteren »Danke« und einem »Ihnen auch«.

»Die kurze Version«, sagte sie dann, nachdem sie aufgelegt hatte: »Er dankt uns herzlich, wir könnten jetzt auch gern nach Hause gehen. Er ist zuversichtlich, dass wir sie in zweiundsiebzig Stunden haben.«

»Dann gehe ich jetzt eben nach Hause«, brummelte Horndeich.

»Willst du mit zu uns kommen? Wein im Garten?«

»Nee, lass mal. Ich wollte heute Abend zu ›Karpatenhund‹.«

Das war eine der Bands, die auf dem Schlossgartenfest spielten.

»Eigentlich mit Anna. Aber ich geh auch allein hin. *Und dieses ganze verdammte Maisfeld hier wird ein Meer aus Popcorn sein.*«

»Was?«

»Schon gut. Nur eine Zeile aus einem ihrer Lieder.«


Das heiße Wasser prasselte auf seinen Körper und massierte seine Haut.

»Flames to dust, Lovers to friends«, grölte Horndeich im Duett mit Nelly Furtado, »why do all good things come to an end?« *Flammen werden zu Staub, Geliebte zu Freunden – warum müssen alle guten Dinge zu Ende gehen?*

»Glaubst du wirklich, dass *die* Musik dich aufbaut?« Henrik, Horndeichs Nachbar, steckte den Kopf zur Tür herein. Gemeinsam wollten sie aufs Schlossgrabenfest, und Horndeich hatte den Freund schon mal eingelassen, als dieser geklingelt hatte, um ihn abzuholen. Hendrik hatte es sich mit einer Flasche Bier aus Horndeichs Kühlschrank im Wohnzimmer gemütlich gemacht und wartete auf den Freund, während dieser noch schnell unter die Dusche gesprungen war.

»Klar. Außerdem kann ich dem Text nur zustimmen. Das ist doch mal ein positives Gefühl.«

»Nun denn.« Henrik schloss die Tür wieder.

Plötzlich, während sich Horndeich gerade abtrocknete, verstummte Nelly. Er band sich ein Handtuch um die Hüften und ging ins Wohnzimmer. »Du hast Nelly abgewürgt.«

»Es war ein bisschen schwierig, in Konkurrenz zu Nelly mit jemandem zu telefonieren. Wer ist denn diese Eliza? Du bist ja einer von der ganz schnellen Truppe!«

Horndeich schlenderte in sein Schlafzimmer, zog sich frische Klamotten an. »Was wollte sie?«

»Dich sprechen.«

»Und was hast du gesagt?«

»Dass du zurückrufst.« Henrik pfiff durch die Zähne. »Wen willst du den heute aufreißen?«

Horndeich sah an sich herab. Helle Stoffhose, dunkelbraunes Hemd, Leinenjackett.

»Ich glaub, ich lass dich heute besser allein losziehen«, frozzelte der Freund.

Horndeich griff zum Telefon, betätigte die Rückruftaste.

»Werder.«

»Steffen. Horndeich.«

»Hallo. Mir fällt hier die Decke auf den Kopf«, kam Eliza direkt zum Grund ihres Anrufs.

Das kenne ich, Mädchen, dachte Horndeich.

»Habt ihr irgendetwas Neues herausgefunden?«

Sein Schweigen dauerte zu lang.

»Okay. *Was* habt ihr herausgefunden?«

Zu viel war an diesem Tag passiert, als dass er noch willens und fähig war, abzuwägen, was er sagte. »Wir haben auf der Rosenhöhe zwei Leichen gefunden. Wahrscheinlich die von deinem Vater und von Thorsten Nollbröck. Aber dass kann uns erst der Gerichtsmediziner nächste Woche sagen. Wir werden eine DNA-Probe von dir benötigen. Aber ich glaube, es sind dein Vater und sein Freund.«

Eliza schwieg. Dann sagte sie: »Wo habt ihr sie gefunden?«

»Auf dem Gelände, auf dem früher das Palais gestanden hat.« *Dort, wo du das letzte Konzert gegeben hast.* Er sagte es nicht, dachte es nur, aber das tat sie wahrscheinlich auch.

»Das ist gut. Dann habe ich endlich Gewissheit«, sagte Eliza Werder. Ihre Stimme schwankte nicht. Sie hatte wahrscheinlich schon vor langer Zeit Seen von Tränen um ihren Vater geweint. »Danke. Wisst ihr auch schon mehr darüber, wer es war? Derselbe, der auch meine Schwester auf dem Gewissen hat?«

»Dieselbe. Es ist eine sie«, erklärte Horndeich. *Und damit habe ich schon zu viel gesagt.*

»Wer ist es?«

»Eliza, darüber darf ich nicht reden.«

»Magst du auf einen Wein zu mir kommen?«

»Ich gehe mit einem Freund aufs Schlossgrabenfest. Karpatenhund.« Er sah Henrik breit grinsen und die Daumen in die Höhe recken. »Magst du mitkommen?«

»Karpatenhund?«

»Ja.« Horndeich begann zu singen. *»Ich glaub noch immer daran…«*

Eliza stimmte ein: *»…ich bin überzeugt davon.* Ach so. Klar. Ja, komm ich mit. Bin in einer halben Stunde bei dir.«

Und schon hatte sie aufgelegt.

»Wow!«, kommentierte Henrik.

»Was ›wau‹? Irgendwo ʼn Hund in der Nähe?«

»Na, ich glaub, ich hab heute Abend keine Lust mehr, auf das Konzert zu gehen.«

»Henrik!«

»Steffen!«

»Du wirst jetzt nicht gehen!«

»Ich werde gehen. Jeder Abend mit ʼner Frau ist ungefähr vierunddreißig Mal heilsamer für deine geschundene Seele als ein Trip mit mir. Und wenn sie nur halb so sympathisch ist, wie sie am Telefon geklungen hat, dann mindestens sechsunddreißig Mal.«

Damit war er auch schon verschwunden.

*War's bei dir genauso, kennst du das auch,*
*wenn plötzlich nichts mehr ist wie vor einer Woche noch?*

Er freute sich auf das Konzert seiner Lieblingscombo. Und es wäre ihm schwergefallen, Henrik recht zu geben. Aber er hatte recht.

»Wissen Sie nicht, wo er ist?«

Margot kannte diesen Tonfall. Hatte ihn vor zwei Tagen schon mal gehört. Die tränenerstickte Stimme ihrer Nun-doch-nicht-Schwiegertochter. Oder?

»Könntest du deine Telefonseelsorge mal abstellen«, fauchte Rainer. Er hatte ihre Hand losgelassen.

Sie deckte die Sprechmuschel mit den Fingern ab. »Es geht auch um *deinen* Sohn!« Sie stand auf, verließ den Garten und ging ins Haus. Warum konnten sie nicht einfach einen schönen Abend genießen?

»Nein, ich weiß nicht, wo er ist. Ist er denn nicht bei dir?«

Ein Schniefen war die Antwort.

»Was ist denn vorgefallen?«

Ein weiteres Schniefen.

»Kapier ich das richtig? Er war *nicht* bei dir, seit wir miteinander geredet haben?«

Und noch ein Schniefen.

Kaum zu fassen, aber Margot konnte dem Nasengeräusch entnehmen, ob es ein *Ja* oder *Nein* war. Das hing wohl auch mit ihren Jahren an Lebenserfahrung zusammen.

»Er war nicht hier«, antwortete Iris nun auch verbal. »Ich dachte, er kommt zurück, nachdem wir gestern ...« Wieder ein Schniefen.

Eigentlich hatte Margot ein eher distanziertes Verhältnis zu ständig schniefenden Frauen. Vielleicht, weil sie selbst ganz sicher nicht so sein wollte.

»Okay, jetzt machen wir Nägel mit Köpfen!«, kündigte sie an. »Du willst das Kind?«

Kein Schniefen. Sondern eine klare Aussage, auch für jene verständlich, die nicht mit Margots nahezu übersinnlicher Gabe des Schniefenverstehens gesegnet waren: »Ja.«

So klar und deutlich wie vor einem Traualtar.

»Gut. Dann bekommst du es. Mit oder ohne meinen Sohn.«

Ein Schniefen. Und es hieß weder *Ja* noch *Nein*. Es hieß *Danke*.

»Ich schaff ihn dir jetzt bei.«

»Noch ein Glas Wein?«, fragte Rainer, nachdem Margot wieder in den Garten kam.

»Nein. Ich muss mich jetzt um den Nachwuchs kümmern.«

Rainer seufzte. »Um unseren oder um den Nachwuchs unseres Nachwuchses?«

»Na, rat mal.« Margot klickte die Nummer eines Freundes ihres Sohnes aus dem elektronischen Telefonbuch.

»Also vorbei mit dem gemütlichen Abend im Garten«, murrte Rainer.

»Es kommt sowieso bald ein Gewitter«, entgegnete sie.

»Hallo, hier ist Margot Hesgart, die Mutter von Ben. Ist Ben zufällig bei dir?«

Sie gingen in die Stadt.

Eliza hatte sich bei Horndeich eingehakt. Er wehrte sich nicht dagegen.

Sie hatte sich dezent geschminkt, und ein sanfter Pafümduft umwehte sie. »Opium« von Yves Saint Laurent. Kannte er. Hatte Anna auch benutzt.

Es war ihm egal. Er war froh, dass er nicht allein auf das Konzert gehen musste. Hätte er allein zu Hause gesessen – er hätte vielleicht die Flasche Wodka geköpft, die seit drei Jahren ungeöffnet auf dem Küchenschrank stand.

»Wer ist die Frau, die meinen Vater umgebracht hat?«, fragte sie unvermittelt in das vertraute Schweigen hinein.

»Joa… Eliza, ich darf dir das nicht sagen. Und ich werde es dir nicht sagen. Wenn wir Freunde sein wollen für diesen Abend, dann fragst du mich das nicht mehr.«

»Schon gut.«

Er hatte sich noch nicht ganz an den neuen Namen gewöhnt.

Horndeich spürte, dass das Wetter kippte. Ob sie das Konzert trocken erleben würden? Er schaute auf die Uhr. Es war kurz vor neun. Um Viertel vor zehn würde »Karpatenhund« auftreten. Er hoffte, dass sich das Gewitter vielleicht vorher entladen würde.

Sie erreichten das Festareal um Viertel nach neun. Im vergangenen Jahr war das Festgelände noch von allen Seiten frei

357

zugänglich gewesen. Diesmal war es abgesperrt und nur über sechs Zugänge zu betreten und zu verlassen. Auf dem Gelände gab es keine Gläser und niemand durfte eigene Getränke mitbringen, was am Eingang kontrolliert wurde. Dafür war das Fest weiterhin kostenlos.

Sie passierten die Personenkontrolle. Der Mann am Eingang warf nur einen flüchtigen Blick in Elizas Handtasche; sie war zu klein, um darin auch nur eine Halbliterflasche zu verstecken.

»Möchtest du was trinken?«, fragte Horndeich, als sie den Karolinenplatz erreicht hatten.

»Ja. Gern. Ein Bier.«

Um 21 Uhr 22 bestellte Horndeich an einem Getränkestand zweimal Hopfentee. Bier war die einzige Art von Kräutersud, der er etwas abgewinnen konnte. Er und Eliza standen vor der Bühne, auf der »Karpatenhund« auftreten würde.

Um 21 Uhr 23 brach das Unwetter los.

Horndeich und Eliza standen unter dem schützenden Dach des Getränkestands. Hunderte andere versuchten, ebenfalls ein Plätzchen im Trocknen zu erheischen.

Selbst die, die Schutz gefunden hatten, wurden klatschnass, denn die Windböen trieben den Regen vor sich her wie Löwen eine Antilopenherde.

Doch Horndeich und Eliza wurden von einer Mauer von Menschen gegen den Regen abgeschirmt. Zumindest zum größten Teil.

Es schüttete wie aus Kübeln.

Es blitzte und donnerte.

»Werden sie spielen?«, fragte Eliza.

»Weiß ich nicht. Bei Gewitter und diesen Windböen? Wir werden es sehen.«

Sie tranken schweigend ihr Bier, während rings um sie herum die Welt unterzugehen schien.

Horndeichs Gedanken kreisten darum, dass dieser Abend so anders war, als er ihn sich vorgestellt hatte. Seit das Programm dieses Festivals im Frühjahr feststand, hatten er und Anna sich auf dieses Konzert gefreut. Wie oft hatten sie das Lied »*Wir sind ganz allein gegen den Rest*« gesungen. Sein Lied. Denn auch als Polizist fühlte er sich manchmal so.

Aber Anna war nicht da. Anna war weg. Und neben aller Trauer gesellte sich auch Wut zu seinen Gefühlen. Und Trotz. *Dann eben nicht.*

»Wie bitte?«

»Nichts, nichts«, antwortete Horndeich. Er hatte gar nicht mitbekommen, dass er den letzten Gedanken laut ausgesprochen hatte.

Ein Donner machte für einen Moment jede Konversation unmöglich. Die Musik auf dem Fest war schon laut, aber die Natur ließ sich in dieser Hinsicht nicht lumpen; sie grollte und krachte und heulte, als wollte sie den Menschen sagen: Mal sehen, wer lauter kann! Und ihre Chancen auf den Sieg standen nicht schlecht.

»Wann kann ich meinen Vater auf einem Friedhof beerdigen?«, wollte Eliza unvermittelt wissen.

»Es wird ein bisschen dauern. Aber in ein, zwei Wochen sicher.«

»Wenigstens kann ich weiter hier in Darmstadt wohnen. Dank euch. Ich muss keine Angst mehr haben.«

»Nein, das musst du nicht. Sobald wir die Mörderin haben. Aber ich glaube kaum, dass sie heute Abend hier ist und ihr ›Karpatenhund‹ gefällt.« Horndeich lachte.

Der Regen hörte so plötzlich auf, wie er begonnen hatte. Die Temperaturen waren innerhalb dieser Minuten um sicher fünf Grad gefallen.

»Danke, Steffen.«

Ehe er begriff, was eigentlich passierte, spürte er ihre Lippen auf den seinen.

»Hallo Darmstadt!«, rief Claire Oelkers, die Frontfrau der »Karpatenhunde«. »Schön, dass ihr da seid! Trotz des Wetters!«

Mit dem ersten Schlag der Musik setzte der Regen wieder ein. *Alles verschwimmt vor meinen Augen – alles verschwimmt,* sang Claire.

Eliza mied Horndeichs Blick, als sei ihr der Kuss auf einmal peinlich. Horndeich nahm sie an der Hand und zog sie vom Stand weg in die Mitte der Zuhörer vor der Bühne.

Pfeif auf den Regen, dachte er. Und bewegte sich zur Musik. Sah Eliza an. Sie erwiderte seinen Blick.

**359**

*Ist es das, was du wolltest? Hast du das so gemeint?*, fragte Claire zur Melodie. Und die Lautstärke ließ kaum Raum für eigene Überlegungen.

Als der Song zu Ende war, trat der Gitarist Björn an den Bühnenrand. »Es ist richtig geil, dass ihr euch vom Regen nicht beeindrucken lasst!«

Die Menge grölte ihm zu.

»Wollt ihr noch eins hören?«, fragte Claire.

Steigerung der Lautstärke um zehn Dezibel. Als ob es die kleine Fangemeinde auf einmal ihrerseits mit der Natur aufnehmen wollte.

Björn gab mit der Gitarre die Melodie vor, die anderen Instrumente setzten ein. »*Ich bin nicht wirklich glücklich, neineinein!*«, sang Claire.

Horndeich sah Eliza an. Die blinzelte ihm zu.

Horndeich bewegte sich zum Beat. Und sang lauthals mit.

»*Bist Du wirklich glücklich? Nein, Nein, Nein.*

*Ist hier irgendwer glücklich? Nein, Nein, Nein.*«

Das Konzert war fantastisch. Horndeich tanzte sich die Seele aus dem Leib, und der Regen war ihm angenehm. Auch Eliza sprang zur Musik, und immer wieder trafen sich ihre Blicke.

Debilo, das Plastikhundmaskottchen der Band, wurde über die Köpfe der Menge gereicht, schwamm auf ihren nach oben gereckten Handflächen. *Stagediving.*

Immer wieder berührten sich Horndeichs und Elizas Hände.

Sie drehte sich um. Drehte der Band den Rücken zu. Hielt Horndeichs Hände. Er schaute sie an.

»*Ich habe Angst vor Menschen, ich habe Angst vor Einsamkeit!*

*Du sagst, bei dir ist es ähnlich, und jetzt sind wir zu zweit!*«

Du weißt, dass es dir nicht gut geht, wenn Poplieder plötzlich tiefgründige Botschaften enthalten, dachte Horndeich.

Das nächste Lied erkannte er nach dem ersten Takt. Sein Lieblingslied dieser Gruppe. Claire sang:

»*In Szene 1 betrete ich einen Raum.*

*Wir erkennen uns und kennen uns kaum ...*«

Eliza hielt seine Hand.

Dann sah Horndeich *sie.*

Zuerst dachte er, er würde sich täuschen. Dann dachte er, es müsste irgendeine Art Fata Morgana sein, ein Déjà-vu, ein Fehler in der künstlich erschaffenen »Matrix«-Welt.

Denn es war nicht möglich. Keine drei Meter entfernt stand Helena Bergmann!

Offenbar hatte sie ihn noch nicht entdeckt, aber sie sah sich suchend um. Horndeich reagierte instinktiv. Er küsste Eliza, verwuschelte ihr dabei die nassen Haare, damit die Bergmann ihre Gesichter nicht gleich erkannte, wenn ihr Blick sie nur flüchtig traf.

Aus den Augenwinkeln und durch den Vorhang von Elizas Haaren hindurch beobachtete er Helena Bergmann, die sich weiterhin suchend umschaute.

Eliza erwiderte seinen Kuss.

*»Wir unterhalten uns, berühren uns und gehen auseinander,*
*und später im Schlaf fang ich rastlos an zu wandern.«*
Eliza zog Horndeich dichter an sich heran. Ihre Hand fuhr über seinen Rücken.

*»Und ich such nach einem Laden,*
*wo ich Liebe kaufen kann, und ich finde nichts …«*
Die Bergmann machte einen Schritt in ihre Richtung. Horndeich drehte sich und Eliza ein wenig zur Seite. Was Eliza mit einer kleinen Zugabe an Leidenschaft belohnte.

*»… und niemand nimmt mein Bargeld an.*
*Ich find nur Tankstellen, Zeitschriften und Bier …«*
Die Bergmann ging an ihnen vorbei. Zielstrebig nach rechts. Sie schien gefunden zu haben, wonach sie gesucht hatte.

*»… und am Morgen denk ich, vielleicht kann ich*
*zumindest irgendwo Gefühle borgen.«*
Abrupt beendete Horndeich den Kuss. Und musste seinem Körper Anweisungen erteilen, den Blutfluss neu zu regeln. Der Stau in der Körpermitte würde sich beim Rennen eventuell ungünstig auf das Gleichgewicht auswirken.

»Steffen …«, hauchte Eliza. Horndeich las seinen Namen von ihren Lippen, hören konnte er sie nicht.

»Entschuldige mich einen Moment!«, schrie er. Anders hätte er sich gegen die Macht der Boxen nicht verständlich machen können.

»Was ist?«

»Bleib hier, ich komme gleich wieder!«

Er hätte die Bergmann nie an einem Ort wie diesem vermutet, auf diesem rockigen und nassen Konzert. Dennoch – sie war es. Ohne Zweifel. Und um sie herum sicher tausend andere Menschen.

Wunderbar.

»Bist du jetzt mit allen durch? Ich meine, Ben kann doch nicht mehr Freunde haben als Hessen Einwohner, oder? Mein Gott, was willst du denn von dem Jungen?«

Rainers gute Laune war dahin. Er und Margot waren bereits ins Haus gegangen, als der Donner noch drei Kilometer entfernt gewesen war.

»Ich will mit ihm reden. Denn er muss mit Iris reden.«

»Was hältst du von – morgen?«

»Gar nichts. Iris wartet bereits seit einer Woche, dass sich der Vater ihres Kindes wenigstens mal bei ihr meldet. Ist das etwa zu viel verlangt?«

»Wahrscheinlich nicht.«

Margot hatte bereits die zweite Telefonrunde hinter sich. Nach dem Motto: Wenn Ben dennoch bei dir ist und er sich nur verleugnen lässt, gib ihn mir jetzt trotzdem, ich muss wirklich *dringend* mit ihm reden!

Aber alle Freunde ihres Sohnes versicherten, sie hätten Ben seit Tagen nicht gesehen. Bis auf Frank. Bei seinem besten Freund aus Kindergartentagen hatte er die vergangene Woche gewohnt. Aber gerade als Margot anrief, wäre Ben wirklich nicht bei ihm. Nein, er habe nicht gesagt, wo er hin wolle.

»Das war der Letzte.« Margot klang enttäuscht.

»Er muss das mit sich selbst ausmachen.«

Margot schlug sich mit der Hand gegen die Stirn. »Na klar. Du hast recht!«

»Danke, das höre ich selten von dir.«

Margot küsste ihn.

Er zog sie zu sich.

Sie erwiderte seine Leidenschaft. Für zwanzig Sekunden.

»Halt dich warm. Wenn auch ich recht habe, bin ich in einer halben Stunde wieder bei dir.«

Rainer seufzte.

Doch da war Margot auch schon verschwunden. Oft lag sie gehörig daneben, wenn es um das Seelenleben ihres Sohnes ging. Aber es gab einen Ort, zu dem er immer ging, wenn er Probleme hatte, die er mit sich selbst klären musste. Was sie als gutes Zeichen wertete. Denn der Ort war für ihn nur ein Ort für ernste Gedanken. Damit schien er zumindest das Stadium der Verdrängung hinter sich zu haben.

Sie erreichte die Mathildenhöhe über den Olbrichweg und stellte den Wagen vor dem FH-Gebäude ab. Parkverbot. Doch die Kollegen vom Ordnungsamt würden in der Nacht wohl kaum kontrollieren. Schon gar nicht bei einem Platzregen wie diesem.

Dennoch stieg sie aus. Die dünne Jacke, die sie übergeworfen hatte, gab den Versuch, sie vor der Nässe beschützen zu wollen, nach zehn Sekunden sang- und klanglos auf. An der Ostseite des Ausstellungsgebäudes neben den Pfeilergängen zog sich ein kleines Rasenstück steil nach oben. Ben liebte den Platz am oberen Ende. War der Himmel klar, hatte man dort einen wundervollen Blick in den Sternenhimmel. Und es gab niemanden, der einen störte.

Schon von unten konnte sie ihren Sohn ausmachen. Sie stieg die Treppen hinauf, ging den letzten Rest über die Wiese.

Auch Ben war klatschnass. Er wandte ihr das Gesicht zu, sah aber gleich darauf wieder in den Himmel.

Sie setzte sich neben ihn.

Ging es darum, Zeugen zu vernehmen, wusste Margot immer, wie sie beginnen musste. Auch Verdächtige wusste sie richtig zu nehmen. Aber im privaten Bereich ... »Iris will das Kind behalten.« Es war nie verkehrt, die Fakten auf den Tisch zu legen.

»Ich weiß.«

*Red mit ihr!* Das lag Margot auf der Zunge. Aber sie hielt sich zurück. Wenigstens in diesen wichtigen Augenblicken funktionierten ihre Instinkte. Funktionierten *wieder*. Sie wollte nicht, dass ihr das Gespräch noch einmal entglitt. *Sende Ich-*

*Botschaften*, fiel ihr die güldenste aller Kommunikationsregeln ein. »Ben, ich habe ein bisschen was zur Seite gelegt, also ...«

»Es geht doch nicht nur ums Geld.« Ben hielt den Blick weiter in Richtung Sterne gerichtet. Die aber hielten sich hartnäckig hinter Gewitterwolken versteckt. Zumindest hörte es allmählich auf zu regnen. »Es geht ...« Er stockte.

»Worum?«

Ben sah seine Mutter endlich wieder an. »Sie wird ihr Studium nicht beenden können. Fünf Semester Germanistik ohne Abschluss – das ist weniger als der Führerschein.«

Margot konnte ihm da kaum widersprechen. Also schaute sie auch in den Himmel. Es soll tatsächlich Menschen geben, dachte sie, die können das glitzernde Punktgewirr der Sterne durch imaginäre Linien verbinden und darin Bilder erkennen. Nun, sie gehörte nicht zu diesen Menschen.

»Willst du eigentlich Familie?«, fragte sie ihren Sohn. Diese Frage hatte sie ihm noch nie gestellt.

»Ja. Aber nicht jetzt.«

Margot schaute wieder in die Wolken. Der Boden war kalt. Und nass. So wie ihre Klamotten. Wärmen? Keine Chance. Sie musste die Angelegenheit hinter sich bringen, oder sie würde sich in den nächsten Tagen mit einer Blasenentzündung herumschlagen. »Willst du Familie mit Iris? Ist sie die Richtige?«

Das erste Mal seit einer Woche sah sie, wie hinter den Wolken, die seine Mimik verdunkelten, die Sonne hervorblitzte. »Ja. Klar. Sie ist ...« Er brach ab.

»Willst du sie heiraten?«

»Mama!« Es klang empört.

»Ich meine, könntest du dir vorstellen, dass ihr auch in zehn Jahren noch zusammen sein werdet?«

»Ja. Ja, das kann ich mir sehr gut vorstellen. Auch ohne Trauschein. Aber ein Kind? Jetzt? Wir können auch später noch ...« Erneut brach er ab, seufzte schwer. »Wenn wir fertig studiert haben. Wenn ich einen ... wenn *wir* Jobs haben.«

Ach, die Illusionen der Jugend. »Woher weißt du, dass ihr dann noch Kinder haben könnt?«

»Klar können wir!« Wieder dieser empörte Tonfall.

Es kümmerte sie nicht. »Woher willst du das wissen?«

Ben schüttelte den Kopf, dann sah er sie endlich wieder an. »Hör mal, Mama: Du hast gut reden, du warst verheiratet. Ich meine, du warst *verheiratet*, du hattest *Sicherheit.*«

*Sicherheit.* Wie gern würde sie die Erinnerung an damals verdrängen, es einfach vergessen. Aber es ging nicht. Wie ein Film im Zeitraffer lief ihre Schwangerschaft mit Ben in ihrem Kopfkino noch einmal ab

»Mein Gott, Ben, hast du eine Ahnung. Ich war in der Ausbildung. Und was ich verdient hab, dass hat mein Mann versoffen. Als ich ihm gesagt hab, dass ich schwanger bin, hat er mich geschlagen. Ob ich nicht aufpassen könnte. Er könnte kein Papa sein. Jetzt nicht.«

»Und?«

Margot sah ihren Sohn an. »Ben, ich hab mir die gleichen Gedanken gemacht, wie Iris und du sie euch machen. Ich hätte auch fast abgetrieben. Ben, ich hätte *dich* fast abgetrieben ...«

Er starrt sie fassungslos an. Schluckte. Dann fragte er kaum hörbar: »Warum hast du es nicht getan?«

Margot hätte ihm gern erzählt, sie hätte einfach die nötige Stärke gehabt, hätte gewusst, was der richtige Weg war, dass sie ihr Kind niemals »weggemacht« hätte, dass sie ... »Es war mein Vater. Dein Opa. Er hat so seine eigene Art, Hilfe anzubieten.«

Sie sah Bens Tränen. Und darunter blitzte ein Lächeln hervor. »Er hat dir gesagt, er wird dich unterstützen, wo er kann«, sagte er. »Aber wenn du nach Holland fährst, dann bist du nicht mehr seine Tochter.«

Margot nickte. So ähnlich war es gewesen. »*Ich werde dir helfen, so gut ich kann und so weit es in meiner Macht steht, Margot*«, hatte er ihr versichert, als sie ihm von ihrer Schwangerschaft erzählt hatte. »*Aber wenn du Rainers Kind abtreibst, bist du nicht mehr meine Tochter.*« Dabei hatte sie das Wort »Abtreibung« kein einziges Mal in seiner Gegenwart geäußert. Dennoch hatte er sie durchschaut.

In dem Moment hatte sie begriffen, wie gut ihr Vater sie kannte. Und dass er sie und ihr Kind niemals im Stich lassen würde ...

Sie sah ihren Sohn mit festem Blick an. »So wie dein Opa

werde ich es nicht formulieren, Ben. Aber – dieses Mädchen ist deine Tochter ...«

»Woher willst du wissen ...?«

Margot ignoriert die Zwischenfrage. »... und meine Enkelin. Ich weiß nicht, wie ich damit leben könnte, wenn du sie ...«

Sie wusste nicht, wie sie es nennen sollte. »Wenn du die kleine Zoey ...«

»Mama!«, rief er, und diesmal kannte die Empörung keine Grenzen. »Du mischt dich nicht bei der Namensfindung ein!«

Wie konnte sie sich so weit aus dem Fenster lehnen? Wieso glaubte sie, dass Iris ein Mädchen zur Welt bringen würde?

Aber sie war sich sicher. Immerhin standen die Chancen fifty-fifty.

Margot wischte sich unbeholfen eine Träne aus dem Gesicht. »Versprochen, ich mische mich nicht ein. Aber dann fahr du zu deiner Frau. Ich meine: Fahr zu Iris. Und sorg dafür, dass die Kleine – oder meinetwegen auch der Kleine – ein gutes Leben haben wird. Ich werde euch helfen. Rainer wird euch helfen. Nicht nur mit Geld. Wir schaffen das. *Ihr* schafft das. Alles andere ... Alles andere wird sich finden.«

Er starrte sie an, musterte sie. Sie sah es kaum – ein Wasserschleier nahm ihr die Sicht, obwohl es nicht wieder angefangen hatte zu regnen. Dann umarmte Ben sie plötzlich. Und es dauerte ein paar Sekunden, bevor er sie wieder freigab. »Danke, Mama.«

Kurz überlegte Margot, ob sich sein Dank darauf bezog, dass er auf die Welt gekommen war, oder darauf, dass sie ihn Rainers und ihrer Hilfe versichert hatte. Sie hakte nicht nach und fingert nach ihrem Handy, wählte Darmstadt/19 4 10 – ihre Nummer für Mobilität in ihrer Stadt. »Ich hätte gern ein Taxi in den Olbrichweg, zum FH-Gebäude.«

»Mama!«

Margot zog ihr Portemonnaie hervor. Zum Glück hatte sie es nicht vergessen, als sie vorhin so überhastet das Haus verlassen hatte. Sie drückte ihrem Sohn einen Hunderter in die Hand und sagte: »Fahr zu ihr. Jetzt. Und lass sie nicht mehr allein.«

Gemeinsam stiegen sie den Hügel hinab. Der beigefarbene Benz stoppte gerade vor dem Gebäude der Fachhochschule.

Bevor Ben einstieg, gab er seiner Mutter einen Kuss. »Danke, Mama«, sagte er noch einmal. Er zögerte kurz. »Für beides.«

Als der Fahrer anfuhr, winkte sie dem Wagen stumm hinterher.

Zoey ...

Manchmal, wenigstens manchmal, konnte sie auch Leben retten.

Sie stieg in ihren Wagen, ignorierte dabei die schmatzenden Geräusche und hoffte, dass die Sitze bis zum Morgen wieder getrocknet sein würden. Sie freute sich auf ihr Zuhause. Auf Rainer. Und sie wusste, was sie tun würde, sobald sie sich der nassen Klamotten entledigt hätte.

Ihr Handy klingelte. Sie nestelte es aus ihrer Jackentasche, sah aufs Display.

Schon wieder Horndeich.

Er hatte keine Ahnung, wo sie hin wollte.

Er hatte auch keine Ahnung, was sie auf dem Schlossgrabenfest wollte. Aber sie war sicher nicht aufgekreuzt, um der Musik zu lauschen.

Er zückte sein Handy. Um Margots Mobilnummer zu wählen, genügten zwei Tastenklicks.

»Hallo, Margot. Ich hab die Bergmann!«

»Hallo?«, hörte er Margots Stimme. »Was sagst du?« Kaum zu verstehen wegen der lauten Musik. Er ging hinter die Bühne, wo es deutlich leiser war, höchstens noch so laut wie ein startendes Flugzeug.

»Margot, die Bergmann ist hier. Auf dem Schlossgrabenfest.«

»Wo bist du genau?«

»Hinter der Bühne, auf der ›Karpatenhund‹ spielt. Die Bergmann scheint jemanden zu suchen. Aber ich weiß nicht, wohin sie will.«

Horndeich war den Organisatoren dankbar, dass sie dieses Jahr das Konzept des Fests verändert und definierte Zu- und Ausgänge eingerichtet hatten. Das kam ihm nun zugute.

»Schick jeden her, der 'ne Dienstmarke hat und den du auftreiben kannst«, sagte er. »Die Zentrale soll auch die Kollegen hier auf dem Festareal informieren. Die sollen die Eingänge sperren. Ich ruf dich an, wenn ich weiß, wo sie rausgehen wird.«

Die Bergmann stand inzwischen ebenfalls abseits der Bühne, dreißig Meter entfernt vor den Toilettenwagen. Sie unterhielt sich mit einem jungen Mann. Der übergab ihr etwas. Dann machte sie sich auf den Weg, die Zeughausstraße entlang nach Westen.

Die Straße war ein vielbefahrenes Stück des Cityrings, jedoch abends während des Fests gesperrt. Die Bergmann ging unbehelligt auf den Ausgang dort zu.

Horndeich fingerte in die Innentasche seines durchnässten Jacketts, zog den Polizeiausweis heraus, sah sich um. Warum waren die Kollegen, die auf dem Fest patrouillierten, nirgends zu sehen. Verdammt, immer musste er alles selbst machen!

Er wollte die Bergmann nicht auf dem Festareal festnehmen. Wenn sie eine Waffe bei sich trug, riskierte er am Ende noch eine Geiselnahme. Oder dass ein Unbeteiligter angeschossen wurde. Oder beides.

Er selbst hatte zwar den Polizeiausweis bei sich, die Dienstpistole jedoch nicht. Er war nicht der Rambo-Typ, der bis an die Zähen bewaffnet auf einem Stadtfest auftauchte.

Er rief wieder Margot an. Doch ihr Handy war besetzt. Sie telefonierte wohl mit den Kollegen. Super-Timing.

Die Bergmann erreichte den Ausgang.

Horndeich versuchte wieder Margot zu erreichen. Sie ging dran.

»Zeughausstraße«, sagte er. »Macht schnell!«

Die Bergmann verließ das Areal. Horndeich war vielleicht zwanzig Meter hinter ihr, er joggte zum Eingang, und daraufhin trennten sie nur noch zehn Meter.

Er gab noch weitere dreißig Meter hinzu. Sollte er sie noch weiter laufen lassen? Er musste sich schnell entscheiden. Gleich erreichte sie den Bereich, wo rechts die Schleyermacherstraße abging und sich links der »Pali-Parkplatz« befand, so benannt nach dem benachbarten Kino.

Er musste sie stoppen.

Nur wie?

Gleich würden die Kollegen da sein.

Auf der Straße vor Horndeich war kein anderer Mensch zu sehen als Helena Bergmann. Also – der Trick mit der Schattenpistole.

Als Junge hatten Horndeich und sein damaliger bester Freund immer wieder mit beiden Händen möglichst authentische Schattenbilder einer Pistole erzeugt. Als Jugendlicher hatte er die Technik sogar noch verfeinert. Und seiner Mutter einmal einen gehörigen Schrecken eingejagt, als er im Halbdunkel mit einer Fingerpistole auf sie gezielt und »Hände hoch!« gerufen hatte.

Die Nässe spiegelte die Lichter der Straßenlaterne, sodass die Umgebung leicht verschwommen wirkte und man nicht alles absolut deutlich sah. Vielleicht würde es für die Finte reichen.

Er faltete die Finger. »Susanne Helena Bergmann!«, rief er. »Bleiben Sie stehen, oder ich schieße!«

Die Bergmann drehte sich um.

Er hielt die Hände von sich gestreckt.

Endlich tauchte ein Polizeiwagen auf. Kaum fünfzig Meter hinter der Frau rollte er langsam aus der Luisenstraße. Er würde ihr den Fluchtweg in diese Richtung versperren.

Die Bergmann machte einen Schritt zur Seite.

Horndeich stellte sich mental schon auf eine Verfolgungsjagd über den Parkplatz ein – als ein Schuss krachte und die Musik von »Karpatenhund«, die im Hintergrund immer noch deutlich zu hören war, bei Weitem übertönte.

Die Bergmann sank zu Boden.

»*Das sind wir – gegen den Rest*«, gab die Sängerin von »Karpatenhund« von sich.

Ein zweiter Schuss.

»*Nichts kann uns passieren ...*«

Horndeich schaute irritiert auf seine Hände mit den beiden gespreizten Zeigefingern. Vorteil und Manko einer Fingerpistole lagen gemeinhin darin, dass man mit ihr niemanden erschießen konnte.

Er drehte sich um.

»*Nichts kann uns passieren ...*«

Neben ihm stand Eliza Werder, mit beiden Händen eine kleine Pistole auf Elisa Bergmann gerichtet.

Horndeich reagierte instinktiv, stelle sich zwischen die Bergmann und Eliza. Die vier Läufe einer Minipistole waren auf seine Brust gerichtet. Eine COP .357. Wenn sie damit die Bergmann getroffen hatte, auf diese Entfernung, musste sie verdammt viel geübt haben.

Horndeich aber stand nicht mal einen Meter vor ihr; sie würde ihn treffen, *musste* ihn treffen, wenn sie noch einmal abdrückte.

»Gib mir die Waffe, Eliza!«, sagte er mit erzwungen ruhiger Stimme.

Die Angesprochene sah ihm direkt ins Gesicht, machte aber keinerlei Anstalten, die Waffe zu senken. »Geh zur Seite.«

»Eliza, du machst einen Fehler.«

»*Sie* hat einen Fehler gemacht. Sie hat meinen Vater getötet. Und sie hat meine Schwester umgebracht.«

»Ja. Und dafür wird sie in den Knast wandern. Willst du auch dorthin?«

»Geh zur Seite. Ich habe noch zwei Kugeln in der Waffe. Eine für dich, wenn du mich zwingst. Dann ist noch immer eine für sie übrig.«

Horndeich musste Zeit gewinnen, sah dass ihre Hände anfingen zu zittern. Vielleicht war es doch besser, ihr aus dem Weg zu gehen. Allerdings wusste Horndeich, dass der Abzug der COP sehr schwergängig war. Eliza musste ihn kräftig durchziehen.

Eliza wollte noch ein weiteres Mal auf die Bergmann schießen, um sicherzugehen, dass sie auch starb. Wahrscheinlich würde sie vorher noch auf die am Boden liegende Frau zugehen, um besser zielen und schießen zu können. Die Kollegen würden nicht zögern, sie vorher auszuschalten.

Das Zittern ihrer Hände wurde stärker.

»Eliza«, sagte er warnend, »willst du mich aus Versehen erschießen?«

»Sie – sie hat es nicht verdient zu leben, diese …«

Sie sprach nicht weiter. Zögerte.

Dann ließ sie die Arme sinken.

Horndeich trat auf sie zu, nahm ihr die Waffe ab, bevor die junge Frau weinend zusammenbrach. Er klappte die Pistole auf, nahm die zwei verbliebenen Kugeln heraus, steckte die Waffe in die Seitentasche seiner Jacke, setzte sich neben Eliza und legte den Arm um sie.

»Alles okay?«, fragte eine weibliche Stimme.

Horndeich sah nach oben. Neben ihm stand eine klitschnasse Margot Hesgart. »Ja. Alles okay.«

Und Claire sang: »*Nichts kann uns passieren* ...«

»Ja, ich war mit Derndorf an der Raststätte.«

Helena Bergmann hockte vor dem Tisch im Verhörraum. Margot saß ihr gegenüber, Horndeich lehnte an der Wand.

Als er gesehen hatte, dass die Bergmann unverletzt war, war ihm ein Stein vom Herzen gefallen. Sie hatte sich nur instinktiv zu Boden geworfen, als sie den Schuss hörte. Ihr Gesundheitszustand war ihm so gleichgültig wie das Horoskop für sein Sternzeichen in »Bild der Frau«. Wichtig war ihm nur Eliza. Sie hatte niemanden umgebracht, niemanden mit einer Kugel verletzt.

Margot führte das Verhör. Horndeich war einfach zu müde und ausgelaugt. »Sie geben also zu, dass Sie auf Joana Werder geschossen haben?«

»Ja, das schon. Aber Derndorf und ich wollten ihr nur Angst einjagen.«

»Und Sie hatten nicht vor, sie auf die Autobahn zu treiben?«

»Nein«, sagte die Bergmann mit verkniffenem Gesichtsausdruck. »Wir konnten doch nicht ahnen, dass sie so blöd ist, vor die Autos zu rennen.«

Horndeich fühlte sich sogar zu müde dazu, sich über ihren Zynismus aufzuregen. Er wartete eigentlich nur noch auf Fenske. Wann war der endlich fertig? Er war nicht begeistert gewesen, als Horndeich ihn um halb elf noch ins Präsidium gebeten hatte. Aber nun hatten sie die Bergmann hier. Und vielleicht würde Fenske den Teilabdruck auf der Statue einem der Finger der Bergmann zuordnen können. Horndeich zweifelte jedenfalls nicht daran, dass der Abdruck von ihr stammte.

Seine Gedanken wanderten wieder zurück zu Eliza. Sie hatte die Waffe von Fritz Nieb gekauft. Schon vor einem Jahr. Und hatte sie seit Joanas Tod immer in der Handtasche mit sich herumgetragen. Aus Angst. Sagte sie. Horndeich aber war sich sicher, dass die Pistole für die Mörder ihrer Schwester bestimmt gewesen war. Aber nachzuweisen war ihr das nicht.

Es klopfte. Fenske kam herein. Seine Wange war ein wenig abgeschwollen, zeigte dafür aber eine interessante Kombination von Blau-, Grün- und Lilatönen. »Der Abdruck auf der Statue und der des rechten Zeigefingers von Frau Helena Bergmann weisen zwölf Übereinstimmungen auf.« Mehr sagte er nicht. Mehr brauchte er auch nicht zu sagen. Horndeich hätte seinen Kollegen umarmen können. Zwölf Übereinstimmungen – das war die richtige Zahl. Elf hätte bedeutet: hohe Wahrscheinlichkeit. Zwölf galt vor Gericht als Beweis.

Helena Bergmann wurde blass.

Margot formulierte es noch einmal deutlich. »Ihr Fingerabdruck ist auf der Statue, mit der Andreas Derndorf niedergeschlagen oder vielleicht sogar getötet wurde. Ich verhafte Sie hiermit wegen Mordes an Andreas Derndorf.«

Helena Bergmann erwiderte nichts.

»Warum waren Sie eigentlich noch an der Raststätte, als wir dort nach dem Anschlag auf Joana Werder eintrafen, und Derndorf nicht mehr?«, fragte Horndeich. Diese Frage war ihm schon die ganze Zeit über durch den Kopf gegangen.

Helena Bergmann kämpfte mit sich. Und schien mit einem Mal zu begreifen, dass das Spiel schlicht und ergreifend zu Ende war. Da konnte sie auch Horndeichs Frage beantworten. Es kam nicht mehr darauf an. »Weil alles schiefgegangen ist an diesem Scheißabend«, sage sie tonlos. »Andreas hatte seinen Wagen auf dem Weg neben dem Wald abgestellt. Ich wollte auch sofort abhauen, und zwar über den Versorgungsweg der Raststätte. Aber so ein Riesenarschloch hatte mich zugeparkt. Ich kam einfach nicht weg.«

»Und wer hat Jaromir Kadic erschossen? Und Thorsten Nollbröck?«

»Wenn Sie jetzt von mir hören wollen, dass ich es war, muss ich Sie enttäuschen. Es war Andreas. Er war der Meinung, die beiden seien ein Sicherheitsrisiko. Und er sagte mir, er habe eine Idee, wie wir sie dauerhaft loswerden könnten. Dann hat er sie beim nächsten Treffen einfach erschossen.«

Horndeich glaubte ihr nicht. Aber das Gegenteil würde man ihr nicht beweisen können.

»Wissen Sie«, fuhr die Bergmann fort, »ich hab Andreas Derndorf mal geliebt. Ja, wirklich geliebt. Wir waren ein Paar damals. Und ja, wir haben uns tatsächlich in Syrien drillen lassen. Es war spannend, es war aufregend. Wir gegen den deutschen Staat, gegen Politik, Polizei, Justiz und Establishment. Gegen den Rest der Welt. Es war … *prickelnd.*«

»Aber von einem Terroristenausbildungslager in Syrien bis zur Gründung der DPL – war das nicht ein weiter Weg?«, fragte Margot.

»Da stimme ich Ihnen zu«, sagte Helena Bergmann. »Vor allem war es ein Weg der Erkenntnis, denn irgendwann sah ich ein, dass ich auf der falschen Seite stand.«

»Wie das?«, fragte Horndeich verwundert.

Helena Bergmann schenkte ihm ein süffisantes Lächeln. »Auf einer Demo, an der ich teilnahm, haben sie Autos angezündet. Darunter den Wagen, den ich mir gerade eben gekauft hatte.«

»Und da haben Sie gedacht: Das zahl ich euch zurück.«

»Nein, da habe ich gedacht, dass ich es leid war, nicht genug Geld zu haben. Und dass ich das ein für alle Mal ändern wollte. Den Raubüberfall auf den Werttransporter wollte ich aussehen lassen wie eine Aktion der RAF. Fast wäre es geglückt. Und sie haben uns ja auch nie gefasst.«

»Und Andreas Derndorf?«

»Ich heiratete zwar später Klaus Bergmann, aber der Kontakt zu Andreas riss nicht ab. Einerseits war er – wenn Sie so wollen – mein ›Mann fürs Grobe‹. Auf der anderen Seite war er eine Art Verbündeter. Wodurch, glauben Sie, hat er seine Jugendstilsammlung finanziert?«

»Erpressung«, mutmaßte Margot, und Horndeich stimmte ihr insgeheim zu. Je höher Helena Bergmann in den gesellschaftlichen Kreisen aufgestiegen war, umso angreifbarer war sie durch ihre Vergangenheit und Derndorfs Wissen geworden.

Die Bergmann jedoch schüttelte den Kopf und korrigierte: »Ein Arrangement.«

»Aha«, sagte Horndeich trocken. »Sagen Sie: Was hatten Sie eigentlich auf dem Schlossgrabenfest zu suchen?«

Helena Bergmann seufzte. »Ich hatte Sie unterschätzt. Als Sie erwähnten, Sie hätten die Statue gefunden, da war mir klar, dass ich untertauchen musste. Friedrich, der Sohn eines Parteifreundes, er wollte mir den Schlüssel des Wochenendhäuschens seiner Eltern geben. Und er war auf diesem scheußlichen Fest. Dort habe ich ihn getroffen.«

»Sie wollten sich also absetzen«, sagte Margot.

»Nennen Sie's, wie Sie wollen.« Helena Bergmanns Stimme war leise geworden, und ihre Haltung war auch nicht mehr so gestrafft und gerade wie sonst. »Vielleicht wäre es für mich besser, die Kugeln dieser jungen Frau hätten mich getroffen.«

Zum Glück haben sie das nicht, dachte Horndeich. Die Kollegen von der Spurensicherung hatten die beiden abgefeuerten Projektile sicherstellen können. Beide Schüsse waren so weit danebengegangen, dass es ein guter Anwalt vor Gericht durchaus so hinstellen konnte, als hätte Eliza gar nicht gezielt auf Helena Bergmann geschossen, sondern die Waffe nur abgefeuert, um die Flucht einer Mörderin zu vereiteln. Die Chancen standen Horndeichs Meinung nach für Eliza nicht schlecht, mit einem blauen Auge davonzukommen – und er hatte ein bisschen nachgeholfen. Er war zu ihr gegangen, als sie allein in dem kleinen Mannschaftsbus der Kollegen gesessen hatte, und hatte ihr ins Ohr geflüstert: »Du hast nur zwei Warnschüsse abgefeuert und nicht auf die Bergmann gezielt, hörst du?«

Sie hatte sofort verstanden und genickt.

Eliza und er hatten nun ein kleines ungehöriges Geheimnis.

Aber damit konnte Horndeich leben.

Sehr gut sogar.

# Epilog

## Sonntag

Margot stand mit Rainer in der Menge der Zuschauer und wippte im Rhythmus der Musik. Im Gegensatz zu ihrem Kollegen Horndeich kannte sie die Band von Eliza Werder und ihre Musik noch nicht.

Auch Rainer schienen die Lieder zu gefallen. Wie auch die Sängerin. Was angesichts deren objektiver Attraktivität zu verzeihen war. Hatte nicht Kollege Horndeich erzählt, Fritz Nieb habe damit so seine Probleme gehabt?

Der junge Mann saß hinterm Mischpult und schob die Regler. Margot kannte sich wahrlich nicht aus mit den Herausforderungen, die ein Techniker bei einem Live-Auftritt zu bewältigen hatte. Auf jeden Fall gelang es ihm, einen satten Sound aus der Anlage zu zaubern.

Dicht neben Margot befand sich ihre beste Freundin Cora und schmiegte sich an ihren Mann. Der Urlaub muss nett gewesen sein, dachte Margot. Italien. Und sie hatten sogar eine Espressomaschine gekauft. Und sooo einen guten Kaffee. Und für Margot ein neues Buch als Mitbringsel: »Fit mit Koffein!«

Horndeich hielt sich ein wenig abseits. Was daran lag, dass er Sandra keiner Gefahr aussetzen wollte. Sie saß in einem Rollstuhl, den rechten Arm auf einer Schiene, ebenso das rechte Bein. Horndeich hatte sich einen Campingstuhl mitgebracht und saß neben ihr. Es hatte einer Menge Überredungskunst bedurft, die Ärzte zu überzeugen, dass der kurze Urlaub vom Krankenhaus Sandras Heilung fördern würde. Wegen der Seele und so …

Margot konnte Horndeichs Gesicht nicht sehen. Aber Sandras. Hoffentlich machte sich die Kollegin keine vergeblichen

Hoffnungen. Gut, Horndeichs Freundin schien nicht mehr aus Russland zurückzukehren. Dennoch – würde Kollege Steffen Horndeich Sandra jemals sein Herz schenken?

Eliza Werder trat ans Mikro.

»Diejenigen von euch, die heute nicht zum ersten Mal auf einem unserer Konzerte sind, die wissen, wie das letzte Lied heißt.«

Horndeich sagte etwas zu Sandra, die ein perlendes Lachen von sich gab.

»Das Lied wurde von Fleetwood Mac geschrieben, und es ist für mich ein ganz besonderes Lied. Ich singe es heute für vier Personen.«

Obwohl das Fest nicht unbedingt bekannt war für seine besinnliche Stimmung, schwiegen die Umstehenden.

»Ich singe das Lied für meine Schwester, die es heute sicher auch gern gehört hätte.«

Die Wenigsten verstanden, was sie damit meinte.

»Dann singe ich das Lied für dich, Steffen. Und danke dir.«

Oh-oh, dachte Margot. Den Blick, mit dem Eliza in Horndeichs Richtung schaute, kannte sie. Den hatte sie doch gerade erst bei Sandra gesehen. Kaum wieder auf dem Markt, rannten die Mädels ihm die Bude ein. Margot schmunzelte. Und kuschelte sich an Rainer.

»Und ich singe dieses Lied für meinen Papa.« Eliza schluckte. »Und für meinen anderen Papa.«

Sie winkte jemandem zu. Margot wandte den Kopf und sah ganz weit hinten Heino Werder stehen.

»Der Song heißt *Oh Daddy* – damit verabschiede ich mich von euch. Für heute.«

Die Band spielte die ersten Takte.

»Na, ist das Lied auch für Opas?«, feixte Margot.

Rainer nahm sie in den Arm – sie, die Oma.

Mein Gott, das klingt ja, als wäre ich schon richtig alt, dachte Margot.

## Nachwort und Danksagung

Das Palais auf der Rosenhöhe gab es wirklich. Und wenn man sich die wenigen Bilder anschaut, die es von dem schönen Gebäude noch gibt, oder wenn man die Hecken sieht, die die echten Mauern nur unzureichend ersetzen können, wird auch mir immer wieder weh ums Herz – da kann ich Sebastian Rossberg gut verstehen. Auch die Raststätte Gräfenhausen gibt es, so wie viele Orte in und um Darmstadt, die in diesem Roman Erwähnung gefunden haben. Nur die Figuren, die in diesem Roman auftreten, entsprangen allein meiner Fantasie. Das gilt für die Bösen ebenso wie für die Guten und auch für die fiktive Partei DPL.

Aber es gibt natürlich Ausnahmen: In diesem Falle sind das die Musikgruppen, die auf dem Schlossgrabenfest im Jahr 2007 aufgetreten sind. Schade, dass »Melancholical Gardens« nicht auch in der Wirklichkeit auf dem Programm standen. Sie hatten wohl ihre Bewerbung zu spät abgegeben ...

Dieser Krimi wäre ohne die tatkräftige Unterstützung des Schattenkabinetts nicht möglich gewesen. Das sind die Menschen, die mich mit ihrer Fachkenntnis unterstützt haben, auch diesmal unendliche Geduld beim Beantworten meiner Fragen bewiesen und denen ich an dieser Stelle danken möchte. Nun, lieber Leser, es würde mich freuen, wenn Sie auch diese letzten Zeilen des Textes noch lesen würden. Denn ohne diese Menschen wären weder ich noch Sie bis hierher gekommen:

Klaus Gedeon, Manfred Wohlfahrt und ihre Kollegen vom Polizeipräsidium Südhessen sowie Uwe Pfeiffer von der Autobahnpolizei haben mir geholfen, grobe Fehler bei der Schilderung der Polizeiarbeit zu vermeiden – oder sie wenigstens absichtlich zu begehen. Dr. Harald Schneider vom LKA in Wiesbaden informierte mich über den heutigen Stand der Technik bei der DNA-Analyse und Richter Joachim Becker beriet mich zu juristischen Problemen. Rudy Lueck und Wieland Schenkwitz haben mir sehr geholfen, mich – obwohl tief im Herzen Pazifist – in der Welt der Geschosse und Waffen zurechtzufinden. Wolfgang Voos hat mich in die Welt des Rennsports der späten Siebziger entführt – danke, auch für den leckeren Espresso!

Über die Geschichte der Rosenhöhe und des Rosenhöhe-Palais habe ich mit vielen, vielen Menschen sprechen dürfen. Sie alle zu nennen würde ein eigenes kleines Büchlein füllen. Hervorheben möchte ich aber Ilse Laumann, Dr. Werner Zimmer, Dieter Dierolf, Heike Menger und Jörg Bender von der Hessischen Hausstiftung sowie Thomas Deuster. Dank gebührt auch dem »Darmstädter Echo«; ohne dessen Archiv und aktiver Unterstützung wäre die Spurensuche nicht so erfolgreich gewesen.

Stephanie Hauschild beriet mich zu schottischem Whisky – praktisch wie theoretisch. Markus Münzer half mir, den Überfall auf einen Werttransport realistisch zu gestalten. Die Malerin Marlies Blücher spendete ein paar Bilder zur Ausstattung des Büros von Helena Bergmann. Mein Bruder Matthias hat mich an seinen Kenntnissen und Erfahrungen als Rettungssanitäter teilhaben lassen. Und meine Cousinenzwillinge Nadja und Esther gewährten mir einen tiefen und sehr persönlichen Einblick in die Welt von eineiigen Zwillingen. Euch allen ein Dankeschön.

Dank auch den Menschen, die bei der Entwicklung der Story als Sparringpartner geholfen haben – und in den frühen Versionen wie die Spürhunde nach Logikfehlern schnüffelten. Oder die mit mir fleißig über die Theorie des Schreibens diskutierten: Sabina, Jochen, Matthias, Martin und ganz besonders Dagmar – der geht an Euch. Meinem Vater und Marlies möchte ich für das »Schreibasyl« danken, meiner Mutter für ein offenes Ohr und die Hilfe beim Korrigieren und den Recherchen – ebenso wie Jürgen und seiner Crew für das lauschige Plätzchen in meiner Lieblingskneipe.

Anja Rüdiger und Peter Thannisch haben an dieses Buch geglaubt und mir geholfen, die bestmögliche aller Rosengrab-Varianten zu schreiben.

Besonderer Dank gebührt auch diesmal den musikalischen

Musen. Danken möchte ich ganz besonders den Bandmitgliedern von »Ceol agus Ól« und »Karpatenhund«. Danke für eure tolle Musik und dafür, dass ich euch in meinem Roman auftreten lassen durfte.

Tja, die allerletzten Zeilen gleichen denen des letzten Nachworts. Was daran liegt, dass sie wahr sind: All diese Menschen haben mir für dieses Projekt ihr Wissen und ihre Zeit geschenkt oder mich inspiriert. Um eines ganz deutlich zu sagen: An Fehlern ist der Autor schuld, nicht seine Helfer. Sollte ich jemanden vergessen haben, tut es mir sehr leid. Aber – es gilt immer noch dieselbe Währung zur Entschädigung: Ein Bier im »Pueblo«.

**PIPER**

## Michael Kibler
### *Zarengold*

Ein Darmstadt-Krimi. 336 Seiten. Broschur

Auch wenn die Kühlkeller des ehemaligen Darmstädter Brauereiviertels vom Ried bis in den Odenwald als »Katakomben« bekannt sind, sollten sie nie als Grabkammer dienen. Daher ist das Entsetzen groß, als darin die Leiche einer Frau gefunden wird. Trotz der Kälte gerät Hauptkommissarin Margot Hesgart ins Schwitzen, denn es ist schon der zweite Mord, den sie zu klären hat: Beim Einbruch in die Russische Kapelle wenige Wochen zuvor wurde ein Wachmann getötet. Als sich herausstellt, dass es sich bei der Toten im Keller um eine Russin handelt, liegt die Vermutung nahe, dass es eine Verbindung zwischen den Verbrechen gibt. Obwohl Margots Kollege Steffen Horndeich sich lieber von russischen Klängen verführen lässt, ist nun harte Arbeit angesagt. Und dann stoßen die beiden auf ein Geheimnis, für das so mancher über Leichen geht.

01/1731/01/R

# Die stärksten Krimis der Saison

**PIPER**

bei Piper und in der Serie Piper finden Sie unter
www.piper-krimiherbst.de

Klicken Sie sich rein,
und machen Sie mit beim
großen Gewinnspiel!